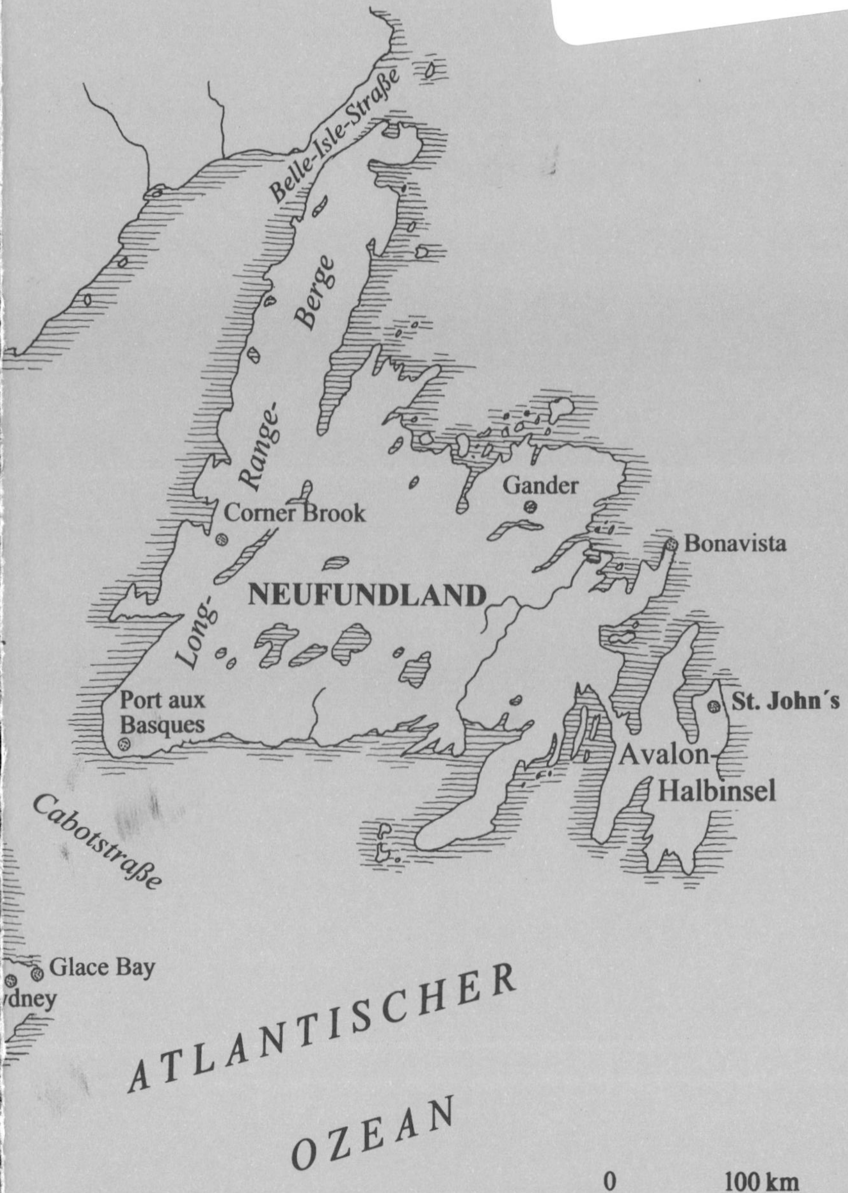

Karte: A. Skowronski

WAYNE JOHNSTON

Die Kolonie der unerfüllten Träume

Aus dem Englischen von Barbara Steckhan,
Maria Zybak und Robert A. Weiß

Hoffmann und Campe

Barbara Steckhan und Robert A. Weiß
sind Mitglieder des Kollektiv Druck-Reif

Die Deutsche Bibliothek – CIP-Einheitsaufnahme
Johnston, Wayne:
Die Kolonie der unerfüllten Träume : Roman / Wayne Johnston.
Aus dem Engl. von Barbara Steckhan …
– 1. Aufl. – Hamburg : Hoffmann und Campe, 1999
Einheitssacht.: The colony of unrequieted dreams <dt.>
ISBN 3-455-03688-0

Die Originalausgabe erschien 1998 unter dem Titel
The Colony of Unrequited Dreams
im Verlag Alfred A. Knopf, Canada, Toronto

Schutzumschlaggestaltung: Katja Maasböl/Old Dartmouth Historical Society;
New Bedford Whaling Museum
Satz: Utesch GmbH, Hamburg
Druck und Bindung: Graphischer Großbetrieb Pößneck
Printed in Germany

Für sieben Frauen aus St. John's:
Claire Wilkshire, Mary Lewis, Lisa Moore,
Sue Crocker, Mary Dalton, Beth Ryan und
Ramona Dearing

Die Geschichte der Kolonie wird nur zum Teil in bisher erschienenen Büchern aufgeführt; man muß sie suchen unter großen Stapeln von unveröffentlichten Berichten, Druckschriften, frühen amtlichen Verlautbarungen und vergessenen Manuskripten, in den Archiven der Engländer, der Gemeinden, des Kolonial- und Außenministeriums...

D. W. Prowse, *Die Geschichte Neufundlands*

I

DER BROW

Sie waren Freunde und Kommilitonen in Oxford gewesen, und so selbstverständlich, wie man einem Freund einen lahmen Gaul andreht, verkaufte Sir William einen großen Teil des ihm übereigneten Landes zu einem sehr hohen Preis an Lord Baltimore.

D. W. Prowse, *Die Geschichte Neufundlands*

DER STIEFEL

Fieldings Tagebuch, 19. November 1949

Lieber Smallwood,
du weißt es vielleicht noch nicht, aber ich bin wieder in St. John's. Sechs Monate nach der Konföderation. Die Vergangenheit ist jetzt buchstäblich ein anderes Land.
Ich erinnere mich – ich glaube, es war in New York –, daß du mir vorschlugst, einen laufenden Bericht über dein Leben zu schreiben, so wie Boswell es bei Johnson tat. Selbst jetzt, da ich dich so gut kenne, kann ich mir kaum vorstellen, daß du es ernst gemeint hast. Aber es war ernst gemeint. Und du warst zutiefst gekränkt, als ich lachte.
Ich mache so ausgedehnte Spaziergänge wie eh und je, obwohl ich nun länger dafür brauche. Die Vergangenheit ist ein Ort, den ich an Sonntagnachmittagen aufsuche. Dinge, die meinem Gedächtnis entschwunden sind, wenn ich eine Woche lang nicht draußen war, stehen mir dann wieder klar vor Augen.
Ich schaue den Brow hinauf, der sich zwischen der Stadt und dem Meer erhebt, und denke an dich. Als ich fünf war, fragte ich meinen Vater: Wie heißt dieser Fluß zwischen der Stadt und dem Brow? Er sagte: Der Waterford. Nein, erwiderte ich, der große Fluß. Und meinte damit die Hafenbucht.
Ich gehe ins Westend, wo einst die Kohlenpiers und die Bahndepots waren. Gern denke ich daran zurück, was früher an Orten gestanden hat, wo jetzt etwas anderes oder auch gar nichts mehr ist. Der Zeitvertreib der Alten, dabei bin ich noch keine fünfzig. Wußtest du, daß man die Ausdehnung des großen Feuers von 1892 daran erkennen kann, wo die Mansardendächer beginnen?

Ich spaziere am Hafen entlang und beobachte heimwehkranke Matrosen der portugiesischen Fischereiflotte, die auf dem gepflasterten Kai Fußball spielen. Ihr Ball prallt an den stählernen Schiffsrümpfen ab und landet immer wieder im Wasser.
Ich habe mich der Stadt erinnert, Smallwood. Im Jahr 1900 hatte St. John's vierzigtausend Einwohner. Wenn es so schnell gewachsen wäre wie vergleichbare andere Städte, würde heute eine halbe Million Menschen hier leben. Selbst jetzt empfindet es niemand als einen Ort, aus dem die Natur verdrängt worden ist.
Aber wie hat sie sich doch verändert, Smallwood, deine und meine Stadt. Eher deine als meine, hättest du damals gesagt. Ich stamme aus der »feinen Gesellschaft«, wie dein Vater es nannte, du gehörtest zum »Bodensatz«, wie mein Vater sagte, doch dabei schwang in seinem Ton mehr Sympathie mit, als du wahrscheinlich für möglich hältst.
Überall waren Tiere, man roch sie, hörte sie allerorten. Kühe, Ziegen, Hühner, Pferde, Hunde.
Die Ziegen liefen frei herum, so wie heutzutage die Katzen in den Großstädten. Wenn sie lange genug in einer Gegend blieben, galten sie als »herrenlos« und wurden von irgend jemandem für sich beansprucht. Doch gab es kaum eine Ziege, die sich einen Strick um den Hals binden ließ, deshalb blieben sie mehr oder weniger Gemeingut. Jeder molk sie nach Belieben. Daß Kinder zum Ziegenmelken gingen, war nicht ungewöhnlicher, als wenn sie zum Beerensammeln loszogen. Es war ein alltäglicher Anblick, daß Kinder mit Eimern in der Hand einer Ziege auf der Water Street nachrannten oder im Winter mit gierigen Schlukken warme Ziegenmilch aus Blechbüchsen tranken.
Ich fürchtete mich immer vor den »Fegern«, den Jungen, die mit Reisigbesen an den Kreuzungen der Innenstadt standen und darauf warteten, daß jemand die Straße überquerte. Mit gesenkten Köpfen gingen sie rückwärts vor meinem Vater her und kehrten uns den Weg von Schmutz oder Schnee frei. Auf der anderen Straßenseite gab mein Vater dem Feger einen Cent oder manchmal auch mehr, je nachdem, wie arm er wirkte. Dieselbe Strecke zurück zur anderen Straßenseite kehrte ebendieser Junge danach für einen anderen Passanten, obwohl es nicht mehr nötig gewesen wäre. Ich begriff nicht, daß es sich um eine ver-

deckte Form des Bettelns handelte. Mitunter fegte der immer gleiche, grimmig dreinschauende kleine Junge ein halbes dutzendmal denselben Weg für uns. Es kam mir vor, als wollte er meinen Vater ausnutzen, und ich empörte mich darüber, daß er seine Dienste nur den besser gekleideten Leuten anbot.

Was ich am meisten vermisse, sind die Pferde. Die Geräusche der Stadt änderten sich, als Automobile nach und nach die Pferdekutschen ablösten und die Straßen gepflastert wurden.

Ich erinnere mich, wie einmal ein einzelnes Pferd mit klappernden Hufen draußen in der Dunkelheit vorbeitrabte. Die zwei Dampfwölkchen, die aus den Nüstern der Pferde stiegen, wenn es kalt war. Nun scheint es mir, als wären sie über Nacht verschwunden, als wäre ich eines Morgens aufgewacht und hätte auf den Straßen Autos anstelle von Pferden vorgefunden.

Auf denselben Straßen sah ich Frauen, die ihre Sonnenschirme drehten, untergehakt bei Männern mit schwarzen Zylindern. Kinder mit nackten, schmutzbespritzten Beinen spielten zwischen den Schlaglöchern Himmel-und-Hölle. Männer rollten vorsichtig dampfwalzengroße Fässer mit Portwein, der, in den minenartigen Kellern von Newman's gelagert, nach Boston oder New York verschifft wurde, wo ihn die ausgewanderte »feine Gesellschaft« zu den Mahlzeiten genoß. Auch mein Vater trank jeden Tag ein Glas Portwein von Newman's.

An den Straßen standen hölzerne Wassertanks, wo sich Leute mit umgehängten Tragebügeln, an denen Eimer baumelten, ihr Wasser holten. Es erstaunte mich immer, wenn ich eine Frau vorbeiwanken sah, an deren Bügel ein halbes Dutzend Eimer hing.

Der Geruch des Klippfischs. Selbst den vermisse ich, obwohl ich den Geschmack unerträglich fand. Die ersten hundert Fuß Land hinter dem Hafen sind nicht mehr buchstäblich mit Dorsch gepflastert, und auch die haushohen Fischstapel in den Gebäuden am Harbour Drive gibt es nicht mehr. Manche Straßen waren von Stellingen auf mastartigen Stelzen überwölbt. Darauf trocknete man den gesalzenen Fisch, und bei Regen suchten die Leute darunter Zuflucht, im Gestank der Salzlake, während der Verkehr vorüberzog.

Der Hafen. Ich liebte den Hafen, wie ihn nur ein Kind lieben kann, das nichts weiter als einen Platz zum Spazierengehen darin sieht. Ich weiß noch, welches Bild der Hafen bot, wenn Schoner mit nackten Masten und Dampfschiffe mit vier Schornsteinen und riesigen Hauptmasten, die eigens aus dem Ausland importiert werden mußten, sich dort dicht an dicht drängten. Heute gibt es nur mehr Schiffe aus Stahl. Gelegentlich sieht man zwar noch ein großes Schiff mit strahlend weißen Segeln und poliertem Kiefernholz, eine Attraktion für Touristen und Kinder, aber mit den großen Schiffen von früher hat es nichts gemein.

Es gab so viele Schoner, daß der Hafen einem Wald von speerartigen Masten glich, wenn die Segel eingeholt waren.

Wenn es geregnet hatte, wurden auf den Schonern die Segel losgemacht, damit sie trocknen konnten – eine unbewegliche Flotte mit vollen Segeln, der ganze Hafen ein Meer aus Segeltuch, das man noch in einer Meile Entfernung flattern hörte. Wie riesig diese Segel waren. Wären sie nicht durchscheinend gewesen, hätten sie im Abendlicht ihren Schatten über die halbe Stadt geworfen.

Aber so schien morgens und abends die Sonne durch die Segel hindurch und tauchte den Hafen und die Straßen in ein bernsteinfarbenes Licht, das ich seit zwanzig Jahren nicht mehr gesehen habe.

Die Water Street war mit einem Kopfsteinpflaster belegt, auf dem einem das Hirn durchgerüttelt wurde und man sich die Knöchel brach. Sie war die einzige gepflasterte Straße, die übrigen waren unbefestigt und hatten so große und dauerhafte Schlaglöcher, daß man ihnen mitunter sogar Spitznamen gab. Im Sommer teerte man gelegentlich die Hauptstraßen, damit es nicht so staubte und damit, zumindest theoretisch, nicht noch mehr Schlaglöcher entstanden. An trockenen Tagen lag auf allem ein Flor von Staub. Wenn kein Wind ging, bildete sich eine gelbe Staubwolke über der Stadt. Du hast mir einmal erzählt, daß dein Vater sich immer freute, wenn er vom Brow hinunterblickte und diese Wolke sah, ebenso wenn die Straßen von St. John's geteert wurden und es dermaßen nach Öl stank, daß auch die »feine Gesellschaft« die Fenster nicht öffnen konnte.

Die Gerüche der Stadt. Teer und Staub, Pferdedung und Terpentin, die Mischung aus Fisch und Salz, der Gestank des Schlagwassers. Der Geruch von Kohle, die in Fabriken, Schmieden und den Kesseln der

Dampfschiffe verbrannt wurde. Die Geräusche der Stadt. Die mahlenden Räder der Straßenbahn, wenn sie sich den Hang zu Rawlin's Cross hinaufmühte.
Das Krächzen der Papageien in den Takelagen der Schoner, die mit Rum beladen aus Jamaika oder Barbados kamen und ebenso schwer beladen mit Klippfisch wieder abfuhren.
Ich erinnere mich an die Schwärme kreischender Seemöwen, die über den Tischen der Männer kreisten, wenn diese in den »Coves«, den kleinen Nebenstraßen zwischen der Water Street und dem Harbour Drive, Fisch ausnahmen. Noch während die Männer die Fischgedärme in der Hand hatten, stießen die Möwen herab und schnappten danach.
Als Arzt, der auch Operationen durchzuführen verstand, nahm mein Vater seine Fische selbst aus, aber angeblich tat er es nicht deshalb, weil die nicht ausgenommenen Fische etwas weniger kosteten. Ich weiß noch, wie er einmal einen großen Kabeljau kaufte, den er mit beiden Händen an den Kiemen packte und hinter sich herzerrte. Der Fisch war so lang, daß der Schwanz auf dem Boden schleifte und eine schleimige Spur auf dem Gehsteig hinterließ. Nur mit Mühe schaffte mein Vater es zur Kutsche, und als er den Kabeljau auf das ausgebreitete Papier gelegt hatte, meinte er, er sei bestimmt vier Fuß lang und wiege an die neunzig Pfund. »Mehr als du«, sagte er. Ich betrachtete den Fisch, wie er in der Kutsche dalag, mit seinen Bartfäden am Kinn und den schwarzen, augapfelgroßen Flecken auf der Haut. »Wir sind doch nur zu zweit«, sagte ich. »So viel können wir gar nicht essen.« »Wir essen gar nichts davon«, erwiderte mein Vater. »Er ist für das Krankenhaus.«
Ich genoß es, wenn sich langsam die Dämmerung über die Stadt herabsenkte. Von meinem Zimmerfenster aus beobachtete ich, wie die Schindelhäuser verblaßten, als käme aus ihnen selbst das Licht, das ein letztes Mal aufleuchtete, ehe es endgültig verschwand. So war es Tag für Tag. Und jeder Tag bot tausend andere solcher Anblicke, immer gleiche Wunder, die mich langweilten.
So war es tatsächlich, Smallwood. Und nicht vor dreihundert Jahren, sondern vor zwanzig. Vor einer Generation.
In diesem Tagebuch schreibe ich an Menschen, als wollte ich von ihnen Abschied nehmen, als ob sie im Zimmer nebenan schliefen und

morgens, wenn ich verschwunden sein würde, meine Zeilen vorfinden sollten.

Es ist unmöglich, den genauen Zeitpunkt zu bestimmen, wann etwas passiert ist, und manchmal ist es auch unmöglich, sich daran zu erinnern, wie das Leben davor war. Dies war unsere Stadt, als wir noch zur Schule gingen. So sah sie aus, so roch sie, so klang sie.

Doch wie sie war, bevor etwas zwischen uns geschah, wie wir sie empfanden, ehe wir uns kennenlernten – daran vermögen wir uns ebensowenig zu erinnern wie an die Stunde unserer Geburt.

Ich bin Neufundländer. Bis zu meinem sechsundvierzigsten Lebensjahr wäre es jedem aus meinem Bekanntenkreis undenkbar erschienen, daß ich eine Biographie über mich gutheißen würde. Doch nun ist eine solche geschrieben worden.

Meine Mutter glaubte, daß mir durch mein Geburtsdatum, den Heiligabend 1900, Großes vorherbestimmt sei. Einen Tag vor der Geburt Christi. Eine Woche vor dem Beginn des neuen Jahrhunderts. Ich war das erste von dreizehn Kindern, und das letzte wurde ebenfalls an Heiligabend geboren, als ich dreiundzwanzig war. »Dreizehn«, meinte mein Vater, »eine Unglückszahl für eine vom Unglück verfolgte Brut.«

Mein Vater wurde von niemandem Charlie genannt. Jeder rief ihn Smallwood, was ihm zuwider war, weil es ihn, wie ich annehme, daran erinnerte, daß er jemandes Sohn war und sich nicht selbst erschaffen hatte.

Nachdem er in einem seiner wenigen Kraftakte die High-School abgeschlossen hatte, brach er mit großen Hoffnungen nach Boston auf, kehrte jedoch arm wie eine Kirchenmaus wieder zurück nach Neufundland. Anschließend arbeitete er eine Weile in der familieneigenen Stiefel- und Schuhmanufaktur, »unter dem Stiefel des Alten«, wie er es ausdrückte. Damit meinte er meinen Großvater und den riesigen schwarzen Stiefel mit dem Namen »Smallwood« darauf, der von einer in die Felsklippen gebohrten Eisenstange herabbaumelte, etwa zehn Fuß über dem Wasserspiegel bei den Narrows, der Hafeneinfahrt. Mein

Großvater hatte ihn dort angebracht, um bei den Fischern, zumeist Analphabeten, für *Smallwoods Stiefel* zu werben, die Manufaktur mit Laden in der Water Street, wo ein kleinerer, aber ansonsten identischer Stiefel an einer Stange über dem hölzernen Gehsteig hing.

Meinem Vater war jede Minute, die er unter dem Stiefel arbeitete, ein Greuel, zum einen, weil er dabei unter der Knute seines Vaters stand, der ihm prophezeit hatte, er werde »mit eingezogenem Schwanz« aus Boston nach St. John's zurückkehren, zum anderen, weil ihm der Kaufmannsberuf als die entwürdigendste Weise erschien, seinen Lebensunterhalt zu verdienen. Er fand eine Stelle, die ihm zumindest die Illusion von Unabhängigkeit ließ, nämlich die eines Holzmeisters, dessen tägliche Arbeit darin bestand, an Bord der vor Anker liegenden Schiffe zu gehen und die gelieferten Holzmengen zusammenzurechnen. Dabei schritt er von einem Laderaum zum anderen und klopfte mit seinem »Meß- und Eßstab«, wie er ihn nannte, gegen die Holzklafter. Der Doppelname rührte daher, daß ihm der aus einem ebenmäßigen Bambusrohr geschnittene Stock auch zum Tragen seines Mittagsproviants diente, wenn er sich morgens, den Stock geschultert, zum Hafen begab. Doch selbst wenn er nichts zu zählen oder zu tragen hatte, führte er ihn oft mit sich und benutzte ihn als überdimensionalen Wanderstock, was ihm allerdings wegen seiner Haarmähne und dem wallenden Bart das Aussehen eines zornigen, stabbewehrten Propheten verlieh.

Den größten Teil seines kargen Lohns gab er für billigen westindischen Rum aus, den er am Kai bei ausländischen Matrosen kaufte. Wenn er betrunken war, wanderte er ziellos durchs Haus und bedachte den Namen Smallwood mit Flüchen und Spott. Irgendwo hatte er einmal gehört oder gelesen, daß der Name aus dem Angelsächsischen stammte und soviel wie »baumlos« oder »Ort, an dem keine Bäume wachsen« bedeutete.

»Das wäre kein schlechter Name für Neufundland gewesen«, brummte er.

Wenn er betrunken war, konnte er flammende Reden halten, besonders über sich selbst und die himmelschreiende Ungerechtigkeit seines Schicksals. »Ich hätte in Boston bleiben sollen«, jammerte er. »Was, in Gottes Namen, hat mich bewogen, jenes Land des Überflusses zu verlassen und in dieses gottverlassene Nest zurückzukehren, wo ich meine Existenz bei einem Mann fristen muß, der für nichts anderes berühmt ist, als daß er einen riesigen schwarzen Stiefel an den Narrows aufgehängt hat?«

Das Stiefel- und Schuhgeschäft in der Water Street besuchten wir oft. Mein Großvater David Smallwood war ein kleiner Mann mit strahlenden Augen, der im Laden stets einen Frack trug und einen so langen Bart hatte, daß er ihn beiseite schieben mußte, wenn er auf seine Taschenuhr sehen wollte. Im Umgang mit den Kunden hatte er etwas Unterwürfiges und Kriecherisches, weshalb ich ihn ein bißchen bedauerte. Aber er war wohl einfach nur der geborene Verkäufer. Bei meinem Vater konnte ich mir nicht vorstellen, daß er mit einem Schuhlöffel in der Hand herumscharwenzelte, den Kunden Stiefel zum Anprobieren brachte, sich hinkniete und ihnen in die Schuhe half, wie es mein Großvater tat. (Mein Vater sagte, die Hände des Alten röchen nach anderer Leute Socken. Meine Mutter sagte, seine Brieftasche rieche nach anderer Leute Geld.) Wenn ein Kunde auf und ab ging, um ein Paar Schuhe oder Stiefel auszuprobieren, pflegte mein Großvater neben ihm herzugehen, sich umzudrehen, wenn der Kunde es tat, stehenzubleiben, wenn der Kunde es tat – als wollte er ihn gewissermaßen auf eine ehrerbietige Art nachahmen, wobei sein Blick erwartungsvoll vom Gesicht des Kunden zu den Füßen und zurück wanderte.

Das einzige, woran es uns nie mangelte, waren Stiefel und Schuhe, denn diese bekamen wir beinahe umsonst aus dem Laden. In unserem Viertel erkannte man die Kinder der Smallwoods auf Anhieb; wir waren diejenigen mit den schäbigen Kleidern und den nagelneuen, verdächtig glänzenden Stiefeln und Schuhen, was so ganz und gar nicht zusammenpassen wollte und wofür wir unentwegt gehänselt wurden, zumal wir auch immer alle gleichzeitig mit neuem Schuhwerk ausgestattet wurden.

Mein Vater machte keinen Gebrauch von dem Sonderrabatt für Familienangehörige, sondern trug jahrelang dieselben Stiefel und Schuhe, und wenn er irgendwann doch einmal neue brauchte, erstand er sie zum vollen Preis bei der Konkurrenz meines Großvaters, in einem Laden namens Hammond's. Es ist ein Bild, das sich mir ins Gedächtnis eingebrannt hat: seine abgetragenen, verschlissenen Schuhe, seine immer und immer wieder geflickten Schaftstiefel, die als symbolische Geste des Protests etwas abseits von den unseren im Flur standen. Wir waren zwar nicht gut betucht, aber immer gut besohlt – mit Ausnahme meines Vaters. Dadurch unterschied er sich von uns Kindern auf eine Art und Weise, die wir lustig fanden, auch wenn meine Mutter meinte, es sei einfach eine Schande.

Für meinen Vater war *Smallwoods Stiefel* ein quälender Nachtmahr. Die Stiefel suchten ihn in seinen Träumen heim; bei Tageslicht besehen, erschienen diese Träume lächerlich, doch nachts hielten sie ihn davon ab, zu Bett zu gehen, und raubten ihm den Schlaf. Er erzählte mir oft, er habe im Traum den Stiefel an der Eisenstange bei den Narrows gesehen, der wie eine bedrohlich schweigende Glocke im Wind schwankte. Ein anderes Mal war es ein Grabstein in Form eines Stiefels.

Als meine Mutter eines Tages zu ihm sagte, wenn er beim Trinken einen Stiefel vertragen könne, dann ruhig auch in seinen Träumen, lachte er und redete den ganzen Nachmittag von kaum etwas anderem als dieser vermeintlich geistreichen Bemerkung seiner Frau. An jenem Abend blieb er jedoch länger auf und verkündete, ihm sei »der übliche Brennstoff« ausgegangen, weshalb er unsere Stiefel verbrennen werde.

»Nur zu«, meinte meine Mutter, die das für eine leere Drohung hielt. »Dort, wo wir sie her haben, gibt es noch eine Menge mehr.« Und so setzte er sein Vorhaben in die Tat um, er entfachte ein loderndes Feuer, das er die ganze Nacht hindurch mit unseren Stiefeln in Gang hielt, wobei er jedesmal ankündigte, wessen Paar er den Flammen überantwortete. »Jetzt verbrenne ich Joes Schaftstiefel«, sagte er. »Jetzt verbrenne ich Sadies Schuhe, die mit den Messingschnallen.«

»Das erzähle ich Mr. Smallwood«, drohte meine Mutter, als der Gestank brennenden Leders nach oben zog.

Alles, was wir von unserem Schuhwerk am nächsten Morgen noch vorfanden, war ein Häuflein verkohlter Sohlen im Kamin. Mein Vater hatte sogar unsere Pantoffeln verbrannt, die wir neben dem Ofen hatten stehen lassen, damit sie morgens beim Frühstück schön warm waren. Er hatte nur seine eigenen Stiefel verschont, in denen er zur Arbeit ging, noch ehe meine Mutter aufgestanden war. Zum Glück stellte meine Mutter ihre Pantoffeln immer unter das Bett. In diesen lief sie mitten im Dezember den ganzen Weg zum Laden in der Water Street hinunter. Noch am selben Abend wurde uns ein großes Paket mit Stiefeln, Schuhen und Pantoffeln ins Haus geliefert. Mein Vater kam spät heim, reumütig und annähernd nüchtern. Er nahm Sadie auf den Schoß und erklärte ihr, es tue ihm leid, daß er ihre Stiefelchen verbrannt habe. Daraufhin begann sie zu weinen, obwohl sie den ganzen Tag recht munter – wenngleich barfuß – im Haus zugebracht und sich gefreut hatte, daß wir, egal aus welchem Grund, nicht in die Schule hatten gehen müssen. Danach saß mein Vater nachdenklich und etwas verlegen auf dem Sofa und starrte ins Feuer.

Meine Mutter prophezeite seit jeher, daß er uns bald verlassen werde. Sie kenne keinen einzigen Trinker, der sich nicht früher oder später aus dem Staub mache. Eines Tages werde er aufstehen und fortgehen, das wisse sie genau, sagte meine Mutter; es werde nicht mehr lange dauern, sie kenne Männer seines Schlages, alle Anzeichen wiesen bereits darauf hin.

»Eines Morgens gehst du zu dieser Tür raus, und das wird das letzte sein, was wir von Charlie Smallwood gesehen haben.«

»Kann schon sein«, erwiderte mein Vater, woraufhin wir Kinder zu heulen anfingen.

»Ich werde mich nicht vor Kummer verzehren, wenn du fortgehst«, meinte meine Mutter.

Als wir zu Bett gegangen waren, sang er: »Es ist ein langer Weg nach Tipperary.« Und anschließend alle anderen Abschiedslieder, die ihm einfielen.

»Ich verlasse dich, Minnie May, hörst du? Gleich morgen früh.«

»Ich habe es gehört«, antwortete meine Mutter. »Nach Tipperary, gleich morgen früh.«

»Dämmerlicht und Abendglocken / schon bricht die Nacht herein / und wenn ich aufs Schiff dann gehe / soll's kein traur'ger Abschied sein.«

»Keine Sorge«, bemerkte meine Mutter.

Wenn er nicht trank, saß er zu Hause und versank in sittsames Schweigen, das nur gelegentlich durch den Schwur, nie wieder einen Tropfen

Alkohol anzurühren, unterbrochen wurde. »Mit dem Trinken ist jetzt Schluß, Junge«, sagte er zu mir. »Ich habe meine Lektion gelernt. Du wirst Charlie Smallwood nie wieder trinken sehen, nie wieder.« Er ersann hochfliegende Pläne, wie er zu Geld kommen konnte, und wir lauschten gebannt, wenn er erzählte, in welchem Überfluß wir dank seiner einmal leben würden. Für kurze Augenblicke trat er auf die Treppe hinaus und blickte versonnen in den Himmel über der Stadt, als wäre er nach jahrelanger Abwesenheit gerade eben nach Hause zurückgekehrt, als wüßte er, daß seine Abstinenz nicht von Dauer sein würde, weil seine Trunksucht bereits zu fortgeschritten war, als daß er dem Alkohol für immer hätte entsagen können. Wenn mein Vater nüchtern war, herrschte eine unerträgliche Spannung im Haus, denn ich wußte, daß er ohnehin wieder zu trinken anfangen würde, die Frage war nur, wann. Ehrlich gesagt, wenn mein Vater nüchtern war, schien es uns, als wäre etwas nicht in Ordnung. Offenbar wußte mein Vater dann auch nichts mit sich anzufangen. Er streifte nur ziellos umher, als wollte er einen Nüchternen nachahmen, sei sich aber nicht ganz sicher, was man als solcher eigentlich tat.

Wir zogen ständig um, wurden immer wieder aus unserem angemieteten Haus hinausgeworfen und mußten uns mit einer noch schäbigeren Unterkunft begnügen. Von den Häusern, in denen wir wohnten, ist mir nur eine Reihe von Dachböden und Kellern in Erinnerung geblieben, denn diese, mochten sie leer sein oder vollgestellt mit dem Gerümpel fremder Leute, schienen mir unverwechselbar. Die eigentlichen Häuser hingegen sahen für mich alle gleich aus, sobald unsere Möbel darin standen, denn diese nahmen wir bei jedem Umzug mit, als wären sie ein unverzichtbarer Teil unserer selbst.

Als ich eines Tages von der Schule in die Gower Street heimkam, sah ich unseren gesamten Hausrat auf zwei Pferdekarren getürmt, und auf den Kutschböcken saßen Männer, die ich nicht kannte. Mein Vater hockte auf einem dritten Wagen, der mit Wäschekörben und kleineren Möbelstücken beladen war. Meine Mutter und die kleineren Geschwister hatten es sich in dem Durcheinander einigermaßen bequem zu machen versucht. Erst da wurde mir klar, daß wir wieder einmal umzogen, und ich dachte, sie seien im Begriff gewesen, mich allein zurückzulassen. Meine Mutter redete mit Engelszungen auf mich ein, um mich zu überzeugen, daß sie nie und nimmer ohne mich aufgebrochen wären, notfalls hätten sie bis in alle Ewigkeit auf mich gewartet. »Du bist doch mein kleiner Junge«, flüsterte sie, damit die anderen es nicht hörten, »du bist mein kleiner Junge, du weißt doch, daß ich dich nicht im Stich lassen würde.«

Unser kleiner Wagenzug setzte sich in Bewegung, Pferdehufe klapperten über das Pflaster. Ich hatte keine Ahnung, wohin die Reise ging. Wir waren so lange unterwegs, daß ich mich fragte, ob wir überhaupt ein Ziel hatten oder ob wir nur einen Platz für das Zelt suchten, in dem wir, den Voraussagen meiner Mutter nach, eines Tages enden würden. Meine Eltern saßen Seite an Seite und schwiegen. Doch ich spürte, daß meiner Mutter die Situation äußerst peinlich war, wenngleich sie so tat, als würde sie nicht bemerken, wie uns die Leute auf der Straße anstarrten – eine vom Schicksal geschlagene und aus der Wohnung vertriebene Familie, deren ganzes Hab und Gut fremden Blicken ausgesetzt war.

Aus unerfindlichen Gründen galt die Regel, daß unser neues Zuhause und unser künftiges Wohnviertel um so schlechter waren, je länger die Fahrt dorthin dauerte. Angesichts der schier endlosen Reise an diesem Tag kam ich zu dem Schluß, daß es mit uns kaum noch weiter bergab gehen konnte, was zumindest in gesellschaftlicher Hinsicht auch stimmte. »Wohin fahren wir?« fragte ich. Doch ich erhielt keine Antwort. So dachte ich mir ein Spielchen aus. Ich suchte mir ein Haus aus, das ich hübsch fand, und sagte mir, daß wir dort einziehen würden. Sobald wir vorübergefahren waren, entschied ich mich für ein neues Haus und faßte es ganz fest ins Auge, als könnte ich auf diese Weise unser Schicksal beeinflussen. Aber wir ließen so viele verheißungsvolle Häuser hinter uns, daß ich mich irgendwann hinsetzte, an die Seitenwand des Karrens lehnte und die Augen schloß.

Als ich nach einer Weile spürte, daß der Weg sanft anstieg, stand ich auf und stellte fest, daß wir uns auf der Brücke über den Waterford River befanden, unweit oberhalb der Stelle, wo der Fluß in die Hafenbucht mündete. Wir hatten uns von den besseren Stadtteilen so weit entfernt wie nur möglich und hielten in südlicher Richtung auf den »Brow« zu, von dem meine Mutter oft gesprochen hatte, als läge er im finstersten Hinterland. Es war das unbeliebteste und verrufenste Viertel der ganzen Stadt. Selbst unter jenen, die ähnlich wie ich aufgewachsen waren, herrschte die Meinung vor, daß die Bewohner dieser Gegend kaum besser waren als Wilde, Abschaum, dessen einziges Gewerbe im Verbrechen bestand, der Bodensatz der Gesellschaft, der sich hier aber paradoxerweise ganz oben tummelte.

Wir rollten am Fuß eines hohen, steilen Felsabhangs entlang, aus dessen Schatten wir kaum jemals herauskamen, bis wir den gewundenen Weg erreichten, der die Klippen hinaufführte. Das Haus, größer und gepflegter als unser bisheriges und nur deshalb für uns erschwinglich, weil das Viertel so verrufen war, lag ganz oben, in einem sattelartigen Einschnitt auf dem Grat des Brow, so daß man von der Vorderfront auf St. John's und von der Rückseite auf den offenen Atlantik hinabsah. Die vorderen Fenster gewährten eine beinahe schon beleidigend imposante Aussicht auf die Stadt, in der zu leben wir für unwürdig befunden worden waren. Vom Mundy Pond bis zum Signal Hill reichte der Blick, und unterhalb des Berges sah man die Narrows, die Felswand der Klippen und den großen Smallwood-Stiefel.

Dieses Haus erwähne ich deshalb ganz besonders, weil meine Eltern, so verwunderlich es klingen mag, es am Ende sogar kauften, als wollten sie der Stadt, die sie ausgespien hatte, nun ihrerseits auf den Kopf spukken können. Es hatte zwei Terrassen, eine vorn und eine hinten, so daß wir, wie mein Vater meinte, auf jeweils einer davon vor den beiden vorherrschenden Winden geschützt waren – vor dem Ostwind, der vom Meer her Stürme und Nebel brachte, und vor dem Westwind, der dafür sorgte, daß es an sonnigen Wintertagen eiskalt war. Nun wäre der Ostwind kein Problem gewesen, wenn das Haus auf der Leeseite des Brow gestanden hätte, doch offenbar war den Erbauern der beidseitige Ausblick wichtiger gewesen als der Schutz vor den Winden. Meine Mutter bezweifelte, daß ein Haus in dieser Lage den Stürmen, die wir manchmal hatten, trotzen könnte. Aber mein Vater meinte, die Tatsache, daß das Haus seit zwanzig Jahren hier stehe, beweise doch wohl das Gegenteil.

Wir wohnten noch keine Woche dort, als ein Sturm vom Meer her kam und mit Orkanstärke über uns hinwegfegte. Während ich im Bett lag, spürte ich das ganze Haus in den Grundfesten erzittern. Ich stellte mir vor, wie es den Brow hinunterpurzelte und senkrecht ins Hafenbecken stürzte, wo es zwischen den Schiffen dümpeln würde, bis jemand kam und unsere Leichen entdeckte. Wenn eine Bö nachließ, richtete sich das Haus langsam wieder auf und ächzte dabei wie ein rollendes Schiff. Einmal erbebte das Haus besonders heftig, und wir hörten Bretter knacksen. Meine Eltern kamen aus ihrem Schlafzimmer gelaufen, holten uns aus den Betten (es gab ein Jungen- und ein Mädchenzimmer, in einem waren zwei Betten, im anderen drei), zogen uns Mäntel und Stiefel an und hießen uns auf dem Küchenboden weiterzuschlafen. Das konnte dann aber nur noch mein Vater, weil er betrunken zu Bett gegangen war, während wir anderen wachblieben und uns fragten, wie wir draußen überleben sollten, falls wir das Haus verlassen mußten.

Die größere der beiden Terrassen, die mit Blick auf die Stadt, ragte über einen steilen Abhang und stand auf Pfählen, die immer wieder neu abgestützt werden mußten. Die zweite Terrasse lag zum Ozean hin. Wenn mein Vater getrunken hatte, stapfte er zu jeder Jahreszeit quer durchs Haus von einer Terrasse zur anderen. Dabei vergaß er manchmal, die eine Tür zu schließen, und wenn er dann die andere öffnete, jagte der Wind ungehindert und mit einem schaurigen Heulen durch den Flur zwischen den beiden Terrassen und rüttelte lautstark an sämtlichen Türen (die meine Mutter für ebendiesen Fall geschlossen hatte).

Abends ging mein Vater oft auf die vordere Terrasse, um die Stadt hinter dem Hafen abwechselnd zu preisen und zu verfluchen; er bedauerte, daß wir aus ihr verbannt worden waren, und freute sich im nächsten Moment, endlich fortgekommen zu sein, befand erst, die Stadt sei zu gut für uns, dann wieder, wir seien zu gut für sie. Er hatte die ideale Bühne für seine einsamen Schimpftiraden und Klagelieder gefunden, denn das nächste Haus lag zweihundert Fuß entfernt und somit außer Hörweite, selbst wenn man eine so dröhnende Stimme hatte wie Charlie Smallwood. Auf dieser vorderen Terrasse hielt er seine pathetischen Reden, als würde ihm die ganze Stadt dort drunten zuhören, als wären die Lichter entlang der Southside Road Rampenlichter und die dunkle Häusermasse das unsichtbare Publikum auf der Galerie, das verzückt an seinen Lippen hing.

Von hier oben ähnelte St. John's dem nächtlichen Firmament, die Lichter zeichneten die Stadtviertel wie Sternbilder in die Nacht. Buckmaster's Circle, Rawlin's Cross, Upper Battery und Lower Battery, Amherst Heights, Waterford Heights, Barter's Hill und Carter's Hill, der Hill of Chips, Monkstown, Cookstown, Rabbittown – sie alle besaßen ihr typisches Lichtmuster. In beinahe jedem dieser Viertel hatten wir irgendwann einmal gewohnt; es war unsere Geschichte, die dort unten in Lichtern geschrieben stand. Mein Vater zählte sie mir eines Abends in umgekehrter Reihenfolge auf, bis hinunter zu Amherst Heights.
Wenn irgendwo in einem der Häuser die Lichter erloschen, stieß mein Vater einen Triumphschrei aus, als wäre es seinetwegen geschehen, als hätten sich die Bewohner des Hauses angesichts seiner flammenden Rede geschlagen gegeben und in die Betten verkrochen.
Eines Nachts im Bett konnte sich meine Mutter eine spöttische Bemerkung, eine Art ironische Ermahnung, nicht verkneifen. Es war, als sähe sich mein Vater plötzlich einem höhnischen Ein-Personen-Publikum gegenüber, das ihn aus seinem Pathos herausriß, ihn klein und schäbig dastehen ließ und in gut vernehmlicher Lautstärke dazwischenplapperte, wann immer er Luft holte, sein Selbstmitleid herausschluchzte oder sich geräuschvoll in sein Taschentuch schneuzte.
»Ich bin Neufundländer, aber nicht in St. John's geboren, nein, nicht in St. John's geboren«, verkündete er.
»Du bist und bleibst eben ein Provinzler«, sagte meine Mutter.
»Anscheinend sind wir nicht gut genug«, fuhr mein Vater fort. »Wir sind Provinzler, eine Provinzlersippe in einem Meer von Städtern.«
»Halt den Mund und geh ins Bett«, erwiderte meine Mutter. »Auch Provinzler müssen mal schlafen.«
»Womit habe ich das verdient?« klagte er. »Warum muß ich mir solche Unverschämtheiten bieten lassen von einer irischen Hugenottin namens Minnie May?«
Lärmend und tobend zog er auf der vorderen Terrasse über die Menschheit her, über seine Feinde, die Smallwoods, seinen Vater, seinen Bruder Fred und meine Mutter. Doch auf der hinteren Terrasse, die zum Meer lag, richtete sich sein Zorn gegen Abstrakteres: gegen Gott, das Schicksal, den Stiefel, das Meer, sich selbst. Zu Beginn klang es stets, als wollte

er stundenlang nicht mehr aufhören, doch schon wenig später starrte er nur noch stumm aufs Meer hinaus, auf den Ozean, den er nicht sehen konnte, obwohl er wußte, daß er da war, als würde ihm die schiere Unfaßbarkeit der Finsternis zu schweigen gebieten. Um Worte ringend, blickte er zum Himmel, von dem er sich offenbar eine Eingebung erhoffte, damit er seine Wut an Mond und Sternen auslassen konnte. Aber der Himmel hielt sich fast immer bedeckt.
»Sie hätten es Altverlorenland nennen sollen. Nicht Neufundland, sondern Altverlorenland«, brüllte er mit einer ausladenden Handbewegung, die die ganze Insel einzuschließen schien. Dann reckte er die Arme gen Himmel wie ein dilettantischer Schauspieler, der die Gnade Gottes erfleht.

FIELDINGS KURZER ABRISS DER GESCHICHTE NEUFUNDLANDS

Vorwort

Unsere geschätzte Freundin Miss Fielding hat uns um einige einführende Worte gebeten, die dem bedeutsamen kleinen Geschichtswerk, an dem sie so lange gearbeitet hat, vorangestellt werden sollen. Obwohl uns tatsächlich nichts anderes zu tun bleibt, als sie auf die Bühne und ins Rampenlicht zu führen und uns nach einer Verbeugung vor dem Publikum zurückzuziehen, fühlen wir uns durch ihre Bitte geehrt und kommen ihr gerne nach.
In Miss Fieldings *Geschichte Neufundlands* finden wir zwei erfreuliche Eigenschaften vereint, durch die sich andere vergleichbare Werke kaum jemals auszeichnen – nämlich Kürze und Verständlichkeit. Sie handelt auf zwanzig Seiten ab, wofür Prowse achthundert Seiten nicht reichten. Überdies bedürfen ihre Ausführungen keinerlei Zierats in Form von Zahlen, Photographien, Fußnoten oder Illustrationen.
Aber da Miss Fielding ihre *Geschichte* nicht auf den Bruchstücken an-

derer Werke, sondern auf jungfräulichem Boden errichtet hat, wollen wir ihrem Beispiel folgen.

Auf die vielleicht ehrlichste Weise bringen wir dem geneigten Leser dieses Buch nahe, indem wir der bescheidenen Hoffnung Ausdruck verleihen, daß nicht nur unsere eigenen Leistungen in einem zusätzlichen Kapitel einer überarbeiteten Ausgabe Berücksichtigung finden, sondern daß wir auch zu den wenigen gehören dürfen, denen sie ihr *Placet* erteilt.

Ehe wir in unserem Lobeswort zu sehr auf die wahren Vorzüge ihres Werkes eingehen, deren segensreiches Zusammenwirken uns so bemerkenswert erscheint, wollen wir hiermit schließen, nicht jedoch ohne zuvor dem Leser dieses Buch zu empfehlen, das seiner Autorin und ihrem Land gewiß den verdienten Ruhm eintragen wird.

Der Premierminister von Neufundland, Komtur des St. Michaels- und St. Georgsordens, Kronanwalt und Geheimrat Sir Richard Squires
St. John's, im März 1923

DAS BISHOP FEILD

Die Erlösung von Zuhause kam, als ich zwölf Jahre alt war. Der neue Fluch im Leben meines Vaters war sein Bruder Fred, der die familieneigene Schuh- und Stiefelmanufaktur übernommen hatte, nachdem sich mein Großvater zur Ruhe gesetzt hatte. Und eben dieser Fred erbot sich – sicherlich auf Drängen meines Großvaters –, mich auf das Bishop Feild College zu schicken, eine Privatschule, die von den Kindern der besseren Familien der Stadt besucht wurde. Dahinter stand die Erwartung, daß ich als der älteste Sohn uns Smallwoods aus der Armut befreien würde, indem ich eines Tages eine Arbeit fand, die man nur mit einem Abschlußzeugnis vom »Feild« bekam. Mein Vater lehnte das Angebot ab, er sagte, er wolle nicht als Almosenempfänger bekannt werden, das College der Methodisten sei für ihn gut genug gewesen, und das Bishop Feild College tat er als »eine Brutstätte für Snobs« ab. Er behauptete, er kenne jemanden, der seinen Sohn aufs Feild geschickt hätte, woraufhin ebendieser Sohn eines Tages in Begleitung einiger Schulkameraden auf der Straße an ihm vorübergegangen sei, als würde er ihn nicht kennen.

»Ich werde mich nicht vor allen Leuten blamieren lassen wie der arme Baker«, verkündete er wochenlang ein ums andere Mal. Seine mitternächtlichen Selbstgespräche drehten sich um nichts anderes mehr.

»Verlaß mich nicht, Junge«, grölte er, während er auf der Terrasse hin und her stapfte. »Ich flehe dich an, laß deinen altersschwachen Vater nicht allein.«

»Du bist neununddreißig Jahre alt«, warf meine Mutter ein.

»Laß mich nicht im Stich, Junge«, schrie er. »Willst du mich in meinem Zustand etwa verlassen, mich, deinen armen Vater?«

Ich versuchte ihm zu erklären, daß das Feild keine zwei Meilen von unserem Zuhause entfernt war. »Es ist doch nicht so, daß du mich jahrelang nicht mehr zu Gesicht bekommst«, erwiderte ich. »Jeden Sonntag besuche ich euch, und an Weihnachten und im Sommer bin ich auch zu Hause.« Doch er ließ sich nicht trösten.

»Du wirst mich nie besuchen kommen«, beharrte er. »Wenn du dich erst mal mit diesem Volk eingelassen hast, besuchst du mich nie mehr. Dann bist du dir zu gut für mich, zu gut für Charlie Smallwood. Du wirst wie der Junge von Baker werden und mich in aller Öffentlichkeit brüskieren. Das ist jetzt erst der Anfang, schon bald sind sie alle fort – Marie, David, Ida, Isabel, Sadie.«

»Sadie ist sechs Monate alt«, erinnerte ihn meine Mutter.

»Sie werden alle fortgehen, und dann, Gott steh mir bei, bin ich ganz allein mit Minnie May Devannah, niemand in diesem gottverlassenen Kaff, auf dieser gottverlassenen Insel, wird mir Gesellschaft leisten, außer einer irischen Hugenottin namens Minnie May.«

Am Ende setzte jedoch meine Mutter ihren Kopf durch, und so brach ich an einem sonnigen Septembermorgen mit Fred Smallwood zum Feild auf. Mit meinem Koffer in der Hand verließ ich das Haus, während meine Mutter und meine Geschwister auf den Treppenstufen standen, rufend und winkend Abschied nahmen und meine Mutter ihren Tränen freien Lauf ließ. Von meinem Vater war zunächst nichts zu sehen, doch dann öffnete sich das Fenster im oberen Stockwerk. Er hatte seinen Rausch ausgeschlafen und war von den lauten Stimmen unten geweckt worden. Im Unterhemd lehnte er sich aus dem Fenster und fuhr sich durchs Haar. Als mich mein Vater so ansah, fühlte ich mich plötzlich wie ein feiner Pinkel mit meinen kurzen Hosen, den Strümpfen und dem strahlend weißen Umlegekragen, der frisch gestärkt aussah, tatsächlich aber aus Celluloid war, so daß man ihn mit einem feuchten Tuch abwischen konnte und nicht zu waschen brauchte. Bisher hatte ich immer wie alle Jungen auf dem Brow ausgesehen: ein halblanger Mantel und Wollhosen, auf dem Kopf eine abgewetzte Schirmmütze aus Tweed, das dunkle, ungescheitelte Haar nach hinten gekämmt – eben wie ein kleiner Mann. Mein Augenlicht war so schlecht, als hätte ich zwanzig Jahre lang bei schwacher Beleuchtung über Büchern gesessen. Deshalb trug ich eine Brille, hinter deren dicken Gläsern meine Augen wie winzige blaue Punkte aussahen.

»Geht es los zum Feild, Junge?« fragte mein Vater und grinste verlegen.
»Ja«, antwortete ich mit zitternder Stimme.
»Ist er dort auch in guten Händen, Fred?«
»Aber ja, Charlie«, erwiderte Onkel Fred. »Dort ist er in besten Händen, mach dir mal keine Sorgen.« In Freds Ton schwang etwas mit, was mich ärgerte, und plötzlich tat mir mein Vater leid. So herablassend, fand ich, hätte er vor mir nicht sprechen dürfen. Ich fühlte mich wie ein Verräter, als wäre ich von meinem Vater zu Fred übergelaufen, und mir kam jäh zu Bewußtsein, wie schlecht mein Vater im Vergleich zu seinem Bruder abschnitt, der mit Gehrock, Weste und einem glänzenden Zylinder an diesem Tag sogar noch besser angezogen war als sonst. Nun schämte ich mich, daß ich meinen Vater nicht geweckt hatte, um mich von ihm zu verabschieden. Ich trat ein paar Schritte zur Seite und blickte zu meinem Vater hinauf.
»Ich komme am Sonntag wieder«, sagte ich leise, um Fred bewußt aus der Unterhaltung auszuschließen. »Wir sehen uns am Sonntag.«
Er lächelte zu mir herunter. »Ist schon gut, Junge«, entgegnete er. Er schlug die Hände zusammen, barg den Kopf zwischen den Armen und schluckte schwer, als kämpfe er mit den Tränen oder als wäre ihm übel. Lächelnd sah er dann wieder auf. »Vielleicht war ich nicht immer so, wie du es gern gehabt hättest«, sagte er. »Aber eines verspreche ich dir: Ich werde deinen Geschwistern ein besserer Vater sein als dir.«
»In Ordnung«, erwiderte ich, fest entschlossen, nicht zu weinen. »Wir sehen uns am Sonntag.«
Ich ging mit Fred zu seinem Zweispänner, und wir stiegen auf den lederbezogenen Kutschbock.
»Paß am Berg auf die Pferde auf, Fred«, rief mein Vater. Fred lächelte und nickte.
Wir setzten uns in Bewegung, den Brow hinunter in Richtung Stadt. Während wir den gewundenen Schotterweg hinabfuhren, schickte mein Vater mir einen Schwall von Versprechungen, daß er sich bessern würde, hinterher und Fred eine Reihe von Ermahnungen. Als ich seine Worte schon lange nicht mehr verstehen konnte, hörte ich ihn noch immer rufen, bis er schließlich entweder verstummte oder wir außer Hörweite waren.

Das Bishop Feild College, von und nach dem anglikanischen Bischof benannt, der es gegründet hatte, war ein im Tudorstil errichtetes Backsteingebäude an der Ecke King's Road und Colonial Street. Es wurde nach dem Vorbild der englischen Public school geführt. Die Söhne von auswärtigen Kaufleuten, Ärzten und Verwaltungsbeamten wohnten im Internat, während die Schüler aus St. John's nach dem Unterricht nach Hause gingen.
Eine Steintreppe führte zu der mit einem Türmchen bewehrten Pforte des Hauptgebäudes. Links und rechts davon standen zwei alte, beinahe gleich aussehende Eichen, so groß, wie Eichen an der Ostküste Neufundlands nur werden können. Von hier aus konnte man den Hafen und die Narrows sehen, und man spürte und schmeckte den Wind, wenn er, wie scheinbar immer, landeinwärts wehte.
Im Bishop Feild war ich der einzige Internatsschüler aus der Stadt, wodurch ich von Anfang an als Sonderling galt. Es war beschlossen worden, daß ich im Feild wohnen sollte, damit die Zahl der hungrigen Mäuler, die meine Mutter zu stopfen hatte, um eins verringert wurde und meinem Vater die Provokation erspart blieb, ständig einen Feild-Schüler um sich herum haben zu müssen. Von diesen Umständen wollte ich den anderen Internatsschülern aber nichts erzählen. Sie redeten dauernd davon, was sie im Internat alles versäumten, und kamen aus so wohlhabenden Familien, daß ihnen das Leben im Bishop Feild unerträglich hart erschien und sie es kaum erwarten konnten, wieder nach Hause zu kommen. Für mich waren die vergleichsweise spartanischen Lebensbedingungen im Feild ein wahrer Luxus, und ich hatte sogar ein schlechtes Gewissen, weil es mir hier so gut ging, während meine Familie noch immer ihr trostloses Dasein auf dem Brow fristete.
In den drei offenen Kaminen im Schlafsaal brannte das Feuer die ganze Nacht hindurch – ein unerhörter Luxus. Jeder der Jungen mußte abwechselnd mitten in der Nacht aufstehen und Kohle nachlegen. Etwa alle drei Wochen war ich als »Kohlenmann«, wie wir es nannten, an der Reihe, aber selbst das störte mich nicht. Wenn ich die Feuer nachschürte, blickte ich immer die Bettenreihe entlang, wo Dutzende von Jungen behaglich unter ihren Decken schliefen, und wunderte mich, daß es

nicht so kalt war, daß man ihren Atem sehen konnte, wie ich es zehn Monate im Jahr von unserem Haus auf dem Brow kannte.

Was das Essen betraf, schwor ich mir, es nie meinem Vater gegenüber zu erwähnen, dem es ein- oder zweimal im Monat gelang, ein paar Hasen im Wald hinter unserem Haus zu fangen, und dann gab es unser Festmahl, Haseneintopf, unser einziges Gericht mit frischem Fleisch. Manchmal konnte uns meine Mutter ein »Wrackessen« auftischen, gekochten Kohl und Kartoffeln und Pökelfleisch, dazu einen Brei aus Erbsen, die in einem Stoffbeutel gekocht worden waren. Meistens gab es aber Klippfisch mit Kartoffeln. Mein Vater kam oft mit einem steinharten Klippfisch unter dem Arm nach Hause. Selbst wenn man den Dorsch tagelang einweichte, war er immer noch so salzig, daß ich kaum mehr als ein paar Bissen davon hinunterbrachte. Um Kohlen zu sparen, wurden die Kartoffeln im selben Wasser gekocht, wo sie die gelbe Farbe des Dorsches annahmen und auch nicht viel besser schmeckten. Wenn wir Mehl hatten, machte meine Mutter »damper dogs« – oder »toutons«, wie mein Vater sie nannte –, Teigbällchen, die in Schweineschmalz ausgebacken wurden. Im Frühling kaufte mein Vater oft am Hafen Robbenflossen, und nachdem meine Mutter sie eine Woche lang eingeweicht und jeden Morgen das ölige Wasser abgegossen hatte, machte sie daraus Flossenpastete.

Im Bishop Feild genoß ich zum ersten Mal eine Kost, die nicht in Salz eingelegt war, nicht mit etwas Salzigem zusammen gekocht worden war und auch nicht tagelang vor sich hin köcheln mußte, ehe man sie essen konnte. Im Feild gab es zwar frisches Fleisch, aber niemals Fisch, weder frischen noch eingelegten, denn obwohl die Väter mehrerer Jungen am Feild mit Klippfisch handelten, hätten diese es als Zumutung empfunden, wenn man ihren Söhnen in Salz eingelegten Fisch vorgesetzt hätte. Es gab Schüsseln mit Rindfleisch- und Gemüsesuppen, Fleischpasteten, zu besonderen Anlässen auch eine Scheibe Rostbraten mit knusprig braunen Kartoffeln in einer dicken Fleischsoße und zum Nachtisch in Sirup schwimmenden Pudding oder Trifle.

Als ich an meine neue Schule kam, war ich so dünn, daß sich meine Magerkeit nicht mehr allein mit Unterernährung erklären ließ. Es schien, als hätte ich so wenig zu essen bekommen, daß mein Körper die

Fähigkeit, Nahrung zu verdauen, völlig verloren hatte. Meine Unterarme waren vom Handgelenk bis zum Ellenbogen überall gleich dick, ebenso meine Beine von den Knöcheln bis zu den Knien. Meine Oberarme und meine Oberschenkel wiesen leichte Verdickungen auf, doch sie waren kaum der Rede wert. Deshalb trug ich stets ein Unterhemd und lange Unterhosen, sogar im Sommer.

Im Bishop Feild gab es drei Gruppierungen. Die elitärste Gruppe nannte sich »die Städter«, obwohl es nicht genügte, aus der Stadt zu sein, um Mitglied zu werden. Nein, die Städter waren von Prowse handverlesen; jener Prowse, der es eines Tages zum Anführer der ganzen Schule bringen sollte, war der Enkel von Richter Prowse, der das achthundertseitige Opus *Die Geschichte Neufundlands* geschrieben hatte. Er sah keine Veranlassung und wurde auch nie dazu aufgefordert zu erklären, wie seine oftmals willkürliche und scheinbar zufällige Auswahl zustande kam. So mancher Stadtjunge, der glaubte, es stehe ihm aufgrund seiner sozialen Stellung zu, in die Gruppe der Städter aufgenommen zu werden, wurde von Prowse schlicht übergangen.

Die zweite Gruppe, die von den Städtern als »Provinzler« bezeichnet wurde, nannte sich »die Internierten«, weil sie als Internatsschüler im Feild wohnten. Bei den Internierten ging es etwas demokratischer zu als bei den Städtern. Die einzige Bedingung für die Mitgliedschaft bei den Internierten war, daß man im Schlafsaal übernachtete – außer in meinem Fall. Ihr Anführer, ein riesiger Bursche, der wegen seiner Geschicklichkeit im Umgang mit Kricketschlägern »Anderson der Drescher« genannt wurde, erklärte, daß ich, obwohl ich im Internat wohnte, kein Internierter sein könne, weil meine Familie in der Stadt wohne. Mir war das ganz recht, denn die Internierten schienen mir doch ein recht seltsamer Haufen zu sein. Sie sprachen einen breiten, völlig unverständlichen Dialekt, und ihre Eltern waren bei der Suche nach Namen für ihre Sprößlinge anscheinend nur im Alten Testament fündig geworden: Azariah, Obadiah, Eliakim.

Außenseiter und Ausgestoßene im Bishop Feild taten sich schließlich zu einer eigenen, dritten Gruppe zusammen, der der grausame Name »die Aussätzigen« zuteil wurde. Durch ihr Außenseitertum zu einer engen Gemeinschaft zusammengeschweißt, wurden die Aussätzigen von den anderen Jungen einerseits gemieden, andererseits mit einer Art gönnerhafter Zuneigung bedacht. Eine Zeitlang schien es, als wäre mir bestimmt, einer von ihnen zu werden. Doch Prowse, im Bewußtsein seiner gottgleichen Macht und sicherlich auch in dem Wissen, daß er die von ihm willkürlich Ausgeschlossenen damit ärgern konnte, bot mir eines Tages an, seiner Gruppe beizutreten. Das ließ ich mir natürlich nicht zweimal sagen.

Obwohl Prowse erst in der Sexta war, zählte er zu den besten Sportlern der Schule und verdankte seinen derzeitigen Status unter anderem dem Umstand, daß er den Boxchampion des Feild, einen Primaner namens Croker, besiegt hatte. Auch seine sonstigen schulischen Leistungen wiesen ihn als einen der Besten in der Sexta aus, und bei den Lehrern war er sehr beliebt; anscheinend empfanden sie die Anwesenheit eines Jungen mit solchen Qualitäten als einen der wenigen Lichtblicke am Bishop Feild. Prowse' Augen glichen denen des Richters, dessen Photographie die Titelseite der *Geschichte Neufundlands* zierte, hellblaue Augen, was um so verwunderlicher war, als er pechschwarze Haare und eine dunkle Hautfarbe hatte. Er war größer als die meisten von uns, und in seiner Haltung und seinem Auftreten lag eine Lockerheit und Selbstsicherheit, als wüßte er, daß er jeden seiner Erfolge mehr als verdient hatte und daß ihm darin jedermann beipflichtete.

Ich hatte ihn oft im Kreis seiner Städter dastehen gesehen: Breitbeinig, die Hände hinter dem Rücken verschränkt, hörte er lächelnd dem einen oder anderen zu, der bei ihm Eindruck zu schinden versuchte. Als er eines Tages so dastand, sah er quer über den Schulhof zu mir herüber. Unsere Blicke kreuzten sich, er starrte mich an. Ich hatte die schlimmsten Befürchtungen, was er mit mir vorhaben mochte, und konnte mein Glück kaum fassen, als er mir beiläufig mitteilte, ich könne mich seiner Gruppe anschließen, wenn ich Lust hätte.

Das Bishop Feild hatte eine Schwesterschule namens Bishop Spencer, eine Mädchenschule, die hinter unserem Sportplatz ans Feild angrenzte und durch einen schmiedeeisernen Zaun abgetrennt war. In der Mittagszeit und nach der Schule trafen sich die Jungen vom Feild und die Mädchen vom Spencer am Zaun, plauderten und neckten sich. Doch gab es ein Mädchen, das immer den Umweg über die Straße nahm und auf die Feild-Seite des Zauns kam. Das war verboten, aber sie blieb außerhalb des Blickfelds der Lehrerinnen vom Spencer und der Lehrer vom Feild.

Offenbar war sie eine Art Ehrenmitglied in Prowse' Gruppe, eine überaus geistreiche Person, gewissermaßen das weibliche Gegenstück zu Prowse; zumindest ließ sein Verhalten in ihrer Gegenwart darauf schließen. Sobald sie aber fort war, riß er Witze über sie. »Der alte Seeteufel«, nannte er sie, woraufhin ich mich fragte, ob er je einen Seeteufel gesehen hatte, denn ich fand sie ganz reizvoll. Manchmal bezeichnete er sie auch als »alte Fummel-Fielding« und grinste immer vielsagend, wenn ihn einer fragte, was es mit diesem Namen auf sich habe.

Fielding galt als so etwas wie eine Exotin, weil sich ihre Eltern getrennt hatten. Ihre Mutter lebte in New York, ihr Vater, ein bekannter Arzt, in St. John's. Obwohl darüber fast nie gesprochen wurde, nicht einmal in ihrer Abwesenheit, wußte es jeder. Die Jungen aus Prowse' Gruppe scharten sich stets um Fielding – sie hieß Sheilagh Fielding, aber alle, sogar die Mädchen vom Spencer, riefen sie nur Fielding –, wenn sie auf dem Gelände des Feild auftauchte.

»Na, wie läuft's im Spencer, Fielding?« fragte Prowse einmal.

»Nicht viel anders als hier, würde ich sagen«, antwortete sie. »Abgesehen natürlich vom Unterricht in Sticken und Stricken, aber den bekommen *wir* hoffentlich auch bald.« Alle lachten.

Aus der Ferne betrachtet, und selbst wenn niemand zum Größenvergleich neben ihr stand, sah sie wie eine erwachsene Frau aus und benahm sich auch so – eine wohlhabende, hochmütige und beherrschte Frau, die sich einzig um der frischen Luft willen draußen aufhielt, übertrieben aufrecht ging und mit ihrem Spazierstock, der nur der Zierde diente und mit einem silbernen Knauf versehen war, auf dieses oder jenes deutete. Daß sie erst dreizehn war, konnte man dabei leicht vergessen. Sie trug knöchellange, eng gegürtete Kleider mit hohen Spitzenkragen und Ärmeln, die mit Volants besetzt waren. Aber den Eindruck von Eleganz vermittelte sie auch, wenn man sie aus der Nähe sah, was einerseits an ihrer Größe lag – auch ihre Kleider konnten nicht verbergen, daß sie von kräftiger athletischer Statur war –, andererseits an ihrem beinahe unveränderlichen Gesichtsausdruck, der gleichermaßen Selbstironie wie auch eine humorvolle Überheblichkeit gegenüber anderen widerzuspiegeln schien. Nur selten und ohne einen ersichtlichen Grund verschwand dieser Ausdruck, ihre Züge entspannten sich, und mit einem Mal erschien sie zart, ergriffen, staunend. Diese jähe, flüchtige Verwandlung sehnte ich stets herbei, ich hielt immer Ausschau nach der anderen Fielding, die für kurze Augenblicke hinter der Fassade verächtlicher Geringschätzung aufblitzte.

Ihr dunkles Haar, das ihr sonst wohl bis zur Hüfte gereicht hätte, hatte sie hochgesteckt, so daß ihr blasser Hals und der lange, sanft geschwungene Nacken entblößt waren.

Zum ersten Mal sah ich sie im frühen Herbst, und wann immer wir uns später trafen, erinnerte ich mich jenes Tages: der traurige, süße Geruch des Septembers in der Luft, Westwind, weiße Schaumkronen in der Hafenbucht, die silbrig schimmernden Unterseiten der Blätter, als der Wind die Baumkronen zauste. Und Fielding war wie etwas, das zu dieser Jahreszeit dazugehörte, mit ihr verbunden war und mit ihr verschwinden würde, ein Mädchen, das mir so anders als alle anderen erschien, ein Mädchen mit Gänsehaut an den Armen, mit schwarzen Haarsträhnen, die ihr ins Gesicht wehten, und einer Strähne, die sich ständig zwischen ihren Lippen verfing und deshalb immer ein wenig feucht war. Fielding im Herbst 1912.

Als Fielding einmal zugegen war, las Prowse John Donnes Gedicht »An seine Geliebte: Beim Zubettgehen« vor:

Laß meine Hände schweifen, sag nicht nein,
Hinauf, hinab, hinüber, zwischendrein.
Oh, mein Amerika, mein neues Land.

»Oh, mein Amerika, mein neues Land«, rezitierte Prowse und warf Fielding einen anzüglichen Blick zu. Sie wirkte verlegen, blinzelte mehrmals, sah sich um, als ob sie etwas suchte, strich die lose Haarsträhne zwischen ihren Lippen zurück.

»Was glotzt du denn so?« sagte sie und wandte sich mir zu, beide Hände auf den Knauf des Stockes gelegt, den sie vor sich aufpflanzte.

»Du heißt Smallwood, stimmt's?« meinte sie. Ich nickte. »Mehr als Haut und Knochen ist an dir wohl nicht dran, was?« Wieder nickte ich, und plötzlich wurde mir bewußt, welchen Anblick ich bot, wenn mir meine Kleider um die dürren Arme und Beine schlotterten. »Weil du so ein Klappergestell bist«, verkündete sie, »sollst du von nun an ›Spleiß‹ heißen, was, wie ich finde, gut zu deinem schwachsinnigen Nachnamen paßt: Spleiß Kleinholz!«

Die Jungen lachten. Mir fiel keine Erwiderung ein. Ich hoffte, daß sie jetzt mit mir fertig war. Der Geruch von Salzwasser in der Luft, der vom Meer her wehende Wind waren wie eine Verheißung auf die Welt jenseits der engen Schulmauern.

»Ich habe gehört, daß dein Onkel für deinen Unterhalt aufkommt«, fuhr Fielding fort, »weil dein Vater ein nichtsnutziger Säufer ist.«

Noch immer war ich sprachlos.

»Was macht dein guter Onkel denn?« fragte Fielding.

Auf einmal fühlte ich mich unbeschwert, leicht und draufgängerisch. Mein Herz pochte. Was soll's, dachte ich mir, ist doch egal; ich gehöre sowieso nicht hierher.

»Mein Onkel macht in Stiefel«, antwortete ich. »Außer wenn er ins Klosett macht.«

Die Jungen lachten.

»Sehr witzig«, bemerkte Fielding und zog eine Schnute. Ihre eine Schulter begann nervös zu zucken. Dann musterte sie mich von Kopf bis Fuß. »Und was, in Gottes Namen, macht dein *Vater*?« fragte sie in einem Ton, als fände sie es unvorstellbar, daß überhaupt irgendein Mann für die Existenz meiner Wenigkeit verantwortlich sein könnte.

»Er lebt zusammen mit seiner Frau, die die Mutter seiner Kinder ist«, gab ich zurück.

»Woaah!« entfuhr es den Jungen, und Fielding errötete. Prowse klatschte in die Hände und krümmte sich vor Begeisterung – wohl weniger über das, was ich gesagt hatte, sondern weil er diesen Zusammenprall zweier Welten bewerkstelligt hatte.

»Weißt du was, Smallwood?« setzte Fielding zu einer Erwiderung an. »Du ... du bist ...« Ich, wir alle warteten auf den Gnadenstoß. Fielding wurde knallrot, schaute weg, blinzelte mehrmals rasch hintereinander.

Angesichts ihrer mißlungenen Retourkutsche brachen alle außer Fielding und mir in Gelächter aus, warfen die Köpfe in den Nacken, konnten sich vor Lachen kaum halten. Prowse klopfte mir auf die Schulter – eine nicht ganz ernst gemeinte Gratulation, denn er schien damit ausdrücken zu wollen, daß ich mich zwar wacker geschlagen hatte, daß Fielding aber demnächst kurzen Prozeß mit mir machen würde. Ich versuchte eine Miene aufzusetzen, die sagen sollte: »Das war doch noch gar nichts.«
Den Tränen nahe, mit zuckendem Gesicht und roten und weißen Flekken auf dem Kinn, wandte sie sich ab und marschierte wortlos in Richtung Spencer davon, die Röcke gerafft, den Blick gesenkt. Da erscholl ein gewaltiger Jubelschrei. Ein paar Jungen, die sich anscheinend in der Masse stark fühlten, folgten ihr und schrien »Buh-buh«, hielten aber eine Stocklänge Abstand zu ihr. Prowse und ein anderer Bursche hoben mich auf ihre Schultern und trugen mich über den Sportplatz, gefolgt von den anderen. Mit Schrecken wurde mir klar, daß ich Fielding geschlagen hatte, was nach Meinung der Jungen offenbar schon lange einmal nötig gewesen war. Aus Angst vor ihr hatten sie sie zu einer von ihnen gemacht und sich darauf geeinigt, sie amüsant zu finden oder wenigstens so zu tun. Nun hatte ich Fielding bezwungen, zumindest für den Augenblick – und zwar, indem ich die Tabus in ihrem Leben als Waffe gegen sie eingesetzt hatte, was niemand jemals gewagt hatte. Eigentlich hatte ich erwartet, daß sie mich mit ihrem messerscharfen Verstand durchbohren, mit Gift und Galle überschütten würde, zumal sie immer den Eindruck erweckte, davon einiges in Reserve zu haben. Doch sie hatte sich abgewandt und war fortgegangen.
Die Kunde von dem »Witz«, den ich auf Fieldings Kosten gemacht hatte, verbreitete sich bald an der ganzen Schule. »Hast du schon gehört, was Smallwood zu Fielding gesagt hat?« fragte mich einmal ein Junge, der mich offensichtlich nicht kannte. Überall erzählte man sich davon, überall hörte man Grüppchen in schallendes Gelächter ausbrechen. »Er lebt zusammen mit seiner Frau, die die Mutter seiner Kinder ist«, wiederholte Prowse ein ums andere Mal. »Ein Vorbild für Väter überall auf der Welt.«
Nach unserer Begegnung auf dem Sportplatz ließ sich Fielding zwei

Tage lang nicht mehr im Feild blicken – aus dem Bishop Spencer verlautete, sie sei auch nicht zum Unterricht erschienen –, und damit beging sie einen verhängnisvollen Fehler. Wenn sie es fertiggebracht hätte, ein oder zwei Tage lang mit einem hochmütigen Lächeln über alle Sticheleien hinwegzugehen, hätte sich ihre Stellung unter den Städtern und meine Stellung an der Schule wohl kaum geändert. Doch in den zwei Tagen ihrer Abwesenheit wurde ihre Niederlage dermaßen aufgebauscht, daß ihr Ruf unwiederbringlich ruiniert war. Nach ihrer Rückkehr schloß sie sich wieder Prowse' Gruppe an, nahm nun aber einen untergeordneten Rang ein; sie zählte vielleicht nicht gerade zum einfachen Fußvolk, aber mit Sicherheit auch nicht mehr zu Prowse' Günstlingen. Ihm und uns anderen gehorchte sie mit mürrischem Schweigen, als wagte sie nicht, den Mund aufzumachen, um nicht eine neuerliche Anspielung auf ihre Eltern zu riskieren, die sie das letzte bißchen Würde kosten könnte.

Als ich eines regnerischen Sonntags das Schulgelände verließ, um meiner Familie meinen wöchentlichen Besuch abzustatten, folgte mir Fielding. Anscheinend wußte sie, wie ich das Wochenende für gewöhnlich verbrachte, und hatte vor dem Tor auf mich gewartet. Sie trug einen Regenschirm – im Unterschied zu mir – und machte keinerlei Anstalten, sich zu verstecken, sondern marschierte ganz unverhohlen in etwa hundert Fuß Entfernung hinter mir her. Wenn ich stehenblieb, verharrte sie ebenfalls, und wenn ich weiterging, setzte auch sie sich wieder in Bewegung. »Was willst du, Fielding?« rief ich ihr zu in der Hoffnung, sie in ein Gespräch zu verwickeln oder vielleicht sogar eine Art Waffenstillstand herbeiführen zu können. Meiner Meinung nach nahm sie den Sieg, den ich bei unserem Schlagabtausch zufälligerweise errungen hatte, viel zu ernst. Ich sah keinen Grund, warum wir nicht Freunde werden sollten; dann könnte sie in der Gruppe auch wieder die Position des schlagfertigsten Mitglieds einnehmen, was sie zweifellos viel eher verdient hätte als ich. Außerdem hatte ich ein schlechtes Gewissen, denn ich wußte, daß meine Worte grausam gewesen waren, wenn auch vielleicht nicht mehr als die ihren. Trotzdem, die Erinnerung daran, wie sie zur Seite sah und verzweifelt versuchte, Haltung zu bewahren, quälte mich noch immer. Sie hatte nicht bedacht, daß ihre Stellung unter den

Städtern angreifbar sein könnte. Für die Jungen war sie ein Unikum, eine wundersame Vertreterin des weiblichen Geschlechts, aber sie empfanden keine echte Zuneigung zu ihr und fielen skrupellos über sie her, sobald sie sich eine Blöße gab. Fielding hatte sich einen gewissen Ruhm erworben, indem sie gegen die festgesetzte Ordnung verstieß; damit hatte sie aber auch den Schutz und die Vorrechte verloren, die diese Ordnung bot. Sie tat mir leid, auch wenn sie mich grundlos angegriffen hatte.

»Was willst du, Fielding?« rief ich abermals und versuchte dabei, so freundlich und ermutigend zu klingen, wie es bei dieser Lautstärke eben möglich war.

Doch sie stand nur schweigend da, die Hände auf den Stock gestützt, und blickte von Zeit zu Zeit zu mir herüber.

Da begriff ich, daß sie sehen wollte, wo ich wohnte, und überlegte, ob ich ihr davonlaufen sollte oder einfach nur ziellos umherwandern, bis sie genug hatte und wegging. Doch da sie mein Haus früher oder später ohnehin finden würde, marschierte ich schnurstracks in Richtung Brow. Fielding folgte mir durch die Stadt, wo sich alle, wie mir schien, diebisch freuten, mich so tropfnaß zu sehen. Es war Oktober, der Wind trieb kalten Regen vor sich her. Pferde mit dreckbespritzten Bäuchen und Hinterbeinen mühten sich die steilen Straßen der Stadt hinauf, ihre Hufe hoben sich mit schmatzenden Geräuschen aus dem Schlamm. Gelbes Wasser strömte den Hang hinab und sammelte sich in der Duckworth Street, der Water Street und am Harbour Drive, um sich schließlich in den Hafen zu ergießen, wo das Meerwasser trüb und brackig aussah. Die Welt um mich herum wirkte stürmisch, launisch und aufgekratzt, und es schien, als wollte sie Fielding bei ihrem törichten Vorhaben anfeuern.

Ich ging über die Brücke und die Anhöhe zum Brow hinauf. Wann immer ich mich umdrehte, war Fielding noch hinter mir, stapfte mit ihrem Schirm bergauf und bahnte sich ihren Weg zwischen den Pfützen, bis sie merkte, daß ich stehengeblieben war, woraufhin auch sie stehenblieb, anscheinend froh, verschnaufen zu können. Selbst aus der Ferne konnte ich erkennen, daß sie trotz des Wetters außer Atem und ihr Gesicht gerötet war. Es stellte eine ungewohnte Anstrengung für sie dar, den Brow zu erklimmen, anders als für mich. Einmal stieg ich die Vordertreppe eines Hauses hinauf, das zwar kein Herrschaftssitz war, aber weitaus nobler als unseres, und legte möglichst leise die Hand auf den Türgriff. Ich schaute den Hang hinunter. Dort stand Fielding, mit ungerührter Miene, und sah mich finster an, doch sie ließ sich nicht täuschen. Sie wartete, bis ich kleinmütig die Treppe hinabschlich und mich wieder auf den Heimweg machte. Sie folgte mir im selben Abstand wie zuvor. Diesmal ging ich geradewegs zu unserem Haus, und als ich drinnen war, spähte ich durch die Vorhänge hinaus. Fielding argwöhnte anscheinend immer noch, daß ich sie hinters Licht führen wollte, denn sie starrte noch eine ganze Weile herüber. Schließlich kehrte sie aber um, zufrieden, das Haus meiner Eltern gesehen zu haben.

Als sich die Städter am nächsten Tag auf dem Sportplatz einfanden, verbreitete Fielding, daß ich ein »Junge vom Brow« sei. »Er wohnt nicht in der Stadt, sondern in einer Bruchbude auf dem Brow«, sagte sie verächtlich. »Er hat versucht, mich zu täuschen, indem er zur Haustür eines anderen Hauses gegangen ist. Mein Gott, Prowse, wenn du sehen würdest, in was für einer Baracke er lebt! Ich zeige es dir mal, wenn du willst.«

Alle schauten Prowse an, der wiederum Fielding anstarrte.

»Was hast du getan, Fielding?« fragte Prowse ungläubig. »Du bist doch nicht etwa Smallwood zu seinem Haus gefolgt?«

»Nein«, antwortete sie, »ich ... ich habe nur ...« Sie sah Prowse an, die blauen Augen tränenverschleiert. Dann drehte sie sich um, und wie in einer komischen Wiederholung ihres ersten Rückzugs marschierte sie mit gerafften Röcken davon in Richtung Straße.

Unter den Städtern war ich weniger beliebt als gefürchtet. Fieldings tiefer Fall gemahnte sie ständig daran, was passieren konnte, wenn man sich mit mir anlegte. So kam ich in den unverdienten – und nach der Sache mit Fielding auch nicht mehr bewiesenen – Ruf eines recht schlagfertigen Kerls, der einen zwar in Ruhe ließ, der aber, wenn ihm jemand in die Quere kam, mehr austeilte als einsteckte.

Ich war einer der wenigen Jungen, die wirklich gern aufs Bishop Feild gingen. Daß man sich mit unverhohlener Geringschätzung über die Schule äußerte, gehörte hier beinahe zum guten Ton. Fast jeder am

Bishop Feild empfand es als Zumutung, eine solche Schule besuchen zu müssen. Für die Jungen aus besserem Hause bedeutete es, daß entweder ihre schulischen Leistungen zuwenig erfolgversprechend oder ihre Eltern doch nicht wohlhabend genug waren, um ihre Sprößlinge auf eine Eliteschule in Übersee zu schicken.

Viele Schüler ließen sich irgendwelche Geschichten einfallen, um sich für ihre Anwesenheit hier zu rechtfertigen. So behauptete ein gewisser Thompson, es gebe in Eton eine Regel, wonach nicht mehr als zwei Brüder aus einer Familie aufgenommen werden dürften, und da bereits zwei seiner Brüder dort seien, könne er nicht hingehen. »Natürlich gibt es noch andere Schulen«, verkündete Thompson großspurig. »Aber im Grunde genommen sind sie auch nicht viel besser als das Bishop Feild, warum sollte also mein Vater sein Geld dafür ausgeben?« Diese Erklärung fanden fast alle lachhaft, aber Thompson hielt trotzdem daran fest.

Manche behaupteten, sie würden nicht lange im Bishop Feild bleiben, sondern bald nach Rugby, Sandhurst, Harrow, St. Wulfric's oder Gordonstown gehen. »In jeder guten Schule kommt es eigentlich bloß auf die Sekunda und die Prima an«, meinte ein Junge namens Porter. »Noch ein Jahr im Bishop Feild, dann bin ich Gott sei Dank in Harrow und brauche euch Gesindel nicht mehr zu sehen.«

Auch von den Lehrern, die größtenteils umherreisende Engländer waren, hielt sich niemand gern hier auf. Beinahe ohne Ausnahme hatten sie alle vergeblich versucht, an irgendeiner Public school in Großbritannien oder in einer bevorzugteren Kolonie als Neufundland unterzukommen, oder sie hatten dort eine Stelle innegehabt und waren aus dem einen oder anderen Grund entlassen worden. Das Feild war eine Art Mekka für Menschen mit sonderbaren Namen. Zu unseren Lehrern zählten Beadle Wagstaff, Ikey Samson, Polly Bernard, Askew Pridmore, Tasker McBain, Arthur Onions und ein Franzose, der sich als Adolph E. Bernard vorstellte und dabei immer das »E« betonte, als befürchtete er, man könnte ihn mit einem anderen Adolph Bernard verwechseln. Durch ihre Namen schien ihnen eine Verschrobenheit vorherbestimmt zu sein, die von Mißerfolg herrührte; vielleicht war aber auch die Verschrobenheit die Ursache ihres Mißerfolgs. Es kursierten zahllose Gerüchte über ihre angeblich dunkle Vergangenheit und die Gründe, warum sie aus früheren Stellungen entlassen worden und trotz ihrer Ausbildung in Eton und Oxford in Neufundland gestrandet waren.

Die meisten Lehrer ergingen sich in geistreichem Spott über Neufundland, ergötzten sich daran, all seine Unzulänglichkeiten und Mängel im Vergleich zu England aufzuzählen, und machten sich ständig über hiesige Sitten und Gebräuche lustig. Den Winter fanden sie unerträglich; sobald der erste Schnee fiel, stieg die Zahl der Prügelstrafen drastisch an. Wie ihre Schüler legten auch sie großen Wert auf die Feststellung, daß sie nur kurzzeitig am Bishop Feild bleiben würden, daß nur der Zufall oder ein vorübergehendes Mißgeschick sie hierher verschlagen habe und sie bald weiterziehen würden.

Der Rektor der Schule war ein gewisser Reeves, der am Burenkrieg teilgenommen hatte und immer mit einem Zeigestock herumlief, den er wie ein Offiziersstöckchen unter den Arm geklemmt hatte. Er war schon so lange am Bishop Feild, daß er selbst nicht mehr glauben und auch anderen nicht mehr weismachen konnte, daß er jemals von hier fortkommen würde. Neufundland bezeichnete er als »das Elba des Nordatlantiks«, und seine Aufgabe, so teilte er uns mit, bestehe darin, den Schaden wiedergutzumachen, den wir durch unser mehr als zehnjähriges Dasein in diesem Land davongetragen hätten. Seine Aufgabe sei es nicht nur, uns zu erziehen, sondern auch, uns zu zivilisieren, denn für ihn stand fest, daß wir hinter unserer »Fassade der Kultiviertheit« nichts als Wilde waren, die vom »Abschaum Englands« abstammten. (Nach seiner Pensionierung zehn Jahre später kehrte er tatsächlich nach England zurück, und als sein Schiff zum Hafen hinausfuhr, soll er gerufen haben: »Lebt wohl, Neufundländer, ihr seid ein schlimmeres Pack als die Buren!«)

Über Neufundland brachte man uns so gut wie gar nichts bei, stattdessen trichterten uns die Lehrer die Geschichte und Geographie Englands ein, jenes Landes, nach dem sie sich so sehr sehnten, daß sie so taten, als befänden sie sich dort, und von den tatsächlichen Gegebenheiten ihres Daseins möglichst wenig wahrhaben wollten. In der Sexta begann der Geschichtsunterricht, den Rektor Reeves erteilte, jede

Stunde aufs neue damit, daß wir eine detaillierte Karte von England zeichnen mußten. So wurden wir im Lauf des Schuljahres immer besser darin, und Reeves ließ uns um die Wette zeichnen, wer die Karte am schnellsten und am genauesten zustande brachte.

Das Urteil der Jungen darüber, wer aus ihren Reihen etwas zu sagen hatte und wer nicht, wurde auch von den Lehrern übernommen. Ihr ganzes Leben hatten sie an Public schools verbracht, und wie schon in ihrer eigenen Schulzeit war ihnen daran gelegen, daß die richtige Sorte Jungen sie mochte. Um deren Gunst zu gewinnen, zeigten sie offen ihre Abneigung gegen Jungen wie mich. Prowse hingegen war der Liebling der Lehrer. In ihren Augen konnte er nichts falsch machen. Wenn er doch einmal ein kleineres Vergehen beging, wie etwa zu spät zum Unterricht zu erscheinen, grinste er sie einfältig an, und sie grinsten zurück, als wäre er der schneidige, sympathische Frechdachs, der jeder von ihnen früher selbst gern gewesen wäre.

Die Lehrer schienen nie so recht zu wissen, was sie von mir halten sollten. Anscheinend bezweifelten sie, daß meine gehobene Position von Dauer sein würde, und wollten deshalb kein Risiko eingehen. Daß auch ein paar von denen, die Reeves den »Pöbel« nannte, an der Schule waren, störte sie nicht. Unsere Anwesenheit untergrub keineswegs die Ordnung der Klassengesellschaft, sondern rief vielmehr deren Existenz in Erinnerung. Allerdings schien es ein ungeschriebenes Gesetz zu geben, wonach solchen wie uns nur ein gewissermaßen kurzzeitiger und begrenzter Erfolg beschieden sein würde. Wir konnten zwar die oberste Sprosse unserer kleinen Leiter erklimmen, aber nicht auf die größere Leiter der anderen überwechseln, und diesen wiederum blieb die Leiter, die die Lehrer gemeistert hatten, vorenthalten.

Manchmal sah Reeves mich taxierend an, als fragte er sich, ob ich eigentlich wußte, was ich da tat, und was ich mir einbildete, daß ich freundschaftlichen Umgang mit so jemandem wie Prowse pflegte. Ich denke, es war ein unbewußter Versuch, ihn zu beschwichtigen oder ihm vielleicht auch vorzuspielen, daß ich sehr wohl um meinen Platz wußte, daß ich der Klassenkasper wurde – jeder noch so große Erfolg zählte nicht ganz, wenn man ihn sich nur als Possenreißer verdiente. Selbst ein Clown, der die besten Noten in der Schule hatte, blieb dennoch ein

Clown. So wie die Narren bei Shakespeare konnte auch ich fast immer ungestraft sagen, was ich wollte. Und den Lehrern erlaubte es eine großzügige Auslegung meiner Worte.
Zumindest im Unterricht verstand es Reeves, durch einen Zynismus zu glänzen, den Jungen sympathisch und unterhaltsam finden. Außerdem ließ er sich leicht vom eigentlichen Stoff ablenken, um sich lang und breit darüber auszulassen, wie furchtbar die Zustände im allgemeinen seien, besonders in Neufundland im Vergleich zu England, und daß heutzutage alles überall auf der Welt viel schlimmer sei als früher.
»Bring Reeves in Fahrt«, befahl mir Prowse, als wir ins Klassenzimmer marschierten.
Ich begann mit der Frage, warum er denn nicht gern in Neufundland lebe. »Was haben Sie gegen Neufundland, Sir? Gefällt es Ihnen hier nicht, Sir? Wenn man sich mal daran gewöhnt hat, ist es doch gar nicht mehr so schlecht. Vermissen Sie das gute alte England, Sir? Um diese Jahreszeit muß es dort sehr schön sein. Was vermißt Ihre Frau hier am meisten, Sir?« Reeves durchschaute mich, aber da er das Unterrichten ebenso haßte wie wir das Lernen, lehnte er sich in seinem Stuhl zurück, legte die Füße aufs Pult, schleuderte mit einer schwungvollen Bewegung die Ärmel seines schwarzen Talars zurück, klopfte mit seinem Stöckchen aufs Pult, als zählte er das Versmaß eines Gedichtes aus, und begann:
»Die Schlimmsten unseres Volkes kommen hierher, treiben ein paar hundert Jahre lang Inzucht, und das Resultat sind hunderttausend Neufundländer mit Smallwood am untersten Ende.«
»Und mit Ihnen als meinem Lehrer, Sir«, erwiderte ich.
»Wie viele Geschwister hast du, Smallwood?« wollte Reeves wissen.
»Sechs, Sir.«
»Meine Güte! Haben deine Eltern etwa vor, ihren eigenen Staat zu gründen?«
»Wie viele Geschwister haben Sie, Sir?« fragte ich.
»Ich bin ein Einzelkind«, antwortete Reeves.
»Ihre Eltern müssen sehr stolz auf Sie sein, Sir. Ich meine, da Sie doch so einen herausragenden Posten am Bishop Feild bekommen haben. Waren Ihre Eltern in letzter Zeit mal zu Besuch?«

Reeves' vorherige Anstellung war in Indien gewesen, und er behauptete, daß die Schüler dort besser Englisch sprachen als die Neufundländer.
»Wir verstehen einander ganz gut, Sir«, sagte ich und wies auf meine Klassenkameraden. »Nur aus Ihnen werden wir nicht schlau.«
So ging es weiter, Reeves lächelte unentwegt, als wäre es ihm gleichgültig, wenn ich ihn übertraf, als hielte er noch einen Trumpf in der Hand, der ihm aber zu schade sei, um ihn gegen jemanden wie mich auszuspielen. Nicht ein einziges Mal verbot er mir den Mund, indem er seine Autorität geltend machte oder mir eine Strafe für meine Respektlosigkeiten androhte. Er glaubte schon lange nicht mehr daran, daß Charakterbildung möglich oder auch nur wünschenswert sei.
Wie die meisten Zyniker schien er für seine Desillusionierung selbst zu sorgen, indem er wider besseres Wissen mehr von der Welt verlangte, als sie ihm geben konnte. Trotzdem lebte noch ein schwacher Rest von jugendlichem Idealismus in ihm fort, und das war es, was ihn gefährlich machte.
»Nach Tennyson ist kein lesenswertes Gedicht mehr geschrieben worden«, erklärte Reeves. »Nach Dickens hat es keinen lesenswerten Roman mehr gegeben«, als sei ein persönliches Versagen wie das seine in einem Zeitalter der Mittelmäßigkeit entschuldbar oder sogar unvermeidlich. Nicht nur Neufundland, sondern die gesamte Neue Welt war in seinen Augen kulturloses Hinterland, wenngleich er sich seine abfälligsten Bemerkungen für Neufundland aufsparte.
»Ich gebe ja nicht euch die Schuld«, sagte er. »Ihr könnt nichts dafür, daß euer sogenanntes Vaterland keine Kultur hat.«
Er las Keats' »Ode an eine Nachtigall« und Shelleys »Ode an den Westwind« vor und fragte uns, was Neufundland an Ebenbürtigem hervorgebracht habe. Er hielt eine Ausgabe von *David Copperfield* hoch und wollte wissen, welches neufundländische Werk sich damit messen könne. »Es dauert Jahrtausende, um eine große Kultur, eine große Zivilisation hervorzubringen«, meinte er.
»Prowse' Großvater hat ein großartiges Buch geschrieben«, warf ich ein. »Es heißt *Die Geschichte Neufundlands.*«
»Eine Geschichte Neufundlands kann nicht großartig sein«, erwiderte Reeves, »weil an Neufundland nichts Großartiges ist. Ich habe es nicht

gelesen und werde es selbstverständlich auch nicht lesen, dieses besagte Buch. Aber ich bin mir sicher, daß es eine gründlich recherchierte und sachverständig geschriebene Chronik des Elends und der Barbarei ist, in der es nur so wimmelt von halbgebildeten Politikern und erfolglosen Exilanten wie mir, die versuchen, die Abkömmlinge des Pöbels ihres Mutterlands zu beaufsichtigen und zu erziehen.« Dabei sah er Prowse an, als wollte er sagen: »Nicht einmal bei dir, Prowse, nicht einmal bei dir und deinem schriftstellernden Großvater mache ich eine Ausnahme.«

»Denkt daran«, ermahnte er uns, »daß viele von euch von Leuten abstammen, die nicht einmal die Grundschule in Irland schafften, in einem Land voll hinterwäldlerischer Barbaren, oder in Schottland, dessen höchste kulturelle Errungenschaft die Erfindung des Dudelsacks war. Mein Gott, mir wird schwindlig, wenn ich nur daran denke. Wenn ihr die Elite Neufundlands seid, wie mag dann erst der Rest sein? Unseren Smallwood hier könnten wir vielleicht als die herausragende Leuchte des Pöbels betrachten. Aber versucht euch doch einmal jemanden vorzustellen, neben dem er uns noch als Leuchte erscheint. Nein, da setzt der Verstand aus, das übersteigt alle Vorstellungskraft. Dort draußen gibt es Pöbel, das wissen wir, indem wir von Smallwood extrapolieren, aber zu unserem Glück vermögen wir nicht, ihn uns vorzustellen.«

Am Ende meines ersten Jahres war ich der achtzehnte von den neunzehn Schülern der Sexta. Meine Mutter nahm es gelassen hin. »Die haben ja alle einen Vorsprung dir gegenüber«, meinte sie. »Du holst schon noch auf. Und vergiß nicht, einer der Jungs war trotz all seiner Vorteile sogar noch schlechter als du. Stell dir mal vor, wie der sich fühlen muß.« Der Gedanke, daß es für einen Jungen besonders demütigend war, schlechter beurteilt zu werden als ich, konnte mich nicht gerade aufmuntern. Meine »Charakter«-Bewertung war fünfundvierzig von fünfhundert, die schlechteste nicht nur in unserem Jahrgang, sondern am ganzen College.

Mein Vater verurteilte dies als eine Verunglimpfung des Namens Charlie Smallwood. »Charakter«, schimpfte er, »die wissen doch nicht mal, was Charakter ist, wenn man es ihnen um die Ohren haut.« Offensichtlich werde der Charakter eines Jungen nach dem Einkommen seines

Vaters und der Qualität seiner Kleider beurteilt. Wie viele Punkte, fragte er sich, hatte wohl der Junge von Baker bekommen, der seinen armen Vater auf offener Straße blamiert hatte?
»Wenn man es so sieht, daß Gott fünfhundert Punkte hat, dann sind fünfundvierzig gar nicht so schlecht«, sagte meine Mutter.
»Gott?« entgegnete ihr mein Vater. »Was hat Gott damit zu tun? Ist Gott etwa am Bishop Feild eingeschrieben?«
Zahlen hatten es ihm angetan, und gerade diese beiden Zahlen wollten ihm nicht mehr aus dem Kopf gehen. Am ersten Abend, den ich wieder auf dem Brow verbrachte, saß er mit Bleistift und Papier am Küchentisch und jonglierte mit diesen Zahlen, addierte, subtrahierte, teilte, berechnete Prozentzahlen und schenkte sich dabei ein Glas Rum nach dem anderen ein. Als ich zu Bett ging, war er immer noch damit beschäftigt.
»Fünfundvierzig von fünfhundert«, grölte er, »fünfundvierzig von fünfhundert sind neun Prozent. Vierhundertfünfundfünfzig Punkte fehlen zur Höchstpunktzahl. Zweihundertundfünf fehlen für ›noch befriedigend‹. Was für eine Unverschämtheit! Ich habe ein einundneunzigprozentiges Charakterdefizit. Einundneunzig Prozent meines Charakters sind schlicht nicht vorhanden.«
Vom Fuß der Treppe rief er zu mir herauf: »Die Beurteilung hat nicht dir gegolten, Junge, sondern mir, deinem armen Vater. Ich möchte, daß du Rektor Reeves sagst, daß ich seinen Charakter mit fünfzehn von fünfhundert bewerte. Nein, nein, das ist noch zuviel. Sag ihm, ich bin zu dem Ergebnis gelangt, daß sein Charakter überhaupt nicht existiert. Null – so viele Charakterpunkte gebe ich ihm. Sag ihm, daß er meines Erachtens null Charakter hat.«
Die Zensuren in den einzelnen Fächern wurden von den jeweils unterrichtenden Lehrern erteilt, doch den Charakter jedes Schülers beurteilte Rektor Reeves. Mit einer schlechten – wenn auch nicht mit einer *so* schlechten – Note hatte ich bereits gerechnet, denn das »Colloquium« bei ihm war nicht gut gelaufen. (Jeder von uns mußte gegen Schuljahresende zu einem sogenannten Colloquium bei ihm erscheinen.) Er behauptete, ich neige zum »Phantasieren«, womit er Tagträumen meinte. Von den anderen Lehrern hatte er gehört, daß sie mich oft dabei ertappten, wie ich während des Unterrichts auf eine von mir verfaßte

Namensliste starrte, an deren Ende ich mich selbst gesetzt hatte. Da ich beispielsweise davon überzeugt war, daß ich, wie Prowse' Großvater, einmal eine Geschichte Neufundlands schreiben würde, erstellte ich folgende Liste von neufundländischen Historikern: Richter John Reeves, Hochwürden Lewis Amadeus Anspach, Hochwürden Charles Pedley, Hochwürden Philip Toque, Hochwürden Moses Harvey, Richter Daniel Woodley Prowse, Joseph Robert Smallwood. Ich schrieb auch eine chronologische Reihenfolge der neufundländischen Premierminister, die mit mir endete: »Sir Joseph Robert Smallwood, Parlamentsabgeordneter, Geheimrat und Kontur des St. Michaels- und St. Georgsordens«. Reeves lachte und meinte, ich könne noch soviel an »Kontur« gewinnen, aber zum »Komtur« eines englischen Ritterordens würde ich es mit Sicherheit nie bringen.

Ich las eine ganze Anzahl Bücher, die Reeves als ungeeignet erschienen, sprich: von Nicht-Engländern geschrieben waren, wie etwa *Der letzte Mohikaner, Huckleberry Finn* oder *Moby Dick.*

In der Zeit des Colloquiums bei Reeves hatte ich mich ketzerischerweise an ein Buch herangewagt, das nicht einmal von einem englischsprachigen Autor stammte, nämlich *Krieg und Frieden*, ein Weihnachtsgeschenk von meinen Eltern. Ich träumte davon, eines Tages ein Buch zu schreiben, das für Neufundland ebenso bedeutsam sein würde, wie es *Krieg und Frieden* für Rußland gewesen war: ein großes, schamlos patriotisches Nationalepos.

»Du liest viel, nicht wahr, Smallwood?« meinte Reeves. »Du läufst immer mit Büchern unter dem Arm herum, die gar nicht auf dem Lehrplan stehen. Und was sind das auch für Bücher! Gewaltige Werke für einen Knaben deines Alters. Jedesmal wenn ich dich sehe, denke ich mir, da schleppt sich der kleine Smallwood wieder mit einem Stapel Bücher ab. Was hat er vor, frage ich mich, was geht in seinem Kopf vor? Ich sage mir, es ist nicht unbedingt ein schlechtes Zeichen, wenn jemand mehr als nötig liest. Er muß voller Fragen sein, er sucht in diesen Büchern nach etwas. Er ist kein gewöhnlicher junger Mann, mit oberflächlichen Antworten gibt er sich nicht zufrieden. Er möchte wissen, was ... wie sagt man ... was die Welt am Laufen hält?«

Das war eines seiner bevorzugten rhetorischen Mittel – er gab vor, nach einer Redewendung zu suchen, in weltlichen Dingen und Ausdrücken unerfahren zu sein, weil ihn ja viel Wichtigeres in Anspruch nahm.

»So war ich auch einmal. Ich fragte mich immer, was sind … wie sagt man … die großen Fragen des Daseins? Und ich bildete mir ein, ich könnte die Antworten darauf verstehen.«

Erwartungsvoll faßte er mich ins Auge, als wollte er wissen, ob ich seiner Einschätzung meiner Person zustimmte oder sie ablehnte. Doch mir fiel nichts Besseres ein, als die Stirn zu runzeln.

Er vollführte eine Reihe ironisch herablassender Gesten: rückte seine Brille zurecht, strich sich über den Schnurrbart, stemmte die Arme in die Hüften.

»Du hast ja auch jetzt ein Buch dabei. Laß es mich mal ansehen«, sagte er und streckte die Hand aus.

»*Krieg und Frieden*«, stellte er in halb gelangweiltem, halb belustigtem Ton fest, als hätte er die vermeintliche Größe dieses Werkes schon so oft widerlegt, daß sich jedes weitere Wort erübrigte. Prüfend wog er das Buch in der Hand, zuckte dann mit den Achseln und hielt es auf Armeslänge. »›Der vielleicht größte Roman aus der Feder des vielleicht größten Romanciers aller Zeiten‹«, las er vor und lachte leise. »Oje, oje. Nun, Smallwood, du hast wahrscheinlich gelesen: ›Der größte Roman aller Zeiten‹ und dir gedacht: Mensch, wenn das mal jemand über eines von meinen Büchern sagt! Habe ich recht?«

In seinem letzten Satz schlug er einen so teilnahmsvollen Ton an, als wollte er mich auffordern, mich ihm anzuvertrauen, als bräuchte ich mich meines Geständnisses nicht zu schämen und hätte jetzt endlich Gelegenheit, mich auszusprechen, die Last auf meiner Seele loszuwerden; ja, es klang, als wollte er mir zu verstehen geben, daß er wisse, wie sehr man unter der hochmütigen Illusion, zu Großem berufen zu sein, leiden konnte.

»Leo Tolstoi«, las er, »1828–1910. Tja, wo ist der ›vielleicht größte Romancier aller Zeiten‹ jetzt, Smallwood? Wo ist der arme, alte Leo jetzt, kannst du mir das sagen?«

»Da«, erwiderte ich und deutete auf das Buch. Meine schlagfertige Antwort quittierte er mit spöttisch hochgezogenen Augenbrauen. Dann griff er in seine Schreibtischschublade und holte eine mächtige, leder-

gebundene Ausgabe der Bibel hervor, die er auf den Tisch legte, Seite an Seite mit *Krieg und Frieden.* Er beugte sich ein wenig vor und machte eine einladende Geste, wie ein Händler, der seine Waren feilbietet, oder ein Zauberer, der sein Publikum auffordert, sich davon zu überzeugen, daß mit seinen Requisiten alles seine Richtigkeit hat.
»Nun?« meinte er und schaute mich dabei mit einem listigen Lächeln an.
»Sir?« erwiderte ich scheinbar verständnislos.
Als sähe er durch meine Reaktion einen bestimmten Verdacht bestätigt, verstaute er die Bibel wieder in der Schublade und gab mir *Krieg und Frieden* zurück.
»Du hast vor, den großen neufundländischen Roman zu schreiben, stimmt's?« sagte er. »*Krieg und Frieden* von Leo Tolstoi. *Fisch und Fritten* von Joey Smallwood.«
Er stand auf, kehrte mir den Rücken zu und sah aus dem Fenster.
»Hochmut kommt vor dem Fall, Smallwood«, bemerkte er. »Ich war selbst einmal ein sehr hochmütiger Mensch. Und Hochmut ist die schlimmste aller Sünden. Ihretwegen wurde der erste Krieg geführt, ihretwegen wurden Luzifer und seine abtrünnigen Engel aus dem Himmel vertrieben und in den Abgrund der Hölle geworfen. Das solltest du nie vergessen. Du kannst jetzt gehen.«

FIELDINGS KURZER ABRISS DER GESCHICHTE NEUFUNDLANDS

1. Kapitel
Landung

Dieser kurze Abriß will die Geschichte der Insel Neufundland darstellen, seit sich das geologische Gebilde, das diesen Namen trägt, erstmals aus dem Meer erhoben hat ...
Die Erdkruste kühlt sich ab ...

John Cabot entdeckt die Insel am 24. Juni 1497. Er glaubt, er hat Cathay, das heutige China, gefunden und somit eine Abkürzung, für die er nur fünfunddreißig Tage gebraucht hat. Nach seiner Rückkehr nach England berichtet er König Henry VII., er habe das Land des Großkhans entdeckt und werde sicherlich auch dessen Paläste finden, wenn Henry ihm eine zweite Expedition finanziere. Der König ist einverstanden. Cabot bricht nach Neufundland auf und wird nie mehr gesehen.

1534 umsegelt Jacques Cartier Neufundland und beweist damit, daß es sich um eine Insel handelt. Es gelingt ihm, seine Mannschaft davon zu überzeugen, daß dies eine ebenso große Leistung ist wie sein ursprüngliches Vorhaben, nämlich einen Seeweg nach Ostindien zu finden. So erklärt sich seine spätere Bemerkung, die von vielen nicht verstanden wurde, daß nämlich die Eigenschaft, die er an Matrosen am meisten schätze, Einfältigkeit sei.

1583 macht sich Sir Humphrey Gilbert, der Halbbruder von Sir Walter Raleigh, auf die Suche nach einer Passage in den Orient, gibt sich dann aber damit zufrieden, im Namen Königin Elizabeths I. Anspruch auf Neufundland zu erheben. Als er von Neufundland nach England zurücksegelt, nimmt er ein Stück Grasnarbe und einen kleinen Zweig mit – Symbole der Besitzerschaft, die im Gegensatz zu ihm noch an der Wasseroberfläche treiben, als sein Schiff mitten im Atlantik versinkt.

RICHTER

Trotz aller Verachtung, die mein Vater Neufundland entgegenbrachte, zählte er zu seinen geschätztesten Besitztümern ein Exemplar der *Geschichte Neufundlands*, verfaßt von Richter D.W. Prowse und veröffentlicht im Jahr 1895. Es sei eines der großen Geschichtswerke der Welt, sagte er, obwohl er bezweifle, daß es außerhalb Neufundlands jemals gebührende Anerkennung finden werde.

Prowse' Fertigkeiten im Umgang mit Zahlen, seine Tabellen, Schaubilder, Karten und statistischen Reihen beeindruckten ihn ebensosehr wie Prowse' Stil, der die Schlüssigkeit und wortgewandte Klarheit von Gerichtsentscheidungen hatte, von Urteilen, die gefällt und erläutert werden, von gründlich untersuchten Zusammenhängen von Ursache und Wirkung. Es las sich wie eine großartige Beweisführung, geschrieben, um ein Berufungsverfahren vor einem höheren Gericht abzuweisen, obwohl sich die Begründungen häufig in der Fülle von Einzelheiten verloren. Wie Prowse in seinem Vorwort einräumte, sei das Werk keineswegs vollständig, ja, könne es selbst beim zehnfachen Umfang seiner achthundert Seiten nicht sein, denn schon in dem Augenblick, da er den letzten Satz zu Papier gebracht habe, sei ein geschichtlicher Moment nicht mehr erfaßt worden, und sogar bei dem, was er niedergeschrieben habe, gebe es Lücken, Ungereimtheiten, unbefriedigende Erklärungen und Mutmaßungen, obwohl er glaube, daß all diese Unzulänglichkeiten zumindest theoretisch zu beseitigen seien und allein Zeitmangel und fehlende Dokumente die von ihm angestrebte Vollkommenheit verhindert hätten. Vier Jahrhunderte Inselgeschichte seien durchaus zu erfassen, glaubte der Richter. Eine Darstellung unserer Vergangenheit in der Art eines amtlichen Parlamentsberichts sei keineswegs ein Ding der Unmöglichkeit, sofern man nur genug Zeit dafür habe.

Mir kam es vor, als enthalte die *Geschichte* nicht eine Aufzeichnung der Vergangenheit, sondern die Vergangenheit selbst, destilliert und derart verdichtet, daß ich sie kaum hochheben konnte.

Mein Vater hielt große Stücke auf die *Geschichte*, nicht so sehr, weil sie die Lebensweise der Neufundländer gegenüber der Welt verteidigte oder die Ausbeutung durch England über dreihundert Jahre hinweg anprangerte, obwohl er dies durchaus anerkennenswert fand. Vielmehr schätzte er sie als das greifbare Produkt eines Mannes, der das erreicht hatte, was ihm in seinem Leben am wichtigsten erschienen war.

»Findest du die *Geschichte* meines Großvaters wirklich so gut?« fragte mich Prowse eines Tages nach dem Unterricht in der Untersekunda, zwei Jahre nach meinem Eintritt ins Bishop Feild, kurz vor den Weihnachtsferien.

»Ja, sicher«, antwortete ich. »Mein Vater hat sie zu Hause. Er findet auch, daß es ein sehr gutes Buch ist.«

»Tatsächlich? Ob dein Vater vielleicht meinen Großvater kennenlernen möchte, was meinst du?« Prowse schenkte mir jenes kurze Lächeln, das solche Bekundungen spontaner Großmut stets begleitete. »Er könnte das Exemplar deines Vaters signieren.«

Ich würde meinen Vater fragen, wenn ich am Sonntag nach Hause ging, sagte ich.

Der Gedanke an eine Begegnung mit dem Richter schien meinem Vater fast Angst einzujagen. »Nein, nein, um Himmels willen, nein«, rief er, als hätte ich eine fürchterliche Dummheit gemacht. Kopfschüttelnd lief er im Wohnzimmer auf und ab, voller Sorge, Prowse könnte das Treffen bereits in die Wege geleitet haben und der Richter ihn erwarten. Ich versicherte ihm, das sei nicht der Fall, wollte aber doch wissen, warum er jemanden, dessen Werk er so sehr schätzte, nicht kennenlernen mochte.

»Ich weiß nicht, warum«, entgegnete mein Vater. »Ich möchte einem solchen Mann nicht begegnen, das ist alles, was ich sagen kann.«

»Geh nicht zum Richter, auf daß du nicht gerichtet werdest«, sagte meine Mutter.

»Da.« Mein Vater streckte mir sein Exemplar der *Geschichte* hin. »Geh du mit dem jungen Prowse zum Richter und laß ihn mein Buch signieren. Sag ihm, Charlie Smallwood läßt grüßen.«

Neun Jahre zuvor, im Jahr 1905, hatte der Richter mit der Überarbeitung seiner *Geschichte* begonnen, nicht nur, um die Jahre nachzutragen, die seit Erscheinen der ersten Auflage vergangen waren, sondern auch, um die vielen Fehler zu berichtigen, auf die man ihn aufmerksam gemacht hatte und deren Anblick, schwarz auf weiß, ihm schlaflose Nächte bereitete. Außerdem wollte er neu ans Licht gekommene Dokumente berücksichtigen, uralte Zeugnisse, deren Zahl unendlich zu sein schien.

Ich ging mit Prowse zu dem großen, alten Haus des Richters in der Military Road und folgte ihm einige Treppen zu einem Studierzimmer hinauf, wo wir den Richter inmitten all der Produkte der Gelehrsamkeit fast begraben vorfanden. Der Schreibtisch war ein Durcheinander von Plänen und grob gezeichneten, seltsam unbestimmten und an den Ecken gerundeten Landkarten früher Kartographen, der Boden bedeckt mit schweren Lederbänden, Registern aus der Kolonialzeit und amtlichen Regierungsberichten. Es schien, als würden die Wände aus Büchern bestehen – auf den Regalen türmten sich die Bücher bis zur Decke, und die Bücherstapel vor dem Fenster ließen nur schmale Lichtkeile durch. »Großpapa«, sagte Prowse, nachdem er kurz geklopft hatte. »Das ist Joe Smallwood, er geht mit mir aufs Bishop Feild.«

Der Richter war offenbar erfreut über die Unterbrechung. Er drehte sich auf seinem Stuhl um und streckte mir mit einem breiten Lächeln die Hand entgegen. Ich bahnte mir einen Weg durch die auf dem Boden verstreuten Bücher und ergriff seine Hand. »Guten Tag, Sir.«

»Schön, dich zu sehen, Junge«, entgegnete der Richter. Etwas verwirrt, aber nicht unfreundlich faßte er Prowse ins Auge, schüttelte dann den Kopf und wandte den Blick wieder mir zu. Es war kalt im Haus. Er trug einen bis oben zugeknöpften Tweedmantel und um den Hals einen roten Schal, den der lange weiße Bart jedoch fast völlig verdeckte.

»Joes Vater gefällt dein Buch«, sagte Prowse, »und deshalb meinte Joe, du könntest ihm diese Ausgabe vielleicht signieren.«

Prowse legte das Exemplar meines Vaters vor ihm auf den Schreibtisch, und der Richter setzte achselzuckend und sichtlich erheitert, als würde er einem närrischen Einfall von uns nachgeben, seinen Namen an die

Stelle, auf die Prowse mit dem Finger deutete. Darunter schrieb er vier Zeilen, die ich nicht entziffern konnte.

»Befolge diesen Rat«, sagte er, während er auf das Gekritzel tippte, »und du wirst nicht fehlgehen.«

Ich nickte.

»Wem, sagtest du, gehört dieses Buch?« fragte er mich.

»Meinem Vater«, antwortete ich.

»Dieser Schurke«, brummte der Richter, und einen Augenblick lang dachte ich, mein Vater hätte deshalb die Begegnung mit dem Richter gescheut, weil sie sich bereits kannten. Doch Prowse zwinkerte mir zu und schüttelte den Kopf. Der Richter sah sich im Zimmer um. »Ich werde nie damit zu Ende kommen«, sagte er in der heiteren Art eines Menschen, der andere lediglich mit seinen hohen Ansprüchen beeindrucken will und im Grunde nicht daran zweifelt, daß er ihnen genügen wird.

»Weißt du, was ich tun würde, Junge, wenn ich die Zeit dazu hätte?« fuhr er an mich gewandt fort. »Ich würde über einen einzigen Mann schreiben, wie Rousseau, wie Boswell es taten, über einen typischen, echten Neufundländer. Und weißt du, wer dieser Mann wäre?« Ich schüttelte den Kopf. »Cluney Aylward«, sagte er und lehnte sich zurück, als könnte er so besser sehen, ob ich seine Ansicht teilte, daß Cluney Aylward, von dem ich noch nie gehört hatte, ein typischer Neufundländer sei. »Er war ein großer Mann«, fügte der Richter hinzu. »Ein gelehrter Mann, versteht sich, herausragend auf seinem Gebiet, ein Denker, aber auch ein Mann des Volkes, eine Führungspersönlichkeit, wie wir sie nie wieder haben werden. Ich würde ihm wie ein Schatten folgen und alles niederschreiben, was er sagt und tut, und ebenso, was andere Menschen über ihn sagen.«

»Joe und ich gehen jetzt wohl besser, Großpapa«, bemerkte Prowse, und wieder schien der Richter verwirrt, doch schließlich lächelte er nachsichtig. »Denke daran, Junge«, sagte er. »Die Frage ist: Was hat uns zu dem gemacht, was wir sind, und welches Schicksal ist uns bestimmt? Das ist die Frage, mit der ich jeden Tag ringe, hier an diesem Schreibtisch.« Dann verabschiedete er uns.

»Wer ist Cluney Aylward?« fragte ich Prowse, als wir wieder unten waren. »Es gibt keinen Cluney Aylward«, antwortete er mit einem breiten Grinsen. Dann erklärte er mir, der Richter glaube seit einem Schlaganfall, der nach Meinung der Familie von der überaus anstrengenden Arbeit an seinem Buch herrührte, er arbeite noch an der ersten Fassung der *Geschichte Neufundlands.* Diese Wahnvorstellung ließ sich nicht einmal dadurch ernsthaft erschüttern, daß man ihm ein Exemplar der ersten Auflage zeigte, in der sein eigener Name stand. Es war Jahre her, daß er tatsächlich an der neuen Ausgabe gearbeitet hatte, obwohl er sich jeden Tag in sein Studierzimmer zurückzog und Seite um Seite mit unleserlichem Gekritzel vollschrieb, das zu entziffern seine Familie schon lange aufgegeben hatte. Hunderte, Tausende von Seiten hatte er mit diesen krakeligen Schriftzeichen gefüllt. Es war, als schriebe der Richter in einer Sprache, die niemand sonst verstand, einer von ihm selbst erfundenen Sprache, der einzigen, in der er sein Buch ordentlich zu Ende bringen konnte. Als wäre er in seiner Kunst bis zur tiefsten Unergründlichkeit vorgedrungen und schriebe nun für niemanden mehr außer für sich selbst. Er wußte nicht, daß er an Agraphie litt, sondern glaubte vielmehr, er könne noch schreiben und schriebe *tatsächlich,* wenn er die Feder über das Papier führte.

Was Cluney Aylward betraf, so erging sich der Richter zwar stundenlang über seine Verdienste und seine Bedeutung als großer Mann Neufundlands – und die Familie nahm es geduldig hin –, aber es gab nirgendwo einen Beleg dafür, daß ein Mann dieses Namens existiert hatte. Er war offensichtlich eine durch den Schlaganfall hervorgerufene Phantasiegestalt.

»Und erinnerst du dich, daß er ›dieser Schurke‹ sagte, als du von ›deinem Vater‹ gesprochen hast?« bemerkte Prowse. »Er dachte, du meinst meinen Vater. Er dachte, du bist ich. Ich weiß nicht, für wen er *mich* heute gehalten hat.«

Ich war böse auf Prowse, weil er mir und seinem Großvater einen solchen Streich gespielt hatte, aber vor allem machte mir der Gedanke angst, was ich meinem Vater sagen sollte. Gott sei Dank hatte er die Einladung ausgeschlagen; was sich andernfalls hier möglicherweise abgespielt hätte, daran mochte ich gar nicht denken. Ich schlug die Titel-

seite des Buches auf, die hochgeschätzte *Geschichte* meines Vaters, verunstaltet vom Verfasser persönlich.
»So kann ich sie ihm unmöglich zurückbringen«, klagte ich. »Man kann kein einziges Wort entziffern, nicht mal einen Buchstaben. Was soll ich bloß tun?« Die Unterschrift, obzwar unleserlich, hatte zumindest die Form einer Unterschrift und konnte, da sie auf der Titelseite unter »D.W. Prowse« stand, als solche durchgehen, befand Prowse. Der Rest jedoch, räumte er zerknirscht ein, stelle zweifellos ein Problem dar, und das sei seine Schuld. Er würde seinen Vater um Hilfe bitten, sagte er, obwohl sein Vater dann erfahren würde, daß er etwas Verbotenes getan hatte, nämlich fremde Leute ins Haus bringen und mit dem Richter sprechen lassen, denn die Familie versuchte, wenn auch mit wenig Erfolg, seinen Zustand geheimzuhalten. Zum Glück waren es noch einige Tage bis Sonntag, deshalb schlug Prowse vor, ich solle das Buch bei ihm lassen und er würde sich überlegen, was man machen könne. Widerstrebend überließ ich Prowse das Buch, rang ihm das Versprechen ab, daß er nicht noch Schlimmeres damit anstellen würde, und machte mich auf den Weg zurück zum Bishop Feild.
Zwei Tage später, am Freitag, brachte er es in die Schule mit. Unter dem Gekrakel des Richters stand nun folgende »Übersetzung«: »Für Charlie Smallwood. Es hat mich gefreut, von Ihrem Sohn zu hören, daß Sie mein Buch so sehr schätzen. Er und mein Enkel sind am Bishop Feild gute Freunde geworden, wie Sie und ich es hätten sein können, wären wir zusammen zur Schule gegangen.« Es war noch eine an meinen Vater gerichtete und von Prowse' Vater unterzeichnete Anmerkung hinzugefügt, die besagte, daß der Richter an einer schweren Lähmung leide, weswegen nur noch die engsten Angehörigen seine Handschrift entziffern könnten.
»Hoffentlich hat sich dein Vater nicht allzusehr aufgeregt«, sagte ich.
»Es ging«, antwortete Prowse, grinste und rieb sich mit Schmerzensmiene das Hinterteil. Ich war sehr erleichtert, befürchtete jedoch, Prowse' Vater könnte zu dick aufgetragen haben, so daß mein Vater es sich anders überlegte und den Richter nun doch besuchen wollte.
Am Sonntag brachte ich das Buch mit nach Hause und gab es meinem Vater, der zuerst von der Widmung sehr angetan schien.

»Überhaupt nicht herablassend, kein bißchen«, stellte er fest. »Hört sich an, als ob er es tatsächlich so meint. ›Freunde, wie Sie und ich es hätten sein können, wären wir zusammen zur Schule gegangen.‹ Sehr freundlich, wirklich. Eine sehr liebenswürdige Bemerkung.«

Den ganzen Sonntag über saß mein Vater mit dem aufgeschlagenen Buch auf dem Schoß da und starrte die Widmung an, während ich ihm immer wieder nervöse Blicke zuwarf und betete, daß er keinen Verdacht schöpfen möge. Als er dann anfing, mir Fragen zu stellen, war ich sicher, daß er mir auf die Schliche kommen würde.

»Hast du gesagt, daß Charlie Smallwood grüßen läßt?« wollte mein Vater wissen. Hatte ich nicht, beteuerte jedoch das Gegenteil.

»Wie ist er denn so?« fragte er weiter.

»Sehr alt«, antwortete ich, als wäre der Richter mit dieser Eigenschaft schon auf die Welt gekommen.

»Sehr alt«, wiederholte mein Vater und nickte, als würde das genau in das Bild passen, das er sich von ihm gemacht hatte.

»Seine Hände zittern ziemlich schlimm«, fügte ich hinzu, »und er hat einen langen weißen Bart.«

»Über den Stiefel hat er nichts gesagt, wie?« fragte mein Vater nach. »Hat er den Namen Smallwood irgendwie mit dem Stiefel in Verbindung gebracht?« Ich versicherte ihm, der Richter habe den Stiefel überhaupt nicht erwähnt. »Was hat er gesagt?« bohrte mein Vater weiter. »Wiederhole genau, was er alles gesagt hat.«

»Er hat nicht viel gesagt«, antwortete ich. »Und wir sind nicht lang geblieben. Er war ziemlich beschäftigt.«

Nachdem ich mich schlafen gelegt hatte, ging mein Vater auf die Terrasse hinaus. Ich stand auf, als ich ihn hörte, und beobachtete ihn vom Fenster aus. Er stand da, die Hände auf das Geländer gestützt, und redete, als würde der Richter direkt vor ihm stehen. »Freunde. Wie Sie und ich es hätten sein können, wären wir zusammen zur Schule gegangen. Du alter Scheißkerl. Du hättest mir nicht einmal guten Tag gesagt.«

Am nächsten Morgen, noch vor dem ersten Läuten, stellte ich Prowse auf dem Sportplatz zur Rede. »Diese Widmung da. Und die Anmerkung dazu«, sagte ich. »Die Anmerkung für meinen Vater. Hat die

wirklich dein Vater geschrieben?« Ich glaubte nämlich, die Handschrift von Prowse junior erkannt zu haben, behielt es aber für mich.
»Um ehrlich zu sein, ich habe meinem Vater das Buch gar nicht gezeigt«, antwortete Prowse kleinlaut. »Ich hätte es dir ja gesagt, aber ich wußte nicht, wie du reagieren würdest. Er hätte mich umgebracht dafür, daß ich dich zum Richter mitgenommen habe. Also habe ich die Widmung und den Rest selbst geschrieben. Ist doch nicht weiter schlimm, oder?«
»O nein«, beteuerte ich. »Nein.«

Im folgenden Jahr war ich beim Zwischenzeugnis der zweitbeste Schüler von sechzehn, der nächste Anwärter für das Knowling-Stipendium gleich hinter Prowse, dem es dann zuerkannt wurde, in erster Linie wegen seiner überragenden Note für Charakter, dreihundertfünfundachtzig Punkte von fünfhundert. »Eigentlich hättest du es bekommen müssen, das weiß jeder«, meinte Prowse. Er sagte, er und die anderen Jungen überlegten sich, ein Gesuch einzureichen, um diese Entscheidung anzufechten, aber das redete ich ihm aus, weil ich befürchtete, dadurch Schwierigkeiten zu bekommen.
Meine Zensuren hatten sich enorm verbessert – bis auf die Note für Charakter, die sich hartnäckig bei fünfundvierzig Punkten hielt. Sie war nicht nur schlecht, sondern stand anscheinend auch unverrückbar fest. Sie kann sich gar nicht verändern, schien Reeves zu sagen. Meine übrigen Noten könnten besser oder schlechter ausfallen, je nachdem, aber mein Charakter, mein wahres Ich, würde stets gleich bleiben. Man hätte mir ebensogut »45« auf die Stirn stempeln können. Ich war, wie ich war, mein Charakter war mein Schicksal, und mein Schicksal war fünfundvierzig.
Zwei Tage nach der Zeugnisvergabe erschien mein Vater betrunken an der Schulpforte und brüllte, man solle ihn einlassen. Es war ein Spätnachmittag Mitte Dezember, und die Städter waren bereits nach Hause gegangen. Die Internierten rannten an die Fenster, um zu sehen, was vor sich ging.
»Wer ist das?« fragte Anderson der Drescher, ich jedoch hatte die Stimme meines Vaters auf Anhieb erkannt. Ich stürmte aus dem Wohntrakt

und über die Wiese, begleitet von den gleichermaßen spöttischen wie anfeuernden Rufen meiner Schulkameraden.
»Es ist Smallwoods Alter«, hörte ich jemanden sagen. »Er ist stockbesoffen. Los, Smallwood, bring ihn her. Frag ihn, ob er noch einen Schluck für uns übrig hat.«
»He, Rektor Reeves«, brüllte mein Vater und rüttelte an den Stäben des Eingangstors. »Reeves, verreckter Rektor, Charlie Smallwood möchte ein Wörtchen mit dir reden. Mach auf. Oder willst du lieber zu mir herauskommen? Wir könnten uns hier vor dem Tor ein bißchen unterhalten. Dauert nur eine Minute, Sir, Ehrenwort. Es geht um meinen Sohn, wissen Sie, um meinen Sohn, den Sie als ungeeignet eingestuft haben, was bestimmt nur ein Versehen war. Vielleicht würden Sie ihn besser verstehen, wenn Sie sich ein wenig mit mir unterhalten, vielleicht würden Sie ihn dann in einem ganz anderen Licht sehen.«
Der Pedell, ein komischer alter Kauz namens Antle, der in einem kleinen Häuschen neben der Pforte wohnte, von wo aus er das Kommen und Gehen der Jungen überwachte, war außer sich, als ich dort ankam. Er trug eine Schiebermütze und, als hätte er das Bishop Feild nach dem Abschluß nie verlassen, einen Blazer mit dem Schulwappen.
»Geben Sie Ruhe, Sir, seien Sie still«, rief Antle händeringend, hielt sich aber vorsichtshalber ein gutes Stück von meinem Vater entfernt. »Wenn Sie keine Ruhe geben, kriegen Sie Ärger mit der Polizei.«
»Ich habe Freunde bei der Polizei«, gab mein Vater zurück.
»Geh nach Hause, Vater«, sagte ich. »Geh jetzt nach Hause.«
»Joe«, rief mein Vater überrascht, als hätte er nie im Leben erwartet, mich hier zu treffen. Er sah aus, als käme er direkt vom Hafen, denn er trug seinen Overall mit den vielen Bleistiften in der Brusttasche und schwarze, salzfleckige Lederstiefel und hatte seinen Meßstab in der Hand. Er war barhäuptig, und die Haare standen ihm zu Berge, als hätte er gerade eben seine Strickmütze abgenommen, die jedoch nirgends zu sehen war.
»Hol den Rektor Reeves, Joe«, bat er. »Sag ihm, dein Vater Charlie Smallwood hat eine Kleinigkeit mit ihm zu bereden.« Das Wort »Kleinigkeit« unterstrich er mit einer Geste, bei der Daumen und Zeigefinger sich fast berührten.

»Er ist nicht da«, entgegnete ich. »Er mußte zu irgendeiner Versammlung. Warum gehst du nicht einfach nach Hause?«
»Verreckter Reeves«, brüllte mein Vater erneut und warf dabei den Kopf zurück, die Augen geschlossen, als könnte er sich so besser hören, den Klang seiner Stimme besser auskosten. Die Jungen an den Fenstern des Wohntrakts konnten sich vor Lachen schier nicht mehr halten. »Jawohl, gib's ihm, Charlie!« schrie Anderson.
»Hallo, Jungs«, rief mein Vater. »Ihr seid alle gute Jungs, taugt alle was, da bin ich mir sicher. Aber besser als mein Joe seid ihr nicht, egal was euer verreckter Reeves sagt, besser als mein Joe seid ihr nicht. Er hat Mumm in den Knochen, mein Joe. Verreckter Reeves!«
Wieder rüttelte er heftig an den Stäben des Eingangstors. »Charlie Smallwood is nich zu gebrauchen, den kannste in der Pfeife rauchen«, grölte er, was die Internierten noch mehr erheiterte. Ich drehte mich um und sah zum Haus des Rektors. Als ich sagte, Reeves sei nicht da, hatte ich gelogen, aber es bewegte sich nichts hinter den Fenstern. Antle warf mir flehende Blicke zu.
»Sicher kommt gleich die Polizei«, sagte Antle, den Tränen nahe. »Das läßt sich der Herr Rektor nicht gefallen. Er holt bestimmt die Polizei.«
»Die Polizei ist mir egal«, knurrte mein Vater.
»Was mag sich der Herr Rektor nur denken?« seufzte Antle. »Ach Gott, ach Gott.«
»Ich gehe zu ihm raus und rede mit ihm«, schlug ich vor.
»O nein«, entgegnete Antle. »Nein, ich darf dich nicht hinauslassen. Und wenn ich das Tor öffne, kommt er herein. Ich darf das Tor nicht öffnen.«
»Mach auf«, forderte mein Vater.
Ich gab Antle erst gar keine Chance, mich aufzuhalten, sondern kletterte über das Tor und sprang auf der anderen Seite hinunter. Die Jungen applaudierten begeistert. Ich packte meinen Vater am Arm und wollte ihn fortzerren, doch er riß sich los und griff zwischen den Gitterstäben hindurch nach Antle, erwischte ihn aber nicht und versuchte dann, ihn mit seinem Zählstock aufzuspießen.
»Die Polizei ...«, keuchte Antle und stürzte fast zu Boden, als er meinem Vater ausweichen wollte.

»Ich stech' sie ab, die Polizei«, brüllte mein Vater. »Und dich mit dazu.«
Mein Vater setzte einen Fuß auf die unterste Querstange des Tores. »Wenn er herausklettern kann, dann kann ich auch hineinklettern«, rief er. Er versuchte sich hochzuziehen, fand aber mit dem anderen Fuß keinen Halt an den vereisten Gitterstäben, und als ich ihn mit beiden Armen um die Mitte faßte, um ihn zurückzuhalten, fiel er rücklings herunter und riß mich mit zu Boden. Aus dem Wohntrakt klangen spöttische Beifallsrufe herüber, die ich jedoch nur halb mitbekam, da mein Hinterkopf durch den Aufschlag schmerzte und ich um Atem rang.
»Alles in Ordnung mit dir, Joe?« fragte mein Vater, während er sich halb aufrichtete. Er stierte mich mit seinem Meßstab in den Händen an, als hätte er mich damit niedergestreckt. »Alles in Ordnung? Ich habe dir doch nicht weh getan, oder? Du hast dir den Kopf aufgeschlagen, laß mich mal sehen.«
»Mir fehlt nichts«, entgegnete ich.
Noch immer auf allen vieren, starrte er den schneebedeckten Boden an und schüttelte den Kopf.
Nachdem ich es geschafft hatte, mich aufzurappeln, packte ich ihn unter den Armen und half ihm hoch.
»Komm, wir gehen nach Hause«, sagte ich. Diesmal gab er nach und ließ sich vom Tor fortziehen, jedoch nicht ohne noch ein paar Drohungen auszustoßen.
»Eines Tages werde ich über deinen Charakter richten, Reeves«, schrie er. »Richte nicht, auf daß du nicht gerichtet werdest. Eines Tages wirst nicht du mehr treten, sondern den Stiefel eines anderen zu spüren bekommen. Hörst du, verreckter Reeves?«
Ich führte ihn langsam nach Hause. Nach einer Weile hörte er auf, wilde Verwünschungen zu brüllen, und es packte ihn die Reue, wie oft nach einem solchen Ausbruch.
»Es tut mir leid, Junge«, murmelte er mit gesenktem Kopf, während er die Straße entlangschlurfte, seinen Meßstab wie einen Speer in der Hand haltend. »Es ist wieder mal mit mir durchgegangen, und ich habe alles nur noch schlimmer gemacht, wie immer. Mehr bringe ich ja nicht zustande. Ich tauge zu nichts, Joe, ich tauge überhaupt nichts, das ist

die Wahrheit. Aber du bist klug, Junge, und es ist nicht recht, was sie mit dir machen, es ist nicht recht.«

»Laß es gut sein«, sagte ich. »Wir gehen jetzt nach Hause und essen eine schöne Suppe. Ich sage Mutter, daß sie mir bis morgen Ausgang gegeben haben und ich dich auf dem Heimweg getroffen habe.«

»Brav, Junge«, sagte mein Vater. »Brav. Gott segne dich, Joe, du bist ein guter Junge. Der beste von der ganzen Brut. Und das will was heißen. Wenigstens da stehe ich meinen Mann. Weißt du, ein guter Schluck ist das beste Potenzmittel.«

Am nächsten Tag, als ich ein paar Minuten vor dem Läuten das Klassenzimmer betrat, wurde es plötzlich still. Niemand sagte ein Wort, obwohl einige der Jungen am Tag zuvor an den Fenstern des Wohntrakts gestanden hatten. In der Mittagspause schloß ich mich den Städtern auf dem Sportplatz an. Prowse äußerte sich mit keinem Wort zu dem, was geschehen war, obwohl ich mir sicher war, daß er davon gehört hatte, und die anderen Jungen sagten auch nichts. Ich erzählte ihnen, Reeves habe mich zu einem »Strafdollar« verdonnert, wie Prowse es nannte, weil ich ohne Erlaubnis das Schulgelände verlassen hätte.

»Ich bezahle das nicht«, sagte ich.

»Wenn es eine Frage des Geldes ist ...«, meinte Prowse.

»Er hat mir die Strafe nicht aufgebrummt, weil ich ohne Erlaubnis weggegangen bin«, erklärte ich, »sondern weil mein Vater ihn ›verreckter Reeves‹ genannt hat.« Prowse und die anderen, die das bestimmt schon von den Internierten gehört hatten, lachten.

»Wahrscheinlich hast du recht«, sagte Prowse, »aber ...«

»Ich überlege mir, ob ich nicht von der Schule abgehen soll«, fuhr ich fort.

»Sei doch nicht dumm«, entgegnete Prowse. »Wegen so etwas alles hinzuwerfen. Manche Jungen sind schon mit so vielen Stockhieben bestraft worden, daß sie tagelang nicht gehen konnten.«

»Er weiß, daß mir der Stock lieber gewesen wäre als eine Geldstrafe«, sagte ich. »Er weiß, was es für mich heißt, einen Dollar zu bezahlen. Er will, daß ich meinen Onkel um das Geld bitte und meinen Vater demütige.«

»Ich habe dir doch gesagt«, wiederholte Prowse, »daß es kein Problem ist, wenn es um das Geld geht. Wir sammeln einfach unter uns. Reeves wird nie etwas davon erfahren.«

Verbittert schüttelte ich den Kopf.

»Er wird sagen, daß er dich von Anfang an durchschaut hat, wenn du die Schule verläßt«, wandte Prowse ein. »Du bist nicht der einzige, den er auf dem Kieker hat, weißt du. In ein paar Wochen wird er sich ein anderes Opfer suchen, und die Sache mit dir ist vergessen.«

Schließlich gab ich nach und ließ sie meine Strafe zahlen. Meinem Vater sagte ich kein Wort davon.

In der ersten Stunde nach den Weihnachtsferien teilten uns die Lehrer mit, daß wir alle, einer nach dem anderen, beim Rektor zu erscheinen hätten. Es zog sich den ganzen Tag hin. Sobald einer zurückkam, ging als nächster derjenige, der hinter ihm saß. Alle kamen mit einem erschrockenen Gesicht zurück, und keiner wollte auf die geflüsterten Fragen, was denn los sei, eine Antwort geben. Als ich an der Reihe war, sagte Porter, der gerade zurückgekommen war, Reeves habe befohlen, ich solle bis ganz zuletzt warten. Ich sah zu Prowse auf der anderen Seite des Klassenzimmers hinüber, der auch noch nicht bei Reeves gewesen war. Er zuckte nur die Schultern. Einer nach dem anderen ging zu Reeves, bis endlich auch Prowse an der Reihe war. Er winkte mir grinsend zu, als er den Raum verließ, aber als er wiederkam, sah er mich nicht an. Schließlich kam der vorletzte Junge zurück und verkündete, Reeves wolle jetzt mich sehen.

Als ich das Rektorat betrat, stand Reeves an dem Fenster, von dem aus man das ganze Schulgelände überblicken konnte, und klopfte mit seinem Zeigestock unheilverkündend an den Rahmen. Der hoch ausrasierte Nacken war dunkelrot angelaufen. Aus irgendeinem Grund wurde Reeves nur an dieser Stelle rot, wenn er wütend war, und röter hatte ich seinen Nacken noch nie gesehen. Er trug seinen Talar und das Barett mit den Troddeln.

Er drehte sich um und musterte mich durch seine kleine, runde Brille. Dann hielt er mir ein Blatt Papier hin, zog es aber zurück, als ich danach greifen wollte.

»Was ist das, Sir?« fragte ich.
»Was ist das, Sir«, äffte er mich nach. »Ich werde dir sagen, was das ist – als würdest du es nicht wissen. Es ist der Brief, den du an die *Morning Post* geschrieben hast ...«
»Aber nein, Sir, ich ...«
»Es ist der Brief, den du an die *Morning Post* geschrieben hast. Zum Glück hat ihn vorher ein Freund dieser Schule gelesen und mir zugeschickt. Er lautet folgendermaßen – du kannst den Text mitsprechen, wenn du willst:

Die Lehrer am Bishop Feild behandeln uns nicht anständig. Sie behalten das meiste von unserem Kostgeld für sich, und vom Rest kaufen sie die billigsten Lebensmittel, die sie auftreiben können. Wir sind immer so hungrig, daß wir uns nicht auf den Unterricht konzentrieren können. Dann sagen sie, daß wir faul sind, und wir bekommen den Stock zu spüren, weil wir Fehler gemacht haben. Sie zwingen uns, unsere Schulhefte bei ihnen zu kaufen, und verlangen dafür den doppelten Preis. Außerdem ist es in unserem Schlafsaal immer kalt, weil nie genug Kohle da ist. Letztes Jahr sind drei Jungen von der Schule abgegangen, weil sie so krank geworden sind. Alle sind ständig am Husten. Ein Junge wurde von einer Ratte gebissen ...

Und so weiter und so fort. Ein Sammelsurium böswilliger Verleumdungen. Unterschrieben ist er mit ›Hochachtungsvoll, die Schüler von Bishop Feild.‹«
»Ich habe das nicht geschrieben, Sir«, sagte ich. »Es kann nicht meine Handschrift sein.«
»Der Brief ist nicht mit der Hand geschrieben«, entgegnete er. »Er ist aus Wörtern und Buchstaben zusammengesetzt, die aus Büchern herausgeschnitten wurden. ›In unserem Schlafsaal ist es immer kalt.‹ Damit hast du dich verraten, Smallwood. Der Brief ist während der Weihnachtsferien in St. John's aufgegeben, und der einzige Internatsschüler aus St. John's bist du.«
»Aber ...«
»Machst du dir überhaupt einen Begriff davon, welchen Schaden dieser

Brief hätte anrichten können? Die Katholiken hätten sich ins Fäustchen gelacht.«

»Aber ich habe den Brief nicht geschrieben, Sir. Ich schwöre es.«

»Es war also jemand anderer?«

»Ich weiß es nicht... Nein, Sir, ich weiß nicht, wer ihn geschrieben hat. Was haben die anderen Jungen gesagt?«

»Was die anderen gesagt haben, ist nicht wichtig.«

»Ich habe ihn nicht geschrieben, Sir. Jeder hätte den Satz über den Schlafsaal schreiben können, nur um mir Schwierigkeiten zu machen.«

»Das sieht dir ähnlich, Smallwood, einem anderen die Schuld in die Schuhe zu schieben. Geh mir aus den Augen.«

Ich stand da und starrte auf den Brief in seiner Hand. »Hinaus!« schrie Reeves und ließ den Zeigestock auf den Schreibtisch niedersausen.

Prowse bestellte alle Schüler – Städter, Internierte und Aussätzige – für den späten Nachmittag auf den Sportplatz. Ich ging frühzeitig hin, weil ich neugierig war, was Reeves zu den anderen gesagt hatte, und stellte mich im Eingang der Turnhalle unter, von der aus man auf den Hafen sah. Jenseits der Narrows war das Meer schiefergrau, und der metallische Geruch eines nahenden Sturms lag in der Luft. Schnee wirbelte über die offene Fläche des Sportplatzes und die ungepflasterte, eisglatte Bond Street hinab. Um fünf Uhr würde es schon so dunkel sein, daß man die Schneeflocken nicht mehr sah. Endlich kamen nach und nach auch die anderen, die Hände in den Manteltaschen vergraben und den Kopf tief gesenkt, damit der Wind ihnen nicht die Mützen herunterriß. Wie sich herausstellte, hatte Reeves versucht, jedem von ihnen das Eingeständnis abzunötigen, daß ich den Brief geschrieben hatte, indem er behauptete, einer der Schüler habe es ihm bereits erzählt und er brauche lediglich noch eine Bestätigung meiner Schuld. Prowse verlangte, daß nun jeder schwören sollte: »Möge ich diese Nacht sterben, wenn der Brief von mir stammt«, und zwar mit der bloßen Hand auf dem Herzen, trotz der Kälte. Alle, Anderson und die anderen Internierten, die Aussätzigen, die Städter, ich und schließlich Prowse, leisteten den Schwur.

Dann rückte Prowse damit heraus, daß Reeves ihnen ein Ultimatum gestellt hatte: Wenn er nicht bald erfahre, wer den Brief geschrieben

hatte, würde er allen eine so schlechte Note in Charakter geben, daß ihre Abschlußzeugnisse so gut wie wertlos seien.
»Du warst es, Smallwood, oder?« ging Prowse plötzlich auf mich los, wobei er sein Gesicht dicht an meines heranschob. »Du warst als einziger Internatsschüler über Weihnachten in der Stadt.«
Mir wurde furchtbar übel, als erinnerte ich mich plötzlich einer Warnung, die ich aus Stolz mißachtet hatte. »Ich habe keinem Menschen irgendwelche Briefe geschrieben«, verteidigte ich mich und hielt seinem Blick stand.
»Du mußt es uns sagen, wenn du's warst, Smallwood«, erklärte Prowse und schlug den Mantelkragen hoch, denn der Wind trieb gerade eine Schneebö über den Sportplatz. »Ein guter Witz, wirklich, ein sehr guter Witz, aber er geht zu weit.«
»Ich gebe doch nicht etwas zu, was ich nicht getan habe«, protestierte ich.
»Für einige von uns hängt ganz schön viel davon ab«, fuhr Prowse fort. »Wir können uns keine schlechteren Noten leisten.«
»Aber ich, oder wie?« entgegnete ich. »Jemand könnte die Sache mit dem Schlafsaal erwähnt haben, um mir eins auszuwischen.«
»Hast du jemand Bestimmten im Auge?« fragte Prowse.
»Nein«, antwortete ich. »Ich kenne niemanden, der so schlau ist.«
»Alles deutet auf Smallwood hin«, sagte Anderson der Drescher. »Wir müssen ihm einfach das Fell gerben, bis er gesteht. Gib's lieber gleich zu, Smallwood, dann ersparst du dir die Prügel.«
Ich sah Prowse bittend an.
»Irgendwas müssen wir doch unternehmen, Smallwood«, meinte Prowse fast verlegen. »Ich weiß ja nicht, ob du's warst, aber irgendwas *müssen* wir tun.«
»Ich war's. Ich habe den Brief geschickt.«
Wir drehten uns um, und da stand Fielding, den Stock vor sich aufgepflanzt, mit dem Rücken zum Spencer. Offenbar war sie die Straße hochgegangen, an der Bishop-Feild-Seite des Zauns hereingekommen und quer über den Sportplatz marschiert, ohne daß wir sie bemerkt hatten, denn der starke Wind übertönte jedes Geräusch.
»Ich war's«, sagte Fielding. »Ich habe es getan. Um es Smallwood heimzuzahlen.«

Ich sah Prowse an, der fast in Panik zu geraten schien, so verwirrt war er. Es war ein entscheidender Augenblick für ihn, und das wußte er. Alle starrten ihn an.

»Was sollen wir mit ihr machen, Prowse?« fragte Anderson.

Prowse sah zu mir her, und eine Sekunde lang dachte ich, er würde Fieldings Geständnis zurückweisen und sagen, er selbst sei es gewesen.

»Sie … sie fliegt von der Schule«, erklärte er dann. »Das reicht doch schon.«

»Nein, das finde ich nicht«, widersprach Anderson. »Ich sage, wir versohlen ihr den blanken Hintern.«

»Ich sage, wir lassen sie gehen«, gab Prowse zurück.

»Was ist los mit dir, Prowse?« fragte Anderson spöttisch. »Hast wohl Angst vor Reeves?«

»Ich habe vor nichts Angst«, entgegnete Prowse. Er griff nach Fieldings Stock und entriß ihn ihr derart schnell, daß sie fast vornüber in den Schnee fiel. »Los«, sagte Prowse, »bevor uns jemand sieht.«

Einige Städter schleppten Fielding in den Werkraum, wo Holzbearbeitung unterrichtet wurde, aber um diese Tageszeit war niemand mehr dort. Wir anderen liefen hinterher. Nachdem sie Fielding auf einen Sägebock gelegt hatten, schickte sich Prowse an, ihren Mantel und ihr Kleid hochzuheben.

»Nein!« rief ich.

»Du willst es wirklich tun, Prowse?« fragte Anderson. »Ich meine, ich kann mir nicht vorstellen, daß du überhaupt ein Mädchen verprügelst, und dann noch auf den nackten Hintern?«

Prowse schaute unsicher in die Runde. Von dort, wo ich stand, konnte ich Fieldings Gesicht nicht sehen. Zwei von den Städtern hielten ihr den Mund zu, damit sie nicht schrie, aber sie wehrte sich gar nicht. Anderson krümmte sich vor Lachen und ebenso einige andere der Internierten.

»Mein Gott, Prowse«, keuchte Anderson. »Du solltest… du solltest mal sehen, was für ein Gesicht du machst.«

»Ich tue es«, sagte Prowse. »Aber wenn ihr … aber nur, wenn jeder mitmacht. Damit keiner petzt. Dann steht ihr Wort gegen unseres.« Er legte den Kopf schief und schaute Fielding an. »Wir könnten sagen, daß sie alles erfunden hat. Wie mit dem Brief an die *Morning Post.*«

Den Städtern, die Fielding auf seinen Befehl hin in die Werkstatt geschleppt hatten, blieb gar nichts anderes übrig, als sich hinter ihn zu stellen, sonst hätten sie sich selbst blamiert. »Ich tue es, wenn jeder mitmacht«, erklärte Porter, und die anderen murmelten zustimmend.
»Los, Jungs, wir gehen«, sagte Anderson mit einem Lachen, und zusammen mit seinen Internierten verließ er den Werkraum. Dann gingen auch die Aussätzigen, und zurück blieben nur die Städter und Fielding, noch immer über dem Sägebock liegend.
»Laßt sie gehen«, befahl Prowse.
Die beiden Jungen, die sie festgehalten hatten, ließen sie los, und sie richtete sich auf, drehte sich aber nicht um, würdigte weder Prowse noch mich eines Blickes.
»Komm, Fielding«, sagte Prowse. »Es war nur ein Scherz. Wenn du irgend jemandem auch nur ein Wort davon sagst ... Hier, nimm deinen Stock und geh.« Fielding schwieg. Ich konnte ihr Gesicht nicht sehen, glaubte aber an ihrer Haltung zu erkennen, daß sie die Augen geschlossen hielt.
»Gib ihn mir«, verlangte ich. Prowse sah mich an, zuckte die Schultern und reichte mir ihren Stock. Dann marschierten er und die Städter kichernd und flüsternd hinaus.
»Fielding«, sagte ich. »Warum ... warum hast du ...«
»Bitte leg den Stock auf den Boden und geh«, entgegnete Fielding. Ihre Stimme zitterte. Sie schniefte, als würde sie weinen, stand aber hocherhobenen Hauptes da. »Geh, Smallwood«, wiederholte sie. »Du bekommst deine Rache schon noch. Laß mich jetzt in Ruhe.«
»Warum hast du ...«
»Ich habe es dir doch gesagt: um dir Ärger zu machen.«
»Ja, das weiß ich. Aber ich meine, warum ... warum hast du es zugegeben?«
»Aus reiner Dummheit«, antwortete sie. Und jetzt war ich sicher, daß sie weinte. »Bitte geh, Smallwood. Sei still und geh.«
Ich ging. Draußen war es fast dunkel, und dichter Schneefall hatte eingesetzt, trieb wirbelnd zwischen den Gebäuden. Die Internierten waren im Schlafsaal, dort brannte Licht. Von den Städtern war nichts zu sehen, sie waren wahrscheinlich nach Hause gegangen. Ich verbarg

mich im Windschatten der Turnhalle und wartete darauf, daß Fielding aus dem Werkraum kam. Ich wußte, daß sie genau das nicht wollte – daß jemand beobachtete, wie sie wegging. Schließlich erschien sie in der Tür und blickte sich um, als wollte sie sich vergewissern, daß die Luft rein war. Mit der behandschuhten Hand am Hut machte sie sich auf den Weg, und ihr langer Rock raschelte, als sie mit ihren Knöpfstiefeln durch den Schnee stapfte. Wie seltsam, daß sie ihren Groll gegen mich so lange mit sich herumgetragen hatte, daß sie drei Jahre lang mit ihrer Rache gewartet hatte. Ich erinnerte mich an den Tag, als sie mir gefolgt war, weil sie wissen wollte, wo ich wohnte. Wie das Haus ihrer Eltern aussah, konnte ich mir denken. Ich schwor, niemals in seine Nähe zu gehen. Plötzlich holte sie mit ihrem Stock aus und schwang ihn mitten im Gehen wie eine Machete wütend hin und her, als wollte sie sich einen Weg durch das Schneegestöber hauen.

Als Reeves von den Städtern erfuhr, daß Fielding die Sache mit dem Brief gestanden hatte, wurde sie zur Rektorin des Spencer zitiert und von der Schule verwiesen. Am nächsten Tag mußte ich bei Reeves erscheinen. »Wenn ich den geringsten Beweis hätte, würde ich dich auch von der Schule verweisen, Smallwood«, sagte Reeves. »Ich weiß, daß du in irgendeiner Weise damit zu tun hast.« Was mich betraf, war er sich seines Urteils offenbar so sicher, daß er mir ungerührt eröffnete, mich im nächsten Jahr in die Kaufmannsklasse zu versetzen, also zu den Schülern, die man als ungeeignet für ein Studium erachtete. Ich war davon überzeugt, daß ich am Bishop Feild keine Chance mehr hatte, und deshalb verließ ich die Schule ein paar Wochen später.

Reeves schien keineswegs erfreut darüber, sondern im Gegenteil fast enttäuscht, zumindest am Anfang. Vermutlich hätte er gern miterlebt, wie ich mich sinnlos durch die Kaufmannsklasse quälte. Ich lieferte ihm keine Erklärung, und er verlangte auch keine. Obwohl ich freiwillig von der Schule abging, hielt er mir eine Predigt, die einer Rede zum Ausschluß gleichkam. Er erging sich lang und breit darüber, daß mein Abgang in keiner Weise einen Verlust für die Schule bedeute, daß nicht ich es war, der das Bishop Feild verschmähte, sondern umgekehrt.

»Niemand ist unentbehrlich, Smallwood«, verkündete er. »Das will ich

dir mit auf den Weg geben. Diese Schule wird ohne dich genauso fortbestehen. Ein anderer Junge wird deinen Platz einnehmen. Es gibt viele, die nur darauf warten.« Er gab mir zu verstehen, daß er meinen Charakter völlig richtig beurteilt habe, daß die unwandelbare, unabänderliche Fünfundvierzig nun doch offenkundig geworden sei, was er ja schon immer gewußt habe. Ich hätte eine Chance vertan, fuhr er fort, die mir auf dem Silbertablett serviert worden sei, eine Chance, wie sie Jungen meiner Herkunft nicht oft bekämen, aber ich sei vermutlich zu schlecht erzogen, als daß ich das zu schätzen wüßte. Und wie es meinen Onkel, Fred Smallwood, schmerzen würde, der dieses Wagnis mit mir eingegangen sei und mich gefördert habe, als wäre ich sein eigener Sohn! Am Ende warf er resigniert die Hände hoch, als bedauerte er, mich an die Luft setzen zu müssen, und als hoffte er wider besseres Wissen, diese seine letzte Predigt würde mein Los zumindest ein wenig erleichtern.
»Na gut, Smallwood, dann leb wohl«, sagte er forsch, als könnte er nichts mehr für mich tun, als hätte er sich jeglicher Verpflichtung mir gegenüber entledigt, eine unangenehme, aber notwendige Aufgabe erfüllt, und jetzt sei es Zeit, sich anderen Dingen zuzuwenden. Er drehte sich, die Hände hinter dem Rücken verschränkt, zum Fenster und wippte auf den Zehenspitzen – auf, ab, auf, ab, immer wieder. Am liebsten hätte ich ihm noch einmal gesagt, daß ich jenen Brief nicht geschrieben hatte. Aber als ich ihn da stehen und aus dem Fenster starren sah, den Nacken zu einem wütenden Hellrot verfärbt, das Stöckchen unter den Arm geklemmt, wurde mir klar, wie sehr er seine hochgesteckten Ziele verfehlt hatte, wie sehr es ihn ärgerte, daß er nicht mehr erreicht hatte – und daß er glaubte, bei mir versagt zu haben, und sich auf seine Weise dafür schämte.
Mein Abschied vom Bishop Feild vollzog sich in aller Stille. Seit dem Vorfall in der Werkstatt war ich den Städtern aus dem Weg gegangen, hatte den einzigen Versuch einer Annäherung, den Prowse unternahm, zurückgewiesen.
»Mensch, Smallwood«, hatte Prowse gesagt. »Hör auf, darüber nachzugrübeln.«
»Du hättest nichts dagegen gehabt, wenn man mich verprügelt hätte«, entgegnete ich. »Du hast gedacht, daß ich es gewesen sein könnte.«
»Na ja, was hätte ich sonst denken sollen?« sagte Prowse und grinste,

als wollte er sagen, wir wüßten doch beide, daß ich mich an seiner Stelle genauso verhalten hätte. »Was hätte ich denn tun sollen?«

Ich ließ ihn einfach stehen.

»Gut, mach, was du willst«, rief mir Prowse hinterher. »Geh zu den Aussätzigen, das sind die einzigen, die dich jetzt noch haben wollen.«

Alle Jungen saßen im Unterricht, die Fenster der Schule waren geschlossen und mit Eisblumen überzogen. Als ich über die gefrorene Wiese marschierte, blickte ich auf etwa halber Strecke zum Haus des Rektors hinüber und sah Reeves am Fenster eines seiner Zimmer stehen. Er hob die Hand, aber ob er mir zum Abschied winkte oder nur seinen Schnurrbart zwirbelte, konnte ich nicht erkennen. Als ich ebenfalls die Hand hob, wandte er sich ab. Ich gelangte zum Eingangstor, neben dem Antle stand und ein Gesicht machte, als wollte er mir zu verstehen geben, er habe ja schon immer gesagt, daß es einmal so weit kommen würde. »Auf Wiedersehen, Antle«, sagte ich.

Ich machte mich auf den Weg zum Brow, meinen Soldatenseesack über die Schulter geworfen. Als ich über die Waterford Bridge ging, nahm ich meine Schulmütze ab, warf sie in den Fluß und sah zu, wie die Strömung sie davontrug, bis sie schließlich im Hafen landen würde. Ich beobachtete von der Brücke aus die Lotsenboote mit dem großen P auf den Segeln, die zwischen den Schonern, den riesigen, mit Kränen bestückten Lastkähnen und den hochauf mit Kohle oder Holz beladenen Seitenraddampfern hin und her flitzten. Die Schoner an der Nordseite des Hafens mit ihren eingeholten Segeln boten den Anblick eines Waldes aus Masten – nackte Masten, Tauwerk, ein Durcheinander von Schiffskörpern, als hätte ein Sturm die ganze Flotte an den Uferdamm gespült.

Ich blickte zum Brow hinauf und sah unser Haus.

Reeves hatte mir eine Mitteilung für meinen Vater mitgegeben, in der stand, daß ich die Schule verlassen hatte. Als er am Abend von der Arbeit kam und sie las, zitterten seine Hände. »Warum hat er dich in die Kaufmannsklasse gesteckt?« fragte er. »Ist es wegen jenes Briefes?« Onkel Fred hatte ihm davon erzählt. Ich nickte. »Aber du hast ihn doch gar nicht geschrieben«, fuhr mein Vater fort. »Oder? Ich habe gehört, es war die … die Tochter von irgendeinem Doktor, die auf das Bishop Spencer geht und dir Ärger machen wollte.«

»Es ist egal«, sagte ich. »Reeves hat mich in die Kaufmannsklasse gesteckt, weil ihm einfach danach war. Er hätte es wahrscheinlich sowieso getan. Es wäre reine Zeitverschwendung gewesen, wenn ich weiter auf diese Schule gegangen wäre.«

Mein Vater starrte auf die Mitteilung des Rektors. »Ich verstehe das nicht«, flüsterte er. »Er weiß doch, daß du nichts mit jenem Brief zu tun gehabt hast. Er weiß es doch.«

Später, sternhagelvoll, zog er richtig vom Leder. »Du bist ruiniert, Junge, du bist ruiniert«, brüllte er. »Wir beide sind ruiniert, wir alle sind ruiniert, wir sind erst einmal erledigt.« Und dann, als wäre das Buch irgendwie für meinen Weggang aus der Schule verantwortlich, begann er über die *Geschichte* von Richter Prowse zu schimpfen, die er jetzt nur mehr »das Buch« nannte. »Dieses verfluchte Buch«, wütete er. »Ich wünschte bei Gott, ich hätte dieses Buch nie gesehen.«

Mein Vater, der stets dagegen gewesen war, daß ich das Bishop Feild besuchte, und mir in den vergangenen drei Jahren immer wieder zugeredet hatte, ich solle doch von dort weggehen, war nun angeblich »untröstlich« über meine Entscheidung. Es dauerte nicht lange, da erklärte er das Feild zur »besten aller Schulen«.

»Mit einem Abschlußzeugnis vom Bishop Feild hat ein junger Mann seine Zukunft schon in der Tasche«, sagte er kopfschüttelnd. »Das war's, unsere letzte Hoffnung ist dahin.« Er sang sein Loblied auf das Bishop Feild bis spät in die Nacht hinein und wiederholte ohne Ende, welch wunderbare Menschen die Lehrer doch seien, wie sehr ihnen die Bedeutung von Tradition und Vornehmheit bewußt sei. »Es sind großartige Männer«, sagte er, »gelehrte Männer«, und betonte das Wort *gelehrt*, als läge darin der Schlüssel, als könnte man die Größe dieser Lehrer nur verstehen, wenn man wirklich zu schätzen wüßte – wie er mittlerweile –, was es bedeutete, gelehrt zu sein. »Ich weiß, daß ich früher vieles an ihnen auszusetzen hatte, aber ich scheue mich nicht, einen Irrtum zuzugeben«, erklärte er. Meine Zukunft stehe ihm nun geradezu vor Augen, ich würde bei Onkel Fred arbeiten müssen, »unter dem Stiefel des Alten«. »Der Stiefel ruft, Junge«, grölte er in jener Nacht die Treppe hinauf. »Der Stiefel ruft.«

FIELDINGS KURZER ABRISS DER GESCHICHTE NEUFUNDLANDS

2. Kapitel
Das Goldene Vlies

Im Jahr 1610 gründet John Guy die erste offizielle Siedlung namens Cupids, und weil ihm ein glücklicher Zufall zwei milde Winter hintereinander beschert, glaubt er, dort ließe sich gut leben. Der weniger ungewöhnliche Winter 1613 belehrt ihn eines Besseren, worauf er nach Hause zurückkehrt und fortan jede Nacht schreiend aufwacht und nicht wieder einschlafen will, bis seine Frau ihm hoch und heilig versichert, daß er nicht mehr in Neufundland lebt.

Die London & Bristol Company verkauft John Guys Siedlung an William Vaughan. Nach einem langen Gespräch mit Guy, das Vaughan zu seinem Leidwesen nicht vor dem Kauf geführt hat, stattet der neue Besitzer seiner Kolonie nicht etwa einen Besuch ab, sondern schreibt lieber ein Buch mit dem Titel *Das Goldene Vlies*, in dem er ihre Vorzüge rühmt, und entsendet stellvertretend eine Gruppe von Walisern.

Als er zwei Jahre lang nichts von ihnen hört, schickt er Sir Richard Whitbourne hinüber, der nachsehen soll, wie es ihnen geht. Whitbourne berichtet Vaughan, daß nicht alle tot sind und diejenigen, die noch leben, sogar überlegen, ob sie nicht Behausungen irgendwelcher Art errichten sollen. Im Jahr 1620 wird die Siedlung unerklärlicherweise aufgegeben.

Vaughan tritt an verschiedene Leute heran und bietet denjenigen, die die Frage »Haben Sie jemals mit John Guy gesprochen?« mit »Nein« beantworten, großzügig bemessene Gebiete in seiner Kolonie an.

Unter ihnen ist Sir George Calvert, Lord Baltimore, Minister Ihrer Majestät, der ein riesiges Areal in Vaughans Kolonie ersteht und kundtut, daß er bei Ferryland eine Siedlung zu errichten gedenke, die den wegen ihres Glaubens in Großbritannien verfolgten Katholiken eine Zufluchtsstätte bieten würde. Diese Verkaufstaktik bringt jedoch nicht das gewünschte Ergebnis. Die Katholiken fühlen sich so bedrängt, daß diejenigen, an die er mit seinem Vorschlag herantritt, ihm zu verstehen geben, sie ließen sich lieber verfolgen, als wie »Williams Waliser« zu enden.

Calvert geht zu Vaughan und verlangt zu wissen, was sie damit meinen.

Auf Vaughans Ratschlag hin richtet er sein Augenmerk sodann auf jene Gruppe von Männern, deren hartes Los und deren Stellung in der englischen Gesellschaft es verlockend erscheinen lassen, nach Neufundland zu gehen.

Das Ergebnis ist, daß bald weitere zwölf Waliser einen Captain Edward Wynne nach Neufundland begleiten, wo sie bei Ferryland eine Siedlung errichten.

DAS BUCH

Wochenlang fand sich, außer wenn wir aßen, nichts anderes auf dem Küchentisch als das Buch. Mein Vater legte es in die Mitte des Tisches, als sollte es im Mittelpunkt unseres Familienlebens stehen. Er zeigte mit dem Finger darauf, er bezog sich darauf mit »er« oder »Sie«, als wäre es der Richter persönlich. »›Freunde, wie Sie und ich es hätten sein können, wären wir zusammen zur Schule gegangen.‹ O ja, ich bin sicher, wir wären dicke Freunde gewesen. Sie und ich. Busenfreunde. Unzertrennlich. Ein Herz und eine Seele, ein Leben lang. Wie schade, daß wir uns nicht in der Schule kennengelernt haben – wir wären heute Tag für Tag zusammen und würden Karibus jagen in Labrador. Der Schriftsteller und der Holzmeister. Was für ein schönes Paar hätten wir abgegeben.«

Manchmal, spät in der Nacht, tat er dann so, als wäre er selbst der Richter, der mit Charlie Smallwood spricht. »Ich geruhe Sie zur Kenntnis zu nehmen, hinwegzusehen über Ihre Wahnvorstellungen beim Anblick dieses Buches, das ich geschrieben habe und Sie nicht, dieses Buch, das Sie niemals hätten schreiben können, dieses mein achthundertseitiges Meisterwerk, eine Ihre Fähigkeiten derart übersteigende Leistung, daß daneben Ihr ganzes Leben bedeutungslos erscheint.«

»Hör auf, mit diesem Buch zu reden«, rief meine Mutter dann vom Obergeschoß herunter. »Ein Mann, der mit einem Buch redet, das ist ja nicht normal.«

»Es spricht mit mir«, erwiderte mein Vater. »Es macht sich lustig über mich, es beleidigt mich.«

»Du verlierst langsam den Verstand, Smallwood«, antwortete meine Mutter darauf. »Du träumst. Ich höre nicht das Buch sprechen, sondern den Alkohol.«

Aber als hätte er den Richter auf einem Stuhl festgebunden und hielte ihm nächtens eine Standpauke – auf Raten sozusagen –, zog mein Vater in der Küche unablässig seine Kreise, immer rund herum, und schimpfte auf das Buch ein. Er hatte auch früher schon Zwangsvorstellungen gehabt, aber niemals für so lange Zeit und niemals auf ein greifbares Objekt wie dieses Buch gerichtet. Es zerrte an unseren Nerven, wenn wir ihn unten mit dem Buch sprechen hörten, als wäre es ein nächtlicher, für uns unsichtbarer Besucher, wenn er den Richter herunterputzte und dann sich selbst, als wäre *er* der Richter.
Er ging zwei Tage hintereinander nicht zur Arbeit, sondern blieb bis zum Einbruch der Nacht auf dem Sofa in der Küche liegen, auch während wir aßen, und wartete, bis wir fertig waren, damit er den Tisch in Beschlag nehmen und sich wieder mit dem Buch zanken konnte. »Sie werden dich feuern, Smallwood«, schrie meine Mutter ihn an. Doch mein Vater brummte nur unwillig und drehte sich zur Wand. Meine Mutter setzte sich an den Tisch und vergrub das Gesicht in den Händen.
Lange nachdem ich meinen Vater am Ende seines dritten müßigen Tages hatte zu Bett gehen hören, lange nachdem ich selbst eingeschlafen war, weckte mich ein Geräusch; jemand schlich die Treppe hinunter. Ich hörte, wie die Hintertür geöffnet wurde, und spähte aus dem Fenster. Da sah ich meine Mutter im Nachthemd auf der zur Stadt ausgerichteten Terrasse stehen. Sie hielt das Buch des Richters mit beiden Händen vor sich und starrte den Einband an. Dann holte sie mit dem Buch in der Hand weit aus und schleuderte es in die Dunkelheit, als sollte es geradewegs das Dach des richterlichen Hauses treffen. Ich sah noch, wenn auch undeutlich, wie es sich im Wind öffnete, die Seiten flatterten, und wenige Sekunden später hörte ich es mit einem dumpfen Knall weit unten am Hang aufschlagen. Meine Mutter verharrte still am Terrassengeländer und sah ihm nach, und ihre Brust hob und senkte sich, als bekäme sie vor Aufregung keine Luft mehr.
Von irgendwo unten am Brow drang ein gedämpftes Poltern herauf, wie entfernter Donner, das erst lauter wurde und dann wieder leiser, aber noch einige Zeit zu hören war. Sie stellte sich auf die Zehenspitzen, beugte sich weit über das Geländer und reckte den Hals, um etwas zu

sehen. Dann machte sie rasch kehrt, vielleicht weil sie befürchtete, daß die Geräusche uns geweckt hatten. Leichtfüßig, fast lautlos huschte sie den Flur hinunter und die Treppe hinauf, ging in ihr Zimmer und legte sich wieder schlafen.

Am nächsten Morgen, es war Samstag, und wir saßen gerade beim Frühstück, rückte meine Mutter mit einer Neuigkeit heraus. In der Nacht sei eine Lawine abgegangen, erzählte sie, eine richtig schlimme, die ungefähr hundert Fuß unterhalb unseres Hauses begonnen und sich den ganzen Berg hinabgewälzt hätte. Ein paar Zäune seien umgelegt worden, aber »Gott sei Dank«, sagte sie, keine Häuser beschädigt, obwohl die Lawine zwischen zwei Häusern hindurch eine richtiggehende Schneise geschlagen hätte und die Straße, die den Brow querte, nun vollständig vom Schnee blockiert wäre.

»Genau zwischen den beiden Häusern hindurch, die Lawine, stellt euch mal vor! Euer Vater geht gleich mit den anderen Männern los, um die Straße freizuschaufeln.«

Mein Vater, ziemlich verkatert, fand diese Aussicht offenbar nicht annähernd so aufregend.

»Ich gehe mit«, sagte ich.

Wir stapften den Brow hinunter zu den Männern und Jungen, die sich auf beiden Seiten des Schneeberges an die Arbeit machten und ihn zur Mitte hin abtrugen. Als ich zu unserem Haus hinaufblickte, konnte ich genau sehen, welchen Weg die Lawine genommen hatte. Die Wipfel der kleineren Bäume waren gekappt, einige größere vollständig entwurzelt. Stellenweise hatte die Lawine so viel Schnee und Eis mitgerissen, daß der steinige, gelbliche Erdboden bloßlag. Sie hatte sich tatsächlich, wie meine Mutter erzählt hatte, zwischen zwei Häusern hindurch ihren Weg gebahnt, ohne sie zu beschädigen. Nur die Seitenmauern hatten ein paar Kratzer abbekommen, und einige Schindeln waren gesplittert.

Wir waren ungefähr eine Stunde dort, als einer der Männer auf der anderen Seite der Lawine schrie, er habe unter dem Schnee etwas entdeckt. »Ich glaube, da liegt einer«, sagte er. Ich blieb stehen und schaute von weitem zu, während alle anderen zu dem Mann hinliefen und wie verrückt zu schaufeln begannen. »Da«, rief der Mann, »da, ein Arm.« Aus dem Schnee ragte ein Arm mit dem Ellenbogen nach oben. Ein paar Männer packten ihn und zogen daran mit aller Kraft, aber ohne Erfolg. »Wer es auch ist, er ist eingefroren«, sagte einer der Männer. Einige Väter schickten ihre Söhne fort, um ihnen den Anblick zu ersparen. Widerwillig traten die Jungen zur Seite, starrten aber noch immer den Arm an. »Geht nach Hause«, brüllte ein Mann, und zwei Jungen rannten den Hügel hinauf, sicherlich, um die Neuigkeit zu verbreiten. Mein Vater hatte offenbar vergessen, daß ich da war. Sie begannen wieder zu schaufeln. Ich beobachtete die Vorgänge von der anderen Seite des Schneebergs aus. Schließlich gruben sie die Leiche eines alten Mannes aus, und als sie ihn umdrehten, stellten sie fest, daß es ein gewisser »Mr. Mercer« war, der allein auf dem Brow gelebt hatte. Seine Augen waren weit aufgerissen, der offene Mund vollgestopft mit Schnee.

»Der alte Mr. Mercer«, sagte mein Vater am Abend. »Hat direkt unten am Brow gewohnt.«

»Aber die Lawine kam doch gar nicht so weit runter«, entgegnete meine Mutter, »und sie hat keines der Häuser erwischt, das hast du heute morgen selbst gesagt.«

»Er muß auf der Straße herumspaziert sein«, erwiderte mein Vater. »Hat allein gelebt. Niemand hat gewußt, daß er nicht daheim ist. Dreiundachtzig war er. Stell dir vor, du wirst dreiundachtzig Jahre alt, und dann mußt du auf diese Weise gehen.«

»Er war mit Schnee vollgestopft«, platzte ich dazwischen, ohne daran zu denken, welche Wirkung diese Worte auf meine Mutter haben würden, denn der Anblick von Mr. Mercer stand mir noch ganz lebhaft vor Augen. »Er sah aus, als hätte man ihm den Schnee mit Gewalt bis hierhin reingestopft«, fuhr ich fort und zeigte auf einen Punkt zwischen Magen und Bauchnabel. »Die ganze Luftröhre mit Schnee vollgestopft.«

»Hör auf damit, Joe«, sagte meine Mutter. Sie ließ sich mit erschrockenem Gesicht auf dem Sofa nieder und starrte verstört ins Feuer. »Hör auf damit. Niemand kann etwas dafür. Es war ein Unfall, nichts anderes.«

»Es war Gottes Wille«, bemerkte mein Vater.

»Nein«, widersprach meine Mutter. »Nein. Gott hat nichts damit zu tun. Was hatte Mr. Mercer um diese Stunde draußen zu suchen?«

»Welche Stunde?« fragte mein Vater.

»So spät, meine ich«, erwiderte meine Mutter. »Es muß ziemlich spät gewesen sein. Ich ... ich habe überhaupt nichts gehört.«

Eine Zeitlang herrschte Schweigen. Ein paar hundert Fuß entfernt von dort, wo wir schliefen, war vergangene Nacht ein Mann lebend begraben worden. Ein Mr. Mercer, von dem ich nie etwas gehört hatte, ein Mann von dreiundachtzig Jahren, die Luftröhre mit Schnee vollgestopft, der Mund ein rundes weißes O, als sie ihn herauszogen.

Ich saß stocksteif auf dem Sofa und fragte mich, ob nicht doch jemand zwei und zwei zusammenzählen würde. Ich wartete darauf, daß jemand auf das Buch zu sprechen kam, daß jemand sagte, man habe es unter Mr. Mercers Leiche gefunden, daß ein Polizist vor der Tür stand, das Corpus delicti in der Hand. Ich hatte entsetzliche Angst, und gleichzeitig war mir nach Lachen zumute. Meine Mutter saß in sich zusammengesunken auf dem Sofa, preßte die Hände zusammen und starrte auf den Boden. Meine Mutter, die ungewollt Mr. Mercers Tod herbeigeführt hatte durch jenes Buch, welches die Lawine auslöste wie eine Strafe Gottes, die über ihn, und sie, kommen sollte. Es war beinahe komisch, aber ich konnte nicht aufhören zu zittern.

Nach einer Weile stand mein Vater auf und begann im Wohnzimmer und in der Küche herumzustöbern, schaute hinter das Sofa, hob die Kissen hoch, durchsuchte die Anrichte.

»Wo ist mein Buch?« fragte mein Vater. »Hat jemand mein Buch gesehen?«

»Was weiß ich, wo dein Buch ist«, entgegnete meine Mutter.

»Ich habe es gestern abend hier hingelegt«, fuhr er fort und zeigte auf den Beistelltisch neben seinem Sessel.

»Du warst betrunken gestern abend«, gab meine Mutter zurück. »Du kannst es sonstwo hingelegt haben.«

»Ich habe es auf dieses Tischchen gelegt«, widersprach mein Vater, »genau da, wo ich es immer hinlege.«

Meine Mutter stand auf, nahm den Schürhaken neben dem Kamin und stocherte in den glühenden Kohlen herum, bis sie Funken sprühten.

»Da«, sagte sie, »da hast du dein verfluchtes Buch, was davon übrig ist. Ich habe es gestern nacht verbrannt, so wie du unsere Stiefel verbrannt hast. Ich hatte es satt, daß du ständig nur von diesem Buch gefaselt hast, satt bis obenhin, deshalb habe ich es verbrannt.«

»Das ist nicht wahr«, erwiderte mein Vater.

»Doch«, entgegnete meine Mutter. »Ich habe es dir gesagt, ich habe dich gewarnt. Ich konnte es nicht mehr hören, wie du dauernd über dieses Buch hergezogen hast. Joe macht sich die Mühe und bringt dein Buch zum Richter, damit er es signiert, und du ...« Sie stocherte wieder in der Glut herum, daß die Funken flogen.

»Schon gut, schon gut«, beschwichtigte mein Vater, »deshalb brauchst du nicht das Haus abzufackeln.« Sie warf den Schürhaken hin und lief weinend die Treppe hinauf. Ich war sicher, daß mein Vater ihr irgend etwas hinterherrufen würde, noch ehe sie das Schlafzimmer erreicht hatte, aber er tat es nicht.

»Sie hat es verbrannt«, murmelte mein Vater leise. »Sie hat mein Buch verbrannt. Warum hat sie das bloß getan?«

Im Frühjahr, als schon fast aller Schnee geschmolzen war, kletterte ich, dem Weg der Lawine folgend, den Brow hinunter und begutachtete den angerichteten Schaden aus der Nähe. Auch nach dem Buch hielt ich Ausschau, und ich hatte kaum ein Viertel des steilen, felsigen Abhangs zurückgelegt, als ich es wie einen Vogel zwischen den unteren Zweigen einer großen Fichte hervorspitzen sah. Aufgeschlagen, mit den Seiten nach unten hing es dort, als hätte sein Leser es so hingelegt, um nicht die Seite zu verblättern, und es dann zurückgelassen. Auf dem mit Wasserflecken übersäten Einband waren keine Buchstaben mehr zu erkennen, aber die Seiten, die monatelang offen dagelegen hatten, konnte man noch lesen, wenn auch manche Zeilen verlaufen waren. Alle anderen Seiten waren völlig durchtränkt und klebten zusammen, und ich wagte nicht, sie zu trennen, weil ich sie dabei womöglich zerrissen hätte. Behutsam versuchte ich die beiden Hälften zusammenzuklappen, um zu sehen, ob der Rücken hielt, und das tat er zwar, aber in der Mitte war das Buch so stark gewellt, daß es nicht geschlossen blieb.

Ich nahm es mit, schmuggelte es ins Haus und band es längs und quer mit einer Schnur zusammen, wie ich es bei alten Büchern im Bishop Feild gesehen hatte. Dann versteckte ich es draußen im Schuppen.

Jeden Tag schlich ich hin, um nach ihm zu sehen, als hätte ich dort einen Flüchtling versteckt, der sich erholen mußte. Es dauerte zwei Monate, bis das Buch getrocknet war. Ich versuchte, die Seiten mit Hilfe eines Rasiermessers zu trennen, und begann an den Ecken, wo es am leichtesten war, aber sie klebten immer noch zusammen.
Als ich die krakeligen Worte des Richters und Prowses »Übersetzung« betrachtete, fragte ich mich, wie lange er wohl darüber nachgedacht hatte, was er schreiben solle, und wieviel davon auf meinen Vater persönlich gemünzt war, sofern er überhaupt etwas über ihn wußte. »Freunde, wie Sie und ich es hätten sein können, wären wir zusammen zur Schule gegangen.«
»Ist doch nicht weiter schlimm, oder?« hatte Prowse gesagt.
Und ich hatte gesagt, nein.

FIELDINGS KURZER ABRISS DER GESCHICHTE NEUFUNDLANDS

3. Kapitel
Ärgernisse und Widrigkeiten

Wynne schickt Calvert in den folgenden fünf Jahren überschwengliche Berichte vom guten Gedeihen der Kolonie in Ferryland und vermeldet, sie habe sich »überaus prächtig entwickelt«.
Durch Wynnes Berichte ermutigt, ersucht Calvert im April 1623 um einen Freibrief für die – von ihm so betitelte – Provinz Avalon, heute liebevoll »das Moor von Avalon« genannt, und dieser wird ihm auch gewährt.
Als Wynne 1627 nach England zurückkehrt, drängt es Calvert bereits derart nach einem Besuch seiner Kolonie, daß er kaum noch an sich halten kann. Alsbald segelt er in Begleitung seiner Familie nach Ferryland, und die Überfahrt verbringt er zum großen Teil mit der Lektüre von Vaughans *Das Goldene Vlies.*

Kurz nach der Ankunft werden zwei seiner Schiffe von Piraten gekapert; deren regelmäßige Raubzüge in der Kolonie hatte Wynne als so nebensächlich erachtet, daß er sie in seinen Briefen gar nicht erst erwähnte. Der Winter 1628/29 ist nach Ansicht der skorbutgeplagten Kolonisten kein sonderlich harter, veranlaßt Calvert jedoch zu der Feststellung, daß »in diesem Teil der Welt nichts als Ärgernisse und Widrigkeiten meiner harren«, woraufhin er nach England zurücksegelt. Vaughan, bekannt für sein schriftstellerisches Einsiedlertum, ist unterdessen verschollen; allerdings stellt sich später heraus, daß er an *The Newlander's Cure* schreibt, einem kleinen Ratgeber für Siedler, wie sie den Gefahren des Lebens in Neufundland trotzen können. Diese vermag er sich als Schriftsteller trotz fehlender eigener Anschauung so lebhaft vorzustellen, daß andere Menschen, die niemals in Neufundland waren, das Buch sehr überzeugend finden und es sich recht gut verkauft.

MUNDY POND

Lange Jahre war das einzige religiöse Symbol in unserem Haus ein schlichtes Holzkreuz über dem Herd. Ein kleines Holzkreuz, nur für alle Fälle. Meine Eltern wollten eben auf Nummer Sicher gehen.

Meine Mutter hatte uns niemals zum Kirchgang gedrängt, deshalb waren alle außer mir ziemlich überrascht, als sie sich plötzlich dem Studium der Religionen zuwandte und sich in dieses Thema einarbeitete wie ein Briefmarkensammler, der alles über Briefmarken liest.

»Was hast du vor?« fragte mein Vater, als sie anfing, Katechismen, Gebetbücher, Gesangbücher, Meßbücher und Bibeln jedweder Konfession nach Hause zu bringen. Überall lagen sie herum, die Schriften der Kirche von England, der protestantisch-bischöflichen Kirche Nordamerikas, der Presbyterianer, der Kongregationalisten, der Baptisten, der Pfingstler, der Adventisten vom Siebenten Tag, der Heilsarmee, der katholischen Kirche. Meine Mutter informierte sich auch über Religionen, die sie früher als »Spinnerei« abgetan hatte, etwa die Christliche Wissenschaft und die Zeugen Jehovas.

Sie las jedoch nicht nur die Schriften, sondern besuchte auch die Gottesdienste, zu denen sie mich oft mitnahm, denn trotz ihrer neu erwachten Wißbegier hatte sie offenbar Angst, allein hinzugehen. Ich dürfte zumindest eine Kirche jeder Konfession in St. John's von innen gesehen haben. Meine Mutter saß oder stand, ein zurückhaltend kritischer Gast, hörte zu und beobachtete nicht nur die Pfarrer, sondern auch die Gemeindemitglieder. Sie benahm sich wie ein kluger Käufer, der das Angebot nüchtern prüft und im Zweifelsfall lieber gar nichts kauft.

Besonders wohlwollend äußerte sie sich über die protestantischen Glaubensrichtungen in der Neuen Welt.

»Ich suche den einzig wahren Glauben, Joe«, bekannte sie, »den unverfälschten, und den muß ich noch finden.«

Eines Sonntagnachmittags sagte sie zu mir, sie habe ein Geheimnis, das sie mir anvertrauen würde, wenn ich es für mich behielte. Ich dachte, ich würde etwas über das Buch und Mr. Mercer erfahren. Also gab ich ihr mein Versprechen, und sie erzählte mir, sie sei »der Sünde für schuldig befunden« worden und würde bald »erlöst« werden. Sie sei, erzählte sie, am vergangenen Dienstag bekehrt worden, in der Mission Bethesda der Pfingstler an der New Gower Street – der Arche, wie sie von ihnen genannt wurde. Am kommenden Sonntag solle sie zusammen mit neununddreißig anderen Brüdern und Schwestern durch Untertauchen in einem oberhalb der Stadt gelegenen Gewässer namens Mundy Pond getauft werden.

»Ich weiß nicht, was über mich gekommen ist, Joe«, sagte sie. »Ich bin einfach hingegangen, weil ich wissen wollte, worum es überhaupt geht, weil alle von der Mission Bethesda und von dieser Frau, dieser Miss Garrigus, geredet haben, aber dann ist etwas passiert, Joe, es ist etwas passiert.«

Offenbar war mir deutlich anzusehen, daß ich erschrak und gar nicht hören wollte, was passiert war, denn sie sprach nicht weiter, sondern wandte sich von mir ab und schlug die Hände vors Gesicht. Ich wollte diese religiöse Inbrunst von mir fernhalten, aus Angst, sie könnte ansteckend sein und auch mich befallen. Der Gedanke, etwas Mächtigeres als mein eigener Wille könnte mich lenken – oder würde mich lenken, wenn ich ihm nachgäbe –, jagte mir schreckliche Angst ein. Ich ahnte bereits, daß meine Mutter mir niemals mehr ganz gehören würde, so wie früher, und mich umgekehrt niemals mehr ganz als den Ihren betrachten würde.

Das Oberhaupt einer Diözese der Pfingstkirche wurde Vorsteher genannt und mußte eigentlich ein Mann sein, aber bislang hatte die Arche noch keine geeigneten Männer gewinnen können, weshalb Miss Garrigus inoffiziell »der Vorsteher« war und einzig das Sakrament der Ehe nicht spenden durfte. Meine Mutter hängte eine große Porträtphotographie von Miss Garrigus über den Kamin im Wohnzimmer. Ihr Haar war zu einer Hochfrisur aufgetürmt, mit einem Scheitel in der

Mitte, so daß es den Buchstaben M zu bilden schien. Sie trug ein schwarzes Kleid mit einem Spitzenkragen, von dem wiederum eine Art geklöppeltes Deckchen in Form eines Kreuzes herunterhing. Die eine Hand ruhte auf einem Stock, die andere hielt eine große schwarze Bibel aufgeschlagen auf ihrem Schoß. Voller Verachtung, geradezu anklagend schaute sie einem entgegen, als könnte sie jeden auf den ersten Blick durchschauen, als hätte sie jede nur denkbare Ausrede für lockeren Lebenswandel, Unmoral und Gottlosigkeit schon tausendmal gehört und ließe sich durch nichts mehr täuschen. Mein Vater gab ihr den Namen Alice in Neufundland, als er das Bild sah.

Vor dem Taufsonntag nahm mich meine Mutter mit, damit ich Miss Garrigus predigen hörte. Ich fragte mich, ob sie wohl hoffte, daß auch ich mich bekehren ließ.

Miss Garrigus, nach eigener Einschätzung eine »begnadete Erwekkungspredigerin« aus Neuengland, sprach an jenem Abend mit einer ergreifenden Inbrunst, die ihresgleichen sucht, wie meine Mutter sagte, und berichtete ihrer Gemeinde von ihrer eigenen Bekehrung in einer verfallenen Scheune in Maine.

»In einer Scheune wurde ich geboren«, erzählte sie. »Ich bin zwanzig Jahre lang um die Welt gereist, habe gepredigt, getauft und Seelen gerettet. Aber erst vor kurzem, im Alter von zweiundfünfzig, fühlte ich mich nach Neufundland gerufen, fühlte mich vom Herrn auserkoren, nach Neufundland zu kommen und hier eine Mission mit dem Namen Arche zu gründen. Die Gestalt Neufundlands erschien mir im Traum, zuerst recht verschwommen, dann aber jede Nacht deutlicher, bis es wie eine Insel aussah, obwohl ich nicht sagen konnte, welche es war. Am Ende war es Neufundland, obwohl ich es nicht wußte, denn ich wußte nicht, wie Neufundland aussah. Ich zeichnete die Umrisse auf, wie sie sich mir im Traum offenbart hatten, zeigte das Bild einer Freundin, und diese sagte, ich hätte eine Karte von Neufundland gezeichnet, eine in jeder Hinsicht genaue Karte.« Daraufhin entrollte Miss Garrigus die Karte, die sie gezeichnet hatte, damit die Gemeinde sie betrachten konnte, und erzählte, wie sie, nachdem sie einen Atlas zu Rate gezogen hatte, ihren »Ruf nach Neufundland« unumstößlich bestätigt gefunden habe, als sie feststellte, daß die Hauptstadt ihrer künftigen Diözese den

Namen St. John's trug, nach Johannes dem Täufer und Johannes dem Evangelisten, der die Offenbarung, ja die Bibel in ihrer Gesamtheit mit der Losung der Pfingstkirche beende: »Jesus kommt bald.«

»Neufundländer, ihr alle seid neu gefunden«, sagte sie, »Findlinge an der Schwelle zum Heil. Ihr seid heute in meiner Mission, weil ihr keine Kirche habt, weil keine andere Kirche euch aufnehmen wollte. Oder soll ich sagen, weil ihr von keiner anderen Kirche aufgenommen werden wolltet.

Es ist heute eine Frau unter uns«, fuhr sie fort, »die ein schreckliches Geheimnis mit sich herumträgt, etwas, von dem sie glaubt, daß niemand anderer darum weiß, und dennoch gibt es jemanden; etwas, von dem sie glaubt, daß es ihr nie vergeben werden wird, und dennoch wird sie Vergebung erlangen. Höre mich, liebe Frau; höre mich, meine Schwester ... Ich werde deinen Namen nicht nennen, denn du weißt, daß du gemeint bist, und Gott weiß es, denn Gott weiß alles ... Gott, wenn du Ihn nur darum bittest, wird dir vergeben.«

Diese »Frau« hätte fast jede sein können, aber ich verstand jetzt, warum meine Mutter so ergriffen war.

Meine Mutter wurde Anfang Juni getauft, in einem Gewässer, das noch vor einem Monat stellenweise zugefroren war. Ein Paar aus der Pfingstlergemeinde, das auf dem Brow wohnte, brachte sie am Sonntagmorgen mit dem Pferdewagen nach Hause. Sie war in eine Decke gewickelt, das Haar hing ihr wirr ins Gesicht, und das Kleid, noch immer tropfnaß, klebte ihr am Körper.

»Ich bin gerettet, Joe«, flüsterte sie mit bebenden Lippen. »Ich bin gerettet.«

»Kümmere dich um deine Mutter, Junge«, sagte der Mann barsch. »Gott segne Sie, Mrs. Smallwood«, verabschiedete sich die Frau, als sie davonfuhren. Die Hufschläge ihres klapprigen alten Gauls, der den Hügel hinuntertrottete, waren noch lange zu hören.

Ich führte meine Mutter in die Küche. Dort saß sie zitternd da, die Arme um sich geschlungen, und es schien, als habe man sie tatsächlich gerettet, aber nicht vor der ewigen Verdammnis, sondern vor dem Ertrinken, und danach schleunigst nach Hause geschafft, ehe sie sich eine

Lungenentzündung holte. Meine Schwestern drängten sie, doch mit nach oben zu gehen und trockene Sachen anzuziehen, aber sie schaute sie nur an, als habe sie nichts gehört. Ihr Blick schien nach innen gerichtet, wie wenn sie etwas geschaut hätte, was sie nicht preisgeben durfte.

Ich weiß nicht, was an jenem Tag am Ufer des Mundy Pond mit meiner Mutter geschah, aber irgend etwas war geschehen, etwas, das sie völlig verändert hatte. Sollte mir Gott höchstpersönlich erscheinen, dann würde ich Ihm klarmachen, so schwor ich mir, daß ich meine Rettung lieber selbst in die Hand nahm, als es Ihm zu überlassen.

FIELDINGS KURZER ABRISS DER GESCHICHTE NEUFUNDLANDS

4. Kapitel
Quodlibets

Robert Hayman, der es vorgezogen hat, Cupids zu verlassen, wirkt an der Gründung und Verwaltung einer Siedlung namens Bristol's Hope mit. Von dort kehrt er jedoch bald nach England zurück und schreibt ein Büchlein mit dem Titel *Quodlibets*, ein buntes Allerlei von Gedichten und Geschichtchen, vor allem aber eine Richtigstellung zu dem Unsinn, den Vaughan am laufenden Band von sich gibt. Leider erscheint es niemals in seiner ursprünglichen Form, sondern wird vor der Veröffentlichung von Vaughan »verbessert«, sprich: von vermeintlich unschönen Stellen gesäubert. (Prowse, der irrtümlich Vaughans Version für die maßgebliche hält, tut *Quodlibets* in seiner *Geschichte* als »eigenartiges Sammelsurium« ab. Prowse war völlig von Vaughan eingenommen und glaubte sogar, Vaughan sei nach Neufundland gereist und habe die Kolonie Trepassey gegründet, dabei hatte sich Vaughan sein Leben lang niemals so weit von England entfernt, daß er die Küste nicht mehr gesehen hätte.)

Eines der wenigen Originalexemplare der *Quodlibets* befindet sich in unserem Besitz. Vaughans Ausgabe enthält folgendes Gedicht:

Die Luft in Neufundland ist gesund und gut,
Das Feuer gar fein, es macht warmes Blut.
Die Wasser – Meer, Fluß und See – sind reich an Fisch,
Die Erde so fruchtbar, daß sie deckt jeden Tisch.
Wo alles so trefflich – Wasser, Erde, Luft und Feuer,
Wer wollte dort nicht leben, da dies alles uns so teuer?

Und hier das Gedicht, wie es in Haymans Notizheft steht:

Die Luft in Neufundland ist ungesund, nicht gut,
Seid alle gewarnt: Geht nicht vors Haus ohne Hut.
Die Wasser, ob Meer, Fluß oder See, sind eiskalt,
Man erfriert im Nu, wenn man hineinfallt.
Holz findest du kaum, deshalb hast du auch kein Feuer.
Die Erde ist wie Stein, und leer bleibt deine Scheuer.
Drum sage ich euch, laßt euch nicht betören,
Weil sich alle Elemente hier gegen euch verschwören.
Und auf Vaughan, den Lügner, sollt ihr niemals hören.

HAROLD DEXTER

Obwohl ich das Bishop Feild freiwillig verließ, hatte ich immer das Gefühl, dort versagt zu haben, und es sollte der nachhaltigste Fehlschlag meines Lebens sein, der erste auf einer langen Liste, die, so schien es mir jedenfalls lange Zeit, niemals enden wollte. Als ich im letzten Viertel des Jahrhunderts meine Enzyklopädie Neufundlands überarbeiten ließ, sorgte ich dafür, daß unter dem Eintrag »Bishop Feild« mein Name nicht erwähnt wurde. Als Erklärung dafür gab ich an, ich hätte es nicht verdient, zusammen mit jenen genannt zu werden, die nach ihrem Abschluß am Bishop Feild als Stipendiaten nach Oxford gegangen waren oder sich anderweitig hervorgetan hatten. In Wirklichkeit wollte ich aber nur nicht, daß sich das Bishop Feild damit brüsten konnte, meinen späteren Lebensweg vorgezeichnet zu haben.

1915 konnte ich nicht mehr vorweisen als das, was heute dem Abschluß der neunten Klasse entspricht. Eines Tages sollte ich eine Schar von gelehrten Menschen um mich haben, die mir Rede und Antwort standen, meine Anordnungen befolgten und mich fürchteten. In Oxford ausgebildete Juristen, Doktoren aus Harvard, Universitätsprofessoren und Staatsbeamte scheuten sich allesamt – und aus gutem Grund –, auch nur einen Bleistift in die Hand zu nehmen, ohne sich vorher mit mir abgesprochen zu haben. Im Abgeordnetenhaus kanzelte ich eines Tages den an der Sorbonne ausgebildeten Oppositionsführer ab wie einen Dummkopf. Dennoch war ich insgeheim immer davon überzeugt, daß diese Männer über mir standen, mir in Wahrheit überlegen waren; und heute ist mir klar, daß sie das genauso sahen.

Mein Vater hatte recht. Der Stiefel rief mich, und nicht nur er. Mir drohte wieder das alte Leben zu Hause auf dem Brow, inmitten meiner sich ständig vergrößernden Geschwisterschar. Seit ich aufs Bishop Feild

gegangen war, hatte meine Mutter noch zwei Kinder bekommen, insgesamt nun zehn, und ein weiteres war unterwegs. Wenn es irgendeine Möglichkeit gab, nicht zu zwölft in einem Haus mit drei Zimmern leben zu müssen, würde ich nicht lange zögern, selbst wenn mir nur der Stiefel blieb. Daß meine Mutter in letzter Zeit von nichts anderem mehr redete als von ihrem neu entdeckten Glauben, tat ein übriges.
Doch immerhin sprach meine Mutter auch mit Fred Smallwood, und es war so gut wie abgemacht, daß ich irgendeine Anstellung in der Manufaktur bekommen würde. Ich hatte ebensowenig Lust wie mein Vater, meine Tage mit der Herstellung oder dem Verkauf von Schuhen und Stiefeln zuzubringen, doch wenn ich von zu Hause ausziehen wollte, schien mir vorläufig nichts anderes übrigzubleiben.
Andere junge Männer zogen in den Krieg, aber wenn ich mit meinen fünfzehn Jahren *irgend* etwas war, dann Pazifist. Ich hatte mir geschworen, daß ich nicht hingehen würde, auch wenn ich die Einberufung bekam.
Ich überlegte mir, aufs Festland zu gehen. Wie ich wußte, brauchte man für die Einreise in die Staaten ein Gesundheitszeugnis und mußte mit Röntgenbildern nachweisen, daß man keine TB hatte. Also ging ich zu einem Arzt.
Trotz seines Mitgefühls konnte sich der Arzt ein Grinsen nicht verkneifen, als ich mich in seiner Praxis auszog und er mich in Augenschein nahm. Ich bezweifle, daß ihm je ein Auswanderungswilliger untergekommen war, der weniger Aussichten auf Erfolg hatte und sich größeren Illusionen hingab als ich. Ich war kurzsichtig, ohne meine Brille beinahe blind. Ganze achtzig Pfund brachte ich auf die Waage, so daß der Arzt zuerst glaubte, er habe die Zahl falsch abgelesen. Ich sei unterernährt, stellte er fest, selbst für neufundländische Verhältnisse. Es hätte nur noch gefehlt, daß er sagte, mit fünfundvierzig Punkten sei mein Charakter bedenklich niedrig. Nachdem er meine Lungen abgehört hatte, befand er, ich sei »prätuberkulös« und würde mit Sicherheit Tuberkulose bekommen, wenn ich nicht meine Ernährung umstellte. Er empfahl mir viel frisches Obst, Gemüse und Fleisch – als wäre nur meine Gedankenlosigkeit, nicht etwa meine materielle Lage daran schuld, daß all das nicht auf meinem täglichen Speiseplan stand. Ich

verließ seine Praxis und wünschte mir, ich wäre gar nicht erst hingegangen.

Die Vorstellung, »prätuberkulös« zu sein, ließ mich nicht mehr los. Meine Mutter hatte mich immer vor Tuberkulose gewarnt und mir geraten, gut auf mich aufzupassen, sonst würde es mit mir ein schlimmes Ende nehmen, oder ich würde mich »auf dem Rücken« im Sanatorium wiederfinden. Durch diese vage Formulierung bekam die Krankheit eine ganz besonders bedrohliche Dimension. Damals wußte ich nicht, daß es zur Behandlung von Tuberkulose gehörte, daß die Patienten auf dem Rücken lagen; ich glaubte vielmehr, es sei eines der Krankheitssymptome. Deshalb lebte ich in der ständigen Angst, mich könnte das Bedürfnis überkommen, auf dem Rücken zu liegen. Wenn ich zu Bett ging, legte ich mich stets auf den Bauch oder auf die Seite, doch wenn ich aufwachte und feststellte, daß ich in der fatalen Rükkenlage geschlafen hatte, befürchtete ich das Schlimmste.

Ziellos und mit gesenktem Kopf lief ich die Water Street entlang und brütete über mein dunkles Schicksal. Solchermaßen in Gedanken versunken, wäre ich um ein Haar mit einem Passanten zusammengestoßen.

»Entschuldigung«, murmelte ich.

»Der Dichter denkt«, hörte ich da eine Stimme. Fieldings Stimme. Sie sah verändert aus, allein schon wegen ihrer Kleidung. Sie trug einen schwarzen Blazer über einer weißen, hochgeschlossenen Bluse, einen langen baumwollenen Faltenrock und schwarze Knöpfstiefel. Ich fand, daß ihr das besser stand als ihre Klamotten damals in der Schule, bei denen ich mich immer gefragt hatte, ob sie nicht schon vor fünfzig Jahren aus der Mode gekommen waren. (Ihren Stock hatte sie nach wie vor. Im Moment trug sie ihn unter den Arm geklemmt, mit dem Knauf zu mir.) Doch auch ihr Gesicht hatte sich verändert; die Haut wirkte ein wenig schlaff, als hätte man ihr etwas Elementares, etwas Wesentliches entzogen.

Mir war es egal, wen ich vor mir hatte. Ich hätte dem erstbesten, der mir über den Weg lief und zuhörte, mein Herz ausgeschüttet, und mir kam gar nicht in den Sinn, daß Fielding in Anbetracht der Umstände vielleicht gar nicht zuhören wollte. So erzählte ich ihr von der Prognose

des Arztes und dem bedrohlich näher rückenden Stiefel. Als ich geendet hatte, meinte sie, sie wisse, wie ich alle beide Probleme lösen könne.
Sie sagte, ihr Vater, der Arzt, habe seinen untergewichtigen Patienten verordnet, jeden Tag eine Flasche »Pabst-Blue-Ribbon«-Hefebier zu trinken, und zwar über einen Zeitraum von 120 Tagen. Zunächst hielt ich das für einen Witz, aber sie sagte, sie meine es ernst. Dann schlug sie vor, wir könnten ja mit ihrem Vater darüber sprechen. Aber ich zögerte noch.
»Einige seiner Patienten haben schon Tuberkulose, und bei denen hilft es«, behauptete Fielding. Ich erinnerte sie daran, daß ich noch nicht alt genug war, um Alkohol zu trinken.
»Bin ich auch nicht«, erwiderte sie und zog, gerade so weit, daß ich es sehen konnte, eine glänzende silberne Trinkflasche aus ihrer Jackentasche. Ich war entsetzt.
»Laß dich damit bloß nicht erwischen«, riet ich ihr, woraufhin sie verächtlich den Mund verzog und mich anschaute, als hätte sie so etwas wie mich noch nie gesehen. Als ich anfing, Bedenken zu äußern, machte sie nur eine wegwerfende Handbewegung. Sie sagte, sie wisse, wie wir uns Bier besorgen könnten.
»Du darfst keine Zeit verlieren«, drängte sie mich, »sonst schaffst du es nicht bis hundertzwanzig, ehe die Prohibition kommt.« Ein Gesetz zum Verbot von Alkohol sei vom Abgeordnetenhaus bereits verabschiedet worden und solle in genau 127 Tagen in Kraft treten, meinte sie, deshalb müsse ich noch diese Woche anfangen.
Ich entgegnete, das sei unmöglich, solange ich zu Hause wohnte, und von zu Hause auszuziehen könnte ich mir nicht leisten, solange ich keine Arbeit hatte.
»Komm mit«, sagte Fielding. Wortlos gingen wir nebeneinander her und den Hang zur Duckworth Street hinauf. Dort deutete Fielding auf das Fenster des *Evening Telegram* und eine Anzeige, auf der stand: Gerichtsreporter gesucht.
»Hier treffen wir uns heute in einer Woche um neun Uhr abends, und dann beschaffen wir dir dieses Bier, das deinen Körperumfang wundersam vergrößern wird«, meinte Fielding. »So bewahrt Fielding Smallwood vor der Tuberkulose und dem Stiefel.«

Sie marschierte davon, noch ehe ich ihr … ja, was? … danken konnte? Ich war mir noch nicht so sicher, ob ein Dank angebracht war, ob mir das Bier oder die Stelle, um die ich mich nun zu bewerben gedachte, von Nutzen sein würde. Ich ging in das Zeitungsbüro, und vermutlich war ich der allererste Bewerber, denn kaum hatte ich den Mund aufgemacht, sagte man mir schon, ich könne die Stelle haben, in zwei Wochen solle ich anfangen.

Als ich meiner Mutter an jenem Abend mitteilte, daß ich ein kleines Zimmer in einer Pension in der Duckworth Street gefunden hatte und ausziehen würde, sprang sie auf, ging im Zimmer hin und her und schüttelte den Kopf, als sähe sie bereits vor ihrem geistigen Auge, wie ich in meinem Kämmerchen in der Duckworth Street einsam und verlassen auf einem Bett saß, mit hängenden Schultern, ein armer Tropf, der seine Seele an den Journalismus verkauft hatte.

»Ich kann besser arbeiten, wenn ich allein wohne«, meinte ich. »Zur Arbeit habe ich auch nicht so weit. Und ich verdiene dann besser und kann dir und den Kindern etwas mehr Geld zuschießen.« Zwar war meine Mutter keineswegs so naiv, sich von meinen Argumenten beeindrucken zu lassen (wieviel mehr konnte ich ihr denn schon geben, wenn ich Kost und Logis bezahlen mußte?), aber sie sah, daß mein Entschluß feststand, und gab mir ihren Segen.

An die Wand meines neuen Heimes hängte ich gleich nach dem Einzug eine Landkarte von Neufundland, und zwar Neufundland ohne Labrador, da zu dieser Zeit noch nicht klar war – und bis 1927 auch nicht klar sein würde –, wo Labrador endete und Quebec begann. Es war eine Karte aus Wachstuch, und der Verkäufer hatte mir versichert, daß sie im Unterschied zu Papierkarten ewig halten und nie schmutzig werden würde, weil man sie einfach mit einem feuchten Lappen abwischen könne. Als Beweis für ihre Haltbarkeit und Pflegeleichtigkeit führte er an, daß der Vorbesitzer sie als Tischtuch benutzt habe. »Hat jahrelang davon gegessen«, sagte er. »Und das sieht man ihr wirklich nicht an, stimmt's?« Die Karte war ziemlich groß, und ich vermutete, daß sie vor ihrer Zweckentfremdung als Tischtuch in irgendeiner Schule gedient hatte, wo man Kenntnisse der neufundländischen Geographie wichtiger genommen hatte als im Bishop Feild.

Jeden Morgen vor der Arbeit zeichnete ich anhand des Wachstuchs eine Karte von Neufundland. Ich hatte mir zum Ziel gesetzt, sie ebenso gut aus dem Gedächtnis zeichnen zu können wie die Karte von England. Endlos lange, nachdem ich Neufundland zu zeichnen begonnen hatte, drängte sich mir noch immer die Karte von England auf, wenn ich nachts die Augen schloß – als wollte mein Verstand unbedingt an seiner ursprünglichen Prägung festhalten. Dabei hatten sich die Umrisse Englands ohnehin so tief in mein Gedächtnis eingegraben, daß sie sich auch durch noch so eifriges Zeichnen anderer Landkarten nicht mehr verdrängen ließen. Neufundland war viel schwerer zu zeichnen als England, weil es ein halbes Dutzend größerer Halbinseln hatte, die sich ihrerseits wieder in unendlich viele Halbinseln verzweigten und unzählige Buchten und Meeresarme bildeten. Vielleicht war es die Stimme der Vernunft, die mir sagte, daß ich doch schon eine recht gute Karte zustande gebracht hatte, warum plagte ich mich also mit einer zweiten, noch komplizierteren ab? Die Karte von Neufundland hatte ich bestimmt an die tausendmal aus dem Gedächtnis gezeichnet, bis ich mir eingestehen mußte, daß ich es niemals besser schaffen würde. Als ich mit zwanzig meine letzten Karten zeichnete, waren sie nicht annähernd so gut wie die von England, die ich im Alter von zwölf angefertigt hatte.
Eine Woche nach unserer ersten Begegnung trafen Fielding und ich uns um neun Uhr abends vor dem *Telegram* wieder. Einhundertzwanzig Flaschen Bier auf einmal konnte ich mir nicht leisten, deshalb beschloß ich, sie nach und nach zu kaufen, in fünf Portionen zu jeweils vierundzwanzig Flaschen. Es überraschte mich, mit welchen Leuten Fielding Umgang hatte: Der Mann, der uns das Bier verkaufte, war beinahe zahnlos, in einen zerlumpten Mantel gehüllt und erwartete uns hinter einem Lagerhaus am Hafen. Ständig spähte er nervös in alle Richtungen, bis wir unseren Handel abgeschlossen hatten. Ich gab ihm fünfundzwanzig Cent, er überreichte mir eine Holzkiste, in der Bier sei, sagte er, auch wenn Ginger Ale draufstand. Als er die Kiste los ließ und ich ihr ganzes Gewicht trug, brach ich beinahe zusammen. Obwohl Fielding dann mit anpackte, konnte ich mich nur mit größter Anstrengung aufrichten, und meine Arme zitterten. »Hoffe, ihr habt nich allzu weit«, meinte der Zahnlose. Ich schüttelte den Kopf. »Wenn euch die

Bullen schnappen, sagt ja nich, woher ihr das habt, sonst gibt's Ärger.«
Wir schleppten unsere Last den Hang hinauf zu meiner Pension, mußten unterwegs aber mehrmals eine Verschnaufpause einlegen.
Hinter verschlossener Tür und zugezogenen Vorhängen öffneten wir die Kiste, die tatsächlich »Pabst-Blue-Ribbon«-Hefebier enthielt. »Na also«, meinte Fielding. Sie zog ihre silberne Trinkflasche aus der Tasche.
»Wir können dich ja nicht allein trinken lassen«, entschied sie, schraubte den Verschluß ab und genehmigte sich einen Schluck.
»Was ist da eigentlich drin?« fragte ich.
»Scotch«, antwortete sie. Wir setzten uns an meinen kleinen Tisch, sie trank aus ihrer Flasche, und ich nahm mein erstes tuberkulosehemmendes Bier zu mir, bei dessen Geschmack es mich schier würgte. Aber mir blieb nichts anderes übrig, als die ganze Flasche auszutrinken, und danach war ich so betrunken wie später nie wieder in meinem Leben, von meiner Übelkeit ganz zu schweigen. Was mich davon abhielt, mich zu übergeben, war nur Fieldings Bemerkung, daß ich dann noch eine Flasche trinken müsse. Ich fragte mich, ob ich mich nach hundertzwanzig Tagen täglichen Bierkonsums nicht an den Alkohol gewöhnt haben würde, so wie mein Vater – und ob ich womöglich sogar Geschmack daran finden würde, denn es könnte mir ja im Blut liegen. Wenn ich heute darüber nachdenke, erscheint mir das lächerlich, doch als Junge von sechzehn Jahren befand ich mich in einer echten Zwangslage: Was war das kleinere Übel, Alkoholismus oder Tuberkulose? Glücklicherweise entwickelte ich aber nie so etwas wie einen Bierdurst; wenn ich eines getrunken hatte, empfand ich niemals auch nur das geringste Bedürfnis nach einem weiteren.
Ich hängte ein Schiefertäfelchen an meine Wand und schrieb darauf mit Kreide die Zahl 119. Von da an verringerte sich die Zahl täglich um 1. Jeden Abend, nachdem ich meine Flasche Bier hinuntergewürgt hatte, wischte ich die alte Zahl weg und schrieb die neue darauf. Und nach jedem zehnten Bier stellte ich mich auf die Waage, nur um festzustellen, daß ich nicht eine Unze zugenommen hatte. Trotzdem machte ich weiter, in der Hoffnung, daß ich wenigstens nach dem letzten Bier zunehmen würde, daß mit dem Bier Nummer 120 eine wahrscheinlich wissenschaftlich berechnete Dosis erreicht war und in mei-

nem Körper irgendein Mechanismus in Gang gesetzt wurde, der mein Gewicht nach oben schnellen ließ. Aber es geschah nichts dergleichen. Als Fieldings Kur beendet war, wog ich nicht eine Unze mehr.

»Smallwood«, meinte sie, als ich sie darauf ansprach, »ich glaube, du nimmst nicht mal zu, wenn du jeden Tag eine Kuh verdrückst und immer nur in der Hängematte liegst.«

An jenem ersten Abend in der Pension, als ich von einer halben Flasche Bier betrunken war und mich fragte, wie, in Gottes Namen, ich den Rest hinunterbringen sollte, kam ich auf den Brief an die *Morning Post* zu sprechen, den Fielding mir in die Schuhe hatte schieben wollen.

»Das war dumm von dir, Fielding«, sagte ich, und sie stimmte mir zu.

»Ich wollte es dir eben heimzahlen«, erklärte sie. »Möglicherweise war ich auch ein bißchen betrunken, als ich auf diese Idee gekommen bin.«

»Betrunken?« wiederholte ich. »Du warst betrunken? Damals warst du doch erst fünfzehn.«

»Nein, ich war siebzehn. Inzwischen bin ich achtzehn. Ich bin erst mit sieben, beinahe acht Jahren in die Schule gekommen.«

»Was hast du denn seitdem so gemacht?« fragte ich.

»Ach, nicht viel«, erwiderte sie. »Mein Vater möchte mich auf eine Schule ins Ausland schicken, danach soll ich aufs College gehen, Mount Allison in Neuschottland oder so. Aber von Schulen habe ich die Nase voll.«

»Ich auch«, meinte ich und schob das Bier weg, als hätte sie das und nicht die Schulen gemeint. Doch sie stellte die Flasche wieder vor mich hin.

»Trink aus«, befahl sie. »Eines Tages wirst du mir dafür dankbar sein.«

In allen Zeitungen von St. John's gehörten Berichte über Gerichtsverhandlungen zu den meistgelesenen, doch wie ich bald feststellte, erfreuten sie sich bei den Reportern keineswegs solcher Beliebtheit.

Das Gerichtsgebäude war ein massiver gotischer Steinbau, der aus dem Hang eines Hügels herausragte; den Vordereingang erreichte man über die Water Street, den Hintereingang über die Duckworth Street, die hundert Fuß weiter oben verlief. Somit lag etwa die Hälfte des Gebäu-

des unterhalb der Erde, und der größte Teil davon war für Journalisten tabu. Jedes der vier Stockwerke bildete ein weitläufiges Labyrinth aus Gerichtssälen, Garderoben, Amtszimmern, Registraturen, Räumen für die Geschworenen und Angestelltenbüros. In den katakombenartigen Kellern befanden sich die Zellen der Häftlinge, die vor Verhandlungsbeginn über endlose Treppengänge nach oben geführt wurden. Im Gerichtssaal konnte man ihre laut rasselnden Ketten schon von ferne hören, lange bevor sie hereingebracht wurden.
Damals gab es in St. John's sechs Tageszeitungen, und jede hatte ihren festen Gerichtsreporter. Einer der anderen fünf arbeitete für die *Daily News* und benutzte in seinen Artikeln das Pseudonym Harold Dexter. Harold Dexter entpuppte sich als Fielding. Ich traf sie in dem winzigen Kämmerchen, das für die Presseleute reserviert war.
»Hallo, Smallwood«, begrüßte sie mich, ohne von der *Daily News* aufzusehen, die sie gerade las. Dann zog sie aus der Innentasche ihrer Jacke ihre silberne Flasche und hielt sie mir hin.
»Um Gottes willen!« Ängstlich sah ich mich um, aber zum Glück hatte niemand etwas bemerkt. Fielding zuckte mit den Achseln, nahm einen kräftigen Schluck aus ihrer Flasche und verstaute sie wieder in ihrer Jackentasche. Dann holte sie aus einer anderen Tasche ein Pfefferminzbonbon, das sie auswickelte und sich in den Mund steckte.
»Das hättest du mir doch sagen können«, meinte ich.
Aber sie ging abermals mit einem Achselzucken darüber hinweg.

Die Anwälte brachten Fielding eine gewissermaßen ironisch gebrochene Sympathie entgegen. Zweifellos wußten sie über ihre Lebensgeschichte Bescheid, auch wenn sie nie darüber sprachen. Hinsichtlich ihrer Herkunft, wenn auch nicht im Hinblick auf ihr Geschlecht und ihren Beruf, war Fielding eine von ihnen, und sie betrachteten sie als eine Art Maskottchen. Sie sahen gern darüber hinweg, daß Fielding offensichtlich glaubte, sie könne den Nachteil ihres Geschlechts und ihr schulisches Versagen durch ihren Witz wettmachen. So akzeptierten sie sie als Ebenbürtige, ungeachtet der Tatsache, daß sie als Arzttochter ihren Lebensunterhalt selbst verdienen mußte und dies ausgerechnet als Zeitungsreporterin tat.

»Was halten Sie von uns Anwälten, Fielding?« wollte einmal ein feister, wohlhabend aussehender Anwalt namens Sharpe von ihr wissen.
»Wenn Ihr Gehalt von der Zahl Ihrer Freisprüche abhängen würde, wären Sie magerer als unser Smallwood hier«, erwiderte Fielding. Draußen vor dem Pressezimmer brachen alle in schallendes Gelächter aus, und am lautesten lachte Sharpe, als amüsierte er sich nicht über ihren Witz, sondern über Fielding selbst.
»Bestellen Sie Ihrem Vater Grüße von mir«, sagte Sharpe.
»Oh, und wo kann man die bestellen?« erwiderte Fielding, was weiteres Gelächter hervorrief. Sie saß mir gegenüber, mit dem Rücken zu den anderen, und während ihr Tonfall dem eines scherzhaften Geplänkels unter eingespielten Rivalen entsprach, war ihr Gesichtsausdruck ein ganz anderer. Sie sah mich an und lächelte.

FIELDINGS KURZER ABRISS DER GESCHICHTE NEUFUNDLANDS

5. Kapitel
Kirke

Calverts Nachfolger in Ferryland ist David Kirke.
Kirke verbringt den größten Teil des Jahres 1627 damit, die Franzosen aus Kanada zu vertreiben. Nachdem er all ihre Besitztümer im Land an sich gerissen hat, kehrt er siegreich nach England zurück. Charles I. beglückwünscht ihn zu seiner guten Arbeit und teilt ihm dann mit, daß gemäß dem von ihm gerade unterzeichneten Vertrag jedes Fleckchen kanadischen Bodens, den Kirke erobert hat, nun wieder den Franzosen gehört.
Kirke ist außer sich vor Empörung und fragt sich, ob der König je daran gedacht hat, wie die Witwen der Männer, die für die Befreiung Kanadas gefallen sind, diese Nachricht aufnehmen werden. Er überlegt sogar, ob er das nicht eines Tages laut sagen soll.

Bei Hof wird Kirke zutiefst gedemütigt, aber Charles hat Mitleid mit ihm, deshalb läßt er sich nur sechs Jahre Zeit, bis er Kirke zum Ritter schlägt. Leider hat das zur Folge, daß der arme Kirke noch weitere Demütigungen hinnehmen muß. Am Ende empfindet Charles Kirkes Anwesenheit bei Hof als so peinlich, daß er ihm einen Freibrief für die gesamte Insel Neufundland ausstellt.

1638 zieht Kirke mit seiner Familie nach Neufundland und läßt sich in Ferryland nieder. Innerhalb eines Jahres hat er sich die Gunst der Siedler verscherzt, weil er ihnen im Namen des Königs verbietet, Gebäude zu errichten, wenn sie nicht mindestens sechs Meilen von der Küste entfernt sind. Doch dann zeigt er sich entgegenkommend und löst das Problem der Seeräuberei damit, daß er erklärt, ein Fort sei kein Gebäude. Bald sprießen allerorten Forts aus dem Boden.

Durch den Ausbruch des Bürgerkriegs in England gerät Neufundland für etwa zehn Jahre aus dem Blickfeld. Kirke, fest davon überzeugt, daß die Monarchisten in Kürze die Macht in England zurückgewinnen werden, verbündet sich in dieser Zeit mit Prinz Rupert, einem Vetter des Königs, und verwandelt Ferryland in eine royalistische Hochburg. Gleichzeitig häuft er ein immenses Vermögen an, indem er die Cromwell-loyalen Fischer, die zwischen England und Neufundland pendeln, mit einer Steuer belegt und die besten Fischgründe für sich selbst beansprucht.

Er läßt Tavernen bauen, in denen er seine Nächte verbringt und über Cromwell spottet. Doch wieder einmal wird er vom König enttäuscht, denn dieser läßt sich einfach hinrichten. Bald darauf wird Kirke nach England zurückberufen, wo er eine solche Witzfigur abgibt, daß Cromwell ihm das Leben schenkt.

DIE DOCKS

Auf mein Drängen hin wurde ich nach ein paar Monaten von den Gerichtsreportagen abgezogen. Der Verleger des *Telegram* erwarb alljährlich mehrere Kojenplätze auf dem Dampfschiff *Newfoundland* und verkaufte sie an Robbenfänger weiter, die ihn dafür an ihrem Gewinn beteiligten; und ich konnte ihn überreden, auch mir einen Kojenplatz zur Verfügung zu stellen, damit ich über das Leben auf einem Robbenfängerschiff schreiben konnte. Zwischen meinem Verleger und Westbury Kean, dem Kapitän der *Newfoundland*, wurde eine Vereinbarung getroffen, wonach ich jeden Tag meine Geschichten über den Schiffstelegraphen durchgeben durfte. Kean meinte, er wolle nicht dafür verantwortlich gemacht werden, wenn einem Jungen, der sein Lebtag immer nur festen Boden unter den Füßen gehabt hatte, etwas zustoße. Deshalb würde er mir nicht gestatten, aufs Eis hinauszugehen, aber mit einem Fernglas könne ich die Jagd vom Schiff aus beobachten. Außerdem werde er die Geschichten jedesmal vorher lesen und dem Telegraphisten persönlich überbringen, damit nichts veröffentlicht wurde, was ihn oder seine Mannschaft in ein schlechtes Licht setzte.

Meine Familie kam an den Hafen, um mich zu verabschieden und sich die alljährliche Segnung der Robbenfängerflotte anzusehen. Miss Garrigus war die einzige Frau unter all den Geistlichen der verschiedensten Konfessionen, die den Segen erteilten. Als sie mit megaphonverstärkten Stimmen Gott anriefen, er möge die Offiziere und die Mannschaften der Flotte beschützen und ihre Mühe mit einem reichen Fang belohnen, stand ich wie die Matrosen in der Takelage der *Newfoundland*, wenn auch nicht ganz so weit oben wie die meisten anderen. An die zehntausend Menschen mochten sich dort unten versammelt haben und drängten sich bis zum Rand des Piers, um die Flotte zu bewundern, die den ganzen Hafen einnahm. Obwohl die Schiffe Seite an Seite angelegt hatten, war an den Docks nicht genug Platz für alle, so daß die anderen kreuz und quer mitten im Hafen ankerten. Lotsenboote flitzten umher, um die Abfahrt der Flotte zu organisieren.

Am Ende der Segnung brachen die Leute in Jubel aus, und wir winkten ihnen mit unseren Hüten zu. Die ersten Schiffe liefen aus, geleitet von den Lotsenbooten. Vom Takelwerk der *Newfoundland* aus beobachtete ich, wie nun ein wahrer Ansturm auf den Gipfel des Signal Hill einsetzte, wo sich bereits eine andere Menschenmenge eingefunden hatte, weil man von dort aus den Aufbruch der Flotte zum Treibeis im Nordosten sehen konnte. Mit jedem Schiff, das die Narrows passierte, wurde auf dem Signal Hill ein Böllerschuß abgegeben, dessen Echo zwischen der Nord- und der Südseite der Stadt hin- und herwanderte. Und sobald ein Schiff die Narrows hinter sich gelassen hatte, machte es seine riesigen Segel los und erstrahlte plötzlich in Weiß. Neben dem altbekannten Geruch des Schlagwassers im Hafen drang der neue Geruch von Dieselöl, der aus den Maschinen der größten Dampfer stammte, zu mir herauf. Schon jetzt, da diese Schiffe außer einigen Männern und jungen Burschen nichts zu transportieren hatten, konnte die vereinte Kraft von Öl, Kohle und Wind sie kaum von der Stelle bewegen. Wenn sie jedoch mit schwerer Fracht zurückkehrten, beladen mit Robbenfellen und Whitecoats, krochen sie förmlich durchs Wasser.

Als Kapitän Kean den Befehl gab, die Segel zu hissen, stieg ich von der Takelage herunter. Die Männer der *Newfoundland* legten sich tüchtig ins Zeug, zogen an den Tauen, sprangen manchmal sogar hoch und hingen in der Luft, um ein Segel loszumachen. Es fiel ein leichter, kalter Regen, und wir hatten kaum Wind. Doch mit einem Mal blähten sich die Segel, und der massive Baum schwang herum. Die Männer duckten sich behende unter ihm hindurch, während ein Robbenfänger schrie: »Runter aufs Deck« und mich gerade noch rechtzeitig mit sich zu Boden riß. Ich sah auf. Über mir spannte sich mit lautem Flattern mächtiges, rußiges Segeltuch, aus dem Schornstein hinter dem Mittschiff quoll schwarzer Rauch, und die *Newfoundland* gewann an Fahrt, als sie auf das Eis jenseits der Narrows zuhielt.

Die Mannschaft wurde in vier Gruppen eingeteilt, die sogenannten Wachen. Auf meine Bitte hin wurde ich der vierten Wache zugewiesen, die, wie man mir sagte, um vier Uhr morgens aufstand. Ich bildete mir ein, der Tagesrhythmus dieser Wache würde meinem eigenen noch am nächsten kommen. Jede Wache unterstand einem Wachoffizier, der die Männer an Bord wie auch außerhalb des Schiffes beaufsichtigte.
In unserer Wache gab es Väter und Söhne, Brüder, Schwäger, Freunde und separate Grüppchen mit eigenen, für Außenstehende unverständlichen Dialekten, die am liebsten unter sich blieben. Auch ein paar »Jungspunde« waren dabei, junge Männer meines Alters auf ihrer ersten Fahrt zum Eis, die beweisen wollten, daß sie mit den Älteren mithalten konnten; daß mir das Verlassen des Schiffes untersagt war, nahmen sie mit Verwunderung und Spott zur Kenntnis.
Ich hatte mich besorgt gefragt, wie die Robbenfänger auf meine Anwesenheit reagieren würden. Doch auch wenn ich es im Vergleich zu ihnen anscheinend »leicht« hatte, so beneidete mich kaum jemand darum. Im Gegenteil, einer der älteren Männer meinte in aller Aufrichtigkeit, er finde es löblich, daß ich etwas aus mir gemacht hätte. Die meisten von ihnen sahen mich mit ehrfürchtiger Scheu an, wenn ich ihnen von meiner Tätigkeit erzählte. Sie konnten weder lesen noch schreiben, und einen Zeitungsreporter – in ihren Augen der Inbegriff eines Lese- und Schreibkundigen – hatten sie noch nie kennengelernt.
»Was ham Se heut über uns geschrieben?« wurde ich in den ersten Tagen gefragt, als sich das Schiff den Weg durch das Eis zu den Fangplätzen bahnte. Dann las ich ihnen vor, was ich geschrieben hatte.
»Aber wenn Se nich von Bord dürfen, wie wollen Se dann wissen, was da draußen aufm Eis passiert?« erkundigte sich ein junger Bursche aus Catalina. Alle lachten, als ich anstelle einer Antwort mein Fernglas unter dem Kopfkissen hervorzog und damit die Schlafkojen in Augenschein nahm.
Die Robbenjäger trugen dick besohlte, mit spitzen Metallstiften beschlagene Lederstiefel, auf denen nicht selten der Name Smallwood prangte. Ihre Kleidung bestand aus dicker Wollunterwäsche, Wollhosen und möglichst vielen Lagen alter Hemden und Pullover. Mäntel trugen sie jedoch nicht, weil sie zu hinderlich gewesen wären. Obwohl

jeder der Männer ein Ölzeug besaß, zogen sie es nie an und nahmen es auch nicht aufs Eis mit, außer wenn sich Regen oder Schnee ankündigte. Bei ihrem Marsch zu den Fangplätzen hielten sie ihre Fischhaken waagrecht wie Stöcke, für den Fall, daß sie ins Eis einbrachen.

Ich kletterte ins Takelwerk hinauf, so weit ich mich traute, und beobachtete sie bei der Arbeit. Sie schwangen ihre scharfen Fischhaken wie Pickel, töteten die Robben und zogen ihnen mit in der Sonne blitzenden Messern rasch und geschickt das Fell ab. Ein paar hundert Fuß vom Schiff entfernt begann eine blutgetränkte Eiswüste, die bis zum Horizont zu reichen schien. Die Männer schleppten ihre Pelzhaufen immer auf derselben Strecke zurück, so daß sich eine Spur geronnenen Blutes von den Fangplätzen bis zum Schiff zog. Die meisten toten Tiere wurden liegengelassen, nur die Pelze, die Häute mit der Fettschicht, zum Schiff zurückgebracht. Nach einem Tag Jagd war das Eisfeld meilenweit mit Kadavern übersät. Am nächsten Tag ließen sich dort scharenweise Möwen und andere Vögel nieder, die uns während der ganzen Fahrt begleiteten.

Überall stieß man auf offenes Wasser, auf ausgedehnte grünliche Matschtümpel, die die Jäger überquerten, indem sie ohne Zögern von einer treibenden Eisscholle zur nächsten sprangen, wobei sie diese manchmal mit Hilfe ihres Fischhakens heranziehen mußten. Wenn doch einmal einer ins Wasser fiel, wurde er rasch herausgezogen, und er rannte dann schleunigst zum Schiff zurück, denn bis zu seiner Ankunft waren ihm bereits die Kleider am Leib gefroren.

Meine Wache, die um fünf Uhr morgens zum Eis aufbrach, kam nicht vor acht Uhr abends aufs Schiff zurück. An so lange Arbeitszeiten war ich ganz und gar nicht gewohnt, deshalb staunte ich um so mehr, als ich feststellte, daß die Männer auch an Bord noch mehrere Stunden zu tun hatten, ehe ihr Tagewerk vollbracht war.

Sie holten frisches Eis als Trinkwasser, deckten die Pelze ab, brachten Kohle vom Laderaum zu den Bunkern neben dem Maschinenraum und schaufelten Kohlenasche in gewaltige Kessel, die sie über Bord kippten.

Gegen elf Uhr wurde ihnen endlich gestattet, ihre Mahlzeit einzunehmen, die sie so schnell wie möglich hinunterschlangen, weil ihnen um diese Zeit kaum mehr vier Stunden bis zur nächsten Wache blieben. Sie brieten Robbenfleisch über einem Faß, das oben abgeschnitten war und eine Art Spieß bildete. Der einzige Bestandteil ihres Mahles, den ich beim besten Willen nicht hinunterbrachte, war »Labskaus«, eine Mischung aus Haferschleim und Robbenfleischeintopf, in die steinharte Brotklumpen getunkt wurden. Den ganzen üblen Fraß spülten sie mit Tee hinunter.

Zu guter Letzt füllten die Männer vor dem Schlafengehen noch die Schiffslampen mit Robbentran, dessen Rauch leicht fischig roch und mir dermaßen in den Augen brannte, daß ich mein Gesicht im Kissen vergrub und nur auftauchte, wenn ich unbedingt atmen mußte.

Dann krochen sie in ihre behelfsmäßigen Holzkojen, und die meisten schliefen sofort ein; das war ihr Glück, denn so merkten sie wohl nicht, daß in unserem Schlafraum Wolken von Kohlenstaub hingen und das Atmen beinahe unmöglich war. Die Böden, die Kojen und die Kleider, die die Männer nicht auszogen, weil sie keine Sekunde ihrer wertvollen Schlafenszeit vergeuden wollten – alles war mit Blut, Fett, Ruß, Asche und Kohlenstaub verschmiert und verklebt.

Während die vierte Wache schlief, gingen die anderen Wachen ihrer Arbeit nach. Auf dem Schiff herrschte rund um die Uhr reges Treiben. Die Luke, durch die die Kohle aus dem Laderaum nach oben befördert wurde, befand sich nur wenige Fuß von den Kojen entfernt, die somit unter freiem Himmel lagen und allem, was von oben herunterfallen mochte, schutzlos ausgeliefert waren. Durch eine weitere Luke, die ebenfalls an unseren Schlafraum angrenzte, aber auf der anderen Seite, wurden in den zweiten Laderaum Robbenfelle herabgelassen. Manchmal fielen sie von der Rutsche und landeten in den Kojen der Robbenfänger. Doch die Männer schliefen oft so tief, daß sie es gar nicht merkten und morgens inmitten blutiger Felle aufwachten.

Während ich in meiner Koje lag, wurden die ganze Nacht Pelze nach unten und Kohlen nach oben transportiert, die Kohlenwinde quietschte laut, die Pelze rutschten in den Laderaum hinab und verspritzten dabei Blut in alle Richtungen.

Drei Nächte hintereinander tat ich kein Auge zu, bis ich mich am Ende entschied, nachmittags zu schlafen; zu dieser Tageszeit überschnitten

sich alle Wachen, die vierte Wache befand sich wahrscheinlich außerhalb der Reichweite meines Fernglases, der Schlafraum war leer, und die Kohlenwinde und die Pelzrutsche wurden am wenigsten benutzt.
Nachts lag ich in meiner Koje wach, wie auch einige Robbenfänger, die trotz oder gerade wegen ihrer Erschöpfung keinen Schlaf fanden. Ich glaube, manche wollten auch gar nicht schlafen, sondern den Luxus der Untätigkeit, des Nichtstuns genießen, während andere arbeiten mußten. Die Hände hinter dem Kopf verschränkt, lagen sie im Dunklen und rauchten versonnen ihre Zigaretten oder Pfeifen. Wenn sie merkten, daß ich sie ansah, nickten sie mir kurz zu, aber das war alles. Trotz des Lärms war es nach Mitternacht verboten zu reden.
Manchmal, wenn eine Robbenherde groß genug war, um alle Wachen gleichzeitig zu beschäftigen, blieben die Männer bis spät in die Nacht draußen auf dem Eis. Ich erinnere mich an den gespenstischen Anblick, wie die Männer mit Fackeln und Laternen übers Eis zogen. Auf jedem beleuchteten Fleckchen beugte sich ein Fänger mit seiner Fackel über eine Robbe, während ein zweiter Fänger zum tödlichen Stoß ausholte.
Wenn genug Robben getötet waren, wurden die Kadaver zu großen Haufen zusammengetragen, mit Robbentran übergossen und angezündet. Bald lag der Geruch gebratenen Robbenfleisches in der Luft, von dem die Männer heimlich aßen, während sie ihrer Arbeit nachgingen. Es war ein verstörender, aufwühlender Anblick roher Urgewalt. Trotzdem sehnte ich mich danach, in irgendeiner Weise daran teilzuhaben und einmal etwas anderes unter den Füßen zu spüren als die Planken des Dampfers. Aber Kapitän Kean blieb unerbittlich: Wenn ich auch nur einen Fuß aufs Eis setzte, würde ich den Schiffstelegraphen nicht mehr benutzen dürfen.
Soll mir recht sein, dachte ich. Selbst wenn ich mich über die Vereinbarung hinwegsetzte und von Bord ging, würde ich doch nicht wissen, was ich dort draußen anfangen sollte. Ich würde mich entweder zum Narren machen oder umkommen, da ich im Eisschollenspringen ja nicht die geringste Erfahrung hatte. Womöglich würde ich auf irgendeiner Scholle festsitzen und müßte gerettet werden. Oder ich bekam einen Fischhaken in die Hand gedrückt und erwies mich als unfähig, eine Robbe zu töten, weil ich nicht mit der nötigen Entschlossenheit

ausholen und zustoßen konnte. Kapitän Kean hatte recht. Ich sollte mich lieber einer Beschäftigung widmen, bei der ich nur mit Worten zu tun hatte, und die eigentlichen Taten, über die ich schreiben wollte, anderen überlassen, wie etwa diesen Männern.
Mit einer Hand am Tau, um nicht hinunterzufallen, setzte ich mich aufs Schanzkleid, ein bebrillter Gaffer, ein armseliger Außenseiter im Abseits. Und aus der von Laternen erhellten Weite drangen die Laute der Robben herüber, es klang wie das Jaulen Hunderter von Jagdhunden, die einen Fuchs aufgespürt hatten.
In meinen Geschichten stellte ich den Robbenfang dar, als handelte es sich um eine harte, aber gesunde Arbeit, denn nur Geschichten dieser Art blieben von Kapitän Keans Zensur verschont. Doch die Männer schien das nicht zu stören. Wenn ich ihnen mein Geschriebenes vorlas, hörten sie aufmerksam zu und sagten danach: »Das war sehr gut, Sir, sehr gut«, als hätte ich ein vollkommen realistisches Bild von ihrem Leben gezeichnet. Vielleicht, so fiel mir nach einer Weile ein, sahen sie den Sinn des Schreibens darin, alles in einem so milden Licht darzustellen, daß man es als angenehmen Zeitvertreib empfand, darüber zu lesen. Ich versuchte nicht, sie eines Besseren zu belehren, da ich nicht wußte, wie sie darauf reagieren würden, und immerhin waren es ja *meine* Geschichten.
Aber sie waren ohnehin zu müde, um mir große Aufmerksamkeit zu schenken, zu mitgenommen von der fieberhaften Robbenjagd, den endlosen Arbeitsstunden, dem Lärm und der Enge auf dem Schiff, das nur die Illusion von Behaglichkeit und Geborgenheit bot, und der grellen weißen Eiswüste, in der sie ohne ihre hölzernen Schutzbrillen schneeblind geworden wären. Zur Schlafenszeit ließen sie Medizinflaschen kreisen, doch das waren ihre einzigen geistigen Getränke. Wer bei diesem Arbeitstempo mithalten oder auch nur überleben wollte, durfte nicht viel Alkohol zu sich nehmen. Wenn sie aßen oder ihren Tee tranken, schienen sie tief in Gedanken versunken zu sein, aber ich bezweifle, daß sie überhaupt noch die Kraft hatten, sich längere Zeit mit einem Gedanken zu beschäftigen.
Ich kannte kaum ein Dutzend der Männer beim Namen, dann war die Zeit, in der man sich miteinander bekannt machte, schon wieder vor-

über. Doch jeder wußte, wie ich hieß, und wenn sich unsere Blicke trafen, lächelten sie mir noch immer zu. Es gefiel ihnen, daß sie in ihrer Mitte so etwas wie ein faulenzendes Maskottchen hatten, das gewissermaßen stellvertretend für sie ein bequemes Leben führen durfte.

Daß sie stets so versonnen und in sich gekehrt waren, lag meiner Meinung nach auch daran, daß sie an einem Gemetzel von ungeheurem Ausmaß teilnahmen, daß sie von Sonnenaufgang bis lange nach Sonnenuntergang nur Tiere abschlachteten. Das war etwas anderes als Fischen, was die meisten von ihnen den Rest des Jahres über taten; hier fing man nicht Schwärme gefühlloser, kalter Wesen aus einem anderen Element. Der Tod jeder Robbe war etwas Individuelles, das Ergebnis einer einzelnen Tat, die ein einzelner Mensch aus nächster Nähe verübte. Diese Tat begingen sie sicherlich nicht gern, und sie hätten gewiß lieber darauf verzichtet, wenn es nicht bedeutet hätte, daß sie auch auf die paar Cent verzichten mußten, die ihre Familien vom Hungertod trennte. »Von Bord«, rief Kapitän Kean, wenn eine Robbenherde entdeckt wurde, und schon sprangen die Fänger mit ihren Fischhaken übers Schanzkleid. Mir schien, als würden die Männer diesen Befehl ebensowenig verweigern, wenn man sie im Krieg auf den Feind loshetzte.

Das Unwetter braute sich gegen Mittag zusammen, sieben Stunden nachdem die vierte Wache aufs Eis gegangen war. Ich sah es kommen, ein langsam näher rückendes, verwaschenes Weiß, das sich mit dem Blau des Himmels vermischte und wie Nebel aussah. Auch der Kapitän bemerkte den Wetterumschwung und schickte eine Gruppe von sechs Männern los, die die vierte Wache zurückholen sollte. Zunächst war es nicht sehr windig, es gab nur Schnee- und Graupelschauer, Eiskörnchen trommelten aufs Deck und lagerten sich dort ab wie Steinsalz. Ich sah die sechs Männer der Spur geronnenen Blutes folgen, bis ich sie aus den Augen verlor. Der Wind gewann rasch an Stärke, erst kam er aus unterschiedlichen Richtungen, dann brauste er von Osten heran. Eine Stunde später kehrte der Suchtrupp zurück, ohne die Wache. Der Sturm tobte mittlerweile so heftig, daß ich die Männer weder sehen noch hören konnte, bis sie nur mehr wenige Fuß von der Reling entfernt waren.

Der Erste Maat nahm mich mit nach unten und sagte, ich könne bis zur Schlafenszeit bei seiner Wache bleiben, danach müsse ich aber in die Unterkunft meiner Wache gehen, weil in den anderen keine freien Kojen seien. Ich fragte nicht nach, warum ich allein in einem Schlafraum für gut hundert Mann übernachten sollte und ob er nicht die Hälfte der Männer seiner Wache zu mir verlegen wolle. Mir war klar, daß er mich nicht mit den Männern allein lassen wollte, denn sie würden ziemlich offen ihre Meinung sagen, wenn nicht er oder einer der anderen Maate zugegen war.
Vom offenen Meer waren wir zu weit entfernt, als daß der Seegang unter dem Eis zu spüren gewesen wäre. Doch der Sturm trieb das gesamte Eisfeld nach Westen, bis es am äußersten Rand auf das sechzig Meilen entfernte Land stieß. Nun preßten sich die Eismassen zusammen und begannen das Schiff einzuschließen. Der hölzerne Schiffsrumpf ächzte und knarrte und gab mitunter ein lautes Krachen von sich, als wäre das Holz geborsten. Da aber keiner der Robbenfänger sonderlich besorgt zu sein schien, ließ ich mir auch nichts anmerken. Zum ersten Mal seit Beginn der Reise war der Lukendeckel geschlossen, und die Wärme im Schiff erlaubte es, normale Kleidung zu tragen. Die Männer zogen sich bis auf ihre Overalls aus, tranken Tee und rauchten. Und zum ersten Mal hörte man auch den Lärm der Kohlenwinde und das Rumpeln der in den Laderaum herabrutschenden Felle nicht mehr. Gesprochen wurde kaum ein Wort. Jeder wußte, daß die vierte Wache nicht an Bord war. Einige dachten – trotz der Ermahnungen des Ersten Maats – laut darüber nach, ob die Männer es vielleicht zur *Stephano* geschafft hatten, einem Schiff, das Abram Kean, der Vater unseres Kapitäns, befehligte. Da die *Stephano* aber keinen Telegraphen besaß, blieb das reine Spekulation.
Um neun Uhr ließ der Erste Maat die Lichter löschen. Wenn der Sturm nachließ, würden sie bereits um drei Uhr mit der Suche beginnen.
Als ich mich wieder in die Unterkunft der vierten Wache begab, schloß der Erste Maat nachdrücklich die Tür hinter mir, als wollte er sagen: »Da bleiben Sie jetzt.«
Ich saß auf meiner Koje. Anfangs hörte ich nichts als das Brausen des Windes, das zeitweise in ein minutenlanges, schrilles Heulen überging,

in eine Bö von solcher Dauer, daß sie mir manchmal gar nicht mehr als Bö erschien. Dann vernahm ich das seltsame Geräusch des vibrierenden Takelwerks, ein Surren, das mir selbst dann den Schlaf geraubt hätte, wenn ich mich nicht gefragt hätte, wo all die Männer und jungen Burschen gerade sein mochten.

Fieldings Tagebuch, 30. März 1916

Lieber Smallwood,
vielleicht bist du in jenem Schiff sicherer als ich in diesem Haus. Du hast es bestimmt wärmer, denn ein Schiff, das so zugig ist wie dieses Haus, würde in Sekundenschnelle untergehen.
Der Strom ist abgeschaltet. Und es ist eiskalt. Weil Feuermachen zu gefährlich ist, sind die Rauchfänge sämtlicher Kamine geschlossen. Bei jedem Windstoß flackert die Laterne, und die Blätter auf meinem Schreibtisch biegen sich an den Ecken auf, obwohl ich sie beschwert habe.
Ich habe meinen Vater gefragt, ob er meine, daß die Robbenfängerflotte in Gefahr sei. Er hat geantwortet, soweit er wisse, reiche das Eisfeld vor der Küste hundert Meilen weit, deshalb würde wohl kaum ein Schiff dem Sturm auf offenem Meer trotzen müssen.
Aber es sind schon so viele Schiffe untergegangen, weil ihr Rumpf vom Eis zerquetscht wurde. Was wäre, wenn du das Schiff verlassen müßtest? Dann könntest du ebensogut Zuflucht vor einem Feuer suchen.
Die Stärke, die der Wind erreichen kann, scheint unbegrenzt zu sein. Man kann sich kaum vorstellen, wie es ist, wenn ein solcher Sturm nicht durch Berge, Gebäude oder Bäume gebremst wird, sondern ungehindert über eine Eisfläche von hundert Meilen oder mehr dahinjagt, ehe er auf dein Schiff trifft.
Bei solchen Stürmen machen Robbenfängerschiffe oft alle Luken dicht und warten ab, bis der Sturm vorüber ist, meinte mein Vater. »Warum machst du dir eigentlich plötzlich solche Sorgen um die Robbenfängerflotte?« fragte er.

Er versteht das nicht. Ich verstehe mich ja selbst kaum. Ich fuhr ihn an und sagte, nur jemand, der völlig gefühllos sei, würde sich *keine* Sorgen machen. »Ich kann nichts für sie tun«, erwiderte er.
Und ich kann auch nichts tun. Ich werde mich nicht so weit einschüchtern lassen, daß ich anfange zu beten. Warum sollte irgendein Gott solche Stürme schicken? Kann es sein, daß du, noch keine zwanzig Jahre alt, in einem Sturm auf dem Meer umkommst? Warum muß der Sturm so heftig sein, wenn er nur ein Schiff versenken will?
Ich kann es nicht fassen, daß du da draußen bist.
Ich kann nicht glauben, daß heute nacht auch nur irgend jemand da draußen auf dem Eis ist.

———

So verbrachte ich drei Tage von morgens bis neun Uhr abends bei der Wache des Ersten Maats und von abends bis morgens allein. Tagsüber herrschte nichts als Weiß, so unendlich, so konturlos und gestaltlos wie die schwärzeste Nacht. Niemand durfte an Deck gehen, weil man sich sogar dort verirren konnte. Das konturlose Weiß ging in ein ebensolches Schwarz über, dann wieder in Weiß, wieder in Schwarz.
Als wir am Vormittag des dritten Tages aus dem Bullauge sahen, erblickten wir etwas anderes als das altbekannte, immer gleiche Weiß, nämlich die vielen verschiedenen Weißtöne des Eisfelds.
Es vergingen noch mehrere Stunden, bis der Wachoffizier herunterkam und mir befahl, in mein Schlafquartier zu gehen.
Ich gehorchte. Ich hörte, wie der Dampfkessel befeuert wurde, und spürte, wie das Schiff sich durch die Eismassen bewegte, die sich etwas aufgelockert hatten, weil der Wind nun aus einer anderen Richtung wehte.
Gegen drei Uhr nachmittags fanden wir, wonach wir suchten. In weiter Ferne auf dem Eis sah ich ein paar Dutzend Männer, die mühsam im Kreis herumstapften. Im selben Moment, als der Ruf erscholl, daß die Männer gefunden waren, ließ sich auch die Schiffspfeife vernehmen. Ich spähte aus dem Bullauge, aber der Winkel war zu schräg, um noch einen Blick auf die Männer zu erhaschen. Doch während das Schiff das

Eis pflügte, bewegte sich der Vordersteven langsam nach Steuerbord, so daß ich um die Krümmung des Bugs sehen konnte. Die Männer waren keine hundert Fuß mehr entfernt und trotteten, die Hände auf die Schultern des Vordermanns gelegt, noch immer im Kreis, als hätte nicht einmal die Schiffspfeife sie aufschrecken können. Da sie über und über mit Schnee bedeckt waren, konnte ich weder ihre Kleidung noch ihre von Reif überzogenen Gesichter erkennen. Die meisten hinkten stark. Etwas abseits und noch langsamer als die anderen schlurfte ein Mann in seiner eigenen Kreisbahn und hielt dabei einen Kameraden unter den Armen gepackt, der gelegentlich einen schwachen Schritt versuchte, ansonsten aber nur hinterhergezerrt wurde.
Als wir näher kamen, bemerkten einige der Männer endlich das Schiff und blieben stehen. Manche sanken auf die Knie oder ließen sich auf den Rücken fallen, andere starrten herüber, als hielten sie uns für ein Trugbild. Unmittelbar darauf sprang die Mannschaft von Bord und führte oder trug die Robbenfänger aufs Schiff.
Dann fuhren wir weiter. Ich hatte dreiundzwanzig Männer gezählt. Also fehlten noch achtzig. Ich verharrte weiterhin am Bullauge. Das Schiff änderte schlagartig den Kurs, und eine halbe Stunde lang bahnten wir uns unseren Weg durchs krachende Eis, ehe wir wieder anhielten.
Mein Herz schlug höher, als ich glaubte, die Vermißten ausmachen zu können, die auf einer nicht weit entfernten, meilenbreiten Eisscholle standen. Vom Deck über mir hörte ich Hurra-Rufe und eiliges Getrappel, dann ertönte wieder die Schiffspfeife.
Langsam näherten wir uns der Eisscholle. Seile mit Dregghaken an den Enden wurden aufs Eis geworfen und die Scholle behutsam herangezogen, bis sie gegen das Schiff prallte.
Nach unserem Halt verstrichen mehrere Minuten, ehe jemand von Bord ging. Jetzt sah ich, was ich durch mein Fernglas nicht hatte erkennen können: daß dies keine Überlebenden waren, sondern seltsame Totenstatuen. Mir graute nicht vor dem, was ich da sah. Ich konnte den Blick nicht abwenden.
Zwei Männer knieten Seite an Seite, der eine hatte den Arm um den anderen gelegt, und dieser schmiegte den Kopf an seine Schulter. In

dieser Haltung lag so viel Zärtlichkeit, wie ich sie zwischen Männern noch nie gesehen hatte.
Drei Männer standen im Kreis, die Arme um die Schultern der anderen gelegt, die Köpfe zusammengesteckt wie Schuljungen, die sich auf dem Footballfeld berieten.
Einer stand mit verschränkten Armen und hochgezogenen Schultern da, wie jemand, der in Hemdsärmeln mal eben aus dem Haus in die Kälte hinausgegangen ist, um einen Gast zu verabschieden.
Ein Mann kniete in Hockstellung auf dem Eis, während ein anderer hinter ihm stand und ihm die Hände auf die Schultern legte, als posierten sie für einen Photographen.
Zwei Robbenfänger waren in inniger Umarmung erstarrt, der größere der beiden hatte die Arme um den anderen geschlungen und drückte ihn an sich, während der kleinere nur dastand und die Arme hängen ließ.
Vier Männer lagen bäuchlings nebeneinander, alle mit dem Kopf in dieselbe Richtung, als hätten sie es aus einem bestimmten Grund getan oder sich abgesprochen.
Nur wenige Männer knieten oder lagen allein auf dem Eis, vielleicht waren es diejenigen, die am längsten durchgehalten hatten.
Einer saß allein da, die Ellbogen auf die angezogenen Knie gestützt, und seine bloßen Hände waren ans Gesicht gefroren.
Das Unwetter hatte mit Eisregen begonnen. Ein Mann, der anscheinend zu den ersten Opfern zählte, lag unter einer silbrig glänzenden Hülle gefrorenen Wassers.
Später erfuhr ich, daß manche in ihrem Wahn geglaubt hatten, Lichter zu sehen, und ihnen nachgelaufen waren; von diesen Männern wurde nie einer gefunden.
Vereint in Umarmungen waren Männer, die sich vor dieser Fahrt nicht gekannt hatten; Männer, die ihre besten Freunde oder engsten Verwandten überlebt hatten, schlossen Fremde in die Arme, um sich gegenseitig zu wärmen oder im Angesicht des Todes nicht allein zu sein.
Sie waren alle da, die zu jungen Burschen und die zu alten Männer, die es nur durch falsche Altersangaben oder das Versprechen auf eine Gewinnbeteiligung geschafft hatten, einen Platz auf dem Schiff zu ergat-

tern. Burschen, die jünger waren als ich, Männer, die älter waren als mein Vater.
Vielleicht waren sie, weil sie zu müde zum Gehen waren, aber noch stehen konnten, unter dem Schnee begraben worden, und als er später weggeweht wurde, standen sie wie angewurzelt in Sockeln aus Eis.
Ein paar Männer lagen im Windschatten einer kleinen Schutzmauer, die sie aus Schnee und Eis errichtet hatten, kaum drei Fuß hoch.
Den einen oder anderen erkannte ich wieder, aber nur dank eines auffälligen Kleidungsstücks. So wußte ich, daß der Mann mit der orangefarbenen Strickmütze derjenige war, der morgens immer Tee gekocht hatte. Er lag zusammengekrümmt auf der Seite und hatte den Kopf auf die Hände gebettet, die wie zum Gebet gefaltet waren.
Ihr Martyrium auf dem Eis hatte sie verwandelt. Jeder hatte im Tod eine Haltung eingenommen, die sein Leben sinnbildlich darstellte. Oder sie erschienen geläutert, als Menschen, die man so nicht gekannt hatte, als offenbarte sich auf unergründliche Weise in jedem Gesicht, in jeder Geste das wahre Wesen des Menschen, der er gewesen war.
Überall stieß man auf die Anzeichen vergeblicher Bemühungen, durch Heldenmut und Selbstaufopferung Leben zu retten. Ein bis auf die Unterwäsche und den Overall entkleideter Mann lag bäuchlings neben einem Jungen, der in eine doppelte Garnitur Kleider eingepackt war.
An mehreren Stellen war das Eis von kleinen Feuern aufgetaut worden. Der Rauch, vom Wind zu Boden gedrückt, hatte an jeder Feuerstelle eine Rußspur hinterlassen.
Ich wollte nicht mit ansehen, wie man die Leichen entfernte, wie das Bild zerstört wurde. Ich schloß das Bullauge und setzte mich auf meine Koje.
Über dem Rauschen des Windes und dem Surren der Seile hörte ich, wie Eis gehackt wurde. Die Kohlenwinde am anderen Ende des Schiffes setzte sich ruckartig in Bewegung. Stundenlang wurde Eis gehackt, geschrien, Kohle nach oben befördert. Als der Lärm aufhörte, überlegte ich, ob ich das Bullauge öffnen sollte, traute mich aber nicht.
Ich ließ den Blick über den Schlafraum und all die leeren Kojen schweifen. Nicht alle Männer waren umgekommen. Nicht jede Koje stand symbolisch für einen Mann, der nicht mehr nach Hause zurückkehren

würde – aber die meisten schon, etwa drei Viertel. Nur welche genau, das wußte ich nicht. Sicher war ich mir nur bei der Koje des Mannes, der den Tee gekocht hatte.
Etwas in mir, das ich bislang nie wahrgenommen hatte, konnte dem Ansturm der Gefühle nicht mehr standhalten. Die Trauer ergriff mich auf eine körperliche Weise, während mein Verstand klar blieb. Es war, als säße jemand unmittelbar neben mir und weinte, und obwohl ich ihn trösten wollte, konnte ich nicht.
Ich spürte, wie das Schiff offenes Meer erreichte. Am Bug knirschte plötzlich kein Eis mehr, das Schiff schwankte kurz, dann ging die Fahrt ruhig weiter. Ich stand auf und klopfte an die Tür, damit man mich heraus ließ. Als hätte man mich bei all der Aufregung ganz vergessen, kam eiligst jemand angelaufen. Die Bodentür wurde geöffnet, und über mir sah ich den Himmel.

Der Wind wehte aus Norden, von der Küste her, so daß wir trotz des Neuschnees das Land riechen konnten. Ich war noch nie so weit hinausgefahren, daß ich den Geruch des Landes hinter mir gelassen hätte, und war deshalb auch noch nie aus solcher Ferne zurückgekehrt. Sechs Wochen hatten wir auf See zugebracht, eine Woche länger, als Cabot von Bristol zum Cape Bonavista unterwegs gewesen war. Ich konnte das Land nicht nur riechen, sondern auch schmecken, den metallischen, kupferartigen Geschmack von Felsgestein, den der Wind übers Eis herantrug. Bald darauf nahm ich auch den Geruch der Stadt wahr, und am Himmel sah ich den bläulichen Rauch von Holzfeuern. Zwischen den Gebäuden auf dem Berg ragte die Basilika St. Johannes Baptist auf. Ich konnte es nicht fassen, daß die Stadt und das Eis in ein und derselben Welt existierten. Die Stadt wirkte so geordnet, so vertrauenerweckend, als gäbe es dort nicht nur keine Greuel, sondern als würde sie auch irgendwie verhindern, daß es andernorts Greuel gab.
Ich blickte hoch und sah, wie oberhalb der Narrows der Signalgeber mit seinen Flaggen winkte, um dem Leuchtturmwärter bei Fort Amherst und den Kapitänen der Lotsenboote Bescheid zu geben. Von da an tutete das Nebelhorn, bis wir angelegt hatten, und in das Tuten mischte sich kurz darauf das Glockengeläut der beiden Basiliken.

Die Nachricht, daß wir die Männer der *Newfoundland* an Bord hatten, war in St. John's nur wenige Stunden vor unserer Ankunft am frühen Nachmittag eingetroffen. Zu diesem Zeitpunkt war noch nicht bekannt, wie viele ums Leben gekommen waren. Man wußte nur, daß manche überlebt hatten und manche nicht. Es kursierten auch verschiedene Gerüchte, etwa, daß die *Newfoundland* als einzige den Sturm unbeschadet überstanden und die Geretteten von anderen Schiffen an Bord genommen habe. Frauen, die nicht wußten, daß ihre Ehemänner tot waren, trösten andere Frauen, deren Männer überlebt hatten.
Unsere Segel waren gerafft, unsere Flaggen auf Halbmast, als wir langsam durch das Eis dampften und einen meilenlangen Streifen offenen Wassers hinter uns ließen. Ich stand auf dem Deck, abseits von den anderen. Über mir, in dem Gewirr aus Masten, Spieren und Tauen, sah ich die Männer, als kleine, reglose Gestalten zeichneten sie sich gegen das einheitliche Grau des Himmels ab, der nach dem Sturm noch mehrere Tage lang unverändert sein würde. Wie damals bei der Flottensegnung standen die Männer auch jetzt auf den Rahen, mindestens hundert Fuß über dem Eis, und hielten sich an den Strickleitern fest, in denen andere Männer wie auf Kinderschaukeln saßen. Auf halber Höhe zwischen dem Mittelschiff und dem Heck spie der hohe Schornstein schwarze Rauchwolken aus. Die Maschinen arbeiteten auf Hochtouren, brachten das Schiff aber kaum von der Stelle, weil das Eis so dick und zusammengepreßt war. Schließlich durchbrachen wir aber das Treibeis bei den Narrows. Normalerweise wären die Männer jetzt vom Takelwerk heruntergestiegen, doch sie blieben oben.
Am Hafen hatten sich doppelt so viele Menschen eingefunden wie bei der Flottensegnung. Es schien, als hätte die gesamte Bevölkerung der Insel einen Evakuierungsbefehl erhalten und wartete nun darauf, daß ein großes Schiff sie fortbrachte. Die Menschen in den schäbigen Kleidern waren von den Reihenhäusern auf den Hügeln herabgekommen, deren steile Abhänge man selbst bei trockenem Boden fast nur im Laufschritt hinunterrennen konnte. An diesem Tag waren die Straßen aber so glatt, daß es sich empfahl, lieber durch den kniehohen Schnee zu stapfen. Die besser gekleideten Leute stammten aus den Vierteln in den Talsenken und an den Flußufern, die Fabrik- und Manufakturarbeiter

aus der Water Street und die Dorschverkäufer vom Harbour Drive trugen Lederschurze und Overalls. Es hatte sich eine so riesige Menschenmenge versammelt, daß manche gar nicht bis zum Hafen, sondern nur bis zu den »Coves« gelangten, den kleinen Gassen, die von der Water Street zum Kai führten. Sogar auf Hausdächern und Vorsprüngen standen Leute, andere lehnten sich zu dritt oder viert aus den Fenstern.

Wir machten an dem Liegeplatz fest, den die Kapitäne der Lotsenboote geräumt hatten, als sie von unserer Ankunft erfuhren. Nach dem Sturm war selbst der geschützte Hafen teilweise vereist, aber man hatte einen Fahrweg von den Narrows zum Kai freigehalten.

Zunächst lag eine gespenstische Stille über der Menge, doch plötzlich schienen alle gleichzeitig loszureden, stellten Fragen, wollten Auskunft über diesen oder jenen haben, tauschten tuschelnd Gerüchte aus, stellten Mutmaßungen an. Ich sah niemanden, den ich kannte, erfuhr aber später, daß mehrere Leute gekommen waren, um mich abzuholen, nämlich meine Familie, mein Chef und Fielding. Das einzige, was meine Mutter während des Sturmes trösten konnte, war das Wissen, daß ich das Schiff nicht verlassen durfte.

Als das Fallreep heruntergelassen wurde, ließen die Polizisten eine Handvoll schnauzbärtiger Männer mit Bowlerhüten und schweren Mänteln passieren, offizielle Vertreter der Reederei, der die *Newfoundland* gehörte. Als erstes wurden die Verletzten von Bord gebracht. Zwei Robbenfänger trugen einen Mann mit dick verbundenen Händen und einem von Frostbeulen übersäten Gesicht auf einer Trage das Fallreep hinunter. Er starrte seine auf der Brust ruhenden Hände an, scheinbar ohne die Menge wahrzunehmen, durch die er zu einem Planwagen des Roten Kreuzes gebracht wurde. Dann trug man weitere, beinahe wie Mumien eingewickelte Männer vom Schiff. Einige wurden von Verwandten begrüßt, die vor Erleichterung in Tränen ausbrachen, doch die meisten stammten nicht aus St. John's und wurden nur angegafft. Erst als zwei voreilige Robbenfänger die Persenning zurückrollten, die den Laderaum abdeckte, erblickten die vordersten Leute in der Menge, was auf Anordnung der Eigentümer der *Newfoundland* niemand hätte zu Gesicht bekommen sollen.

»Herrgott, macht die Persenning wieder drüber!« brüllte Kapitän Wes

Kean, woraufhin die beiden hastig seinem Befehl nachkamen. »Was ist da?« wollten die Leute wissen. Ein Mann bekreuzigte sich, und am Rand des Kais fielen mehrere Männer und Frauen auf die Knie oder suchten Halt an den Holzpfählen des Docks.

Im Nu verbreitete sich die Kunde von dem, was man im Laderaum gesehen hatte. Verwandte von Besatzungsmitgliedern der *Newfoundland* versuchten näher heranzukommen, aber schließlich bildeten die Polizisten eine Kette und ließen niemanden durch. »Hat Andrew Hodder es geschafft?« rief ein Greis den Männern zu, die noch immer auf den Rahen standen. Alle starrten ihn an, auch ich. Ich vermutete, daß die Männer die Antwort wußten. Wie stumme Vögel auf einem kahlen Baum verharrten sie dort oben. »Weiß jemand, ob Andrew Hodder noch lebt?« fragte der Alte noch einmal, als wüßte er ihr Schweigen nicht zu deuten.

Bald wurden aus der Menge ähnliche Rufe laut, hoffnungsvolle oder verzweifelte Fragen. Die Blicke der Männer in der Takelage schienen nicht auf die Leute, sondern auf die dahinterliegende Stadt gerichtet. Ein Polizist erklomm die ersten Sprossen der Wanten des Großmasts und verkündete, die nächsten Angehörigen der Mannschaft der *Newfoundland* würden gebeten, sich ins Lagerhaus von Harvey & Company zu begeben. »Nur die nächsten Angehörigen«, betonte er.

Wir übrigen standen still da und schauten zu, wie sich die Angehörigen, nun für jedermann kenntlich, langsam in Bewegung setzten. Mit bestürzten und ängstlichen Gesichtern gingen sie den Kai in östlicher Richtung hinunter, durch die gaffende Menge, die bereitwillig den Weg freigab. Auch der Mann, der sich vorhin bekreuzigt hatte, trottete davon, die Hand auf die Schulter einer Frau gelegt, die mit gesenktem Kopf neben ihm ging.

Eilig verließ ich das Schiff, ich rannte das Fallreep hinunter und stürzte mich in die Menge, die mich aufzuhalten suchte und um Auskünfte bat. Der Boden erschien mir mit einem Mal so fest und unbeweglich, daß meine Knie nachgaben. Wenn sich nicht die Menschen um mich gedrängt hätten, wäre ich hingefallen. Als ich mich tief ins Gewühl der Menge vorgearbeitet hatte, wo niemand mehr wußte, daß ich vom Schiff gekommen war, verlangsamte ich meinen Schritt und versuchte, wieder ruhiger zu atmen, doch es gelang mir nicht, und ich begann wieder zu laufen. Meine Fähigkeit, den Gedanken an die eigene Sterblichkeit zu verdrängen, war zeitweilig außer Kraft gesetzt. Der Tod, so hatte ich geglaubt, würde an Bord zurückbleiben, sich auf das Schiff beschränken, weil dort die Robbenfänger waren. Aber jetzt schien er mir im Nacken zu sitzen.

Nachdem ich die Menge hinter mir gelassen hatte, überkam mich schlagartig ein Schwindelgefühl. Ich stolperte rückwärts, stürzte beinahe, taumelte gegen die Mauer eines Lagerhauses. Mit beiden Händen stützte ich mich daran ab, verharrte mit gesenktem Kopf und bebenden Schultern. Dann kehrte ich dem Meer und dem Schiff den Rücken zu und blickte hinauf zu den verkrüppelten, windgezausten Fichten des Brow.

In den darauffolgenden Tagen rekonstruierten ich und alle anderen Zeitungsreporter von St. John's, was mit den Männern der *Newfoundland* geschehen war. Sie waren dem Unwetter auf dem Eis ausgeliefert, weil die *Stephano*, das Schiff, das zu Beginn des Sturmes am nächsten gelegen war, sie nicht aufgenommen hatte. Statt dessen hatte Kapitän Abram Kean – der Vater von Westbury Kean, dem Kapitän der *Newfoundland* – die Männer zu ihrem eigenen Schiff zurückgeschickt. Es war aussichtslos, das Schiff zu suchen, und das wußten die Männer wahrscheinlich, dennoch gehorchten sie und machten sich ohne Murren auf den Weg, trotz der einsetzenden Dämmerung und des nahenden Unwetters. Als sie die *Newfoundland* verlassen hatten, waren sie nur leicht bekleidet gewesen, denn eigentlich hätten sie vor Sonnenuntergang wieder an Bord sein sollen. Sie waren achtundfünfzig Stunden auf dem Eis gewesen, ohne Brennmaterial, ohne Nahrung, ohne Schutz vor der Witterung.

Ich dachte oft an die Männer der *Newfoundland*. Vor meinem geistigen Auge sah ich immer wieder, wie sie auf Keans Befehl hin gehorsam umkehrten, sich lieber dem Schneesturm aussetzten, als dem Kapitän zu widersprechen, und ihren hoffnungslosen Marsch übers Eis begannen.

Auch an den Anführer der Gruppe, den Zweiten Maat, George Tuff, mußte ich manchmal denken. Obwohl er wußte, daß der Sturm bald mit voller Stärke über sie hereinbrechen würde, wagte er nicht einmal darum zu bitten – geschweige denn zu verlangen –, daß Kean sie an Bord ließ. Am häufigsten kreisten meine Gedanken jedoch um den alten Kean, der zu knickerig war, um den Männern Obhut auf seinem Schiff zu gewähren, der sie lieber nach dem Schiff seines Sohnes suchen ließ, als sie bei sich aufzunehmen, wo er seinen Proviant, seine Kohle und sein Öl mit ihnen hätte teilen müssen.

Außer dieser Geschichte, die auf den Erzählungen der Überlebenden beruhte, schrieb ich noch zwei weitere Geschichten, eine über den Alltag und die Arbeitsbedingungen der Robbenfänger und eine über die letzten Tage jener wenigen Männer, die ich namentlich gekannt hatte. Über die Männer, die ich auf dem Eis gesehen hatte, konnte ich nicht schreiben. Ich versuchte es, aber es ging nicht.

Keine dieser Geschichten wurde je veröffentlicht. Zwar gab es eine amtliche Untersuchung des Vorfalls, und es wurden Unterschriften gesammelt, um Abram Kean hinter Gitter zu bringen, aber es kam wenig dabei heraus. Der Robbenfang ging weiter, und Kean brachte es schließlich als erster Robbenfängerkapitän auf eine Million erlegter Robben.

Viele Menschen fragten mich nach meinen Erlebnissen auf der *Newfoundland*, doch die einzige, der ich davon erzählte, war Fielding, die mich nie danach fragte. Natürlich sprachen mich meine Geschwister darauf an. Ich wußte, daß mir meine Mutter zugehört hätte, aber ich sah ihr auch an, daß sie insgeheim betete, ich möge für mich behalten, was immer ich gesehen hatte.

Also redete ich nur mit Fielding darüber. Eines Abends in meinem Pensionszimmer erzählte ich ihr alles, was ich ihr guten Gewissens sagen oder überhaupt in Worte fassen konnte.

Als ich geendet hatte, schüttelte ich den Kopf, meine Gedanken wirbelten durcheinander. »Ich verstehe das alles nicht«, sagte ich.

»Ich auch nicht«, meinte Fielding. »Manchmal passieren einem Dinge, oder man sieht Dinge, die einen verändern. Und kurz darauf kann man sich gar nicht mehr erinnern, wie es früher war, bevor man sich verändert hat. Das finde ich das seltsamste daran. Man weiß, daß es früher anders war, hat aber keine Erinnerung mehr daran. Ich glaube nicht, daß so etwas jedem passiert. Manche Leute bleiben immer dieselben. Oder vielleicht erscheint das auch nur so. Ich weiß es nicht.«

Nach meiner Rückkehr vom Robbenfang hatte ich noch monatelang das Gefühl, gerade aus einem Traum aufgewacht zu sein, an den ich mich nicht erinnern konnte. Nachts lag ich wach wie damals auf der *Newfoundland*, während die Robbenfänger schliefen und sich von dem unablässigen Lärm der Kohlenwinde und der Pelzrutsche nicht stören ließen. Einmal war ich in der Nacht aufgestanden, um einen Pelz, der in der Koje eines Robbenfängers gelandet war, auf die Rutsche zurückzuwerfen. Ich hatte noch nie zuvor einen Rohpelz angefaßt. Die Fettschicht unter der Haut war mehrere Zoll dick, dicker als die Grasnarbe, die wir auf dem Feld hinter unserem Haus herausgerissen hatten, um Kartoffeln anzubauen. Das Fell war so schwer und so glitschig, daß ich es kaum hochheben konnte. Anstatt bis zur Rutsche konnte ich es nur auf den Boden zerren. Ich erinnere mich noch, wie sich der Pelz in meiner Hand anfühlte, die Haut unter dem Daumen, die Fettschicht unter den Fingern. Als ich den Pelz fallen ließ, waren meine Hände blutverschmiert. Ich wischte sie mir an den Oberschenkeln und am Hemd ab, wie ich es die Robbenfänger hatte tun sehen.

Die Toten der *Newfoundland* waren noch nicht begraben, als die Robbenabdecker bereits Schulter an Schulter am Hafen standen und ihrer Arbeit nachgingen. An abgeschrägten Tischen trennten sie mit Messern das Fettgewebe vom Fell, und die dicken Fettbrocken landeten in Bottichen unter dem Tisch. Sobald die Robbenfelle saubergeschabt waren, verschickte man sie in Kürschnereien auf der ganzen Welt, und einige wurden auch in St. John's weiterverarbeitet. An irgendeinem Ort würde jemand den Pelz einer Robbe tragen, die ein Jäger von der *Newfoundland* getötet hatte.

Es war dort, ich sah gerade den Abdeckern zu, als Grimes mich ansprach. Er war so elegant gekleidet, daß ich ihn zunächst für einen Händler hielt, bis mir die kleine hölzerne Schubkarre neben ihm auffiel. Darin stapelten sich blaue Bücher im Jackentaschenformat. Er zog zur Begrüßung seinen Bowlerhut. »George Grimes«, stellte er sich vor, »Parlamentsabgeordneter.« Er griff in seine Schubkarre und reichte mir ein Buch.

»Ich gebe Ihnen dieses Buch«, sagte er formell, und seine Worte klangen einstudiert. »Es ist eigens so gemacht, daß Sie es überallhin mitnehmen können. Ich möchte, daß Sie es lesen, und wenn Sie danach Sozialist werden wollen, suchen Sie mich bitte unter dieser Adresse auf.« Er gab mir seine Visitenkarte, dann zog er weiter und rasselte seinen Werbespruch beim nächsten herunter.

———

»Wer hat den Senat korrumpiert? Die Kapitalisten. Wer besticht Kongreßabgeordnete? Die Kapitalisten. Wer hat die Regierung des Staates Illinois geschmiert? Die Kapitalisten. Wer hat die Stadträte von St. Louis gekauft? Die Kapitalisten.«

Die Regierung des Staates Illinois und die Stadträte von St. Louis waren also gekauft worden. Ich war empört, konnte aber weder Illinois noch St. Louis auf einer Landkarte finden. Wenn ich das Wort »Kapitalist« hörte, hatte ich noch Jahre später das Bild der Stadträte von St. Louis vor Augen, wie ich sie mir mit sechzehn Jahren vorgestellt hatte: ein paar Dutzend Ratsherren, die in einem Kreis saßen und sich voller Vorfreude die Hände rieben, weil sie gekauft wurden.

Dann folgten die Gegenfragen: »Wer kann der Korruption Einhalt gebieten? Der Sozialist. Wer ist davon überzeugt, daß alle Menschen von Geburt an gleich sind? Der Sozialist. Wem liegt das Wohlergehen des Arbeiters am Herzen? Dem Sozialisten.« Als ich den letzten Absatz von *Was so ist und was nicht so ist* gelesen hatte, glaubte ich, meine Berufung gefunden zu haben, einen Weg, wie der Tod der Männer von der *Newfoundland* vielleicht gesühnt werden konnte: »Ein Sozialist ist ein Mann mit einer Bestimmung. Er ist der einzige, der die Zeichen der Zeit erkannt hat. Deshalb ist er unverwundbar. Er erhebt seine funkelnde Lanze und fordert die besten Streiter jeglicher anderer Doktrin zum Kampf in der Arena der Wortgefechte. Und seine Gegner schleichen davon wie geprügelte Hunde.«

Es klang mir recht verlockend, ein unverwundbarer, lanzenschwingender Meister des Wortgefechts zu sein, vor dem ein Mann wie Abram Kean davonschlich wie ein geprügelter Hund. Der Beruf eines Journalisten mochte ja schön und gut sein, aber konnte man mit Zeitungsartikeln ein Leben retten oder auch nur die Lebensumstände irgendeines Menschen verbessern?

Als Fielding mich das nächste Mal in meiner Pension besuchte, stellte ich ihr ebendiese Frage.

»Soweit ich weiß«, erwiderte sie, »habe ich mit meiner Schreiberei noch nie jemandem das Leben gerettet, aber wenn ich damit aufhöre, rette ich vielleicht mein eigenes.«

Ich zeigte ihr *Was so ist und was nicht so ist*, sie blätterte darin herum und nahm zwischendurch immer wieder einen Schluck aus ihrer silbernen Flasche. »Nun?« fragte ich. »Was hältst du davon?« Sie holte Luft, als wollte sie etwas sagen, richtete ihren Blick auf mich, dann auf das Buch und zuckte mit den Achseln.

»Ich denke, es könnte etwas dran sein«, meinte sie.

Wir marschierten geradewegs zu Grimes' Haus, und ich erklärte ihm an der Tür, daß wir ernsthaft vorhätten, Sozialisten zu werden. Fielding stand stumm neben mir. »Ich möchte ein Sozialist werden«, verkündete ich – »so wie Sie«, hätte ich beinahe hinzugefügt, aber ich wollte nicht anmaßend erscheinen. Ich weiß nicht, was ich erwartete, wahrscheinlich daß man mich mit ebensolcher Begeisterung in den Kreis der Genossen aufnahm.

»Kommt rein in die Vorhalle«, sagte Grimes. »Ich bin gleich zurück.« Er schloß die Haustür, ging hastig durch die gegenüberliegende Tür in den Flur und schloß sie hinter sich.

Nach dem äußeren Eindruck und nach dem kurzen Blick, den ich durch die Flurtür erhaschen konnte, zu schließen, war das Haus ebenso groß und gut ausgestattet wie das meines Onkels Fred, und das überraschte mich. Während Fielding und ich in der Vorhalle warteten, hörten wir drinnen Stimmen, die von Grimes und einer Frau, vermutlich seiner Ehefrau. Anscheinend zankten sie sich, doch das einzige, was ich verstehen konnte, war das Wort »George«, mit dem die Frau jedesmal zur Gegenrede ansetzte und dabei klang, als wollte sie sagen: »Wir wollen uns doch nicht streiten.«

Kurz darauf ging die Flurtür wieder auf, und Grimes kam zurück, in den Armen eine Kiste, die, wie er sagte, fünfzig Exemplare von *Was so ist und was nicht so ist* enthielt. Als er mir die Kiste gab, streckte seine Frau aus einem der angrenzenden Zimmer den Kopf heraus. Ich tippte an meinen Hut, Fielding sagte: »Hallo.« Unwirsch nickte sie uns zu. Sie sah mich an, »als hoffte sie, daß du nicht der Maßstab für die gesellschaftliche Stellung ihres Mannes bist«, wie Fielding es später ausdrückte. Es sollte noch lange dauern, bis ich ein Format gewann, das den Ehefrauen meiner Mitstreiter Vertrauen einflößte.

Wir kamen nie weiter in Grimes' Haus als bis in die Vorhalle, obwohl wir in den nächsten Monaten viel Zeit mit ihm verbrachten. Ich drängte jedem, den ich kannte oder kennenlernte, ein Exemplar von *Was so ist und was nicht so ist* auf, und einmal begleiteten wir Grimes auch bei seinen sogenannten »Sonntagsspaziergängen«. Sonntags pflegte er nämlich von Tür zu Tür zu gehen und den Bürgern von St. John's den Sozialismus anzupreisen. Fielding und ich, die wir noch Lehrlinge in Sachen Sozialismus waren, standen schweigend neben ihm. An jeder Haustür stellte er sich und uns zunächst vor, dann hob er zu seiner Rede an, die er sich größtenteils aus Phrasen von John M. Work zusammengebastelt hatte. So stand er auf Türschwellen und erläuterte in ruhigem, sachlichem Ton, warum das gegenwärtige Wirtschaftssystem abgeschafft und durch ein anderes ersetzt werden müsse. Und wie solle das erreicht werden? »Vorzugsweise durch Wahlen«, antwortete Grimes. »Wenn es sein muß, auch mit einer Revolution. Haben Sie noch weitere Fragen? Schön, dann darf ich Ihnen noch einen guten Tag wünschen.«

Sein Auftreten und seine Botschaft standen in einem so krassen Widerspruch zueinander, daß die Leute sein Anliegen wohl kaum verstanden. Mit dem Bild des Sozialisten, wie Work es zeichnete, ließ sich Grimes schlecht in Einklang bringen. »Eine Revolution, die darauf angewiesen ist, daß Grimes seine funkelnde Lanze erhebt, wird ziemlich lang auf sich warten lassen«, bemerkte Fielding.

Und sie hatte recht. Er war der blutärmste, phlegmatischste und rücksichtsvollste Sozialist, der mir je begegnet ist. Grimes' Revolution würde niemanden empören oder stören, geschweige denn seiner Vorrechte berauben. Ich fragte mich, ob die sozialistische Bewegung wußte, was für einen Vertreter sie in Neufundland hatte. In seiner Arena der Wortgefechte, nämlich dem Abgeordnetenhaus, wo er die besten Streiter jeglicher anderer Doktrin zum Kampf hätte fordern sollen, redete er nur davon, daß mehr Arbeitsplätze geschaffen und bessere Straßen gebaut werden müßten.

Wohlgemerkt, im Vergleich zu John M. Works »Mann mit einer Bestimmung« schnitt ich mit meinem abgetragenen Mantel und der Hornbrille ebenfalls nicht allzu gut ab. Wir gaben ein seltsames Gespann ab, George Grimes und seine jugendlichen Adjutanten Joe Smallwood und Sheilagh Fielding. Es gibt aus jener Zeit eine Photographie von uns, man sieht uns zusammen mit einer Gruppe grinsender Hafenarbeiter, die wir gewerkschaftlich organisieren wollten, an den Docks stehen. Der gleichmütige Grimes mit Bowlerhut und Tweedmantel mimt den Staatsmann und hat die Hände hinter dem Rücken verschränkt, rechts von ihm stehe ich, eine bebrillte Vogelscheuche mit Hakennase und Eulenaugen, während Fielding auf der anderen Seite steht und mit einem halb geschlossenen Auge in die Kamera lächelt, als würde sie dem Photographen zuzwinkern.

Es gelang uns, ein paar Ortsgruppen der internationalen Gewerkschaften, denen Grimes angehörte, ins Leben zu rufen, doch schließlich kam es zum unvermeidlichen Bruch zwischen uns. Eines Tages sagte ich ihm, daß es mir im Gegensatz zu ihm nicht genüge, das Fundament für eine Revolution zu legen, die ich nicht mehr erleben würde. »Unser Tag wird kommen«, erwiderte Grimes im Tonfall eines Predigers, der seine Schäfchen auf irgendein unbestimmtes nächstes Leben, in dem alles besser sein würde, vertrösten wollte. Hätte ich meinen Marx gelesen, dann hätte ich ihn davor gewarnt, aus dem Sozialismus eine Religion zu machen.

»Aber wollen Sie es nicht miterleben, wenn es soweit ist?« fragte ich ihn. »Wollen Sie nicht dabeisein?«

»Ich bin jetzt dabei«, erwiderte Grimes.

»So wie Sie es anpacken, wird das doch nie etwas«, ereiferte ich mich. Wehmütig, beinahe zärtlich musterte er mich, als wäre ich nur der letzte in der langen Reihe seiner Schützlinge, die ungeduldig geworden und ihrer eigenen Wege gegangen waren, und als hätte er es schon lange so kommen sehen. »Wir müssen uns damit abfinden, daß wir unterschiedlicher Ansicht sind«, sagte er und streckte mir lächelnd seine Hand entgegen. Ich bildete mir ein, es ginge um irgendein Prinzip, das wichtiger war als Freundschaft oder Höflichkeit, und machte deshalb keinerlei Anstalten, meine Hände aus den Taschen zu nehmen. Heftig blinzelnd, den Tränen nahe, wandte ich mich halb ab. Grimes schien anzunehmen, daß ich auch für Fielding gesprochen hatte, denn er reichte ihr ebenfalls die Hand, und sie schlug ein.

»Wir sehen uns wieder, und dann reden wir noch mal darüber«, meinte er, als wollte er mir zu verstehen geben, daß ich, auch wenn ich ihm die Hand nicht geben wollte, wieder mit ihm in Verbindung treten sollte, sobald ich meine Dummheit eingesehen hatte.

»Bestimmt«, sagte Fielding.

Ich kam zu dem Schluß, daß ein wahrer Sozialist an den Docks sein sollte, anstatt von Haus zu Haus auf Stimmenfang zu gehen.

Überall am Hafen waren die Lagerhäuser der Fischhändler, in denen der frischgefangene Dorsch gedörrt, gelagert und danach als sogenannter »Klippfisch« oder »Stockfisch« auf Schiffe verladen und nach England gebracht wurde, wo der Verbrauch pro Kopf zehnmal so hoch war wie in Neufundland. Den ganzen Tag schwenkten die Kräne der Lastkähne hin und her, um Dorschstapel, so groß wie Häuser, zu verladen. Die Technik der Fischkonservierung hatte sich seit fünfhundert Jahren nicht geändert. Man legte den Fisch in Lake ein, bis sich jede Faser dermaßen mit Salz vollgesogen hatte, daß er jahrelang haltbar sein würde, dann ließ man ihn im Freien trocknen.

Rings um den Hafen, im Umkreis von mehreren hundert Fuß, lag gesalzener Dorsch. Die Battery, das zur Stadt gehörende Fischerdorf am Fuß des Signal Hill, wo der Felsgrund so hart war, daß man nicht einmal Löcher für den Abort graben konnte, war mit gelbem Dorsch gepflastert. Man ließ die aufgeschlitzten und in Lake eingelegten Dorsche auf den Steinen in den Hinterhöfen trocknen oder auch auf Stellingen am Wasser, an V-förmig angeordneten Stangen, die an primitive Bestattungsriten erinnerten. Wenn es zu regnen begann, rannten alle nach draußen, um den Klippfisch umzudrehen, so daß die wasserabweisende, lederartige Haut oben lag. Ansonsten waren die Fische Wind und Wetter ausgesetzt und allem, was dort am Himmel herumflog, auch den Möwen und Krähen. Als wollten sie sich dafür rächen, daß der Dorsch selbst für ihren Geschmack hoffnungslos versalzen war, kackten sie aus großer Höhe darauf herab. Nicht, daß es einen Unterschied gemacht hätte, denn den Dorsch konnte man ohnehin nicht essen, ohne ihn tagelang einzuweichen und danach stundenlang zu kochen. Weil er aber selbst dann noch ausgesprochen salzig schmeckte, war die Tatsache, daß er vielleicht einmal mit Vogelfäkalien besudelt worden war, der letzte aller Beschwerdegründe. Mein Vater hingegen brachte zwar für seine Familie Klippfisch nach Hause, ließ sich aber selbst nicht dazu herab, etwas zu essen, was von Vögeln, Hunden und sonstigem, was da kreucht und fleucht, so geringschätzig behandelt worden war.

Überall am Hafen und rings um die weißen Lagerhäuser der Fischhändler war Dorsch zum Dörren auf dem Boden ausgebreitet. Er lag auf jedem freien Fleckchen Grund, den die Händler gern als ihr Werksgelände betrachteten. Sogar die Treppenstufen waren mit Fischen bedeckt, zwischen denen gerade so viel Platz blieb, daß man noch auftreten konnte. Dorsch lehnte schräg an den Gebäuden und lag auf den Persenning- oder Segeltuchdächern.

Auch an bewölkten oder nebligen Tagen blieb der Klippfisch draußen liegen. An den seltenen Sonnentagen ließen sich Schwärme von Fliegen darauf nieder, die aufflogen, wenn man vorüberging, so daß man ständig von einer schwarzen Wolke eingehüllt war. In den Lagerhäusern war der Dorsch haushoch gestapelt. Wenn man sie betrat, glaubte man sich in einer Stadt aus Klippfisch. Säulen aus gesalzenem Fisch ragten wie Gebäude auf, zwischen denen gerade noch genug Platz war, daß ein Erwachsener durchgehen konnte.

Die Docks stanken nach einer Mischung aus Fisch und Lake. Wenn der Wind den Salzgeruch des Dorsches herantrug, mußte ich niesen, und meine Augen tränten. Manchmal bekam ich von dieser Luft einen rauhen Hals, meine Stimme versagte, wenn ich etwas sagen wollte, und ich konnte nur ein krächzendes, rasselndes Husten von mir geben, als hätte ich Rauch eingeatmet. Es gelang mir nie, mich mit dem allgegenwärtigen Dorschgestank abzufinden. Wann immer er mir in die Nase stieg, sehnte ich mich nach der reinen Luft auf den Höhen des Brow.

An die Water Street grenzten die mächtigen Lagerhäuser der Händlerfamilien an, strahlend weiße Gebäude, auf denen die Namen ihrer Besitzer in großen Blockbuchstaben prangten, die man sogar vom Brow aus lesen konnte. Ebenfalls nach den Händlern benannt waren die kleinen Gassen zwischen der Water Street und dem Harbour Drive, die sogenannten »Coves«, schmale Durchgänge zwischen den hohen Bauten. Gower's Cove, Job's Cove, Baird's Cove, Harvey's Cove, Crosby's Cove. Wenn man aus einer dieser Gassen heraustrat, schlug einem der Wind entgegen, als käme man auf offener See gerade von der Kajüte an Deck.

Die Robbenfänger, die Fischer, die Männer auf den Lastkähnen – sie alle waren Arbeiter, und ihnen konnte der Sozialismus am meisten bringen. Also begann ich am Hafen Reden zu halten. Fielding marschierte an den Docks auf und ab und trommelte das Publikum für mich zusammen. Mit ihrem Stock deutete sie auf die Matrosen und Schauermänner an Bord der großen Schiffe, die mit Trossen, dicker als meine Beine, am Kai vertäut waren.

»Joseph Smallwood«, rief Fielding wie eine Marktschreierin, wobei sie sich an den einstudierten Text hielt, den ich für sie geschrieben hatte, »eingetragenes Mitglied der Internationalen Sozialistischen Partei, hält heute um drei Uhr in Baird's Cove eine Rede, wie ihr sie noch nie zuvor gehört habt und nie mehr hören werdet und die jedem von euch unvergeßlich bleiben wird.« Neugierig, gelangweilt oder skeptisch kamen sie von ihren Schiffen herunter, um mich reden zu hören. Und schon im Alter von sechzehn Jahren war ich imstande, ein Publikum in meinen Bann zu ziehen, zumindest eine Zeitlang.

»Ich bin gekommen«, begann ich, auf einer leeren Kiste stehend, nachdem sich die Männer, die doppelt oder dreimal so alt waren wie ich, um mich versammelt hatten, »um euch zu sagen, wie ihr eine Gewerkschaft gründen könnt, und um euch die Grundlagen des Sozialismus zu erklären. Ich werde euch sagen, warum eure Kinder nie genug zu essen haben, warum euch die Leute, für die ihr arbeitet, nur einen Hungerlohn zahlen, warum manche von euch ihr Leben aufs Spiel setzen müssen, damit reiche Männer, wie die Besitzer der *Newfoundland*, sich ihre Smokings leisten können ...« Ich hatte mein Lebtag noch keinen Smoking gesehen, aber die Helden in Horatio Algers Romanen, die ich buchstäblich verschlang, bekamen ihre erste große Chance immer von Männern, die Smokings trugen, und wollten später selbst welche tragen. (Ich machte mir eine eigenwillig abgewandelte Version des Algerschen Mythos zu eigen: Ich wollte nicht vom armen Schlucker zum Millionär aufsteigen, sondern von der Bedeutungslosigkeit zur Weltberühmtheit, und das beste Mittel zu diesem Zweck schien mir der Sozialismus. Auf diese Weise machte ich gerade jene Charaktere, denen ich den Anstoß zu meiner Läuterung verdankte, zu meinen erklärten Feinden.)

Ich erzählte den Männern immer, daß sie nur arbeiteten, damit die Reichen sich irgend etwas Bestimmtes leisten konnten. Wenn Alger mir kein Beispiel dafür lieferte, was als Inbegriff maßlosen Reichtums gelten konnte, fiel Fielding etwas ein. Wenn es nicht um Smokings ging, dann eben um silberne Spucknäpfe, goldene Zigarettenetuis, Cognacschwenker, Schnupftabaksdosen, Satinpantoffeln oder Perserteppiche. Ein Sturm der Entrüstung brach los, als ich einmal vor einer Gruppe von Schauermännern über jemanden sprach, der »sich in seinem Haus sogar einen Kelim hält«. Was ein Kelim war, wußten meine Zuhörer offenbar genauso wenig wie ich.

Eines Tages prangerte ich auf Fieldings Drängen hin jene Leute an, die »ihre Zeit mit dem Erwerb von Tand und Zinnober vergeuden«. Darauf folgte allerdings überhaupt keine Reaktion. »Es war eine gute Rede«, bemerkte Fielding später. »Tand und Zinnober werden nach der Revolution bestimmt als erstes abgeschafft.«

Als Fielding eines Tages wieder am Hafen unterwegs war und für eine meiner Reden warb, rief ein Mann von der Reling eines Schiffes zu ihr herunter: »Na, was machst du denn hier, Süße?« Er war ein stämmiger Kerl mit schütterem rotem Haar, und sein Bauch ragte zwischen den Geländerstangen hervor, als hätte er unter seinem Hemd einen dicken Felsbrocken versteckt. »Bist 'ne Verfechterin des Alkoholverbots, was?«

»Nein, des Denkgebots«, entgegnete Fielding.

»Hä?« Er zog die Augenbrauen hoch.

»Ich bin gekommen, um Sie von den Fesseln der Unwissenheit zu befreien«, erklärte Fielding, »die bei Ihnen anscheinend ganz besonders eng angezogen sind.«

»Bei mir wird was ganz anderes eng«, erwiderte er und faßte sich an den Schritt, woraufhin die anderen Männer an der Reling in Gelächter ausbrachen. Fielding schaute rasch weg, damit sie nicht sahen, daß sie grinste, was mich wiederum entsetzte. Ich lief über das Dock zu ihr hin.

»Das ist ja ein Mordsstock, den du hast«, hörte ich den Mann sagen. »Mit 'nem dicken Knubbel dran. Du magst wohl dicke Knubbel, was?«

»Es ist bestimmt schlimm für Ihre Frau, daß Sie nicht bei ihr sein können«, gab Fielding zurück. »Aber sie findet bestimmt eine gütige Seele, die die Leere füllt, die Sie hinterlassen.« Nun hatte sie die Lacher auf ihrer Seite.

»Jetzt reicht's!« rief ich und drohte dem Rothaarigen mit der Faust. Lachend warf er den Kopf in den Nacken.

»Ist das etwa dein Freund?« sagte der Mann. »So erklärt sich also der Stock ...«

»Ich werde dir gleich was ganz anderes erklären!« rief ich. Fielding legte ihre Hand auf meine Schulter und drehte mich vom Schiff weg.

»Gott sei Dank, daß du gekommen bist, Smallwood«, sagte sie. »Ich glaube, der Kerl wäre sonst noch frech geworden. Ich weiß nicht, was ich ohne dich getan hätte.«

»Sehr witzig«, knurrte ich und reckte noch einmal drohend die Faust in Richtung Schiff. »Komm runter und hol dir deine Erklärung ab!«

»Nichts für ungut«, meinte sie und zog mich beseite, »aber ich glaube, er hat schlagkräftigere Argumente als du. Laß uns einfach von hier verschwinden. Was kümmert es uns, wenn er sich einbildet, er hätte uns eingeschüchtert?«

Ich war zwanzig, als ich Fielding mitteilte, daß ich nach New York gehen würde. Mein Einsatz für den Sozialismus hatte zu nichts geführt. Als ich aber John Reeds *Zehn Tage, die die Welt erschütterten* gelesen und erfahren hatte, daß er einmal für den *Call* gearbeitet hatte, die berühmteste sozialistische Zeitung der Neuen Welt, die in New York verlegt wurde, zog es mich unweigerlich dorthin.

»Es würde mir viel bedeuten, wenn du mitkommen würdest«, sagte ich zu Fielding. Noch nie hatte ich etwas zu ihr gesagt, was einer Liebeserklärung näher kam.
»Nach New York?« fragte sie.
»Ja. Nach New York.«
»Ich weiß nicht ... ich weiß nicht, ob ich schon soweit bin«, sagte Fielding.
»Du meinst, weil deine Mutter in New York wohnt?« mutmaßte ich. Beinahe unmerklich schüttelte sie den Kopf.
»Dann gibt es nur einen Weg, um das herauszufinden«, sagte ich. Daß sie daraufhin aber so betrübt dreinschauen würde, erschien mir doch etwas übertrieben, selbst wenn sie mein Angebot ausschlagen wollte.
»Sorgst du dich um deinen Vater, weil du ihn allein lassen müßtest?« fragte ich.
»Mein Vater war sein Leben lang allein«, erwiderte sie.
»Jetzt sag mir nur nicht, daß du so an deiner Arbeit hängst. Wir verdienen doch praktisch nichts dabei. Deshalb schreiben die Zeitungen ja ständig neue Stellen aus. Weil sie keiner haben will.«
Fielding nickte geistesabwesend. »Dein Entschluß steht also fest?« fragte sie. »Du hast mir gar nicht gesagt, daß du dich mit diesem Gedanken trägst.« Ich zuckte mit den Achseln. Aha, dachte ich mir und fühlte mich geschmeichelt. Sie war traurig, daß ich fortging. Ich empfand ein leichtes, nicht unangenehmes Pochen im Hals, und zu meiner eigenen Überraschung merkte ich, daß ich sie wirklich gern hatte. In ihren Augen lag jener flüchtige Blick von Zärtlichkeit und Sehnsucht, der mir schon damals aufgefallen war, als wir uns am Bishop Feild kennengelernt hatten. Es schien, als wäre sie einen Moment lang der Wirklichkeit entrückt und sähe alles aus einer anderen Perspektive, würde sich gleich darauf aber an nichts mehr erinnern können. Ich fragte mich, wie ich ihr in diesen kurzen Augenblicken erscheinen mochte und ob das, was ich für sie empfand, dieses seltsame Gefühl, vielleicht Liebe war.
Sie blinzelte mehrmals, und einige peinliche Sekunden lang glaubte ich, sie würde in Tränen ausbrechen. Nun wirkte sie verängstigt, wie einst am Feild, als ich die Anspielung auf ihre getrennt lebenden Eltern

gemacht hatte und als Prowse gezwungenermaßen hatte beweisen müssen, daß er sich nicht scheute, sie zu verprügeln.
»Wann reist du ab?« fragte sie schließlich.
»In zwei Wochen«, antwortete ich, zu diesem Termin hatte ich beim *Telegram* gekündigt.
Sie schüttelte den Kopf. »Ich kann nicht … weißt du, ich schaffe es nicht bis dahin«, sagte sie. »Vielleicht später mal, ich weiß es nicht. Ich brauche Gewißheit, ehe ich …«
»Brauchst du hier bei irgend etwas meine Hilfe?« fragte ich. »Ich könnte noch bleiben …«
»Nein, nein«, entgegnete Fielding. »Das ist nicht nötig, wirklich nicht. Ich brauche nur Klarheit in meinem Kopf, verstehst du? Geistige Klarheit. Ich muß eine Weile darüber nachdenken.«
»Na gut«, meinte ich. »Aber ich wette darauf, daß du dich rechtzeitig entscheiden und mich begleiten wirst.«
Sie streckte mir ihre Hand entgegen, in einer verlegenen, förmlichen Geste. Mit einer gewissen Genugtuung stellte ich fest, daß sie Tränen in den Augen hatte.
»Ich denke, wir werden uns vor deiner Abreise nicht mehr sehen.«
Ich lachte gezwungen. »Ich fahre doch erst in zwei Wochen.«
»Ja, ich weiß«, erwiderte sie. »Aber bis es soweit ist, wirst du von nichts anderem mehr sprechen als von New York, du wirst versuchen, mich zu überreden, und ich möchte mich nicht unter Druck setzen lassen.«
»Tja …« Ich brachte noch einmal ein gekünsteltes Lachen zustande. »Wenn du es so siehst. Wir sehen uns dann in New York.«
»Möchtest du wirklich, daß ich mitkomme?« fragte sie. Ich nickte. »Was sind wir beide, Smallwood? Du und ich, was sind wir?«
»Was meinst du damit?« fragte ich zurück, obwohl ich es wußte.
»Schon gut«, winkte sie ab.
Ich wollte ihr noch sagen, daß ich ihr schreiben würde, sobald ich in New York angekommen war, doch sie hatte sich schon abgewandt. Dumpf klackte ihr Stock auf dem Schotter, als sie mit schnellen Schritten davonging.

FIELDINGS KURZER ABRISS DER GESCHICHTE NEUFUNDLANDS

6. Kapitel
Des Siedlers Gram

Hier präsentieren wir einen weiteren Auszug aus der autorisierten Ausgabe von *Quodlibets*, genannt »Des Siedlers Gram«. Ein Siedler, nunmehr Bewohner der abtrünnigen Kolonie Bristol's Hope, rechnet ab mit seinem früheren Herrn und dessen Kolonie Cuper's Cove, dem heutigen Cupids:

John Guy, du locktest mich hierher, du Wicht.
Doch kommst du jemals mir vors Angesicht,
dein Cuper's Cove, ich hau's dir um die Ohren
und lass' dich dann auf meinem Herd verschmoren.
Vernimm, warum nach Bristol's Hope ich zog,
danach ersäuf' ich dich im Wassertrog,
und bis dein garst'ger Leib hört auf zu zucken,
schlag' ich noch drauf und werde auf dich spucken.
Im schönen Wales werd' niemals mehr ich weilen,
mein einz'ger Trost sind diese grimmen Zeilen.
So leb' ich in Neufundland, werd' hier sterben,
nur wegen dir, John Guy, du mein Verderben.

ALTES VERLORENES LAND

Fieldings Tagebuch, 9. September 1920

Lieber Smallwood,
»da hat der Mann gewohnt, der die ›Ode an Neufundland‹ geschrieben hat«, sagte mein Vater immer, wenn wir am Government House vorbeikamen. Das Gelände des Government House, in dem seit 1824 alle Gouverneure Neufundlands residieren, grenzt rückseitig an die Circular Road, deshalb kann ich es von meinem Schlafzimmerfenster aus sehen. Die meiste Zeit des Jahres setzt niemand einen Fuß hinein, außer den Gärtnern, und im Winter liegt es völlig verlassen da. Es ist ein seltsamer Anblick, dieses ausgedehnte, baumlose, steppenähnliche Areal inmitten der Stadt; nicht einmal die Spur eines Hundes ist im Schnee zu sehen.
Als Kind fragte ich meinen Vater oft: »Wie groß ist Neufundland?« Und er versuchte es mir anhand der Karte an der Wand seines Arbeitszimmers zu verdeutlichen, versuchte mir einen Eindruck davon zu vermitteln, wie unendlich viel mehr Neufundland umfaßte, als ich bisher bei unseren Ausfahrten mit der Pferdedroschke entlang der Bucht gesehen hatte. »Wir sind hier«, erklärte mein Vater und zeigte auf den winzigen Kreis mit dem Stern, der für St. John's stand. »Und bei unserer Spazierfahrt letzten Sonntag sind wir so weit gekommen.« Er beschrieb mit dem Finger einen Kreis von etwa einem Zoll Durchmesser. Dann strich er mit der Hand langsam über den Rest der Landkarte, und das Papier knisterte verheißungsvoll unter seinen Fingern. »Neufundland ist viel, viel größer«, sagte er und machte wieder diese Bewegung mit der Hand. »Das alles ist Neufundland, aber nicht alles ist wie St. John's. Fast das ganze Land ist leer. Niemand lebt dort. Niemand hat jemals mehr als

nur einen Bruchteil davon gesehen.« Das war mir unvorstellbar. Daß das Gelände des Government House sich endlos fortsetzte, war das einzige, was ich mir vorstellen konnte. Eines Tages werde ich es mir noch selbst ansehen müssen.

Geschrieben hat die Ode Sir Cavendish Boyle, 1901–1904 Gouverneur von Neufundland. Als Kind dachte ich, sein Vorname sei Surcavendish. Dieser Name beschwor das Bild eines Mannes herauf, der allein lebte, eines Mannes, dem es gleich mir beschieden war, von seinem Schlafzimmerfenster auf das Gelände hinauszusehen, eines grüblerischen Menschen, der die Schwermut genoß wie ich und in dessen riesigem Haus stets nur ein Licht brannte. Ich konnte mir nicht vorstellen, daß er jemals etwas anderes tat, konnte mir kein anderes Leben für ihn vorstellen, als daß er an jenem Fenster saß und hinaussah, über Neufundland sinnierte und immerfort an seiner Ode schrieb.

Abends stand ich oft am Fenster, drückte mir die Nase an der Scheibe platt und rezitierte meinen Lieblingsvers. »Du breitest aus dein schimmernd' Weiß, gehorchst des Winters strenger Hand, läßt Sternlicht glitzern auf dem Eis, wir lieben dich, du kaltes Land. Wir lieben dich, wir lieben dich, wir lieben dich, du kaltes Land.« Es war, als wären diese Zeilen nicht für alle Neufundländer geschrieben worden, sondern eigens für meinen Vater und mich, als wäre es die Hymne der Familie Fielding, als gehörte es uns, dieses windgepeitschte kalte Land.

Obwohl diese Verse hymnisch klingen, spricht eine unbestimmte Traurigkeit aus ihnen, Schicksalergebenheit und ein Bedauern, als blickte Boyle aus einer Zeit auf Neufundland zurück, in der es bereits nicht mehr existierte. Es ist die Art von Lied, wie man es über einen Ort schreibt, den man gerade mit dem Schiff verläßt und langsam in der Ferne verschwinden sieht, einen Ort, den man niemals wiederzusehen glaubt. Boyle war nur einige wenige Jahre Gouverneur von Neufundland, er muß diese Verse also in dem Bewußtsein geschrieben haben, daß er bald fortgehen würde.

Wieder ist es Herbst, Smallwood, Herbst, und morgen fährst du fort. Und ich? Werde auch ich bald wieder an Bord eines Schiffes gehen? Ich fühle mich, als wäre ich auf dem Meer. Nova Scotia. Neuschottland. Neuengland. New York. Wieder New York. Wo die Häuser so hoch aufragen, daß kein Sonnenstrahl in die Straßen fällt. Die alte Neue Welt. Wo meine Mutter und mein Stiefvater leben, was du wußtest, als du mich eingeladen hast mitzufahren. Vielleicht erwartest du gar nicht, daß ich deine Einladung annehme. Was wirst du denken oder tun, wenn ich tatsächlich auftauche? Manchmal habe ich das Gefühl, daß ich Eigenschaften in dir beschwöre, die du gar nicht hast, daß du, der Mann, den ich liebe, nur eine Erfindung von mir bist. Es kommt mir vor, als lägen Generationen zwischen uns, obwohl du doch nur ein Jahr jünger bist als ich. In deiner eigenen Welt fühlst du dich nicht wohl und in anderen Welten unerwünscht. Hier wie da nicht ernst genommen. Dennoch wirst du nicht aufhören, Einlaß zu verlangen, oder nach einer Tür suchen, die man vergessen hat zuzuschließen. Du bist bereit, alles aufs Spiel zu setzen oder aufzugeben, um zu bekommen, was du willst. Mich auch? Wie hat es mich geärgert, daß du, ausgerechnet du, mich seinerzeit im Feild vor allen Städtern bloßgestellt hast, und gerade vor Prowse. Zwischen uns ist immer diese seltsame Verlegenheit wegen dessen, was damals passiert ist. Was du meinst, daß passiert ist. An jenem Tag im Werkraum. Wir sprechen nie darüber, vielleicht meinetwegen, vielleicht deinetwegen. Ich bin nicht sicher, ob du mir verziehen hast, ob du meinst, daß wir quitt sind, nachdem ich von der Schule geflogen bin und dir die Stelle bei der Zeitung verschafft habe. Als die anderen gingen, bist du geblieben und hast zum ersten Mal, seit wir uns kennen, meinen Namen ausgesprochen. »Fielding.« So zärtlich wie seitdem nie mehr. Ich hätte dich reden lassen sollen, anstatt dich zu bitten, daß du gehst. Was immer du hattest sagen wollen, bleibt ungesagt. Manchmal frage ich mich, ob ich dir nicht alles erzählen soll. Ein Spiel mit dem Feuer. Ich glaube nicht, daß ich zu irgendeinem Menschen so viel Vertrauen habe.

Meine Abreise war für den nächsten Tag festgesetzt. Ich ging zum Signal Hill hinauf, von dem aus man die ganze Stadt überblicken konnte, schaute aber nicht auf St. John's, sondern auf das Meer, das gegen die Felsen am Fuß der roten Sandsteinklippen brandete. Unreife rotgelbe

Rebhuhnbeeren bedeckten den Hügel. Sie brauchten fast keine Erde, wuchsen auf einer dünnen Grasschicht, die wie ein abgetretener Teppich über die Felsen gebreitet war. Überall waren Reste von Geschützen, verfallenen Festungsanlagen und vergessenen Unterständen zu sehen. Weiter unten stand die ausgebrannte Ruine eines Hospitals für Cholerakranke, das so schwer zugänglich war, daß es nie benutzt wurde, außer für ein paar Pockenkranke, die man dort unterbrachte. Und sie sahen immer nur die Felsenhöhle um sich herum und das offene Meer, niemals St. John's.

Zum ersten Mal kam mir der Gedanke, daß ich vielleicht nicht mehr zurückkehren würde.

Es war das Meer, das mich auf solche Gedanken brachte. Meine faktische Nicht-Existenz im Vergleich zur Ewigkeit des Meeres. Nie fühlte ich mich so verloren, so verlassen wie an diesem Ort, wenn ich auf die sich ständig wandelnde, weglose Weite des Meeres hinaussah. Es zeigt zwar den Verlauf der Zeit an, scheint aber weder Anfang noch Ende zu kennen, nur planlose, ziellose Unendlichkeit.

Der Gedanke, auf einer Insel zu leben, hatte mir nie behagt. Ich stellte mir Neufundland lieber inmitten eines ansonsten menschenleeren Kontinents und ganz von Land umschlossen vor, denn obwohl ich als Inselbewohner das Festland verachtete, fühlte ich mich dem Meer nicht gewachsen. Als Kind hatte ich den geradezu krankhaften Drang, immer wieder eine gekürzte Fassung von Melvilles *Moby Dick* zu lesen, ein Buch, das mir Alpträume bereitete, und trotzdem nahm ich es immer wieder in die Hand. Ishmaels Vorstellung, daß das Meer irgendwie die Melancholie zu vertreiben vermag, konnte ich beim besten Willen nicht nachvollziehen, denn wenn in meiner Seele trüber grauer November herrschte, war das Meer das letzte, was ich sehen wollte. Nicht nur der Gedanke, darin zu ertrinken, machte mir angst, sondern allein schon der Anblick dieser riesigen, unendlichen, lebensfeindlichen Wasserfläche. Das Meer erinnerte mich an Gott, nicht an den biblischen Gott von Miss Garrigus, an dessen Androhungen ewiger Verdammnis ich nicht glaubte, sondern an Melvilles Gott – rätselhaft, gesichtslos, gleichgültig –, ebenso unvorstellbar wie die Unendlichkeit von Zeit oder Raum, die mich als ein Nichts erscheinen ließ. Beim Anblick eines kleinen Fischerboots, das auf die See hinausfuhr wie eine Seele auf dem Weg in die Ewigkeit, wurde ich buchstäblich seekrank.

Andererseits war ich ein Inselbewohner. Ich dachte an die Zeit, als mein Vater in Boston gearbeitet hatte, denn dort entdeckte er, wie kurz die Leine war, an der er ging, auch wenn er sie bis dahin nicht einmal wahrgenommen hatte. Ich fragte mich, ob mich die schier unfaßbare, unermeßliche Größe der Welt genau wie ihn so sehr verwirren würde, daß ich nach Hause zurückkehren müßte. Wie konnte man denn mit Sicherheit sagen, wo man war, wo die Heimat aufhörte und die Fremde begann, wenn die Erde, auf der man stand, sich doch weiterhin – so mußte es ihm jedenfalls vorgekommen sein – in alle Richtungen erstreckte? Ein Inselbewohner brauchte natürliche Grenzen, Zwischenräume und Trennlinien, nicht nur die künstlichen auf einer Landkarte. Zwischen uns und ihnen, zwischen hier und dort, mußte eine Kluft sein.

Ich ging den Signal Hill in Richtung Meer hinunter, folgte dem steilen, gewundenen Pfad, der zu den Narrows führte. Als ich zum Puddingstein kam, dem von Wind und Wasser verwitterten Felsblock, der den Hochwasserpegel markierte, sah ich den Stiefel, den alten hölzernen Stiefel an der Eisenstange, die man in der Klippe verankert hatte, den Stiefel mit dem Namen Smallwood. Ein unheimliches Leuchten ging von ihm aus, als er im Wind leicht hin und her schwankte. Es sah aus, als wäre der Stiefel eine Flagge und Smallwood der Name eines seit langem regierenden Monarchen oder einer Familie, die diesen Ort schon vor zweihundert Jahren für sich beansprucht hatte. Die Republik Smallwood. »Mein Gott, Smallwood«, hatte Reeves gesagt. »Haben deine Eltern etwa vor, ihren eigenen Staat zu gründen?«

Aber der Stiefel würde nicht das letzte sein, was ich bei meiner Abreise zu sehen bekam, denn ich hatte vor, zum ersten Mal in meinem Leben mit dem Zug quer durch Neufundland zu fahren und mich in Port aux Basques einzuschiffen. Der Gedanke, daß der Zug mich immer weiter vom Meer weg ins Landesinnere tragen würde, gefiel mir. Ich hatte keine Vorstellung davon, wie Neufundland jenseits eines Vierzig-Meilen-Radius um St. John's herum aussah.

Und als hätte mich mein Vater mit seiner irrationalen Angst vor dem

Stiefel des Alten angesteckt, träumte ich in der Nacht vor meiner Abreise von ihm. Ich segelte durch die Narrows, allein auf irgendeinem Boot, und da war plötzlich der Stiefel, mit meinem Namen auf beiden Seiten, und leuchtete in der Dunkelheit. Als ich daran vorbei war, drehte ich mich noch einmal nach dem Stiefel um, und erst als ich ihn kaum noch erkennen konnte, bemerkte ich, daß ich die Narrows bereits passiert hatte und auf das offene Meer hinaustrieb. Ich stand im Boot und rief um Hilfe, aber inzwischen hatte ich die Landzunge und den Stiefel schon hinter mir gelassen, waren mein Name und die Lichter des Hafens verschwunden. In der Dunkelheit konnte ich die Küste nicht mehr ausmachen. Es war windstill, der Geruch des Meeres nicht wahrnehmbar. Ich konnte das Boot unter mir nicht spüren und hörte nicht das geringste Geräusch. Als ich mich umdrehte – in Richtung Meer, wie ich glaubte –, war da nichts als pechschwarze Finsternis. Ich wollte die Arme um mich schlingen, um mich meiner Existenz zu versichern, aber es schien, als wäre sogar mein Körper verschwunden. Wieder versuchte ich um Hilfe zu rufen, brachte aber keinen Ton heraus. Schließlich erwachte ich aus dieser empfindungslosen Dunkelheit in der Dunkelheit meines Zimmers, betastete meine Arme, meine Beine und mein Gesicht und sagte laut meinen Namen.

Ich dachte an Fielding, von der ich seit dem Tag, als sie sich so seltsam verhalten hatte, nichts mehr gehört hatte. Ich fragte mich, ob sie mich in den letzten zwei Wochen wohl deshalb nicht hatte sehen wollen, weil sie wußte, daß sie nicht mit nach New York kommen würde. Vielleicht hatte mein Traum ja mehr mit ihr als mit meiner bevorstehenden Abreise zu tun.

Als ich in meinem dunklen Pensionszimmer so dalag, malte ich mir aus, wie ich sie küßte und auszog. Ich konnte mir nicht vorstellen, wie sie aussah, wußte nur, daß sie nackt war und ich nicht. Mich selbst jemandem unbekleidet zu zeigen schien mir undenkbar. Ich spürte die Knöpfe meiner langen Unterhosen. Körperliche Auswirkungen hatten meine Phantasien nicht. Bis zu diesem Zeitpunkt hatte sich mein Sexualleben auf das Betrachten frivoler Postkarten beschränkt. Irgendeine Frau, auf einem Diwan hingegossen, die Beine übereinandergeschlagen, eine Federboa um sich geschlungen – da bekam ich eine steinharte Erektion

und erging mich eine halbe Stunde in fiebriger Selbstbetätigung. Doch bei Fielding empfand ich nichts.
Mit elf Jahren war ich im Wald hinter dem Brow einmal auf einen Mann und eine Frau gestoßen. An einem Platz, den wir »bei den Fichten« nannten, wo wenig Licht durch die Bäume drang und ein dicker Moosteppich den Waldboden bedeckte. Es war ein Sonntagnachmittag im Sommer gewesen, bewölkt, aber warm und schwül. Von den Bäumen über dem Paar hing Hexenzwirn herab, überall wanden sich seine Ranken. Die Frau lag seitlich auf einer Decke, unbekleidet, den Rücken mir zugekehrt. Alles, woran ich mich später erinnern konnte, woran ich mich heute noch erinnere, war ihr nackter breiter Hintern, obwohl ich sie so lange beobachtete, bis ich noch viel mehr zu sehen bekam. Von ihm sah ich nicht mehr als seine Hände, die ihren Körper streichelten, aber ich konnte seine Stimme hören und ihr kokettes Lachen, sobald er aufhörte zu reden. Ich beobachtete die beiden eine geraume Weile, beschämend lange, unfähig, der Versuchung zu widerstehen, zusammengekauert, damit sie mich nicht sahen, beobachtete und – mehr noch – belauschte sie, denn ich kannte solche Dinge zwar von Erzählungen und Bildern her, aber noch niemals hatte ich solche Laute gehört. Die seltsamen Bewegungen, die sie machten; das sich ständig steigernde Stöhnen der Frau, als der Mann sich auf sie gelegt hatte und sie so tief im Moos versank, daß sie fast nicht mehr zu sehen war. Ich spürte, daß sich hier etwas Geheimnisvolles, etwas Beängstigendes Bahn brach. Es erschreckte mich, und als ich sie so hörte, konnte ich nicht glauben, daß sie wußten, was sie da taten, daß es für sie nicht so neu war wie für mich. So aufgeregt, so hilflos, wie sie klangen, schien es mir undenkbar, daß sie nicht nur eine zufällige Entdeckung gemacht und etwas in Gang gesetzt hatten, das sie nicht mehr aufhalten konnten und das womöglich ihr Ende bedeutete. Einmal hatte ich einen Jungen in der Schule sagen hören, daß seine Eltern »es« jede Nacht machten, aber ich war mir sicher, daß er nicht so etwas wie das hier meinte.
Ich sah zu, bis sie fertig waren, sich anzogen und gingen. Soweit ich mich erinnere, fühlte ich mich gleichzeitig angezogen und abgestoßen, und für beides schämte ich mich. Und ich fragte mich, was meine

widersprüchlichen Gefühle bedeuten mochten, ob vielleicht etwas nicht stimmte mit mir.
Ich wußte, daß auch meine Mutter und mein Vater diesen Akt vollzogen haben mußten. Mein Vater hatte einmal gesagt, er brauche nur seine Unterhose auf ihr Bett zu werfen und schon sei meine Mutter schwanger. Aber daß sie niemals *das* gemacht hatten, daß es zwischen ihnen nie *so* gewesen war, das stand für mich fest.
Ein- oder zweimal war ich mitten in der Nacht von dem verdächtigen, kurzen Quietschen der Sprungfedern ihres Bettes geweckt worden. Und einmal, als ich vom Abort im Hof zurückkam, hörte ich, da das Bett dieses Mal kaum quietschte, wie meine Mutter mit zusammengepreßten Zähnen Luft einzog, als würde mein Vater sie mit Nadeln stechen. Wie versteinert blieb ich vor ihrer Tür stehen und lauschte. Mit einem Ächzen kam mein Vater zum Ende, und unmittelbar darauf sagte meine Mutter, als hätte sie Angst, er könnte auf ihr einschlafen: »Runter mit dir, Smallwood.« Das Bett quietschte kurz, als mein Vater ihrer Aufforderung nachkam, und bald danach drang ein Schnarchen durch die Tür, das sicherlich nicht von meiner Mutter kam. Ich hörte sie in klagendem, fast selbstironischem Ton etwas murmeln, danach wurde es still.
Dieses Geräusch, das meine Mutter machte – es ging mir nicht mehr aus dem Kopf. Ich konnte keine Frau mehr sehen, ohne es zu hören oder mir meine Mutter im Dunkel der Nacht vorzustellen, wie sie Luft durch die Zähne sog. Dieses Geräusch meiner Mutter und die Schreie der Frau, deren Körper vom Gewicht des Mannes tief in das Moos gedrückt wurde, bis ich nur noch ihn sah, der sie quasi auslöschte, so daß nicht mehr von ihr übrigblieb als Laute und Schreie, als würde sie ein Kind gebären oder ermordet werden.
Ich hörte auf, an meiner Unterhose zu reiben, und überlegte dann, ob ich mir eine Postkarte aus meiner Sammlung in der Kommodenschublade holen sollte. Die Frau im Wald. Aber so konnte es für mich nicht sein. Irgendwie wußte ich es. Irgendein »Über-Mir« beobachtete mich ständig, ich konnte es keine Sekunde vergessen. Vielleicht konnte es für keinen Mann so sein. Ich wußte es nicht und hatte auch nicht die Absicht, irgend jemanden danach zu fragen. Was ich bisher in Büchern gelesen hatte, half mir nicht weiter. Einerseits beneidete ich sie, die Frau

im Moos, und wünschte mir, ich wäre ebenfalls zu solcher Hingabe fähig. Aber dann sagte ich mir, daß es doch nur ein Trick der Natur war, um mich zu ködern, ein tierischer Instinkt, dem ich nicht nachgeben durfte, sonst würde ich ins Verderben rennen. Ich konnte gut verstehen, warum mein Vater einen solchen Widerwillen gegen das häusliche Leben, die Enge und das Eingesperrtsein hatte. Der Gedanke an Nächte ehelicher Pflichterfüllung in einem stinkigen Bett, während die Produkte anderer ebensolcher Nächte im Nebenzimmer oder an der Tür lauschten, erschien mir so abstoßend, daß ich mir schwor, niemals zu heiraten. Die Ehe meiner Eltern war ja die einzige, die ich sozusagen in- und auswendig kannte. Ihre Ehe war für mich der Inbegriff der Ehe. Ein solches Leben würde bedeuten, auf alle Träume verzichten zu müssen, sich ewig abzuplagen und in der Sorge um eine Horde Kinder aufzureiben. Ein Alptraum. Ich würde niemals aus der Armut herauskommen, wenn ich heiratete, geschweige denn mehr als den bescheidenen Erfolg erreichen, den Leute wie Reeves für die Besten meines Schlages als angemessen betrachteten.

Wenn ich im Gefängnis der Ehe saß, würde es mich vielleicht ebenso wie meinen Vater in den Wahnsinn treiben, daß die sogenannte »feine Gesellschaft« ganz selbstverständlich und quasi per Geburt Überlegenheit, Privilegien und höhere Ämter für sich beanspruchen konnte. Aber im Gegensatz zu meinem Vater, sagte ich mir, lehnte ich mich gegen diese »besseren« Leute auf, nicht nur in meinem eigenen, sondern auch im Interesse anderer Menschen. Ich sah keinen Widerspruch darin, daß ich Größe durch Selbstlosigkeit erreichen wollte. Wie sonst, wenn nicht durch Selbstlosigkeit, konnte man ein tugendhafter und gleichzeitig ein bedeutender Mensch sein?

Ehe ich mich entschließen konnte, ob ich mir die Postkarte nun holen sollte oder nicht, war ich schon wieder eingeschlafen.

Außer meinen wenigen Kleidungsstücken nahm ich nicht viel mit, nur meine Wachstuchlandkarte von Neufundland, einen Pullover mit dem Abzeichen der Fischergewerkschaft – einem Dorsch –, den ich zur Arbeit beim *Call* tragen wollte, und die *Geschichte Neufundlands* meines Vaters.

Meine Eltern und meine Geschwister begleiteten mich zum Bahnhof, um mich dort zu verabschieden, und sie machten ein großes Getue, besonders meine Mutter und die Mädchen (mein Vater und die Jungs begnügten sich mit einem mannhaften Händedruck und Schulterklopfen). Übertroffen wurden sie allerdings noch von der jüdischen Gemeinde von St. John's, über die ich zwei Monate zuvor einen lobenden Artikel im *Telegram* geschrieben hatte. Zu meiner Verblüffung waren sämtliche ihrer Mitglieder erschienen, um mir Lebewohl zu sagen, schwenkten ihre schwarzen Hüte und weinten, als wäre ich einer von ihnen, der für alle Zeit fortging.

Vermutlich ihretwegen, vielleicht aber auch wegen meiner etwas zu groß geratenen Nase hielten mich viele meiner Mitreisenden für einen Juden, und ich unternahm nichts, um diesen Irrtum aufzuklären, denn es hatte den Vorteil, daß sie sich lieber woanders hinsetzten als direkt neben mich, nicht weil sie etwas gegen Juden gehabt hätten, sondern weil ihnen eine längere Unterhaltung mit einem derart exotischen Individuum zu anstrengend erschien. Normalerweise unterhalte ich mich sehr gern, und ich wußte, wenn ich einmal anfing, dann konnte es gut sein, daß ich die ganze Strecke von St. John's bis nach Port aux Basques redete und von der Landschaft, durch die wir fuhren, überhaupt nichts mitbekam. Es sollte künftig noch oft vorkommen, daß ich eine Zugfahrt quer durch das Land auf ebendiese Weise zubrachte, achtundzwanzig Stunden am Stück wach blieb und es kaum wahrnahm, wenn ein erschöpfter Zuhörer dem nächsten Platz machte. Dieses Mal wollte ich jedoch für mich bleiben, und größtenteils gelang es mir auch.

Der Bau der Eisenbahn war eine der wenigen großen Errungenschaften Neufundlands gewesen, die nicht mit der Fischerei zusammenhingen. Sie war nicht in erster Linie gebaut worden, um die verstreuten Siedlungen an der Küste miteinander zu verbinden, sondern für den Transport von Passagieren und Fracht zwischen den Häfen im Osten und im Westen, St. John's und Port aux Basques. Dadurch konnten die Neufundländer sowohl die Schiffe erreichen, die über den Atlantik Richtung England fuhren, als auch diejenigen, die das Festland anliefen. Der Schienenweg war unabhängig vom Meer, das man während der Fahrt auch nur an wenigen Stellen sehen konnte.

Kurz nach Sonnenaufgang fuhren wir von St. John's los und hatten nach zwei Stunden das Moor von Avalon hinter uns gebracht, ein sechzig Meilen langes Stück Ödland und nackter Fels, übersät mit Findlingen aus der Eiszeit. Darauf folgte ein einsames, gleichförmiges Moorgebiet mit sanften, baumlosen Hügeln. Waldbrände hatten hier sogar den Mutterboden zerstört, so daß niemals mehr etwas wachsen würde, das höher als drei Fuß war. Es war September, aber noch hatte sich das spärliche Gras nicht braun gefärbt. Ein bedeckter Tag mit Westwind, der den Nebel vertrieb. Überall war Schönheit, wohin das Auge sah, aber es war die spröde Schönheit der kargen, monotonen, verkümmerten Natur, nichts als das, was tausend Jahre zuvor Waldboden gewesen war, eine schlichte Landschaft, deren Vegetation sich niemals von allein wieder erholen würde. Ihre Schönheit ließ sich schwer fassen, sie beschwor Erinnerungen an etwas herauf, für das man kaum Worte fand. Sie konnte einen geradezu verrückt machen, und so sehr man sie auch liebte, hatte man das tiefe Bedürfnis, anderswo zu sein, sich in irgendeiner Stadt an sie zu erinnern und sich mit dem Wissen zufriedenzugeben, daß es sie gab.

Niemand, nicht einmal Ureinwohner, hatte jemals in diesem Teil der Insel gelebt. Was es über seine Geschichte zu sagen gab, beschränkte sich auf geologische Fakten.

Auf einem baumlosen, windgepeitschten Abschnitt war der Boden an mehreren Stellen eingebrochen, so daß sich kraterähnliche Schlammlöcher gebildet hatten. Eine Gruppe ostwärts geneigter Wacholdersträucher fiel mir ins Auge, die sich alle im gleichen Winkel zur Erde krümmten, als hätte ein einziger Windstoß sie halb entwurzelt.

Als wir die schmale Landenge von Avalon überquerten, hatte ich eine Zeitlang zu beiden Seiten des Zuges Blick auf das Meer. Fünfzig Jahre später, nach der Stillegung der Eisenbahnlinie, sollten Reisende auf der Autobahn von dieser Stelle aus die Ruinen meiner Raffinerie nahe Come by Chance sehen. Selbst als sie nicht mehr in Betrieb war, wurden noch kleine Mengen Rohöl zur Raffination angeliefert, und nachts konnte man die Flamme aus dem höchsten Schlot noch in vierzig Meilen Entfernung sehen.

Danach erreichten wir das Moor von Bonavista, und ich dachte bei mir, daß Neufundland im Grunde nicht mehr sei als eine Aufeinanderfolge von Mooren mit Gruppen windgebeugter Fichten dazwischen. Wir hielten in Gambo, meinem Geburtsort. Eigentlich sah ich die Stadt jetzt zum ersten Mal, denn als meine Eltern fortzogen, war ich zu klein gewesen, um mich noch an etwas zu erinnern. Auf den 253 Meilen zwischen Port Blandford an der Ostküste und Humbermouth an der Westküste verlief die Eisenbahn nur in Gambo direkt am Ufer, aber es war trotzdem kein Fischerdorf, denn die Kabeljauschwärme kamen nicht bis zur Bonavista Bay herauf. Es war ein Holzfällerstädtchen, ein Umschlagplatz an der Küste. Hier löschten Schiffe ihre Fracht, die dann auf die Eisenbahn umgeladen und zu den Städten im Landesinneren transportiert wurde, deren einzige Verbindung zu anderen Orten auf der Insel eine der primitivsten Eisenbahnen der Welt war, eine Schmalspurbahn mit so schmalen Schienen, daß die Waggons hin und her schwankten wie ein Schlitten auf dem Eis.

Gambo war ein ziemlich reizloser Ort, nicht mehr als eine Ansammlung schlichter, in bunten Farben gestrichener, einstöckiger Häuser, Blockhütten und unglaublich primitiver Baracken aus Dachpappe, vor denen sich Müll und Gerümpel eines ganzen Lebens aufhäufte: Flaschen, Holzkisten, alte Kleider, morsche Fässer. Beschämt dankte ich Gott dafür, daß wir diesen Ort verlassen und unser Holzgeschäft aufgegeben hatten und nach St. John's gezogen waren. Ich sah das Haus, in dem ich zur Welt kam – meine Mutter hatte mir beschrieben, wo es stand und wie es aussah. Das schlichte, weißgetünchte, an den Kanten blau abgesetzte Haus mit seinen zwei Stockwerken zählte, wie ich gern zugebe, zu den besseren Häusern im Umkreis, und ich konnte mir gut vorstellen, wie ich an Sonntagnachmittagen am Giebelfenster unterm Dach gestanden und auf das Meer hinausgeschaut hatte. Vor meiner Reise hatte ich mir gedacht, daß ich, wenn wir in Gambo haltmachten, meinen Mitreisenden stolz verkünden würde, daß dies mein Geburtsort sei. Aber als ich es gesehen hatte, behielt ich dieses Wissen lieber für mich, drehte mich zur Seite und starrte mit hochrotem Gesicht aus dem Fenster. Ich wollte nicht an den Smallwood denken, der ich hätte werden können, der da draußen gestanden und gebannt, voller Staunen und Sehnsucht auf den Zug geblickt hätte.

Vom Zug aus konnte ich alte Männer, die vermutlich nie weiter als fünfzig Meilen von daheim weggekommen waren, an den Fenstern sitzen und hinausstarren sehen. Obwohl ich ihren Anblick bedrückend und den Gedanken entsetzlich fand, eines Tages womöglich selbst so zu enden, konnte ich mich aus irgendeinem Grund doch gut hinter einem dieser Fenster vorstellen – ungebildet, ohne jeden Ehrgeiz, nichts von der Welt gesehen. Wie ich auf die Wellen hinausblicke, die sich an den Felsen brechen und dabei ein Muster aus Schaumkronen bilden, das ich so oft gesehen hatte, daß es in mein Gedächtnis eingebrannt war. Irgendwie beneidete ich diese alten Männer um ihre scheinbare Zufriedenheit und ihr geruhsames Leben. Sie mochten zwar viele Probleme gehabt haben, aber Unentschlossenheit und innere Zerrissenheit zählten bestimmt nicht dazu.

Erst am Nachmittag, als wir über den Exploits River und ins Landesinnere hineinfuhren, machte mich die plötzlich völlig veränderte Landschaft wieder munter, und ich begann mich besser zu fühlen. Wir fuhren durch einen Wald hoher, unbelaubter Birken mit leuchtend weißen Stämmen, Bäume hoch wie Schiffsmasten in so unendlicher Zahl, daß ich bald nicht mehr hinaussehen mochte.

Ich holte meine Landkarte heraus, um festzustellen, wo genau wir uns befanden. Mehr denn je wurde mir bewußt, daß praktisch die ganze Bevölkerung an der Küste lebte, als wäre sie allzeit zur Flucht bereit. Die Küste war nicht mehr als ein Ort, von dem aus man zum Fischen fuhr, wo man sein Boot festmachte und sich zwischen den auf See verbrachten Tagen schlafen legte. Vom Hinterland mit seinen vielen Möglichkeiten, das hinter ihren Häusern begann, jenseits des letzten Hügels, den sie von dort aus sehen konnten, wußten die meisten Neufundländer so gut wie nichts. Genau wie ich, der ich nichts über das Meer wußte und mich davor fürchtete, obwohl ich der Meinung war, daß mein Unwissen und meine Angst eher gerechtfertigt waren als ihre. Ich hatte von erwachsenen Männern gehört, die vor lauter Angst, daß Feen sie nach Einbruch der Dunkelheit aufhalten und in die Irre leiten könnten, vom Forellenfangen oder Beerenpflücken eilends nach Hause liefen, sobald die Sonne unterging. Meine Mutter hatte mir oft Geschichten von Leuten aus Gambo erzählt, die Feen nachgelaufen und erst nach Wochen gefunden worden waren – am Ende einer Fährte aus Kleidungsstücken, derer sie sich in ihrem Wahn entledigt hatten. Die tanzenden Feen hatten die Männer immer weiter gelockt, bis sie vor Erschöpfung zusammengebrochen waren. Davon war meine Mutter felsenfest überzeugt, und man konnte noch so sehr an ihren gesunden Menschenverstand appellieren oder darüber spotten, sie ließ sich nicht von ihrer Meinung abbringen. Dennoch wagten sich dieselben für Feenzauber so empfänglichen Männer nachts im schlimmsten Sturm auf das Meer hinaus, um einen in Seenot geratenen Nachbarn zu retten. Da war dieses ganze Land, und sie beanspruchten keinen Fußbreit davon für sich, sondern setzten lieber tagtäglich ihr Leben aufs Spiel, indem sie Fische aus einem Meer zogen, das niemals ihnen gehören würde, und Robben auf dem Eis jagten, das sich nicht, wie der Erdboden, beherrschen und kultivieren ließ.

Ich sah einer Gruppe von Holzarbeitern zu, wie sie mit ihren Hakenstangen ein großes Floß aus Baumstämmen den Fluß hinuntersteuerten. Selbst sie zogen das Wasser vor und benutzten lieber den Fluß als den Zug, antworteten auf sein Pfeifen aber immerhin mit einem Winken, als wir vorbeifuhren.

Die Ureinwohner waren verschwunden. Außer den Holzarbeitern gab es heute niemanden mehr auf dem Fluß, abgesehen von einigen Sportfischern aus Städten wie New York oder Boston, die ein ortskundiger Führer begleitete, und ab einem bestimmten Punkt war selbst von diesen nichts mehr zu sehen. Einsam zog sich der Fluß dahin, dem irgendwann einmal jemand so weit gefolgt war, daß er seinen weiteren Verlauf ungefähr erraten konnte, und diese Vermutung hatte er dann auf einer Landkarte verewigt. Aber den genauen Flußverlauf kannte niemand. Man wußte, wo er entsprang und wo er ins Meer mündete. Was zwischen diesen beiden Punkten geschah, konnte kein heute noch lebender Mensch sagen.

Wir erreichten die Stadt Badger, wo die Bahntrasse das einzige Mal über eine längere Strecke von der späteren Autobahnroute abwich, und fuhren von dort weiter Richtung Westen. Dieser Abschnitt hatte den Erbauern der Eisenbahn sicher die meisten Schwierigkeiten bereitet, denn die Gegend war so bergig, daß die Ingenieure gar keine andere Wahl gehabt hatten, als die Schienen mittendurch zu führen. Die steilen Felsmassive ragten so hoch auf, daß man ihre Gipfel nicht sehen konnte. Kleine Quellbäche rannen an den Felswänden herab und glitzerten in der Sonne, ungesehen und unbeachtet, außer während der paar Minuten, in denen der Zug vorbeifuhr.

Wackelige Viadukte spannten sich über Schluchten, die nur dreißig oder vierzig Fuß breit, aber Hunderte von Fuß tief waren. Hin und wieder passierten wir einen Weiher, einen See. Wenn der Zug ein Gewässer umrundete, konnte ich ihn in seiner ganzen Länge überblicken. Leichter Regen setzte ein, obwohl die Sonne schien, und in ihrem Licht glänzte der nasse Schienenstrang vor uns, ebenso wie die Lokomotive. Ich sah den Lokführer, die zerfurchten, rußgeschwärzten Gesichter des Maschinisten und des Heizers und den Rauch, der wie eine schwarze Mähne über den Waggons wehte. Ich sah andere Passagiere in anderen Waggons, die nicht wußten, daß ich sie beobachtete, und fühlte mich so, wie sich die Menschen, an denen wir vorbeigefahren waren, gefühlt haben mußten. In ihren Augen mußte ich ihnen so unendlich fern erschienen sein, wie auch ich mich dem hinter und vor mir liegenden Leben fern fühlte, gefangen im Traum des Reisens, jenem tranceartigen Zustand, der einen befällt, wenn die vertrauten Orientierungspunkte fehlen, die einen daran erinnern, daß man sich vorwärts bewegt; wenn es scheint, als führe man ziellos durch eine Landschaft, die sich bis in die Unendlichkeit fortsetzt.

Die ganze Bahnlinie entlang standen im Abstand von etwa einer Meile kleine Häuschen, in denen die Streckenwärter mit ihren Familien lebten. Es muß ein seltsames, ein einsames Leben gewesen sein. Die Frauen der Streckenwärter standen in der Tür, um den Zug vorbeifahren zu sehen, dem sie ihre Anwesenheit hier, fünfzig Meilen von der nächsten Ortschaft entfernt, verdankten. Das jüngste Kind trugen sie auf dem Arm, während die älteren Kinder auf den Gleisen spielten und schnell zur Seite sprangen, um den plötzlich auftauchenden Zug vorbeizulassen. Das ist keine Insel, sagte ich mir, sondern ein Land inmitten eines menschenleeren Kontinents, ein Land, dessen Schale und Kern aus Wildnis bestehen, und dieser Kern, das ungefundene Land, das wir gerade durchqueren, wird uns eines Tages groß machen.

Daß manche meiner Mitreisenden auf dem Heimweg waren, schien mir eine seltsame Vorstellung, aber bei einigen war das tatsächlich der Fall. Man sah es ihnen an, denn sie hatten den halb resignierten, halb erwartungsvollen Gesichtsausdruck von Menschen, die bald wieder vertraute Dinge, vertraute Gesichter, die heimatliche Umgebung sehen würden. Aber ich mochte nicht daran denken, daß jemand nach Hause fuhr oder der Zug aus irgendeinem anderen Grund unterwegs war, als mich – und nur mich – dorthin zu bringen, wo ich hinwollte.

Irgendwann am Nachmittag nickte ich ein und wachte erst wieder auf, als wir uns Gaff Topsails näherten, einem steil ansteigenden Höhenzug mitten in der Wildnis, dem höchsten Punkt auf der Bahnstrecke, wo es im Winter am häufigsten zu Verspätungen kam, weil Schnee die Gleise blockierte. Hundert bange Meilen kroch der Zug mühsam höher, und die Reisenden feuerten ihn an, denn alle wußten, daß wir tagelang festsitzen würden, wenn wir hier zum Stehen kamen. Wir lachten und schaukelten auf unseren Sitzen vor und zurück, als könnten wir so den Zug anschieben, und wir brachen in Jubel aus, als wir spürten, daß der Zug den Bergrücken erklommen hatte. Obwohl noch ein Drittel der Reise vor uns lag, schien es, als würden wir erst jetzt die Heimat wirklich verlassen.

Ich hatte mir fest vorgenommen, nicht noch einmal einzuschlafen, wachte aber doch erst abends wieder auf, als es bereits dämmerte. Wir fuhren durch eine weite Schnee-Ebene, die noch flacher war als das Ödland zuvor und um deren Existenz wohl nur der eine oder andere verschlafen hinausschauende Zugreisende wußte. Erst als ich die uralten, inzwischen versteinerten Baumstümpfe bemerkte, die eine Art Barrikade um diese Fläche herum bildeten, wurde mir klar, daß es sich um einen zugefrorenen See handelte, den Deer Lake. Nie zuvor hatte ich einen See zu Gesicht bekommen, der so breit war, daß man das andere Ufer nicht sehen konnte.

Spät abends, als es im Waggon dunkel und leer war und die wenigen noch verbliebenen Fahrgäste schliefen, starrte ich aus dem Fenster hinaus auf das, was man um diese Stunde von Neufundland noch sah: die dunklen Umrisse von Bergen und Bäumen; in der Ferne aufglänzende, stille Seen, wenn der Mond herauskam; kleine, aus unerfindlichen Gründen hundert Meilen voneinander entfernte Ortschaften, eigentlich nicht mehr als Grüppchen von Häusern, bis auf das Licht an der Haustür alle völlig dunkel, bewohnt von Menschen, die den Zug, obwohl er jede Nacht vorbeifuhr, kaum jemals sahen, vielleicht nicht einmal hörten.

Hinter Stephenville Crossing folgten wir den Long Range Mountains südwestlich nach Corner Brook, den schwarzen, tief in die Felsen eingeschnittenen Humber River flußabwärts. Irgendwann am frühen Morgen schlief ich wieder ein und wachte erst auf, als die Sonne schon aufgegangen war. Jemand sagte, es seien nur noch dreißig Meilen bis Port aux Basques. Ich war die ganze Nacht im Raucherabteil geblieben und hatte mir den Schlafwagen nicht einmal angesehen, obwohl ich dort ein kostenloses Bett hätte haben können. In meinem Artikel für das *Telegram* jedoch rühmte ich seine komfortable Ausstattung und Bequemlichkeit, als hätte ich die ganze Fahrt von St. John's bis Port aux Basques darin verbracht.

Die Fähre sollte in der Nacht die Meerenge überqueren und am frühen Morgen in Cape Breton ankommen.

Ich hatte vorgehabt, von der Reling aus zurückzublicken, bis ich die Insel nicht mehr sehen konnte. Eine angemessen romantische Haltung, wie mir schien.

Ich wünschte mir, Fielding wäre mitgekommen, obwohl sie bestimmt eine spöttische Bemerkung gemacht und meine Stimmung zerstört hätte.

Etwa eine Viertelstunde später hatten sich alle anderen Passagiere vor der Kälte nach drinnen geflüchtet, was mir sehr angenehm war. Ich setzte die Kapuze meiner Regenjacke auf und stellte mir vor, wie die anderen mich wohl sahen – eine einsame, vermummte Gestalt an der Reling. Es kam mir vor, als stünde ich stundenlang dort, aber die Insel wurde nicht kleiner.

Kurz darauf, fast blaugefroren vor Kälte, begab auch ich mich hinein. Und jedesmal, wenn ich wieder hinausging, um zu sehen, wie weit wir schon gefahren waren, schien es mir, als hätten wir uns gar nicht von

der Stelle bewegt. Die dunkle Masse der Insel lag unverändert da, so groß wie immer, als würden wir sie hinter uns herziehen.
Ich begnügte mich damit, vom Fenster aus hinauszusehen. Als ich die Lichter entlang der Südwestküste betrachtete, mußte ich an die Sendung für Fischer denken, die ich zu Hause bei meinen Eltern oft am Radio verfolgt hatte. Sie schloß stets mit den Temperaturangaben verschiedener Inselorte. Jeden Abend wurde dieselbe Litanei von Namen heruntergebetet, und es fror einen schon, wenn man sie hörte: Burgeo, Fortune, Funk Island, Hermitage.
Ich stellte mir vor, nachts am Fenster eines Hauses in Hermitage zu stehen und auf das Meer hinauszuschauen. Hermitage, Einsiedelei – welche einsame, nebelkranke Seele sich diesen Namen wohl hatte einfallen lassen? Vielleicht würde Neufundland in einem halben Jahr, von New York aus gesehen, ebenso auf mich wirken wie Hermitage heute – unvorstellbar rückständig und isoliert, ein Ort, der auf mich eine gleichermaßen unerklärliche wie unwiderstehliche Anziehungskraft ausübte. Die ganze Insel war eine Einsiedelei.
Gehen oder nicht gehen, und wenn man gegangen war, fortbleiben oder nach Hause zurückkehren? Ich hatte von Neufundländern gehört, die ins Grab gesunken waren, ohne diese Frage für sich geklärt zu haben. Manche waren niemals fortgegangen, hatten es aber ständig vorgehabt, und manche waren für immer fortgegangen, sprachen aber immer wieder davon, bald in die Heimat zurückzukehren. Mein Vater war weggegangen und zurückgekommen, zumindest körperlich.
In den Aufenthaltsräumen saßen die Leute am Radio, bis der Empfang nach etwa zwanzig Meilen allmählich immer schlechter wurde. Sie protestierten zwar brummend, blieben aber trotzdem sitzen, solange sie durch die atmosphärischen Störgeräusche hindurch noch irgend etwas hören konnten. Als das Signal schließlich gar nicht mehr ankam, änderte sich schlagartig die Stimmung unter den Passagieren, als wären wir erst jetzt wirklich unterwegs, als hätten wir uns erst jetzt vollständig vom Land gelöst. Das Radio ließen sie an, obwohl es nur noch ein unheimliches Knistern und Rauschen von sich gab, das wie die Stimme des Meeres klang.

II

EIN KONTINENT VON FREMDEN

Kolumbus' Entdeckungsreise ist eines der bedeutendsten Ereignisse der Geschichte ... Das Leben des Genueser Seefahrers ist – und wird es immer sein – das größte Wagnis der Geschichte ... Leider finden sich keine Berichte zum Ruhm unserer Insel, zum Lob unseres Entdeckers ... Kein güldener Schleier des Abenteuers umgibt unsere frühesten Annalen. Die Geschichte der Entdeckung Neufundlands und Nordamerikas, erzählt von den Cabots, ist so langweilig wie das Logbuch eines Schleppkahns.

D. W. Prowse, *Die Geschichte Neufundlands*

FIELDINGS KURZER ABRISS DER GESCHICHTE NEUFUNDLANDS

7. Kapitel
Treworgies Schreckensherrschaft

Die Regierung des Commonwealth entsendet John Treworgie, der an der Fischerei weder finanziell noch in sonstiger Weise beteiligt ist, als Gouverneur nach Neufundland. Damit beginnt Treworgies Schrekkensherrschaft, wie sie von den Kaufleuten bald genannt wird, und sie dauert von 1653 bis 1660. In dieser Zeit werden den Siedlern bessere Fischgründe zugewiesen, und »ungerechte« Bestrafungen durch die Admiräle bleiben ihnen erspart. Zum Glück werden mit der Rückkehr zur Monarchie auch Recht und Ordnung wiederhergestellt.

Manche Historiker meinen, Treworgie sei vielleicht eher leichtgläubig als herrschsüchtig gewesen, habe sich durch die Beredsamkeit der Siedler, die den Kaufleuten mit ihrer ungehobelten Art nicht gegeben war, täuschen lassen.

Sollte dem tatsächlich so gewesen sein, wie freudig muß man dann bei Hof die Wortgewandtheit des rechtschaffenen Kaufmanns Sir Josiah Child begrüßt haben. So wortgewandt ist Child, daß die Minister des Königs geloben, sie würden gutes Geld bezahlen, nur um ihn reden zu hören. Child hingegen beteuert, es sei ihm eine so große Ehre, daß sie ihm Gehör schenkten, daß er vielmehr ihnen Geld dafür geben müsse. Was er auch tat, allerdings stets nur unter vier Augen, in irgendeinem Vorzimmer oder hinter einem Vorhang verborgen, um nicht protzig zu erscheinen. Child bringt zwei Anklagen der Siedler gegen die Kaufleute und ihre Fischerei-Admiräle vor. (Als Fischerei-Admiräle bezeichnete man diejenigen Kapitäne, die als erste im jeweiligen Hafenort landeten, in dem sie dann auf Geheiß des Königs Recht sprachen, wenn es Streitigkeiten zu schlichten galt.)

1. Die Fischerei-Admiräle versuchen auf Anweisung der Kaufleute zu verhindern, daß sich weitere Siedler in Neufundland niederlassen, weil sie die Fischgründe allein ausbeuten wollen. Zu diesem Zweck mißbrauchen sie ihre richterlichen Befugnisse, sie zeigen sich den Siedlern gegenüber voreingenommen und bestrafen sie zehnmal häufiger als ihre eigenen Fischer. Da die Gerichtsverhandlungen nicht protokolliert werden, ist der einzige Beweis für diese angebliche Voreingenommenheit die Zahl der Beschwerdebriefe, die die Siedler nach England schikken. Aber was »beweist« das schon, meint Child, außer der Tatsache, daß die Kaufleute ihre Strafen im Gegensatz zu den Siedlern wie richtige Männer hinnehmen?

2. Es ist unrecht, daß die Siedler erst fischen dürfen, wenn die Handelsflotte aus England eingetroffen ist, und selbst dann nur in jenen Fischgründen, die den Kaufleuten nicht gut genug sind. Aber sei es denn nicht vielmehr so, hält Child dagegen, daß der König selbst in dem Wunsch, jedem Mann die gleichen Verdienstmöglichkeiten in der Fischerei zu gewähren, schon vor langer Zeit verfügt habe, daß die Frage, wer wo fischen dürfe, in jedem Frühjahr durch ein Schiffsrennen über den Atlantik entschieden werden solle? *Wenn* jemand sich unfair verhalte, dann die Siedler, denn anstatt an dem Rennen teilzunehmen, warteten sie einfach den Winter über an der Ziellinie – unbestreitbar ein Verstoß gegen die Regeln.

Nicht daß die Siedler jeglichem Betrug abhold seien, fährt Child fort. Viele behaupteten, es sei eine größere Leistung, einen Winter in Neufundland zu überstehen, als mit einem Schiff den Ozean zu überqueren, und gingen trotz des Verbots fischen. Zwar treffe es zu, daß sie stets ihre Netze einholten, ehe die Handelsflotte ankomme. Aber wenn sich herausstelle, daß den Winter über weniger Siedler als sonst gestorben seien, zögen die Admiräle daraus ihre Schlüsse und bestraften sie entsprechend.
Ebenso leicht zu durchschauen sei ihre List, führt Child weiter aus, in den letzten paar Wochen vor Ankunft der Flotte zu fasten, um das Fischfett, wie er es nennt, wieder loszuwerden. Man bestrafe die Siedler

nach der Zeitspanne, die sie gefastet hätten, und diese werde nach dem Grad ihrer Auszehrung berechnet. Je näher ein Siedler dem Tod zu stehen scheine, um so mehr bekomme er die Peitsche zu spüren.
»Doch bedenken Sie«, fährt Child fort, »wie sehr sich der Admiral beim Vollzug der Strafe grämt. Er weint bittere Tränen der Enttäuschung, denn er weiß, daß er noch so hart zuschlagen kann und dennoch all den feinen Fisch, den der Siedler verzehrt hat, nicht wiederbekommt.«
»Genug«, ruft König Charles. »Genug, mein lieber Josiah. Ich will nichts mehr hören davon, wie jene, die einst von den guten englischen Tugenden durchdrungen waren, vom Leben in Neufundland verdorben worden sind.« Der König ist überzeugt, daß es nur einen Weg gibt, um der Ausbeutung der Kaufleute durch die Siedler ein Ende zu setzen, nämlich die Insel zu entvölkern.

DAS HOTEL NEUFUNDLAND

Fieldings Tagebuch, 23. Oktober 1916

Lieber Smallwood,
ich sitze gerade im angeblich »trockenen« Salon unter Deck, in dem sich eine Menge offensichtlich stark betrunkener Leute vergnügen. Auch ich bin betrunken, aber mir merkt man es nicht so an. Eine Kapelle, die man auf dem ganzen Schiff hören kann, spielt Lieder aus Neufundland. Die meisten davon kenne ich, es sind Lieder über Fischer, Robbenfänger, Holzfäller, aber über das Leben dieser Menschen weiß ich kaum mehr als über das Leben der Eskimos. Schade, daß es keine Lieder für Leute wie mich gibt. Du findest es wahrscheinlich sehr unsozialistisch von mir, aber ich habe mir zum Zeitvertreib ein paar Titel für Lieder ausgedacht, die Kopfarbeitern wie uns gewidmet sein könnten: »Journalisten-Jig«, »Klagelied des Kronanwalts«, »Ein Architekt namens Joe«, »Der Buchhalter aus Port aux Basques«, »Bankiersballade«, »Grundstücksmakler-Mambo«, »Kommet zuhauf, all ihr Beamten«.
Ich erinnere mich, wie mein Onkel Patrick zu Weihnachten »Die Ryans und die Pittmans« sang, wenn man ihn darum bat. Er saß im Sessel, das Gesicht hochrot vom Alkohol, warf den Kopf zurück und schmetterte es heraus. Die Augen hielt er geschlossen, als könnte er die salzige Gischt riechen, wie ein alter Seebär, der in seinen Erinnerungen schwelgte. Dabei hatte er solche Angst vor dem Wasser, daß er sich nicht einmal in dem kleinen Teich bei seinem Cottage herumrudern traute.
»Die Ryans und die Pittmans« wird nach der Melodie von »Farewell and Adieu to You, Spanish Ladies« gesungen, und den Refrain singen alle mit: »Wir fluchen und schimpfen wie echte Neufundländer,/Wir fluchen und schimpfen auf Deck und unter Deck.«

Mir fällt gerade ein Photo aus unserem Familienalbum ein. Einmal, auf einer mäßig rauhen Überfahrt von St. John's zum Festland im Jahr 1898, wurden fast alle auf dem Schiff seekrank, auch mein Vater und meine Mutter. Sie waren auf dem Weg nach Boston zur Beerdigung irgendeines Verwandten meiner Mutter. Sich zu übergeben war das einzige, was die Neufundländer an jenem Tag auf Deck und darunter taten. Die Stewards verteilten kleine Masken aus Papier an die Passagiere, damit sich das *mal de mer* nicht weiter ausbreitete, und sie trugen auch selber welche. Mein Vater war zwar selbst seekrank, meinte aber, daß sie das Ganze rückblickend bestimmt lustig finden würden. Deshalb ließ er vom Photographen an Bord ein Bild machen: Meine Eltern sitzen nebeneinander, die Maske vor dem Mund, und starren mit elendem Blick in die Kamera. Auf die Rückseite des Photos schrieb mein Vater: »Sommer 1898. Wir beide auf dem Pestschiff *Robert Bond*.«
Sommer 1898. Vielleicht war meine Mutter damals schon schwanger mit mir, zu sehen war jedenfalls noch nichts. Es kommt darauf an, wann genau in jenem Sommer das Bild gemacht wurde. Obwohl sie diese kleine Maske aus Papier trägt, sieht man, daß sie lächelt. Man sieht es an ihren Augen. Sie lächelt trotz Seekrankheit und möglicherweise auch Schwangerschaftsübelkeit.
Als ich meinem Vater erzählte, wo ich hinfahre, sagte er kein Wort. Er weiß, daß ich nicht wegen ihr nach New York fahre. Allerdings weiß er auch nicht, daß ich es deinetwegen tue. Er wird mich bestimmt vermissen, auch wenn er nichts gesagt hat. Jetzt, da ich weg bin, hat das Haus ihn ganz für sich allein. Ich habe vorgeschlagen, daß er es verkaufen soll, aber er hat nur den Kopf geschüttelt und gelächelt. »Lebe wohl«, sagte er. »Lebe wohl, mein T.T.« Das ist sein Spitzname für mich. Es bedeutet »teures Töchterlein«.

———

Als ich zum ersten Mal Land sah, das nicht Neufundland war, fühlte ich mich plötzlich sehr einsam. Auf dem ganzen Kontinent, der gerade vor uns auftauchte, kannte ich keine Menschenseele, und es war mir auch kein großer Trost, daß ich in meinem Reisekoffer Dutzende Empfehlungsschreiben von Leuten aus St. John's dabeihatte. Ein Kontinent von Fremden. Die meiste Zeit schien es mir, als bewegten wir uns gar nicht näher auf das Festland zu, und ich hatte das Gefühl, daß Neufundland immer noch zu sehen wäre, wenn ich mich ans hintere Ende des Schiffes begeben würde.

Als wir in North Sydney angelegt hatten, ging ich von Bord und bemühte mich, nicht allzu deutlich zu zeigen, wer ich war: jemand, der zum ersten Mal seinen Fuß auf fremden Boden setzt. Ich gab mich betont ungezwungen, als hätte ich eine solche Reise schon wer weiß wie oft gemacht. Rund um mich herum wurden Passagiere von Freunden und Verwandten begrüßt.

Ich blieb auf dem Kai stehen, bis sich der Lärm und die Aufregung gelegt hatten. Es war sechs Uhr morgens, kurz vor Sonnenaufgang, und mein Zug Richtung Halifax fuhr erst drei Stunden später. Da stand ich nun in einer Stadt, in der ich nie zuvor gewesen war, und kannte keinen Menschen. Ich stellte meinen Reisekoffer ab, formte mit meinen Händen eine Art Trichter und rief »Haaallo«, so laut ich konnte. Oben an der Straße antwortete jemand, der wahrscheinlich dachte, ich sei nicht ganz richtig im Kopf, mit einem ebensolchen »Hallooo«, das wie ein spöttisches Echo klang.

Als der Zug ein Stück Weges durch Cape Breton zurückgelegt hatte, fiel mir auf, daß hier wirklich alles anders war. Mit einigen Unterschieden hatte ich natürlich gerechnet, aber ich wäre nie auf den Gedanken gekommen, daß absolut nichts so sein würde wie zu Hause, daß sich bis zu einem gewissen Grad auch die Landschaft in jedem Detail unterschied. In Filmen und auf Photographien hatte ich schon andere Gegenden gesehen, aber das war nicht dasselbe.

Ich bemühte mich, alles in mich aufzunehmen, jeden noch so kleinen Unterschied, jede Abweichung von dem, was ich erwartet hatte, zu registrieren. Mein Bild von der Heimat und die Vorstellung, daß dort alles ideal und mustergültig ist, wurde nun über den Haufen geworfen. Es war, als würden alle Wörter meines Vokabulars plötzlich eine zusätzliche Bedeutung bekommen.

Cape Breton war Neufundland sehr ähnlich, und dennoch schien alles ein bißchen anders zu sein. Licht, Formen, Farben, Proportionen – Dinge wie Telegraphenmasten, Zaunlatten und Briefkästen, von denen man annehmen würde, daß sie überall gleich wären, waren größer oder kleiner oder eben eine Idee breiter als zu Hause. Daß ich solche winzigen Unterschiede überhaupt bemerkte, machte mir bewußt, wie eng mein Horizont gewesen war, wie wenig ich von der Welt gesehen hatte.

Da mich vorübergehend der Mut verlassen hatte, blieb ich erst einmal eine Zeitlang in Halifax. Ich bekam eine Stelle beim *Halifax Herald*, keine nennenswerte Verbesserung im Vergleich zum *Telegram*, wenn überhaupt. Außerdem war Halifax kaum größer als St. John's, und ich hatte nicht das Gefühl, daß ich dort viel lernen konnte, was mir in Boston oder New York nützen würde. Ich schrieb an Fielding, aber sie antwortete nicht. Unruhig, wie ich war, rauchte ich mehr als je zuvor, sprach häufiger dem Alkohol zu und riskierte sogar einen Aufenthalt im Gefängnis von Halifax, als ich mich mit ein paar Bierflaschen in den Jackentaschen in mein Zimmer schlich.

Nach einigen Monaten verließ ich Halifax, fuhr mit dem Zug nach Yarmouth und von dort mit der Nachtfähre nach Boston. Wieder einmal überquerte ich eine wichtige Grenzscheide meines Lebens nachts auf einem Schiff. Wie Halifax war auch Boston eine ziemliche Enttäuschung, und als ich zwei Monate dort gelebt hatte – in einer Pension an der Allston Street gleich beim Scollay Square, mit nicht viel mehr Mobiliar als meiner Landkarte – und für den *Herald-Traveler* gearbeitet hatte, beschloß ich, nun endlich den Sprung nach New York zu wagen. Als der Zug den Hudson River entlang Richtung Süden fuhr, wurde mir bewußt, daß viele der Bücher, die ich gelesen hatte, in dieser Gegend spielten. Es kam mir vor, als wäre ich nicht nur auf dem Weg in die Stadt, sondern in die Welt, wo die Bücher veröffentlicht und die Zeitungen verlegt wurden, die ich las. Ein Verwandter hatte meinem Vater einmal aus New York geschrieben: »Lieber Charlie, in meinem Apartmenthaus leben mehr Menschen als in meiner Heimatstadt!« Welch einen Optimismus dieses Ausrufungszeichen ausdrückt. Die Wunder von New York.

Auf dieser Fahrt durch die Bundesstaaten südlich von Boston regten sich Zweifel in mir, die mich niemals ganz loslassen würden. Zum ersten Mal in meinem Leben passierte ich eine Staatengrenze, die zwischen Massachusetts und Connecticut, eine willkürliche Grenze mit derselben Landschaft auf beiden Seiten, was wohl ebenso für die Grenze zwischen New Brunswick und Maine, zwischen Kanada und Amerika, galt. Vielleicht waren wir Neufundländer aufgrund unserer geographischen Lage zu dem Trugschluß gelangt, wir könnten ein richtiger Staat sein, vielleicht glaubten wir, nur dann könnten wir dem Land und seiner schieren Größe gerecht werden. Neufundland wirkte so eigenständig in seiner Abgeschiedenheit, eine Insel, die sich vom Festland abhob wie die Inselnationen unserer Vorfahren. Was uns antrieb, war vielleicht weniger Patriotismus als vielmehr eine Art schuldbewußtes Pflichtgefühl gegenüber unserem Land. Aber kaum waren mir diese Gedanken durch den Kopf gegangen, bekam ich schon ein schlechtes Gewissen und verdrängte sie sofort, indem ich mir sagte, daß ich ja nur eine Ausrede dafür suchte, daß ich von zu Hause fortgegangen war, was mir eben Schuldgefühle machte.

Ich erinnere mich noch an die Abendsonne über dem Ostufer des Hudson, als der Zug den Fluß und die Schiffe darauf überholte. Meiner Berechnung nach mußte das Wasser, an dem wir vorbeifuhren, irgendwann in den frühen Morgenstunden New York erreichen und sich, Stunden nach unserer Ankunft, an der Insel Manhattan teilen. Es war, als flösse parallel zu unserem ein zweiter Zeitstrom, der von altertümlichen, sich nur langsam fortbewegenden Transportmitteln befahren wurde, während wir im Zug, auf dem Weg in die große Stadt, schneller alterten, obwohl wir von unserem Ziel räumlich gleich weit entfernt waren.

Ich muß zugeben, daß ich, als ich an der Grand Central ankam, am liebsten mit dem nächsten Zug wieder nach Boston zurückgefahren wäre, solange ich noch genug Geld in der Tasche hatte. Es war mir immer schon unbegreiflich, warum Bahnhöfe groß wie Kathedralen sein müssen. Falls die Absicht dahinterstand, dem Neuankömmling zu signalisieren, daß er sich in einer überaus wichtigen Stadt befindet, dann war ich angemessen beeindruckt. Der Bahnhof wirkte wie ein weltliches Gotteshaus, und man wunderte sich fast, daß an der messingverkleideten Kuppel hoch oben nicht irgendeine religiöse Szene dargestellt war, um die Bedeutsamkeit dieses Ortes zu unterstreichen.

Die Leute liefen kreuz und quer, tausendfaches Gemurmel erfüllte die Halle, und obwohl es vor Menschen wimmelte, wirkte sie fast leer, weil sich so viel Raum darüber wölbte. Die Menschen eilten zielstrebig dahin und wichen einander geschickt aus, aber die meisten von ihnen waren wohl gerade erst angekommen und taten nur so, als wüßten sie genau, wohin sie wollten – wie ich, als ich in North Sydney von Bord der Fähre ging.

Ich wußte nicht, daß ich mitten in die Stoßzeit geraten war und hier normalerweise nicht ganz so viel Trubel herrschte. Es war früher Abend, und in den Winkeln der Bahnhofshalle, auf dem Boden und auf Fenstersimsen, bereiteten etliche Obdachlose schon ihr Lager, um inmitten des Lärms ein paar Stunden zu schlafen, ehe die Polizisten um Mitternacht den Bahnhof räumten. Doch es lungerten auch andere Gestalten herum, die verdächtig wach aussahen, und ich hatte das Gefühl, daß mehr als einer ein Auge auf mich und meinen großen Reisekoffer geworfen hatte. Es war mir nicht bewußt, wie uninteressant ich ihnen als »Beute« erscheinen mußte. Meine Vermutung, daß es hier vor Taschendieben und Gaunern nur so wimmelte, war zwar richtig, aber sie waren sicher auf einen besseren Fang aus als mich.

Ich trug meinen einzigen Anzug – einen abgetragenen dunkelbraunen aus Harris-Tweed. Es war die kleinste Herrengröße, die ich hatte finden können, und trotzdem waren die Hosen so lang, daß sie unten Falten warfen. Aus dieser Zeit gibt es noch eine Photographie von mir: Ich stütze einen Fuß auf eine Kiste, die mir bis zur Hüfte reicht, der Arm liegt locker auf dem Knie. Es war die einzige Haltung, in der mein Anzug so straff gezogen wurde, daß er mir zu passen schien. Leider sind in dieser Haltung auch meine spindeldürren Arme und Beine ziemlich deutlich zu erkennen. In der Hand halte ich etwas, das wie eine Schriftrolle aussieht (eine zusammengerollte Zeitung?), und ich schaue mit entschlossenem Gesicht in die Kamera, offenbar überzeugt, daß ich recht imposant und einschüchternd wirke – ein Einundzwanzigjähriger von ganzen sechsundachtzig Pfund.

Ich durchquerte die Bahnhofshalle, so schnell ich konnte, und ging nach draußen. Autos, Taxis, Straßenbahnen, Busse, Zeitungsverkäufer und eine Unmenge Fußgänger zogen dort an mir vorbei, und auf der anderen Straßenseite sah ich einen Hotelportier mit weiß behandschuhter Hand jemandem winken. Daß all dies auch schon vor meiner Ankunft so gewesen sein sollte, konnte ich mir irgendwie nicht vorstellen. Natürlich hätte ich es nicht bestritten, wenn mich jemand danach gefragt hätte, aber im Grunde glaubte ich es nicht. Ich winkte ein Taxi heran. Offenbar machte ich auf den Fahrer den gleichen Eindruck wie auf die Diebe in der Bahnhofshalle, denn er wollte zuerst mein Geld sehen, und als ich ihm mein Fahrziel nannte, ließ er mich im voraus bezahlen.

Ich ließ mich in die West Fifteenth Street zu einer großen Pension bringen, die mir ein Freund daheim empfohlen hatte. Unter den Gästen wurde es Hotel Neufundland genannt, nicht nur wegen der vielen dort wohnenden Neufundländer, sondern auch als ironische Anspielung auf das gleichnamige, aber wesentlich prunkvollere Hotel in St. John's.

Das Hotel Neufundland in New York war ein Backsteinkomplex aus zwei siebenstöckigen Gebäuden. Es hatte nicht nur den Vorteil, daß ich es mir leisten konnte, es war auch günstig gelegen – nur einen Häuserblock von der Fifth Avenue und fünf Gehminuten vom Union Square entfernt, der »Speaker's Corner« der New Yorker Sozialisten, wo herausragende Vertreter »der gerechten Sache«, etwa Eugene Debs und Thorstein Veblen, Reden hielten. Eines Tages, so hoffte ich, würde man diesen Platz als den Ort kennen, an dem einst Smallwood gesprochen hat.

Der Union Square war von einem Gewirr trister, enger Straßen umgeben, in die kaum ein Sonnenstrahl fiel, weil die vielen Kaufhäuser und heruntergekommenen Bürogebäude alles Licht wegnahmen. Auf der einen Seite lag Greenwich Village, auf der anderen die reiche Upper Fifth Avenue, durch die ich bei meinen sonntäglichen Spaziergängen bald voller Verachtung schlendern sollte.

Aber ich brachte einfach nicht den Mut auf, mich beim *Call* vorzustellen. Ich träumte davon, der neue John Reed zu werden, etwas wie *Zehn Tage, die die Welt erschütterten* zu schreiben. Doch ich konnte mich nicht überwinden, zu der Zeitung zu gehen, für die er gearbeitet hatte, und um eine Stelle zu fragen. Nachts begannen mich Alpträume zu quälen, daß ich schon nach lächerlich kurzer Zeit wieder nach Neufundland zurück müßte. Der berüchtigte Aufenthalt meines Vaters in Boston wäre ein gigantischer Erfolg dagegen. Jeden Morgen wachte ich niedergeschlagen und angsterfüllt auf.

Das Hotel war eine Art vertikal gegliederte Gemeinschaft, als hätte man alle Einwohner irgendeines Ortes nach New York umgesiedelt und in diesem einen Gebäude untergebracht. Jedes Stockwerk war ein eigenes Viertel, jeder Flur auf jedem Stockwerk eine Straße. Im Flur, auf der Treppe und im Foyer standen stets kleine Grüppchen beisammen. Die meisten Bewohner ließen ihre Zimmertür von acht bis Mitternacht offen, zum Zeichen, daß Besucher willkommen waren. Sogar wenn sie selbst jemanden besuchten, ließen sie die Tür offen, als kämen sie gar nicht auf den Gedanken, daß man ihnen etwas stehlen könnte. »Ja, so eine Überraschung«, hörte ich meinen Nachbarn oft sagen, wenn er von einem Besuch zurückkam und jemand anderer es sich in der Zwischenzeit bei ihm gemütlich gemacht hatte.

Daß ich meine Zimmertür während der »Besuchszeit« geschlossen hielt, empfanden die Leute offenbar als persönliche Beleidigung. Da ich kein Geld hatte, ging ich selten aus und verbrachte meine Abende mit Lesen. Aber selbst wenn sie das gewußt hätten, wäre es für meine Mitbewohner kein hinreichender Grund gewesen, so ungesellig zu sein. Manchmal trommelten sie aus Protest leise an meine Tür, wenn sie vorbeigingen. Einige Leute hatten noch nicht mitbekommen, daß mein Vormieter, ein gewisser Clar, inzwischen ausgezogen war. Sie kamen ihn zu allen möglichen Zeiten besuchen, auch mitten in der Nacht, klopften an die Tür und riefen seinen Namen. »Los, Clar«, hörte ich einmal einen Mann rufen, »komm, mach schon auf, altes Haus.« Als ich ihm erklärte, er sei hier falsch, lachte er nur, als hätte sich Clar öfter einen Spaß daraus gemacht, jemanden auf diese Weise zum Narren zu halten.

In der vierten Woche meines Aufenthalts in New York mußte ich mich einmal, als ich abends nach Hause kam, mit einer Gruppe von Männern und Frauen in den Lift quetschen, die zu einem Umtrunk in einem der oberen Stockwerke unterwegs waren. Da sie die Hände nicht frei hatten, weil sie ihre brennenden Zigaretten und mit verbotenem

Alkohol randvoll gefüllten Gläser hochhalten mußten, verloren sie jedesmal das Gleichgewicht, wenn der vorsintflutliche Aufzug ruckartig stehenblieb oder anfuhr.

»Tut mir leid, mein Lieber«, kicherte ein Mädchen entschuldigend, als sie mich gegen die Wand drückte und mir den halben Inhalt ihres Glases über den Mantel schüttete. Sie schwankte zwischen echtem Bedauern und angeheiterter Ausgelassenheit angesichts des Mißgeschicks, daß sie ihr kostbares Getränk über einen völlig fremden Menschen in einem Lift gekippt hatte, entschuldigte sich immer wieder und beteuerte, sie würde mir natürlich gern den Mantel säubern, wenn sie nicht mit hocherhobenen Armen hier eingekeilt wäre.

»Schon in Ordnung«, entgegnete ich. Manche hatten beide Hände so voll, daß sie ihre Zigarette notgedrungen im Mund behielten, den Kopf während der Fahrt zurückbeugten und den Rauch mit zusammengekniffenen Augen, so gut es ging, nach oben pafften.

Jedesmal, wenn der Fahrstuhl hielt und die Tür sich öffnete, stand wieder eine Schar Leute in Feierlaune davor, und man begrüßte sich mit großem Hallo.

»Na, ihr Hübschen, so spät noch unterwegs? In welchem Stock sind wir? Vierter? Hab' gar nicht gewußt, daß im vierten Stock nach acht noch jemand wach ist.«

Sie drängten ungeduldig hinaus und kündigten den Bewohnern des gastgebenden Stockwerks ihre Ankunft mit einem Gebrüll an, das stark an einen feindlichen Überfall erinnerte und von irgendwo weiter hinten im Flur mit noch lauterem Gebrüll beantwortet wurde. Fast wurde ich mitgerissen. Dann schloß sich die Tür wieder, und ich stand in dem verrauchten Aufzug, allein, wie ich dachte, bis ich eine Stimme hinter mir hörte.

»Hat man schon jemals so viele heimwehkranke, grünärschige Neufundländer gesehen, die sich vor Sehnsucht nach ihrer Mutter und ihrem Liebchen verzehren?«

»Fielding!« rief ich aus, drehte mich um, und da stand sie. Sichtlich betrunken, beide Augen zusammenkneifend, eine Zigarette im äußersten Mundwinkel, so daß es aussah, als würde sie aus der Wange rauchen, lehnte sie halb zusammengesunken an der Aufzugwand und stützte sich mit beiden Händen auf ihren Stock, den sie wie üblich vor sich aufgepflanzt hatte, wenn auch in gefährlicher Schräglage.

»Smallwood!« äffte sie mich nach. Ich freute mich so sehr über das Wiedersehen, daß ich sie stürmisch umarmte und dabei ihre Zigarette zerbrach. Das brennende Stück fiel auf den Boden, Funken sprühten zwischen uns, doch davon schien sie gar nichts zu bemerken. Als ich meine Arme von ihr löste, stand sie noch genauso da wie zuvor, als befürchtete sie, sich ohne ihren Stock nicht aufrecht halten zu können.

»Ich habe nicht gedacht, daß du kommst«, sagte ich. »Ich hatte schon jede Hoffnung aufgegeben. Wo wohnst du?«

»Hier«, antwortete sie. »Es sieht sogar so aus, als würden wir im selben Stock wohnen, es sei denn, du schläfst auf dem Dach.«

»Wann bist du angekommen?« fragte ich.

»Gestern«, erwiderte sie. »Und seitdem war ich nicht mehr nüchtern.«

Wir wohnten tatsächlich auf demselben Stockwerk, fünf Zimmer voneinander entfernt. Ich begleitete sie zu ihrer Tür. Selbst in ihrem Zustand fiel ihr auf, daß ich mich nervös umschaute.

»Um wessen Ruf machst du dir mehr Sorgen, Smallwood«, bemerkte Fielding schnodderig, »um deinen oder um meinen? Keine Angst, meiner kümmert mich nicht die Bohne.« Sie fummelte mit ihrem Schlüssel am Schloß herum, im Mund die abgebrochene Zigarette, aus der Tabakfäden heraushingen.

»Ich komme mal vorbei, wenn du … wenn du nicht so müde bist«, sagte ich.

»Brauchst nicht bis Weihnachten zu warten«, erwiderte sie. Endlich gelang es ihr, die Tür aufzuschließen.

»Tut mir leid, Smallwood«, fügte sie hinzu und winkte kurz mit ihrem Stock, was sie fast aus dem Gleichgewicht gebracht hätte. »Du hast recht. Wir sehen uns mal, wenn ich nicht so müde bin.« Sie ging ins Zimmer und ließ sich mit ausgebreiteten Armen rücklings aufs Bett fallen, vollständig angezogen, sogar den Stock noch in der Hand. Im nächsten Moment war sie eingeschlafen. Leise ging ich hinaus und zog die Tür hinter mir zu.

FIEDLINGS KURZER ABRISS DER GESCHICHTE NEUFUNDLANDS

8. Kapitel
Eine ordentliche Volkszählung

Man gibt Charles II. zu Unrecht die Schuld an dem, was 1675 in Neufundland geschah. Seriöse Geschichtsschreiber, die sich eingehend mit der Sache befassen, werden folgenden Ablauf der Ereignisse aufdecken: Die Fischerei-Admiräle sollen den Siedlern auf Befehl des Königs mitteilen, daß sie die Wahl haben, entweder in eine andere Kolonie umgesiedelt oder nach England zurückgebracht zu werden. Später soll Flottenkommandant Sir John Berry nachfolgen und eine Volkszählung durchführen, um festzustellen, wie viele Siedler noch in Neufundland sind, wie viele Häuser, wie viele Schiffe usw.

Der schriftliche Befehl geht jedoch verloren, und die Admiräle müssen ihn, so gut es geht, aus dem Gedächtnis rekonstruieren. Große Verwirrung herrscht in der Flotte, als sie in jenem Frühjahr nach Neufundland segelt. Von Koje zu Koje, von Schiff zu Schiff streiten die Männer darüber, welche der beiden folgenden Versionen nun die richtige ist: (a) Wer in England oder in einer anderen Kolonie leben möchte, dem sei dies gestattet; oder (b) Wer leben möchte, dem sei dies in England oder in einer anderen Kolonie gestattet. Als sich die Flotte der Küste Neufundlands nähert, hat dieses syntaktische Rätsel die Kapitäne bereits in solche Verwirrung gestürzt, daß sie glauben, es nur durch Werfen einer Münze lösen zu können.

Glücklicherweise kommt den Siedlern bereits vor deren Ankunft zu Ohren, daß eine Volkszählung durchgeführt werden soll. Daraufhin erklären sie kryptisch, daß »nichts Gutes davon kommt, wenn man gezählt wird«, verlassen ihre Häuser und flüchten in die Wälder.

Die Fischerei-Admiräle haben sich für Version *b* entschieden, und als Sir John ankommt, ziehen sie bereits seit Wochen brandschatzend durchs Land. Sir John ist empört über dieses Verhalten, macht es ihm doch eine ordentliche Volkszählung nahezu unmöglich.

Sir John tut sein Bestes und zählt so viele Siedler, wie er mit List und Tücke aus den Wäldern locken kann. An einen Freund in England schreibt er: »Die Häfen sehen aus wie Friedhöfe, und überall ragen Schiffsmasten wie Kruzifixe aus dem Wasser.« Immerhin kann er durch Zählen der Masten ermitteln, wie viele Schiffe es vormals hier gab, und in ähnlicher Weise, anhand der verbliebenen Schornsteine, die Zahl der Häuser schätzen.

DER *CALL*

Fieldings Gesellschaft hob meine Stimmung. Plötzlich bemerkte ich, wie viele weibliche Wesen es um mich herum gab, emanzipierte, moderne Frauen und solche, die es sein wollten. Man sah sie überall mit ihren kurzen Röcken, Bubiköpfen und zartrosa geschminkten Knien. Auch Fielding machte die neue Mode mit und trug einen mit hellen Rosetten umsäumten Glockenhut.

Auf ihr Drängen hin sprach ich schließlich doch beim *Call* in der West Fourth Street vor. Ich wurde zum Chefredakteur geführt, einem Mann namens Charlie Ervin, und redete auf ihn ein, mir eine Stelle zu geben, als wollte ich ihn für eine Gewerkschaft gewinnen. Während meines Vortrags lächelte er milde und abgeklärt, als wüßte er jetzt schon, daß ich in meinen Erwartungen enttäuscht werden würde, wenn ich erst einmal ein sozialistischer Reporter war. »Wir sind die größte sozialistische Zeitung der Welt, Mr. Smallwood«, bemerkte er. »Das heißt, wir stehen auf der obersten Sprosse einer winzig kleinen Leiter.« Ich starrte ihn mit stummer Verwunderung an.

»Erzählen Sie mir ein bißchen was«, fuhr er fort. Ich dankte Gott, daß ich Grimes begegnet war, und erläuterte, was ich unter Sozialismus verstand, was seine Ziele seien und wie man sie erreichen könne.

»Genosse Smallwood«, sagte er, »was Sie von sich geben, ist mehr Bockmist als Bolschewismus.« Ich dachte schon, ich könnte die Stelle vergessen, da sah ich, wie er mir die Hand entgegenstreckte. »Von zwei Dingen haben wir beim *Call* nie genug. Das eine ist Geld, und das andere sind Reporter, die bereit sind, für einen Hungerlohn zu arbeiten. Sie sehen nicht aus, als hätten Sie ersteres, also bleibt Ihnen die zweite Möglichkeit.« Ich blinzelte ihn verwirrt an. »Sie können bei uns anfangen«, sagte er.

Fielding bewarb sich dort nicht um eine Stelle, schrieb aber als freie Journalistin bald einige Artikel für die *New York Times.* Sie könne eine Zeitlang gut ohne regelmäßige Arbeit leben, gestand sie mir, denn ihr Vater habe ihr eine beträchtliche Summe als »Handgeld für unterwegs« gegeben. Aber sie war oft mit den Leuten vom *Call* zusammen und half mir, mich in diesen Kreis einzufügen, denn obwohl sie die gleiche Weltanschauung wie ich vertraten, hatten sie mehr mit Fielding gemein als mit mir, wie ich bald feststellte.

Es gab Dutzende von Reportern beim *Call,* einige auch in meinem Alter. Wir wohnten praktisch in den heruntergekommenen Lagerräumen unter dem Dach, wo die Zeitung seit Jahren ihr Domizil hatte, obwohl schon mehrmals Krawallmacher aufgetaucht waren und Brandbomben geworfen hatten. An der Decke der Nachrichtenredaktion waren noch versengte Stellen zu sehen.

Zum Essen gingen wir in die billigsten Lokale, die wir finden konnten, die Three Steps Down Cafeteria in Greenwich Village, den Russian Bear Tearoom, das Fourteenth Street Automat. Am Freitag, dem Zahltag, fielen wir im Child's Restaurant in der Twelfth Street ein und schlugen uns die Bäuche mit einem Vier-Gänge-Menü für fünfundsechzig Cent voll, während wir über Sozialismus diskutierten.

Die anderen kannten das Hotel Neufundland vom Hörensagen, und schon bevor Fielding und ich auftauchten, neigten sie stark zu der Ansicht, daß die Neufundländer ein sonderbarer Menschenschlag seien. Offen gestanden änderte sich ihre Meinung auch nicht, als sie uns kennenlernten. Mich betrachteten sie als eine Art Maskottchen. Einige von ihnen waren Juden und fanden meine Geschichte, wie die Juden von St. John's zu meinem Abschied geschlossen am Bahnhof erschienen waren, äußerst interessant. Hinzu kam noch, daß ich jüdisch aussah, und deshalb nannten sie mich oft »Neujudländer«, manchmal auch »Jewfie« in Anspielung auf »Newfie«, den Spitznamen der Neufundländer. Sie wollten mich nur necken, und meine Bemühungen, richtig ernst genommen zu werden, bewirkten eher das Gegenteil.

Häufig betonten sie »Neufundland« absichtlich falsch, nur um mich dazu zu bringen, daß ich es richtig wiederholte, was sie aus irgendeinem Grund ungeheuer komisch fanden. Dann sagten sie es sich gegenseitig vor und machten dabei meinen überernsten Gesichtsausdruck nach, wenn sie das Wort auf »-land« betonten. »Neufund*land*«, sagte Pincus Hockstein zu Eddie Levinson. »Nicht Neu*fund* land, nicht *Neu*fundland, sondern Neufund*land*, wie Verstand, kapiert?«

Die Frauen waren ganz anders als die, die ich bisher kennengelernt hatte. Im Vergleich zu ihnen war Fielding zugeknöpft und zurückhaltend. Dorothy Day sah mich nur kurz an, als wir uns im Child's begegneten, und verkündete dann vor versammelter Mannschaft, daß ich noch Jungfrau sei. »Der ist Jungfrau, da gehe ich jede Wette ein«, sagte sie, als würde sie einen Betrüger entlarven. Ich war viel zu verdattert, um es abzustreiten, und meine plötzlich wechselnde Gesichtsfarbe bestätigte ihre Diagnose ohnehin. Der ganze Tisch brach in Gelächter aus, als hätten sie gerade entdeckt, daß mitten unter ihnen die älteste, vielleicht sogar letzte Jungfrau des Planeten saß.

»Sag mal, Joey«, flötete Dorothy. »Sparst du dich für irgendein junges Ding daheim auf, das dir am Abend vor deiner Abreise für einen Kuß das Eheversprechen abgenötigt hat, oder fehlt dir bloß der Mut, dir eine Bettgefährtin anzulachen?«

Ich betete um ein Quentchen der Schlagfertigkeit, mit der ich Fielding vor Jahren besiegt hatte, aber mir wollte einfach nichts einfallen. Statt dessen rettete mich Fielding, die von den anderen geschätzt wurde als jemand, der eine ihnen vertraute, aber sympathische Rolle spielte, Fielding mit ihrem allseits bekannten Stock mit dem Silberknauf, ihrer – für mich – plötzlichen Skepsis in politischen Fragen, ihrer zur Schau getragenen Unnahbarkeit, ihrer Beredsamkeit, ihrer Ironie.

»Was die fleischlichen Genüsse betrifft, mag er kein Meister sein«, sagte Fielding und legte mir die Hand auf die Schulter, »aber Smallwood ist ein echter Sozialist. Er hat einen ganzen Schwarm einflußreicher Feinde und« – sie machte mit ihrem Stock eine Geste, die alle mit einbezog – »eine Handvoll unbedeutender Freunde. Übrigens, Dorothy, woher willst du wissen, daß in Sachen fleischliche Genüsse nicht ich die Tutorin dieses reizvoll ausgezehrten jungen Mannes bin, der da vor dir sitzt?«

Diese Formulierung wurde sofort zum stehenden Begriff. »Also, wenn das nicht Smallwoods Tutorin für fleischliche Genüsse ist«, spöttelten sie, wenn sie ihnen über den Weg lief. Fieldings demonstrative Ungebundenheit, politisch wie anderweitig, erstaunte sie. Und sie zogen sie ständig auf, weil sie für ein »konformistisches« Blatt wie die *New York Times* arbeitete.

Schon von Anfang an hatte ich den Eindruck, daß meine Kollegen zu sehr auf der Linie von Grimes lagen, ihr Interesse am Sozialismus zu theoretisch war, und das sagte ich ihnen auch. Sie betrachteten sich als Verfechter der weltweiten Bewegung des Sozialismus, über dessen Auswirkungen auf das reale Leben sie sich keine großen Gedanken gemacht hatten, während es mir hauptsächlich darum ging, welche Vorteile der Sozialismus für Neufundland haben könnte, was sie wiederum für eine zu kleinkarierte Sichtweise hielten.

Wir diskutierten stundenlang, und Fielding trank mehr als alle anderen, doch ohne viel zu sagen.

»Neufundland«, erklärte ich eines Abends, »wird eine der großen kleinen Nationen der Welt werden, eine autonome, autarke, selbstbewußte Nation, und ich werde Premierminister von Neufundland sein.«

»Und ich Präsident der Vereinigten Staaten«, konterte Pincus lachend und prostete mir zu.

»So wahr ich hier stehe«, beteuerte ich und erhob mich bedenklich schwankend, obwohl ich erst beim zweiten Glas war.

»Diese Frau da verträgt mehr als du«, bemerkte Dorothy.

»Bei mir hat ja auch mehr Platz«, entgegnete Fielding, aber ich war mir nicht sicher, ob sie mich verteidigen oder ebenfalls aufziehen wollte.

»Ihr seht den zukünftigen Premierminister Neufundlands vor euch«, sagte ich. Sie musterten mich von Kopf bis Fuß und brachen alle gleichzeitig in brüllendes Gelächter aus, als wäre der Kontrast zwischen dem, was ich war, und dem, was ich zu werden behauptete, schlicht zu kraß.

»Und was ist mit dir, Fielding?« fragte Dorothy. »Siehst du deine Lebensaufgabe darin, Smallwood mit seinen ehrgeizigen Zielen auch weiterhin zu fördern?«

»Meine Lebensaufgabe ist es«, erwiderte Fielding, »niemandes Ziele

außer meinen eigenen zu fördern. Sobald ich entschieden habe, welche Ziele das sein sollen, werde ich unermüdlich darauf hinarbeiten.«
»Und wie würdest du deine Weltanschauung beschreiben?« bohrte Dorothy weiter.
»Ich bin eine Vertreterin des Phlegmatismus«, antwortete Fielding.
Wegen meiner ärmlichen Erscheinung, meines Akzents, meines bescheidenen Bildungsgrads, meiner Unbeholfenheit im gesellschaftlichen Umgang und meines starken Bedürfnisses nach Anerkennung hielten mich alle für einen Sproß der Arbeiterklasse. Und ich ließ sie in diesem Glauben, erzählte nichts von meinem gutbürgerlichen Großvater oder meinen Onkeln und auch nicht, daß ich das Bishop Feild besucht hatte. In ihren Augen war ich ein guter Fang, eine Art Aushängeschild für die Nachrichtenredaktion. Je schäbiger und altmodischer ich mich kleidete, je mehr ich in ihren Kreisen fehl am Platz wirkte, desto besser, werden sie gedacht haben.
Die meisten von ihnen lebten besser, als es mit einem Gehalt beim *Call* eigentlich möglich war, deshalb vermutete ich, daß sie, ebenso wie Fielding, von ihren Eltern finanziell unterstützt wurden. Viele stammten aus recht wohlhabenden Familien und wollten einfach eine Weile aus ihrem privilegierten Leben ausbrechen, allerdings nicht für allzu lange, wie sie unumwunden zugaben.
Vom Leben bei uns daheim erzählte ich nichts. Und ich schwieg, wenn sie von ihren freiwillig erduldeten Entbehrungen schwadronierten und mit ihrer sozialistischen Gesinnung prahlten. Aber einmal rutschte mir heraus, daß meine Mutter der Pfingstbewegung angehörte.
»Die Pfingstler«, sagte Dorothy. »Sind das nicht die, die in Zungen reden und wie Epileptiker auf dem Boden herumzucken?« Ich wußte, damit hatte ich mich verraten. Die Pfingstbewegung war die Religion der Armen.
Sie oder vielmehr wir seien nicht wirklich arm, erklärte ich ihnen, denn wir könnten jederzeit unsere Armut hinter uns lassen, wohingegen die Armen das Gefühl hätten, daß ihre Armut nie ein Ende nehmen werde. Eigentlich meinte ich etwas anderes, wagte es aber nicht zu sagen, weil ich fürchtete, mich damit zu sehr als Experte zu entlarven: Das schlimmste an der Armut ist, daß man sich ihrer ebensowenig entledi-

gen kann wie seiner Persönlichkeit, daß man sie als einen Teil seiner selbst betrachtet, den man, selbst wenn man irgendwann in Geld schwimmen sollte, niemals ablegen kann. Und was noch schlimmer ist: Man kann ihn vor anderen Menschen nicht verbergen.
»Auf eine Welt, in der niemand das Gefühl hat, etwas verbergen zu müssen«, sagte Dorothy, und es klang durchaus ernst gemeint. Darauf tranken wir, und alle wußten, daß der Trinkspruch eigentlich mir galt.

FIELDINGS KURZER ABRISS DER GESCHICHTE NEUFUNDLANDS

9. Kapitel
Das Problem dieses Neu Gefundenen Landes

Sir John Berry unterbreitet das Ergebnis seiner Volkszählung auf der Insel dem König, der in seiner berühmten *Proclamatio betreffend die Colonie des Neu Gefundenen Landes* erklärt: »... zeigt die Volkszählung, daß das Problem dieses Neu Gefundenen Landes sich mit der Zeit gewiß von selbst lösen wird. Es ist offenkundig, daß menschliches Leben sich in dieser wilden Gegend nicht halten kann und daß die Siedler entweder fortziehen müssen oder zugrunde gehen werden. Ich verfüge hiermit, daß man sie fürderhin nicht weiter belästigen, sondern dem Schicksal überlassen möge, das Gott der Allmächtige ihnen zuerkennt.«
Dieser Glaube an das Selbstbestimmungsrecht der Siedler ist der Grund, warum England sich so lange Zeit läßt, bis es auf den Einfall der Franzosen in Neufundland im Jahr 1696 reagiert.
Nachdem alle englischen Siedlungen außer Bonavista und Carbonear zerstört sind, entschließt sich England zur Verteidigung seiner Kolonie. Bis 1713 kämpfen die beiden Länder um den Besitz Neufundlands, dann erkennt England im Frieden von Utrecht an, daß Frankreich ein historisches Recht auf Miteigentümerschaft an Neufundland hat, und

tritt das nordöstliche Drittel der neufundländischen Küste an Frankreich ab – einen Landstrich, den es für wertlos hält. England trifft keine Schuld an diesem vermeintlichen Fehler, denn Einspruch erheben einzig und allein die Siedler, die seit Jahren an der Küste leben und nun den Franzosen weichen sollen. Man kann daher schwerlich erwarten, daß sie diesen Küstenstrich unvoreingenommen bewerten.

EIN MISSLUNGENER ANTRAG

Obwohl ich bereits in jungen Jahren nach New York gekommen war, konnte ich doch die Blütezeit des *Call* oder der sozialistischen Bewegung Amerikas nicht mehr miterleben. Schon bald erkannte ich, daß nicht nur die Sozialistische Partei an sich, sondern auch der *Call* die besten Tage hinter sich hatte. Gerade als ich voller Entschlossenheit und Idealismus am Schauplatz eintraf, begannen sich die anderen mit dem Gedanken anzufreunden, daß man als amerikanischer Sozialist einer Ideologie anhing, die zwar hehre Ziele haben mochte, aber bald überhaupt nicht mehr gefragt sein würde – kurz, eine gerechte, aber aussichtslose Sache war.

Ich war zwei Jahre in New York, als die Zeitung dichtmachte, und obwohl sie kurz darauf in Form einer Wochenzeitung wieder erschien, wurde ich nicht mehr eingestellt. Der Niedergang der Partei und ihre schwindenden Mitgliederzahlen hatten unter anderem zur Folge, daß eine sozialistische Zeitung nach der anderen einging und die wenigen noch verbliebenen Journalisten arbeitslos wurden. Nur für eine knapp bemessene, kostbare Zeit, von der man sich als junger Mensch nicht vorstellen kann, daß sie je zu Ende geht, hatte ich die Gemeinschaft Gleichgesinnter genießen dürfen.

Ich schlug mich als freischaffender Journalist durch, schrieb für die wenigen noch bestehenden sozialistischen Blätter und – dank Fieldings Hilfe – für die *New York Times* und andere bürgerliche Zeitungen. Da ich aber keine Vollzeitbeschäftigung hatte, blieb mir viel Zeit für das, weswegen ich eigentlich nach New York gekommen war, nämlich um Reden zu halten. Das Ergebnis war, daß ich mich in der zusammengeschrumpften Partei zwar immer größerer Beliebtheit erfreute, dabei jedoch zusehends verarmte.

Bald widmete ich meiner unbezahlten Nebentätigkeit als Propagandist mehr Zeit als meiner journalistischen Arbeit. In der Partei war ich als Redner sehr geschätzt, weil man in mir alles mögliche sehen konnte, was ich gar nicht war. Ich war kein Jude, konnte aber wegen meiner Nase und meiner dunklen Erscheinung als Jude durchgehen, wenngleich als einer, dessen Herkunft aufgrund seines Akzents rätselhaft blieb. Nichtsdestoweniger hielt man mich für einen Juden, und zwar für einen, der den »echten« Juden, den jüdischen Intellektuellen, vorgezogen wurde, weil diese allzu offensichtlich aus wohlhabenden Kreisen stammten und deshalb in den Ghettos der East Side unglaubwürdig wirkten.

Ich gehörte eigentlich nicht zur Arbeiterklasse, war jedoch, zum Glück für die Partei, am Verhungern (von Fielding nahm ich kein Geld an, auch wenn sie es mir förmlich aufdrängte) und trug jeden Tag dieselben Kleider, so daß man mich für einen Arbeiter halten konnte. Die anderen Sozialisten zogen vor ihren Auftritten eigens die ältesten Klamotten an und musterten mich immer neidvoll, als fragten sie sich, wie ich es nur schaffte, so authentisch zu wirken, so überzeugend schäbig und ausgemergelt. Für die Partei hätte es einen echten Verlust bedeutet, wenn es mir gelungen wäre, ebenso wohlgenährt, gut gekleidet und erholt auszusehen wie diejenigen, für die ich unentwegt um Wählerstimmen warb. Aber immerhin beraubte mich meine Armut nicht der Fähigkeit, auch weiterhin einen großen Bogen um das Glück zu machen.

Wegen meines neufundländischen Akzents hielt man mich wahlweise für einen Iren, einen Waliser oder einen Schotten. Fielding nannte mich »das Chamäleon«, tatsächlich aber war es das Publikum, das sich änderte und jedesmal etwas anderes in mir sah.

Das einzige, was man mir nicht andichten konnte, war, ein Schwarzer zu sein. Doch das hielt Charlie Ervin nicht davon ab, mich aus den gelichteten Reihen seiner »Agitatoren« auszuwählen, zum »Fachmann für Rassenfragen« zu erklären und nach Harlem zu schicken. Fielding begleitete mich, und wie damals am Hafen von St. John's trommelte sie das Publikum für mich zusammen, indem sie sich mit erhobenem Stock an die Straßenecken stellte und verkündete: »Joseph Smallwood hält in fünf Minuten eine Rede zum Thema Sozialismus, eine Rede, wie ihr sie noch nie gehört habt und vielleicht nie wieder hören werdet und die euch unvergeßlich bleiben wird ...«

Ich stand auf einer Seifenkiste und blickte in ein Meer von schwarzen Gesichtern. Zunächst verschlug es den Schwarzen die Sprache angesichts dieser beiden Weißen in ihrer Mitte – die »herausgeputzte« Fielding und ich, der ich sie dazu bekehren wollte, eine Partei zu wählen, die zwar angeblich keine Rassenunterschiede kannte, aber so gut wie keine schwarzen Mitglieder hatte. In meiner Naivität verkannte ich, jedenfalls zu Beginn, die Gefahr, in der ich schwebte. Ich sprach so beseelt von der antirassistischen Gesellschaft, die der Sozialismus hervorbringen würde, daß sie mich reden ließen. Ihre Mienen schienen zu sagen, daß sie sich von mir zumindest einen gewissen Unterhaltungswert versprachen.

Ich erzählte ihnen, woher ich kam, und als sie meinten, von Neufundland hätten sie noch nie etwas gehört, sagte ich, ich würde eines Tages sein Premierminister werden, als könnte ich so Neufundlands Existenz beweisen.

»Du bist der armseligste Politiker, den ich je gesehen habe«, rief einer der Männer. Ich erklärte ihm, daß ich noch kein Politiker sei, aber im Namen eines Parteimitglieds spräche, das für die Wahlen im Bundesstaat kandidiere und nicht überall zugleich sein könne.

»Das verlangt ja auch keiner«, erwiderte der Mann. »Aber der Kerl hat sich hier noch kein einziges Mal blicken lassen. Er hat Angst herzukommen, deswegen hat er dich geschickt.« Die Menge lachte.

»Im Sozialismus werdet ihr alle ein besseres Leben haben«, verkündete ich.

»Du hast dein' Sozialismus«, meinte eine Frau, »aber es sieht nich so aus, als ob er dir guttut.« Sie wandte sich an Fielding. »Warum gibste ihm nich was von deinem Essen ab? Du siehst aus, als hättste mehr als genug zu futtern.«

»Den Sozialismus ›hat‹ man nicht einfach so wie einen religiösen Glauben«, erklärte ich. »Solange wir nicht gewählt werden, können wir niemandem Gutes tun, auch uns selbst nicht.«

»Aber dann werdet ihr's euch verdammt gut gehen lassen, darauf wett' ich«, bemerkte die Frau. Ich kam mir vor wie ein Narr. Ich versuchte mich mit ihren Augen zu sehen: ein kleiner, etwas schrullig wirkender Bursche, der bei seinen Gesinnungsgenossen einen so schlechten Stand hatte, daß sie ihn nach Harlem schickten, obwohl sie wußten, daß er vielleicht nicht mehr zurückkehren würde. Der sich in den Kopf gesetzt hatte, Premierminister irgendeines unbekannten Landes zu werden, das es möglicherweise gar nicht gab. Und der unerklärlicherweise von einer Frau wie Fielding begleitet wurde.

Immer mehr Männer und Frauen standen von den Treppenstufen vor ihren Mietshäusern auf und traten näher, um zu hören, was dieses Wunder an Gutgläubigkeit noch so alles von sich gab.

»Im Sozialismus«, fuhr ich fort, »werden Schwarze und Weiße gleich sein. Schwarze und Weiße werden die gleiche Chance haben, Präsident zu werden.«

»Klar«, meinte in den vorderen Reihen ein Mann, der, wie ich erkannte, die Uniform eines Pullmanwagenschaffners trug, »es wird bald einen schwarzen Präsidenten geben. Es ist reiner Zufall, daß die ersten sechsunddreißig weiß waren.« Die Menge brüllte vor Lachen. Was sich einst am Hafen von St. John's abgespielt hatte, wiederholte sich hier, ich wurde ausgelacht, und Fielding stand stumm neben mir. Wir waren wie Straßenmusikanten, deren Darbietung noch nicht publikumsreif war.

Um halb acht hätte ich am Union Square sprechen sollen, doch die Veranstaltung war abgesagt worden, deshalb ging ich gegen sechs Uhr zu Fieldings Zimmer, um sie davon zu unterrichten. Die Tür war offen, aber von ihr war nichts zu sehen. Auf ihrem kleinen Eßtisch, der ihr auch als Schreibtisch diente, lag genau in der Mitte, als sei es eigens dort plaziert worden, etwas, das wie das Bilanzbuch eines Kaufmanns aussah, ein großes grünes Buch mit schwarzen Dreiecken an den Einbandecken.

Ich schlug es auf. Die erste Zeile auf der ersten Seite lautete: »Lieber Prowse«. Am rechten oberen Seitenrand war das Datum eingetragen: 11. März 1912. Ich blätterte etwas weiter. Wieder stand zuoberst auf der Seite: »Lieber Prowse«, und der Eintrag stammte vom 23. September 1918. Es war Jahre her, daß Fielding vom College abgegangen war, wo man sie beinahe verprügelt hätte, und trotzdem war sie noch immer … ja, was? Ich überblätterte einen großen Teil und schlug das Buch etwa bei der Hälfte auf. Dort las ich in der ersten Zeile: »Lieber Smallwood«, geschrieben vor zwei Monaten, am 4. November 1923.

»Hast du was Interessantes gefunden?«

Erschrocken klappte ich das Buch zu, legte es auf den Tisch zurück und drehte mich um. Fielding stand nur wenige Fuß von mir entfernt.

»Wie weit bist du denn gekommen?« fragte sie.

»Ich habe gar nichts gelesen«, verteidigte ich mich. »Nur die Anreden.« Ich schaute sie an und rechnete damit, daß sie schelmisch grinsen würde.

»23. September 1918? Lieber Prowse?« sagte ich.

»Ja«, entgegnete Fielding. »Weißt du, Prowse ist das gälische Wort für Tagebuch …« Sie hielt inne. »Hör mal, ich …«

»Lieber Smallwood?« fuhr ich fort. »Fielding, was soll das? Ist das wirklich ein Tagebuch oder so etwas?«

»Ja … nein … ich weiß es nicht. Es ist wohl am ehesten so etwas wie eine Sammlung von Briefen, die nie abgeschickt wurden.«

»Briefe an Prowse? Und dann an mich? Warum denn?«

Sie schluckte, rieb sich die Stirn. »Das machen Schriftsteller eben so. Sie … sie wenden sich im Geiste an ihre Freunde, um ihnen ihre Gedanken mitzuteilen, verstehst du …«

»Du betrachtest Prowse noch immer als deinen Freund?« wunderte ich mich. »Nach dem, was am Bishop Feild geschehen ist?«

»Ich habe danach nur in meinem Tagebuch an ihn geschrieben, das war alles. Wir haben uns nie mehr wiedergesehen, seit ich von der Schule abgegangen bin. Er hat nie etwas davon gewußt. Ebensowenig wie du – bis gerade eben.«

»Was genau habe ich nicht gewußt?« fragte ich.

»Mensch, Smallwood, meine Güte! Ich erwarte doch gar nichts. Ich weiß, daß du … ich meine, ich dachte … weißt du, ich habe dich nie mit jemandem gesehen. Na ja, ich weiß, daß du nicht … du bist nicht … es muß doch nicht heißen, daß wir nicht Freunde sein können.« Ich begriff, was sie mir sagen wollte, aber plötzlich konnte ich an nichts anderes mehr denken als an sie und Prowse.

»Du und Prowse – wart ihr zusammen?« wollte ich wissen.
»Ja«, gab sie gereizt zurück. »Wir waren ... ein Pärchen, so könnte man sagen. Das wußten alle am Feild und am Spencer.«
»Offenbar alle außer mir«, bemerkte ich.
»Darum geht es doch jetzt nicht«, sagte sie.
»Selbst nach dem, was er getan hat, warst du immer noch in ihn ... verschossen?«
»Ja«, antwortete sie. »Sogar dann noch. Aber darum geht es nicht. Worauf es ankommt ... worauf es ankommt, ist, daß sich die Dinge jetzt geändert haben.«
»In manchen von diesen Briefen steht ›Lieber Smallwood‹. Empfindest du für mich dasselbe wie damals für ihn?«
»Nein. Ich ... Du bist mir wichtiger, als er es jemals war ...«
Es war das erste Mal in meinem Leben, daß mir jemand eine solche Erklärung machte. Ich fand nicht die Worte, um ihr zu sagen, daß ich dieselben Gefühle für sie hegte, und zwar schon seit längerer Zeit.
»Willst du mich heiraten?« platzte ich statt dessen heraus. Ich, der ich mir geschworen hatte, nie zu heiraten.
Sie zuckte zusammen, als hätte ich sie völlig mißverstanden. Aber konnte sie denn etwas anderes gemeint haben, als daß sie mich liebte? Beinahe unmerklich schüttelte sie den Kopf, schaute weg.
Es kam mir vor, als hätte sie mich dazu verleitet, ihr einen Heiratsantrag zu machen, obwohl sie nicht die Absicht hatte, ihn anzunehmen. Ich hatte um sie angehalten, ohne ihren Namen auszusprechen. Einen kurzen Augenblick lang hatte ich überlegt, wie ich den Antrag formulieren sollte, und da war es mir albern erschienen, sie mit dem Nachnamen anzureden. Hätte ich nach all den Jahren, in denen ich so getan hatte, als wüßte ich ihren Vornamen nicht, auf einmal »Sheilagh« zu ihr sagen sollen? »Sheilagh, willst du mich heiraten?« Es wäre lächerlich gewesen, sie plötzlich zu einer anderen zu machen, zu einem Menschen, den ich nicht kannte und der für mich nicht existierte.
Sie war nicht Sheilagh, außer vielleicht für ihre Verwandten. Sie war Fielding, und schlagartig wurde ich mir meines Fauxpas bewußt. Sie war Fielding – die Art von Frau, die man beim Nachnamen rief. Ihr Gesichtsausdruck bestätigte meine Befürchtungen. Sie war im Begriff,

mir einen Korb zu geben, und wußte nur nicht, wie sie es anstellen sollte. Wie eine Steptänzerin stand sie mit ihrem Stock in den Händen da und umklammerte ihn so fest, daß ihre Fingerknöchel weiß hervortraten.

»Smallwood …«, begann sie. Aus der darauffolgenden Pause, einer langen, überlangen Pause, schloß ich, daß kein »Ja« mehr kommen würde. Ihr erging es nicht anders als mir, auch sie brachte nur meinen Nachnamen heraus. Sie hatte ganz recht gehabt, als sie mich damals am Hafen gefragt hatte, was wir beide denn eigentlich seien. Wir waren kein Liebespaar. Aber was dann? Was sollten wir in ihren Augen sein? Bettgenossen? Wäre es nicht jeder Frau absurd erschienen, den Heiratsantrag eines Mannes, den sie noch nicht einmal mit dem Vornamen anredete, ablehnen zu müssen? Keiner von uns beiden brachte den Vornamen des anderen über die Lippen, und beide aus demselben Grund.

Wenn sie mich schon abwies, dann wollte ich es ihr zumindest nicht leicht machen und ihr auch keine Peinlichkeiten ersparen. Schließlich war es nur Fielding, die alte Fielding, nicht mehr. Wie hatte ich nur so dumm und arglos sein können? Ich war, so versicherte ich mir, keineswegs verzweifelt, nur gedemütigt, und daran trug Fielding mindestens ebenso viel Schuld wie ich.

»Es tut mir leid«, sagte sie. »Ich weiß nicht, wie …«

Die einzige Möglichkeit, mich aus der Affäre zu ziehen, schien mir, so zu tun, als hätte ich nur einen Witz gemacht, und darauf zu hoffen, daß Fielding mitspielte, wie sie es sonst ja auch oft tat.

»Du glaubst doch nicht etwa, daß ich das ernst gemeint habe, oder?« sagte ich. Einen Augenblick lang zeigte die andere Fielding ihr Gesicht, die unbeobachtete, selbstvergessene, mich vergessende Fielding; Fielding, die, der Zeit entrückt, die Welt so sah, wie sie war, wie sie ohne sie wäre. Dann kehrte die wirkliche Fielding zurück, und die Uhren tickten weiter.

»Hast du tatsächlich geglaubt, ich würde *dich* fragen, ob du *mich* heiraten willst?« fragte ich. »Ich meine, nicht daß ich irgendwas an dir auszusetzen hätte oder so. Aber du bist einfach nicht der Typ Frau, den ein Mann wie ich heiraten würde, und ich bin sicher auch nicht der Typ Mann, den du dir vorstellst.«

»Ich finde, wir sollten es sein lassen«, erwiderte sie doppeldeutig. Meinte sie, wir sollten nicht mehr darüber reden oder künftig getrennter Wege gehen?
»Ja, da hast du recht«, pflichtete ich ihr bei. »Es ist einfach keine Art, wenn zwei Menschen, die nichts füreinander empfinden, so miteinander umgehen.«
»Ganz recht«, entgegnete sie barsch, aber mit bebender Stimme. »Keine Art des Umgangs für zwei Menschen, die nichts füreinander empfinden. Man sollte schon etwas für den anderen übrig haben. Obwohl du ja derjenige warst, der vom Heiraten gesprochen hat.«
»Wenn du es so sehen willst und dich dann wohler fühlst, meinetwegen«, gab ich zurück.
»Am wohlsten würde ich mich fühlen, wenn ich vergessen könnte, daß ich dich je kennengelernt habe. Und eine Menge anderer Dinge würde ich ebenfalls gern vergessen.« Mit diesen Worten kehrte sie mir den Rücken zu, hocherhobenen Hauptes und kerzengerade stand sie da. Ich erinnerte mich, daß sie an jenem Tag im Werkraum des Bishop Feild, als die Jungen sie gehen ließen, eine ebensolche Haltung eingenommen hatte.
Ich bezweifelte, daß irgend etwas, was ich sagte, ihre Meinung über mich ändern konnte. Außerdem befürchtete ich, ihr auf alle Zeiten ausgeliefert zu sein, wenn sie erfuhr, wie sehr ich sie liebte. Der Gedanke, sie könnte auf meine Liebeserklärung mit Gelächter oder auch nur einer behutsamen Zurückweisung reagieren, war mir unerträglich. Ich hatte mir geschworen, niemals zu heiraten, mich niemals von Trieben beherrschen zu lassen, niemals meine Unabhängigkeit, ja mich selbst preiszugeben. Wie konnte ich solche Vorsätze fassen und ihnen nur aus einer momentanen Laune heraus untreu werden? Mein instinktives Gefühl hatte mich nicht getrogen.
»Du kannst jetzt gehen«, sagte sie.

Ein paar Tage später hörte ich, Fielding sei ausgezogen. Unbekannt verzogen.

Fieldings Tagebuch, 12. Februar 1923

Lieber Smallwood,
eine Sekunde lang lag die erste Hälfte meines Namens auf deinen Lippen. Oder habe ich mir das nur eingebildet? »Fiel...« Kaum mehr als ein Wispern.
Was fühlst du, Smallwood? Fühlst du überhaupt irgend etwas? Ich habe nicht mit einem Heiratsantrag gerechnet, nicht auf diese Weise, nicht zu diesem Zeitpunkt. Dennoch hätte ich wissen müssen, daß es einmal passieren würde, daß selbst du dich eines Tages dazu hinreißen lassen würdest. Ich hätte darauf vorbereitet sein müssen.
Ist ein Heiratsantrag jemals so hastig zurückgezogen worden? Wenigstens hast du mich nicht vor dem Traualtar stehengelassen. Hätte es denn eine Möglichkeit gegeben, dir das zu sagen, was zu erfahren du ein Recht hättest, ehe du mich heiratest? Eine Möglichkeit, es dich wissen zu lassen, ohne daß du deine Meinung änderst oder abgeschreckt wirst? Doch was soll die Frage? Mein Gesichtsausdruck und mein Blick genügten ja bereits, um dich abzuschrecken.
Zu Hause habe ich mein Tagebuch immer sorgsam verwahrt, aber in New York glaubte ich es vor niemandem verstecken zu müssen, außer vor dir. Was hattest du eigentlich in meinem Zimmer zu suchen, um Stunden zu früh?
Offenbar hast du wirklich nicht mehr als die Anreden gelesen, wie du behauptet hast. Anderenfalls hättest du mir keinen Antrag gemacht.
Oder vielleicht trotzdem? Was hätte ich gern von dir gehört?
»Fielding, ich bin ein Mann, der sich von närrischer Eitelkeit und Stolz leiten läßt. Aber ich habe dich schon geliebt, Fielding, als ich zwölf war. In deiner Nähe, Fielding, fühle ich mich wieder wie der Junge von früher. Ich sehe uns beide vor mir ... du, das Mädchen, das du damals warst, und ich, Seite an Seite an jenem Tag, als wir uns auf dem Sportplatz neben der Schule kennenlernten. Es war sonnig, aber die erste traurige Kühle des Herbstes lag in der Luft. Auch andere Bilder kommen mir wieder in den Sinn, Fielding. Wie du auf der Anhöhe des Bishop Feild stehst, im Hintergund die Stadt, ein Meer von Dächern, das sich bis zum Hafen und zur Bucht hinunter erstreckt, die Klippen

der Narrows und der Signal Hill, der fünfhundert Fuß hoch über der See aufragt. Fielding …«

Sagen Männer so etwas jemals zu Frauen, außer in Büchern oder in den Tagebuchträumen sitzengelassener Mädchen? Wenn es das, was ich an dir liebe, nur in meiner Einbildung gibt, warum bist du mir dann nicht gleichgültig? Du mit deinem kitschigen Ehrgeiz und deiner krankhaft blinden Zuversicht. Und hinter der Fassade des großmäuligen Redners verbirgst du deine zunehmende Verbitterung und Enttäuschung, der du kaum noch etwas entgegensetzen kannst, obwohl du erst dreiundzwanzig bist.

Wie konnte ich nur so dumm sein? Mein Herz hätte inzwischen wieder heil sein können, aber jetzt ist es zu spät.

FIELDINGS KURZER ABRISS DER GESCHICHTE NEUFUNDLANDS

10. Kapitel
Des Kolonisten Klage

Man kann es sich natürlich so leicht machen wie Prowse und Hayman als kunstlosen Reimeschmied abtun. Doch wie treffend gibt er in seinem Gedicht »Des Kolonisten Klage«, das *Quodlibets* entnommen ist, den eintönigen Alltag in dieser vermeintlich »neuen« Welt wieder!

Fisch zum Frühstück, Fisch zum Mittag,
ich hab's satt, ich will nicht mehr.
Die Kerle sind die schlimmste Plag',
nachts fall'n sie stets über mich her.
Ach, hätten wir, es ist zu dumm,
doch Frauen da, denn demgemäß
wär' man hier nicht so andersrum,
und schonte mir mein arm' Gesäß.

HINES

Mehrere Wochen lang war ich so aufgewühlt, daß ich kaum arbeiten konnte. Statt dessen bummelte ich durch die Straßen von New York und genoß die Tatsache, daß von den Tausenden von Passanten keiner mein Geheimnis kannte, von meiner Demütigung wußte. Wenn ich unter Fremden war, kam es mir in flüchtigen Momenten so vor, als gäbe es gar nichts, wofür ich mich zu schämen brauchte, keinen Grund, unglücklich zu sein oder mich erniedrigt zu fühlen. Was immer ich für Fielding empfunden hatte, so sagte ich mir, würde ich auch für andere Frauen empfinden, und sogar noch mehr. Es gab genug Frauen auf der Welt, die stärkere Gefühle in mir wecken konnten als Fielding, warum also schmachten und sich grämen? Nicht daß ich eine von diesen Frauen jemals heiraten würde oder auch nur eine Affäre mit einer haben würde oder … Bei derlei Gedanken wurde mir im Lauf der Wochen immer schmerzlicher bewußt, wie sehr sie mir fehlte.

Für Journalisten in New York blieb die Lage unverändert schlecht. Mitte des Winters, als ich es mir nicht mehr leisten konnte, sechs Dollar die Woche für mein Pensionszimmer zu zahlen, zog ich aus – nur vorübergehend, wie ich hoffte. Meine Ausgaben für Essen rationierte ich auf vierzig Cent pro Tag: ein Frühstück für zehn Cent; ein Teller Fleisch mit Bohnen und Brot und zum Nachtisch Apfelkuchen und Kaffee für dreißig Cent. Das sollte für die nächsten zwei Monate mein tägliches Abendessen sein.

Ich zog in eine Pension in der Nähe der Leihbücherei an der Forty-Second Street, auf Höhe der Sixth Avenue. Das Zimmer kostete fünfzig Cent pro Tag, und der größte Nachteil daran war, daß ständig die Hochbahn vorbeirumpelte, so daß ich kaum Schlaf bekam. Als ich ein paar Tage dort gewohnt hatte, wurde mir klar, daß ich ein noch billigeres Quartier finden mußte, sonst hatte ich bald kein Geld mehr. Also zog ich, für fünfundzwanzig Cent die Nacht, in eine Absteige, die beängstigend nah an der Bowery lag, jenem anrüchigen Vergnügungsviertel, das als Endstation für Pechvögel galt.

Für mich sollte es keine Endstation sein, sondern die Umsteigestation zurück nach Neufundland. Aber bei der Vorstellung, es könnte mir so gehen wie meinem Vater, der vor dreißig Jahren als Versager aus Boston zurückgekehrt war, entschloß ich mich, die Zähne zusammenzubeißen und es irgendwie durchzustehen.

Wieder zog ich um, diesmal in eine schlafsaalartige Herberge namens »Boden«, wo man für seine fünfzehn Cent nur einen Platz auf den blanken Dielen bekam. Nie zuvor war mir so eindringlich bewußt geworden, daß ich aussah wie jemand, von dem keine allzu große Gegenwehr zu erwarten war. Und ich hatte gehört, was Leuten im »Boden« passieren konnte, wenn sie zu betrunken oder zu schwach waren, um sich zu verteidigen.

Es gab niemanden, der für Ordnung sorgte oder den man zu Hilfe rufen konnte. Unten an der Anmeldung saß zwar ein bulliger Kerl, doch der interessierte sich nur dafür, daß sich keiner mit den Decken für drei Cent die Nacht davonmachte. Damit gar nicht erst einer auf solche Gedanken kam, hatte er hinter sich an der Wand einen Baseballschläger aufgehängt, der verdächtige Dellen aufwies.

Ich verbrachte drei Nächte im »Boden«, tat aber die ganze Zeit kein Auge zu. Aus Angst, man könnte mir meine Stiefel stehlen, verwendete ich sie nicht als Kopfkissen, wie es manch andere taten, sondern zog sie gar nicht erst aus. Ich wünschte, die anderen wären meinem Beispiel gefolgt, denn es stank erbärmlich nach alten Socken und Stiefeln. Da ich mich nirgendwo anlehnen konnte, war das Aufrechtsitzen auf Dauer zu anstrengend, selbst wenn ich mich mit den Händen nach hinten abstützte. Also lag ich, auf einen Ellbogen gestützt, da und gab meine Wachsamkeit dadurch zu erkennen, daß ich Zigaretten rauchte, in genau bemessenen Abständen, damit sie mir bis zum Morgen reichten.

Inzwischen war es Frühling geworden, und in der zweiten Aprilhälfte herrschten für New Yorker Verhältnisse ungewöhnlich milde Temperaturen. So entschied ich, mich von der Fünfzehn-Cent-Gesellschaft zu verabschieden und mir mein weniges verbliebenes Geld für Essen zu sparen, und schloß mich jenen Männern an, die hinter der Bücherei auf den Marmorbänken des Bryant Park übernachteten. Als Decken dienten mir weggeworfene Zeitungen aus den Abfalleimern. An so manchem Morgen wachte ich, Haare und Bart mit Reif überzogen, zitternd aus fiebrigen Träumen auf, die stets von der Kälte und von Fielding handelten. Einmal träumte ich, ihr zu begegnen, wie sie mit Reeves Arm in Arm die Straße entlangspazierte. Als ich mich in Ausflüchten erging, warum ich so spastisch zuckte und meine Hände so krampfhaft zitterten, lächelte sie Reeves an, als hätte sie mich ja schon immer gewarnt, daß es ein schlimmes Ende mit mir nehmen würde, wenn ich so weitermachte. In anderen Nächten verwandelte sich die Bank unter mir in eine Holzkoje, und ich glaubte die Kohlenwinde und die Pelzrutsche der *Newfoundland* zu hören. Um mich warm zu halten, rauchte ich Zigaretten unter meinem Baldachin aus Zeitungen. Ich schlief jede Nacht auf derselben Bank und achtete darauf, immer rechtzeitig wieder im Park zu sein, damit sie mir keiner wegschnappte. Irgendwie gelang es mir, meinen Körper an ihre individuelle Form anzupassen, und ich fand in ihrem Marmor sogar eine kleine Vertiefung für meine Hüfte. Trotzdem waren meine Glieder morgens so steif, daß ich mich kaum bewegen konnte.

Ein Polizist namens Barnes, der im Park seine Streifengänge machte, hatte dafür zu sorgen, daß die Bänke tagsüber frei von Stadtstreichern waren. Frühmorgens ging er den mit Bänken gesäumten Weg entlang und schlug jedem der Schläfer mit seinem Knüppel auf die Fußsohlen. »Aufgewacht, die Sonne lacht!« pflegte er dann – bei jedem Wetter – zu rufen. Wie Statuen, die zum Leben erwachten, sah man bald darauf überall im Park Männer, die sich aufsetzten und sich gähnend die Augen rieben.

Ich malte mir manchmal aus, was mein Vater sagen würde, wenn er mich so sehen könnte, so tief gesunken, daß ich meine Nächte auf einer Marmorbank verbringen mußte. Was mir dieses Dasein einigermaßen erträglich machte, war einzig das Wissen, daß ich jederzeit nach Neufundland zurückkehren und mein altes Leben wieder aufnehmen konnte. Dennoch war mir der Gedanke verhaßt, ich müßte unfreiwillig nach Hause zurückkehren, als armer Schlucker, dem man seine Armut auch ansah. Allein um das Geld für die Überfahrt zu bekommen, müßte ich Walter telegraphieren, meinem Vetter ersten Grades, der nach Onkel Freds Tod die Stiefel- und Schuhmanufaktur übernommen hatte. Ich wußte, daß er es zwar schicken würde, mich danach aber ebenso behandeln würde wie früher sein Vater den meinen, selbst wenn ich ihm das Geld zurückzahlte.

Im Bryant Park wimmelte es von Leuten wie mir, die versuchten, möglichst lange durchzuhalten, und darauf hofften, daß sich irgendwann das Blatt wendete. Ihnen allen graute vor dem Tag, an dem sie sich eingestehen mußten, daß sie es in der Großstadt zu nichts gebracht hatten und ihnen nur die Rückkehr nach Hause blieb. Besonders entmutigend war für mich der Gedanke, nur einer von vielen zu sein, denen es genauso ging. Uns allen, die wir mit der Überzeugung, einzigartig und herausragend zu sein, nach New York gekommen waren, drohte nun dasselbe schnöde Schicksal. Unsere letzten Tage in der Großstadt harrten wir in diesem Park aus, in einer Art Provinzlerghetto, und saßen unsere Zeit ab, ehe wir in die Heimat zurückkehrten, wo wir als lebende Anschauungsobjekte für all jene dienen würden, die sich für etwas Besonderes hielten.

Eines Morgens wurde ich auf meiner Marmorbank nicht von Barnes geweckt, sondern von einem Menschen, den ich, da ich meine Brille nicht trug, nur undeutlich sah und dessen Stimme mir unbekannt war.

»Oje, oje, oje«, hörte ich den Mann in beträchtlicher Lautstärke sagen. Im ersten Moment glaubte ich noch zu träumen. »Wieder ein blauäugiger Neufundländer, der in New York vor die Hunde geht.«

Der Sprecher hatte eine tiefe, sonore Stimme, die weit über den Park trug, so daß sich die Männer auf den anderen Bänken aufsetzten und nicht nur ihn, sondern auch mich anstarrten, als fragten sie sich, was denn mit mir los sei, daß mich jemand so anbrüllte.

Ich holte meine Brille heraus und setzte sie auf, und da sah ich über mir einen Mann stehen, der mindestens sechs Fuß groß sein mußte. Schwarzes, ungekämmtes Lockenhaar hing ihm über die buschigen schwarzen Augenbrauen, und sein Backenbart schloß sich wie ein Riemen um sein Kinn. Auf dem Kopf trug er eine schwarze Kapitänsschirmmütze, und hinter den dicken Gläsern seiner Brille wirkten seine dunklen Augen noch größer, als sie ohnehin waren. Wenn er jemanden mit diesen Augen und dazu noch mit seinem angedeuteten, wissenden Lächeln anstarrte, schien es, als wollte er sagen, man brauche gar nicht erst zu versuchen, etwas vor ihm zu verbergen, weil seinem prüfenden Blick ohnehin niemand standhalten könne.

Er trug so etwas wie einen Frack, der früher einmal einem Lakaien oder einem Butler gehört haben könnte. Er reichte ihm beinahe bis zu den Knien, war an den Rändern ausgefranst und über und über mit etwas beschmiert, was nach Kalk oder Staub aussah, als hätte er sich gleich nach dem Aufstehen auf der Straße gewälzt.

»Woher wissen Sie, daß ich Neufundländer bin?« fragte ich.

»Es steht Ihnen ins Gesicht geschrieben«, erwiderte er. »Genauer gesagt, auf die Stiefel. Da steht Smallwood.« Lächelnd schüttelte er den Kopf. »Von Zeit zu Zeit streife ich durch alle Parks der Stadt, um Neufundländer zu suchen. Für gewöhnlich sind sie nicht so leicht auszumachen wie Sie. Ich habe Sie schon eine ganze Weile im Auge.«

Ich fragte mich, wie nah er wohl herangekommen war, wenn er den Namen »Smallwood« auf meinen Stiefelsohlen hatte lesen können.

»Wie meinen Sie das?« fragte ich. »Wer sind Sie eigentlich?«

»Zunächst«, entgegnete er, »lassen Sie uns die Frage klären, wer Sie sind. Ihrem Akzent nach zu schließen, kommen Sie aus St. John's. Sie sind jetzt drei, höchstens vier Jahre in New York. Seit Ihrer Ankunft haben Sie den Umgang mit Ihren Landsleuten gemieden, weil sie Sie an Dinge erinnern, die Sie hier vergessen wollten oder denen Sie zumindest eine Zeitlang entfliehen wollten. Nachdem Sie zu Hause einen gewissen Erfolg erzielt hatten, kamen Sie hierher, um zu beweisen, daß Sie sich überall durchsetzen können. Sie glauben oder haben einmal geglaubt, daß Sie entweder niemals heimkehren werden, oder wenn doch, dann in einem glorreichen Triumph, als gemachter Mann, der nicht mehr beweisen muß, daß er etwas kann.«

»Ihre Beschreibung könnte auf jeden Neufundländer in New York zutreffen«, meinte ich.

»Wenn Sie sich mit Neufundländern in New York abgegeben hätten, würden Sie das nicht sagen. Die meisten Neufundländer kommen zusammen mit Landsleuten her und suchen hier die Gesellschaft anderer Neufundländer. Aber möglicherweise habe ich auch nur mich beschrieben, wie ich selbst vor Jahren einmal war.«

Das Ganze klang nach der bedeutungsschwangeren Selbsterkenntnis, die von irgendeiner religiösen Erfahrung herrührte, nach der ersten Begegnung Christi mit einem seiner Apostel. Der Bursche ging mir auf die Nerven.

»Daß Sie keinen Umgang mit Neufundländern hatten, sehe ich schon daran, daß Sie mich nicht kennen«, fuhr er fort. »Ich heiße Tom Hines und bin der Eigentümer und Verleger einer Zeitung namens *Backhomer*. Wir haben Abonnenten in vierzig Ländern und mehr Auslandskorrespondenten als die *New York Times*.«

»Von dieser Zeitung habe ich noch nie gehört«, sagte ich.

Er lächelte. »Wie heißen Sie?«

»Joe Smallwood«, antwortete ich. »Und es stimmt, ich bin mit dem Mann verwandt, der diese Stiefel herstellt. Mein Großvater hat das Geschäft gegründet, das jetzt mein Vetter leitet.«

»Was ist mit Ihrem Vater?« fragte er und sah mich dabei mit seinen riesigen Augen an, von denen eines blutunterlaufen war.

»Er hat nichts mit dem Geschäft zu tun«, erwiderte ich.

»Das hat bestimmt seine Vorgeschichte«, bemerkte Hines. »Und was machen Sie? Oder sollte ich besser sagen: Was hatten Sie ursprünglich vor, hier zu machen?«

»Ich bin Zeitungsreporter«, sagte ich. »Ich habe fast zwei Jahre lang für den *Call* gearbeitet, ehe er zusperren mußte.«

Er lächelte, als wüßte er über mich nun alles, was er hatte wissen wollen. »Der *Call*«, sagte er. »Geschrieben und gelesen von solchen, die dem Diesseits verhaftet sind. Es ist kein Verlust, daß das Blatt eingegangen ist. Ich habe gehört, es sei auf so dünnem Papier gedruckt worden, daß es nicht einmal als Decke taugte.«

Ärgerlich warf ich die Zeitungen beiseite, mit denen ich mich zugedeckt hatte, und stand auf, um mit einer ebenbürtigen Antwort zu kontern. Doch da überkam mich ein Schwindel, so daß ich mich rasch wieder hinsetzte. Als ich die Augen öffnete, war Hines noch immer da und lächelte auf mich herab, als hätte er diesen Schwindelanfall bewirkt.

»Wann haben Sie zuletzt etwas gegessen?« fragte er.
Ich zuckte mit den Achseln.
Er griff in die Tasche seines Fracks und zog eine Visitenkarte heraus. »Hier haben Sie die Adresse einer Unterkunft, in der Sie wohnen können, bis Sie so weit bei Kräften sind, um selbst für sich zu sorgen.« Dann zog er aus derselben Tasche einen Bleistift und schrieb etwas auf die Rückseite der Karte. »Und das«, sagte er, »ist die Adresse des *Backhomer*. Besuchen Sie mich doch mal. Ich kann Ihnen zwar nicht gerade eine Stelle anbieten, aber wenn Sie für mich arbeiten wollen, besorge ich Ihnen ein Quartier und bezahle Sie, sobald ich kann.«
Er reichte mir die Karte, und als ich sie nicht annehmen wollte, steckte er sie mir in die Jackentasche. Ich fühlte mich zu benommen und zu erschöpft, um Widerstand zu leisten.
»Bedenke, Mensch, daß du aus Neufundland bist und nach Neufundland zurückkehren wirst«, glaubte ich ihn noch sagen zu hören, ehe er verschwand.
Die nächsten beiden Nächte brachte ich noch auf meiner Bank im Bryant Park zu und schlief tagsüber in der Bücherei, mit einem Buch auf dem Schoß, das ich zu lesen vorgab.
Am dritten Tag nach meiner Begegnung mit Hines erwachte ich frühmorgens, noch vor Sonnenaufgang, und setzte mich behutsam auf. Ich entdeckte einen Zigarettenstummel auf dem Boden, doch als ich meine Hand danach ausstreckte, kippte ich von der Bank, und der Aufprall war härter – oder kam plötzlicher –, als ich erwartet hatte. Ich lag auf dem Rücken. Da fiel mir ein, daß ich als Kind dem Irrglauben angehangen hatte, auf dem Rücken zu liegen sei ein erstes Anzeichen für Tuberkulose, deshalb drehte ich mich auf die Seite und schlief wieder ein.
Als ich erneut aufwachte, schlief ein anderer mit Zeitungen zugedeckter Mann auf meiner Bank. Irgendwie schaffte ich es, auf die Beine zu kommen, indem ich mich an der Bank hochzog. Ich überlegte, ob ich den Mann wecken und ihm sagen sollte, daß das mein Platz sei, aber er sah aus, als würde er mit mir spielend leicht fertig.
Auf der Suche nach einer freien Bank wanderte ich durch den Park, fand aber keine. Ich vermutete, daß mir höchstens noch ein oder zwei

Tage blieben, ehe ich vor Erschöpfung zusammenbrechen würde. Ich kramte in meiner Tasche nach der Visitenkarte, die Hines mir gegeben hatte. Es war eine Adresse in Brooklyn. Zu Fuß machte ich mich auf den Weg dorthin.

Als ich zwölf Stunden später ankam, konnte ich mich nur noch mit Mühe auf den Beinen halten. Alles, was ich von dem Haus wahrnahm, war die Nummer 1693 und ein rotes beleuchtetes Kruzifix über der Tür. Ich ging hinein und reichte einer Frau, die hinter einem Empfangstresen saß, meine Karte. Sie warf einen prüfenden Blick darauf.

»Wir kümmern uns gleich um Sie, mein Guter«, sagte sie. Dann rief sie: »George, hier haben wir einen für den ›Käfig‹. Beeilen Sie sich, sonst ist er ein Fall für die Krankenstation.«

Zum »Käfig« gelangte man mit einem Fahrstuhl, der früher wohl von den Dienstboten benutzt worden war. Im sechsten Stock hatte man sämtliche Zwischenwände herausgerissen und den gesamten Raum in käfigartige Zellen unterteilt, deren »Wände« aus feinmaschigem Drahtgeflecht bestanden und bis zur Decke reichten. Jede der Zellen hatte eine Maschendrahttür, die sich von innen verschließen ließ. Diese Abteile boten weder ein ungestörtes Privatleben noch Ruhe, ihr einziger Zweck bestand darin, die Insassen und ihre spärlichen Habseligkeiten vor gegenseitigen Übergriffen zu schützen. Man konnte das ganze Geschoß überblicken, von einem Ende zum anderen. Ein paar Männer standen da, rauchten und unterhielten sich durch den Maschendraht. Die meisten lagen jedoch auf ihren Pritschen, schon bevor das Licht ausgeschaltet wurde, hatten die Hände hinter dem Kopf verschränkt und starrten an die Decke, als dächten sie zurück an bessere Zeiten oder an die unglückliche Verkettung von Umständen, die sie schließlich hierher geführt hatte. Fast jeder der Bewohner hatte seine Pritsche und seinen persönlichen Besitz in die Mitte der Zelle geräumt, im gleichen Abstand zu jeder »Wand« und möglichst weit weg von Dieben. Diese angelten nämlich mit Hilfe von zusammengeflochtenen Drahtkleiderbügeln nach Beute, wie mir mein Nachbar am ersten Abend erzählte.

Hines, erklärte er mir, sei hier der Hausherr. Im »Käfig« könne man zwei Wochen kostenlos wohnen, und wer bis dahin irgendeine Arbeit gefunden habe, könne, wenn er wolle, unbegrenzt bleiben. Hines vermiete diese »Zimmer« – von denen es in New York noch viele gab – zum Vorzugspreis an jeden, der sich als Neufundländer ausweisen könne.

»Er ist ein Priester der Pfingstlerkirche«, fuhr mein Nachbar fort. Wahrscheinlich hatte Hines mich deshalb so verblüffend genau einschätzen können. Er kannte bestimmt Miss Garrigus. »Er ist in St. John's geboren und aufgewachsen. Aber jetzt hat er seine eigene kleine Kirche, die ›Kirche der Pfingstbewegung Neufundlands in Brooklyn‹, wie er sie nennt. Bin mal dort gewesen. Wenn man regelmäßig hingeht, kann man ein paar zusätzliche Tage im ›Käfig‹ rausschinden.«

»Es sieht wie eine Art Gefängnis aus«, meinte ich, während ich mich umsah.

»O nein, Sie können kommen und gehen, wann Sie wollen«, erwiderte der Mann. »Allerdings muß man bis neun Uhr abends zurück sein, und wer mit Schnaps erwischt wird, fliegt raus. Oder wer irgendwelche krummen Dinger dreht.«

»Hines muß ein Heidengeld verdienen«, überlegte ich, »sonst könnte er es sich nicht leisten, die Leute hier zwei Wochen umsonst wohnen zu lassen.«

»Ich schätze, er verdient sein Geld mit der Zeitung. Von mir hat er jedenfalls nie einen Cent gekriegt. Ich war nie länger als zwei Wochen am Stück im ›Käfig‹. Wenn die zwei Wochen vorbei sind, sitze ich wieder auf der Straße. Arbeit finde ich keine, und wer vor die Tür gesetzt worden ist, darf erst nach drei Monaten wieder in den ›Käfig‹.«

In jener Nacht stand ich da, die Finger in die Rauten des Maschendrahts eingehakt, und ließ den Blick über die schlafenden Männer in den Zellen ringsum schweifen. In einer davon entdeckte ich einen Mann, eine Frau und zwei Kinder, einen Jungen und ein Mädchen. Die Kinder waren noch klein genug, um sich die Pritsche zu teilen, während der Mann und die Frau auf dem Boden schliefen, die Frau zwischen dem Mann und der Pritsche. In solchen Quartieren sah man selten Frauen oder Kinder; die meisten dieser Herbergen verwehrten ihnen grundsätzlich den Zutritt. Der Anblick der zwei Kinder auf der Pritsche erinnerte mich an meine Geschwister zu Hause, die bestimmt noch immer zu dritt in einem Bett schliefen. Welcher Luxus war es für mich gewesen, im Bishop Feild zum ersten Mal in meinem Leben ein Bett für mich allein zu haben. Ich betrachtete das Paar auf dem Boden. Der Mann lag auf dem Rücken, die Frau zusammengerollt auf der Seite, die Hände unter dem Kopf. Sie hatte ihrem Mann den Rücken zugekehrt, und ihre Haltung wirkte leicht vorwurfsvoll, als gäbe sie ihrem Mann die Schuld daran, daß sie so tief gesunken waren. Ich mußte an meine Eltern denken.

Anfangs hatte ich vorgehabt, die zwei Wochen im »Käfig« verstreichen zu lassen und danach weiterzuziehen. Aber ich fand nirgendwo Arbeit als freier Journalist, jedenfalls keine bezahlte, obwohl ich mich Tag für Tag auf die Suche machte. Ich dachte an die Nächte, die ich im »Boden« zugebracht hatte. Das würde ich mir nicht noch einmal antun. Entweder würde ich Hines beim Wort nehmen und auf sein Angebot eingehen, oder ich würde nach Hause zurückkehren – aber nur, wenn ich die Reise aus eigener Tasche bezahlen konnte, das hatte ich mir geschworen.

Also suchte ich Hines im *Backhomer* auf, der dem *Call* nur in einer Hinsicht glich: Sein Auftrag war denkbar eng gefaßt. So wie sich der *Call* einzig und allein der Förderung des Sozialismus verschrieben hatte, gab es für den *Backhomer* kein anderes Thema als Neufundland.

Die Zeitungsredaktion – sofern man es bei achthundert Quadratfuß so nennen kann – lag über einem Eisenwarengeschäft in der West Fifteenth Street, ein halbes Dutzend Straßenzüge vom Hotel Neufundland entfernt. Sie bestand aus zwei drückend heißen Räumen, einem kleinen »Büro« für Hines und einer »Nachrichtenredaktion« für uns andere. (Beim *Backhomer* war nichts so großartig, wie es die Bezeichnungen dafür vermuten ließen – einschließlich uns »Reporter«.)

»Na, haben wir hier nicht unseren Mr. Smallwood?« sagte Hines, der gerade aus seinem Büro kam und mich auf dem Weg zur Nachrichtenredaktion abfing. Bestimmt hatte er mich den Flur entlanggehen hören. »Mr. Joseph Smallwood. Einstmals Reporter des *Call* und Bewohner des Bryant Park. Ich hatte schon fast die Hoffnung aufgegeben, daß Sie zum *Backhomer* kommen und uns mit Ihrem journalistischen Sachverstand zur Seite stehen. Ich dachte, Sie wären zu Ihrem dem Diesseits verhafteten Leben zurückgekehrt.« Er musterte mich durch die Brille, die seine Augen so riesig wirken ließ. Sein linkes Auge war nun fast völlig blutunterlaufen.

»Seit unserer Begegnung bete ich jeden Abend für Sie, in der Hoffnung, Sie mögen Ihr Herz öffnen für die Botschaft des Erlösers. Wann immer Sie geistlichen Beistand benötigen oder das Bedürfnis haben, getauft zu werden, können Sie mich in meiner kleinen Kirche in Brooklyn besuchen.«

»Ich bin wegen der Stelle gekommen, die Sie mir angeboten haben«, erwiderte ich.

»Ich habe Ihnen eine Stelle angeboten?«

»Ja. Sie sagten doch gerade, Sie hätten schon fast die Hoffnung aufgegeben … Hören Sie, vor zwei Wochen haben Sie gesagt, wenn ich für Sie arbeite, besorgen Sie mir eine Unterkunft und bezahlen mich, sobald Sie können.«

»Wenn Sie es sagen, wird es wohl stimmen«, meinte Hines. »Treten Sie doch ein.«

In seinem Büro befanden sich ein Schreibtisch und ein Stuhl, auf den Hines sich setzte und mich ansah. Hinter ihm an der Wand hing ein mächtiges Schnitzwerk, das Wappen von Neufundland: ein Wapiti über einem gekreuzten Schild, das mit Löwen und Einhörnern geschmückt war, flankiert von zwei Beothuk-Indianern, darunter das Motto *Quaerite Prime Regnum Dei* (Suchet zuvörderst das Reich Gottes).

»Wir müssen uns über Ihre Arbeitsbedingungen unterhalten«, sagte Hines.

»Für eine Unterkunft im ›Käfig‹ und zwei Mahlzeiten am Tag arbeite ich für Sie«, erwiderte ich. »Ich weiß allerdings nicht, für wie lange.«

»Was das betrifft, so kennen wir weder die Stunde noch den Tag«, meinte Hines.

Drei Tage später trat ich meine Stelle bei ihm an. In einer kurzen Meldung in seiner Zeitung verkündete er, daß der Enkel von David Smallwood, ebenjenem David Smallwood, der zum Zweck der Werbung für sein Geschäft eine der bekannteren Landmarken Neufundlands, den Stiefel bei den Narrows, geschaffen habe, nunmehr beim *Backhomer* arbeite.

Das sonstige Personal des *Backhomer* bestand aus einem Mann namens Duggan und seiner Frau Maxine. Zu welchen Bedingungen sie hier arbeiteten, fand ich niemals heraus.

Die wenigen Informationen, die wir uns beschaffen mußten, erhielten wir größtenteils über das Telephon in der Nachrichtenredaktion. Zur Berichterstattung mußte sich nur selten jemand nach draußen wagen, abgesehen von den freischaffenden Photographen. Einmal im Monat, wenn das Schiff des Roten Kreuzes aus St. John's einlief, begab ich mich zum Green Point in Brooklyn, allerdings mehr, um mein Heimweh zu lindern, als in der Hoffnung, Material für einen Artikel zu finden. Dort traf ich Neufundländer, die mich mit den jüngsten Neuigkeiten und Zeitungen aus der Heimat versorgten. Meistens verbrachte ich meine Tage allerdings zusammen mit Duggan und Maxine in der Nachrichtenredaktion, wo wir mürrisch und niedergeschlagen vor uns hin qualmten. Wir benutzten riesige, schüsselartige Glasaschenbecher, die tagelang nicht geleert wurden, so daß wir unsere Zigaretten bald nicht mehr auszudrücken brauchten, sondern sie einfach nur in den Haufen steckten, wie Nadeln in ein Nadelkissen. Bis zum späten Nachmittag war das kleine Zimmer ungefähr in Kopfhöhe eingenebelt.

Wir litten ständig unter Heimweh und waren machtlos dagegen, da wir uns bei der Arbeit ja mit nichts anderem als Neufundland beschäftigten. So viel hatten wir mit Neufundland nicht einmal zu tun gehabt, als wir noch dort lebten. Wir litten sogar unter größerem Heimweh als unsere Leser, was, den Leserbriefen nach zu schließen, einiges heißen wollte. Wir waren heimwehkrank, doch zugleich machte uns die Heimat krank; wir hatten es satt, davon zu hören, darüber zu schreiben, andere heimwehkranke Neufundländer zu interviewen und über sie zu berichten.

»Neufundland hier, Neufundland da, von früh bis spät nichts anderes als Neufundland, da dreht man ja durch«, erregte sich Duggan. »Ich schwöre bei Gott, wenn ich noch einmal das Wort Neufundland höre, jage ich mir 'ne Kugel durch den Kopf.«

Da deutete Hines, einem Schicksalsboten gleich, mit dem Finger auf ihn und sagte bedeutungsvoll: »Bedenke, Mensch, daß du Neufundländer bist und nach Neufundland zurückkehren wirst.« Als Hines uns den Rücken zukehrte, tippte sich Duggan an die Stirn, als wollte er zum Ausdruck bringen, daß bei Hines eine Schraube locker sei.

Der *Backhomer* schrieb hauptsächlich über emigrierte Neufundländer und wurde von Neufundländern zu Hause und im Ausland gelesen. Hines veröffentlichte gelegentlich die Liste seiner Abonnenten im Ausland, um zu zeigen, daß seine neufundländische Leserschaft in alle Welt verstreut war. Hinter die Namen der Abonnenten, die es am weitesten in die Fremde verschlagen hatte, setzte er Sternchen und Ausrufezeichen: »Millie Dinn, Ankara, Türkei.**!!!! Calvin Hodder, Hongkong.**!!!«

In seiner predigtartigen Kolumne verglich Hines unentwegt die Neufundländer mit den Juden und wies auf bestehende Parallelen hin. Es gebe eine »Diaspora« der Neufundländer, schrieb er, sie seien über die ganze Welt verstreut wie die Juden. Er sah sich selbst als ihren Priester, und in seinen Kolumnen, die meist mit einigen Versen aus dem Buch Exodus eingeleitet wurden, predigte er zu seiner Gemeinde. Weil er die Neufundländer so beharrlich mit den Juden verglich, erklärten wir ihn insgeheim zu unserem Moses. Morgens fragten wir einander, ob Moses schon von seinem Berg herabgestiegen sei, sprich: ob er schon in der Redaktion erschienen sei.

Zu meinen wichtigsten Aufgaben zählte die Bearbeitung der beiden Zeitungsseiten, die sich »vermißten Neufundländern« widmeten, jenen, die in der Fremde verschollen waren. Jeder Neufundländer, der einen lange aus den Augen verlorenen Verwandten aufspüren wollte, konnte an den *Backhomer* schreiben und seinen Brief samt einer Photographie des schmerzlich Vermißten unter dieser Rubrik abdrucken lassen. »Wenn jemand etwas weiß über den Aufenthaltsort ...«, so fingen sie meistens an. Die letzten Photographien waren oftmals schon fünfzig Jahre alt, Daguerreotypien, auf denen die Männer – die Vermißten waren für gewöhnlich Männer – allesamt gleich aussahen.

Einmal suchte eine Frau nach ihrem Bruder, von dem sie seit 1898 nichts mehr gehört hatte. Mit einem von ihrer Tochter verfaßten Brief erhielten wir die Porträtaufnahmen eines gewissen Joe Marsh. Wie er so dasaß in dem mächtigen Korbsessel, im Anzug, die Arme verschränkt, das Kinn herausgereckt, wie für einen besonderen Anlaß zurechtgemacht, erweckte er nicht den Eindruck eines Mannes, der in Hickman's Harbour alt werden wollte. Ich stellte mir vor, wie er jetzt, mit sechsundvierzig Jahren, auf dieses Bild stieß, das ihn als Einundzwanzigjährigen zeigte. Als Überschrift wählte ich einen Satz aus dem Brief seiner Schwester: »WO BIST DU, JOE? Wurde zuletzt gesehen vor fünfundzwanzig Jahren. Verließ 1898 Hickman's Harbour mit Kapitän Ed Vardy auf einem Schiff mit Ziel St. John's. Reiste von dort nach Montreal weiter. Habe ihn zehn Jahre später aus den Augen verloren und seitdem nicht mehr gesehen. Bis heute quält mich die Frage, was aus ihm geworden sein mag.«

»Wo bist du, Joe?« Die Vorstellung, spurlos zu verschwinden und dreißig Jahre später in einer Zeitung wie dem *Backhomer* ein Bild zu sehen, das mich als Vierundzwanzigjährigen zeigte, dazu einen Brief von Fielding oder meiner Mutter, die sich nach meinem Verbleib erkundigte, übte eine morbide Faszination auf mich aus. Um unterzutauchen, genügte es beinahe schon, wenn ich meinen Namen änderte.

FIELDINGS KURZER ABRISS DER GESCHICHTE NEUFUNDLANDS

11. Kapitel
Osborne und Beauclerk

1729 überzeugen die Kaufleute aus Südwestengland König George II., daß Neufundland einen Gouverneur brauche, weil unter denen, die dauerhaft dort lebten, gesetzlose Zustände herrschten. Für den Posten des jetzigen Kommodore der neufundländischen Fischerei schlagen sie Lord Vere Beauclerk vor.

Auf die Bitte der in Neufundland ansässigen Siedler, einen Zivilisten zum Gouverneur zu ernennen, reagiert der König entgegenkommend und entscheidet sich für Lord Vere Beauclerk. Er räumt ein, daß dieser zwar kein Zivilist sei, daß es aber jedem Neufundländer freistehe, ihn als solchen zu betrachten. (Damit wird die beinahe einhundert Jahre währende Tradition begründet, das zivile Amt eines Gouverneurs mit einem Nichtzivilisten zu besetzen.)
Als sich herausstellt, daß Beauclerk, wenn er das Amt annimmt, aus verfassungsrechtlichen Gründen auf seinen Sitz im britischen Parlament verzichten muß – was er, ein ergebener Untertan des Königs, nicht unbedingt will –, lehnt er das Amt ab. Wieder einmal greift der König ein und rettet die Lage, indem er verkündet, der künftige Gouverneur werde Henry Osborne, ein Kommandant der Marine, sein, aber Beauclerk werde ihn begleiten und ihm bei der Amtsausübung zur Seite stehen.
Weder Osborne noch Beauclerk überwintern in Neufundland. Osborne sieht seine vordringliche Aufgabe darin, ein Gerichtsgebäude zu bauen. Dazu kommt es zwar nicht, dafür aber entstehen zwei Gefängnisse, und bald sieht man überall in St. John's Leute im Stock liegen.
Osborne ernennt einheimische Neufundländer zu Friedensrichtern. Diese geraten in Konflikt mit den Fischerei-Admirälen, die die Autorität dieser angeblich ungebildeten und unkultivierten Leute nicht anerkennen wollen.
Glücklicherweise lebt bald eine genügend große Anzahl südwestenglischer Kaufleute in Neufundland, so daß aus einer Reihe von Kandidaten, deren Bildungsgrad den Ansprüchen der Admiräle genügt, die Friedensrichter ernannt werden können.
Trotz dieser und manch anderer Errungenschaften hat das Rechtswesen noch immer seine Mängel. Doch langsam macht es Fortschritte. Die kostspielige und zeitaufwendige Gepflogenheit, Tatverdächtige zum Prozeß nach England zu transportieren, wird aufgegeben. Nun werden nicht mehr Schiffsladungen voller Tatverdächtiger und Zeugen im Herbst nach England gebracht. Und im Frühjahr werden nicht mehr Schiffsladungen voller Zeugen zurückgebracht.

DER *BACKHOMER*

Hines druckte im *Backhomer* stets den genauen Wortlaut seiner Sonntagspredigten ab, ebenso die programmatischen Reden, die er auf Vereinsversammlungen hielt, etwa vor dem Club der Neufundländer in Brooklyn, der sich einmal monatlich zum geselligen Beisammensein traf. Wenn er sich seine Predigten ausdachte, ging er in der Nachrichtenredaktion auf und ab und las laut daraus vor.

»Mrs. Duggan«, sagte Hines zu Maxine, »das Bibelzitat für die Predigt dieser Woche lautet: ›Gast bin ich in fremdem Land.‹ Ist Ihnen das bekannt?«

»Ich habe gerade davon gesprochen, als Sie hereingekommen sind«, antwortete Maxine.

»Oje, oje, oje«, meinte Hines mit einem spöttischen Lächeln und schüttelte den Kopf. Er lud sie und Duggan ein, am Sonntag zur Messe zu kommen. Sie würden es bestimmt nicht bereuen, sagte er, es sei unterhaltsamer als jedes Fest, zumal es sie keinen Cent kostete und sie danach auch keinen Kater hätten. Allerdings schien er diese Einladung eher *pro forma* auszusprechen und im Grunde nicht damit zu rechnen, daß sie angenommen wurde. Als die beiden ablehnten, schenkte er ihnen eine Art mitfühlendes Lächeln, als hätte er nichts anderes erwartet, wie einer, der errettet worden war und nun vom Himmel auf zwei Verdammte herabblickte, die einstmals auf Erden seine Wege gekreuzt hatten und jetzt an seiner Seite sein könnten, wenn sie auf ihn gehört hätten.

»Ach, du meine Güte«, sagte er fröhlich, als müßten die Sünder notwendigerweise in der Überzahl sein, damit die Erretteten ihr Glück ermessen konnten.

Mich hingegen betrachtete er als einen angehenden Konvertiten. »Ihre Bekehrung, Mr. Smallwood, steht unausweichlich bevor«, verkündete er, während er an meinem Schreibtisch stand und den Blick in visionäre Fernen richtete. »Ich sehe es so deutlich vor mir, als wäre es bereits geschehen. In sieben Monaten werden Sie in das Wasser des Hudson eingetaucht werden, und Ihre unsterbliche Seele wird gerettet sein. Ich schreibe an Ihre Mutter« – er hatte über Miss Garrigus erfahren, daß meine Mutter der Arche angehörte – »und teile ihr mit, daß ihr Ältester bald die Erlösung erfährt. Gott sei gepriesen.«

Ich bat ihn, ihr keine falschen Hoffnungen zu machen, da ich mich keineswegs bekehren lassen wollte. Aber er ließ sich nicht abhalten. Also mußte ich meiner Mutter ebenfalls schreiben und den Sachverhalt richtigstellen. Nichtsdestoweniger schenkte sie Hines' Brief mehr Glauben als meinem. Sie schrieb zurück, als sie gehört habe, für wen ich arbeitete, habe sie gleich gewußt, daß ich im Hudson getauft werden würde, und sie prophezeite mir, daß es in ebenjener Mission geschehen werde, von der sie mir vor meiner Abreise erzählt hatte, nämlich in der Mission, in der Miss Garrigus getauft worden war.

Als ich schon fast ein Jahr für Hines arbeitete und er mich zum x-ten Mal aufforderte, zu seinem Sonntagsgottesdienst zu kommen, beschloß ich hinzugehen, ihm aber nichts davon zu sagen. Maxine hatte mir erzählt, man solle tatsächlich einmal dort gewesen sein. Irgendwann sei sie aus reiner Neugier hingegangen und habe ein wirklich sehenswertes Schauspiel miterlebt.

Eines Sonntags im Sommer stand ich früh auf und ging vom »Käfig« zu Hines' Kirche. Sie sah aus wie ein Haus, an das man nachträglich einen Turm angebaut hatte. Vor dem Eingang schlenderten Leute umher und starrten zu der Fassade empor, als hätten sie das Haus ebenfalls noch nie gesehen, was ich recht tröstlich fand.

Kurz vor Beginn der Messe ging ich hinein. Zu meiner Verwunderung erblickte ich in der Vorhalle das gleiche Porträt von Miss Garrigus, das bei uns zu Hause im Wohnzimmer hing.

Die Kirche verfügte über etwa fünfzig bis sechzig Sitzplätze und über Stehplätze für weitere zwanzig Personen. Zwar waren auf den Bänken noch einige Plätze frei, aber nur ziemlich weit vorn, deshalb blieb ich lieber stehen. Damit Hines mich nicht entdeckte, stellte ich mich hinter den größten Mann, den ich finden konnte. Abgesehen von einem großen, schlichten Kreuz an der Wand hinter dem Altarraum und einem mächtigen Schnitzwerk an der Stirnseite der Kanzel, das die Umrisse Neufundlands darstellte, war die Kirche schmucklos, das Glas der Fenster einheitlich bernsteinfarben. Hines kam aus einer Seitentür des Altarraums, unter dem Arm trug er eine Bibel. Er war nicht anders gekleidet als bei der Arbeit, nur daß er sich ein Holzkreuz umgehängt hatte, das in Brusthöhe baumelte. Nachdem er auf die Kanzel gestiegen war, hob er mit seiner tiefen, sonoren Stimme zu sprechen an.

»Mein linkes Auge ist immer blutunterlaufen«, begann er. »Das ist mir von einem Schlaganfall geblieben, der mich zeitweilig erblinden ließ und dem ich meine Bekehrung verdanke. So hat Gott mich gezeichnet, zu meiner ständigen Gemahnung.

Das hat sich vor vielen Jahren in Neufundland zugetragen. Ich wurde mit Blindheit geschlagen, mit absoluter Blindheit, könnt ihr euch das vorstellen? Damals war ich gerade neunundzwanzig Jahre alt, jünger als die meisten von euch, und ein trunksüchtiger, liederlicher Glücksspieler. Nach einem Abend voller Ausschweifungen kroch ich auf allen vieren nach Hause, als plötzlich alles dunkel wurde, und ich hörte die Stimme des Herrn, die meinen Namen rief und sagte: ›Hines, wenn du wieder das Tageslicht erblicken und den ewigen Qualen der Hölle entrinnen willst, mußt du umkehren.‹ Ich rief: ›Was muß ich tun, Herr?‹ Er sagte zu mir, ich müsse dorthin gehen, wo mich niemand kannte, mich von meinen lasterhaften Freunden trennen und jene Orte der Versuchung meiden, die mich unweigerlich wieder anziehen würden und an denen ich niemals würde vorübergehen können. Ja, so sehr war ich meinen Gewohnheiten verhaftet, so jämmerlich und schwach war meine Entschlußkraft, so willenlos folgte ich den Einflüsterungen des Satans. Ich mußte jene Insel verlassen, die einst mein Paradies gewesen war und die ich mir selbst zur Hölle gemacht hatte. ›Hines‹, befahl Gott, ›du mußt fortgehen, über das Meer fahren und in einer Stadt, wo niemand dich kennt, dich läutern und durch gute Taten und unermüdliche Anbetung des Herrn um die Erlösung deiner Seele kämpfen.‹ Und das habe ich getan. Ich tat dasselbe, was ihr und euresgleichen getan habt. Ich kam in dieses Sodom, weil Gott mir befahl, hier in New York, auf dieser neuen Insel, meine Kirche zu errichten.

Einige von euch, die ihr dieses neu gefundene Land verlassen habt, hat es durch hochmütiges, ehrgeiziges Streben hierher verschlagen. Andere wie mich hat die Scham hierher getrieben. Doch die meisten von euch kamen hierher, weil ihnen keine andere Wahl blieb, und daß ihr euer Leben im Exil fristen müßt, erscheint euch ebenso ungerecht wie Jonas, daß er vom Wal verschlungen wurde. Doch ihr irrt euch, denn weil ihr Sünder seid, habt ihr noch viel Schlimmeres verdient.
Heimweh. Was ist das schon im Vergleich zu Höllenfeuern und Verdammnis? Ihr hattet schon Heimweh, bevor ihr die Heimat verlassen habt. Ihr wart auch in der Fremde, als ihr in Neufundland lebtet. Heimweh ist nichts anderes als das Sehnen nach Erlösung. Neufundland ist lediglich der Ort, an dem ihr eure irdischen Leiber empfangen habt. Doch eure wahre Heimat ist der Geburtsort eurer Seele, der Ort, wo sie euch gegeben wurde und wohin sie zurückkehren wird, wenn ihr euer Leben aushaucht. Bedenke, Mensch, daß du Neufundländer bist und nach Neufundland zurückkehren wirst.«
»Amen«, sagte die Gemeinde wie aus einem Mund.
Es folgte nicht das übliche Husten und Füßescharren wie sonst am Ende einer Predigt, und Hines war auch nicht von der Kanzel herabgestiegen. Vielmehr schienen die Versammelten jetzt sogar noch aufmerksamer zu sein, manche beugten sich auf ihren Sitzen vor, während andere ihre Gebetbücher umklammerten und die Köpfe senkten, als schämten sie sich.
Hines blickte sich in der kleinen Kirche um, als wollte er seine Gemeinde zählen und feststellen, wer anwesend war und wer nicht.
»Meine Herren«, sagte er schließlich, »wollen Sie bitte die Tür verriegeln?«
Ich schaute zur Tür und sah zwei Männer mit blauen Armbinden, die einen schweren Holzbalken vorlegten und sich in Wächterpose vor je einem Flügel der Tür aufbauten.
»Ich werde heute zu jemandem sprechen, der das erste Mal hier ist«, kündigte Hines an. Ein Seufzer der Erleichterung ging durch die Gemeinde, als wäre ihr eine Last von den Schultern genommen worden. Die meisten wußten nun, daß der Kelch an ihnen vorübergehen würde.
Bestimmt, sagte ich mir, bin ich nicht der einzige Neuling hier, es

konnte doch gar nicht anders sein. Mit einer gewissen Erleichterung stellte ich fest, daß niemand zu mir herüberblickte, obwohl sicherlich viele wußten, daß ich zum ersten Mal da war.
Ich duckte mich noch mehr hinter den großen Mann, der mich vor Hines abschirmte, und senkte den Kopf. Was tat ich hier eigentlich? Warum war ich nach all dem, was Hines in den letzten Wochen über mich gesagt hatte, freiwillig hierher gekommen, in die Höhle des Löwen? Ich verfluchte Maxine, weil sie mich dazu ermuntert hatte.
»Der Name des Menschen, an den ich meine Worte richte«, fuhr Hines fort, »kann in dieser Kirche nicht ausgesprochen werden, weil er noch nicht durch die Taufe in die Pfingstbewegung aufgenommen worden ist.«
»Sei ihm gnädig, o Herr«, erwiderte die Gemeinde. Ich fühlte mich einer Ohnmacht nahe, klammerte mich aber immer noch an die Hoffnung, daß Hines einen anderen im Visier hatte.
»Deine Sünde ist der Hochmut«, fuhr Hines fort. »Jene Sünde, für die Luzifer, einst ein Auserwählter Gottes, aus dem Himmel verbannt wurde und sich bis zum heutigen Tag im Flammenmeer der Hölle windet, zusammen mit seinen ebenfalls verdammten Gefährten. Er wird dich nicht freigeben, bis du den Herrn bittest, ihn zu zerschmettern. Erst wenn du dir eingestehst, daß du neben Gott ein absolutes Nichts bist, wirst du von deinem Hochmut erlöst werden. Du mußt dir der Sünde des Hochmuts bewußt werden, dich davon lossagen und dich in Demut üben, sonst fällst du der ewigen Verdammnis anheim. Die Sünden des Vaters kommen auf den Sohn hernieder, und wenngleich dein Vater vielerlei Sünden begangen hat, entspringen sie allesamt dem Hochmut, so wie du dem Samen deines Vaters und dem Schoß deiner Mutter entsprungen bist. Deine Mutter findet keinen Schlaf und ist krank vor Sorge, weil von all ihren Nachkommen ausgerechnet ihr Erstgeborener verdammt sein wird.«
Ich spürte, wie mir das Blut in den Kopf schoß. Ich stieß mit der Stirn gegen den Rücken meines Vordermanns, doch er drehte sich nicht um.
»Sieh dich an. Deine Kleider sind schäbig und schmutzig. Deine Seele findet kaum Platz in deiner schwächlichen, jämmerlichen Gestalt. Der

kräftige Schulterhieb eines Mannes würde genügen, daß du dein Leben aushauchst und tot umfällst. Bedenke, wie leicht es für Gott wäre, dich niederzuschmettern. Gewiß wird Er bald kommen. Du kennst weder die Stunde noch den Tag.
Als Kind hast du Listen mit den Namen von Männern geschrieben, die du für großartig hieltest, und deinen eigenen Namen zuunterst gesetzt. Es waren Aufzählungen neufundländischer Premierminister. Neufundländischer Historiker. Schriftsteller. So jemand wolltest du werden, weil du glaubtest, es würde dich in gewisser Weise darüber hinwegtrösten, daß du Armut erdulden mußtest, daß du von deinen Lehrern herablassend behandelt und wegen deines Ehrgeizes verspottet wurdest. Du wirst ihnen nie vergessen, wie niedrig sie deinen Charakter bewertet haben. Und wie grämt es dich doch, daß die Jungen, die in der Schule schlechter waren als du, später erfolgreich wurden. Was bist du nur für ein Narr. Für Gott ist es bedeutungslos, wie dich die große Masse der Menschheit einschätzt. Was wird es dir im nächsten Leben nützen, wenn diejenigen, die Gott der Erlösung für unwürdig befindet, in diesem Leben eine hohe Meinung von dir haben? Wenn du in der Hölle schmorst, wird es dir kein Trost sein, daß man dir hier auf Erden ein Denkmal gesetzt hat, an das sich keiner mehr erinnert, außer den Tauben. Eitelkeit, nichts als Eitelkeit, spricht der Prediger, nutzloses Streben und leeres Gepränge. Ich fordere dich jetzt auf, dich zu erkennen zu geben und um deines Seelenheils willen an meine Seite zu kommen oder auf ewig verdammt zu sein. Wenn du nicht vortrittst, wirst du brennen wie der Holzspleiß, der du bist. Du wirst brennen wie die Stiefel, die dein Vater in jener Nacht ins Feuer geworfen hat. Nach deinem Tod wird dein Körper nicht von den Flammen verzehrt werden, sondern für immer weiterbrennen, und deine Qualen werden niemals aufhören. Deine Eingeweide werden brennen wie die deines Vaters, die vom Rum zerfressen sind. Gott reicht dir die Hand, doch Er wird es nicht noch einmal tun. Er macht sich nicht vor jedem zum Bittsteller, schon gar nicht vor solchen wie dir. Er braucht dich nicht, aber du brauchst Ihn. Gott hat mir befohlen, dir zu sagen, daß Er noch eine Minute warten wird. So wollen auch wir warten und still für dich beten.«
Mit einer theatralischen Geste nahm Hines seine Taschenuhr heraus

und legte sie vor sich auf die Kanzel. Dann senkte er den Kopf. Die Gemeinde folgte seinem Beispiel, viele bekreuzigten sich. Ein Mann in der vordersten Bankreihe zückte sogar ebenfalls seine Taschenuhr, als mäße er stets zusammen mit Hines die Länge der andächtigen Pausen, wenn das Heil einer Seele auf dem Spiel stand.

Nach einer Weile klappte Hines den Deckel seiner Uhr zu und sagte mit leiserer Stimme, als könnte ihn niemand hören außer mir: »Es gibt da ein schreckliches Geheimnis, das mit einem Buch und einem Mann, den du nie gekannt hast, zu tun hat.« Mein Herz hämmerte gegen die Rippen, mir wurde schwindlig. »Nur durch ein anderes Buch und einen anderen Unbekannten wirst du Frieden finden. So spricht Gott der Allmächtige. Willst du auf Seinen Rat hören oder für immer verdammt sein?«

Da drehte ich mich um und lief zum Ausgang, bahnte mir mit Ellbogen meinen Weg zwischen den stehenden Meßbesuchern hindurch.

»Entriegelt die Tür«, rief Hines. Sogleich gehorchten die beiden Wächter und traten beiseite, als fürchteten sie, von mir berührt zu werden.

Ich stürmte ins Freie, hastete in großen Sprüngen die Vortreppe hinunter und rannte über den Kirchhof zur Straße. Dort warf ich einen Blick zurück, denn ich glaubte, verfolgt zu werden und um mein Leben laufen zu müssen. Dann rannte ich weiter, bis ich mich schließlich erschöpft auf eine Parkbank sinken ließ.

»Es gibt da ein schreckliches Geheimnis, das mit einem Buch und einem Mann, den du nie gekannt hast, zu tun hat.« Mr. Mercer. Ein Mann, den ich nicht gekannt hatte. Ein Fremder. »Nur durch ein anderes Buch und einen anderen Unbekannten wirst du Frieden finden.« Durch die Bibel und durch Gott, der für mich ein Unbekannter war. »Ich habe Sie schon eine ganze Weile im Auge«, hatte Hines an jenem Morgen gesagt, als wir uns im Bryant Park kennenlernten. Wie lange hatte er mir bis dahin schon nachgespürt, fragte ich mich, und wer hatte ihn auf mich angesetzt? Meine Mutter? Miss Garrigus? Da er sich mit den Zeitungen und den Neufundländern in New York so gut auskannte, war es ihm wohl nicht schwergefallen, mich ausfindig zu machen. Offenbar hatte er von meiner Mutter oder von Miss Garrigus eine

Menge über mich erfahren. Aber woher wußte er, daß meine Mutter das Buch weggeworfen hatte? Selbst wenn meine Mutter sich Miss Garrigus anvertraut hatte, was ich sehr bezweifelte, schien es mir undenkbar, daß Miss Garrigus ihr Vertrauen mißbraucht und Hines davon erzählt hatte. Doch auch wenn es so war: Wie hatte Hines erfahren, daß ich von dem Buch und Mr. Mercer wußte, was ja nicht einmal meine Mutter wußte? Solchermaßen verwirrt, fragte ich mich ernsthaft, ob Hines vielleicht das zweite Gesicht hatte.

Ich ging zurück zum »Käfig« und erklärte, daß ich am nächsten Morgen ausziehen würde. Ich war fest entschlossen, Hines nie wieder unter die Augen zu treten. Allerdings wollte mir seine seltsame Predigt nicht mehr aus dem Sinn gehen. Ich konnte mir kaum vorstellen, daß meine Mutter Miss Garrigus von Mr. Mercer erzählt hatte. Das übrige, das über mich und meinen Vater, war eine andere Sache, aber ... Trotzdem, sie mußte es jemandem erzählt haben. In jener Nacht lag ich stundenlang wach, bis ich in einen unruhigen Schlaf fiel. Am Morgen fühlte ich mich wie gerädert, als hätte ich überhaupt kein Auge zugetan.

Ich wollte Hines zur Rede stellen. Unmittelbar nach meiner Ankunft im *Backhomer* ging ich in sein Büro und schloß die Tür hinter mir. Er saß an seinem Schreibtisch unter dem Wandschmuck mit dem neufundländischen Wappen. »*Quaerite Prime Regnum Dei.* ›Suchet zuvörderst das Reich Gottes‹«, sagte er, als er sah, daß mein Blick auf das Wappen fiel. »Erinnern Sie sich noch an den Leitspruch des Bishop Feild?«

»Was tut das denn zur Sache?« erwiderte ich.

»Er lautet: ›Der ist nicht tot, dessen guter Name weiterlebt.‹«

»Was Sie gestern getan haben, dazu hatten Sie kein Recht«, sagte ich. »Sehen so Ihre Bekehrungen aus?«

»Sie sind aus freien Stücken hingegangen«, entgegnete Hines. »Ich frage mich, was Rektor Reeves sich bei Ihrem Abgang gedacht haben mag.«

»Woher soll Reeves denn davon wissen?«

»Er weiß jetzt alles.«

»Was meinen Sie damit?«

»Er ist von hinnen gegangen«, antwortete Hines in einem leicht ironischen Ton, als wollte er sagen, daß Reeves' Tod nur ein weiteres Beispiel dafür sei, daß Gott am längeren Hebel saß. »Vor zwei Jahren, in England. Wir haben in der Zeitung einen Beitrag dazu gebracht. Viele seiner ehemaligen Schüler am Bishop Feild, mittlerweile erwachsene Männer, haben uns geschrieben und ihr Bedauern über sein Ableben ausgedrückt.«

»Warum erzählen Sie mir das?«

»Ich habe meine Gründe.«

»Wie haben Sie all diese Dinge über mich herausgefunden?«

»Gott läßt mich an Wissen teilhaben, das anderen vorenthalten bleibt.«

Ich wußte, daß es keinen Sinn hatte, noch weiter zu bohren.

»Mir drängt sich immer mehr der Gedanke auf, daß Sie verrückt sind«, bemerkte ich.

»Es war Gottes Wille, daß wir uns begegnen, damit ich Ihnen diese Dinge sagen kann.«

Verärgert stand ich auf und verließ sein Büro. In meinem Kopf drehte sich alles, und ich saß reglos an meinem Schreibtisch, bis Maxine mich fragte, was denn los sei. Da erzählte ich ihr von meinem Besuch in Hines' Kirche und seiner Predigt, ließ die Sache mit dem Buch allerdings unerwähnt.

»Ich würde nicht viel darauf geben, was Hines sagt«, meinte Maxine. »Dieser Schlaganfall hat nicht nur seine Sehkraft beeinträchtigt.«

Ich schlug in der Ausgabe des *Backhomer* nach, in der Reeves' Nachruf erschienen war. Es war die übliche Aufmachung: eine Photographie von ihm und eine schmeichelhafte Darstellung seines Lebens, insbesondere jener Jahre, die er in Neufundland verbracht hatte. In den darauffolgenden Ausgaben las ich die abgedruckten Briefe nach, die trauernde Feild-Schüler verfaßt hatten. Zu meiner Verblüffung stieß ich auf Briefe von Prowse und mehreren anderen Städtern, die immer groß getönt hatten, sie wollten Unterschriften gegen Reeves sammeln, weil er mich und einige andere Jungen so schlecht behandelte.

»Seit meinem Abgang vom Bishop Feild«, schrieb Prowse, »habe ich mich oftmals voller Dankbarkeit jener Lektionen erinnert, die Rektor Reeves mir damals erteilt hatte. Wenngleich ein strenger Lehrer, war er dennoch einer der gerechtesten Männer, die kennenzulernen ich die

Ehre hatte.« Unterschrieben war der Brief mit »David Prowse, Kronanwalt«. Und Porter, las ich, war inzwischen Arzt geworden. Ich fragte mich, ob Prowse gewollt hatte, daß diejenigen, die Reeves gekannt hatten, seinen Brief als Ironie auffaßten. Einerlei. Mit Bitterkeit dachte ich an Prowse zurück. Wie er Fielding behandelt hatte. Dann las ich die anderen Briefe, darunter einige von den Internierten und auch einer von Anderson dem Drescher, der es zum Parlamentsabgeordneten gebracht hatte. Schwärmerische Rückblicke auf Zeiten, die es so nie gegeben hatte. Es war die klassische Art und Weise, in der große Männer – die sie zu werden hofften – ihrer Lehrer gedachten und ihnen Respekt zollten.

Eines stand für mich vollkommen fest, nämlich daß ich nicht mehr für Hines arbeiten konnte. Ich befürchtete, noch tiefer in seine unheimliche Welt hineingezogen zu werden, in der Wahrheit und Unwahrheit nicht zu unterscheiden waren. Und trotz seines theatralischen Auftritts mit der Uhr und seiner Ankündigung, daß Gott mir nicht noch einmal die Hand reichen würde, gab es für mich keinen Zweifel, daß er weiterhin versuchen würde, mich zu bekehren. Ich beschloß, den *Backhomer* zu verlassen, und schwor mir, Hines nach Möglichkeit aus dem Weg zu gehen. Wenn ich meine Mutter wiedersah, würde ich ihr nichts von meinem Besuch in der »Kirche der Pfingstbewegung Neufundlands in Brooklyn« erzählen, außer wenn sie mich darauf ansprach, was ich allerdings bezweifelte. Allein schon die Vorstellung, geschweige denn eine Unterhaltung darüber, wie ich aus der Kirche floh, während mir Hines' Verdammungsurteil in den Ohren klang, wäre ihr ein Greuel. Vielleicht erfuhr sie von all dem ja gar nichts. Da Miss Garrigus wußte, wie schmerzlich es für meine Mutter wäre, würde sie ihr möglicherweise nichts davon erzählen. Und weil Hines wohl kaum als Versager dastehen wollte, würde er den beiden vielleicht ebenfalls nichts sagen.

Ich verabschiedete mich von Duggan und Maxine und bat sie, Hines auszurichten, daß ich nicht zurückkommen und auch nicht mehr im »Käfig« wohnen würde.

In New York verbrachte ich nur noch drei Tage. Drei Tage und zwei Nächte saß und schlief ich auf Parkbänken und überlegte mir meine nächsten Schritte. Am Ende entschloß ich mich zur Rückkehr nach Neufundland, hatte aber keine Ahnung, wie ich es anstellen sollte.

Der Sozialismus. Vermutlich war es sinnvoller, für eine Sache zu kämpfen, die vielleicht nicht ganz so gerecht sein mochte, dafür aber größere Aussichten auf Erfolg hatte, für etwas, das dem Sozialismus zwar nahe kam, aber im Unterschied dazu von den Menschen angenommen wurde. Das wäre klüger, als sich ein Leben lang an der Ehrbarkeit seiner Niederlagen zu erbauen.

Fielding. Jetzt, da ich mich zur Rückkehr entschlossen hatte, kreisten meine Gedanken immerfort um sie.

Während meiner fünf Jahre in New York hatte ich mit dem Kapitän des Rotkreuzschiffes, das jeden Monat am Green Point in Brooklyn anlegte, nähere Bekanntschaft geschlossen. Nach unserer dritten oder vierten Begegnung, lange bevor mir bewußt wurde, daß ich Neufundland vermißte, hatte Kapitän Prowdy mich als den schlimmsten Fall von Heimweh bezeichnet, der ihm je untergekommen sei.

Am dritten Tag nach meinem Besuch in der Pfingstlerkirche ging ich zum Green Point, war aber auf der Hut vor Hines, denn ich wußte, daß er manchmal zur Schiffssegnung dort auftauchte. Ich lungerte herum, bis die anderen Neufundländer gegangen waren, um mich mit Kapitän Prowdy zu unterhalten. Es war ein für die Jahreszeit ungewöhnlich kühler und windiger Tag. Der Gedanke, noch einen Winter in den schäbigen Absteigen von New York verbringen zu müssen, war mir unerträglich. Ich hielt mir den Mantelkragen zu, die andere Hand hatte ich an meine Schiebermütze gelegt, damit sie mir nicht vom Kopf geweht wurde.

»Joe, Sie sehen ziemlich geschafft aus«, sagte Kapitän Prowdy. Bei seinem freundlichen, mitfühlenden Ton gaben mir die Knie nach. Ich schilderte ihm meine Lage, und noch ehe ich ihn darum bitten konnte, bot er mir an, auf dem Rotkreuzschiff mitzufahren, zurück nach Neufundland. Allerdings würde es eine Weile dauern, meinte er. Die Route gehe über Boston, Halifax und North Sydney nach Port aux Basques. Insgesamt würden wir drei Tage unterwegs sein, und es sei kein Passagierschiff. Er hoffe, daß zu Hause in Neufundland ein Bett auf mich warte, denn nach der Überfahrt hätte ich es nötig.

Ich war so erleichtert, daß ich ohnmächtig wurde.

III

FIELDING VOR ORT

Und wir vertreten die Auffassung, daß es kein größeres Schurkenpack gibt als jenes, welches die Abgeordneten für die Kolonie stellt. Sieht man sie in ihrer Gesamtheit, vom Parlamentspräsidenten abwärts, so findet sich unter dem Himmelszelt wohl kaum eine schlimmere Bande von zwielichtigen und gesetzlosen Halunken als diese Staatsmänner.

Aus »The Newfoundland Royal Gazette«,
1834, zitiert nach
D. W. Prowse, *Die Geschichte Neufundlands*

FIELDINGS KURZER ABRISS DER GESCHICHTE NEUFUNDLANDS

12. Kapitel Herodot

Die Entwicklung des neufundländischen Rechtssystems gipfelt 1792 in der Gründung des Obersten Gerichtshofes von Neufundland. John Reeves (den Prowse für »eine vorzügliche Wahl« hält – richte nicht über den Richter, Richter, auf daß du nicht gerichtet werdest) wird dessen erster Oberster Richter. Bedauerlicherweise stellt man seine Unbefangenheit in Frage, als er 1793 das erste Werk über die Geschichte der ältesten Kolonie veröffentlicht und darin die These vertritt, daß Neufundland dreihundert Jahre lang von England ausgebeutet worden sei. Natürlich können wir vom Obersten Richter Reeves nicht erwarten, daß sein Werk so maßgeblich ist wie dieses hier, da er weder Zugang zu der ungeheuren Fülle an Quellen hatte, die auszuwerten unsere vergnügliche Aufgabe in den letzten zwanzig Jahren war, noch zu den nachfolgenden Werken anderer neufundländischer Historiker, aus deren Fehlern wir so viel gelernt haben; es ist auch keineswegs unsere Absicht, den Mann zu verunglimpfen, den manche den Herodot von Neufundland genannt haben. Dennoch würde unsere *Geschichte* dem Anspruch eines Standardwerks nicht in jeder Hinsicht gerecht werden, würden wir verschweigen, daß John Reeves ein griesgrämiger Spinner war, der seine ganze Geschichte Neufundlands nur geschrieben hat, um sich an ein paar englischen Kaufleuten zu rächen. Über diese schreibt er, sie seien »so geizig, daß sie, wenn ich es zulassen würde, vor meinem Gericht ständig irgendwelchen Neufundländern das Recht absprechen würden, auch nur ihre Luft zu atmen«.

Wie wir bei der Lektüre von Reeves' Nachfolgern Anspach, Harvey, Pedley, Prowse etc. feststellen müssen, haben sie diese seine abscheuliche Lüge in ihren Werken unbesehen übernommen, als handelte es sich um die reinste Wahrheit. Zwar gehen wir davon aus, daß aufgrund unserer *Geschichte* jeder gebildete Mensch diese These hinreichend widerlegt findet. Doch die Tatsache, daß wir den von ihm angerichteten Schaden nicht wiedergutmachen können, hat uns in so manchen Nächten um den Schlaf gebracht und unser freundliches Naturell mit einer Reizbarkeit vergiftet, die von vielen als Grund angeführt wird, warum sie nicht mehr mit uns sprechen.

Von solcher Art Qualen wird der Historiker heimgesucht. Da seine Vorgänger verstorben sind, muß er sich in langen, schlaflosen Nächten mit schwelgerischen Phantasien begnügen, in denen er seine Kollegen dermaßen abkanzelt, daß sie sich freiwillig bereit erklären, alle noch existierenden Exemplare ihrer Bücher zu verbrennen. Das verdanken wir der Lektüre Reeves', ebenso wie die Gewohnheit, ständig mit dem Fuß aufzustampfen, was wir nicht mehr tun dürfen, weil es schon Beschwerden gegeben hat und wir es uns nicht leisten können, schon wieder aus einer Pension hinausgeworfen zu werden. Es gibt nämlich nur noch wenige, die für uns erschwinglich sind, da wir durch die Arbeit an diesem Buch in den letzten zwanzig Jahren auf jegliches Einkommen verzichten mußten. Daß sich unsere *Geschichte* eines Tages in solchen Auflagen verkauft, daß unser Einkommensverlust mehr als zehnmal ausgeglichen wird, ist uns heute nur ein schwacher Trost.

DER MARSCH

Ich versuchte mir einzureden, daß nun der rechte Zeitpunkt für meine Heimkehr gekommen sei, daß ich hatte fortgehen müssen, um wieder in der Heimat leben zu können. Doch ich fragte mich auch, ob ich an einer kurzen Leine ging, von deren Existenz ich nichts gewußt hatte, ob auch ich, wie schon mein Vater, nicht aus eigenem Entschluß zurückkam, sondern weil mich die Vergangenheit zurückholte. Angst überkam mich, wenn ich mir überlegte, es könnte ein nicht wiedergutzumachender Fehler gewesen sein, New York auf diese Weise zu verlassen. Doch was auch geschah, es gab kein Zurück.

Etwas Seltsames ging in mir vor, als wir uns Port aux Basques näherten. In der vergangenen Nacht hatte ein Sturm getobt, und obwohl der Himmel aufriß, hatte sich der Ostwind nicht gedreht. Die Wolken jagten nach wie vor gen Westen, und die Felsen der Landzungen waren naß vom Regen.

Einen flüchtigen Augenblick lang kam es mir vor, als sähe ich das Land, wie es in meiner Abwesenheit gewesen war und wie es sein würde, wenn ich diese Welt verlassen hatte, von mir losgelöst, als würden weder Erinnerung noch Wahrnehmung meinen Blick trüben. Es wirkte fremd und doch real wie eine Stadt, die man auf dem Weg nach anderswo durchquert, eine Stadt, die man nie zuvor gesehen hat, die aber dunkle Erinnerungen an ein verblaßtes anderes Leben hervorruft. Ein eigenartiger Schmerz stieg in mir auf, ein Kummer, der keinen Gegenstand und keine Ursache zu haben schien. Ich versuchte ihn hinunterzuschlucken, doch es gelang mir nicht. Es war das alte, verlorene Land, das sich vor mir ausbreitete, als ob sich das neue, gefundene wie Nebel verflüchtigt hätte. Wie lange ich dort stand und es betrachtete, ob Sekunden oder Minuten, weiß ich nicht. Als ich aus diesem Zustand oder was immer es war, hervortauchte, lag wieder das neu gefundene Land vor mir, und Tränen strömten mir übers Gesicht. Ich blickte mich um, wollte mich vergewissern, ob mich jemand beobachtet hatte, aber außer mir war niemand an Deck.

Auf diese Weise hatte ich das Land noch nie wahrgenommen, nicht einmal in meiner frühen Kindheit. Und irgendwie wurde mir klar, daß ich es auch nie wieder so sehen würde, selbst wenn ich fünfzig Jahre lang fortbliebe und nur zurückkäme, um es vor meinem Tod noch ein letztes Mal zu sehen.

Eine Zeitlang blieb ich in einer Pension in Corner Brook, bekam bei der Lokalzeitung Arbeit als freier Reporter und half in der Papiermühle bei der Gründung einer Gewerkschaft. Noch immer verspürte ich den Sog des Festlands, und obwohl ich wußte, daß meine Rückkehr endgültig war, fühlte ich mich aus einem unerklärlichen Grund nicht in der Lage, die letzte Etappe meiner Reise anzutreten, die Zugfahrt nach St. John's. Jeden Abend nahm ich mir vor, am nächsten Tag aufzubrechen, und jeden Morgen erfand ich eine Ausrede, um meine Abfahrt hinauszuzögern. Ich wußte nicht, worauf ich wartete, wonach ich suchte, bis mich der Zufall darauf stieß.

Die Streckenwärter, die die einzelnen Abschnitte der durch die Insel führenden Eisenbahnlinie betreuten, hatten gerade erfahren, daß demnächst ihr Lohn gekürzt werden sollte. In der Hoffnung, diese Entscheidung rückgängig machen zu können, wollten sie eine Gewerkschaft gründen. Als sie von meiner Gewerkschaftsarbeit bei den Arbeitern der Papiermühle hörten, traten sie an mich heran, und ich erklärte mich bereit, ihnen zu helfen.

Daraufhin überlegte ich drei Tage lang, wie man siebenhundert Männer organisieren sollte, die an der Strecke zwischen Port aux Basques und St. John's und an den zugehörigen Nebenstrecken im Abstand von je einer Meile in ihren Bahnwärterhütten wohnten. Eine Versammlung einzuberufen war unmöglich, doch ebensowenig konnte man ihnen eine Mitgliedskarte schicken und sie um ihre Unterschrift bitten, denn die meisten waren Analphabeten.

Mir fiel nur eine Möglichkeit ein: Ich mußte die gesamten Bahngleise einschließlich der Nebenstrecken abgehen und auf meinem Weg ihre

Unterschriften sammeln. Zunächst schien es nicht machbar. Ich bezweifelte, daß ich über die nötigen Kräfte verfügte, um drei Monate lang mehr als zwanzig Meilen am Tag zurückzulegen. Einige Gewerkschaftsgegner in der Pension bedachten mich bereits mit Spitznamen, die recht drastisch meine magere Gestalt beschrieben, und ich mochte mir nicht ausmalen, in welcher Verfassung ich nach einem Marsch von siebenhundert Meilen sein würde.

Dennoch setzte sich die Vorstellung in mir fest – die Vorstellung einer großartigen, denkwürdigen Heimkehr, die vermuten ließ, daß meine fünf Jahre im Ausland voll ähnlicher Abenteuer gewesen waren, ein Fußmarsch von einer Küste der Insel zur anderen im Dienst einer guten Sache. Ich malte mir aus, wie ich die letzten paar hundert Fuß Schienen inmitten einer jubelnden Menge zurücklegte, die wochenlang in den Zeitungen verfolgt hatte, wie ich vorankam, und nun meiner Ankunft im Bahnhof Riverhead von St. John's persönlich beiwohnen wollte. Meine Familie und meine Freunde würden dasein, sie alle, außer meinem stets Unheil witternden, jetzt aber ernüchterten Vater, dessen Abwesenheit mir bestätigte, daß er seinen Fehler einsah. Denn was sonst bewies meine Rückkehr, als daß ich im Gegensatz zu ihm auf dem Festland etwas erreicht, daß ich die Dämonen meiner Selbstzweifel für immer besiegt hatte, um meine Fähigkeiten nicht unter dem Druck der Umstände, sondern aus freiem Willen fortan zum Nutzen Neufundlands einzusetzen, auch wenn sie mich anderswo reich und berühmt hätten machen können.

Ich fuhr mit dem Zug zurück nach Port aux Basques und machte mich auf den Weg, suchte die Bahnwärter an der Strecke auf und kassierte von jedem fünfzig Cent Mitgliedsbeitrag. Mitte August brach ich auf, und weil die Lohnkürzung am 1. November wirksam werden sollte, wollte ich St. John's spätestens bis dahin erreichen.

Es kam mir vor, als würde ich in einer Bahnarbeitersiedlung namens »Streckenstadt« die verlassene Hauptstraße entlanggehen, eine Straße, an der die Häuser im Abstand von einer Meile erbaut worden waren. Die Einwohner der Streckenstadt befuhren diese einsame, endlose Straße mit handbetriebenen Draisinen, von denen ich des öfteren fast überfahren worden wäre, so lautlos glitten sie auf den Schienen dahin,

und so wenig achtete ich in meiner Erschöpfung auf die Geräusche der Umgebung.
Nach einiger Zeit erschien mir der Anblick beinahe schon unwirklich: Zwei Gestalten – Eheleute, zwei Männer oder ein Junge und ein Mädchen – saßen einander auf der Draisine gegenüber und drückten rhythmisch den Hebel auf und nieder. Einmal versuchte ich mich selbst mit einem solchen Gefährt, fand es jedoch auch mit einem Partner anstrengender, als zu Fuß zu gehen. Einige kräftig gebaute Streckenwärter, die ihre Draisine allein in Schwung bringen konnten, boten mir einen Platz als Mitfahrer an; ich lehnte jedoch ab, denn mir war klar, welch dumme und jämmerliche Figur ich abgeben würde, wenn ich ihnen gegenübersaß und bei der Arbeit zusah. Es sei auf alle Fälle besser, wenn ich liefe, erklärte ich ihnen, denn je länger mein Marsch dauere, je mehr Härten und Entbehrungen ich ertragen müsse, desto eher würden sich die Streckenwärter für die Gewerkschaft gewinnen lassen und desto peinlicher sei es für die Bahngesellschaft.
Meinen Koffer trug ich an einem Stock über der Schulter. Bei jedem Schritt schlug er mir auf den Rücken, bis mir nach etwa einer Woche ein Streckenwärter ein Schultergestell baute, wie es die Zigarettenmädchen hatten. Von da an trug ich meinen Koffer flach vor dem Bauch, und wenn ich ein aufgeschlagenes Buch drauflegte, konnte ich beim Gehen lesen.
Sieben schwergewichtige Bücher lagen in meinem Koffer; sechs davon lesbar und eines nicht – meines Vaters Ausgabe der *Geschichte*. In New York hatte ich ein neues Exemplar der *Geschichte* des Richters erstanden, und dies war das Buch, dem ich mich am häufigsten widmete.
Nach einiger Zeit trottete ich nur noch dahin und hatte, vor Hunger und Erschöpfung fast schon der Ohnmacht nahe, kein Auge mehr für die großartige Landschaft. Ich las und las, studierte die Geschichte der Jahrhunderte, bis es mir vorkam, als wäre das Buch des Richters von vorn bis hinten in dem gleichen unleserlichen Gekritzel geschrieben worden wie seine Widmung an meinen Vater. Ich las die *Geschichte* bestimmt zwanzigmal, und irgendwann hatte ich das Gefühl, als wäre nicht der Marsch meine eigentliche Aufgabe, sondern das Studium dieses Geschichtswerks über mein Land, in dem ich so lange lesen mußte,

bis ich es Wort für Wort auswendig konnte – so wie Hines die Bibel, jenes Buch, das als einziges unangetastet in meinem Koffer blieb.

Die Bibel hatte ich mir in Corner Brook gekauft, denn mit meiner vorgeblichen Frömmigkeit hoffte ich die Streckenwärter zu beeindrukken, die mir zu essen und in ihren Hütten ein Nachtlager gaben. Meine Rechnung ging auf, doch viel mehr noch beeindruckte ich damit ihre Frauen. Wenn sie meinen Koffer öffneten, um meine schmutzigen Kleider zum Waschen herauszunehmen, dann lag dort die Bibel. Dieses Buch, in dem ich während meines Marsches keine einzige Seite las, überzeugte die Streckenwärter, die mich sonst wohl als gottlosen Sozialisten zum Teufel gejagt hätten, guten Gewissens der Gewerkschaft beitreten zu dürfen. Ihnen und ihren Frauen erzählte ich, daß ich die Bibel herausnähme und darin läse, wenn ich das Gefühl hätte, keinen Fuß mehr vor den anderen setzen zu können, und das gebe mir die Kraft weiterzugehen.

»Ohne die Bibel hätte ich es nicht so weit geschafft«, behauptete ich schamlos und dachte im gleichen Moment daran, wie oft ich sie schon hatte wegwerfen wollen, um mir meine Last zu erleichtern.

Meine Mutter hatte so oft Sätze aus der Bibel zitiert, daß sie sich mir eingeprägt hatten, ohne sie je gelesen zu haben. Oft bat man mich, beim Abendessen das Tischgebet zu sprechen, als wäre ich vor allem ein Wanderprediger und dann erst ein Gewerkschaftler.

Sie war seltsam, diese auseinandergezogene Streckenstadt, dieses schmale Band der Zivilisation, das sich von einer Küste der Insel quer durch die Wildnis zur anderen spannte. Jede Meile ein Posten, jeder dieser Posten mit der unverwechselbaren Hütte, jede bewohnt von einer Familie, die in ihrer Einsamkeit allmählich sonderlich geworden war.

Und es handelte sich tatsächlich nur um Hütten, diese Behausungen aus Holz, die auf Pfosten ein Stück über dem Erdboden standen, da der Untergrund für ein solides Fundament entweder zu felsig oder zu sumpfig war. Die Flachdächer hatte man mit schwarzer Dachpappe und glänzendem Teer versiegelt, und nur ein Blechschornstein ragte über sie hinaus, dessen Klappe sich mit Hilfe eines Seils neben dem Herd öffnen und schließen ließ. Nur Flachdächer konnten dem Wind auf Dauer trotzen. Wenn ein Sturm aufzog, schotteten die Streckenwärter ihre Hütten ab wie die Seeleute ihre Schiffe, klappten die massiven Läden vor die Fenster, schlossen die treffenderweise so genannten Sturmtüren und zündeten die Lampen an, denn sonst wäre es im Inneren selbst mittags stockfinster gewesen. Manch eine Hütte wurde zudem noch von einer Reihe von Baumstämmen abgestützt, die schräg in den Boden gerammt waren, so daß ihr unterer Teil wie der Rohbau eines Indianertipis aussah. Ohne diese »Langhölzer« wären die Hütten weggeweht worden, so wie die Güterwagen manchmal von den Gleisen gerissen wurden.

Um abzuschätzen, ob ein Zug gefahrlos auf den Weg geschickt werden konnte, bedienten sich die Streckenwärter einer ganz und gar nicht wissenschaftlichen Methode. Sie maßen die Kraft eines Sturmes daran, wie schwer sich die Haustür öffnen ließ. Mehrmals habe ich mit angesehen, wie sich ein Streckenwärter konzentriert und prüfend mit der Schulter gegen die halboffene Tür stemmte. Es gab kein Maß für die Windgeschwindigkeit an sich. Man ermittelte nur, ob es zu gefährlich oder ungefährlich war, den Zug losfahren zu lassen.

Jede dieser Hütten hatte einen kleinen Vorbau, und dahinter lag die Küche, deren Mittelpunkt ein rundbäuchiger Herd bildete. Man heizte ihn mit Holz und Kohle, die die Züge herbeibrachten. Ringsum lag Papier ausgebreitet, um den Ruß aufzufangen. Der Hausrat der Familien bestand aus Teekesseln mit abgeschlagener Tülle, Tassen ohne Henkel oder Konservendosen, die, mit einer Drahtschlaufe versehen, als Becher verwendet wurden, angestoßenen Tellern und Untertassen mit einem Spinnennetz von Sprüngen. Die Stühle waren aus jedem nur greifbaren Material zusammengezimmert. Als Tisch diente nicht selten ein Türblatt, noch immer mit Knauf, das über zwei Sägeböcke gelegt worden war. Geschlafen wurde in behelfsmäßigen Kojen auf Matratzen, die aus alten Fischernetzen und Segeln zusammengenäht waren. Sessel und Sofas bestanden aus mit Sackleinwand gepolsterten Holzkisten.

Zwischen Hütte und Abort spannten sich Wäscheleinen, und daran flatterten, oft fast waagerecht in der steifen Brise, die aus Mehlsäcken genähte Unterwäsche, fadenscheinige Overalls und Hemden, daneben Bettücher, die so oft geflickt worden waren, daß sie wie zerschlissene alte Fahnen aussahen.

Vor manchen Hütten gackerte eine Schar Hühner, die bis zum Winteranbruch der Eier wegen gehalten wurde. Hin und wieder gab es auch ein Pferd, eine Kuh oder einen Beagle, mit dem man Jagd auf Wildgeflügel oder Kaninchen machte.
Nachts räumten mir die Kinder ihr Bett, und manchmal sogar die Eheleute, denn man ließ es nicht zu, daß ich auf dem Boden schlief. Inzwischen eilte mir der Ruf voraus, wie ausgemergelt ich sei, so daß es sich die Frauen zum Anliegen machten, mich so gut wie möglich zu füttern. Sie schienen es kaum erwarten zu können, mich in Augenschein zu nehmen, ob ich auch wirklich so ausgezehrt war, wie es geheißen hatte, und sie musterten mich, als hielten sie meinen Zustand für eine Schande, als ließe er sich auf Vernachlässigung durch die anderen Frauen zurückführen, deren Gast ich zuvor gewesen war.
»An Ihnen ist so wenig Fleisch, daß Sie sich nicht mal als Köder zum Angeln eignen würden«, bemerkte eine Frau unweit von Springdale Junktion. »Wir haben Forellen, Sir«, erklärte sie. Es war ihr offenbar unverständlich, warum ihre Vorgängerinnen nicht an Forellen gedacht hatten, als gäbe es diese Speise nirgendwo sonst in Neufundland außer auf ihrem Tisch. Wenn die anderen mich ebenso gut verköstigt hätten wie sie, ließ sie durchblicken, wäre ich wohl nicht so mager.
»Sie müssen bei Kräften bleiben, Sir«, betonte sie. Ich hingegen bedauerte, ich könne beim besten Willen keinen Bissen mehr hinunterbringen, so köstlich die Mahlzeit auch sei. Keinen Bissen Forelle mehr, um ehrlich zu sein, denn Forelle hatte man mir seit meiner Ankunft in Port aux Basques praktisch jeden Abend vorgesetzt. Weil sie mich jedoch bedrängte, aß ich immer noch ein Stück.
In dieser Nacht fand ich keinen Schlaf, so schwer lagen mir die Forellen im Magen. Am Morgen packte mich ihr Ehemann unter den Armen und hob mich in die Höhe. Entschieden erklärte er dann, ich würde 88 Pfund wiegen, knapp zehn Pfund weniger als sein zwölfjähriger Sohn. Nach einem Frühstück, bestehend aus Forelle und Eiern, brachten sie mich auf den Weg, nicht ohne mir ein mit Forellen belegtes Stück Schwarzbrot als Wegzehrung zuzustecken. Obwohl ich mittags Hunger bekam, brachte ich es nicht hinunter. Ich warf es fort und tat

mich statt dessen an den Blaubeeren gütlich, die an der Gleisböschung wuchsen. Aber ich hatte dabei ein schlechtes Gewissen, denn ich wußte nur zu gut, wie hart diese Leute für ihr Brot arbeiten mußten. Ihnen war es gleich, wer ich war; ob ich die Schienen nun abging, um ihnen zu helfen oder mir die Zeit zu vertreiben, sie hätten mich immer mit der gleichen großzügigen Gastfreundschaft empfangen.

Als ich das Innere der Insel erreichte, bekam ich immer größere Schwierigkeiten mit meinen Füßen. Sie waren geschwollen und voller Blasen. Nun widmeten sich die Frauen der Aufgabe, meine Füße zu heilen und meine Schuhe zu flicken. Kaum war ich in einer Hütte eingetroffen, mußte ich meine Füße in einen mit einer seltsamen Flüssigkeit gefüllten Zuber stecken und bis zum Schlafengehen so ausharren. Mochten die Bewohner des einen Postens noch auf Blaubeerwein und Rebhuhnbeerenmarmelade schwören, wußten die des nächsten ein ganz anderes Heilmittel für meine Blasen.

Meine Füße wurden gebuttert, mit Terpentin eingeschmiert oder mit Dieselöl abgerieben. Und vor dem Zubettgehen wickelte man sie in Umschläge aus Baumrinde: der Rinde von Fichten, Lärchen, Birken oder Kiefern.

Eine Frau band mir seifengroße Stücke von Speckschwarte unter die Fußsohlen. In dieser Nacht mußte ich aufstehen, um zum Abort zu gehen. Da ich vergessen hatte, was ich an den Füßen trug, verlor ich den Halt und landete, sehr zum Vergnügen der beiden Jungen, die wegen mir auf dem Boden schliefen, polternd auf dem Hinterteil.

»Oh, mein Gott, Mr. Smallwood hat sich verletzt!« rief ihre Mutter. Sie sah wohl schon ein Leben in Schande vor sich, als die Frau, in deren Haus Mr. Smallwood zu Schaden gekommen war. »Es geht mir gut«, beschwichtigte ich sie. »Es geht mir gut.« Während ich mir die Speckschwarte von den Füßen schnallte, kringelten sich die beiden Jungen vor Lachen.

Als ich meinen Marsch fortsetzte, dachte ich an die unzähligen Reihen glänzender Schuhe im Laden meines Vetters Walter. Ich erwog, Walter zu telegraphieren und ihn um einige Paare zu bitten. Doch da sie auf keinem anderen Weg zu mir gelangen konnten als mit dem Zug, verwarf ich den Gedanken wieder.

In der Nähe von Gander zeigte mir ein Streckenwärter zu meiner Freude eine Ausgabe der *Daily News*, die einen kurzen Artikel über meine Aktion und meine Beweggründe brachte. Im *Telegram* hingegen stand nichts, was mich nicht weiter verwunderte. Fünf Jahre zuvor hatte ich Neufundland als Reporter des *Telegram* und Gast der Reid-Eisenbahngesellschaft verlassen, die als Entgelt für meine Beförderung nichts anderes erwartete als ein Loblied auf die Zugfahrt. Und jetzt ging ich die Strecke ab, um einen Streik gegen dieses Bahnunternehmen zu organisierten.

»Dann wissen sie also, daß ich komme«, stellte ich fest.

»O ja, Sir, das wissen sie. Ist eine große Sache, was Sie da machen.«

Wenn von nun an, wie es täglich geschah, der Personenzug nach Westen und der nach Osten an mir vorbeikamen, winkten die Fahrgäste, die von meinem Marsch quer über die Insel gehört hatten. Einige riefen mir ermutigende Worte zu, andere verzogen spöttisch das Gesicht, als hielten sie mich für einen Spinner.

Der schwerste Teil meines Marsches waren die Nebenstrecken. Ich unterbrach meinen Weg nach Osten, ging die Schienen bis zum Ende irgendeiner Halbinsel ab und lief das ganze Stück schließlich wieder zurück. Als ich dem letzten Abschnitt meines Weges verlockend nahe gekommen war, mußte ich mich regelrecht zwingen, um an der dortigen Abzweigung der Nebenstrecke in Richtung Bonavista abzubiegen.

Das Land in dieser Gegend sah aus, als wäre es durchgesiebt worden, bis kein Bröckchen Erde mehr übriggeblieben war. So weit das Auge reichte, nichts als Felsen, die wie zufällig hingestreut in einem scheinbar einzigen weiten, flachen See lagen und Teiche und unerwartet auftauchende Steinsteppen schufen. Gelegentlich waren sie von einer dünnen Sumpfschicht bedeckt, und hier und da ragte ein Wacholderbusch oder eine kümmerliche Fichte auf.

Wären nicht die Bahnwärterposten gewesen, hätte ich das Gefühl gehabt, mich auf der Stelle zu bewegen, so eintönig war die Landschaft. Nur ganz bewußte Anstrengung hielt mich davon ab, die Gleisstrecke zu verlassen und an einer ihrer Biegungen geradeaus und durch die Einöde ziellos in den nächsten See zu laufen.

Und dann war da noch der Wind. Blies er mir entgegen, blähte er mir Hemd und Hose auf, traf er mich im Rücken, mußte ich die Fersen in den Boden stemmen, um nicht vornüber zu fallen. Voller Verachtung dachte ich an das Moor und die Heide, über die ich in Büchern gelesen hatte. Einem Vergleich mit dieser Landschaft konnten sie nicht standhalten. Und der Wind, der einen oft von den Füßen riß, so daß man kaum mehr aufrecht stehen konnte, schien ohne Beispiel zu sein.

Die Ostküste der Insel lag vierhundert Meilen vom Festland entfernt, und der Wind wehte hier mit der gleichen Kraft wie über dem offenen Atlantik vierhundert Meilen vor der Küste. Er fegte aus nordwestlicher Richtung über die Insel, als wollte er damit eine größere, bedeutendere Mission der Zerstörung erfüllen, als befände er sich auf dem Weg zu einem Ort, wo sich die Menschen nicht so leicht beeindrucken ließen, oder als würde er sich mit seinem Wüten eine Freude bereiten. Ein das Land verachtender, meergeborener Wind, der einen manchmal fast glauben ließ, unsere ganze Insel würde dahintreiben.

Am Southern-Bay-Posten kam ich dem Meer am nächsten. Vor der nur leicht zerklüfteten Bucht hatte der Wind leichtes Spiel, und mächtige schwarze Wellen donnerten im rechten Winkel an den Strand. Gischt stäubte unablässig von ihren Kronen. Hundert Fuß vor der Küste war das Meer so tief und ungestüm, als würde es die Insel nicht geben. Es war seltsam hypnotisch, dieses Wechselspiel von Wind und Wasser. An der Küstenlinie angelangt, setzte der Wind seinen Weg über Land fort, bis er an der jenseitigen Küste wieder auf Wasser stieß. Es schien, als würden beide Elemente sich gegenseitig anspornen. Und alles drängte in eine Richtung – Wolken, Wind, Wasser –, die Wogen so hoch, daß der Horizont nahe wirkte, sich hob und senkte, als würde er tanzen. Ich war überzeugt, daß die Kraft der Wellen bis zum Meeresgrund reichte und der ganze Ozean wie ein unendlich breiter Strom dahinfloß.

Es schien unmöglich, den Wind schlicht als Naturelement zu sehen. Nur die Überzeugung, man habe hier auf Erden eine Aufgabe zu erfüllen, konnte einen dazu bewegen, an diesen Orten auszuharren. Eine der Streckenwärterhütten trug den Namen »Blas-mich-fort«, und das führte mir vor Augen, wie groß der Einfluß des Windes auf das Leben seiner Bewohner war. Scheinbar versuchten sie sich in dieser ironischen Art einzureden, sie hätten sich in das Schlimmste gefügt, als wäre er ein gutmütiger Widersacher, der ihren Scherz zu schätzen wüßte.

Dieser Wind war jedoch keine Begleiterscheinung eines Sturmes, der, wie mächtig auch immer, kam und ging. Stürme zogen von Osten heran. Der Wind hingegen ließ nie nach, beherrschte alles, bezog Kraft aus sich selbst: nicht greifbar und doch voller Wirkung. Sein Ziel, seine Erfüllung war es, zu blasen und nichts als zu blasen.
Manchmal sah ich zum Himmel hinauf und beobachtete die mächtigen, tiefhängenden Wolken, die den Wind begleiteten. Sie zogen so schnell dahin, daß es mir schwerfiel, es ihnen nicht gleichzutun, weiterhin vernünftig einen Schritt vor den anderen zu setzen, während über mir die wilde Jagd der Wolken tobte, oder nicht zu grübeln, was sich da möglicherweise noch zusammenbraute.
Allmählich wurde mir klar, daß ich mich auf einen wie auch immer gearteten Zusammenbruch zubewegte. Fieberträume drohten auf mich einzustürmen; ich entwickelte eine unbestimmte Angst vor ihnen, die, wie ich annahm, dem echten Wahn vorausging. Plötzlich war ich davon überzeugt, hinter der nächsten Biegung meinen Großvater mir entgegenkommen zu sehen, meinen Großvater mit dem langen, wallenden, bis über die Taschenuhr reichenden Bart, der mich begrüßte, um mich dann zu einem Ort zu geleiten, zu dem ich, dessen war ich mir gewiß, nicht gehen wollte.
Ich verspürte den Drang, mich umzudrehen und fortzulaufen. Aber ich wußte, daß, welche Richtung ich auch einschlüge, ich mir nicht sicher sein könnte, was hinter mir war. Ich eilte dahin, blickte über die Schulter, stolperte, suchte die Schienen ab. Jeden Augenblick erwartete ich, auf Hines zu treffen, Hines in seinen seltsamen Kleidern, dem dreiviertellangen schwarzen Rock und der roten Weste mit den Messingknöpfen. Und schon fragte ich mich, ob er in seinem früheren Leben vielleicht Zugschaffner gewesen war. Hines, der mir entgegenkam, die Bibel mahnend emporgehoben. »Bedenke, Mensch«, meinte ich eine Stimme sagen zu hören, »daß du Neufundländer bist und nach Neufundland zurückkehren wirst.« So schnell mich meine Füße trugen, rannte ich fort, nicht auf den Gleisen, sondern auf den Steinen des Schotterbetts. Ich hörte mich schluchzen, dann lachen, wie ich glaubte, doch es war nicht ich, der da lachte, sondern ein Kind.
Schließlich sah ich es vor mir stehen, ein kleines Mädchen in einem

zerlumpten Kleid aus Sackleinen, die löchrigen Schuhe offen. Als es den Ausdruck meines Gesichts sah, brach sein Lachen ab, und es starrte mich mißmutig an. Eine Vorbotin von Hines vielleicht. Hinter mir hörte ich jedoch eine andere Stimme, eine Stimme, die der von Hines nicht ähnelte.

»Warum diese Eile, Sir? Sie sehen aus, als wäre der Teufel hinter Ihnen her.«

Ich wandte mich um und sah nicht Hines, sondern einen Mann in mittleren Jahren. Er trug lediglich einen Arbeitsanzug; die Arme und Schultern waren bloß, und er sah von mir zu dem Mädchen und wieder zu mir, als müßte er sich erst klarwerden, ob ich eine Bedrohung darstellte.

»Ich bin Joe Smallwood«, sagte ich.

Ich war zurück in der Welt, in ihrer und in meiner, und plötzlich wurde mir klar, welches Bild ich bot.

FIELDINGS KURZER ABRISS DER GESCHICHTE NEUFUNDLANDS

13. Kapitel
Die Iren kommen

Anfang des 19. Jahrhunderts hat sich eine ausreichende Zahl britischer Kaufleute auf der Insel niedergelassen, um einer ungelernten Arbeiterschaft ein Auskommen zu ermöglichen.

Daraufhin fließt der erste Strom irischer Einwanderer nach Neufundland.

Die Iren kommen zu Tausenden. Fünfmal mehr als nötig werden verpflichtet, damit sich zwischen den Arbeitern ein gesunder Wettbewerb entwickelt und die Iren nicht auf den Gedanken verfallen, einen höheren Lohn zu verlangen, als sich ein ehrlicher Brite zu zahlen leisten kann.

DAS VERLORENE SCHAF

Anfang Oktober, später Nachmittag. Stunden zuvor, als der Wind auf Nordost umschlug, hatte ich es gespürt, doch ich war davon ausgegangen, daß es so früh im Jahr noch nicht schneien konnte, und hatte meinen Weg fortgesetzt. Aber kaum war das Unwetter losgebrochen, versank die Umgebung in Weiß.

Weil die Nebenstrecken weniger befahren wurden als die Hauptlinie, brauchte man nicht so viele Kräfte, um sie zu warten. Es gab weniger Streckenposten, und sie lagen weiter auseinander, mitunter drei oder vier Meilen. Die letzte Hütte, an der ich vorbeigekommen war, lag zwei Meilen hinter mir, und so nahm ich an, daß ich mich mitten zwischen zwei Posten befand. Dort hatte zwar der Schornstein geraucht, doch als niemand auf mein Klopfen antwortete, war ich weitergezogen mit der Absicht, auf dem Rückweg bei diesem Posten noch einmal haltzumachen. Der letzte Streckenwärter, der eine ungefähre Vorstellung davon hatte, wo ich mich im Augenblick befand, wohnte demnach fünf Meilen entfernt, und er nahm wohl an, daß man in der Hütte, in der mir niemand geöffnet hatte, für mein Wohlergehen sorgen würde.

So konnte ich also nur hoffen, daß man mich suchen würde; da die Schienen bereits unter einer dichten Schneedecke begraben lagen, würde ich meine Richtung verlieren, wenn ich weiterging. Andererseits würde ich erfrieren, wenn ich nicht in Bewegung blieb. Ich kletterte die Böschung hinunter und lief hin und her, ohne mich allzu weit von ihr zu entfernen. Ich tastete mich am Abhang entlang, dann wandte ich mich um und tastete mich wieder zurück. Ich erwog den Gedanken, mich auf diese Weise wieder zur letzten Hütte durchzuschlagen, doch in meiner Panik wußte ich weder, in welche Richtung ich gegangen war, als der Sturm losbrach, noch, auf welcher Seite der Gleise ich mich befand.

Ich rief um Hilfe, hörte aber meine eigene Stimme kaum. Ich trug keine Winterkleidung, war kaum passend für den Herbst angezogen, hatte weder einen Mantel noch Handschuhe oder einen Hut und zudem noch den Koffer vor dem Bauch hängen. Ich konnte mich ebensowenig vor dem Blizzard schützen wie damals die Männer auf der *Newfoundland*, ohne jedoch über die körperlichen Reserven zu verfügen, die selbst der schwächste von ihnen noch gehabt hatte. Warum war ich bloß so unvernünftig gewesen und weitergegangen, als der Wind umschlug, dachte ich wütend.

Der sechsunddreißigste Tag meines Marsches neigte sich dem Ende zu, und schon bevor das Unwetter losbrach, war ich vor Schwäche und Erschöpfung dem Fieberwahn nahe gewesen. An der Strecke von Bonavista stand kaum ein Baum, rechts und links war nichts als Sumpf und Steine, nichts, was mir Schutz bieten konnte. Auch die Böschung schirmte mich nicht ab, denn der Wind blies geradewegs über die Schienen. Wenn ich ihm den Rücken zuwandte, sah ich vor mir bald nur noch Weiß, und das Atmen fiel mir schwer, so dicht fielen die Flocken.

Ich dachte an Mr. Mercer, wie er an jenem Abend auf dem Brow unterwegs gewesen war, als die Lawine kam. Und ich sah meine Mutter vor mir, wie sie jenes Buch, das jetzt in meinem Koffer lag, von der Terrasse schleuderte und ihm nachsah, bis von unten ein dumpfes Grollen empordrang. Ich schnallte mir den Koffer ab, preßte ihn an die Brust, lehnte mich mit dem Rücken an die Böschung und schloß die Augen.

Um nicht einzuschlafen, sang ich: »Wenn unser Joey heimwärts zieht, hurra, hurra. Wenn unser Joey heimwärts zieht, hurra, hurra ... Dann feiern wir ein großes Fest, wenn unser Joey bei uns ist.«

Irgendwann würde man meinen Leichnam hier finden, dachte ich. Rings um meine traurigen Überreste würde sich die unberührte weiße Schneedecke ausbreiten. Nach fünf Jahren in New York, von denen er, wie sein Vater prophezeit hatte, mittellos zurückgekehrt war, irrte er im Oktober auf seinem Marsch durch Neufundland durch einen Schneesturm. Tod durch Erfrieren an der Nebenstrecke von Bonavista. An die Brust gepreßt der Koffer mit Münzen im Wert von zweihundert Dollar,

Mitgliedsbeiträge für die Gewerkschaft, die zu gründen ihn das Leben gekostet hatte – sein letzter und größter Fehlschlag. Außerdem sieben Bücher, darunter die Bibel und zwei Ausgaben der *Geschichte Neufundlands*, eine lesbar, die andere nicht, in deren Neuauflage sein Name keine Erwähnung finden würde, sowie einige verschlissene Kleidungsstücke, und wie ihm von seinem Rektor am Bishop Feild vorhergesagt worden war, hatte er bis zu seinem Tod im Alter von fünfundzwanzig Jahren nichts erreicht. Die Autopsie ergab fünfundvierzig Charakterpunkte. Eigentliche Todesursache: Charakterschwäche.

Ohne ironische Hintergedanken sang ich die »Ode an Neufundland«, sogar den Vers über den Winter, der mir schon immer am besten gefallen hatte: »Du breitest aus dein schimmernd' Weiß, gehorchst des Winters strenger Hand, läßt Stern'licht glitzern auf dem Eis, wir lieben dich, du kaltes Land.«

Etwas stampfte neben meinem Kopf auf den Boden, und als ich die Augen öffnete, sah ich einen mächtigen schwarzen Stiefel, einen Stiefel, der meinen Namen trug. »Smallwood« war auf den Schaft gestickt. Mein Vater hatte doch recht gehabt mit dem Stiefel, dem Stiefel des Alten. Ich wandte den Kopf und sah noch einen Stiefel. Die Stiefel an den Narrows. Der Name Smallwood eine schillernde Sirene, die den Steuermännern den Kopf verdreht und sie auf die Klippen lockt. Laßt, die ihr eingeht, alle Hoffnung fahren. Oder die ihr von uns geht. Der Tod in seinen mächtigen schwarzen Stiefeln war gekommen, um mich zu holen.

Ich packte einen der beiden Stiefel mit den Händen und hörte einen Schrei, der klang, als würde jemand aus einem Alptraum erwachen. War ich es, der da sein Entsetzen herausbrüllte? Dann hob mich jemand am Kragen und am Hosenboden hoch und legte mich wie ein Stück Wild, das man erbeutet hatte, auf den Bauch. Mein Kopf und meine Arme hingen auf der einen Seite herunter und meine Beine auf der anderen. Anschließend wurde mir etwas, offenbar mein Koffer, auf den Rücken gelegt und mit Seilen festgezurrt, bevor man auch mich festband.

Erst als ich sie rollen spürte, merkte ich, daß ich auf einer Draisine lag, die gegen den Wind ansteuerte, ja geradewegs in ihn hineinfuhr. In einer kurzen Flaute erhaschte ich einen Blick auf den Fahrer, wie er den Hebel auf- und niederschwang und sich abmühte bei dem, was schon unter günstigen Bedingungen Schwerstarbeit für zwei gewesen wäre. Er hatte die Kapuze der Segeltuchjacke aufgesetzt, trug eine Schneebrille und vor dem Mund einen Schal, so daß kaum mehr als seine Nase zu sehen war. Dann nahm der Sturm wieder zu, und er war meinem Blick verborgen.

Ich hörte weder das Ächzen der Draisine noch das Rattern ihrer Räder auf den Schienen. Auch sah ich nichts, was mir bestätigt hätte, daß wir uns fortbewegten, obwohl ich es undeutlich spürte. Dann verschwand auch diese Wahrnehmung, und ich meinte, ich sei vorübergehend aus einem Schlummer erwacht, in dem ich von meiner Rettung träumte. Aber dann sah ich ihn – dort, nein, doch nicht, da, nein, doch nicht da, wie ein Trugbild im Schnee, das zu bedeuten schien, mein Ende sei nahe.

Irgendwann auf unserer Fahrt über die Gleise sank ich in einen warmen, friedlichen Schlummer, dem ich, wie ich wußte, widerstehen mußte, aber nicht konnte. Ich träumte, obwohl es lebhafter und greifbarer schien als jeder Traum, daß ich ins Meer hinauswatete, ein Meer, anders, als ich es je erlebt hatte, ruhig, warm, schmeichelnd und einladend.

Als ich kurz erwachte, fand ich mich in einem Waschzuber hockend, der mit heißem Wasser gefüllt war oder wurde. Durch den aufsteigenden Dampf konnte ich über mir eine Gestalt erkennen, die einen Topf in den Händen hielt und den Inhalt in den Zuber goß.

»Aufgewacht?« fragte er. »Ich wußte, daß du kommst. Keine Sorge, ich bin kein Kannibale. Und wenn, dann wäre heute abend Schmalhans Küchenmeister. Laß dich nicht stören von den Kartoffeln und Karotten, die da um dich herumschwimmen. Mal sehen, vielleicht ist es besser, wenn ich gleich den ganzen Zuber auf den Herd stelle. Smallwood-Suppe, Smallwood-Suppe, heute gibt es Smallwood-Suppe. Sie schmecket hier, sie schmecket dort, Smallwood-Suppe immerfort. Smallwood-Suppe ist so gut, gibt allen Neufundländern neuen Mut.«

Als ich das nächste Mal aufwachte, lag ich einem Bett, und jemand deckte mich zu. Zuerst meinte ich, es sei mein Großvater.

»Opa«, sagte ich und wollte ihm die Arme um den Hals legen. Doch dann nahm er die Züge einer der Aasgeier vom »Boden« an, und ich versuchte kraftlos, ihn abzuwehren. Er aber nahm meine Hände und hielt sie fest, als wäre ich ein kleines Kind.
»Schlaf jetzt«, sagte er. Es klang wie ein Befehl, doch sein Ton deutete an, daß es ihm einerlei war, ob ich ihm gehorchte oder nicht, ob ich einschliefe oder nicht.
Ich fiel in einen unruhigen Schlaf und fuhr immer wieder hoch, ich mußte gegen ihn ankämpfen, denn solange ich schlief, machten die Männer vom »Boden« mit mir, was sie wollten. Einmal dachte ich, Hagelkörner würden an die Wand hinter meinem Bett trommeln. Seit meinen Kindertagen im Haus auf dem Brow hatte ich nicht mehr solch einen Sturm gehört. Jeden Augenblick mußte die Hütte aus ihrer Verankerung gerissen und wie eine Pappschachtel durch die Einöde geweht werden.
Nach, wie mir schien, endlosen Stunden erwachte ich. Ich war klarer, fühlte mich besser, hatte jedoch großen Hunger. Von meinem Bett aus sah ich durch die offene Zimmertür jemanden an einem Tisch vor dem gußeisernen Ofen sitzen und Zeitung lesen.
Nachdem ich sie lange Zeit gemustert hatte, fragte ich mich, ob ich vielleicht doch noch träumte. Dies war so ungefähr der letzte Ort auf Erden, wo ich sie zu treffen erwartet hätte. Sie hatte sich sichtlich verändert, ihre kräftige Gestalt war nicht mehr gerundet, sondern eckig und kantig. Sie sah nahezu zwanzig Jahre älter aus, als sie war, trug ein grobes, rotweiß kariertes Hemd, eine Baumwollhose und Arbeitsstiefel. Dennoch gab es keinen Zweifel, wen ich da vor mir hatte.
»Fielding!« sagte ich.
Sie blickte auf und starrte mich an, als würde sie rätseln, ob ich noch fieberte, dann lächelte sie leicht. Doch, es war Fielding. Obwohl sich in ihren ausgeprägten Zügen etwas Neues spiegelte.
»Smallwood«, sagte sie mit der leisen Ironie, mit der man vielleicht einen Fremden anspricht, wenn er aus der Bewußtlosigkeit erwacht, obwohl man ihn bereits abgeschrieben hat, dessen Tod einen jedoch nicht groß gekümmert hätte.
»Was machst du hier draußen?« fragte ich.

»Einsiedeln«, antwortete sie. »Ich friste mein Leben als Einsiedlerin, weil du mir das Herz gebrochen hast.«

In diesem Augenblick dachte ich nicht an New York. Ich meinte, sie spräche vom Bishop Feild, und bekam ein schlechtes Gewissen. Sie mußte es mir angesehen haben, denn sie brach in schallendes Gelächter aus. Sie betrachtete mich, als wäre es Ausdruck meiner Überheblichkeit, wenn ich mir einbildete, mein Tun könnte eine solche Wirkung auf sie gehabt haben, daß sie ihr ganzes Leben änderte. Dann fiel mir der Abend ein, an dem wir uns zum letzten Mal gesehen hatten.

»Wie ist es dir ergangen?« fragte ich. »Was machst du hier draußen?«

Am Abend, als wir beim Essen saßen und ich einen Teller gebackener Kartoffeln in mich hineinschlang, erzählte sie mir ihre Geschichte.

»In dem Sommer, als ich heimkehrte, erfuhr ich, daß ich Tuberkulose hatte. Mein Vater selbst stellte die Diagnose, obwohl er sie zunächst nicht glauben wollte. Leute wie wir bekommen keine TB, es ist die Krankheit der Armen, die im Schmutz und unter unhygienischen Bedingungen leben und sich schlecht ernähren. Leute wie du. Meine Tante Dot, die Schwester meines Vaters, hat mir nie verziehen, daß ich diese ungebührliche Krankheit bekam und damit Schande über die Familie brachte. Und meinem Vater warf sie vor, daß er sie entdeckte. Vielleicht kann sie es aber auch nicht verwinden, daß ich nicht daran gestorben bin, daß ich aus dem Sanatorium entlassen wurde und wieder Gesellschaften besuchte, wo man von mir erwartete, daß ich so tat, als wüßte niemand, welche Krankheit ich gehabt hatte. Noch heute behauptet Tante Dot, mein Vater hätte sich geirrt, ich hätte die Tuberkulose erst bekommen, nachdem man mich ins Sanatorium eingewiesen hatte, hätte mich also bei den Patienten dort angesteckt. Du kannst dir sicher vorstellen, wie vergnügt mein Vater ist, seit sie diese Möglichkeit angesprochen hat.

Die Tuberkulose hat kein so ausgeprägtes Klassenbewußtsein wie meine Familie und schließt die Reichen nicht willkürlich aus. Sie ist wirklich sehr demokratisch. Allerdings hatte sie im Gegensatz zu den anderen Patienten nichts dagegen einzuwenden, daß ich im Sanatorium ein Einzelzimmer bekam. Dort hatte man noch nie eine so gut gekleidete Tuberkulosekranke gesehen. ›Eine Arzttochter im Sanatorium‹, sagten sie. ›Da kann man mal sehen!‹ Die TB kümmerte es nicht, daß sie in ein schlechtes Licht geriet, weil sie sich mit jemand wie mir einließ. Sie wollte mich einfach unter die Erde bringen, genau wie die anderen. Wie auch immer, nach einem Jahr sah ich aus wie du. Nun, vielleicht nicht ganz so schlecht, sondern eher wie ein Röntgenbild. Aber jetzt geht es mir wieder besser. Allerdings bin ich noch in Quarantäne. Deshalb lebe ich so allein hier draußen. Damit ich niemanden anstecke.«

Mir stockte der Atem. Vor meinem geistigen Auge erschienen Bilder des Hauses, von dem ich so viel gehört, das ich jedoch nie von innen gesehen hatte. Das Sanatorium. Die Reihen von Betten. Rollstühle. Krücken. Fast schon ein Wunder, daß ich sie nicht fragte, ob sie nicht vor der Diagnose oft auf dem Rücken gelegen hatte.

Fielding lachte über mein besorgtes Gesicht und versicherte mir, sie sei nicht mehr ansteckend. Als einziger Schaden sei ihr geblieben, daß ihr linkes Bein nach einer Operation deutlich dünner war und auch bleiben würde als das rechte, so daß sie hinkte und am linken Fuß einen orthopädischen Schuh mit dicker Sohle tragen mußte.

Ich betrachtete sie. Kaum zu glauben, daß sie erst sechsundzwanzig Jahre alt war. Unter ihren Augen lagen tiefe Schatten. Auch sie war fast nur Haut und Knochen und ihre hagere Gestalt nicht so groß, wie ich sie in Erinnerung hatte. Nur schwerlich ließ sich diese Erscheinung mit der Person gleichen Namens in Einklang bringen.

Die Männerkleidung, die sie trug, mußte jemandem vom Umfang der alten Fielding gehört haben, denn sie schlotterte ihr um den Körper wie mir die meine, obwohl ich den Eindruck hatte, sie müsse doppelt so groß sein wie ich, wenn sie sich nur aufrichtete. Zusätzlich zu ihrem Hinken hatte sich ein leichter Buckel gebildet. Nicht nur durch die Art, wie sie sprach, gestikulierte und durch die Hütte ging, sondern vor allem durch ihre Haltung erweckte sie den Eindruck, als würde sie sich über die Krankheit mokieren, die ihr nach dem Leben getrachtet hatte, indem sie mir ihre Folgen genüßlich vor Augen führte.

Sie trank mehr denn je, um sich, wie sie sagte, für die zwei Jahre im Sanatorium zu entschädigen, in denen ihr das Trinken streng verboten gewesen war und sie demzufolge nur die Hälfte ihres gewohnten Quantums hatte konsumieren können. Sie besaß noch immer ihre silberne Trinkflasche. Ich beobachtete jedoch nie, daß sie sie auffüllte, noch konnte ich volle oder leere Flaschen in ihrer Unterkunft entdecken. In der Ecke an der Tür stand ihr Stock mit dem Silberknauf. Sie bemerkte, daß mein Blick darauf fiel.

»Den nehme ich, wenn ich einen Spaziergang durch die Einöde mache«, erklärte sie. Ich versuchte mir das vorzustellen, jedoch ohne großen Erfolg.

»Also, was tust du hier?« fragte ich.

»Ich arbeite für die Bahngesellschaft«, erwiderte sie. »Anfangs habe ich nur hier gewohnt. Als ich von dieser verlassenen Streckenwärterhütte hörte, habe ich mich erkundigt, ob sie zu mieten sei. Es war eigentlich nicht der Ort, den mir die Ärzte, mein Vater eingeschlossen, empfohlen hätten. Doch ich hoffte, in einer Umgebung wie dieser zum Schreiben zu kommen. Ich arbeite an einer Geschichte Neufundlands.

Im vorletzten Frühjahr wurde ich jedoch gemeinsam mit anderen Frauen zum Teeren der Bahnschwellen eingestellt. So kam eins zum anderen. Mir bleibt mehr freie Zeit als den übrigen Frauen, weil ich ja keine Familie zu versorgen habe. Die meisten Männer sind sehr nett und behandeln mich wie eine Witwe, die sich nach dem Tod ihres Mannes mühsam allein durchs Leben schlägt. Sie baten die Bahngesellschaft, mich für die Hilfsarbeiten einzustellen, wie sie es nennen. Ich teere die Schwellen nicht nur in meinem Abschnitt, sondern auch in den anderen. Außerdem fahre ich die Gleise ab, überprüfe sie auf Hindernisse und räume sie, wenn möglich, beiseite. Hin und wieder fülle ich das Schotterbett mit Steinen auf.

Die Männer, die ich oft um ein ganzes Stück überrage, erledigen die schwere Arbeit, also alles, wofür ich nicht stark genug bin, wie sie meinen, oder worin ich mich nicht auskenne. Und sie lassen nicht zu, daß ich ihnen beim Hochheben der Schienen helfe, wenn sie ausgewechselt werden müssen. Sie wissen, ich bin eine Städterin und eine Arzttochter. Und sie nennen mich Miss Fielding.«

Ich fragte mich, was die Frauen der Streckenwärter davon hielten, daß sie, die Tochter eines Arztes aus St. John's, hier draußen und ganz allein an der Nebenstrecke von Bonavista lebte. Nur schwer konnte ich mir vorstellen, wie Fielding sich in ihrer augenblicklichen Verfassung hier durchschlug, wie sie das Holz hackte, das ich hinter der Hütte aufgestapelt gesehen hatte, wie sie die Draisine in Fahrt brachte, die Schwellen teerte und Schotter ins Gleisbett schaufelte.

»Was hast du hier draußen verloren, Fielding?« fragte ich sie. »Welche Rolle spielst du hier? Die Arme? Oder ein Mann?«

»Nach letzterem steht mir nicht der Sinn«, antwortete sie. »Und das erste brauche ich nicht zu spielen. Ich nehme kein Geld von meinem Vater. Und selbst nach den Maßstäben der Eisenbahn ist mein Lohn nicht sehr hoch. Ich verdiene viel weniger als die Männer.«

»Du hast dich verändert«, sagte ich und merkte, daß in meiner Stimme eine Zärtlichkeit mitschwang, die ich gern verborgen hätte. Sie schüttelte den Kopf, als wollte sie nicht hören, als wollte sie nicht zulassen, daß ich von New York sprach.

»Wie du siehst«, sagte sie, »haben mich die Ereignisse in den letzten Jahren nicht bitter werden lassen. Im Gegenteil, diese Erfahrung hat mein Vertrauen in die Menschheit so sehr gestärkt, daß ich bis zum Tag meines Todes jeglicher Ironie abgeschworen habe.«

»Was dich auch hierher verschlagen hat«, fuhr ich fort. »Es wird Zeit, dem ein Ende zu machen.«

»Ich glaube, hier besteht weitaus weniger Gefahr, daß ich einen Rückfall erleide, als in St. John's, denn dort könnte ich mir kein sonderlich gutes Leben leisten. Ich habe meine Verwandten für die TB entschädigt, indem ich ihnen erklärte, ich wolle Schriftstellerin werden. Sie waren außer sich vor Freude, denn wie du weißt, wird eine Familie, die unter ihren Vorfahren nicht wenigstens einen Schriftsteller mit unveröffentlichten Werken vorzuweisen hat, in St. John's nicht ernst genommen. Als sie außerdem erfuhren, daß ich mir die Schreiberei mit der Arbeit bei der Eisenbahn als eine Art Streckenwärter finanzieren wollte, kannst du dir vorstellen, wie begeistert mein Vater war. Seine Tochter übte nicht nur einen, sondern gleich zwei der angesehensten Berufe aus. Meine Onkel und Tanten, meine Basen und Vettern reden von nichts anderem mehr.«

Nie hatte ich solch einen unablässigen Strom beißender Ironie gehört. Ich glaube, Fielding sprach nicht mehr als ein halbes Dutzend nor-

maler Sätze in den drei Tagen, in denen ich mich in ihrer Hütte erholte.
Sie erklärte mir, es sei ihr Bett, in dem ich in jener Nacht geschlafen hatte. Ich könne es haben, solange ich da sei. Sie würde sich in dem Raum, den sie ihr Studierzimmer nannte, ein Notlager bereiten. Aber nicht, weil sie mir das bessere Bett überlassen, sondern weil sie verhindern wollte, daß ich ihr *sanctum sanatorium* betrat, wie sie es nannte. So stand es auch auf dem Schild, das sie über die Tür genagelt hatte, als wollte sie auf diese Weise Neugierige abschrecken.
Ich erhaschte nur einen kurzen Blick in das Innere ihres winzigen Studierzimmers, denn sie hielt die Tür geschlossen und verriegelt, wenn ich aufgestanden war, und machte sich erst an die Arbeit, wenn ich mich schlafen legte. Was ich in meinem Fiebertraum für das Trommeln der Hagelkörner gehalten hatte, war das Klappern ihrer Schreibmaschine gewesen.

———

Fieldings Tagebuch, 21. Oktober 1925

Lieber Smallwood,
wie würdest du triumphieren, wenn du wüßtest, daß ich schon seit jeher in meinem Tagebuch an dich schreibe. Viele Nächte verbringe ich so, nicht jede, aber fast jede.
Nun, wo du im Nebenraum liegst, kommt es mir vor, als würde ich durch ein Astloch in der Wand zu dir sprechen. Pyramus und Thisbe. Pyramus schläft, während Thisbe Worte an ihn richtet, die er nie hören wird.
Schon seit Wochen wußte ich, daß du kommst. Das erste Mal hörte ich von dir durch die Frau, die in dem benachbarten Streckenposten wohnt. »Da ist ein gewisser Smallwood, der läuft die ganzen Gleise ab«, sagte sie. »Mit Nebenstrecken und allem. Er will die Streckenwärter organisieren.« Natürlich, dir reicht es nicht, nur die Hauptstrecke abzugehen. Nein, du kümmerst dich auch um die Nebenstrecken. Seitdem erstattet man mir ungefragt genauesten Bericht über dein Voran-

kommen. »Er ist jetzt zwanzig Meilen vor dem Deer Lake. Kein bißchen Fleisch mehr auf den Knochen.« Was heißt hier *mehr*? Am liebsten hätte ich gesagt: »Kein Fetzen Leder mehr an seiner Sohle.« Phonse in der Hütte an Meile Sechs hat deine Fortschritte auf einer Karte verzeichnet, die an seiner Küchenwand hängt. Smallwood ist auf dem Weg.

Auch meine Heimkehr war denkwürdig. Die Insel tauchte vor meinen Augen auf und verschwand und tauchte auf, wie Sterne, wenn man sie zu lange betrachtet. Ich hielt es anfangs für eine optische Täuschung, bis ich merkte, daß mir die Lider flatterten. Offenbar war ich schon krank, als ich aus New York abreiste. Die Frau, die neben mir an der Reling stand, schickte ihren Mann nach unten, um mir ein Glas Wasser zu holen. »Sie glühen ja, meine Gute«, sagte sie, während sie mir den Handrücken an die Wange hielt. Wie kühl er war! Ich erklärte ihr, es gehe mir gut. Von See blies mir mit voller Kraft eine steife Brise entgegen. Die anderen Passagiere trugen Schal und Mütze, wie also konnte ich glühen? Doch das Ehepaar blieb an meiner Seite, bis wir in St. John's andockten und sie mir die Gangway hinunterhalfen, an der mein Vater auf mich wartete.

Er war so erschrocken über meine Veränderung, daß er mir den Puls fühlte, noch ehe er mich begrüßte. Die Leute schlugen einen weiten Bogen um uns, solange er damit beschäftigt war. Erst sein Gesichtsausdruck machte mir klar, wie sehr ich mich verändert hatte, denn ich war schon seit Monaten niemandem mehr begegnet, der wußte, wie ich früher aussah. »Freust du dich nicht, mich zu sehen?« fragte ich ihn.

»Ich hätte dich nicht fortlassen dürfen«, antwortete er.

Er brachte mich vom Schiff geradewegs in sein Behandlungszimmer. Und von dort aus direkt ins Sanatorium. Zwei Jahre lang hatte ich St. John's nicht mehr gesehen. Nun würde ich noch zwei weitere darauf warten müssen.

Die ersten Monate waren nicht sonderlich schlimm. An Weihnachten stellte ich mich mit den anderen in eine Schlange und verlas eine Grußbotschaft an meinen Vater, die über das Radio übertragen wurde. Zwar war er Lungenarzt, doch er arbeitete nicht im Sanatorium – mich erstaunte eher, daß das überhaupt jemand tat –, und nicht mal er durfte die strengen Quarantäneregeln übertreten. Wir schrieben uns Briefe. Ich diktierte sie einer Schwester, denn selbst ein Stück Papier, das ich berührt hatte, durfte das Haus nicht verlassen. Mein Vater nannte sie meine Stenographin. Sie fügte meinen Briefen stets ein Postskriptum hinzu, in dem sie ihn bat, mich für meinen Ungehorsam zu maßregeln. »Niemand weiß, woher sie ihren Schnaps bekommt.«

Doch nach Weihnachten wurde es schlimmer. Im Juli benachrichtigten sie meinen Vater, wenn er mich noch ein letztes Mal sehen wolle, müsse er bald kommen. Doch er kam nicht. Später erklärte er mir, ich hätte sonst gewußt, daß ich im Sterben läge, und hätte nicht so stark ums Überleben gekämpft, wie ich es dann tat. War das wirklich der Grund für sein Fortbleiben? Er sah mir meine Skepsis an, eine Skepsis, die ich noch immer hege. Aber vielleicht hat er auch die Wahrheit gesagt. Vielleicht wäre ich wirklich gestorben, wenn er mich besucht hätte.

Ich sah dich, Smallwood, durch das Fenster meines Studierzimmers, als du kurz vor Ausbruch des Unwetters an meine Tür klopftest. Und ich war überzeugt, der Schneesturm würde erst später einsetzen, wenn du schon längst den nächsten Streckenposten erreicht hättest. Als der Schnee fiel, hoffte ich, er würde in Regen übergehen, denn Männer, die sich beim Wetter nur selten täuschten, hatten mir erzählt, daß es regnen würde. Doch wenn ich nun zu lange gewartet hatte und dich nicht mehr finden konnte? Noch ein Geheimnis, das ich hätte wahren müssen. Ich fühlte mich an die Abende erinnert, als ich bis spät nachts schrieb, während du mit der *Newfoundland* auf dem Eis gestrandet warst. Weil es blanke Ironie des Schicksals gewesen wäre, dich jenen Sturm überleben zu lassen, um dich dann auf dem Land in deinen Tod laufen zu lassen, schloß ich, daß der Schnee in Regen übergehen würde. Auf der anderen Seite würde ein einsamer Tod besser zu deinem Charakter passen.

Du hast dich wohl selbst an die *Newfoundland* erinnert. Keine Schulter, auf die du deine Hand legen konntest. Und auch niemand, der dir seine Hand auf die Schulter legen wollte. Wenn ich dich nicht gefunden hätte, hätte ich mich zum nächsten Streckenposten durchgekämpft und um Hilfe gebeten. Vorausgesetzt, ich hätte mich nicht verirrt.

Zu meinem konnte ich deshalb zurückfinden, weil ich einen Rat befolgt hatte, den Phonse mir nach meiner Ankunft hier gab. Es würden Tage und Nächte kommen, meinte er, an denen so dichter Nebel oder so starkes Schneetreiben herrschte, daß ich meine eigene Sturmlampe nicht mehr sehen könnte. Ich hielt es nicht für möglich und tat nur deshalb, was er mir empfohlen hatte, weil er mich dazu drängte. Ich hängte eine Schiffsglocke über die Tür und befestigte an dem Nagel, der sie hielt, ein Tau. Als ich aufbrach, um dich zu suchen, band ich es an dem, von meiner Hütte aus gesehen, entfernteren Schienenstrang fest.

Auf der Heimfahrt beschlich mich irgendwann das Gefühl, ich hätte bereits die doppelte Strecke wie nötig hinter mich gebracht, ohne daß die Glocke läutete, und ich fragte mich, ob ich sie wohl überhört hatte. Ich wollte schon umkehren, doch dann beschloß ich, da ich nun schon einmal dabei war, mit meinem halben Passagier gegen den Wind anzukämpfen, könnte ich mir noch zehn Minuten geben. Kurz darauf hörte ich die Glocke. Ein gedämpfter Klang über dem Heulen des Windes. Der Willkommensgruß. Ich tastete nach dem Tau, das meinen Blicken verborgen war, bis ich es in Händen hielt.

Ich steckte dich in den Zuber – und natürlich, ja, ich sah, wie gut dein Name zu dir paßt. (Ein kleiner Spaß. Aber versteh doch, am Bishop Feild hätte ich mit deinem Namen weitaus gröbere Scherze treiben können, als dich nur »Spleiß« zu nennen.)

Und dann sah ich dir zum ersten und wohl auch zum letzten Mal in meinem Leben beim Schlafen zu. Du ohne deine Brille. (Auch das ein erstes Mal. Als ich dich fand, trugst du deine Brille noch, obwohl die Gläser von einer dicken Eis- und Schneeschicht bedeckt waren. Ich steckte sie in die Tasche und legte sie später aus Angst, die Gläser könnten zerspringen, wenn sie zu nah an den Ofen kamen, zum Tauen auf den Tisch. Dort hat sich jetzt eine Wasserlache ausgebreitet.) Wie fremd du aussahst! Als würde dir ein für dich typischer Gesichtszug fehlen, Smallwood ohne das, was ihn unverwechselbar macht, wie seine Nase. Dein Kopf, der aus der Decke hervorschaute, nicht mehr als ein mit Haut überzogener Schädel.

Ich wollte dich zudecken, aber du stießest mich fort. Weil du wußtest, daß ich es war, nehme ich an. Schließlich bist du eingeschlafen, obwohl

dein Atem anfangs zu rasch ging. Ich fühlte mich an meine Zeit im Sanatorium erinnert. Aber dann schwand die Anspannung von deinem Gesicht oder wurde ausgelöscht, und dein Mund öffnete sich ein wenig. Ich dachte, du lägest im Sterben, dabei warst du nur in einen tiefen Schlaf gesunken. Verletztlich und ungeschützt. Du, wie du aussehen würdest, könntest du einen Moment lang vergessen, daß die Welt dich beobachtet.
Ich bin froh, daß du noch lebst.

———

Nach einem Tag und einer Nacht, in denen sie mich aus Sorge um meine Gesundheit noch nicht allein lassen wollte, ging Fielding zurück an ihre Arbeit. Am Morgen des zweiten Tages blickte ich aus dem Fenster und sah sie, eingemummelt und in Schals gehüllt wie die ersten Flieger, auf der Draisine die Gleise entlangfahren. Die weit ausgestreckten Arme hoben und senkten den Hebel, als würde sie Kniebeugen machen. Sie wirkte recht geschickt bei dieser Arbeit und weitaus kräftiger, als ihrem Aussehen nach zu vermuten gewesen wäre.
Nachdem sie an der Hütte vorbeigefahren und um eine Kurve gebogen war, zog ich mir meinen Rock an und ging nach draußen. Es war wärmer geworden, doch noch immer lag Schnee, der mir bis zu den Knien reichte, als ich zur Rückwand der Hütte stapfte. Ich hoffte dort ein Fenster zu finden, durch das ich in ihr Studierzimmer lugen konnte. Zwar gab es eines, doch es war mit Brettern verrammelt. Damit meine Spuren nicht allzu offensichtlich zu dem Fenster des Studierzimmers führten, marschierte ich an allen vier Seiten des Hauses und den Weg zum Abort auf und ab, bevor ich, beruhigt, daß sie nicht den Grund für meinen Ausflug erraten konnte, wieder ins Haus zurückkehrte. Bei meinem Eintreten entdeckte ich über der Haustür ein weiteres kleines Schild, auf dem »Haus an Meile Zwölf« stand.
Den Großteil des Tages verschlief ich. Ich las ein wenig in all meinen Büchern außer der Bibel, konnte mich jedoch nicht länger auf eines konzentrieren.
»Wie ich sehe, hast du einen kleinen Rundgang gemacht«, sagte Fiel-

ding, als sie am Nachmittag zur Hütte zurückkehrte. »Zu schade, daß die Fensterläden geschlossen waren.«

Ich merkte, daß ich rot wurde. Mir fiel keine vernünftige Antwort ein, bis mein Blick auf das Buch fiel, das ich auf dem Küchentisch liegengelassen hatte.

»Hast du den Prowse gelesen?« fragte ich mit gespielter Unschuld, nahm das Buch und reichte es ihr. »Aber das mußt du wohl, wenn du eine Geschichte Neufundlands schreibst.« Wenn es sie verdroß, diesen Namen aus meinem Mund zu hören, dann zeigte sie es nicht.

»Ja, ich kenne es«, erwiderte sie lächelnd, als wollte sie meinen wenig überzeugenden Versuch zu scherzen anerkennen. Sie nahm mir das Buch nicht ab.

Sie machte sich an die Arbeit, unser Abendessen aus Klippfisch und Kartoffelkuchen zuzubereiten, das wir dann schweigend verspeisten. Ich erklärte ihr, wie so viele Leute, die ich in New York kennengelernt hatte, würde sie eine Rolle spielen, und zwar die der Armen und die der Künstlerin, und genau wie jene wisse sie, daß sie jederzeit in ihr Leben im Wohlstand zurückkehren könne. Am liebsten hätte ich ihr noch vorgehalten, daß ihre Hütte ein Paradies war im Vergleich zum »Käfig«, zum »Boden« oder zu der Marmorbank im Bryant Park, die mir drei Wochen als Nachtlager gedient hatte. Doch als ich sie mir gegenübersitzen sah, wurde mir klar, daß nichts von dem, was ich sagte, sie aus der Fassung bringen würde, daß die zwei Jahre im Sanatorium Spuren hinterlassen hatten, die ich ihrer Meinung nach wohl nie verstehen würde.

»Dieser Brief an die *Morning Post*«, sagte ich, »war ein Meisterstück.«

»Ja, das war er, nicht wahr«, gab sie lächelnd zurück. »Wie auch immer, Smallwood, die Rechnung ist längst beglichen. Du solltest die Vergangenheit ruhen lassen.«

Am dritten Abend, als wir nach dem Essen noch am Tisch saßen, erklärte ich ihr, ich fühlte mich wieder kräftig genug, um meinen Marsch fortzusetzen, und würde am nächsten Morgen aufbrechen. Ich ging zu meinem Koffer, holte eine Mitgliedskarte der Gewerkschaft hervor und schob sie ihr über den Tisch zu.

»Da«, sagte ich. »Unterschreibe hier, gib mir fünfzig Cent, und du bist

Gewerkschaftsmitglied.« Sie stieß die Karte von sich fort, nahm einen Schluck aus ihrer Trinkflasche und wischte sich mit dem Handrücken den Mund ab. »Jeder Streckenwärter von hier bis Port aux Basques hat sich eingeschrieben«, sagte ich.
»Das ist ihre Sache«, stellte sie fest.
»Die anderen werden sich nicht daran stören, daß du eine Frau bist«, sagte ich. »Oder weniger hart arbeitest.«
Fielding schnaubte geringschätzig.
»Warum willst du nicht Mitglied werden?«
»Das ist meine Sache.«
»Du weißt, worum es geht …«
»Ja, ich weiß, worum es geht. Um zweieinhalb Cent in der Stunde …«
»Für manche ist das viel Geld.«
»Für mich auch.«
»Warum schließst du dich dann nicht an?«
»Weil ich mich nirgendwo anschließe, wenn es sich vermeiden läßt.«
»Hat dich jemand von der Eisenbahngesellschaft …«
Sie lachte auf.
»Ich weiß, worum es dir geht«, sagte ich. »Und dann hältst du mir vor, *ich* soll die Vergangenheit ruhen lassen.«
»Es geht mir nicht um die Vergangenheit«, meinte sie.
»Worum dann? Ob mit dir oder ohne dich, die Gewerkschaft wird gegründet. Und ich setze deine Lohnerhöhung durch, auch wenn du nicht Mitglied wirst. Es sei denn, es gibt eine Aussperrung. In dem Fall könntest du deine Stelle verlieren.«
»Das kann ich verschmerzen«, sagte sie. »Ich stehe bereits bei den Leuchtturmwärtern auf der Warteliste und noch bei anderen Berufen, die ein Einsiedlerleben verlangen. Du hast doch nicht etwa vor, zu den Leuchttürmen zu schwimmen, um eine Gewerkschaft der Leuchtturmwärter zu gründen, oder?«
»Es ist mein Ernst, Fielding. Du könntest deine Arbeit verlieren.«
Mit einer heftigen Bewegung stellte sie ihre Trinkflasche auf den Tisch, stand auf und sah auf mich herunter.
»Am Tag des Schneesturms«, setzte sie plötzlich außer Atem an, »hast du an meine Tür geklopft, ehe es zu schneien begann.« Sie wies darauf,

als würde das die Bedeutung ihrer Worte unterstreichen. »Ich habe einen Blick nach draußen geworfen, und als ich sah, daß du es warst, habe ich nicht geöffnet. Nicht, weil ich vermeiden wollte, mich der Gewerkschaft anzuschließen, sondern weil ich hoffte, du würdest umkommen. Nach Ausbruch des Unwetters habe ich zwei Stunden hier gesessen und gewartet, ehe ich meine Meinung änderte. Ehe ich hinausfuhr und dich suchte.«
Es kam mir vor, als hätte sie durch dieses Geständnis etwas preisgegeben, als neigte sich die Waagschale nun zu meinen Gunsten. Offensichtlich las sie mir diesen Gedanken an meinem Gesicht ab, denn sie schüttelte den Kopf, als hätte ich etwas gesagt, was ihrer Antwort unwürdig wäre. Sie ging in ihr *sanctum sanatorium* und schloß die Tür.

Nachdem ich zu Bett gegangen war, lag ich stundenlang wach und lauschte dem steten, gleichmäßigen Klappern ihrer Schreibmaschine, und es kam mir vor, als wollte sie mir damit zeigen, daß nichts von Bedeutung geschehen war, daß nichts, was ich sagte oder tat, sie wirklich berühren konnte.
Als ich am Morgen erwachte, war sie fort. Auf dem Tisch lag eine Notiz, in der sie mich anwies, die Haustür abzuschließen, wenn ich aufbrach. Und dann war da noch ein Nachtrag: »Sprich nicht darüber. Du hättest das gleiche für mich getan, wäre ich ein Winzling von fünfundvierzig Pfund.« Erst da wurde mir klar, daß ich ihr für meine Rettung nicht gedankt hatte. Ich sagte mir, sie hätte mich nicht retten müssen, hätte sie mir gleich die Tür geöffnet, obwohl ich das bis zum Abend zuvor nicht gewußt hatte. Ich fragte mich, ob es sich bei jener »fünfundvierzig« um einen Zufall oder um eine bewußte Anspielung auf meinen Charakter handelte. Fielding war so beißend ironisch, daß man bei ihr nie wußte, woran man war.
Weil mich die Notiz ärgerte, zerriß ich sie. Doch dann sammelte ich die Fetzen wieder auf und steckte sie in die Tasche, damit Fielding nicht sah, wie tief sie mich getroffen hatte. Ich schrieb selbst einige Nachrichten, doch jede klang zahm, verglichen mit ihrer, und so schob ich auch diese Zettel in meine Tasche.
Dann fiel mein Blick auf die verriegelte Tür zu ihrem Studierzimmer.

Plötzlich verspürte ich Lust, sie aufzubrechen, die Axt von ihrem Platz hinter dem Ofen zu nehmen und die Tür in Stücke zu hacken. Ich wollte ihre Version der Geschichte lesen, nachsehen, ob ich darin vorkam, denn ich war mir sicher, daß es so war. Und ihr Tagebuch. Fieldings Abrechnung mit der Welt, in der sie sich zweifellos als diejenige darstellte, der das Schicksal böse mitgespielt hatte, und dazu geschickt getarnte Charaktere all jener, die sie kannte, benutzte. Ich hielt die Axt sogar schon in der Hand. Doch schließlich stellte ich sie wieder an ihren Platz, ging hinaus und schloß die Tür hinter mir.

Fielding war die einzige unter den Streckenwärtern, die sich ausschloß. Sechshundertneunundneunzig traten der Gewerkschaft bei, eine nicht. Eine beunruhigende Zahl, eine Zahl, über die man sich den Kopf zerbrechen konnte, diese 699 und die eine, die sich davonstahl. Ich hörte meine Mutter aus dem Neuen Testament zitieren, daß im Himmel weitaus größere Freude herrschte über das verlorene Schaf, das man wiederfand, als über die neunundneunzig, die nicht verlorengegangen waren. Und bestimmt auch größere Trauer, wenn das eine, das verloren war, nicht mehr wiedergefunden werden konnte.

Fielding fand mich, als ich meinen Weg verloren hatte. Wie ärgerlich, von einer Person gerettet zu werden, die das Leben offenbar selbst so wenig schätzte, erst recht, wo es ihr einmal so viel bedeutet hatte. Sie hatte mich nur deshalb gerettet, weil sie nicht mit der Schuld hatte leben wollen, die sie gequält hätte, hätte sie mich dort draußen auf den Gleisen sterben lassen. Mehr war es nicht, sagte ich mir: Gewissensbisse und nicht Liebe. Damit hatte sie mehr als wettgemacht, was sie mir damals am Bishop Feild angetan hatte. Ich stand nun so tief in ihrer Schuld, daß ich es nie mehr würde gutmachen können.

FIELDINGS KURZER ABRISS DER GESCHICHTE NEUFUNDLANDS

14. Kapitel
Die Nächte zu See

Ein irischer Siedler in Neufundland beschreibt die Umstände seiner Rekrutierung in der Grafschaft Cork und seiner Verschiffung in die Neue Welt. Seine Eindrücke schildert er wie folgt:

Gebückt im Rumpf, am Hals die Krause,
Die reinste Qual und keine Pause.
Drei Tage lag ging ich im Stock,
Dacht' nur an Rum, als frei am Dock.
Mein Zustand ließ sich nicht verbergen,
Zerriss'ner Saum, das sah'n die Schergen.
»Grad frei ist er und schon voll Rum«,
Mehr hört ich nicht, die Welt wurd' stumm.
Als ich erwacht' auf schwankend' Planke,
»Bin auf dem Meer«, ist mein Gedanke.
Im Schiff wir auf dem Ozean treiben,
Und dunkel ist's, man hört nur Speiben.
»Du kriegst es nicht, nimm's nicht so schwer,
S'ist weiter nichts als *mal de mer.*«
Und doch hat's mich bald auch am Kragen,
Tagaus, tagein hebt sich mein Magen.
Die Peitsche hilft, die Übelkeit zu vergessen,
Und mehr als acht Tag' gibt es nichts zu essen.
»Wo geht es hin?« fragt' ich den andern.
»Nach Neufundland. Es heißt auswandern.«
»Mein Gott, dort gibt es nichts als Stein!«
»Du irrst, das Paradies soll's sein,
Sagt' mir der Mann, der nun bestimmt,
Der mich aus dem Gefängnis nimmt

Und bringt aufs Schiff, kassiert den Lohn.
Doch Dank sei Gott, bald endet die Fron.«

Was mag wohl aus ihm geworden sein,
Nachdem sie uns aus dem Loche befrei'n?
Er mußt' nach hier und ich nach da,
und keiner den andern wiedersah.

CLARA

Bis nach St. John's schaffte ich es dann doch nicht. Als ich den Bahnhof von Avondale erreichte, der etwa sechsunddreißig Meilen vor der Stadt lag, kam mir ein Zug entgegen. Er führte einen Salonwagen mit sich, in dem sich der Direktor der Eisenbahngesellschaft befand. Die Lohnkürzungen würden rückgängig gemacht, verkündete er mir. Es wäre ihm eine Ehre, wenn ich den letzten Abschnitt der Strecke als Gast der Bahngesellschaft zurücklegen würde.

Ich wußte, was er beabsichtigte. Er wollte verhindern, daß ich bei dem Anblick, den ich bot, über die Gleise in den Bahnhof von St. John's stolperte, wo mich – wenigstens redete ich mir das ein – die Presse erwartete. Ein Märtyrer, unterwegs für die Sache der Streckenwärter, am Ende seiner Kräfte, ein Symbol für den Geiz und die Unnachgiebigkeit der Bahngesellschaft. Doch ich war viel zu erschöpft, um seine Einladung auszuschlagen. Die restlichen sechsunddreißig Meilen bis nach St. John's fuhr ich im Zug.

Fielding, die Abtrünnige aus der Streckenstadt. Ich stellte sie mir oft vor, draußen im Moor von Bonavista, die Einsiedlerin an den Bahngleisen, malte mir aus, wie es in ihrer Hütte aussah, wenn sie spät nachts da saß und schrieb, auf den Läden ihres Studierzimmers der Lichtschein aus dem Fenster, der Rest der Hütte in Dunkel getaucht. Ich sah sie vor mir in ihrer Klause, wie sie an ihrem vorgeblichen Meisterwerk, ihrer Geschichte Neufundlands, und an dem selbstgerechten Tagebuch schrieb. Am wenigsten vergessen konnte ich den Ausdruck, der über ihr Gesicht gehuscht war, als ich ihr den Prowse zeigte. Ich bedauerte es inzwischen, denn offenbar hatte es sie nicht so verletzt, wie ich es mir gewünscht hätte. Ich hatte nur Schadenfreude, Ärger, Verachtung, Wiedererkennen gesehen, was genau, ließ sich nicht sagen.

Nicht ganz einen Monat nach meiner Rückkehr, am Heiligabend und meinem Geburtstag, kam das letzte meiner Geschwister zur Welt. Noch ein Kind werde sie nicht bekommen, betonte meine Mutter. Daß wir am gleichen Tag geboren waren, am Vorabend von Christi Geburt, sei ein Zeichen, daß sich der Kreis geschlossen habe, daß sie an den Ausgangspunkt zurückgekehrt sei. Ich blieb ein paar Tage in dem alten Haus auf dem Brow, dann suchte ich mir ein eigenes Zimmer.
Nach meinem unglückseligen Abgang hatte keiner meiner Brüder das Bishop Feild besucht. Mein Vater ging ohnehin nicht davon aus, daß auch nur einer von ihnen mehr erreichte als ich mit meinen fünfundzwanzig Jahren, was ohnehin wenig genug war. Denn was meine Zukunft betraf, standen die Aussichten seiner Meinung nach gar nicht gut. Geplagt von Schuldgefühlen, stapfte mein Vater von einer Terrasse durch das Haus auf die andere und erging sich in einem unterhaltsamen Monolog spöttischer Selbstvorwürfe und theatralischer Verzweiflung. Und ich erkannte staunend, wie sehr mir seine betrunkenen Reden gefehlt hatten.
»Wenn du dieses Buch nicht verbrannt hättest«, lautete seine dunkle Drohung, die er meiner Mutter im oberen Stockwerk zurief.
»Was hat denn das Buch mit alldem zu tun?« antwortete sie laut, aber mit zitternder Stimme. Offenbar hatte er mittlerweile herausgefunden, daß jede Erwähnung des Buches heftige Gefühle in ihr auslöste.
»Ich weiß nicht«, antwortete mein Vater. »Nichts, nehme ich an. Aber du hättest das Buch nicht verbrennen dürfen. Es kommt nichts Gutes dabei heraus, wenn man Bücher verbrennt.«
»Das sagst du immer, wenn irgendwas nicht so läuft wie geplant«, entgegnete meine Mutter. »Das Buch, das Buch, das Buch. Ich habe dir doch gesagt, daß du nicht mehr davon sprechen sollst. Ich hatte es satt, dieses Buch, deshalb habe ich es verbrannt.«
Offenbar wußte sie nichts von Hines' Bekehrungsversuchen. Und ich wartete vergeblich auf das Flackern in ihren Augen, mit dem sie früher gezeigt hatte, daß sie etwas vor uns verbarg, in das sie mich jedoch vielleicht insgeheim einweihen würde. Woher hatte Hines gewußt, daß ich die Vorfälle um das Buch kannte? Ein einziger Blick genügte, und ich sah meiner Mutter an, daß sie mir nichts darüber sagen konnte.

Die Zeitungen und die Politik. Im St. John's Ende der zwanziger Jahre waren das nicht unbedingt Synonyme für Sicherheit und Stabilität. Unablässig wurden sowohl Zeitungen als auch politische Parteien gegründet, und ebenso rasch stellte man sie wieder ein, wobei das Schicksal einer Zeitung oft aufs engste mit dem der Partei verbunden war, als deren Sprachrohr sie diente. Die Lebensdauer einer Zeitung hing von der Lebensdauer der Partei ab und umgekehrt.

Im Lauf der kommenden Jahre gab ich, als Redakteur und Drucker in Personalunion, eine ganze Reihe so kurzlebiger Zeitungen heraus, daß ihre Ausgaben heute als Sammlerstücke gelten. Für mich waren diese Zeitungen ein wesentlicher Teil meiner politischen Arbeit, und ganz hatte ich dem Sozialismus noch nicht abgeschworen. Jedes Mal, wenn ich eine neue Zeitung auf den Markt brachte, veröffentlichte ich darin ein Manifest, bei dem es sich um eine nur leicht veränderte Fassung des vorhergehenden handelte und in dem ich eine Form des Sozialismus entwarf, die, wie ich hoffte, vor den Augen der Neufundländer Gnade finden würde.

Ich scharte um mich eine Gruppe junger Männer und Frauen, die sich für Sozialisten hielten und große Ehrfurcht vor meinen politischen Idealen hatten. Sie waren jedoch anders als die Sozialisten, die ich in New York kennengelernt hatte. Selbst im Vergleich zu mir besaßen sie nur geringe Bildung, und sie waren arm. Da sie aber noch nichts von der Welt gesehen hatten, wußten sie nicht, wie arm sie waren. Zwar glaubten sie an die Existenz der Ausgebeuteten und Hungernden, doch sich selbst zählten sie nicht dazu.

Allmählich wandelte sich meine Einstellung zur Ehe. Ich erkannte, daß Männer von der Art, wie ich einer werden wollte, verheiratet waren und Kinder hatten, ja, daß man es von ihnen erwartete. Ich veranstaltete mit meiner Gruppe Picknicks im Bannerman Park, und bei einem dieser Ausflüge sah ich sie, allein, an den schmiedeeisernen Zaun gelehnt, die Frau, von der ich wußte, daß sie meine Frau werden würde, wenn ich sie nur fragte. Es war Vermessenheit auf den ersten Blick. Sie war die Tochter eines Fischers aus Carbonear, dreiundzwanzig Jahre alt und trug die Haare über den Ohren zu Schnecken aufgesteckt.

Als wir das Picknick beendet hatten, spazierte sie mit uns durch den

Park. Sie hielt die Arme vor der Brust verschränkt und den Kopf gesenkt und wirkte, als bedauerte sie, mitgekommen zu sein. Da sie die Schultern nach vorn schob, waren ihr Regenmantel und ihre Kleider hinten ein wenig kürzer als vorne. Ihre ganze Erscheinung drückte Zurückhaltung aus, einen Mangel an Selbstvertrauen, der mich anzog. Nach Fielding genau das, was ich suchte. Ich ließ mein Grüppchen allein und ging zu ihr hin.

»Hallo«, sagte ich, während ich den Schritt beschleunigte und ihr die Hand entgegenstreckte. »Ich bin Joe Smallwood.« Sie sah verstohlen auf mich herab – sie war mehrere Zoll größer als ich – und blickte auf eine Weise fort, die mich entmutigte. Dann merkte ich jedoch, daß sie errötete und so schüchtern war, daß sie kaum ein Wort herausbrachte. Sie schluckte, als könnte sie mir erst dann antworten, ohne daß ihre Stimme brach.

»Und ich bin Clara Oates«, erwiderte sie mit einem kurzen, scheuen Lächeln. Meine Hand schien sie nicht zu bemerken, und so ließ ich sie wieder sinken. Sie verdrehte die Augen und schüttelte belustigt über sich selbst den Kopf, als wollte sie mir zu verstehen geben, daß sie wußte, wie linkisch sie war, jedoch nichts daran ändern konnte. Mit ihren ausgreifenden Schritten kam sie so schnell voran, daß ich kaum mithalten konnte, und ich meinte schon, sie wollte mich loswerden. Sie sah mich nicht an, als wir uns unterhielten. Ich hingegen hielt sie fest im Blick, denn ich wollte wissen, welchen Eindruck ich auf sie machte.

Wie es meine Art war, redete ich nicht mit ihr, sondern zu ihr, wandte mich an sie wie an das Publikum bei einer Veranstaltung. Es schien sie aber nicht zu stören. Ich brachte Argumente für den Sozialismus vor, als wäre sie eine entschiedene Gegnerin. Als sie lächelte und nickte, fuhr ich ermutigt fort. Offenbar hatte ich endlich eine Frau getroffen, die sich davon bezaubern ließ, daß ich auf sie einredete, als wollte ich bei einer Wahl nur ihre Stimme.

Sie war blaß, hatte blaue Augen und einen leichten Schmollmund, den sie beim Sprechen schürzte. Manchmal verfiel sie in ein Englisch, das für die Leute aus der Provinz typisch war.

Wenige Monate nach unserer ersten Begegnung heirateten wir. In un-

serer Hochzeitsnacht – wir verbrachten sie in dem Reihenhaus mit papierdünnen Wänden in der New Gower Street, das wir gemietet hatten – gab ich vor, in Sachen »fleischliche Genüsse«, wie Fielding sie genannt hatte, erfahren zu sein. Und Clara gab vor, mir zu glauben. Nachdem wir das Licht gelöscht hatten, standen wir auf, und jeder zog sich selbst aus, als wollten wir schwimmen gehen. Sie behielt ihr Nachthemd an, das ihr bis zu den Knien reichte. Und unter dem Vorwand, daß es im Zimmer zu kalt sei, ließ auch ich meine langen, zugeknöpften Unterhosen an. Ich begann sie zu küssen, nestelte gleichzeitig mit der einen Hand an den Knöpfen und stützte mich mit der anderen ab. Beide schwiegen wir. Nur mit großer Mühe gelang es mir, durch die Pforte zu gelangen, nachdem ich sie endlich gefunden hatte.
»Du bist so groß«, bemerkte ich selbstsüchtig, um ihr eine Erklärung zu liefern. Ich spürte, wie sie sich daraufhin anspannte. Sie wußte, daß es auch für mich das erste Mal war, das ahnte ich, aber womöglich glaubte sie trotzdem, daß ihre Größe es mir schwerer machte, als es andernfalls gewesen wäre.
Wir empfanden beide eine große Erleichterung, als es vorüber war, obwohl wir in stillschweigendem Übereinkommen dabei blieben, daß es für mich nichts Außergewöhnliches war. Mich überraschte, daß es nicht annähernd so angenehm war wie das Masturbieren, und ich fragte mich, ob es immer so sein würde.
»Ich habe doch nichts falsch gemacht, oder?« fragte sie. Ich schüttelte den Kopf, denn da mir Arme und Beine zitterten, traute ich meiner Stimme nicht. Dann setzte ich mich auf und stellte die Füße auf den Boden. Clara schlang die Arme um mich und stützte das Kinn auf meinen Kopf, was zumindest andeutungsweise so wirkte, als wollte sie mir den Kopf auf die Schulter legen. Sie war nicht nur ein ganzes Stück größer als ich, sondern sie wog auch fast das Doppelte, und ich fühlte mich dummerweise wie ein kleines Kind in ihren Armen.
»Es war wundervoll, Joey«, sagte sie, und da ich mich inzwischen meiner Stimme wieder mächtig fühlte, erwiderte ich, das fände ich auch. Sie rauchte nicht, doch ich steckte mir so nonchalant, wie das in Unterhosen möglich ist, eine Zigarette an. Zum ersten Mal fiel mir auf, daß sie Fielding ähnelte, bevor sie ins Sanatorium hatte gehen müssen.

Ich fand an der körperlichen Liebe nicht viel Gefallen. Ich wußte, welches Ziel ich hatte, doch was ihr Ziel war und wie ich ihr helfen konnte, es zu erreichen, wenn das überhaupt in meiner Macht lag, und wie ich erfuhr, wann sie es erreicht hatte, wußte ich nicht. Ich nahm an, es sei ähnlich wie bei mir und ihre Erfüllung werde durch meine hervorgerufen, auf die Befriedigung des Mannes folge zwangsläufig die der Frau. Doch das geschah nicht, und ich hatte keine Ahnung, woran es lag.

Zunächst schien es sie nicht groß zu kümmern, und als sie sich Sorgen zu machen begann, gab sie sich selbst die Schuld. Es beunruhigte sie, daß sie den »Höhepunkt« nicht erreichte, wie sie es nannte, und sie deshalb weniger anziehend für mich sein könnte. Wenn sie darüber sprach, klang es, als wäre es wie all ihre vermeintlichen Fehler auf ihre Unbeholfenheit zurückzuführen, was für eine Frau, die die Unvernunft besaß, ihren Mann zu überragen, wohl typisch war.

Hin und wieder erreichte sie den »Höhepunkt«, doch mit mir schien es, zumindest körperlich, nichts zu tun zu haben. Ich hatte den Eindruck, einem Ereignis beizuwohnen, an dem ich keinen Anteil hatte, wie damals, als mein Körper um die Männer der *Newfoundland* trauerte, während mein Geist die Vorgänge unberührt beobachtete. Sie klammerte sich an mir fest und bäumte sich gegen mich. Aber sie schrie nicht, wie die Frau auf dem Moos bei den Fichten, sondern steigerte sich in ein schrilles Atmen, als geriete sie in Panik. Ich beobachtete sie und lauschte ihr so erstaunt und so versunken, daß zum ersten Mal mir der »Höhepunkt« versagt blieb.

Trotz unserer verschlungenen Körper fiel es ihr auf. »Was ist mit dir?« fragte sie, während sie mir den Kopf streichelte. Ich brachte eine Art Achselzucken zustande, mit dem ich andeuten wollte, einmal auszusetzen könne ich verkraften, verbarg jedoch mein Gesicht an ihrer Schulter. Ich fragte mich, ob es mit Fielding anders gewesen wäre. Würde sie sich an mir reiben und mich festhalten müssen, damit ich nichts falsch machte? Und hatte meine Mutter gewagt, das zu tun, und hatte mein Vater es zugelassen?

FIELDINGS KURZER ABRISS DER GESCHICHTE NEUFUNDLANDS

15. Kapitel
Der Winter der Raufbolde

Im Jahr 1817 befiehlt der König Admiral Francis Pickmore, den Winter in Neufundland zu verbringen, und fortan ist es den Gouverneuren nicht mehr gestattet, in England zu überwintern.

Pickmore kehrt im April nach England heim, ist jedoch nicht mehr in der Lage, einen befriedigenden Bericht über die Qualität der Winter in Neufundland zu erstatten, da er zu diesem Zeitpunkt bereits sechs Wochen tot ist.

Der Winter 1817/1818, unter anderem als »Pickmores Winter« oder der »Winter des Aufruhrs und der Raufbolde« bekannt, bricht mit unbarmherziger Strenge über das Land herein. Vom späten Herbst bis weit ins Frühjahr sind die Häfen der Ost- und Westküste zugefroren. Zum Unmut der Kaufleute beginnen achttausend Menschen, die bei einer Reihe von Bränden ihr Heim verloren haben, die mageren Warenlager zu plündern. Auf Pickmore folgt Sir Charles Hamilton, der erste Gouverneur, der einen Winter in Neufundland überlebt. Er überlebt nicht nur einen, sondern sogar sieben, äußert in seinen Briefen nach England jedoch immer wieder die düstere Prophezeiung, er werde bald »dahinsiechen wie der arme Pickmore, so zugig ist unser baufälliges altes Haus«.

Hamilton fordert, daß ihm ein neuer Gouverneurssitz gebaut wird, und England entspricht diesem Wunsch, nicht lange nachdem er Neufundland für immer verlassen hat.

Sein Nachfolger, Sir Thomas Cochrane, gibt bekannt, er werde ein Haus bauen, in dem nicht die geringste Möglichkeit bestehe, an Zugluft zu sterben. Das zugluftsichere Haus kostet eine Viertelmillion Dollar, wäre jedoch, wie Cochrane betont, weitaus kostengünstiger gewesen, hätte es der Architekt nicht mit einem Anwesen auf den Westindischen Inseln verwechselt, bei dem ein Graben um das Haus gezogen werden mußte, um die Giftschlangen fernzuhalten.

FIELDING

Wir wohnten »am Hügel«, und unser Haus erinnerte mich an meine frühe Kindheit, an die Jahre vor dem Brow, als ich mit meinen Eltern »am Berg« gewohnt hatte.

Die ärmeren Viertel der Stadt waren noch immer vorwiegend katholisch; rot-weiß-grüne Flaggen hingen von selbstgefertigten Stangen über den Türen der Reihenhäuser. Jedes der Häuser, die sich an der langen, gewundenen Gower Street, einer unbefestigten Lehmstraße voller Schlaglöcher, gegenüberstanden, hatte eine andere Farbe, die es von seinen Nachbarn abhob.

Ein Jahr nach unserer Hochzeit kam das erste unserer drei Kinder zur Welt, ein Sohn, den wir Ramsay Coaker nannten. Zunächst war ich vernarrt in ihn, staunte über seine Existenz, betrachtete ihn verzückt, wenn er in Claras Armen oder in seiner Wiege lag. Die Geburt von Kindern war nichts Außergewöhnliches für mich. Solange ich zurückdenken konnte, hatten in meiner Umgebung Babys geplärrt, und ihr Schreien gehörte für mich ebenso zum Alltag wie der Wind. Doch nie hatte ich mich oder eines meiner Geschwister als Abkömmling meiner Eltern empfunden, als Produkt aus der Vereinigung von zwei Menschen. In meinen Augen hatten die Kinder der Smallwoods, zumindest körperlich, stets zu meiner Mutter gehört. Sie waren aus ihr entstanden in einem Prozeß, den mein Vater zwar ausgelöst hatte, der jedoch ansonsten von ihm unbeeinflußt verlief. Doch nun war hier der kleine Ramsay, mit jeder Faser ein Teil von Clara und mir. Es kam mir wie ein Wunder und zugleich auch wie eine Abwertung vor, mich selbst als gemeinschaftliches Produkt von Minnie May und Charlie Smallwood zu betrachten.

Ich ermahnte mich, in meiner Liebe zu Ramsay nicht so weit zu gehen, daß ich mein Ziel aus den Augen verlor, von dem ich mit Sicherheit

nur sagen konnte, daß es ein liebevoller Vater oder fürsorglicher Gatte nicht erreichen konnte.
Schon bald ging ich immer mehr meiner eigenen Wege, ließ Clara tage- und nächtelang, über Wochen hinweg allein zu Hause, während ich arbeitete und mich auf Reisen befand. Als Ehemann oder Vater war ich nicht besser als mein eigener Vater, und ich sorgte auch nicht besser für meine Familie als er, denn fast alles, was ich verdiente, verschlangen die Kosten für die Zeitungen, die ich herausgab und die dazu dienen sollten, mein immer noch unklares Anliegen weiterzuverfolgen.

Fieldings Tagebuch, 27. Mai 1928

Lieber Smallwood,
er liebt sie, er liebt nicht mich. Er liebt mich, aber er heiratet sie. Ich habe sie gesehen, Smallwood. Oder besser gesagt, kennengelernt. Eines Tages bog ich an einer Straßenecke in die Water Street und lief geradewegs vor den Kinderwagen, den sie schob. Ich wußte, wer sie war, weil ich dein Hochzeitsphoto in der Zeitung gesehen hatte. Und ich wußte auch, daß sie Clara heißt. Beinahe hätte ich sie so angesprochen.
Der Kinderwagen überraschte mich. Erst dachte ich, du wärst bei ihr und ich könnte euch gemeinsam sehen – die Familie Joseph Smallwood, wie man euch nennen müßte. Oder daß du mich ihr sogar vorstellst. Aber weil so viele Menschen auf der Straße waren, dauerte es eine Weile, bis ich merkte, daß sie allein unterwegs war.
Wahrscheinlich fragte sie sich, warum ich so verdutzt wirkte. Dann sah sie meinen Stock und daß ich humpelte, und sie entschuldigte sich, als müßte selbst eine Frau mit Kinderwagen einer Frau, die hinkt, den Vortritt lassen. Doch ich bin ungerecht, denn weder ihr Gesicht noch ihre Stimme verriet die geringste Herablassung. Eigentlich habe ich in meinem Leben noch nie eine gutmütigere Person als sie getroffen.
Sie wurde nervös, es war ihr peinlich. »Ich hätte besser aufpassen sollen, wohin ich gehe«, meinte sie. »Nein«, erwiderte ich. »Es war meine Schuld.« Und das stimmte, denn es war Sonntag, mein freier Tag, und

ich war früher als gewöhnlich aufgestanden und hatte schon getrunken. »Hoffentlich habe ich das Baby nicht aufgeweckt«, sagte ich. Das wäre ihr ganz recht gewesen, entgegnete sie, denn nichts könne den Kleinen dazu bringen, tagsüber wachzubleiben und nachts zu schlafen.

»Ein Junge ganz nach meinem Geschmack«, rutschte es mir heraus. Sie verstand es als Einladung, das Gespräch fortzusetzen. Ich überlegte schon, wie ich mich loseisen könnte, denn ich sah vor mir, wie sie mich dir beschrieb und wie du mich in ihrer Beschreibung erkanntest. Sie sprach von dir, das heißt, sie sagte *mein Mann* in einem Ton fröhlicher Resignation, als hätte sie sich in Dinge gefügt, für die Ehemänner schlechthin bekannt sind. Eine Frau, die Einsamkeit nicht gewohnt ist, vor allem nicht die Einsamkeit der Ehe. Eine ganz besondere Einsamkeit, die mir bei so vielen verheirateten Frauen aufgefallen ist. Als ob sie durch nichts in ihrer Kindheit, durch nichts in all dem, was sie bei ihren Eltern gesehen oder gespürt hatte, darauf vorbereitet worden wäre. Was hatte sie erwartet, diese junge Frau, geborene Oates. Sie fühlte sich auch nach drei Jahren noch fremd in St. John's, sehnte sich noch immer nach Harbour Grace.

Ich glaube, wenn ich um den Wagen herumgegangen und das Baby bewundert hätte, wären wir schließlich gemeinsam spazieren gegangen oder hätten eine Tasse Tee miteinander getrunken. Statt dessen fiel ich ihr ins Wort, sagte, ich hätte eine Verabredung, und wünschte ihr, der Junge möge bald die Nacht durchschlafen. Vielleicht war ich zu schroff. Aber ich war den Tränen nahe, und das nicht nur aus den Gründen, an die du womöglich denkst.

Seitdem sah ich sie mit ihrem Kinderwagen häufiger. Manchmal wurde sie von einem Mann begleitet, der nur ihr Bruder sein kann, so ähnlich sieht er ihr. Fremde, die ihnen begegneten, hielten sie hingegen wohl für Mann und Frau. Eine junge Familie auf dem Sonntagsspaziergang. Die Ehe, so wie sie sie sich vorgestellt hatte. Ich sehe sie vor mir, wie sie Briefe nach Hause schreibt, in denen sie traurig klingt, dich jedoch zugleich von aller Schuld freispricht. Briefe, von denen sie sich ganz unverhüllt eine Einladung oder einen Besuch verspricht.

Ich achte darauf, ihr nicht mehr zu begegnen. Ich kenne ihren gewohnten Weg und nehme bewußt andere Straßen, denn ich weiß, sie würde

sich an mich erinnern, an mich, die hinkende Frau. Ein bekanntes Gesicht.
Du begleitest sie nie, wofür ich eigentlich dankbar sein sollte, doch ich kann nicht anders, sie tut mir leid. Ich spüre, daß sie leidet, wenn auch vielleicht nicht so sehr, wie meine Mutter gelitten hat. Oder aber sie achtet und liebt dich mehr, als meine Mutter meinen Vater geliebt hat. Oder auf eine andere Weise. Sie wird dich nie verlassen, Smallwood, das las ich in ihren Augen. Und was liest sie in deinen?

An einem Wintertag ging ich die Duckworth Street entlang und war so in meine Grübeleien versunken, wie ich das Haushaltsgeld für meine junge Familie auftreiben sollte, daß ich sie erst erkannte, nachdem ich sie schon geraume Zeit vor mir gesehen hatte. Fielding, die, einen Stapel Bücher unter dem Arm, hastig vor mir her humpelte, unverwechselbar Fielding, obwohl sie mir noch gebeugter vorkam als bei unserer letzten Begegnug und auch ihr Hinken deutlicher zutage trat. Ich rief sie mehrmals beim Namen, und als sie sich nicht umwandte, lief ich, um sie einzuholen.
»Fielding«, sagte ich, »hast du mich nicht rufen hören?«
»Doch«, erwiderte sie. »Aber ich gehe schon, so schnell ich kann.«
»Wohnst du noch in dem Haus an Meile Zwölf?« fragte ich.
»Nein«, antwortete sie. »In dem Haus für drei Cent, einem reizenden Etablissement, das ich mir mit einem Schwarm bis jetzt noch nicht gewerkschaftlich organisierter Prostituierter teile.«
»Hast du deine Stelle verloren?«
»Nein, ich wüßte jederzeit, wo ich sie finden kann. Doch man hat sie mir vor zwei Monaten fortgenommen.«
»Aber nicht wegen der Gewerkschaft«, sagte ich. »Du hast deine Stelle verloren, weil du dich der Gewerkschaft nicht angeschlossen hast.«
»Smallwood«, sagte Fielding, »bist du eine Art Unheilsbote, dem Widerstand zu leisten zwecklos ist? Dann sage es mir gleich, damit ich mich ohne Reue erschießen kann.« Währenddessen ruhte ihr Blick auf den Geschäften, den Autos, den Straßenbahnen und Pferdedroschken

in der Duckworth Street. Sie schien das Straßenbild mit mildem Erstaunen wahrzunehmen, als wunderte es sie, daß die Menschen sich noch immer mit Dingen beschäftigten, die sie schon lange nicht mehr interessierten.

»Hast du inzwischen eine neue Arbeit gefunden?«

»Wie ich dir bereits sagte, stehe ich auf der Warteliste für mehrere Stellen, die ein Einsiedlerleben verlangen, bei den Leuchtturmwärtern, den Meteorologen, den Telegraphisten …«

»Schreibst du noch an deiner Geschichte Neufundlands?«

»So leid es mir tut, aber wann immer du mich fragst, wirst du nur eine Antwort zu hören kriegen, nämlich ja.«

»Ich komme vermutlich darin vor.«

»Warum solltest du?«

Ich mußte mich sehr zusammennehmen, um mich nicht umzudrehen und fortzugehen.

»Wenn du an einem Geschichtsbuch arbeitest, kannst du auch wieder Zeitungsartikel schreiben«, sagte ich. »Für meine Zeitung zum Beispiel.«

»Für deine Zeitung? Willst du damit sagen, daß es Menschen gibt, die sich darauf verlassen, bei einem von dir geführten Unternehmen ihr Geld zu verdienen?«

»Ich biete dir eine Stelle an.«

»Von der Einsiedlerin zur Reporterin …«

»Du brauchst nicht als Reporterin unterwegs zu sein. Du könntest Kommentare schreiben oder Kolumnen, was immer du willst.«

Sie lehnte sich an eine Ladenfront und sah mich abschätzend an.

»Ich bräuchte also nicht jedes Thema zu bearbeiten, müßte mir keine Kontakte aufbauen, keine Interviews führen …«

»Du kannst zu Hause arbeiten, wenn dir das lieber ist, solange ich deine Artikel pünktlich bekomme.«

Fielding stimmte schließlich zu. Die Liste der Dinge, die nicht zu ihren Aufgaben gehören durften, wurde jedoch immer länger (»kein Klatsch, kein Tratsch, keine Speichelleckerei, keine Schlüssellochberichte …«). Und sobald das Wort Gewerkschaft falle, dürfe ich nicht mehr mit ihr rechnen, erklärte sie.

Das Haus an Meile Zwölf sei für sie so etwas wie ein halber Schritt zwischen dem Sanatorium und der Welt gewesen, ein fließender Übergang zurück ins Leben, nachdem sie zwei Jahre in erzwungener Isolation verbracht habe. Doch nachdem sie den Tod so nahe vor Augen gehabt und so viele Menschen sterben gesehen habe, fühle sie sich nicht mehr in der Lage, den Gedanken an die eigene Sterblichkeit aus dem Bewußtsein zu verdrängen, eine Fähigkeit, die man brauche, wolle man ein normales Leben führen.

Soweit ich es beurteilen konnte, trank sie fast pausenlos, obwohl sie ihre Artikel stets rechtzeitig fertigstellte. Ein etwa zwölfjähriger Junge lieferte sie mir täglich in mein Kabuff an der Water Street, das ich großzügig als meine »Redaktion« bezeichnete. Wie von Fielding bestimmt, wurde der Lohn für seine Dienste von ihrem mageren Honorar abgezogen.

Ich veröffentlichte ihre Artikel in einer Reihe von Zeitungen, die ich im Lauf der nächsten Jahre gründete. Sie schrieb unter dem Pseudonym Ray Joy, und eine der Bedingungen für unsere Zusammenarbeit lautete, daß ich niemandem ihre wahre Identität enthüllte. Es überraschte mich, mit welcher Bereitwilligkeit sie die Art von Propaganda lieferte, die ich bei ihr bestellte. Sie verfaßte ernste sozialistische Kommentare ebenso wie vernichtende Kritiken an Persönlichkeiten des öffentlichen Lebens, die meiner Meinung nach vernichtend kritisiert werden mußten. Der rätselhafte Ray Joy war recht populär unter Linken aller Schattierungen, und oft wollte man mir das Zugeständnis abringen, daß ich es war, der sich hinter dem Namen Ray Joy verbarg, was ich, wie Fielding mir versicherte, gern tun dürfe, wenn mir danach sei. Ich führte ihre Bereitschaft, sich als Lohnschreiberin zu verdingen, auf ihren Zynismus und Skeptizismus zurück, wußte ich doch, daß sie auch nicht im entferntesten an das Ziel glaubte, dem die Propaganda diente, geschweige denn an die Propaganda selbst.

Wie zutreffend meine Einschätzung war, sollte sich bestätigen, als man herausfand, daß Fielding in den vergangenen drei Jahren unter dem Pseudonym Harold Prowdy für das gegnerische Propagandablatt, die erzkonservative *Gazette*, geschrieben hatte. In jener Zeitung kritisierte sie Meinungen, die sie in der meinen vertrat, und sie inszenierte ein Wortgefecht zwischen den imaginären Joy und Prowdy, das sich über

Wochen hinzog. Ein jeder beschimpfte den anderen mit solcher Wortgewalt, daß die Leute gespannt auf Joys Antwort zu Prowdys Artikel – oder umgekehrt – warteten und beide Zeitungen kauften, meine und die *Gazette*. Fielding hatte dem anderen Herausgeber das gleiche Versprechen abgenötigt wie mir, daß ihre Identität geheim bleiben müsse. Erst als dieser einer vermeintlich vertrauenswürdigen Person enthüllte, daß sich hinter Prowdy Fielding verbarg, und dieser sein Wissen an mich weitergab, kam ich hinter ihre List. Ich rief den Herausgeber an und berichtete ihm, Joy sei Prowdy und Prowdy sei Fielding, und beide setzten wir sie noch am gleichen Tag an die Luft.

»Früher oder später mußte es ja herauskommen«, sagte Fielding, als ich sie ziemlich wütend in ihrer Pension an der Cochrane Street aufsuchte, um ihr zu sagen, daß sie entlassen sei. Als ich jedoch sah, wie sie wohnte, hätte ich meine Meinung beinahe wieder geändert.

Das Haus war dunkelgrün gestrichen und weiß abgesetzt – oder zumindest war es das einmal gewesen, denn viel Farbe war nicht mehr vorhanden. Statt dessen hatte man es mit graubraunen Schindeln verkleidet und das Dach mit schwarzer Teerpappe abgedeckt. Von außen ließ sich unmöglich sagen, wie das Gebäude früher einmal ausgesehen hatte, denn man hatte zahllose Anbauten angefügt. Mit seinen Dutzenden von Türen und Treppenzügen wirkte es, als wäre es planlos zusammengesetzt.

Fielding wohnte unter dem Dach des, wie sich im Inneren vermuten ließ, ursprünglichen Hauses am Ende eines kurzen, dunklen Flurs in einem Zimmer mit Blick auf den Hafen und den Brow. Es hatte früher dem Hausbesitzer gehört und war, da es über eine Badewanne und ein Waschbecken verfügte, der am besten ausgestattete Raum des Cochrane, wie die Pension hieß. In der Eingangshalle bot sich immer das gleiche Bild, ungeachtet, bei welcher Witterung oder zu welcher Tages- oder Nachtzeit man sie betrat. Selbst wenn bei klarem Wetter ein wenig Sonnenlicht durch die kleine Fensterluke an der Stirnwand fiel, verströmte sie den verblichenen Glanz vergangener Tage.

Auf dem Boden vor ihrer Tür lag ein Stapel Zeitungen, und zuerst dachte ich, sie hätten sich seit Tagen dort angesammelt. Doch dann sah ich die unterschiedlichen Titelzüge, und mir wurde klar, daß sie jede

Zeitung der Stadt abonniert hatte. Ich fand darunter auch eine Ausgabe der *Gazette* und meiner Zeitung. Ich war immer fasziniert, einen selbstverfaßten Artikel gedruckt zu sehen, um so weniger verstand ich, wie sie es ertrug, ihre Kolumnen den ganzen Tag unberührt dort liegen zu lassen, ohne sie sich voller Stolz anzuschauen.
Ich klopfte an die Tür, über der ein kleines Schild hing. *Sanctum sanatorium* stand darauf.
»Lassen Sie sie draußen liegen«, krächzte Fielding im Zimmer, obwohl die Zeitungen, darunter auch das letzte Abendblatt, schon längst ausgetragen worden waren.
»Ich bin's, Joe Smallwood«, antwortete ich. Drinnen hörte ich bühnenreifes Poltern, dann Laufen, hinkende Schritte, das Rascheln von Papier, das Aufziehen und Schließen von Schubladen, als wollte sie mir zu verstehen geben oder als sollte ich denken, daß sie etwas versteckte. Schließlich öffnete sie die Tür.
»Welch Glanz in meiner Hütte«, sagte Fielding und bat mich mit einer Handbewegung herein. Hinter der Geschäftigkeit mochte sich alles mögliche verborgen haben, aufgeräumt hatte sie jedenfalls nicht. Es kam mir sogar in den Sinn, daß sie herumgelaufen war und um der dramatischen Wirkung willen die Unordnung erst hergestellt hatte, als ich meinen Namen nannte. Ihre Trinkflasche und eine Flasche Scotch standen geöffnet auf dem Tisch, als hätte sie gerade den Inhalt der einen in die andere füllen wollen. Das schmale Bett an der Wand war nicht gemacht; außerdem gab es einen Tisch, einige Stühle und eine Kommode, deren Schubladen herausgezogen waren und deren Inhalt herausquoll. Im Stil von Richter Prowse lagen im ganzen Zimmer Bücher, zum Teil aufgeschlagen, auf dem Boden, andere türmten sich in Stapeln an der Wand und auf der Fensterbank. An der Decke brannte eine einsame Glühbirne.
Ich setzte mich auf einen der Stühle, und Fielding hockte sich aufs Bett, lehnte sich, auf die Arme gestützt, zurück, streckte die Beine aus und kreuzte die Füße. Sie trug Knöpfstiefel, und die Sohle des linken war um einige Zoll dicker als die des anderen. Ihr verkümmertes linkes Bein sah ich jedoch nicht.
Ich warf ihr vor, sie sei unloyal, verlogen, eine intellektuelle Hure. Sie

lächelte, schürzte die Lippen und zog an ihrer Zigarette. Sie trug einen Tweedrock, dessen Reißverschluß an der Hüfte offenstand – oder sich nicht mehr schließen ließ –, so daß ein Stück ihrer weißen Bluse wie eine umgedrehte Hosentasche hervorstand.

»Du weißt doch selbst, daß ich kein Wort von dem, was ich schreibe, ernst meine«, sagte sie, nachdem ich ihr mitgeteilt hatte, daß sie entlassen sei. »Aber solange du dachtest, es würde deiner Sache dienen, hat es dich nicht weiter gekümmert. Du darfst keine Treue erwarten von jemandem, der, wie du weißt, seine Talente verschleudert.« Ich war bei ihr so an ironische Antworten gewöhnt, daß ich eine Weile brauchte, ehe mir klar wurde, daß sie es ernst meinte.

»Du glaubst an nichts, Fielding, nicht wahr?« fragte ich. »Warum schreibst du ein Buch, wenn du an nichts glaubst?«

»Ich glaube, du schuldest mir noch drei Dollar«, entgegnete Fielding. »Du weißt ja, wohin du sie schicken mußt.«

Ich hatte das Geld bei mir. Es war mir nicht leichtgefallen, es zusammenzukratzen. Die vielen kleinen Münzen steckten in einem Umschlag, den ich aus der Tasche zog und auf den Tisch warf.

»Und was macht das Eheleben?« fragte sie, während sie sich aufrichtete und eine Zigarette anzündete.

»Läuft besser, als es sich mit dir gestaltet hätte«, erwiderte ich, obwohl mir im gleichen Augenblick bewußt wurde, wie albern, wie grob es klang.

»Aber das wirst du nie erfahren, nicht wahr?« stellte sie fest. »Außerdem war dein Antrag doch nicht ernst gemeint, wie du weißt.«

»Das weiß ich sehr wohl«, entgegnete ich. »Und wie steht es mit dir, Fielding? Irgendwelche Aussichten?«

Als wollte sie herausstreichen, wie schäbig diese Frage war, stand sie auf und humpelte zum Tisch, wo sie sich im Stehen ein Glas Scotch einschenkte.

»Um die Ehe bittet man mich nie«, sagte sie. »Aber Anträge bekomme ich genug. Zumeist von Männern, deren Anträge bereits angenommen worden sind und deren Kinder schon zur Schule gehen. Manchmal sogar von Männern, deren Kinder wieder Kinder haben. Offenbar habe ich inzwischen einen gewissen Ruf.«

»Das kann ich mir nicht vorstellen.«
»Nein«, sagte sie. »Das kannst du wohl nicht. Die meisten Männer meinen, weil ich ein ›Mauerblümchen‹ sei, könne ich mir nichts Besseres erhoffen als das, was sie im Sinn haben. Also, das ist der Stand der Dinge. Ich bin ein Mauerblümchen.«
Ich spürte, wie ich rot wurde. Zunächst dachte ich, sie würde scherzen. Fielding mit anderen Männern.
»Das kann dir doch nicht peinlich sein«, sagte sie. »Du warst der erste, der in unserer Kindheit über solche Dinge gesprochen hat. Ich glaube, du hast es so ausgedrückt, daß dein Vater ›zusammenlebt mit seiner Frau, die die Mutter seiner Kinder ist‹.«
»Ich muß gehen«, sagte ich.
»Dann geh doch!« Sie blickte aus dem Fenster, als ich aufstand und mich zur Tür wandte.
Von der Pension aus eilte ich mit schnellen Schritten nach Hause. Unterwegs fragte ich mich, ob sie wirklich Anträge von verheirateten Männern bekam oder ob sie mich nur eifersüchtig machen oder verletzen wollte. Daß sie einen »gewissen Ruf« hatte, war neu für mich. Möglich schien es jedoch schon. Ich wußte, daß man mir eine gewisse Prüderie nachsagte. Die deftigen Scherze und Zoten, in denen sich Männer so gern ergingen, verstummten oft, wenn ich den Raum betrat, als wäre mir mein Abscheu ins Gesicht geschrieben, obwohl ich ihn zu verbergen suchte. Wenn ich mich von einer Gruppe Männer verabschiedete, hörte ich manchmal heiseres Gelächter hinter mir, sobald ich weit genug entfernt war, daß wir alle so tun konnten, als wäre es nicht ich, über den man lachte.
Fieldings Ansehen im Zeitungsgewerbe nahm keinen Schaden, nachdem sich die Nachricht von ihrem Täuschungsmanöver verbreitet hatte. Im Gegenteil, die anderen Herausgeber registrierten schadenfroh, wie man uns hinters Licht geführt hatte, und brachten Berichte darüber in ihren Blättern.
Der *Evening Telegram* stellte sie ein, und sie sollte dort unter ihrem eigenen Namen eine tägliche Kolumne schreiben. Sie trug den Titel »Fielding vor Ort« und erschien im *Telegram* auf Seite drei in der Außenspalte.

Ihre Kolumnen waren voll beißender Ironie und trieften vor Spott, so daß sich unmöglich sagen ließ, welche Politik sie darin vertrat. Im Lauf der Zeit wurden sie recht beliebt, doch zunächst fanden sie nicht viel Beifall. In St. John's diente eine Zeitung gewöhnlich als Plattform für Programme, als Sprachrohr einer Partei oder einer Bewegung, mit dem man andere Parteien und Bewegungen angriff. Fielding jedoch kritisierte alles und jeden. Und sie war eine Frau. Da sich unter den Kolumnisten nur selten eine Frau fand, meinten viele – oder gaben es zumindest vor –, in ihren Artikeln die typisch weiblichen Eigenschaften zu erkennen.
Man beschimpfte sie als »feige« und forderte sie auf, Stellung zu nehmen. Und das tat sie, indem sie erklärte, der Vorwurf könne stimmen oder auch nicht.

FIELDINGS KURZER ABRISS DER GESCHICHTE NEUFUNDLANDS

16. Kapitel
Der Fall des James Lundrigan

Über dem Wirbel, den der Fall des Fischers James Lundrigan erzeugt, nimmt die Herrschaft der Fischerei-Admiräle ungerechterweise ein überstürztes Ende.
Und hier die Tatsachen: Im Jahr 1820 wird Mr. Lundrigan, nachdem er dreist der zweimaligen Aufforderung, wegen unerfüllter finanzieller Verpflichtungen vor dem Richter zu erscheinen, nicht nachkam, völlig zu Recht der Mißachtung des Gerichts für schuldig befunden, verurteilt und nach Verbüßung knapp eines Drittels seiner Strafe freigelassen.
Und nun die eigenwillige Deutung dieser Vorgänge durch die Reformeiferer Dr. William Carson und Patrick Morris: Mr. Lundrigan hat sich von einem Kaufmann Geld geliehen, um Vorräte zu kaufen, und die

Summe nicht rechtzeitig zurückgezahlt. Seine Fischgründe werden konfisziert, doch er weigert sich, auch sein Haus herauszugeben. Er erscheint nicht vor Gericht, statt dessen schickt er dem Hohen Haus ein Schreiben mit dem Wortlaut: »Ich bin damit beschäftigt, für meine Familie Fisch zu fangen, denn sonst haben wir nichts zu essen.« Der Mißachtung der Gerichte für schuldig befunden, verurteilt man ihn zu sechsunddreißig Peitschenhieben. Nach dem vierzehnten fällt er in Ohnmacht.

Der von Carson und Morris daraufhin entfachte Aufruhr hat zur Folge, daß die Autorität der neufundländischen Gerichte gestärkt und der erste Zivilgouverneur, der bereits erwähnte Sir Thomas Cochrane, ernannt wird.

Darauf können wir nur eines sagen: Jene, die Gerechtigkeit suchen, müssen sich mit der Aussicht auf ein besseres Leben im Jenseits begnügen.

SIR RICHARD

Letztlich kam ich zu dem Schluß, daß sich der Sozialismus, gleich welcher Prägung, in Neufundland nicht würde durchsetzen können. Eine denkbare Alternative oder jedenfalls das, was dem Sozialismus am nächsten kam und den Neufundländern wohl annehmbar erscheinen konnte, war der Liberalismus. Und so wurde ich im Jahr 1928 Mitglied der Liberalen Partei. Ich schrieb ihrem kürzlich wiedergewählten Vorsitzenden Sir Richard Squires einen Brief, in dem ich meine Referenzen anführte, ihm von meiner Zeit in New York und meinem Marsch über die Insel berichtete und ihn meiner vollen Unterstützung versicherte. Er müsse mir nur mitteilen, wie ich ihm helfen könne; damit er die nächsten Wahlen gewinne, sei ich zu allem bereit, schrieb ich. Die Antwort darauf war, daß Sir Richard mich zum Abendessen zu sich nach Hause einlud.

Sir Richard war von 1919 bis 1923 Premierminister gewesen, und als vier seiner Minister aus Protest gegen seine korrupte Amtsführung zurücktraten, legte er im Gegenzug auch sein Amt nieder und saß fortan als Unabhängiger im Abgeordnetenhaus. Wenig später, zwei Jahre nachdem er in den Adelsstand erhoben worden war, wurde er wegen Bestechung, Begünstigung, Unterschlagung öffentlicher Gelder und einer ganzen Reihe anderer Beschuldigungen festgenommen.

»Ich bin zwar vor den Richter getreten, habe aber keine Minute im Gefängnis verbracht«, sagte Sir Richard. »Ich wurde gleich wieder gegen Kaution freigelassen, und die Anklagejury wies die Klage aus Mangel an Beweisen ab. Man hat mich freigesprochen, in allen Punkten.«

Im Jahr darauf wurde er wieder verhaftet und dieses Mal wegen Steuerhinterziehung zu einer Geldstrafe und einer Haftstrafe auf Bewährung verurteilt. Und obwohl die Bewährungsfrist noch nicht abgelaufen war, wählte man ihn 1927 erneut zum Vorsitzenden der Liberalen Partei.

Ich war ungewohnt nervös in den Tagen vor meinem Besuch bei Sir Richard. Früher hatte es mir nie Probleme bereitet, mit Leuten aus der »feinen Gesellschaft«, wie mein Vater immer sagte, zusammenzutreffen. Nun aber konnte mir meine Verachtung für die Reichen nicht mehr als Waffe dienen, und ich war nicht mehr der distanzierte, skeptische, ironische Beobachter einer elitären, von Klassengegensätzen beherrschten Gesellschaft, die beseitigt und durch eine sozialistische ersetzt werden mußte. Ich begriff, daß es wichtig war, auf die Vertreter des Bürgertums einen guten Eindruck zu machen, daß es wichtig war, was Leute wie Sir Richard von mir hielten. Unter den Sozialisten war meine abgerissene Erscheinung gewissermaßen Ehrensache gewesen, ein sichtbares Zeichen meines Glaubensbekenntnisses, aber jetzt war sie mir peinlich. Zwar meinte ich, daß ich zukünftig eben die Möglichkeiten der Liberalen nutzen würde, um sozialistische Ziele zu erreichen, aber ich war gehemmter denn je, weil ich wußte, wie lächerlich ich aussah in meinem schäbigen Anzug aus Harris-Tweed mit dem geflickten Rock, den ich schon in New York tagein, tagaus getragen hatte. Dank Vetter Walter war ich mit nagelneuen Schuhen ausgestattet, und vor kurzem hatte ich mir aus zweiter Hand einen Hut gekauft, in dessen Futter ich alte Socken hatte stopfen müssen, damit er einigermaßen paßte.

Sir Richards Anwesen in der Rennie's Mill Road war von einer Steinmauer mit einem massiven schmiedeeisernen Tor umgeben. Es trug die Buchstaben *SRS* in der Mitte, und öffnete man die Torflügel, wurde das *R* zweigeteilt. Hinter der Mauer lag der stufenförmig gestaltete, sehr gepflegte, wenn auch nicht sonderlich große Park, dessen Wege von Statuen flankiert waren, kleinen Rehen und Putten, bunt gemischt. Die gepflasterte Auffahrt führte um einen großen Brunnen, in dessen Mitte – mit dem Rücken zum Haus, die Flügel schützend ausgebreitet – ein schwertschwingender Marmorengel mit kriegerischem Gesichtsausdruck stand.

Ich drehte mich mehrmals nach dem Engel um, während ich, von Ehrfurcht ergriffen, die Stufen zwischen den Säulen hinaufschritt, und wollte gerade an die Tür klopfen, als sie schon von einem Burschen in tadelloser Livree – rotes, von glänzenden Messingknöpfen geschlossenes Wams, Kniehose mit Rüschen, seidene Strümpfe und Schnallen-

schuhe – geöffnet wurde. Falls er sich über meinen Aufzug wunderte, so ließ er sich nichts anmerken. Er schien sich bewußt zu sein, daß ein Artverwandter vor der Tür stand, aber das war auch schon alles.
»Ich möchte zu Sir Richard Squires«, sagte ich etwas unsicher, weil ich nicht wußte, ob ich ihn richtig titulierte. Der Bursche schaute mich nicht an, sondern knapp an mir vorbei, als könnte er so besser hören, was ich sagte.
»Wen darf ich melden?« fragte er, und es klang wie eine Höflichkeitsfloskel, zu der er verpflichtet war, ehe er mich fortschickte. Sein englischer Akzent wirkte aufgesetzt, aber vielleicht war er schon so lange von zu Hause fort, daß er ihn langsam verlor.
»Mister Joseph Smallwood«, erwiderte ich.
»Bitte warten Sie hier.« Wenige Augenblicke später hörte ich ihn irgendwo im Inneren des Hauses meine Botschaft Wort für Wort wiederholen, wobei er das »all« von Smallwood seltsam in die Länge zog, als wollte er seiner Herrschaft zu verstehen geben, daß sie sich den Anblick dieses Mannes mit dem grandiosen Titel Mister Joseph Smallwood keinesfalls entgehen lassen sollte. Dann kam er zurück, bat mich einzutreten, was ich auch tat, und ließ mich ohne weitere Erklärung in der Vorhalle stehen.
Kurz darauf beugten sich zwei Personen, die ich von Photographien in Zeitungen her als Sir Richard und Lady Squires erkannte, über das Geländer der gewundenen Treppe, an deren Fuß ich stand, und blickten auf mich herab.
»Verzeihen Sie, Mister Smallwood«, sagte Sir Richard, während Lady Squires ihm etwas zuflüsterte, »aber Sie sehen aus, als wären Sie gerade aus dem Sanatorium entlaufen oder würden demnächst dort eingewiesen. Man kann heute nicht vorsichtig genug sein, wissen Sie.«
»Ich erfreue mich bester Gesundheit, Sir«, entgegnete ich laut und nicht ganz so freundlich, wie meine innere Stimme es mir riet.
»Tatsächlich«, ließ sich Lady Squires vernehmen. »In dem Fall muß der Rest der Menschheit ernstlich krank sein, denn ich habe mein Lebtag noch niemanden gesehen, der einen ähnlichen Anblick bot wie Sie und noch atmete.«
»Ich war immer schon etwas mager, Lady Squires«, gab ich zurück.

»Mein Gatte ist mager, Mister Smallwood«, erwiderte Lady Squires. »Meines Wissens gibt es kein Wort für das, was Sie sind.«

»Also keine ansteckende Krankheit?« fragte Sir Richard nach. »Keine Tuberkulose? Sie geben uns Ihr Ehrenwort?« Lady Squires warf ihm einen Blick zu, der zu sagen schien, auf mein Ehrenwort zu bauen sei ungefähr so sinnig, wie davon auszugehen, ich sei ein Windsor.

»Ja, Sir«, antwortete ich und spürte, wie mir die Schamesröte ins Gesicht stieg, als könnten mein Vater und alle Sozialisten, denen ich jemals begegnet war, mich hören.

»Nun gut, Cantwell, führen Sie ihn ins Eßzimmer«, sagte Sir Richard, und Cantwell tauchte ganz unvermittelt aus einem Nebenraum auf.

Und so speiste ich denn mit Sir Richard und Lady Squires zu Abend. Lady Squires, die wie Sir Richard auf die Fünfzig zuging, trug eine auffallende, bodenlange kastanienbraune Robe. Den Hals schmückten eine Reihe von Amuletten, Medizinbeuteln und ein halbes Dutzend verschiedene Anhänger – Medaillons, Schmucksteine, ovale und runde Embleme aus Leder –, an denen sie beim Essen ständig herumspielte. Durch den Schmuck lag der Stoff eng am Körper an, was ihre runden Schultern und Brüste betonte. Sie war recht korpulent und hatte blaßblaue, flinke Augen, die ihr affektiert-vornehmes Getue – nach jedem Bissen legte sie Messer und Gabel zur Seite und stützte das Kinn auf die gefalteten Hände – Lügen straften.

Sir Richard hatte ein kantiges Gesicht mit einer Adlernase, die wohl der meinen glich, und trug einen kleinen Schnurrbart. Wie seine Frau gesagt hatte, war er etwas mager, und er aß, als könnte er in der Nahrungsaufnahme keinen rechten Sinn erkennen. Sein Lammkotelett schob er von einer Seite des Tellers auf die andere, und in den Erbsen, Karotten und Kartoffeln stocherte er herum, als würde er nach etwas suchen. Mir fiel ein, daß Clara um diese Zeit wohl gerade Ramsay ins Bett gebracht hatte und sich nun wie üblich zu ihrem einsamen Essen mit in Fett herausgebackenen Teigbällchen und Bohnen hinsetzte.

»Welche Schule haben Sie besucht, Mister Smallwood?« fragte Sir Richard.

»Das Bishop Feild«, antwortete ich.

»Ah, Sie haben einen Abschluß vom Bishop Feild«, warf Lady Squires

ein. »Sir Richard und ich waren auf dem College der Methodisten. Dort haben wir uns nämlich kennengelernt.«
»Ähmmm ... einen Abschluß habe ich eigentlich nicht«, sagte ich und wurde rot. Ich hoffte, sie würde so taktvoll sein, das Thema zu wechseln, aber sie starrte mich nur erwartungsvoll an. Ich hätte die Schule verlassen und mir eine Arbeit suchen müssen, um meine Familie zu unterstützen, weil ich das älteste Kind sei, erklärte ich.
»Wann sind Sie denn abgegangen?« fragte Sir Richard.
»Mitten in der Untersekunda«, erwiderte ich.
»Mitten im Jahr?« wiederholte Sir Richard. »Ich habe mein ganzes Leben nichts Halbes gemacht. Selbst als sie mich, den Premierminister, zum Rücktritt zwangen, habe ich als Unabhängiger weitergemacht. Mittendrin, ja? Sie haben sich das hoffentlich nicht zur Gewohnheit gemacht.«
»O nein«, sagte ich.
»Woher stammt Ihre Familie, Mister Smallwood?« wollte Lady Squires wissen, und ich zählte auf: Gambo, Greenspond, Prince Edward Island.
»Hmmm«, lautete ihr Kommentar, als hätte sie sich nun genug um das Gespräch bemüht, genau die uninteressanten Antworten bekommen, die sie erwartet hatte, und würde kein Wort mehr sagen.
»Aber wissen Sie«, fügte ich eifrig hinzu, »ich bin entfernt verwandt mit Benjamin Franklin Smallwood, dem Häuptling des Volkes der Choctaw in Oklahoma.« Das war eine der weithergeholten, aber unmöglich zu widerlegenden Geschichten meines Vaters.
»Oh, wie faszinierend«, meinte sie, und ihr Blick drückte ehrliches Interesse und Überraschung aus. »Dann haben Sie ja wohl Indianerblut?«
»Ja«, erwiderte ich, »das muß wohl so sein.«
»Ist das nicht wundervoll?« hauchte sie.
»Ich bin nicht sicher, ob alle so denken«, bemerkte Sir Richard. »Vielleicht behalten Sie das in Zukunft lieber für sich.«
Mit einer Handbewegung gebot ihm Lady Squires zu schweigen und sagte, ihrer Meinung nach könnten wir von den Indianern eine Menge über »Spiritismus« lernen und die Ausrottung der Beothuk sei die größte Katastrophe in der Geschichte Neufundlands gewesen.

»Ich bin überzeugt«, fuhr sie fort, »daß viele bei uns Beothuk-Blut in sich haben. Es muß doch gewisse ... äh ... Kontakte zwischen den Beothuk und den Siedlern gegeben haben, meinen Sie nicht? Vielen Leuten ist vielleicht gar nicht bekannt, daß sie zu einem Sechsunddreißigstel oder einem Vierundsechzigstel Beothuk sind, wer weiß? Das wäre doch durchaus möglich.« Ich fragte mich, wie sie es wohl aufnehmen würde, wenn sie erführe, daß sie Beothuk-Vorfahren hatte.

»Glauben Sie an den Spiritismus, Mister Smallwood?«

Damit meinte sie keine Religion, wie ich sie kannte.

»Nein, Lady Squires, eigentlich nicht«, antwortete ich entschuldigend, »zumindest nicht in der Weise, die Sie wohl meinen.«

»Recht so, Smallwood«, warf Sir Richard ein, »dann sind wir schon zwei.« Offenbar machte ich Fortschritte. Er hatte mich zum ersten Mal nicht mit »Mister Smallwood« angeredet.

»Hmmm«, meinte Lady Squires. »Dennoch, manchmal ist die Anwesenheit eines Ungläubigen bei einer Séance eher hilfreich als hinderlich. Es bringt den Geist sozusagen auf die Beine, und er zeigt sich schon allein deshalb, um diesem Menschen seine Existenz zu beweisen.«

»Smallwood wird an deiner Séance nicht teilnehmen können, Helena«, wandte Sir Richard ein. »Wir werden nach dem Essen in mein Arbeitszimmer gehen und uns über Politik unterhalten.«

»Wie du willst, wir werden euch nicht stören«, erwiderte sie.

Während sich Sir Richard nach dem Essen umzog, plauderte ich mit Lady Squires. Sie wolle sich in »irgendeiner spirituellen Kunst« üben, sagte sie, habe aber ihr »*métier*« bislang noch nicht gefunden. Meister, Mentoren und Gurus hätten sie bereits unterwiesen, persönlich und auf brieflichem Weg, in Neufundland und in London, wo sie den Winter verbrachten. (Sie fand den Winter in Neufundland unerträglich, obwohl sie in Little Bay Islands aufgewachsen war.) Sie habe sich dem Spiritismus nach Sir Richards erzwungenem Rücktritt im Jahr 1923 zugewandt, gehe aber nach wie vor jeden Sonntagmorgen zum Gottesdienst der Methodisten, denn der Spiritismus widerspreche keineswegs ihrer Religion.

»Ich spiele die Gastgeberin für die vielen medial begabten Menschen, die unsere Stadt besuchen«, sagte sie, »für Hellseher, Handleser, Leute, die die Zukunft aus Tarotkarten, Schafgarbenstengeln, Teeblättern oder Kristallkugeln vorhersagen, Astrologen, sogar für Entfesselungskünstler und Zauberer. Wer einmal die ausgetretenen Pfade verlassen hat, ist empfänglicher für solche Menschen, und weiter abseits von ausgetretenen Pfaden als in Neufundland kann man nicht leben. Ständig kommt irgendein Spiritist in die Stadt, Madame oder Swami Sowieso, und meistens lade ich sie ein, bei uns zu wohnen. Ich mache ihre Anwesenheit publik, begleite sie zu ihren Auftritten, und hinterher gebe ich noch einen Empfang für sie. Heute abend haben wir eine Séance. Schade, daß Sie nicht teilnehmen können.«

In diesem Augenblick kehrte Sir Richard zurück, angetan mit einer langen grünen Hausjacke im Paisleymuster und dem Monogramm *SRS* auf dem Revers. Ich folgte ihm durch einen breiten Korridor mit einem mächtigen Kronleuchter, der an einen Wasserfall aus unzähligen erstarrten Tränen erinnerte, in ein geräumiges, fensterloses Zimmer mit einem dicken roten Teppich und Mahagonitäfelung. Vor dem großen, offenen Kamin standen sich zwei hochlehnige Stühle aus Korbgeflecht gegenüber. Sir Richard lud mich ein, Platz zu nehmen, holte dann ein silbernes Zigarrenkästchen vom Kaminsims und bot es mir geöffnet an. Es war die erste Zigarre meines Lebens, und ich hoffte nur, daß man es mir nicht anmerkte. Als er mir Feuer gab, zitterten meine Hände. Er wählte auch für sich selbst eine Zigarre aus, steckte sie in Brand und ließ sich schließlich in dem anderen Stuhl nieder.

»Sie sind also«, begann Sir Richard, »in die Liberale Partei eingetreten und haben den Sozialismus aufgegeben.«

»Das würde ich nicht gerade sagen«, entgegnete ich, »aber ...«

»Ich bezweifle nicht, daß Sie vom Sozialismus überzeugt sind, Smallwood«, fuhr er fort, »oder zumindest meinen, es zu sein. Als ich in Ihrem Alter war, habe ich noch weit abstruseren Ideen angehangen.«

Wie sich herausstellte, wußte er mehr über den Sozialismus als ich, eigentlich mehr als die meisten Sozialisten, die ich bislang kennengelernt hatte. Und er schien sich dieses Wissen nicht nur für den Fall angeeignet zu haben, daß sich der Sozialismus durchsetzte und er dann wußte, womit er es zu tun hatte. Man hätte denken können, er habe sich erst nach langem Ringen dafür entschieden, lieber reich zu werden,

als für die sozialistische Sache zu kämpfen, und verfolge ihre Entwicklung immer noch mit großem Interesse.
»Geld verdienen macht mir mehr Freude, als Geld zu haben«, bemerkte er, »obwohl Geld haben auch wichtig ist.«
»Weil es Ihnen Macht über Menschen verleiht?« fragte ich.
Er zuckte die Schultern. »Der Sozialismus ist nur ein anderer Weg, Macht zu erlangen«, erwiderte er, »und das ist es doch, was letztlich jeder will, nicht wahr?«
Ich widersprach ihm und meinte, Freiheit sei es, was jeder wolle.
»Nein«, entgegnete er. »Macht. Was *Sie* wollen, ist Macht, obwohl Sie das niemals zugeben würden. Sie haben sich für den Sozialismus entschieden, weil Sie dachten, auf diesem Weg am ehesten vorankommen zu können. Und Sie wollen, daß man sich an Sie erinnert. Es steht Ihnen geradezu auf der Stirn geschrieben, und Sie müssen sich keineswegs dafür schämen. Auch ich möchte, daß man sich an mich erinnert. Aber Sie, Smallwood, werden das nicht erreichen, indem Sie viel Geld verdienen, weil Sie nicht wissen, wie Sie das anstellen sollen. Es tut mir leid, aber auch das steht Ihnen auf der Stirn geschrieben. Sie sind kein Künstler, Sie sind kein Wissenschaftler, Sie sind kein Gelehrter. Das einzige, was Ihnen bleibt, ist die Politik. Aber selbst in der Politik sind Ihnen die meisten Türen verschlossen, weil Sie arm sind. Und deshalb haben Sie sich für den Sozialismus entschieden, die Politik der armen Leute. Nichts ist Ihnen schrecklicher als der Gedanke, bei Ihrem Tod keine Spuren in der Welt zu hinterlassen. Habe ich recht?«
»Ich möchte den Menschen im Gedächtnis bleiben als jemand, der Gutes getan hat«, erwiderte ich. »Das möchten wohl die meisten.«
»Sagen Sie mir eines, Smallwood«, fuhr er fort, »und seien Sie so aufrichtig wie möglich. Könnten Sie in Frieden sterben, wenn Sie wüßten, daß Ihre *eine* Heldentat, Ihre *eine* große Leistung, nicht anerkannt oder, schlimmer noch, jemand anderem zugeschrieben wird? Stellen Sie sich das einmal vor, Smallwood. Sie haben etwas Großes, Heroisches getan, aber niemand weiß davon, und niemand wird es je erfahren. Sich für den Sozialismus aufzuopfern ist eine Sache, es anonym zu tun eine andere. Wer möchten Sie lieber sein, Sergeant York oder der Unbekannte Soldat?«

Ich bestritt energisch, Sozialist zu sein, weil ich unbedingt berühmt werden wolle. Was den wahren Sozialisten auszeichne, sagte ich, sei Selbstlosigkeit. Und seine Villa sei ein vergängliches Monument menschlicher Prunksucht, wie Shelley sie in seinem Sonett »Ozymandias« beschreibe, fügte ich hinzu. Die Menschen würden Shelleys Verse noch lesen, wenn das Vermögen der Squires schon längst bis zum letzten Cent verbraucht sei. Ich war drauf und dran zu gehen.

»Da bin ich ganz Ihrer Meinung«, sagte er, offenbar unbeeindruckt von meinen Anwürfen. »Sie wären lieber Shelley als ich, weil Shelley etwas getan hat, das unvergessen bleibt.«

»Das hat Dschingis Khan auch«, gab ich zurück. »Und Herodes. Und Pontius Pilatus. Mit solchen Taten will ich den Menschen nicht in Erinnerung sein.«

Er schüttelte lächelnd den Kopf. Langsam begannen mich seine gönnerhafte Nachsicht und der unerschütterliche Gleichmut, mit dem er meine Vorhaltungen hinnahm, doch zu ärgern. Es kam mir vor, als wäre ich einfach nicht wichtig genug, als daß etwas, was ich sagte, ihn hätte kränken können.

»Es gibt keine Selbstlosigkeit«, sagte er. »Falls doch, habe ich sie jedenfalls noch nie erlebt. Märtyrer erwarten für die Opfer, die sie bringen, eine Belohnung im Jenseits. Am ehesten könnte man von Selbstlosigkeit bei einem Atheisten sprechen, der bereit ist, für andere Menschen unerkannt sein Leben zu opfern, ohne sich etwas darauf einzubilden. Aber begegnet bin ich so jemandem noch nie, Sie etwa?«

Wir unterhielten uns stundenlang, wobei er meistens sprach und ich nur von Zeit zu Zeit eine Bemerkung einwarf. Ich merkte, daß mir die richtigen Worte fehlten, ich wußte es und hatte das Gefühl, daß ich mich einfach nur blind an meine Überzeugungen klammerte, als wäre er ein geistig weit überlegener Widersacher, dessen Argumente zwar spitzfindig, aber wesentlich überzeugender waren als meine.

Religion sei für ihn sein Leben lang eine Formsache gewesen, er habe nie wirklich daran geglaubt. Am meisten Sorge mache ihm, fuhr er fort, daß er irgendwann als alter Mann, der sich vor dem nicht mehr allzu fernen Tod fürchte, aus purer Angst in einer plötzlichen Anwandlung von Bußfertigkeit einen nichtexistenten Gott um Vergebung für Dinge zu bitten beginne, die seiner Meinung nach nicht falsch gewesen seien und die er letztlich gar nicht bereue. »Das fürchte ich am meisten«, bekannte er, »daß ich alles widerrufe, auf die Knie falle und zu Gott bete, in der vagen Hoffnung, daß Er vielleicht doch existiert.«

Dieses Eingeständnis beeindruckte mich. Ich hatte großes Mitgefühl für jeden Menschen, dem es ebenso graute wie mir, unter welchen Umständen auch immer eine fremde Überzeugung aufgezwungen zu bekommen.

An jenem Abend unterhielten wir uns noch bis in die Nacht hinein über Politik. Wir sprachen auch an vielen folgenden Abenden miteinander, aber Sir Richard lud mich nie ein, wenn andere Gäste da waren. Entweder aßen er und ich und (gelegentlich) Lady Squires allein zu Abend, oder er bat mich später, wenn die anderen Gäste gegangen waren, auf einen Brandy und eine Zigarre zu sich. Zwar hatte ich dann meistens nichts gegessen, gab mich jedoch ebenso wohlgesättigt wie er, obwohl mein Magen des öfteren laut knurrte, während Sir Richard nachdenklich an seiner Zigarre sog.

Seine Freunde sollten nicht wissen, daß wir uns zusammengetan hatten, und das versuchte er auch nicht vor mir zu verbergen. Im Gegenteil, er sagte mir ausdrücklich, ich solle mich nicht vor seinem Haus zeigen, solange das Licht am Eingang brenne, unser Zeichen, daß der letzte Gast noch nicht gegangen war. Er nahm Klassenzugehörigkeit als naturgegebenes Faktum und meinte, ich könne mich ebensowenig als ihm gleichgestellt betrachten oder wegen seines Verhaltens mir gegenüber gekränkt sein, wie ich ihm etwa eine Bemerkung über meine Körpergröße von fünf Fuß sechs Zoll übelnehmen dürfe. Ich konnte es mir nicht erlauben, Einwände zu erheben, aber ich mußte mich doch sehr anstrengen, meinen Unmut zu zügeln, wenn ich im Schatten eines Baumes auf der anderen Straßenseite wartete, die spätherbstliche Abendkälte durch meine dünne Jacke drang und ich hoffte, daß mich kein Polizist sah und mir böse Absichten unterstellte.

Mein Vater tat die Squires verächtlich ab als »nicht mal in St. John's geborene Provinzler, Provinzler mit Titel, aber trotz allem Provinzler«, und freute sich diebisch, wenn ich ihm erzählte, daß sie im angeregten

Gespräch manchmal »mir« und »mich« verwechselten und bei Abendgesellschaften ihre Herkunft möglichst nicht erwähnten.

Als wir eines Abends in seinem Arbeitszimmer zusammensaßen, bemerkte Sir Richard, daß noch im gleichen Jahr Wahlen angesetzt würden und er jemanden brauche, der im neu geschaffenen Wahlkreis Humber an der Südwest- und Westküste die »Beinarbeit« für die Liberale Partei übernehme. Worauf ich mit Hinweis auf meinen Marsch über die Insel meinte, Beinarbeit sei sozusagen meine Spezialität und ich sei gern dazu bereit, wenn er seinerseits meine Kandidatur als Vertreter der Liberalen in Humber unterstütze.
»Leisten Sie in diesem Winter dort gute Arbeit«, erwiderte Sir Richard, »und Sie sind unser Kandidat.«
Von diesem Augenblick an begegnete ich ihm mit größtem Respekt. Noch nie war jemand mir gegenüber derart großzügig gewesen. Er hatte mir die Kandidatur für Humber eingeräumt, ohne große Worte darüber zu verlieren. Obwohl er ein aristokratisches Gebaren zur Schau trug, als hätte er sich den Adelstitel selbst verliehen, hatte er etwas Gewinnendes. Ich glaubte zwar immer noch, auf Vornehmheit und Kultiviertheit keinen Wert zu legen, aber es machte doch einen großen Unterschied, wie ich fand, daß er sich diese Eigenschaften selbst erarbeitet und nicht durch Geburt mitbekommen hatte.

Ich besuchte fast jeden Ort im Bezirk Humber, und war er auch noch so klein. Die meisten Leute hatten noch nie gewählt, ja, hatten überhaupt keine Vorstellung davon, was eine politische Partei war oder was es für sie bedeuten könnte, wenn statt der einen die andere Partei an die Macht käme. Nur in Corner Brook und sonst ein paar größeren Städten konnte ich richtige Wahlkampfarbeit machen. Ich sprach vor Freimaurern, Kirchengemeinden und Gewerkschaftsgruppen und rief sie auf, für die Liberale Partei zu stimmen, wobei ich durchblicken ließ, es jedoch nie ausdrücklich sagte, daß ich der Kandidat der Liberalen für den Bezirk Humber sei.
Von Corner Brook aus telegraphierte ich Sir Richard, daß der Bezirk Humber praktisch schon in unserer Hand sei und ich voller Ungeduld

auf seine offizielle Bestätigung für meine Kandidatur warte, dann machte ich mich auf den Weg zu meiner Pension.
Als ich am nächsten Morgen aufwachte und hinunterging, händigte mir der Besitzer ein Telegramm von Sir Richard aus. Darin stand: »Habe Lage in Humber gründlich überdacht Stop Da Wahlkreis sozusagen von Liberaler Partei neu geschaffen sehe ich es als meine Pflicht an mich selbst als Kandidat zur Verfügung zu stellen Stop Würde begrüßen wenn Sie meinen Wahlkampf organisieren Stop SRS.«
Noch nie hatte ich mich so hintergangen gefühlt, war ich mir so dumm vorgekommen. Man hatte mich schon vor Monaten mit Vorbedacht aus den Reihen der verfügbaren Kräfte zu diesem Zweck rekrutiert, und ich hatte die mir zugedachte Aufgabe bereitwillig erfüllt. Sir Richard hatte von vornherein gewußt, daß er in Humber kandidieren würde, dem Wahlkreis, wo die Menschen sich wahrscheinlich am wenigsten an seine erste Amtszeit als Premierminister erinnerten, weil er damals noch kein Wahlkreis gewesen war. Als mein Brief, in dem ich mich zur Mitarbeit empfahl, Sir Richard auf den Tisch flatterte, mußte er ihm wie ein Geschenk des Himmels erschienen sein. Ich sah es geradezu vor mir, wie er daheim in St. John's das Telegramm aufgesetzt und einer amüsierten Lady Squires vorgelesen hatte.
Ich verließ die Pension und lief stundenlang herum, heckte alle möglichen kuriosen Rachepläne aus und überlegte, ihm ebenfalls per Telegramm zu antworten, daß ich als Unabhängiger gegen ihn antreten würde. Der Kandidat der Konservativen bestärkte mich in diesem Plan, denn er hoffte, daß es die Liberalen Stimmen kosten würde. Fast schon glaubte ich, daß ich mir bei den Menschen in Humber den Winter über so großes Ansehen erworben hatte, daß ich eine solche Herausforderung bestehen könnte. Aber selbst wenn, welche Zukunft hätte ich in der Politik? Für die Konservativen zu kandidieren kam für mich, einen Mann mit hellroter Vergangenheit, nicht in Frage, und die Liberalen würden es mir niemals verzeihen, daß ich gegen Sir Richard angetreten war, selbst wenn ich haushoch verlor. Also telegraphierte ich folgendes nach St. John's: »Für niemand sonst würde ich das tun Stop Aber für Sie mache ich es Stop Smallwood.«

FIELDINGS KURZER ABRISS DER GESCHICHTE NEUFUNDLANDS

17. Kapitel
Schlammklumpen zum Abschied

Während der katastrophalen neun Jahre unter der Regierung von Sir Thomas Cochrane ergeben sich in der neufundländischen Gesellschaft bestimmte Veränderungen, die von Reeves-geschulten Agitatoren als »Fortschritt« bezeichnet werden.

Straßen werden gebaut, die Landwirtschaft gefördert. Die Männer beginnen Äcker zu bestellen, was dazu führt, daß der Überschuß an Arbeitskräften deutlich zurückgeht und die Kaufleute sich fast schon genötigt sehen, die Löhne zu erhöhen.

Cochrane rächt sich, indem er gegen Dr. Carsons Kampagne für die Selbstverwaltung opponiert und erklärt, die Neufundländer seien dafür viel zu rückständig.

Diese konstruktive Kritik wird von allen Neufundländern mit Ausnahme einer kleinen Minderheit so verstanden, wie sie gemeint ist.

Als es für Cochrane Zeit wird, Neufundland zu verlassen, versammelt sich eine große Menschenmenge, um ihn zu verabschieden. An jenem Tag vollzieht sich zum ersten Mal, was fürderhin zur Landestradition wird – die Verabschiedung des jeweiligen Vertreters der englischen Krone, der in die Heimat zurückkehrt, mit einem Ritual, das fortan »den Gouverneur mit Schlamm bewerfen« genannt wird.

Zurück in England, schreibt Cochrane später: »Es wäre mir lieber gewesen, man hätte mir zärtliche Kußhände zum Abschied nachgeworfen als Schlammklumpen, aber: andere Länder, andere Sitten, und man muß sich solche seltsamen Bräuche entweder gefallen lassen, oder man erregt Anstoß bei seinen Untertanen.«

BETTELARM UND STINKREICH

Meine Demütigung sprach sich herum, obwohl ich die Sache soweit wie möglich herunterspielte und dagegenhielt, daß ich wohl nicht weiter für Sir Richard arbeiten würde, wenn ich mich ausgenutzt fühlte. Törichterweise hatte ich meinem Vater gegenüber damit geprahlt, daß ich bald im Parlament sitzen würde. Diese Äußerung hatte ihm einen solchen Schrecken eingejagt, daß er mir, um die Schicksalsgöttin günstig zu stimmen, immer wieder versicherte, Menschen wie wir kämen nie an einen solchen Posten. Nichts als Lug und Betrug erlebe man, wenn man sich mit der »feinen Gesellschaft« einlasse, sagte er, als er hörte, wie es mir mit Sir Richard ergangen war. Und Sir Richard werde eines Tages auf die eine oder andere Weise für seinen Erfolg und seine Machenschaften bezahlen müssen. Außerdem erzählte er mir, als wäre das ein Beweis, er habe im Wörterbuch unter »squire« nachgeschlagen und: »Ich will verdammt sein, wenn es nicht auch Richter bedeutet. Noch ein Richter, Joe. Schon wieder hat man uns gerichtet, Junge. Sie sind eine Plage, diese Richter. Ich bin schuld, Joe, ich bin schuld«, fügte er düster hinzu.

»Natürlich, du bist an allem schuld«, sagte meine Mutter verächtlich. »Wegen dir geht die Sonne auf, wegen dir geht die Sonne unter. Wegen dir schneit und regnet es. Nichts geschieht, ob gut oder schlecht, an dem du nicht schuld bist.«

Meine Mutter hatte nicht den geringsten Zweifel, wer in diesem Fall schuld war: Sir Richards »Hexe von einer Frau«, die mit wer weiß welcher schwarzen Magie dafür gesorgt hatte, daß ich Sir Richards wahren Charakter nicht erkannte. Es sei doch allseits bekannt, sagte meine Mutter, daß Lady Squires ständig damit prahle, sie habe die Karriere ihres Mannes dank der Ratschläge des Satans, die ihre Spiritisten an sie weitergaben, retten können.

»Das war ihr Werk. Sie ist eine böse, böse Frau«, fügte sie bitter hinzu und weinte fast, weil sie sah, wie enttäuscht ich war. »Es wundert mich, daß du noch mit ihnen verkehren willst, Joe«, meinte sie, »nach allem, was sie dir angetan haben. Was sie uns angetan haben.«

Als ich Sir Richard nach der Sache mit dem Telegramm das nächste Mal sah, schien es ihm weder peinlich zu sein, noch hatte er ein schlechtes Gewissen. Er lud mich zum Abendessen ein, und das erste, was er zu mir sagte, war: »Wußten Sie, daß ich 1898 den besten College-Abschluß von Neufundland gemacht habe?«

»Nein«, antwortete ich, »das habe ich nicht gewußt.«

»Nun, Smallwood, als mein Wahlkampfleiter müssen Sie solche Dinge wissen«, entgegnete er. »Wie wollen Sie Loblieder auf mich singen, wenn Sie meine Leistungen nicht kennen.« Also begann er seine Leistungen aufzuzählen, und ich machte mir geflissentlich Notizen. Er war auf das College der Methodisten gegangen, wie mein Vater. Sie mußten etwa zur gleichen Zeit an dieser Schule gewesen sein, fiel mir auf, obwohl mein Vater nie etwas davon erzählt hatte. »Freunde, wie Sie und ich es hätten sein können, wären wir zusammen zur Schule gegangen.« Den Abschluß in Jura hatte er an der Dalhousie Law School gemacht, und 1914 war er mit vierunddreißig Jahren Kronanwalt geworden.

»Bei meiner ersten Kandidatur haben mir nur fünf Stimmen gefehlt, Smallwood, stellen Sie sich das vor, *fünf* Stimmen. Das war am 2. November 1908. Im Wahlbezirk Trinity. Ich war damals in Ihrem Alter, achtundzwanzig. Fünf Stimmen. Hätten drei von den Leuten, die für den anderen Burschen gestimmt haben, ihr Kreuzchen bei meinem Namen gemacht, dann hätte ich gewonnen. Nur drei. Diese Vorstellung hat mich verfolgt, das kann ich Ihnen sagen. Ich habe hinterher monatelang nachts wachgelegen und nachgegrübelt über jenes Haus, das ich nicht mehr hatte aufsuchen wollen, weil es so abgelegen war, oder irgendeinen alten Burschen, den ich vergessen hatte zu grüßen, als wir an ihm vorbeifuhren. Denken Sie an Trinity, Smallwood, denken Sie an Trinity, wenn Sie da draußen in Humber sind. Kein Haus ist zu abgelegen, keine Insel zu klein, als daß wir nicht hingehen sollten. Grüßen Sie jeden, dem Sie begegnen. Selbst wer sein Haus mit der Fahne der Konservativen schmückt, kann für uns gewonnen werden.

Jeder, der alt genug ist, zu wählen, wirft seine Stimme in die Waagschale der Macht, das sollten Sie nie vergessen ...«
Er redete und redete, bis ich zu schreiben aufhörte.
»Bleibt noch die Frage, wie wir die ...«, er machte eine Handbewegung, als wollte er eine Fliege verscheuchen, »... die Sache von 1923 handhaben. Damals hieß es, ›das Verfahren wird aus Mangel an Beweisen eingestellt‹, und das klingt, als wäre ich schuldig gewesen, aber man konnte es mir nicht beweisen. Diese Formulierung gefällt mir nicht. Sagen Sie, wenn jemand darauf zu sprechen kommt, daß ich gänzlich exkulpiert worden bin ...«
»Aber die Leute wissen nicht, was *exkulpiert* heißt«, wandte ich ein.
»Dann sagen Sie eben, daß ich erwiesenermaßen unschuldig war«, erwiderte Sir Richard.
Die Wahl wurde für September angesetzt. Ich fuhr nach Humber zurück, um für Sir Richard die Werbetrommel zu rühren. Er selbst könne nur einen oder höchstens zwei Tage für seinen eigenen Wahlkreis erübrigen, meinte er, denn es gebe noch so viele andere Bezirke, die er besuchen müsse, wo sie den Sieg nicht sicher in der Tasche hätten. In Humber werde er auf jeden Fall gewinnen, sagte er, aber er wolle die Wahl mit überwältigender Mehrheit für sich entscheiden, und die Belohnung für meine Dienste als Wahlkampfleiter werde entsprechend seinem Stimmenvorsprung ausfallen.
»Jede Stimme für mich macht Ihre Zukunft ein Stück heller, Smallwood, vergessen Sie das nicht«, erklärte er. Aber ich konnte ihm nicht entlocken, an welche Art Belohnung er dabei dachte. »Sie dürfen sicher sein, daß Ihre Mühe reichlich belohnt wird«, sagte er.
Lady Squires' Hang zum Spiritismus erwies sich während des Wahlkampfs als etwas störend. Sie war überaus nervös und angespannt und wollte von ihren Spiritisten ständig bestätigt wissen, daß sie und ihr Gatte nach fünfjähriger Abwesenheit nun ihre frühere Machtstellung wiederbekommen würden. Zwar tat man ihr diesen Gefallen nur allzu gern, aber letztlich schenkte sie solchen Versicherungen keinen Glauben. Je öfter ihr Sir Richards Wahlsieg vorausgesagt wurde, um so öfter wollte sie es bestätigt hören, als wäre sie süchtig danach. Man erzählte sich, daß Hellseher und Wahrsager jedweder Sorte sich bei den Squires

die Klinke in die Hand gäben, während Sir Richard auf Wahlkampfreise sei. Bei den Konservativen, die damals an der Regierung waren, wurden die Squires nur »die Hexe und der Reiche« genannt, und Fielding bezeichnete die Liberalen in ihrer Kolumne als die Hokuspokus-Partei. Am beeindruckendsten sei Sir Richards Trick, schrieb sie, öffentliche Gelder spurlos verschwinden lassen zu können.
Sir Richards erster Akt morgens war die Lektüre von Fieldings Kolumne, und er mußte niemals vergeblich nach seinem Namen suchen. Es verging kein Tag, an dem Fielding sich nicht irgendeine Spitze gegen ihn oder Lady Squires erlaubt hätte, und oft widmete sie den beiden ihre ganze Kolumne. Wie zum Beispiel die folgende, in der sie einen Besuch bei den Squires »beschreibt«:

FIELDING VOR ORT, 9. FEBRUAR 1928

Lady Squires persönlich begrüßte mich an der Tür. Sie habe den ganzen Morgen mit ihrem Wahrsager zusammengesessen, erzählte sie. Er habe ihr gezeigt, wie man aus den Eingeweiden einer Ziege die Zukunft vorhersage, daher das Blut an ihren Händen, das sie wohl nicht mehr losbekomme. Sie sehen aus wie Lady Macbeth, scherzte ich, und wir lachten. Im Studierzimmer sitze jemand, der Gedanken lesen könne, sagte sie, dem Sir Richard aber aus irgendeinem Grund ängstlich aus dem Weg gehe. Deshalb müsse unser Gespräch im Eßzimmer stattfinden.
Sir Richard zeigte sich besorgt, daß das harmlose Steckenpferd seiner Frau die Wähler gegen ihn einnehmen könne, schien jedoch sehr erleichtert, als ich ihm versicherte, wenn sie ihm nicht seine früheren Schwierigkeiten mit der Justiz anlasteten, würden sie gewiß auch keinen Anstoß daran nehmen, daß seine Frau sich in ihren Mußestunden mit den Toten unterhalte.
Kurz darauf, nachdem ihr Gedankenleser gegangen war, gesellte sich Lady Squires zu uns. Auf meine Frage, ob sie bedaure, daß ihr Gatte nicht Premierminister unseres Landes sei, ein doch mit hohem Ansehen und großer Macht verbundenes Amt, erwiderte sie, ihr sei alles recht,

was ihr Mann tue, solange er dabei glücklich sei. Sie hielt ein kleines Püppchen auf dem Schoß und durchbohrte es mit Nadeln, und als ich feststellte, daß es eine bemerkenswerte Ähnlichkeit mit unserem gegenwärtigen Premierminister habe, quittierte sie meine Bemerkung mit einem anerkennenden Kichern.

Dann erschien ein alter Freund von mir, Joe Smallwood, und wir ergingen uns in wehmütigen Erinnerungen an unsere Schulzeit. Smallwood, einstmals Sozialist, hat sich mittlerweile mit Sir Richards Liberalen zusammengetan.

»Man könnte sagen, daß wir, Sir Reichard und ich, eine Allianz der Klassen gebildet haben«, erklärte Smallwood. »Bettelarm und Stinkreich.«

Dies nämlich, Sir Reichard, ist Smallwoods Spitzname für seinen neuen Arbeitgeber.

»Ich mag Wortspiele, wenn sie auf anderer Leute Kosten gehen«, fügte Smallwood hinzu. Nicht nur Lady Squires und ich lachten, auch Sir Richard schmunzelte gutmütig.

Smallwood befand sich in der Stadt, um sich ein paar Tage von seiner Wahlkampfarbeit für Sir Richard in Humber zu erholen. Vor nicht allzu langer Zeit wollte er dort noch selbst antreten und war deshalb im vergangenen Winter jeden Zoll tiefgefrorenen Bodens abgegangen.

»Ja, man muß gehen lernen, ehe man mitlaufen kann«, bemerkte Sir Richard und lächelte Smallwood freundlich zu.

»Wir beide lieben Wortspiele, nicht wahr, Sir Reichard?« sagte Smallwood, und Sir Richard nickte.

Als ich die heikle Angelegenheit der Beschuldigungen zur Sprache brachte, die nach seiner letzten Amtszeit als Premierminister gegen ihn erhoben worden waren, erinnerte mich Sir Richard daran, daß man das Verfahren eingestellt und ihn niemals vor Gericht zitiert habe.

»Aber wo Rauch ist, da ist auch Squires«, warf ich lachend ein, was offenbar auch die beiden Liebhaber des Wortspiels sehr amüsierte.

Ich fragte Sir Richard, ob er für Smallwood eine Zukunft in der Politik sehe.

»Was die Zukunft angeht, unterwerfe ich mich dem Urteil von Lady Squires«, erwiderte Sir Richard.

Höhepunkt dieses heiteren Nachmittags war, daß Ihre Ladyschaft uns offenbarte, sie habe kürzlich von einem holzverkleideten Kabinett geträumt, woraus sie schließe, daß Smallwood eines Tages Premierminister von Neufundland sein werde.

»Sie hat ihre Anhänger, diese Fielding«, bemerkte Sir Richard eines Abends, als ich ihn in seinem Studierzimmer aufsuchte. »Ich habe gehört, daß der *Telegram* fast doppelt so viele Abonnenten hat, seit sie für das Blatt schreibt.«

»Ja«, erwiderte ich, »ich denke, sie trifft genau den Geschmack einer bestimmten Art von Lesern.«

»Das ist es ja. Die Stimmen der Arbeiterklasse sind uns sicher«, fuhr Sir Richard fort. »Nur bei den Leuten, die lesen können, habe ich meine Zweifel.«

»Fielding geht es mit ihrer Kritik um das Ganze«, sagte ich, »und nicht um Sie persönlich. Sie setzt Monroe und Alderdice, den beiden Konservativen, genauso zu wie Ihnen. Sie nennt sie die ›küssenden Cousins‹ …«

»Meinetwegen kann sie Monroe und Alderdice nennen, wie sie will«, brummte Sir Richard. »Wie sie mich nennt, paßt mir nicht. Ich habe gehört, Sie sind mit ihr bekannt.«

»Oh«, sagte ich. »Ähmmm … ja, das stimmt. Aber wir sind nicht besonders eng befreundet. Wir sind mehr oder weniger zusammen zur Schule gegangen. Sie besuchte das Bishop Spencer, als ich am Bishop Feild war.«

»Meinen Sie, daß Sie mal mit ihr reden und sie bitten könnten, mich ein wenig in Ruhe zu lassen?«

»Das halte ich nicht für ratsam. Wenn ich mit diesem Anliegen an Fielding heranträte, würde sie das in ihrer Kolumne schreiben.«

Ich versuchte ihn zu beschwichtigen, indem ich den Einfluß ihrer Kolumne herunterspielte und meinte, sie sei derart überladen mit Ironie und Wortspielen, daß sie ohnehin niemand verstehe. Vielleicht hätte sich Sir Richard beruhigen lassen, hätte nicht die konservative Regie-

rung den Satz »Wo Rauch ist, da ist auch Squires« aufgegriffen. Premierminister Alderdice zitierte ihn bei jeder Gelegenheit, um an Sir Richards von Skandalen erschütterte erste Amtszeit zu erinnern. Sie ließen Schilder mit diesem Spruch malen und in ganz St. John's und bei ihren Wahlkampfauftritten überall im Land aufstellen.
Eines Abends bemerkte Sir Richard, er habe »herausgefunden«, was zwischen Fielding und mir am Bishop Feild passiert sei, daß sie die Schuld an etwas, was sie getan hätte, mir in die Schuhe geschoben und es erst zugegeben habe, als man ihr mit Stockhieben drohte.
»Das ist nicht ganz …«, begann ich, dachte dann aber, daß ich erst erfahren wollte, woher diese Information stammte, ehe ich die Sache richtigstellte. »Ich meine, wer hat Ihnen davon erzählt?«
»Er muß jeden Moment hier sein«, erwiderte Sir Richard. »Gemeinsam werden Sie bei Fielding schon einiges ausrichten können, denke ich.«
Fünf Minuten später klopfte es an der Tür, und Cantwell ging öffnen.
»Bitten Sie ihn herein«, sagte Sir Richard.
Zuerst erkannte ich ihn nicht. Seit unserer letzten Begegnung hatte er sich sehr verändert, zum Besseren natürlich, denn wie sonst hätte sich Prowse verändern können? Er trug immer noch dieses verschwörerische Sind-wir-nicht-zwei-richtige-Gauner-Grinsen zur Schau. Etwas fülliger war er geworden, aber nicht dick. Er war breitschultrig, kräftig, stattliche sechs Fuß groß und strahlte Selbstsicherheit aus, denn offenbar flog ihm der Erfolg nach wie vor wie selbstverständlich zu. Genauso hatte ich mir Prowse vorgestellt, als ich den Brief an den *Backhomer* las, in dem er Reeves in der leicht herablassenden Art eines Menschen würdigte, der inzwischen weit besser gestellt war als sein früherer Lehrer. Ich dachte daran, wie oft Fielding sich in ihrem Tagebuch an Prowse gewandt hatte. Lieber Prowse. Lieber Prowse. An seiner Hand sah ich einen Ehering. Er musterte mich von oben bis unten, als wollte er sagen, daß der Anblick, den ich bot, ziemlich genau seinen Erwartungen entsprach. Wir gaben uns wortlos die Hand.
»Wie ich sehe, brauche ich Sie nicht vorzustellen«, meinte Sir Richard, als hätten wir einander herzlich umarmt. »Prowse hat seinen Jura-Abschluß genau wie ich in Dalhousie gemacht, Smallwood.« Prowse lächelte. Offenbar stand Sir Richard in seinem Bann, sonst hätte er in

diesem Lächeln gelesen, was ich las: eine leise, belustigte Verachtung, daß der ältere Mann solchen Dingen wie dem Studium an derselben Universität eine so große Bedeutung beimaß.
Sir Richard erkundigte sich bei Prowse, was Fielding damals am Bishop Feild denn angetan worden und wie es dazu gekommen sei. Prowse erzählte seine Geschichte mit sichtlichem Genuß und schilderte eifrig vorgebeugt, wie »wir Jungs« Fielding in die Werkstatt gezerrt hätten, wo sie unter Androhung einer Tracht Prügel ein Geständnis ablegte. »Natürlich hätte ich sie nicht angerührt«, meinte Prowse, »aber das konnte sie ja nicht wissen.« Ich fragte mich, was Fielding wohl empfände, wenn sie hören könnte, wie er log. Wäre das nur möglich gewesen! Prowse sah mich an; er schien sich überhaupt keine Gedanken zu machen, daß ich seiner Darstellung der Ereignisse widersprechen und ihn vor Squires daran erinnern könnte, daß Fielding gestanden hatte, *bevor* man ihr Prügel androhte. Seine Selbstgefälligkeit ärgerte mich, aber ich sagte nichts.
Sir Richard brach in dröhnendes Lachen aus. »Warum haben Sie mir das nicht früher erzählt, Sie beide?« fragte er. »Das ist genau das, was wir brauchen. Fielding, die große Moralistin, so honorig, daß sie für niemanden Partei ergreift, ist vom Bishop Spencer geflogen.«
Prowse saß breit grinsend da und zeigte seine vorstehenden, strahlend weißen Schneidezähne mit dem kleinen Spalt dazwischen. Prowse, den Fielding einmal geliebt hatte. Und vielleicht noch immer liebte.
»Fielding, die Verräterin«, bemerkte Sir Richard spöttisch, »über einen Sägebock gebeugt, und die Jungs vom Bishop Feild sind drauf und dran, sie mit ihrem eigenen Stock so richtig durchzuklopfen. Ich möchte, daß Sie beide einen Brief mit dieser Geschichte an alle Zeitungsredaktionen schreiben. Machen Sie deutlich, daß Sie sie niemals angefaßt haben und es auch nicht vorhatten. Wie sie bloßgestellt wurde, das muß herauskommen. Und schreiben Sie, daß sie Lügen erfindet, daß sie noch heute Lügen verbreitet, genau wie damals an der Schule. Daß sie wieder Lügengeschichten schreibt, die in der Zeitung erscheinen sollen, genau wie damals an der Schule. Jetzt können Sie sich einmal ironisch zeigen. Schreiben Sie, daß sie sich nicht verändert hat, daß sie immer noch die alte Fielding ist, die gegen Männer wie uns Verleum-

dungskampagnen anzettelt, Männer der Tat, auf deren Mut und Leistung sie neidisch ist.«

Offensichtlich hatte Prowse bereits zugesagt, diesen Brief zu schreiben, und wenn ich ihn nicht unterstützte und gemeinsam mit ihm unterzeichnete, würde ich in Squires' Achtung erheblich sinken, und er würde daraus schließen, daß ich nicht genug Mumm für die Politik hatte. Sir Richard bemerkte mein Zögern und reagierte fast gekränkt, als stellte sich nach einem vielversprechenden Anfang plötzlich heraus, daß ich nicht der Mann war, für den er mich gehalten hatte.

»Wenn Sie natürlich lieber alles Prowse überlassen ...«, sagte Sir Richard und lächelte Prowse zu. Der erwiderte das Lächeln, als hätte er schon oft solche Dinge für Sir Richard erledigt.

»Es könnte die Öffentlichkeit gegen Sie aufbringen«, meinte ich. »Eine Bande von Jungen, die auf ein Mädchen losgeht.«

»Bei jeder anderen Frau würde ich Ihnen zustimmen«, entgegnete Sir Richard. »Aber hier handelt es sich um Fielding. Die Leute kennen Fielding. Sie hat doppelt soviel Format wie die meisten Männer. Heißt das, daß Sie nicht mitmachen wollen, Smallwood?«

»Nein, nein«, beteuerte ich. »Ich mache mit. Nur ...«

»Ich will nicht nur einfach diese Wahl gewinnen, Smallwood«, fuhr Sir Richard fort. »Ich will jede Stimme und jeden Wahlkreis, den ich bekommen kann. Ich möchte ihnen heimzahlen, was sie mir '23 angetan haben.«

»Natürlich, aber ...«

»Es ist Ihre Zukunft, die diese Fielding zerstört hat«, sagte Sir Richard und war sich offenbar nicht bewußt, daß er mich mit dieser düsteren Einschätzung meiner Aussichten in Verlegenheit bringen könnte. Erneut fragte ich mich, welche Art von Belohnung er mir nach dem Wahlsieg zugedacht hatte, wenn er ohnehin davon ausging, daß meine Zukunft zerstört war.

»Gibt es etwas zwischen Ihnen und Fielding, das uns schaden könnte?« fragte er. »Befürchten Sie, daß dieses Etwas herauskommen könnte, wenn Sie den Brief schreiben?«

Ich schüttelte den Kopf und sah Prowse an. Zum ersten Mal kam mir der Gedanke, daß Fielding vielleicht gestanden hatte, um Prowse zu schützen, daß es vielleicht Prowse gewesen war, der den Brief an die *Morning Post* geschrieben hatte. Vielleicht hatte Fielding gedacht, Prowse sei in Panik geraten, als er mich beschuldigte, und hatte gestanden, um eine Auseinandersetzung zu verhindern, die zu seinen Ungunsten hätte ausgehen können. Möglich war es; er würde bestimmt zulassen, daß jemand so etwas für ihn tat. Allerdings war ich mir nicht sicher, ob Fielding so etwas tun würde. In gewisser Hinsicht wäre es mir lieber gewesen, von ihm als von ihr hintergangen worden zu sein. Andererseits war mir der Gedanke unerträglich, daß sie für ihn ein so großes Opfer auf sich genommen hätte.

»Warum haben Sie diese Frau überhaupt bei Ihrer Zeitung angestellt nach allem, was sie Ihnen angetan hat?« fragte Sir Richard.

Ich überlegte, ob ich ihm erzählen sollte, daß Fielding mir das Leben gerettet hatte, konnte mich aber nicht dazu durchringen, denn es kam mir vor, als würde ich um so tiefer in ihrer Schuld stehen, je mehr Menschen von dieser mutigen Tat wußten. Ich hatte nicht nur das Gefühl, in ihrer Schuld zu stehen, sondern fühlte mich – aus Gründen, die ich nicht verstand – ihr auch moralisch unterlegen, seit sie mir das Leben gerettet hatte. Vielleicht lag es daran, daß wir die Sache geheimhielten und nicht einmal unter vier Augen darüber sprachen. Sie überaus edelmütig und bescheiden, so schien es mir jedenfalls, und ich derart knauserig mit Äußerungen der Dankbarkeit. Vielleicht lag es auch daran, daß wir beide bezweifelten, daß ich mein Leben riskiert hätte, um sie zu retten.

Ich erzählte Sir Richard, wie ich die Streckenwärter-Gewerkschaft aufgebaut und Fielding sich geweigert hatte, ihr beizutreten, und daß ich mich »indirekt« dafür verantwortlich fühlte, daß sie ihre Stelle verloren hatte.

»Das geschah ihr ganz recht«, meinte Sir Richard. »Warum mußte sie auch bei der Eisenbahn arbeiten. Trotzdem hätte sie der Gewerkschaft beitreten können. Sie ist gegen die Gewerkschaft und gegen die Arbeiterklasse.« Sir Richard würde auf meiner Liste der großen Kämpfer für die Arbeiterklasse auch nicht gerade an oberster Stelle stehen, aber ich schwieg. Es stimmte, was er sagte, wenn auch nur deshalb, weil Fielding einfach gegen alles war.

»Warum, zum Teufel, muß die Tochter eines Arztes als Streckenwärter arbeiten?« fuhr Sir Richard fort. »Streichen Sie das doch in Ihrem Brief ein bißchen heraus. Damit könnten wir sie vielleicht packen. Das ist Ihre Chance, Smallwood, es ihr endlich heimzuzahlen. Daß sie ihre Stelle verloren hat, das allein reicht nicht, nicht nach allem, was sie Ihnen angetan hat.«
Schließlich willigte ich ein, den Brief gemeinsam mit Prowse bei mir zu Hause zu verfassen. Wir schrieben ihn an dem Tisch im Wohnzimmer. Clara und die Kinder – mein zweiter Sohn William war gerade erst zur Welt gekommen – besuchten ihre Eltern in Harbour Grace. Prowse ließ den Blick über unser schäbiges, drangvoll enges Heim schweifen, als wollte er sagen, dieser Ort sei für solche Schandtaten besser geeignet als sein nobles Haus in der Winter Avenue.
»Eine ganze Menge Leute wissen, daß das, was du Sir Richard erzählt hast, nicht wahr ist«, bemerkte ich.
»Mach dir mal keine Sorgen, Smallwood«, erwiderte Prowse. »Du schreibst einfach den Brief, und den Rest überläßt du mir.«
Ich fertigte mehrere Entwürfe an. Prowse kritisierte sie, denn ich ließ seiner Meinung nach zuviel aus und ging mit Fielding nicht hart genug ins Gericht. Mir fiel wieder ein, wie entschlossen er gewesen war, die »Wahrheit« aus mir herauszuprügeln und mich genauso schnell fallenzulassen wie Fielding, aber wie bei unserem Gespräch mit Sir Richard hielt ich den Mund. Ich dachte daran, was er zum Schluß gesagt hatte, als ich nach Fieldings Beichte und meiner Entlastung seinen Versöhnungsversuch zurückgewiesen hatte: »Geh zu den Aussätzigen. Das sind die einzigen, die dich jetzt noch haben wollen.« Endlich gelang mir ein Entwurf, der vor seinen Augen Gnade fand, und wir legten ihn Sir Richard vor. Dieser meinte, er könne garantieren, daß er wortwörtlich und in jeder Zeitung veröffentlicht werde, auch im *Telegram*.
Unser Brief sei die Antwort auf ein anonymes Schreiben, das vor langer Zeit verfaßt und nie veröffentlicht worden sei, erklärten wir. Rektor Reeves habe wirklich nicht gewußt, daß ich nicht der Verfasser gewesen sei, jedoch aus der Briefmarke auf dem Kuvert geschlossen, daß ich es sein müsse. Als man Fielding mit Stockhieben drohte, habe sie gestanden, diesen Brief an die *Morning Post* geschrieben zu haben. Ich schilder-

te die Szene, als Fielding bloßgestellt wurde, genauso anschaulich, wie Sir Richard es verlangt hatte. Dann führte ich aus, wie die Sache mit dem Brief mir geschadet hatte, daß ich von den Lehrern »geschnitten« wurde und in die Kaufmannsklasse gehen mußte, was meine Hoffnung auf ein Studium zunichte machte. Ich hatte von der Schule abgehen und mir eine Arbeitsstelle suchen müssen, um meine Familie zu unterstützen.

Der Brief wurde wortwörtlich abgedruckt, wie Sir Richard versprochen hatte, jedoch nicht nur von Prowse und mir unterzeichnet, sondern von allen – inzwischen erwachsenen – Jungen, die an jenem Tag im Bishop Feild dabeigewesen waren. Prowse hatte auf Sir Richards Geheiß und ohne mein Wissen bei ihnen die Runde gemacht und sie den Brief unterschreiben lassen.

Unser Brief war sofort Stadtgespräch in St. John's. Wie ich vorausgesagt hatte, kamen massenhaft Zuschriften von Lesern, die die arme, kleine, von Jungen bedrängte Fielding in Schutz nahmen, und der *Telegram* druckte sie auch ab. Die anderen Zeitungen jedoch, konservative wie liberale, veröffentlichten hämische Leitartikel und Leserbriefe, die im wesentlichen besagten, daß Fielding nun endlich als die Heuchlerin entlarvt worden sei, für die man sie schon immer gehalten habe.

Nun hatte man eine Erklärung für Fieldings Verhalten, eine Geschichte, die ihre Feinde als Grund für ihre Art zu schreiben, ihre Ironie, ihren Sarkasmus und Zynismus, ihren Haß auf die Menschen anführen konnten. Ihre Schulzeit war die Lösung des Rätsels: das ungewöhnlich großgewachsene Mädchen, die verbitterte Einzelgängerin, die Tochter des Arztes, die, weil sie unbeliebt war und den Erwartungen des Vaters nicht entsprechen konnte, einen Brief an eine Zeitung geschrieben hatte, in dem sie die Schule verleumdete. Dann hatte sie die Sache einem anderen Schüler untergeschoben, einem armen Schüler, für den das Bishop Feild die einzige Chance war, es im Leben zu etwas zu bringen, und dessen außerordentliche Beliebtheit ihm Fielding neidete.

Wäre Fielding eine Journalistin gewesen, die ernsthafte Artikel und Reportagen schrieb, wie sie tagtäglich in allen anderen Zeitungen erschienen, dann hätte unser Brief vermutlich noch mehr Schaden angerichtet.

In der nächsten Ausgabe druckte der *Telegram* neben Fieldings Kolumne ein Photo aus ihrer Schulzeit ab. Fielding mit dreizehn, fast eine Parodie auf das hochmütige, verbitterte Mädchen, als das wir sie in unserem Brief hingestellt hatten. Fielding mit gerüschtem Petticoat, die seitlich zur Kamera steht, aber finster direkt hineinblickt, die mit beiden Händen den Knauf ihres Stockes umklammert und eine Art Haube trägt, mit der wir sie in der Schule nie gesehen hatten. Jemand, vielleicht ihr Vater, mußte sie überredet haben, die Haube für diese Photographie aufzusetzen. Fielding vor ihrem Geständnis, vor ihrer Zeit als Gerichtsreporterin, vor New York, vor dem Sanatorium und vor Bonavista.

FIELDING VOR ORT, 17. MÄRZ 1928

Exzerpt aus »In den Fängen böser Buben« von Sheilagh Shakespeare

Ihr Vater bat sie an jenem Tag inständig, zu Hause zu bleiben und nicht zur Schule zu gehen. Ihn habe geträumt, erzählte er, daß acht Burschen, die sie einstmals Freundin genannt hätten, sie überfielen, ihr Stück für Stück die Kleider herunterrissen und sie auf die Straße hinausjagten, wo die Pferde bei ihrem Anblick wieherten, erwachsene Männer seufzten und kleine Jungen aufkreischten.

»Du legst diesen Traum falsch aus«, sagte Fielding. »Er bedeutet, daß meine Größe, wäre ich all meiner weltlichen Macht, all meines Reichtums beraubt, dennoch erstrahlen würde, denn ich bin Fielding.«

Den Kopf gesenkt, erwiderte ihr Vater: »Ich flehe dich an, meine Liebe, geh heute nicht zur Schule.«

»Was sagen die Auguren?« fragte Fielding.

»Lady Squires schickt diesen Brief«, antwortete ihr Vater. »›Meinem Gatten riß ich die Eingeweide heraus und fand kein Herz in dem Tier.‹ Was kann das bedeuten?«

»Daß Fielding kein Herz hätte, wenn sie sich nicht frischen Mutes hinauswagte«, erwiderte Fielding.

»Deine Zuversicht raubt dir den Verstand«, entgegnete ihr Vater. »Rühr dich heute nicht aus dem Haus.«

»Was kann vermieden werden, das sich zum Ziel die mächt'gen Götter setzten?« sagte Fielding darauf. »Fielding wird gehen.«

»Sag, daß du krank bist«, bat ihr Vater.

»Hilft Fielding sich mit Lügen?« hielt ihm Fielding entgegen. »Gib mir meinen Stock, ich gehe.«
Und so ging Fielding zur Schule und ließ den Blick, umgeben von ihrer Gefolgschaft, prüfend umherschweifen.
»Laßt wohlbeleibte Männer um mich sein«, sagte Fielding. »Der Smallwood dort hat einen hohlen Blick: Er denkt zuviel! *Die* Männer sind gefährlich!«
Unter einem Vorwand lockten die Burschen sie zum Nebengebäude, und dort gestand Fielding, daß sie das Bishop Feild in einem Brief an die *Morning Post* fälschlicherweise beschuldigte, den Schülern gebratene Ratten vom Spieß vorzusetzen und ihnen Zahnstocher zu verweigern, so daß sie ihre Zähne mit den abgenagten Rattenknochen säubern müßten.
Ein gewisser Porter stachelte die anderen Burschen an, sie mit dem Stock zu schlagen – darunter auch Prowse, der vordem ihr liebster Freund gewesen war. Die acht Kerle legten Fielding auf einen Sägebock, hoben ihre Röcke hoch und enthüllten den Blicken aller, was bis dahin niemand außer Fielding in einem Spiegel bewundert hatte.
»Wenn Burschen lügen«, bemerkte Fielding, »bekommt man ihr Hinterteil nicht zu sehen. Der Himmel selbst läßt Fieldings Breitseite erstrahlen.«
»Laßt Taten für mich sprechen«, rief Porter, und so wurde Fielding mit ihrem eigenen Stock gezüchtigt. Jeder der Burschen schlug einmal zu, während Smallwood abseits stand, bis nur noch Prowse übrig war. *Et tu,* Prowse, schrie da Fielding.
Man ließ sie dort liegen, von acht mißbraucht, von acht im Stich gelassen; Fielding ohne Freunde, das Hinterteil voller Striemen.
Das Böse, das Menschen tun, lebt nach ihnen fort. Das Gute wird oft mit ihren Gebeinen begraben. Die noblen Feild-Schüler haben behauptet, Fielding habe Verrat geübt. Wenn ja, so war es ein betrüblicher Fehler, und betrübt hat Fielding darauf geantwortet. Wenn nicht, dann lügen die Feild-Schüler.

Selbst diejenigen von uns, die ihren Shakespeare kannten, wurden aus Fieldings Antwort nicht recht klug. Sir Richard starrte verwirrt auf den Text in der Zeitung und Fieldings Bild daneben, als wären diese unergründlichen Anspielungen schlicht zuviel für ihn.
»Sie versteckt sich wieder hinter ihrer Schlauheit«, sagte Sir Richard, zu Prowse und mir gewandt. »Was ist das denn für eine Antwort auf den Vorwurf, eine Lügnerin und Betrügerin zu sein? Und sie behauptet, Sie hätten sie mit ihrem Stock geschlagen, ihr die Unaussprechlichen bis zu den Knien heruntergezogen. Ist das wahr?«
»Sie lügt«, entgegnete Prowse.
»Lüge um Lüge«, platzte es aus mir heraus.
»Was soll das heißen?« fragte Sir Richard.
»Nichts«, antwortete ich. »Es stimmt, was Prowse sagt. Sie ist niemals geschlagen worden.«

»Du hättest diese Fielding nicht herausfordern dürfen«, meinte mein Vater, als ich ihn das nächste Mal besuchte. »Du hättest diesen Brief nicht schreiben dürfen. Es kommt nichts Gutes dabei heraus, wenn man Briefe an Zeitungen schreibt.« Er legte den *Julius Cäsar* kaum noch aus der Hand, solange ich zu Hause war, denn er wollte die Stellen finden, auf die Fielding in ihrer Kolumne anspielte, und besonders unheilverkündende Sätze las er sogar laut.
»Wenn nicht, dann lügen die Feild-Schüler«, wiederholte mein Vater kopfschüttelnd. »Sie sagt, daß sie den Brief geschrieben hat, aber trotzdem beschuldigt sie dich zu lügen. ›Das Böse, das Menschen tun, lebt nach ihnen fort. Das Gute wird oft mit ihren Gebeinen begraben.‹«
»Was sollst du denn Böses getan haben?« sagte meine Mutter zu mir. »Wenn du mich fragst: Die Böse ist sie, denn sie spricht in dunklen Rätseln, genau wie der Teufel.«
»Seid ihr wirklich zu acht gewesen?« fragte mein Vater.
»Nein«, antwortete ich. »Eher vierzig.«
»Fünfmal acht«, brummte mein Vater. »Ich habe die Zahl acht noch nie gemocht. Acht Männer, um einen Mann zu töten. All ihr Jungen und nur ein Mädchen. Eine solche Sache hängt einem ein Leben lang nach.«
Ich fragte mich, ob er Fieldings Leben meinte oder meines.

Während des Wahlkampfs schickte mir Sir Richard von allen möglichen Orten der Insel Telegramme: »Sie sind mein Mann in Humber Stop Vergessen Sie das nicht Stop Ich verlasse mich auf Sie Stop SRS.« Daß Sir Richard in Humber mit überwältigender Mehrheit siegen würde, lag auf der Hand, aber trotzdem machte er sich ständig Sorgen, wie groß sein Vorsprung sein würde. »Träumte letzte Nacht Barrett aus dem Rennen Stop Keine einzige Stimme Stop SRS.«
Wie schon im Winter suchte ich auch jetzt jede Familie im Bezirk auf. Sir Richard machte gegen Ende des Wahlkampfs für zwei Tage einen Abstecher nach Humber, aber er war zu der Zeit schon derart erschöpft, daß er fast nur noch zusammenhanglose Sätze von sich gab. Bei einer Rede erinnerte er die Zuhörer fünfmal daran, daß er der Mann sei, der die zweite Papiermühle des Landes nach Humber geholt habe. Ich saß stets hinter ihm, klatschte als erster Beifall, und wenn ich sah, daß die Leute sich zu langweilen begannen, scharrte ich kurz mit den Füßen, unser verabredetes Zeichen, daß er schon zu lange redete und langsam zum Ende kommen sollte. Dann nickte er, murmelte einige abschließende Worte und stieg schwankend vom Podium. Ich hatte die Menschen schon so sehr von seinen Vorzügen überzeugt, daß sie alles als glanzvollen Auftritt empfanden, sofern er nicht gerade in aller Öffentlichkeit einen Ohnmachtsanfall erlitt.
Sir Richards Partei gelangte mit überwältigenden 83 Prozent der Stimmen im Bezirk Humber und achtundzwanzig von sechsunddreißig Sitzen inselweit wieder an die Macht. Als die Stimmen ausgezählt wurden, war ich in Humber und er in St. John's.
»Wir haben es geschafft, Smallwood«, triumphierte Sir Richard, als ich am Telephon mit ihm sprach. »Vier Jahre lang haben sie auf meinem Grab getanzt, diese Bastarde, und jetzt kann ich auf ihrem tanzen. Als Dank für alles, was Sie für mich getan haben, mache ich Sie zum Friedensrichter. Wie finden Sie das? Gar nicht schlecht für jemanden, der keinen Schulabschluß hat, was?«
Ich war so enttäuscht, daß ich, den Tränen nahe, zuerst kaum ein Wort herausbrachte.
»Ich hatte gehofft ... in die Politik zu kommen«, stieß ich hervor. »Mitarbeiten zu können ... in Ihrer Regierung, mit ... Ihnen.«

»Ein erfolgreicher Politiker steht bei vielen in der Schuld«, erwiderte Sir Richard. »Meine Liste von Leuten, für deren Großzügigkeit ich mich ... revanchieren ... müßte, ist lang, Smallwood, sehr lang.«
Friedensrichter reisten zu zweit in Begleitung eines Gerichtsdieners über die Insel und bearbeiteten Fälle, die für höhere Gerichte zu geringfügig waren. Ich hatte es einige Male selbst gesehen, wie sie am Hafenkai Verhandlungen durchführten, wobei sie alte Holzkisten als Sitzbänke verwenden und ihre Papiere mit Steinen beschweren mußten, damit sie nicht fortgeweht wurden. Ich sah mich schon wie ein aus St. John's Verbannter umherziehen, Jahr um Jahr die entlegensten Orte Neufundlands aufsuchen und gegen Menschen vorgehen, die Armut oder Langeweile zu einer kleinen Straftat getrieben hatte, sah mich Gefängnis- und Geldstrafen verhängen und mir Leute zu lebenslangen Feinden machen, deren Stimme ich eines Tages vielleicht für mein politisches Fortkommen brauchen würde. Es wäre nicht viel anders, als würde ich meine Tage in dem elenden Gericht zubringen, nur schlimmer, weil weniger hoheitsvoll, ohne den Pomp und Prunk der altehrwürdigen Gerichtssäle. Ich wäre sozusagen ein moderner Fischerei-Admiral.
Ich wußte, daß Squires mich aus dem Weg haben wollte, um sich die Peinlichkeit zu ersparen, ab und an meine Existenz zur Kenntnis nehmen zu müssen. Ich wußte es, redete mir jedoch ein, daß ich es ihm nicht übelnahm, denn ich hätte mich in seiner Situation ebenso verhalten. Ein Politiker mußte tun, was seinen Zielen förderlich war. Irgendwie mußte ich ihm beweisen, daß ich anders war, als er mich durchaus zu Recht einschätzte. Außerdem, dachte ich, ging es wohl allen ehrgeizigen jungen Männern so, daß sie von den Politikern, denen sie zum Wahlsieg verholfen hatten, eine gewisse Zeit ausgenutzt wurden.
Ich schrieb ihm, daß ich sein Angebot dankend ablehnte und zu meiner »großen Liebe«, dem Journalismus, zurückkehrte. Er antwortete mit ein paar knappen Worten, wünschte mir alles Gutes, und damit hatte es sich. Als ich jedoch einige Zeit später erfuhr, daß Prowse inzwischen Sir Richards rechte Hand geworden war, schwor ich mir, daß ich mit keinem von beiden jemals wieder ein Wort wechseln würde.

FIELDINGS KURZER ABRISS DER GESCHICHTE NEUFUNDLANDS

18. Kapitel
Sechs scharfsichtige Protestanten

Trotz Cochranes wohldurchdachter Einwände wird am 7. Juni 1832 ein Landesparlament eingesetzt.

Bei der ersten Wahl gewinnen die protestantischen Konservativen zehn, die katholischen Liberalen fünf der insgesamt fünfzehn Sitze. Gouverneur Sir Henry Prescott konstatiert ein augenfälliges Ungleichgewicht und empfiehlt Maßnahmen, um die Zahl der Katholiken zu verringern. Unter anderem regt er an, daß nur diejenigen ein Stimmrecht bekommen sollten, deren Besitz auf zehn Pfund oder mehr pro Jahr taxiert wird. Das Kolonialministerium weist seine Vorschläge jedoch zurück – mit der katastrophalen Folge, daß die Katholiken den Protestanten bei der nächsten Wahl zahlenmäßig um ein Drittel überlegen sind.

Zum Glück für die Neufundländer und dank Gouverneur Prescotts Weitblick gibt es außerdem einen nicht gewählten, vom Gouverneur ernannten, senatsähnlichen Rat, der aus sechs scharfsichtigen Protestanten, Gegnern der Selbstverwaltung mit vollem Vetorecht, besteht. Dieser Rat läßt alle Gesetzentwürfe, die ihm vom Parlament vorgelegt werden, wieder zurückgehen und legt damit die Regierungsgeschäfte lahm.

Allergrößte Hochachtung gebührt diesen sechs Männern, die ganz allein den Feinden Neufundlands trotzten und von niemandem unterstützt wurden als dem Gouverneur, dem Kolonialministerium, dem Geheimen Rat, dem britischen Parlament und dem König von England. Wären sie nicht gewesen, dann hätte man in den 1830er Jahren das Armenfürsorgegesetz verabschiedet, obwohl die Armen selbst dagegen waren und die Kaufleute in ihrem Namen protestierend durch die Stadt zogen.

FIELDINGS VATER

Ich begann für eine Zeitung in Corner Brook zu arbeiten (schickte meiner Familie in St. John's auch regelmäßig Geld), und mit der Zeit verwand ich meine Enttäuschung, mein gesunder Menschenverstand gewann wieder die Oberhand. Meine einzige Chance, es in der Politik zu etwas zu bringen, war der Liberalismus, das stand für mich fest, also mußte ich meinen Stolz hinunterschlucken und zusehen, daß ich mir Sir Richards Wohlwollen erhielt. Deshalb verfolgte ich aufmerksam das politische Geschehen in St. John's und schickte ihm gelegentlich sogar Briefe mit Ratschlägen, die er allerdings nicht beantwortete.

Im Jahr 1930 schrieb er mir jedoch aus St. John's und bat mich, ihn umgehend aufzusuchen. Ich stieg in den Zug, der mich ans andere Ende der Insel brachte, und ging zu seinem Haus, wo Cantwell mir etwas Geld in die Hand drückte und mich anwies, mich bis auf weiteres im Hotel Brownsdale in der New Gower Street einzuquartieren.

Mir war bekannt, daß Sir Richard im Bezirk Lewisporte demnächst eine Nachwahl abhalten mußte, und ich hoffte nun, daß ihn sein schlechtes Gewissen drückte, weil er mich seinerzeit nicht angemessen belohnt hatte, und er mir deshalb anbieten würde, für die Liberalen zu kandidieren. Drei Wochen lang saß ich im Brownsdale wie auf glühenden Kohlen und dachte schon, Sir Richard habe mich vergessen, als er endlich anrief. Ich ließ ihn gar nicht erst zu Wort kommen, sondern machte ihm gleich klar, daß diese Nachwahl besonders wichtig für mich sei, weil es sich um den früheren Wahlkreis von George Grimes handele, meines großen Mentors, der vor kurzem gestorben sei.

»Es wäre eine große Ehre für mich, in Lewisporte zu kandidieren, Sir Richard«, erklärte ich. »Ich kann den Sieg für Sie holen, ich möchte als Kandidat für die Liberalen aufgestellt werden.«

»Tut mir leid, Smallwood«, entgegnete Sir Richard, »aber ich habe schon jemand anderem zugesagt.«
»Wem?« schrie ich fast in den Hörer, überzeugt, daß dieser andere Prowse sein mußte.
»Lady Squires. Meine Gattin wird als erste Frau in das Abgeordnetenhaus einziehen«, erwiderte Sir Richard, als verkündete er eine weitere denkwürdige Großtat, als wäre es wiederum sein Verdienst und nicht ihres.
»Und was soll ich dann hier?« brachte ich mit Mühe heraus. Er habe mir die Aufgabe zugedacht, sagte er, ein liberales Propagandablatt mit dem Titel *Watchdog* aufzubauen, dessen einziger Zweck es sein solle, dem konservativen Propagandablatt namens *Watchman* Kontra zu geben. In erster Linie solle ich Mitglieder der Opposition und andere Feinde Sir Richards verunglimpfen.
Der *Watchman* und der *Watchdog*. Um diese beiden Blätter im Gespräch auseinanderhalten zu können, wurden sie einfach *Dog* und *Man* genannt. »Bei diesen Abkürzungen kommen wir schlecht weg«, bemerkte Sir Richard grimmig, als wäre es meine Schuld. Er verschaffte sich eine gewisse Genugtuung, indem er sich die Abonnentenliste des *Man* »besorgte« und mich anwies, den eingeschworenen Torys ein Gratisexemplar des *Dog* zu schicken – allerdings nicht in der Hoffnung, sie zu bekehren, sondern damit es sich unter ihren Parteifreunden herumsprach, daß sie neuerdings den *Dog* lasen. Wir hatten schon einigen Unfrieden gestiftet, ehe man uns auf die Schliche kam.
Daraufhin erschien in einer der konservativen Zeitungen eine Karikatur von mir als abgemagerter, bebrillter Straßenköter, mit gespitzten Ohren vor einem Grammophon sitzend, aus dem die Worte »Faß, Smallwood, faß« quollen. Die Überschrift lautete »His Master's Voice«. Als Helfer von Sir Richard dargestellt zu werden, wenn auch auf wenig schmeichelhafte Weise, war für mich ein großer Fortschritt. Ich schnitt die Karikatur aus und klebte sie über meinem Schreibtisch an die Wand.
Von Zeit zu Zeit erschien Prowse im Büro des *Dog*, das sich in einem kalten, behelfsmäßig abgeteilten Lagerhaus in der Water Street befand, und brachte irgendeine obskure Pressemitteilung vorbei, die Sir Richard für das Blatt aufbereitet haben wollte. Für seine dreißig Jahre

sah Prowse zweifellos schon recht premierministerlich aus, und Sir Richard war ihm offenbar der Mentor, der er eigentlich für mich sein sollte.

Eines Tages stand Prowse, nachdem er mir eine handschriftliche Notiz von Sir Richard auf den Schreibtisch geworfen hatte, entgegen seiner Gewohnheit noch eine Weile herum. Ich wußte, daß er endlich mit mir reden wollte – über unser Zerwürfnis damals am Feild wahrscheinlich –, daß er darüber reden und die Sache in Ordnung bringen wollte, da sich unsere Wege nun wieder gekreuzt hatten und wir uns in Zukunft wahrscheinlich noch öfter begegnen würden.

»Wie ich höre«, begann er, »warst du zur gleichen Zeit in New York wie Fielding.«

Ich lief rot an und überlegte, ob er womöglich wußte, was dort zwischen Fielding und mir geschehen war.

»Sie war da, als ich da war, sollte man wohl besser sagen«, erwiderte ich. »Sie ist nicht lange geblieben. Es ist eine große Stadt. Nicht wie St. John's oder Halifax.«

»Aber du bist zurückgekommen?« fragte Prowse mit hinterhältiger Neugier, halb spöttisch, halb ernst.

»Nach fünf Jahren«, antwortete ich. »Wer hat dir überhaupt erzählt, daß Fielding in New York war?«

»Sie selbst«, entgegnete Prowse.

Lieber Prowse, 12. September 1918. Jahre nach der Sache im Werkraum. Jahre nachdem Prowse mich als Belohnung für meinen gelungenen Witz über Fieldings Vater auf die Schultern gehoben und über den Sportplatz getragen hatte. Wann hatte sie aufgehört, ihn zu lieben? Hatte sie überhaupt damit aufgehört? Hatte sie ihn jemals geliebt? Oder mich? Sie empfinde mehr für mich, hatte sie einmal gesagt, als sie für ihn je empfunden habe. Jetzt kam es mir vor, als könnte das alles mögliche bedeuten. Es konnte doch sein, daß sie ihm selbst nach dem Brief, den Prowse und ich verfaßt und den die anderen »Jungs« unterzeichnet hatten, immer noch schrieb. Oder mehr. Sie hatte mir doch erzählt, daß verheiratete Männer, Familienväter, ihr unsittliche Anträge gemacht hätten. Hätte ich daraus schließen sollen, daß es sich um Prowse handelte? Vielleicht hatte sie damit andeuten wollen, daß sie für mich, einen verheirateten Mann mit Kindern, zu haben sei. Oder aber sie wollte mir nur das Gefühl geben, daß sie zu haben sei.

Vergiß Fielding, sagte ich mir. Du hast nicht einmal Händchen gehalten mit ihr. Die ganze »Romanze« hat ungefähr drei Minuten gedauert, von dem Augenblick, als sie dir ihre Zuneigung bekundete, wenn du das überhaupt richtig verstanden hast, bis zu deinem unbeholfenen Antrag. Ich kam mir genauso dumm vor wie an jenem Abend, als ich in ihren Augen sah, was ich schon längst hätte sehen sollen. Doch nun stand Prowse hier vor mir. Der Gedanke, er könnte etwas mit ihr gehabt haben, machte mich richtiggehend krank.

»Habt ihr noch Kontakt miteinander? Seht ihr euch noch?« fragte ich mit unbewegter Miene. »Trotz allem, meine ich.«

»Ach, wir begegnen uns hin und wieder zufällig auf der Straße«, antwortete Prowse. »St. John's ist eine kleine Stadt. Nicht wie New York.«

»Sie spricht nie von dir«, fuhr ich fort. Er lächelte.

»Du hast beim *Call* gearbeitet«, sagte Prowse. Es war keine Frage, mehr eine Feststellung. Ich nickte. »Daß Fielding dort gearbeitet haben soll, kann ich nicht glauben …«

»Hat sie auch nicht«, erwiderte ich.

»Oh, ich weiß«, entgegnete Prowse. »Fielding eine Sozialistin, kannst du dir das vorstellen?«

»Aber sie war Sozialistin«, widersprach ich heftig und merkte zu spät, wie lächerlich es klang, als würden wir uns um Fielding streiten. Dabei behaupteten wir doch beide, sie zu verachten.

»Bestimmt nicht«, meinte Prowse. »Sie hat höchstens so getan. Einfach aus Spaß. Oder um darüber zu schreiben. Etwas derart Lächerliches wie den Sozialismus hätte Fielding nie ernst genommen.«

Damit hatte er mir den Fehdehandschuh hingeworfen. Eine Herausforderung zum Zweikampf, die ich ablehnte. Ich dachte an Grimes, an die Sonntagnachmittage, als wir zu dritt von Tür zu Tür auf Stimmenfang gingen. Fielding und ich, beide noch keine zwanzig Jahre, wie wir versuchten, die Leute am Hafen gewerkschaftlich zu organisieren. Fieldings Entschluß, mir nach New York zu folgen. Fielding, die weinte an dem Tag, als ich ihr sagte, daß ich Neufundland verlassen würde, und ich nicht verstand, warum. Damals nicht. Heute genoß ich diese Erinnerung. Eine Frau, die bei dem Gedanken, mich zu verlieren, weint. Ich hatte reichlich Munition zur Verfügung, wenn ich sie denn einsetzen wollte. Dennoch lohnte es sich nicht, Prowse zu provozieren. Sollte er doch denken, was er wollte. Wer weiß, vielleicht versuchte er auch nur, mir irgend etwas zu entlocken, mit dem er eines Tages mein Schweigen erkaufen konnte.

»Nein«, sagte ich. »Wahrscheinlich hast du recht. Sie war nie mit dem Herzen dabei. Soweit ich das beurteilen kann, war sie noch nie irgendwo mit dem Herzen dabei.«

Falls diese Bemerkung Prowse verletzt hatte, so zeigte er es nicht. Was wollte er? Er stand auf und ließ den Blick über unsere schäbige, improvisierte »Nachrichtenredaktion« schweifen, in der ich Tag für Tag allein arbeitete.

»Wie du es hier bloß aushältst, Smallwood«, bemerkte er. »Ich könnte das nicht.«

Darauf sagte ich nichts. Es war kein besonders überzeugender Abgang, und ich sah ihm an, daß er das wußte.

Lady Squires gelang in Lewisporte ein überwältigender Sieg mit noch größerem Stimmenvorsprung, als Sir Richard bei der letzten Wahl erreicht hatte – eine Tatsache, die zu erwähnen ich tunlichst vermied. »Wenn die Frau des Premierministers im Parlament sitzt, ist das genau so, als wäre es der Premierminister selbst«, sagte Sir Richard zu mir, als ich ihn eines Abends besuchte. »Sie wird mich sicherlich nicht blamieren«, fügte er beruhigend hinzu, als hätte ich entsprechende Befürchtungen geäußert. »Sie hat in Boston am Emerson College für Rhetorik Kurse in Redekunst und Sprechtechnik absolviert.« Wohingegen ich, wollte ich schon fast sagen, meine Redekunst als eine Art Überlebenstraining im Elendsviertel von Harlem geschult hatte, wo ich Schwarze, deren Vorfahren auf Sklavenschiffen nach Amerika verschleppt worden waren, tagtäglich davon zu überzeugen versuchte, daß siebenunddreißig weiße Präsidenten hintereinander noch lange kein Grund zu Bitterkeit und Wahlboykott seien. Und mir fiel ein, daß ich Lady Squires bisher nur einmal hatte eine Rede halten hören – zum Thema »Warum Frauen kein Wahlrecht haben sollten«.

Ich bemühte mich, offenbar mit wenig Erfolg, kein allzu finsteres Gesicht zu machen. Obwohl es gar nicht nötig gewesen wäre, denn meine Bestürzung schien Sir Richard eher zu verwirren als zu verärgern, als könnte er, da ihn schließlich alle nur glücklich sehen wollten, meine Enttäuschung gar nicht verstehen.

Eines Tages im Winter sah ich von weitem Fielding, die sich mühsam ihren Weg in Richtung ihrer Pension bahnte und so zu tun versuchte, als wäre ihr Stock lediglich modisches Beiwerk, als bräuchte sie ihn gar nicht, um sich fortbewegen zu können. Ich folgte ihr und achtete darauf, daß sie mich nicht sah. Ungefähr alle fünfzig Fuß blieb sie stehen, erschöpft, schwer atmend, und lehnte sich irgendwo an eine Wand oder einen Torpfosten, als hätte sie etwas Interessantes gesehen und wollte es in Ruhe betrachten oder als machte sie gerade einen langen Spaziergang und legte nur auf halbem Weg eine kleine Pause ein. Den Menschen, die mit forschem Schritt an ihr vorbeigingen, nickte sie zu, als wollte sie sich damit ihrer Zugehörigkeit zur Gemeinschaft der Gehenden versichern.
Sie ging weiter, gelangte schließlich zu ihrer Pension und begann, mit einer Hand das Geländer umklammernd, die vereisten Treppenstufen hinaufzusteigen, ich nur wenige Fuß hinter ihr. Als sie oben war, rief ich ihren Namen. Sie drehte sich um und sah auf mich herab.
»Was sehen meine trüben Augen? Kann das Smallwood sein?« spottete sie. Wir hatten uns nicht mehr gesehen, seit unser Brief über die Ereignisse am Bishop Feild und Fieldings Entgegnung in den Zeitungen erschienen waren.
»Es war nur ein politischer Schachzug, Fielding«, sagte ich und bemühte mich, so zu klingen, als wäre ich bei diesem Schlagabtausch besser weggekommen und könnte ihr deshalb großmütig den Ölzweig reichen. »Du mußt schließlich damit rechnen, daß die Leute sich zur Wehr setzen, wenn man so über sie schreibt, wie du es tust. Manchem meiner besten Freunde habe ich Schlimmeres vorgeworfen.«
»Du mußt etwas an dir haben, Smallwood, das die Leute versöhnlich stimmt«, erwiderte sie, »sonst hätten sie dich schon längst umgebracht. Komm doch noch auf ein Gläschen mit. Ich bin in einer Stimmung, daß sogar deine Gesellschaft mir besser erscheint als gar keine.«

Wir gingen in ihr Zimmer hinauf.

»Weißt du«, fuhr sie fort, »mein Quantum an Rum entspricht genau meinem Ausstoß an Worten. Eine Kolumne pro Tag, eine Flasche pro Tag. Als ich zwei Kolumnen in der Woche schrieb, habe ich zwei Flaschen in der Woche getrunken. Ein Schluck, ein Satz; ein Glas, ein Absatz; eine Flasche, eine Kolumne. Ich weiß nicht, ob das Trinken mir beim Schreiben hilft oder ob das Schreiben mich zum Trinken treibt. Vielleicht stimmt beides. Jedenfalls hat mir ein Arzt gesagt, daß ich mich auf eine Flasche pro Woche, eine Kolumne pro Woche beschränken muß, wenn ich Sir Richards Auferstehung von den Toten noch miterleben will, und das müßte nach meiner Schätzung in acht Jahren sein. Um ehrlich zu sein, wenn ich überhaupt nichts mehr trinken dürfte, dann würde ich auf dieses Erlebnis lieber verzichten.«

»Ich schreibe den *Dog* praktisch allein«, sagte ich. »Und Alkohol trinke ich fast nie.«

»Eine bemerkenswerte Leistung, fürwahr«, entgegnete sie. »Im nüchternen Zustand kann ich dieses Blatt nicht einmal lesen. Das war sicher auch nicht gerade dein Traum, daß du mit dreißig ein Blättchen namens *Dog* schreibst, in dem du Sir Richard verteidigst, oder?«

»Prowse arbeitet für Sir Richard«, erwiderte ich. »Er ist sozusagen seine rechte Hand. Das weißt du doch sicher schon?« Als sie nichts darauf sagte, erhob ich mich, um zu gehen.

»Bleib sitzen, bleib sitzen«, sagte Fielding und drückte mich fast in den Sessel. Sie goß sich ein Glas ein und blieb, gegen die Wand gelehnt, stehen.

»Mein Vater ist letzte Woche gestorben«, bemerkte sie. »Man hat es mir nicht gesagt. Irgendwas ist schiefgelaufen. Mein Onkel dachte, daß meine Tante mir Bescheid gibt, und sie dachte, daß er es macht, oder so. Ich weiß nicht. Der Ressortchef vom *Telegram* nahm an, ich wüßte es, sonst hätte er mich angerufen, als die Meldung hereinkam, sagt er. Ich habe es in der Zeitung gelesen. Seit ich aus dem Sanatorium entlassen wurde, schaue ich die Todesanzeigen durch, damit ich über die alte Bande auf dem laufenden bin. Reichlich makaber, ich weiß. Und dann, vergangenen Dienstag, lese ich meinen Namen. Fielding. Viele aus dem Sanatorium haben bestimmt gedacht, daß ich gestorben bin.

Erst als ich den Nachruf fast gelesen hatte, wurde mir klar, um wen es ging.«

»Das tut mir leid«, sagte ich, und es tat mir wirklich leid, obwohl sie sich recht schroff und kühl anhörte, als dürfte sie nicht einmal in dem Augenblick, wo sie vom Tod ihres Vaters erzählte, den ironischen Umgangston ablegen, der zwischen uns herrschte, weil sie damit eine stillschweigend vereinbarte Regel gebrochen hätte.

»War dein Vater fromm?« fragte ich.

»Er ist in die Kirche gegangen«, antwortete Fielding. »Warum fragst du?«

»Und du, glaubst du an Gott?« wollte ich wissen.

»Ich glaube an Gott, wie ich daran glaube, daß dies mein letztes Glas ist«, erwiderte sie. »Ich glaube es, auch wenn ich weiß, daß es nicht so ist.«

»Nun, ich muß jetzt gehen«, sagte ich.

»Du willst also nichts mit mir trinken«, stellte Fielding fest.

»Ich kann nicht«, erwiderte ich und wußte, daß mein aufkommendes Mitleid mit ihr bald stärker sein würde als mein seltsamerweise doch sehr beharrlicher Groll gegen sie. »Ich muß gehen«, wiederholte ich. »Ich … ich habe noch eine Verabredung.« Als ich mich im Zimmer umsah, fiel mein Blick auf das Bett. Und es kam mir vor, als wären wir uns seit jener Nacht im Hotel Neufundland in New York nicht mehr begegnet.

»Prowse ist zu mir gekommen«, sagte ich. »Hat sich erkundigt, wie es in New York war.« Ich wußte nicht, warum ich das sagte, ob ich sie damit trösten oder ärgern wollte.

Fielding zog mit gespielter Überraschung die Augenbrauen hoch und starrte stumm auf ihr Glas.

»Wäre vielleicht keine schlechte Idee«, fuhr ich fort, »wenn du ein bißchen weniger trinken würdest.«

Sie zuckte die Schultern. Ihre Augen füllten sich mit Tränen.

»Also«, begann ich wieder, »ich muß jetzt gehen.«

»Du mußt nicht gehen«, entgegnete sie. »Du kannst bleiben. So lange du willst.«

»Nein«, erwiderte ich. »Ich muß … Ich weiß, du … Tut mir leid, das mit deinem Vater.«

Ich stürzte hinaus und ließ die Tür hinter mir zufallen. Als ich draußen war, mußte ich mich am Treppengeländer festhalten, so sehr zitterten meine Hände.

Fieldings Tagebuch, 17. Januar 1932

Lieber Vater,
du warst Arzt, ein »Lungenarzt«, und hast immer über deinen Beruf gespottet, denn du liebtest die Patienten und bedauertest sie, weil sie niemand Besseren um Hilfe bitten konnten als – wie du sagtest – »meinesgleichen«. Wenn du in deinem Sprechzimmer genauso vor dich hin gebrummelt hast wie zu Hause, wie zum Beispiel, daß die Medikamente, die du irgendeinem Mann gegeben hattest, ihn langsam, aber sicher umbringen, obwohl du das natürlich nicht wolltest, dann müssen es deine Patienten mit dir ziemlich schwer gehabt haben.
Du hast von deinem Vater einen Nachdruck einer Abhandlung aus dem 16. Jahrhundert geerbt, geschrieben von einem John Fielding, der wahrscheinlich kein Vorfahr von uns war, auch wenn du es gern geglaubt oder behauptet hast. Diese Abhandlung beschreibt in allen Einzelheiten eine Prozedur, die du »geistige Durchlüftung« genannt hast, das heißt, es wurden Löcher in den Schädel des Kranken gebohrt, damit die »bösen Geister« entweichen konnten. Du hast gern daraus vorgelesen: »In diesem Jahre haben wir das Schädelbohren mit großem Erfolge angewendet. Drei Männer starben, jedoch waren sie ohnehin dem Tode geweiht, drei leben noch und scheinen sich langsam zu erholen, so daß wir zuversichtlich sind, bald eine zweite Bohrung vornehmen zu können.«
Du warst meiner Mutter ein Ehemann, wenn du zu Hause und dir ihrer Existenz bewußt warst, was nicht oft vorkam, jedenfalls nicht oft genug. Du hast viele Stunden gearbeitet. Wir leben an einem Ort, hast du gesagt, wo nichts gedeiht außer Krankheit. Meine Mutter stammte aus Boston und ging in ihre Heimatstadt zurück, als ich fünf Jahre alt war. Und ich war zehn, als sie von dort nach New York zog.

Lange Zeit habe ich geglaubt, und wahrscheinlich hatte ich damit recht, daß es dir lieber gewesen wäre, wenn meine Mutter mich mitgenommen hätte, als sie dich verließ. Was natürlich nicht in Frage kam. Selbst eine Witwe mit Kind hätte keine guten Heiratsaussichten gehabt, aber eine Frau, die ihren Mann – wenn auch aus gutem Grund – verlassen hatte und durch ihr Kind bei sich und anderen immer wieder die Erinnerung daran wachrief, hätte es in Boston sicherlich sehr schwer gehabt. Meine Mutter war völlig mittellos und eine Wiederheirat ihre einzige Chance. Als sie mit dem Gedanken spielte, Neufundland zu verlassen, konnte sie also nicht darauf hoffen, in naher oder ferner Zukunft ihr Kind selbst ernähren zu können.
Ich habe nur ganz verschwommene, vielleicht falsche Erinnerungen an meine Mutter. Ich kann mich nicht erinnern, daß sie sich von dir verabschiedet hat. Es kam offenbar zur Scheidung, und das Urteil war wohl so vage formuliert, daß man euch beiden eine gewisse Schuld anlasten konnte. Der Vater meiner Mutter kam aus Boston, um sie heimzubegleiten. Er hat das Haus nicht betreten, oder vielleicht doch, und ich durfte ihn nur nicht sehen, ich weiß es nicht. Ich glaube mich daran zu erinnern, wie meine Mutter neben ihrem Vater die Auffahrt hinunterging, wahrscheinlich zu einem wartenden Taxi. Aber ich weiß noch, daß sie sich herabbeugte und mich weinend umarmte.
Was mir über diese Ereignisse erzählt wurde und von wem, habe ich vergessen, aber bestimmt hat mir niemand gesagt, daß sie uns für immer verließ. Ich weiß auch nicht mehr, wann mir klar wurde, daß sie nicht mehr zurückkommen würde.
Du hast nicht jede Erinnerung an sie aus dem Haus verbannt, nachdem sie fortgegangen war. Als wolltest du beweisen, daß du weder todunglücklich warst noch dich gedemütigt fühltest, hast du ihr Bild auf dem Kaminsims stehenlassen. Meine Mutter zu der Zeit, als ihr euch gerade kennengelernt hattet. Vielleicht ging es dir darum, das Mädchen, in das du dich verliebt hattest, abzugrenzen von der Frau, von der du nun geschieden warst. Du hast mir nie die Alben mit Photographien gezeigt, sondern sie an einen Platz gelegt, wo ich sie selbst entdecken konnte – die Bilder von dir und ihr, Dr. Fielding mit Frau, und später, manchmal, mit Baby Sheilagh.

Die eigenartige Stille, die dem Zuschlagen einer Tür folgt, war in jenem Haus noch jahrelang gegenwärtig. Selbst wenn das Radio spielte, wenn Verwandte zu Besuch kamen und wenn wir uns unterhielten, war sie da. Es durfte niemals ganz still sein, wenn wir allein waren; die Stille machte ihre Abwesenheit so greifbar. Es war, als fände das Leben, so wie es hätte sein können, wenn sie geblieben wäre, in irgendeinem anderen Zimmer des Hauses statt, das wir nicht finden konnten, auch wenn wir noch so lange danach suchten.

Das Schlafbedürfnis deines Körpers machte dich rasend, deshalb schliefst du im Sessel sitzend, in deinen Kleidern. Ich war immer schon im Bett, wenn du nach Hause kamst, im Bett, aber noch wach. Deinen Anweisungen gemäß blieb auch die Haushälterin nicht auf, sondern stellte dir etwas zu essen in den Ofen, und oft war es am nächsten Morgen noch unberührt.

Wenn ich hörte, wie du die Stufen hochkamst und die Haustür öffnetest, wartete ich, bis du dich in deinem Sessel niedergelassen hattest, und ging dann auf Zehenspitzen zu dir hin. Ich wollte nachsehen, ob du noch wach warst, und manchmal lagst du mit offenen Augen da und starrtest an die Decke.

Du bemerktest mich meist erst, wenn ich direkt neben dir stand, aber mein plötzliches Auftauchen erschreckte dich nie. Als wärst du ebenso zur Ruhe verdammt wie deine Patienten, wandtest du nur den Kopf, lächeltest, nahmst meine Hand und drücktest sie leicht. »Na, du«, sagtest du. Du schautest mich an, und als wäre mein Alter Ausdruck eines ungerechtfertigten Optimismus, schütteltest du nachsichtig und ungläubig den Kopf, daß jemand so naiv und fünf Jahre alt sein konnte. Für dich war Mädchenhaftigkeit weniger Ausdruck einer bestimmten Lebensphase als eine Charaktereigenschaft. Ich war mädchenhaft, du warst männlich; das würde sich nie ändern.

Und so erzähltest du mir alles, auch Dinge, die Fünfjährige, wie ich annehme, nicht hören sollen. Du erzähltest mir von Patienten, die gestorben waren oder bald sterben würden, und von anderen, die langsam wieder gesund wurden, wobei du von letzteren immer mit leiser Ironie sprachst, als wolltest du sagen, sie könnten noch so gesund werden, die Welt, in die sie zurückkehrten, bleibe doch immer die gleiche.

Manchmal schliefst du ein, während du mit mir redetest, oder ich kam aus meinem Zimmer und fand dich schlafend, die Arme über der Brust verschränkt. Wenn du deinen Hut noch aufhattest, nahm ich ihn ab und legte ihn neben deinen Sessel, so wie du es machtest, wenn du daran dachtest. Ich mußte gar nicht besonders achtgeben, um dich nicht aufzuwecken, denn wenn du einmal eingeschlafen warst, schliefst du sehr tief, als wollte dein Körper die wenigen Stunden, die er dich in seiner Obhut hatte, möglichst gut nutzen.

Es berührte mich seltsam, dich schlafen zu sehen. Es fiel mir schwer zu glauben, daß du dich etwas so Unzuverlässigem wie deinem Körper anvertrautest, die Kontrolle aus der Hand gabst. Ich stand neben dir und staunte, daß es etwas in dir gab, das elementarer, stärker war als dein Wille, etwas, das deine Brust sich heben und senken ließ, das Luft in deinen Körper holte und wieder ausstieß. Deshalb dachte ich immer, es müsse hinter deinem wachen Ich noch mehr stecken, als für das Auge sichtbar war – was nicht heißt, daß du für mich in irgendeiner bestimmten Weise unzulänglich gewesen wärst. Vielleicht lag es daran, daß du in deinen Kleidern schliefst, manchmal sogar mit Hut und Mantel. Es kam mir vor, als würden auch dein beeindruckender Hut, dein Mantel, deine Weste, deine Hosen und deine Schuhe schlafen.

So, wie du oft von jemandem sagtest: »Er ist heute nicht ganz bei sich«, kam es mir vor, als wärst auch du nie ganz bei dir. Schlafmangel, Überarbeitung, die Abwesenheit deiner Frau machten dich zu dem, der du nach außen hin warst. Ich hingegen war überzeugt, daß es noch einen anderen, einen verborgenen Dr. Fielding gab, und wartete immer darauf, daß er sich zeigte.

Du warst ein guter »Lungenarzt«, aber kein überragend guter, keine »Spitzenklasse«, wie du von anderen Ärzten mit anderen Fachgebieten sagtest. Ich war zehn, als es mir zum ersten Mal bewußt wurde, als mir bewußt wurde, daß andere dich nicht so sahen wie ich, daß sie nicht ebensolche Ehrfurcht vor dir hatten wie ich, daß es Männer auf der Welt gab, in deren Gegenwart du dich unterlegen und unzulänglich fühltest. Ich bemerkte, daß du andere »Lungenärzte« nie zur »Spitzenklasse« zähltest, nicht einmal diejenigen, die aus New York und London nach St. John's kamen. »Lungenärzte« gab und gibt es noch heute eine

ganze Reihe in St. John's. Es war das Spezialgebiet, mit dem man nicht nur den Menschen am meisten helfen, sondern auch das meiste Geld verdienen konnte. Welcher dieser beiden Gesichtspunkte deinen Kollegen wichtiger war, das, sagtest du, solle ich selbst entscheiden.
Ich glaube, du hast dich im Lauf der Jahre damit ausgesöhnt, daß deine Fähigkeiten begrenzt waren. Nicht, daß du dich weniger angestrengt oder mehr geschlafen hättest, nachdem du dir eingestanden hattest, daß du niemals zur Spitzenklasse gehören würdest. Aber jetzt waren es Schuldgefühle, die dich antrieben, und nicht Ehrgeiz. Du bemühtest dich zwar noch immer, deine Durchschnittlichkeit wettzumachen, aber du tatest es jetzt um deiner Patienten willen.
Als ich zwölf war, fragtest du mich, ob ich auf eine Privatschule in Neuschottland gehen wolle, wie so viele andere Mädchen meines Alters. Ich würde gehen, wenn du es wolltest, erwiderte ich. Du nahmst mich in die Arme und drücktest mich. »Wir schicken dich lieber ins Bishop Spencer«, sagtest du. »Was meinst du?« Ich nickte, und du gabst mir einen Kuß auf die Wange. Es war das erste Mal in meinem Leben, daß du mich umarmt oder geküßt hast. Damals verstand ich nicht, worauf du mit deiner Frage hinauswolltest: Es ging nicht darum, mich loszuwerden; du wolltest wissen, ob ich dich los sein wollte.
Wir entfremdeten uns, nachdem sie mich aus dem Sanatorium entlassen hatten. Nicht, daß wir uns weniger oft gesehen hätten. Ich kam immer noch in das alte Haus in der Circular Road, aber ich merkte dir an, daß es dir lieber gewesen wäre, ich wäre fortgeblieben. Und ich wußte, warum, auch wenn wir nie darüber sprachen. Jeden Sonntagnachmittag saßen wir dort beisammen, und obwohl dir nicht danach zumute war, ließest du immer wieder zu, daß ich dich zum Lachen brachte.
Du schämtest dich deiner so sehr, daß du meinen Anblick nicht ertragen, dir nicht verzeihen konntest. Du dachtest, ich begriffe nicht – oder gäbe vor, nicht zu begreifen –, wie sehr du mich verraten hattest, weil du nicht ins Sanatorium kamst, um mich ein letztes Mal zu sehen. Aber gerade dein Fortbleiben zeigte mir, wie sehr du mich liebtest. Ich fühlte mich weder im Stich gelassen noch verraten.
Und du dachtest, ich wüßte nicht, daß du etwas anderes getan hattest, was, wie du meintest, unverzeihlich war. Aber ich wußte es.

Am Ende fandest du eine Lösung, die du wohl als den idealen Weg der Wiedergutmachung ansahst.
Du sagtest den anderen Fieldings, sie sollten nicht nach mir schicken. Du wußtest, daß sie sich daran halten würden, daß sie dachten, daß du mich nicht bei dir haben wolltest, weil du dich – wie sie – meiner schämtest, weil du endlich Vernunft angenommen und dich von mir losgesagt hattest.
Du glaubtest, dich damit selbst zu verleugnen. Du hattest mich allein gelassen, deshalb verdientest du, allein gelassen zu werden. Auge um Auge. Wußtest du denn nicht, daß mir das weher tat als alles andere, was du hättest tun können?
Dennoch kannst du mir meine Erinnerungen nicht nehmen.
Wenn du einmal, was selten vorkam, ein wenig Zeit für mich erübrigen konntest, durfte ich Patientin spielen. Du hieltest dein Stethoskop an meine Fußsohlen und horchtest sie mit ernster, konzentrierter Miene ab. Du legtest es an meine Stirn und sagtest, du könntest hören, was ich denke. Du klopftest mir mit deinem kleinen Gummihammer auf den Kopf und sahst mich abwartend an, als müßte eine bestimmte Reaktion kommen. Um meine Augen zu prüfen, drücktest du deine eigene Zunge mit einem Spatel nieder, sagtest »Ahhhhh«, und dann sollte ich dir sagen, was ich sah.
Eigentlich warst du Methodist, aber nur der Form halber. Wir gingen regelmäßig in die Kirche, denn, sagtest du, die »Patienten möchten gern glauben, daß ihr Arzt bei Gott gut angeschrieben ist«. Aber ob du an Gott oder ein Paradies glaubtest, ein »Bonavista« auf der anderen Seite, wo du Herrliches schauen würdest – ich weiß es nicht. Als du einmal darauf angesprochen wurdest, sagtest du: »Der Mensch dereinst im Grabe ruht / Und nichts außer verwesen tut.«
Ich liebe dich heute nicht weniger als damals, als ich ein kleines Mädchen war. Um die Inschrift zu zitieren, die Jonathan Swift, dein Lieblingsschriftsteller, selbst für seinen Grabstein verfaßte: »Er ist dorthin gegangen, wo wilde Empörung ihn nicht mehr peinigen kann.«

FIELDINGS KURZER ABRISS DER GESCHICHTE NEUFUNDLANDS

19. Kapitel
Das Kolonialministerium erkennt seinen Fehler

Als das Parlament am 26. April 1841 aufgelöst und die Verfassung ausgesetzt wird, tanzen die Menschen in den Straßen von St. John's.
An die Stelle des Parlaments soll ein Ministerrat treten, so wird empfohlen, der aus fünfzehn gewählten und neun ernannten protestantischen Mitgliedern besteht.
Als man feststellt, daß die Konservativen unter den Protestanten lediglich vier der fünfzehn wählbaren Sitze erringen müssen, um in diesem Ministerrat die Mehrheit zu haben, erkennt das Kolonialministerium seinen Fehler und erhöht die Zahl der von ihm ernannten Mitglieder auf zehn.
Wie sich zeigt, sind Gesetze unter diesem System wesentlich leichter zu verabschieden. Leider besteht es nur sieben Jahre, und es hätte nicht so lange Bestand gehabt, wäre nicht St. John's am 9. Juni 1846 durch eine Feuersbrunst zerstört worden, siebenundzwanzig Jahre nachdem Hochwürden Lewis Amadeus Anspach, Epigone von Reeves, seine unsägliche *Geschichte der Insel Neufundland* veröffentlicht hatte.

DER NONEN VON 1932

Neufundlands Schulden beliefen sich auf hundert Millionen Dollar, ein Großteil davon Kosten aus dem Ersten Weltkrieg, in dem wir auf der Seite Englands gekämpft hatten. Allein die Zinsen verschlangen die Hälfte unserer jährlichen Einnahmen. Über fünfzig Prozent der Bevölkerung waren arbeitslos.

Ich verwendete ein ganze Ausgabe des *Dog* darauf, zu erläutern, daß die Verschuldung auf die Weltwirtschaftskrise und nicht auf Sir Richard zurückzuführen war. Dessen nicht genug, hielt ich, wie in New York, überall in der Stadt Vorträge für all jene, die nicht lesen konnten. Ich versuchte ihnen die Gründe für diese weltweite Krise begreiflich zu machen und daß unsere Wirtschaft eng mit der Wirtschaft anderer, größerer Länder verknüpft war, wo es heute beinahe genauso schlimm stand wie bei uns vor fünf Jahren.

Nach einer Weile hieß ich in ganz St. John's nur noch »Smallwood der Kläffer«, eine ironische Anspielung auf den *Dog*, dessen Unbeirrbarkeit die Leute anscheinend ebenso lachhaft fanden wie einen kleinen, ständig kläffenden Köter.

Eines Tages Anfang April stand ich im Bannerman Park auf einem Küchenstuhl, umringt von Hunderten Arbeitslosen, die wissen wollten, warum Sir Richard diese Weltwirtschaftskrise zuließ. Nur hundert Fuß davon entfernt, im Colonial Building, wurde Sir Richard mit ebendieser Frage konfrontiert, und zwar von der hinterhältigen Opposition, die sehr wohl wußte, daß die Weltwirtschaftskrise nichts mit Neufundland zu tun hatte.

Während ich auf ein Meer von Schiebermützen blickte, wurde mir klar, daß ich mein Plädoyer für Sir Richard ebensogut auf Suaheli hätte halten können, es hätte die gleiche Wirkung erzielt. Obwohl ich nichts über ihren Wahrheitsgehalt wußte, wies ich mit Entrüstung die Anschuldigung zurück, die Sir Richards Finanzminister Peter Cashin erhoben hatte, daß nämlich Sir Richard Kabinettsprotokolle gefälscht habe, um den Mißbrauch von öffentlichen Geldern zu vertuschen. Gleichzeitig erklärte ich den dort im strömenden Regen stehenden Männern, es sei nichts Heuchlerisches daran, wenn Sir Richard sich selbst zusätzlich zu seinen Bezügen als Premierminister jährlich fünftausend Dollar für seine Tätigkeit als Kommissar für Kriegsreparationen ausbezahle, während er die Unterstützung für Kriegsveteranen kürze.

Diese Männer waren arbeitslos und bekamen vom Staat sechs Cent pro Tag, im Jahr einundzwanzig Dollar und neunzig Cent. Sie standen dort im peitschenden Regen, hustend, zitternd, mit grimmigen Gesichtern dem Wind trotzend, und hörten mir zu. Heute erscheint es mir unbegreiflich, warum sie mich nicht am nächsten Baum aufknüpften. Was mich allein davor bewahrte, war wie schon damals in New York mein Erscheinungsbild, denn ich war nicht besser gekleidet als sie und hatte wahrscheinlich noch weniger Fleisch auf den Rippen.

Als mir zu Ohren kam, daß die Torys einen Protestmarsch auf das Colonial Building organisierten, ging ich die öffentlichen Konten durch und erläuterte in einer Sonderausgabe des *Dog* in allen Einzelheiten, welche riesigen Summen während der letzten fünfundzwanzig Jahre von diesen Konten an die Firma des Oppositionsführers Alderdice geflossen seien.

Kurz bevor der Zug das Parlamentsgebäude erreichte, reihte ich mich ein. Die Kaufleute hatten ihren Angestellten für diesen Tag freigegeben, jedoch mit der Auflage, sich an dem Protestmarsch zu beteiligen. Daß diese Anordnung befolgt worden war, konnte ich daran ersehen, wie verhältnismäßig gut einige der Marschierenden gekleidet waren.

Der Großteil war jedoch Arbeitslose, zwischen die sich Tory-Anhänger mischten mit Kartons in der Hand, aus denen sie Rumflaschen verteilten. Als der Zug am Colonial Building ankam, waren die meisten der zehntausend Teilnehmer bereits betrunken.

Ich bahnte mir einen Weg durch die Menge und verteilte Freiexemplare des *Dog*, die man mir zum Teil wieder nachwarf. Da jedoch die meisten

Männer nicht lesen konnten und mich für einen Tory hielten, der Anti-Squires-Schriften verbreiten wollte, ließen sie mich nicht nur vorbei, sondern machten mir sogar eine Gasse frei.

Während Alderdice zur Menge sprach und Sir Richards skandalgeschüttelte Regierung, wie er es nannte, anprangerte, gelang es mir, bis auf Hörweite heranzukommen. Ich verlangte lautstark, das Wort ergreifen zu dürfen, bis er schließlich nachgab und mich auf die Bühne kommen ließ. Er half mir sogar selbst hinauf, während mir die Männer ringsum auseinandersetzten, wie es mir ergangen wäre, wenn Mr. Alderdice nicht so ein Ehrenmann wäre.

Ich hatte seine Geste für einen Akt der Großmut gehalten, mußte jedoch kurz darauf feststellen, daß ich ihm in die Falle gegangen war. Alderdice hatte vorausgesehen, daß nichts die Menge so sehr gegen Sir Richard aufbringen würde wie jemand, der für ihn eintrat. Ich sagte den zehntausend Mann, die vor mir standen, sie sollten sich vor den Kaufleuten aus der Water Street in acht nehmen, denn ihre Ratschläge an die Politiker seien ein Danaergeschenk.

»Bringt ihn zum Schweigen«, brüllte die Menge. »Werft ihn hinunter.« Alderdice jedoch ließ mich gewähren. Ich ging auf den Stufen hin und her, als wäre ich auf einer Bühne, und zählte Sir Richards Leistungen als Premierminister auf, deren Bedeutung ich mit erhobenem Zeigefinger noch unterstrich.

Während meiner Lehrzeit bei Grimes hatte ich mir oft eine solche Szenerie vorgestellt, das »Volk« stürmte das Colonial Building wie die Bolschewiken damals das Winterpalais. An eine Revolution unter der Führung von Geschäftsleuten hatte ich allerdings nicht gedacht, auch nicht, daß ich einmal für die Erhaltung des Status quo kämpfen würde.

Als ich zu nah an den Rand der Treppe trat, packte mich ein Paar kräftiger Hände an den Fußknöcheln. Noch mit dem Loblied auf Sir Richard auf den Lippen stürzte ich auf einen Baldachin aus hochgereckten Händen und wurde, auf dem Rücken liegend, von Reihe zu Reihe weitergereicht, bis man mich in der Military Road auf das Straßenpflaster warf. Ein Mann erklärte, er werde mir »für immer das Maul stopfen«, wenn ich noch ein Wort sagte.

Ich blieb am Rand der Menge, die sich bald in eine unkontrollierbare

Horde verwandelte. Niemand hörte mehr Alderdice zu. Steine und leere Rumflaschen wurden auf das Parlamentsgebäude geworfen. Ein Jubel ging jedesmal durch die Menge, wenn eine der hundert Jahre alten Fensterscheiben zersplitterte.

In einem allerletzten Versuch, die Ordnung wiederherzustellen, trat die Polizeikapelle auf die Treppe und begann eine wackelige Version von »God Save the King« zu spielen. Sogleich standen alle still und nahmen die Mützen ab, einige hielten noch einen Stein in der geballten Faust. Als die Kapelle geendet hatte, setzten sie ihre Mützen wieder auf und randalierten weiter. Die Musiker hoben erneut zu spielen an, aber diesmal bewarf man sie mit Steinen und zwang sie zum Rückzug.

Alderdice und seine Leute verfolgten das Spektakel, das man, wie sie sicherlich wußten, ihnen zur Last legen würde. Brüllend rannten sie hierhin und dorthin und versuchten die Kontrolle wiederzuerlangen, doch als sich abzeichnete, daß die Menge nicht mehr zwischen Anhängern und Gegnern der Regierung unterscheiden konnte, flohen sie in alle Richtungen.

Auch Regierungsmitglieder, die sich im Gebäude befunden hatten, begannen zu flüchten, und niemand hinderte sie daran, auch wenn man sie mit Steinen bewarf und als Diebe und Schlimmeres bezeichnete. Der Mob hatte es auf Sir Richard abgesehen, ihn und niemand sonst wollten die Menschen haben.

Die Aufrührer drangen weiter vor. Sie schleuderten Steine und Ziegel in bereits zu Bruch gegangene Fenster, kämpften sich durch eine Linie berittener Polizei, die sich eben formierte, und fielen plündernd in die Empfangshalle ein, wo sie Möbel ins Freie zerrten, Sessel, Sofas, Blumentöpfe und Vasen die Eingangstreppe hinunterwarfen. Sie schichteten alles zu einem Haufen auf, warfen Teppiche und Bilder obendrauf und steckten das Ganze in Brand.

Der Flügel, auf dem bei offiziellen Anlässen »God Save the King«, die »Ode an Neufundland« und Hymnen anderer Nationen gespielt worden waren, wurde mit klirrenden Tasten die Treppe hinunterbefördert und fiel mit einem lauten Knall auf die Seite. Jubel brandete auf, als der Flügel in Flammen aufging.

So unauffällig wie möglich bahnte ich mir einen Weg am schmiedeeisernen Zaun entlang, und wenn ich hier und da einen Tritt abbekam, schlug ich lieber nicht zurück, um keine Aufmerksamkeit auf mich zu lenken.

»Wo willst du hin?« hörte ich eine Stimme links von mir sagen. Fielding lehnte auf der Seite des Bannerman Park am Zaun und beobachtete das Schauspiel durch die Eisenstäbe hindurch, ihr Notizbuch in der Hand, in das sie hastig hineinkritzelte. Dieses Bild charakterisierte ihr ganzes Leben: Fielding, die Kritikerin, hält sich abseits und beobachtet von der sicheren Seite des Zaunes aus.

»Wenn du noch eine Rede halten willst, würde ich an deiner Stelle ein anderes Thema wählen«, bemerkte sie.

Sie trug einen dicken Wollmantel und eine Strickmütze nach Art der Schauerleute, unter der ihr Haar hervorquoll. Mir fiel auf, daß es bereits grau wurde, mit einem gelblichen Einschlag vom Zigarettenrauch. Aber es war immer noch das dichte, volle Haar einer Fünfunddreißigjährigen. Der Wind wehte ihr eine Strähne zwischen die Lippen, und sie strich sie mit der gleichen ärgerlichen Bewegung wie damals als junges Mädchen aus dem Gesicht. Ihre Wangen waren von der Kälte gerötet, ihre Nasenflügel wund, und sie zwinkerte unentwegt, weil ihr vom starken Wind die Augen tränten. Obwohl sie einen warmen Mantel trug, zitterten ihre Lippen. Ich hätte sie am liebsten berührt. Einen Augenblick lang sah ich sie so, wie ich Neufundland nach meiner Rückkehr gesehen hatte. Wir waren wie Fremde, deren Wege sich niemals kreuzen würden. Fielding, wie sie geworden wäre, wenn es mich nicht gäbe, eine eigenständige Person ohne Bezug zu mir, die auch ohne mich weiterexistieren würde. Dann wurden wir in die Wirklichkeit zurückgerissen; um mich herum tobte der Mob, und ein Windstoß von der See her peitschte mir ins Gesicht.

»Ich wußte nicht, daß du tatsächlich selbst berichtest«, würgte ich hervor, die Kehle wie zugeschnürt. »Ich dachte, du kommentierst nur das, was du in anderen Zeitungen liest.«

Sie lächelte spöttisch. »Ich bin nur der Menge gefolgt«, entgegnete sie. »Sie zog direkt unter meinem Fenster vorbei.«

»Die Squires sind beide noch im Gebäude, Sir Richard und auch Lady Helena«, erklärte ich. »Ich will mich zu ihnen durchschlagen, aber allein werde ich es nicht schaffen, dazu fehlt mir die Kraft. Du könntest mir wohl nicht dabei helfen, nehme ich an?«

»Was kannst du da drinnen schon ausrichten?« fragte sie zurück.

»Das weiß ich auch nicht«, erwiderte ich. »Aber vielleicht sind sie ganz allein.«

Fielding blickte von mir zum Colonial Building, preßte die Lippen aufeinander und seufzte. »Das ist bestimmt für eine Kolumne gut«, meinte sie schließlich. Sie steckte Notizbuch und Stift in die Manteltasche, reichte mir durch den Zaun ihren Stock, knöpfte den Mantel auf, raffte ihr Kleid zusammen und kletterte erstaunlich behende den Zaun hinauf, wobei sie jeweils zuerst das gesunde Bein auf eine Querstange stellte und dann das andere nachzog. Damals sah ich ihr krankes Bein zum ersten Mal, oder wenigstens seine Kontur, denn sie trug lange Unterhosen. Es war nicht mißgebildet, sondern wirkte nur im Verhältnis zum anderen Bein kleiner, irgendwie verkümmert oder geschrumpft, zumindest soweit ich es beurteilen konnte. Bei einer halb so großen Frau hätte es vielleicht völlig normal ausgesehen.

Oben auf dem Zaun stehend, hielt sie inne, ließ ihren Blick über die Menge schweifen und schüttelte den Kopf. Dann kletterte sie wie zuvor auf der anderen Seite herunter, gesundes Bein, krankes Bein, gesundes Bein, krankes Bein. Das letzte Stück nahm sie mit einem Satz, packte den Stock und stürzte sich in die Menge. Sie nahm die Mütze ab, stopfte sie in die Manteltasche und schüttelte ihr Haar, wie ich vermutete, damit die Männer sahen, daß sie eine Frau war, und ihr den Weg frei machten.

Eine Weile funktionierte es. Der friedlichere Teil der Menge im hinteren Drittel trat auf die Berührung ihres Stockes hin zur Seite. Ich hielt mich an ihrem Mantelgürtel fest und folgte ihr, wobei ich mich hinter ihr duckte, damit man mich nicht erkannte. Sie versuchte zum Haupteingang vorzudringen, doch das wollten alle, und so wurden wir auf die Seite abgedrängt, während der Mob sich nach vorn schob.

»Von vorn kommen wir nie hinein«, schrie Fielding. »Wir müssen es von der Seite versuchen.« Wir zogen uns am Zaun entlang zurück, weil die Menge dort nicht so dicht war und man leichter durchkam. Auf diese Weise schafften wir es bis zur Westseite. Fielding setzte ihre Mütze

wieder auf, schob das Haar darunter und knöpfte den Mantel zu. In ihrer Aufmachung sah sie fast aus wie einer der Männer.
An der Seite des Gebäudes befand sich eine Tür ohne Klinke. Wir hämmerten dagegen; Fielding versuchte sie einzuschlagen. »Das haben wir schon probiert«, sagte ein Mann, der uns für Randalierer hielt. »Jemand holt gerade eine Axt.«
»Ich könnte über das Abflußrohr hinaufklettern«, schlug ich vor. »Es ist nicht sehr hoch.«
»Da komme ich mit«, sagte Fielding. Während ich, gefolgt von Fielding, das Rohr hinaufzuklettern begann, versammelten sich einige Männer, die immer noch glaubten, wir gehörten zu ihnen, um uns und feuerten uns an, einige halfen Fielding sogar hinauf, indem sie ihr einen kräftigen Schubs gaben. Mir machte es keine Mühe, das Rohr zu erklimmen, aber ich hörte, wie es unter Fieldings Gewicht und unter dem der Männer, die ihr folgten, knarrte.
»Smallwood«, keuchte sie. Ich sah zu ihr hinunter. Sie hielt das Rohr umklammert und lehnte ihre Stirn dagegen, die Augen geschlossen, das Gesicht hochrot.
»Kehr um«, sagte ich. Sie schüttelte den Kopf.
»Pause«, erwiderte sie atemlos, eine brennende Zigarette im Mundwinkel. Ich kletterte weiter. Als ich allerdings durch ein zerbrochenes Fenster in den Sitzungssaal einsteigen wollte, ging ein Polizist auf mich los und versuchte mich zurückzudrängen.
»Ich komme, um Sir Richard zu helfen«, brüllte ich und klammerte mich mit beiden Händen am Fensterbrett fest, was der Polizist, der bereits mit seinem Knüppel zum Schlag ausholte, mißtrauisch beobachtete. »Ich bin Joe Smallwood«, fügte ich hinzu.
»Smallwood?« sagte jemand. Es war Sir Richard.
»Ja«, rief ich, gerade noch rechtzeitig, um den Polizisten vom Zuschlagen abzuhalten.
»Lassen Sie ihn herein, Byrne, lassen Sie ihn schon herein«, sagte ein anderer, woraufhin mich der Angesprochene nach drinnen zog.
»Die Frau, die gleich kommt, gehört zu mir«, erklärte ich. »Aber die Männer hinter ihr nicht.« Der Polizist warf einen prüfenden Blick aus dem Fenster.

»Da ist keine Frau«, befand er. Ich sah nach, ob Fielding noch da war.
»Vorn dran, das ist Miss Fielding vom *Telegram*«, sagte ich.
Ein Mann, den ich als Oberinspektor Hutchings erkannte, trat zu uns heran und half dem Polizisten und mir, Fielding durch das Fenster hereinzuziehen. Sie fiel auf den Boden und blieb dort liegen, hielt sich die Brust und rang so sehr nach Atem, als hätte man sie in eiskaltes Wasser getaucht. Ich kniete mich neben sie.
»Bist du in Ordnung?« fragte ich. Sie nickte.
»Brauche ... Luft ... dann geht's wieder«, keuchte sie.
»Wir müssen dieses Abflußrohr von der Mauer brechen, sonst kommen alle nach«, sagte Hutchings.
Da die ersten Männer schon ein gutes Stück weit gekommen waren, sahen wir uns rasch nach etwas um, das wir als Stemmeisen gebrauchen konnten, und entschieden uns für den Amtsstab des Parlamentspräsidenten, dessen schmales Ende gerade zwischen das Rohr und die Hausmauer paßte. Fielding hatte sich wieder erholt, und zu viert schafften wir es, den oberen Teil des Rohres wegzustemmen, so daß niemand mehr bis in den ersten Stock gelangen konnte. Der Mann, der schon am weitesten oben war, reckte uns die Faust entgegen. »Wir kommen mit Leitern wieder«, drohte er.
Sir Richard und Lady Squires mußten die ganze Zeit so dagestanden haben, wie ich sie jetzt sah, Arm in Arm im Sitzungssaal des Parlaments. Lady Squires war in ein kastanienbraunes Cape gehüllt, das am Hals mit einer Brosche geschlossen war, trug aber sonst keine Straßenkleidung, ebensowenig wie Sir Richard mit seiner knielangen schwarzen Jacke und einer Weste.
»Smallwood, Fielding«, sagte Sir Richard. »Was machen Sie hier?« Es klang, als meinte er anstatt »Sie hier« eigentlich »Sie beide hier zusammen«.
»Gott stehe Ihnen bei«, entgegnete Fielding, »wir sind bloß die Verstärkung.«
Die Männer, die wir daran gehindert hatten, das Rohr hochzuklettern, schleuderten eine Ladung Steine durch das zerbrochene Fenster.
»Wir müssen in Deckung gehen«, meinte Hutchings.
»Im Amtszimmer des Präsidenten«, schlug Lady Squires vor, und wir

folgten ihr zu einer mächtigen Tür hinter dem Stuhl des Parlamentspräsidenten. Das Amtszimmer schloß sich an den Sitzungssaal an, doch obwohl es nicht viel größer war als eine Küche, bestand die Tür, die wir verriegelten und mit dem Amtstisch des Präsidenten verstellten, aus massivem Mahagoni. Es gab eine Lampe, die wir auf Hutchings Rat hin jedoch nicht einschalteten, da man das Licht vielleicht durch die Türritze sah. Wie er erklärte, stünden vor dem Sitzungssaal Posten, die die aufgebrachte Menge bisher erfolgreich zurückgehalten hätten.

Es war so dunkel im Raum, daß wir uns gegenseitig kaum sehen konnten. Eine Weile lang verharrten wir in Schweigen. Ich musterte Fielding. Sie war hierher gekommen, um den Squires zu helfen, hatte in Kauf genommen, dabei möglicherweise verletzt zu werden, und ließ sie auch jetzt nicht im Stich, trotz der ausweglosen Situation, in der wir uns befanden. Nichts an dieser Frau erinnerte mich an das Mädchen, das vor lauter Verbitterung jenen Brief an die *Morning Post* geschrieben hatte, um mich in Schwierigkeiten zu bringen. Es schien mir unvorstellbar, daß sie je so tief hatte sinken können, nicht einmal, wenn sie betrunken war. Jetzt wirkte sie auf mich wie eine Frau, die sich für ihren Geliebten aufopfern konnte, selbst wenn dieser es ihr so schlecht dankte wie Prowse. Die Ahnung, die an jenem Abend bei Sir Richard, als wir unseren Plan mit dem Brief ausgeheckt hatten, in mir aufgestiegen war, schien nun nicht mehr so weit hergeholt. Vielleicht hatte sie Prowse zuliebe gestanden. Ich konnte den Gedanken, daß sie jemals jemanden so geliebt hatte wie mich, nicht ertragen, aber vielleicht entsprach es der Wahrheit. Schließlich wußte ich sehr gut, wie man sich fühlte, wenn man von Prowse auserwählt wurde, denn er hatte die Aufnahme in seinen Kreis immer als etwas ganz Besonderes erscheinen lassen.

Hurrarufe von draußen, als wäre eine neue Hürde zwischen Sir Richard und den Aufrührern überwunden, rissen mich aus meinem Tagtraum.

»Was, in Gottes Namen, wollen die?« fragte Sir Richard.

»Sie«, erklärte Fielding.

»Mich?« kam es ungläubig von Sir Richard, als hörte er zum ersten Mal, daß der Aufstand etwas mit ihm zu tun hatte, als hätte er die ganze Zeit geglaubt, er sei wie alle anderen in einen sinnlosen Tumult geraten, und

als wäre es für ihn unvorstellbar, daß anderen sein Wohlergehen weniger wichtig war als ihm selbst.
»Tja, wir sitzen ganz schön in der Klemme«, bemerkte Lady Squires.
Sir Richard wandte sich an mich. »Glauben Sie, daß sie mir wirklich etwas antun werden, Smallwood?« fragte er.
»Soweit ich es beurteilen kann«, mischte sich Fielding ein, »geht es jetzt nur noch darum, wie es geschehen soll. Einige Exekutionsarten hat man bereits verworfen, weil sie zu angenehm für Sie wären.«
»Miss Fielding«, fiel ihr Lady Squires ins Wort. »Ich kann Sie kaum verstehen, so laut schlottern Ihre Knie. Reden Sie immer so viel oder nur dann, wenn Sie Angst haben?«
»Mein Gott, Smallwood«, sagte Sir Richard, »wollen die mich wirklich umbringen?«
»Unsinn«, antwortete Lady Squires an meiner Stelle, nahm ihr Cape ab und fächelte sich mit der Hand Luft zu. »Hier und heute wird niemand umgebracht.« Sie legte ihr Cape über eine Stuhllehne. »Das ist doch nichts weiter als eine Bande feiger Rüpel. Sie würden es nicht wagen, uns etwas anzutun. Warum marschieren wir nicht einfach hoch erhobenen Hauptes durch die Vordertür hinaus?«
»Die Leute da draußen sind betrunken, Lady Squires«, hielt Hutchings dagegen. »Sie sind nicht bei Sinnen; die Stimmung ist aufgeheizt. Man kann nicht sagen, was sie tun werden. Ich denke, wir sollten diesen Raum besser nicht verlassen.«
»Das ist ja ein schöner Schlamassel, das muß ich schon sagen«, antwortete Lady Squires. »Der Premierminister eines Landes muß sich vor seinem eigenen Volk in so einem Kabuff verstecken. Mein Gott, wie weit ist es mit dem Empire gekommen?« Erwartungsvoll blickte sie Sir Richard an, aber es war offensichtlich, daß ihn momentan weder die Respektlosigkeit gegenüber dem Amt des Premierministers noch der Zustand des Empires kümmerte.
»Ich kann es nicht glauben«, fuhr Lady Squires fort. »So etwas paßt doch gar nicht zu den Neufundländern. Und der Schnaps allein kann sie unmöglich so aufgepeitscht haben. Das geht auf das Konto der Torys, lassen Sie sich das gesagt sein.«
»Ich hoffe«, warf Fielding ein, »es läßt sich niemand dazu herab, dieses

alte Klischee zu bemühen, wonach Armut, Arbeitslosigkeit, mangelhafte Ernährung und Krankheit das Schlechteste im Menschen zum Vorschein bringen. Welch unergründlicher Impuls die Menschen wohl dazu verleitet, ihre Frustration an den Politikern auszulassen, die sie selbst ins Amt gewählt haben ...« Sie zuckte die Schultern.

»Wenn es nur am Alkohol läge«, entgegnete Lady Squires, »wären Sie, Miss Fielding, auch bei denen da draußen. Sie riechen schlimmer als alle Krawallmacher zusammen. Ich kann mir schon vorstellen, Richard, was man in Whitehall über uns sagen wird, wenn das hier bekannt wird: Squires, der war doch Premierminister, als die Neufundländer Amok liefen, so wird man dich in Erinnerung behalten. Nach diesem Debakel wird es für uns keinen Posten im Ausland mehr geben, das kann ich dir sagen.«

Plötzlich klopfte es laut an die Tür.

»Gott steh uns bei«, sagte Sir Richard, während Byrne und Hutchings ihre Knüppel zückten und ich nach dem Schürhaken am Kamin griff.

»Sind Sie da drin, Sir Richard?« rief jemand. »Sind Sie da? Wir sind gekommen, um Ihnen Geleitschutz zu geben.«

»Emerson, sind Sie das?« fragte Lady Squires zurück. Emerson war ein Mitglied der Opposition.

»O mein Gott«, entfuhr es Emerson, »Lady Squires, Sie auch?«

»Ja, ich bin auch hier. Ich bin ein gewähltes Mitglied des Abgeordnetenhauses und die Frau Ihres Premierministers, wo sollte ich also sonst sein? Diese Revolte ist allein Ihre Schuld ...«

»Wir dachten nicht, daß sie so weit gehen würden«, entschuldigte sich Emerson mit zitternder Stimme. »Sie sind nicht mehr zu bändigen, wir haben die Kontrolle verloren. Wir befürchten sogar, daß sie das Gebäude in Brand stecken.«

»Daran hätten Sie denken sollen, bevor Sie diese Demonstration organisiert haben«, entgegnete Lady Squires.

»Emerson«, unterbrach Hutchings, »zu wievielt sind Sie?«

»Gott sei Dank, das ist Hutchings«, sagte Emerson. »Wir sind zu viert, Sir.«

»Gut, dann nehmen Sie Lady Squires mit, und wir vier bleiben hier bei Sir Richard, bis Sie zurückkommen.«

»Ohne meinen Mann gehe ich nirgendwohin«, beharrte Lady Squires. Ich flüsterte Sir Richard zu, er solle ihr sagen, daß er hier sicher sei, und sie drängen mitzugehen. Er nickte zerstreut, sagte jedoch nichts.
»Wenn Richard und ich zusammen rausgehen, werden sie ihn in Ruhe lassen, aus Angst, mich dabei zu verletzen«, sagte Lady Squires. »Ich bin die beste Garantie dafür, daß alle heil herauskommen.«
»Ich glaube kaum, daß sie sich in diesem Stadium noch wie Ehrenmänner verhalten«, wandte Emerson ein.
»Erzählen Sie mir nichts von Ehrenmännern. Sie sind eine Schande, eine absolute Schande, jawohl. Sie und Ihre Leute haben das Volk dazu gebracht. Sie sind nicht besser als Guy Fawkes. Man sollte Sie alle als Verräter erschießen ...«
»Lady Squires, bitte ...«
»Ich glaube«, mischte sich nun Fielding ein, »daß Mr. Emerson Ihr Leben hauptsächlich deshalb retten will, weil er vermeiden möchte, daß man ihn für Ihren Tod verantwortlich macht. Das bedeutet, er wird um Ihr Wohlergehen ebenso besorgt sein wie um seinen Ruf, Sie müssen also keine Angst haben.«
Sie stand am nächsten zur Tür, und bevor Lady Squires protestieren konnte, schob sie den Riegel zurück, packte Lady Squires an der Hüfte und stieß sie hinaus in Emersons Arme, dann verriegelte sie die Tür wieder.
»Lassen Sie mich los«, hörten wir sie rufen. »Lassen Sie mich los, ich werde mich nicht von einer Handvoll Tory-Hinterbänklern aus dem Parlamentsgebäude zerren lassen ...«
Den Geräuschen nach zu schließen, packten Emerson und die anderen sie an Händen und Füßen, um sie aus dem Sitzungssaal zu befördern.
»Wenn sie ihm auch nur ein Haar krümmen, werdet ihr Torys dafür bezahlen«, stieß sie zwischen Ächzern hervor. »Das Land wird erfahren, die Welt wird erfahren, wessen Schuld das ist ...«
»Helena, mir passiert nichts«, konnte Sir Richard noch herausbringen, dann brach seine Stimme, als müßte er sich dessen selbst versichern. Daß es vielleicht angemessener gewesen wäre, seiner Frau zu sagen, daß *ihr* nichts geschehen würde, kam ihm offenbar nicht in den Sinn.
»Richard, paß auf dich auf«, hörten wir sie wie aus weiter Ferne. »Bleib

immer bei Inspektor Hutchings. Inspektor Hutchings ...« Bevor sie Hutchings ermahnen konnte, fiel die Tür mit einem Knall zu.
»Miss Fielding geht als nächste«, ordnete Hutchings an. »Sobald sie zurückkommen.«
Fielding zündete sich eine Zigarette an. »Kümmern Sie sich nicht um mich«, sagte sie. »Sie werden mich kaum umbringen wollen, außer jemand sagt ihnen, wer ich bin.«
Eine Zeitlang warteten wir schweigend. Jedesmal wenn die Feuer, in denen das Mobiliar verbrannt wurde, aufloderten, flackerte ein Lichtschein durch die Türritze, in dem wir uns einen Augenblick lang sehen konnten. Sir Richard hatte schreckgeweitete Augen und sah uns flehend, beinahe ein wenig ärgerlich an, als wäre es nicht fair oder sogar irgendwie unsere Schuld, daß in diesem Raum unter allen Anwesenden ausgerechnet er es war, auf den der Mob es abgesehen hatte, als ob man ihn ganz willkürlich als Zielscheibe ausgewählt hätte.
Wieder schlug krachend ein Stein- und Ziegelhagel gegen die Tür des Präsidentenzimmers, woraufhin ein Jubel erscholl, der, wie ich befürchtete, eine neue Entwicklung anzeigen könnte. Ich fragte mich laut, wann der Mob draußen wohl auf die Idee kommen werde, das Gebäude über Feuerleitern zu erstürmen.
»Gott sei Dank sind sie so betrunken«, sagte Hutchings.
»Apropos«, bemerkte Fielding und zog ihre silberne Flasche aus der Innentasche ihres Mantels, nahm einen Schluck und gab sie Inspektor Hutchings, der seinerseits daraus trank und sie an Sir Richard weiterreichte. Sir Richard betrachtete die Flasche wie mittlerweile auch alles andere: als eine weitere Bestätigung seines unabwendbaren Schicksals.
»Trinken Sie, Sir Richard«, drängte ihn Hutchings, und Sir Richard sah in die Runde, als könnte er an unseren Gesichtern ablesen, wie seine Chancen stünden. Dann nahm er einen Schluck, aber weil er die Flasche zu schnell ansetzte, verschluckte er sich und begann, zu würgen und zu spucken. Peinlich berührt wandte Byrne den Blick ab. Sir Richard ließ die Flasche fallen, und ein Teil des Inhalts ergoß sich auf den Boden. Fielding hob sie auf, bot Byrne und mir einen Schluck an, den wir jedoch ablehnten, und verstaute sie wieder in ihrer Manteltasche. Hutchings klopfte Sir Richard auf den Rücken. Nach einer

Weile gab dieser uns durch Kopfnicken zu verstehen, daß er sich erholt hatte.
»Ich glaube nicht, daß Emerson es noch einmal ins Gebäude zurück schafft«, sagte ich. »Wir müssen Sir Richard irgendwie verkleiden.«
»Sir Richard und der Polizist hier könnten die Kleider tauschen«, schlug Hutchings vor.
»Aber Byrne ist doppelt so groß wie er«, wandte ich ein.
»Dann kann Byrne Sir Richard wenigstens seinen Helm und seine Uniformjacke geben«, sagte Hutchings. »Damit gewinnen wir zumindest ein bißchen Zeit.«
Byrne hatte kein Wort gesprochen, seit wir uns im Amtszimmer verschanzt hatten. Er war etwa in meinem Alter, und ich wage zu behaupten, daß er aus lauter Ehrfurcht vor dem Premierminister und Lady Squires und auch vor Hutchings, dem er immer wieder nervöse Blicke zuwarf, keinen Ton herausbrachte.
»Einen Versuch ist es wert«, meinte Hutchings. Also nahm Byrne seinen Helm ab, zog die Jacke aus und gab beides wortlos dem Inspektor. Hutchings reichte sie an Sir Richard weiter, nachdem dieser sich seiner eigenen Jacke entledigt hatte. Die Uniformjacke war viel zu groß, was nicht ganz so sehr auffiel, wenn man die Ärmel nach innen einschlug, aber auch dann noch hingen die Offiziersabzeichen, die sich eigentlich an den Oberarmen befinden sollten, fast bis zu den Ellbogen herunter. Noch weniger paßte der Helm. Er ähnelte dem eines Londoner Bobbys und verdeckte beinahe Sir Richards ganzen Kopf, vorn reichte er ihm bis weit unter die Nase.
»Jetzt brauchen Sie nur noch eine Rüstung und ein Pferd«, bemerkte Fielding.
»Wir müssen ihn mit irgend etwas auskleiden«, sagte Hutchings. Ich gab ihm den Pullover, den ich unter meiner Jacke trug. Damit stopfte Hutchings den Helm aus und setzte ihn Sir Richard wieder auf. Er war ihm immer noch zu groß, aber wenigstens konnte er jetzt unter dem Rand hervorlugen.
Es wurde beschlossen, daß Byrne, Fielding und ich vorangehen sollten. Fielding gab Byrne ihren Mantel, damit es nicht auffiel, daß er für die Jahreszeit viel zu leicht bekleidet war, und legte sich selbst Lady Squires'

Cape um, damit bei den Aufrührern kein Zweifel über ihr Geschlecht aufkam, sofern diese zu solchen Unterscheidungen noch in der Lage waren. Dicht hinter uns sollten Hutchings und Sir Richard folgen. Hutchings sperrte die Tür auf, vergewisserte sich, daß niemand im Sitzungssaal war, und winkte uns drei hinaus, ehe er und Sir Richard nachkamen.

Wir verließen den Saal durch die Garderobe. Von dort führte eine Tür, die nur von innen zu öffnen war – es war jene Tür, gegen die Fielding und ich mit den Fäusten geschlagen hatten –, über eine Treppe in den Park hinaus. Es hatte bereits zu dämmern begonnen, was unsere Lage begünstigte, und wir befanden uns ein gutes Stück von den Feuern entfernt.

Die Männer, die sich bis an die Treppe herandrängten, gaben uns widerwillig den Weg frei, obwohl sie uns dabei anrempelten und beschimpften.

»Wo ist Squires?« fragten sie. »Wo ist dieser Scheißkerl? Ist er noch da drin?« Als ersten erkannten sie Hutchings; mehrere Männer riefen seinen Namen. Sie dachten wohl, daß er und der »Polizist« drei kleinere Funktionäre aus dem Gebäude geleiteten. Dann erkannten sie in mir den Mann, der einige Stunden vorher zu Sir Richards Verteidigung gesprochen hatte.

»Das ist doch Smallwood der Kläffer, wie ist der da reingekommen?« fragte jemand, und ein anderer spekulierte, ich sei ja klein und dürr genug, daß ich unter der Tür durchkriechen könne. Byrne und Fielding standen links und rechts von mir. Ich konnte kaum dem Drang widerstehen, mich umzudrehen, um zu sehen, wie weit Sir Richard zurück war.

Wir hatten den Mob hinter uns gelassen und beinahe den Zaun erreicht, als Sir Richard, durch den Helm in der Sicht behindert, über ein niedergerissenes Eisentor stolperte. Das Tor klapperte laut auf dem Pflaster, Sir Richard fiel hin, und der Helm rutschte ihm vom Kopf.

»Da ist er ja, der Scheißkerl«, schrie jemand aus der Menge. »Das ist Squires, als Polizist verkleidet.«

Brüllend setzten sie uns nach, Stöcke schwingend und mit Steinen und Fackeln in der Hand.

»Hutchings«, rief Sir Richard verzweifelt, während er versuchte, seine Füße aus dem Eisengitter zu befreien. Fielding, Byrne und ich liefen zurück, um ihm zu helfen. Fielding erhob drohend ihren Stock, woraufhin einige der Männer stehenblieben. Die meisten ließen sich jedoch nicht aufhalten, und so wurden wir alle fünf von der Menge überrannt.

Sir Richard, der sich mittlerweile befreit hatte, war als erster wieder auf den Beinen. »Rennen Sie, Sir Richard, rennen Sie«, rief Hutchings. Sir Richard, der nun keinen Helm mehr trug und dessen Ärmel ihm unkontrolliert um die Hände flatterten, tat, wie ihm befohlen wurde. Er entwischte den Anführern der Menge und stürmte quer durch den Bannerman Park davon, den Mob hinter sich, ein surreales Bild: unser Premierminister, gehetzt von seiner Wählerschaft. Hätten ihn nur fünf oder sechs verfolgt, hätten sie ihn nach wenigen Augenblicken eingeholt, aber da jeder der Aufrührer ihn als erster erwischen wollte, bewegten sie sich eine Zeitlang wie eine homogene Masse vorwärts, der eine behinderte den anderen, und der Engpaß am Tor verschaffte Sir Richard einen guten Vorsprung.

FIELDING VOR ORT, 7. APRIL 1932

Es ließ unsere Herzen höher schlagen, daß sich am Nachmittag des vergangenen Donnerstags eine so überwältigende Zahl unserer Bürger an einem Ereignis beteiligte, das von nun an vielleicht alljährlich stattfinden wird. Denn die Nonen, einst ein weitverbreiteter Brauch in Neufundland, sind bedauerlicherweise so gut wie ausgestorben. In einigen abgelegenen Provinzen pflegt man diesen Brauch allerdings noch, und zwar jeweils am fünften April, den man in diesen Orten, wie ich mir sagen ließ, immer noch »die Nonen des April« nennt.

Richter Prowse zufolge werden die Nonen in der Literatur zum ersten Mal in einem Buch erwähnt, das 1755 von einem gewissen William Douglass veröffentlicht wurde: »Der Brauch heißt die Nonen, nach jenem Tag im April, an dem er begangen wird. Dementsprechend heißt die Person, die dabei durch die Stadt gejagt wird, der Nonen. In einigen

Orten wählt man dazu den wichtigsten Bürger der Stadt aus, in anderen den leichtfüßigsten männlichen Einwohner. Dieser bleibt so lange der Nonen, bis er gefangen wird. Ein alter Herr hat sich einmal vor mir damit gebrüstet, daß er in seiner Jugend sechs Jahre hintereinander der Nonen war, ob das jedoch stimmt, weiß ich nicht.
Jedermann beteiligt sich an der Jagd auf den Nonen und ruft ihm dabei alle möglichen Schimpfwörter hinterher, gibt ihm schlimme Namen und droht sogar, ihn umzubringen. In der Nacht nach der Hatz herrscht im Ort ein zügelloses Treiben, Bürger ziehen durch die Straßen und stiften sich gegenseitig zu allem möglichen Unfug an, während sie große Mengen Alkohol zu sich nehmen. Es ist ein eigenartiger Brauch, ein seltsames Spektakel, das man dann erlebt.«
Prowse widerlegt Harveys Theorie, die Nonen hätten ihren Ursprung in der englischen Fuchsjagd. Harvey vertrat nämlich die Meinung, die Nonen seien so etwas wie eine Fuchsjagd für Arme, und da sich die Neufundländer keine Pferde und Hunde leisten könnten, müßten sie zu Fuß auf einen der Ihren Jagd machen. Doch Prowse hält mit dem unserer Ansicht nach überzeugenden Argument dagegen, die Nonen stellten eine Art Sündenbock-Ritus dar, »einen gemeinschaftlichen Akt der rituellen Reinigung, bei dem die Sünden des Stammes auf einen unschuldigen Ziegenbock geladen wurden, den man in die Wildnis brachte und dort freiließ, auf daß er nie wieder zurückkehrte (siehe Leviticus, 16).«
Mitte des neunzehnten Jahrhunderts starb dieser Brauch in St. John's aus, denn der Ort war so gewachsen, daß die Behörden diese Jagd, an der die gesamte Bevölkerung teilnahm, für undurchführbar befanden. In einigen abgelegenen Provinzsiedlungen allerdings praktiziert man die Nonen noch, und dort singt man auch noch eine Ballade, die diejenigen von uns, die schon zulange in der Stadt wohnen, nicht mehr kennen. Um Sir Richard in seinen Bemühungen zu unterstützen, einen Brauch wiederzubeleben, den es nur in Neufundland gibt und der wie so viele andere Traditionen im Aussterben begriffen ist, wollen wir hier in voller Länge eine Ballade aus dem neunzehnten Jahrhundert mit dem Titel »Der Nonen von 1823« wiedergeben:

Hinter dem Kai er sich versteckte,
es war April, des Nonen Lauf.
Am sechsten man sein Tuch entdeckte,
und seine Knochen zehn Jahr' drauf.

Solch eine Jagd gab's nie zuvor,
wie die auf Pierce Fudge, jenen Mann,
der, hinterm Kai verborgen, schwor:
»Hier bleibe ich, so lang ich kann.«

Man suchte an der Bucht, am Strand,
doch Pierce, der blieb verschwunden.
Zu Haus man keine Ruhe fand,
in jener Nacht voll bitt'rer Stunden.

Woch' für Woche ging ins Land,
der Nonen End war nicht in Sicht,
bis auch Pierce' armes Weib bekannt':
»Daß er noch lebt, das glaub' ich nicht.«

Nach eines halben Jahres Frist
die Suche letztlich sinnlos schien:
»Die Leich' nicht mehr zu finden ist,
uns bleibt nur das Gebet für ihn.«

Im achtzehndreiunddreiß'ger Jahr,
morgens früh am Nonentag,
da wurde eine Frau gewahr,
daß am Strand Pierce' Leichnam lag.

Zehn Jahr' verborgen unter Tang,
denn hinterm Kai, da suchte keiner.
Nun sei's gesagt, weil von Belang:
Pierce war ein Zwerg, ein ziemlich kleiner.

Hinter dem Kai er sich versteckte,
es war April, des Nonen Lauf.
Am sechsten man sein Tuch entdeckte,
und seine Knochen zehn Jahr' drauf.

So viel nur als Vorbemerkung zu den gestrigen Ereignissen und zu einer Werbeanzeige, die eine Woche davor in allen Zeitungen zu lesen war, sicherlich eine der ungewöhnlichsten Anzeigen, die in diesem Land seit langem erschienen sind: »Sir Richard A. Squires, Geheimrat, Komtur des St. Michaels- und St. Georgsordens, Kronanwalt, Premierminister von Neufundland, lädt die Bürger von St. John's ein, den alten neufundländischen Brauch der Nonen wieder aufleben zu lassen. Treffpunkt vor dem Colonial Building am Nachmittag des fünften April. Sir Richard Squires übernimmt freiwillig die Rolle des Nonen. Alle sind eingeladen, an einem Ereignis teilzunehmen, das von nun an hoffentlich alljährlich stattfinden wird. (Die Teilnehmer werden um eine kleine Spende für wohltätige Zwecke gebeten.)«
Wir müssen gestehen, daß uns diese Anzeige zunächst mit Sorge erfüllte, da Sir Richard bereits zweiundfünfzig Jahre alt und unserer Einschätzung nach bestimmt nicht mehr in der Lage ist, so schnell zu laufen, wie man es von einem Nonen erwartet, ohne damit seiner Gesundheit zu schaden. Wie sehr wir Sir Richard unterschätzt haben, geht aus dem Nachfolgenden hervor:
Die Begeisterung der zehntausend Teilnehmer war bemerkenswert. Wer hätte es ihnen vorgeworfen, wenn sie zu Hause geblieben wären, sorgenzermürbt ob dieser unruhigen Zeiten?
»Wir wollen Squires«, skandierten sie vor dem Parlamentsgebäude. Als ein Sprecher Sir Richards auf der Eingangstreppe erschien und ihnen erklärte, die Teilnahmegebühr betrage den Anteil der Arbeitslosenunterstützung für einen Tag, warf ihm jedermann die sechs Cent zu, und man schien sich darin einig zu sein, wohin Sir Richard das Geld stecken solle, ehe er es an wohltätige Einrichtungen verteile.
Wie sie sich amüsierten, als sie einige Zeit später entdeckten, daß Sir Richard ihnen einen Streich gespielt hatte, indem er sich als Polizist verkleidet durch die Menge schmuggelte, mit tief ins Gesicht gezoge-

nem Helm, ohne Brille und mit aufgestelltem Kragen, um das Gesicht zu verbergen! Erst als er absichtlich über ein Eisentor stolperte, erkannten sie ihn, und dann erhob sich ein Geschrei. »Da ist er, Gott segne ihn, es ist Sir Richard.« Das war der Startschuß für die Nonen!

Fröhlich machten sie sich zur Verfolgung auf, verfluchten ihn zum Spaß, warfen Steine. Hat man so etwas im Commonwealth je gesehen – die Bürger eines Landes jagen ihren gewählten Vertreter durch die Straßen? Was für eine angenehme Abwechslung muß es für Männer gewesen sein, die seit Jahren arbeitslos waren, Sir Richard durch die Stadt zu hetzen und dabei »Nieder mit dem Scheißkerl!«, »Hinunter in den Hafen mit ihm!«, »Lyncht ihn, den Dieb!« zu rufen, als würden sie es wirklich ernst meinen.

Sir Richard verinnerlichte den Geist dieses Brauches derart, er war so entschlossen, die Herzen seiner Verfolger zu erfreuen, und sei es nur für einen Tag, daß man danach einen Ordnungshüter sagen hörte, er habe zu Pferd nicht mit ihm Schritt halten können. Wenn Sie ihn hätten sehen können, lieber Leser, seinen Gesichtsausdruck, als er an mir vorbeistürmte, die Augen weit aufgerissen vor freudiger Erregung, sein Lächeln so schelmisch, daß jemand, der ihn weniger gut kennt, es leicht für einen Ausdruck der Verzweiflung hätte halten können. Er sauste, lieber Leser, Ihr Premierminister sauste mit fliegenden Absätzen dahin. Man sah ihm noch den Jungen an, der er einmal gewesen war, wie er so aus reinem Vergnügen rannte und rannte, von jeglichen Hemmungen frei, ohne Rücksicht auf seine Ritterwürde, sein Amt als Kronanwalt, seine akademischen Titel. Er stürzte über die Military Road zur Colonial Street, und um seinen Verfolgern noch größeres Vergnügen zu bereiten, tauchte er ungebeten in einem Haus unter und schickte zur Hintertür einen Lockvogel hinaus, der ebenso verkleidet war wie er. Nun jagte die Menge diesem hinterher und faßte ihn schließlich. Als die Verfolger entdeckten, daß es nicht der Richtige war, wurde er zum Schein verprügelt, dann hängten sie sich wieder dem echten Sir Richard an die Fersen, der in der Zwischenzeit das Haus verlassen hatte, über den Zaun dahinter gesprungen war und auf der Bannerman Street einen erfolgreichen Lauf in die »Freiheit« absolvierte.

Aber zurück zum »Mob«, ohne dessen begeisterte Teilnahme das Wiederaufleben der Nonen gescheitert wäre. Ich bezweifle, daß einer der Teilnehmer schon einmal bei den Nonen mitgelaufen war, doch wie gut spielten sie ihre Rolle! Immer wenn es so aussah, als würde Sir Richard vom »Mob« und seinem Alter eingeholt werden, erfand man eine neue »Drohung«, die ihn noch schneller laufen ließ. Zu den Exekutionsmethoden, die einige empfahlen und andere ablehnten, weil sie zu gut für ihn seien, zählten Hängen, Ertränken, Erschießen, Steinigen, Kreuzigen und Kastrieren. Mehrmals während der Nonenjagd stellte man Sir Richard in Aussicht, er würde bald

bei den Fischen schwimmen
mit dem Arsch nach oben im Hafenbecken treiben
mit dem Kopf nach unten an einer Straßenlampe hängen
den Tag seiner Geburt verfluchen
wünschen, tot zu sein
um Gnade und Vergebung flehen
seinen letzten Atemzug tun
wie ein Hund verrecken
merken, daß alles Geld der Welt
ihm jetzt nicht helfen konnte.

Welcher Einfallsreichtum! Bei Einbruch der Dunkelheit war Sir Richard noch immer nicht gefaßt, aber er war auch zu müde, um an den nächtlichen Festlichkeiten teilzunehmen. Als man ihn darauf hinwies, daß ein Großteil des »Mobs« vor seinem Haus warte, beschloß er, anderswo zu übernachten, damit sein zerlumpter Anblick ihnen nicht den Spaß verdarb.

Als Sir Richard sich am nächsten Tag zur Arbeit aufmachte, wurde er von einer mehrere hundert Köpfe zählenden Menge erwartet. Er schritt durch die Menschenansammlung und nahm Glückwünsche für den gelungenen Nonenlauf entgegen. Als er sagte, er glaube nicht, daß er im nächsten Jahr noch einmal der Nonen sein könne, antwortete ihm die begeisterte Menge, er *müsse* dran glauben!

IV

INTERREGNUM

Neufundlands Elend hat nun endlich das Mitleid seines Mutterlandes erregt, und die Bereitschaft der Engländer, Näheres über dessen Bewohner zu erfahren, war noch nie so groß wie jetzt.

Edmund Gosse, aus seiner Vorbemerkung zu
D.W. Prowse' *Geschichte Neufundlands*

FIELDINGS KURZER ABRISS DER GESCHICHTE NEUFUNDLANDS

20. Kapitel
Ein katholischer Agitator

Wir haben jetzt eine repräsentative Regierung. Damit erhebt sich der Ruf nach Selbstverwaltung. Das Land steht am Rand der Anarchie.

Unter der Führung des katholischen Agitators Philip Francis Little setzt sich die Liberale Partei in ihrem Wahlkampf von 1852 für die Selbstverwaltung ein und stellt in Aussicht, nach ihrem Wahlsieg ein diesbezügliches Gesuch an die britische Regierung zu richten.

Die Liberalen gewinnen, und in ihrem Sieg sehen manche die Forderung der Wählerschaft nach Selbstverwaltung. Ihre Position läßt sich mit folgendem Syllogismus umschreiben: Die Liberalen sind für die Selbstverwaltung. Das Volk hat die Liberalen gewählt. Deshalb will das Volk die Selbstverwaltung.

Die Konservativen argumentieren gegenüber dem Kolonialamt, daß dieser Syllogismus deshalb falsch sei, weil er auf der Annahme gründe, es bestehe ein Zusammenhang zwischen dem, was die Menschen wählen, und dem, was sie wollen. Doch sie stoßen auf taube Ohren. 1855 gesteht man Neufundland die Selbstverwaltung zu, und Little wird der erste Premierminister des Landes. Schwarze Tage folgen. Einer der schwärzesten ist der 26. März 1857, an dem die schändliche Labouchere-Depesche ergeht, in der der Kolonialminister den Gouverneur Darling anweist, den Bewohnern Neufundlands mitzuteilen, wenn sie ihre territorialen Rechte eigenmächtig ändern wollten, sollten sie das jetzt gefälligst selbst tun.

Und so wird Neufundland von Großbritannien beinahe fallengelassen, auch wenn manche fehlgeleiteten Individuen die Depesche als »die *Magna Carta* unserer Kolonie« rühmen.

DIE BRITEN

Da Sir Richard mit einer vernichtenden Niederlage unserer Partei rechnete, ließ er mich schließlich für Bonavista-Süd kandidieren, jene Gegend, wo ich beinahe ums Leben gekommen wäre und Fielding mich gerettet hatte. Nur zwei Liberale konnten in dieser Wahl einen Sitz erringen, doch ich gehörte nicht zu ihnen. Wie Sir Richard und Lady Squires unterlag ich mit großem Abstand.

Premierminister Alderdice ersuchte Großbritannien, eine Kommission zu ernennen, die den Zustand der neufundländischen Gesellschaft und Wirtschaft untersuchen sollte. Oder, wie Fielding sich ausdrückte: »Er hat das Rot und Grün von der Flagge gerissen und winkt nun mit der weißen Fahne der Kapitulation.«

Whitehall entsprach seinem Wunsch und entsandte Sir William Warrender Mackenzie, den ersten Baron Amulree, der im ganzen Land Untersuchungen anstellte und dabei eine Kostprobe landesweiter Unfähigkeit und Schlamperei erhielt. Wir empfingen den Baron und seine Kommission wie Kinder, die während der Abwesenheit ihrer Eltern das Haus auf den Kopf gestellt haben. Nun gestanden wir ihnen erleichtert unsere Schuld ein, nachdem wir so lange damit gelebt hatten.

Ich begleitete die Kommission, um für meine Zeitung über die Untersuchung zu berichten. Bei einer Anhörung in Spaniard's Bay erzählte uns ein Bursche: »Da, wo ich herkomme, ehrenwerter Herr, tun wir nichts anderes als saufen, auch die Frauen; die Hälfte der Kinder weiß nicht, wer ihr Vater ist. Ach je, ach je, es ist schlimm, aber ich kann auch nicht sagen, warum wir so was machen. Wir sind einfach von niedriger Geburt, denke ich, und wissen es nicht besser.« Ich spürte, wie ich dunkelrot anlief, als ich das hörte, und hoffte einen Moment lang, die Kommissionsmitglieder möchten mich für einen Engländer halten.

Jeder der anwesenden Neufundländer außer mir lachte, aber der Baron, diese schottische Krämerseele, blickte ernst und wissend drein, als hätte er soeben scharfsinnig den grundlegenden Makel am Charakter der Neufundländer entdeckt. Er war der aufgeschlossenste Mann, den ich je kennengelernt habe. Wenn man ihm zwei widersprüchliche Versionen desselben Ereignisses erzählte, glaubte er beide, solange sie nur ein schlechtes Licht auf das neufundländische Wesen warfen. Und ich kenne niemanden, der es so bereitwillig zuließ, daß man sein Zartgefühl verletzte. Ein Tag war kein guter Tag für ihn, solange er sich nicht über irgend etwas schockiert zeigen konnte.

Eine Welle der Selbsterniedrigung erfaßte das Land, als hätten wir seit Jahrhunderten unsere angeborene Minderwertigkeit geleugnet und würden sie nun endlich eingestehen. Es lag sogar eine gehörige Portion Prahlerei darin, ein widersinniger Stolz darauf, daß wir Meister in einer Disziplin sein konnten, wenn auch nur in der des Versagens. Ob unsere hervorstechenden nationalen Eigenschaften nun Einfallsreichtum oder Faulheit, Unfähigkeit oder Kompetenz, Ehrhaftigkeit oder Bestechlichkeit hießen, schien unwichtig, solange wir nur berühmt dafür waren und als konkurrenzlos darin gelten konnten.

Schließlich empfahl der Baron, das Abgeordnetenhaus und die gewählte Regierung Neufundlands abzuschaffen und an ihrer Stelle eine Regierungskommission einzusetzen. Deren sechs Mitglieder sollten sämtlich durch die britische Regierung ernannt werden und je zur Hälfte aus Engländern und Neufundländern bestehen. Als Gegenleistung würde Großbritannien Neufundlands Schulden übernehmen. Diese Regelung sollte so lange gelten, bis das Land wieder auf eigenen Beinen stehen konnte, dann würde »auf Wunsch des Volkes von Neufundland« die Unabhängigkeit wiederhergestellt.

Neufundland stand nun gewissermaßen auf dem Abstellgleis, das ganze Land ging stempeln. Wir hatten eingestanden, und das weder zum ersten noch zum letzten Mal, daß wir uns den Luxus eines Nationalstaats nicht leisten konnten.

Ich erstickte fast vor Scham und Zorn, einem Zorn, der sich auf nichts richten konnte außer auf das Land selbst, weil es uns allein schon aufgrund seiner geographischen Größe dazu verpflichtete, ebenfalls

Größe zu zeigen, ohne uns aber mit den dafür nötigen Mitteln zu versorgen.

Mein Vater begrüßte zunächst diese Idee einer Regierungskommission, und ich wußte auch, warum, hatte er sich doch selbst jahrzehntelang wie eine Kommission verhalten. Unermüdlich hatte er versucht, sich ein Bild von sich selbst und der Welt zu machen, und jegliches Handeln verschoben, solange ihm nicht alle Resultate vorlagen, was, wie er wußte, nie der Fall sein würde. Nun schien es, als befände sich der Rest des Landes endlich im Einklang mit ihm, als würde diese neue nationale Entwicklung seine Art zu leben rechtfertigen, als hätte er schon immer gewußt, daß das Land auf einen toten Punkt zusteuerte und irgendwann umkehren mußte, und sich deshalb aus allem herausgehalten. Das Versagen eines einzelnen in einem Land, das zum Scheitern verurteilt war, war unvermeidlich, entschuldbar.

Doch schon bald beunruhigte es ihn, daß jedermann so unentschlossen und voller Zweifel war wie Charlie Smallwood, daß nun alle – und nicht mehr er allein – draußen standen und ihre Gesichter an eine blinde Glasscheibe drückten, durch die sie nur vage Umrisse und schemenhafte Bewegungen erkennen konnten, während die Kommissionsmitglieder eifrig zu Werke gingen und die Fäden unseres Schicksals spannen.

Eines Nachts träumte mein Vater, daß der Stiefel über den Narrows fort war. Wie er behauptete, sei er aufgewacht, weil er im Traum laut »der Stiefel ist weg, der Stiefel ist weg« geschrien hatte.

»Kann schon sein, ich hab' dich aber nicht schreien hören«, erwiderte meine Mutter.

In seinem Traum hatte ein Sturm den Stiefel weggerissen, und übriggeblieben waren nur die Eisenstange und die Ketten, die leise rasselnd im Wind hin und her schwangen, wie eine Schaukel ohne Sitzfläche. Plötzlich befand er sich auf dem Stiefel, der aufs Meer hinaustrieb, ein stiefelförmiges Floß, auf dem in leuchtender Farbe »Smallwood« stand. So etwas Ähnliches hatte auch ich geträumt, bevor ich Neufundland verlassen hatte. Ich schauderte bei dem Gedanken, daß mein Vater mir sogar seine Träume weitervererbt hatte.

Als Vetter Walter wenig später beschloß, die Stiefelherstellung aufzugeben, sagte meine Mutter, das habe mein Vater in seinem Traum vorhergesehen. Die Manufaktur fertigte Stiefel aus Leder, aber nun gab es neuartige Gummistiefel, die leichter, geschmeidiger und billiger waren als die Lederstiefel der Fischer und außerdem importiert wurden, wie mein Vater schadenfroh anmerkte. Die Tage des Lederstiefels, dieses schwerfälligen Schuhwerks, waren vorüber.

»Wir pfeifen jetzt auf Smallwoods Leder, Gummistiefel trägt nun jeder«, grölte mein Vater einmal stundenlang, als ich drüben auf dem Brow schlief.

FIELDING VOR ORT, 1. FEBRUAR 1934

Die Briten kommen, die Briten kommen …

FIELDING VOR ORT, 21. FEBRUAR 1934

Sie werden sich fragen, meine Herren Kommissare Hope Simpson, Lodge und Trentham, was das für ein Land ist, das Sie zu regieren berufen wurden. (Allein die Tatsache, daß man Sie berufen hat, sagt uns einiges darüber, wie hoch man sie in Kollegenkreisen schätzt.)

Sie sind im Februar hier eingetroffen, und das ist vermutlich nicht die beste Zeit des Jahres, um sich ein erstes Bild von Neufundland zu machen. Im April werden Sie vielleicht denken, daß der alles einhüllende Schnee niemals schmelzen wird. Doch er wird schmelzen, und Mitte Mai lugen die ersten Granitspitzen durch die weiße Decke, und deren Anblick läßt das Herz frohlocken. Schneestürme im Hochsommer sind so selten, daß man sie kaum erwähnen muß.

Vielleicht hat man Ihnen Neufundland als Paradies für Jäger und Angler beschrieben, und das ist es auch, obwohl das Sprichwort, Forellen könne man sich hier leichter holen als die Tuberkulose, mit einiger Vorsicht zu genießen ist.

Ich hoffe, Sie fühlen sich hier bald wie zu Hause. Manche Zeitgenossen, nennen wir sie die ewigen Nörgler, sind der Ansicht, Sie hätten Ihre finanzielle Unterstützung nicht daran knüpfen sollen, daß wir unsere

Selbstverwaltung aufgeben. Aber Ihrer Ansicht nach sind wir nicht in der Lage, unsere Angelegenheiten selbst zufriedenstellend zu regeln, und Sie haben sich durch die Schlacht von Beaumont Hamel, aus der immerhin jeder vierte Neufundländer, den Sie gegen die Deutschen in den Kampf schickten, weder tot noch verwundet zurückkam, mehr als befähigt gezeigt, ein solches Urteil abgeben zu können. Als hätte das noch nicht genügt, haben Sie das Neufundland-Regiment auch in der Schlacht von Arras zehn Monate danach so umsichtig eingesetzt, daß sogar die Hälfte der Männer überlebte. Somit haben Sie innerhalb von nur zehn Monaten Ihre Effizienz verdoppelt.

Wenn ich noch einmal einen Neufundländer über die »Aufhebung der Demokratie« jammern höre und daß wir unsere Unabhängigkeit jetzt, da wir sie aufgegeben haben, nie wieder zurückerlangen werden ... nun, all diesen möchte ich vorschlagen, daß sie doch ihre Pässe und Röntgenplatten nehmen und nach Kanada auswandern sollen. Einzig das Wissen und die Erfahrung der Engländer kann uns aus diesem Schlamassel holen, in den wir nur durch eigene Schuld geraten sind.

FIELDINGS KURZER ABRISS DER GESCHICHTE NEUFUNDLANDS

21. Kapitel
Die Axt, der Wolf und Charles Fox

Als 1869 ein Volksentscheid über eine Konföderation mit Kanada durchgeführt wird, vergibt Neufundland die Chance, den Fehler wettzumachen, den es durch die errungene Selbstverwaltung begangen hat. Einer der eifrigsten Befürworter der Konföderation ist David Smallwood, ein einflußreicher Bürger aus Greenspond, Bonavista Bay, 63 Einwohner.

Smallwood läßt die Konföderationsfahne auf seinem Dach wehen. Eine Menschenmenge versammelt sich.

Smallwood tritt für einen Bund mit Kanada ein. Die Menge lauscht, wie gebannt von seiner Redegewandtheit und der Axt, die er hin und her schwingt.
Die Konföderation wird abgelehnt, hauptsächlich deshalb, weil ein schwachsinniger Kaufmann names Charles Fox Bennett auf seinen Fahrten um die Insel in jedem Hafen, den er anläuft, lauthals tönt:

Das Gesicht gen Britannien, der Rücken zum Golf,
komm, wenn du dich traust, kanadischer Wolf.

Viele halten es für die Rache Gottes, daß Bennett siebzehn Jahre später im Alter von neunzig Jahren dahingerafft wird.

UMWEGE ZUM ZIEL

Nachdem die Regierungskommission an der Macht war, hielt ich es in St. John's nicht mehr aus. Ich beschloß, die an der Süd- und Südwestküste Neufundlands lebenden Fischer gewerkschaftlich zu organisieren. Das hieß, daß ich Orte bereisen mußte, die man nur per Schiff erreichen konnte, und im Winter, wenn die Eisgrenze nach Süden wanderte und Eis und Land wie Puzzleteile ineinander verschränkte, konnte ich selbst das nicht mehr. Ich würde zu Fuß gehen müssen, auf mich allein gestellt. Aber der Winter war die günstigste Jahreszeit für mein Unternehmen, weil die Fischer dann nicht hinausfuhren und es somit möglich war, wenn auch nicht unbedingt einfach, sich mit ihnen zu treffen und sie zu organisieren.

Das nötige Kapital lieh ich mir von Bekannten, die die Sache der Arbeiter unterstützten. Ich charterte einen alten 38-Fuß-Einmaster mit Acht-PS-Motor. Die Besatzung bestand aus einem einzigen Mann, einem gewissen Andrews, der von der Südwestküste stammte und früher Kapitän eines Fischkutters gewesen war. Er machte mich darauf aufmerksam, daß er mich auf meiner Expedition nur so weit begleiten würde, wie sein Schiff fahren könne, ich solle mir also lieber vor Antritt der Reise überlegen, ob ich den Rest allein bewältigen würde. Ich versicherte ihm, daß ich dazu in der Lage sei, und erzählte ihm von meiner Wanderung quer über die Insel. »Daß Ihre Füße zum Wandern taugen, glaub' ich gern«, entgegnete er. »Aber wir werden ja sehen, ob sie auch auf See brauchbar sind.«

Nach Weihnachten brachen wir von St. John's auf. Schon am ersten Tag fand sich Andrews damit ab, daß er in mir keinen Ersten Maat, sondern lediglich einen Passagier hatte, der ihm nicht die geringste Hilfe sein würde, wie oft er ihm auch erklären mochte, was zu tun war. Dank des

Motors konnte Andrews gelegentlich eine Pause einlegen von seiner anstrengenden Arbeit mit den Segeln und der Takelage, während ich unter Deck blieb und versuchte, meinem Magen vorzugaukeln, daß ich nicht auf See war.

Vor Jahren, als ich oft am Hafen gewesen war, hatte ich Hunderte solcher Männer wie Andrews gesehen, Männer, die auch im Alter noch zupacken konnten und ab Mitte Vierzig nicht mehr älter zu werden schienen. Er kletterte bei jedem Wetter, und mochte es auch noch so rauh sein, auf der Strickleiter zur Mastspitze, hielt sich oben nur mit einer Hand fest, lehnte sich weit hinaus und suchte das Meer nach Hindernissen ab. Obwohl ungefähr von meiner Größe, war er viel stämmiger, und er trug eine Art Schlachterschürze, die den ganzen Körper umhüllte, einen schmutzigen weißen Regenmantel mit einer Kapuze, die er allerdings nie aufsetzte, denn er ging bei jedem Wetter barhäuptig.

Wir segelten mehrere Tage die Südküste entlang und liefen immer erst abends einen Hafen an, denn solange wir nicht gut die Hälfte der Küste hinter uns gebracht hatten, gab es für mich noch nichts zu tun.

Andrews zeigte mir die Überreste von Garia, einem Ort, der 1873 verlassen worden war, als die gesamte, zweihundert Einwohner umfassende Bevölkerung auf Anticosti Island übersiedelte. Mit einer ausladenden Geste wies er auf die grauen Häuser mit ihren Satteldächern, die sich im Schnee duckten. Viele der Fenster waren zerbrochen, die Türen hingen nur noch an einer Angel oder fehlten ganz; manche Häuser waren auf den Trümmern anderer Häuser erbaut worden, von denen kaum mehr etwas übrig war als ein paar verfaulte, umgestürzte Zaunpfosten oder die eingesunkenen Pfähle eines alten Fundaments. Darauf stand nun das neue Haus, so hoch über dem Boden, daß man darunterkriechen konnte.

»Mein Vater stammt von hier«, erzählte Andrews. »Früher lebten in Garia zweihundert Menschen, es war eine Menge los.« Der Tag würde kommen, an dem es wegen mir Hunderte solcher Orte überall in Neufundland geben würde, verlassene Inseln und Küstensiedlungen, Geisterhäfen, deren Einwohner sich, von der Not getrieben, dort niedergelassen hatten, wo es Arbeit für sie gab.

Die Menschen hatten sich aus vielerlei Gründen hier an der Südküste angesiedelt, erklärte Andrews. Auf den kleinen Inseln zum Beispiel. Diese bildeten ein eigenes Land um die Küste Neufundlands herum, einen ringförmigen Archipel von Satellitenstaaten, die nur das stillschweigende Einvernehmen ihrer Bewohner, sich gegenseitig in Ruhe zu lassen, verband. Vor der Erfindung des Motors erreichte man die Fischgründe nur, wenn man auf diesen Inseln lebte, denn von dort aus brauchte man keine so lange, gefährliche und anstrengende Fahrt über tiefes Gewässer zu unternehmen wie von der Hauptinsel aus. Und fernab der Zivilisation gab es wenig oder gar keinen Wettstreit um den Fisch.

Zwischen unseren Aufenthalten standen wir am Schiffsbug und betrachteten die beinahe erdrückend grandiosen Anblicke, die sich uns boten: die Häuser in den stets leuchtenden, fröhlichen, den Zustand der Welt verleugnenden Farben, die fjordartigen Buchten, die rotgefärbte See bei Sonnenuntergang, das bleigraue Wasser des Hafens bei Dämmerung, das langsam verblassende Licht auf den Hügeln. Wie immer fühlte ich mich verpflichtet, irgend etwas Tiefsinniges zu sagen oder zu tun, aber mir fiel nichts ein.
Wenn wir von hier aus immer weiter nach Süden segelten, erzählte Andrews, würden wir in einem Abstand von mehreren hundert Meilen an Südamerika vorbeifahren, wir würden nicht einmal bis auf Sichtweite herankommen, sondern irgendwann am anderen Ende der Welt auf Eis stoßen. »In dieser Richtung gibt es nichts als Wasser«, stellte er fest, als würde die Tatsache, daß es in unserer Blickrichtung kein Land gab, bis man auf das antarktische Eisfeld stieß, seine augenblickliche Stimmung ganz treffend beschreiben.
Manchmal segelten wir nur wenige hundert Fuß von der Küste entfernt und blickten an gewaltigen Wällen aus Granit und Sandstein empor, Steilklippen von Inseln, die so jäh aus dem Meer aufragten, als wären riesige Stücke von der großen Insel abgebrochen wie Eisberge von einem schwarzen Gletscher, steinerne Eisberge, die niemals schmolzen. Wir ließen diese Inseln hinter uns und segelten auf die große Insel zu, deren Küste sogar noch höher aufragte und so steil abfiel, daß nicht

einmal Vögel dort nisten konnten. Wenn man sich der Klippe so weit genähert hatte, daß man ihre Oberkante nicht mehr sah, war man zu nahe dran, erklärte Andrews, denn es gab Unterströmungen, denen dieses Boot nicht entkommen konnte, selbst wenn man den kleinen Motor auf vollen Touren laufen ließ.

Es war schwer vorstellbar, daß Neufundland wirklich eine Insel und nicht der Rand eines Kontinents war, denn nach Osten und Westen erstreckte sich das Land, so weit das Auge reichte. Es schien kein Ende zu nehmen; eine gewaltige Landmasse, die das Meer in seine Schranken wies, die äußerste Grenze allen Wassers auf der Welt, ein sich riesig auftürmender Felsbrocken, der den halben Himmel verdeckte.

Ich bemerkte die Einschnitte zwischen den Klippen erst, als ich mich dicht davor befand. Es waren die ersten richtigen Fjorde, an der Einmündung ein bis zwei Meilen breit, sonnenlose Steinkorridore, wo eine solche Windstille herrschte, daß das Wasser von eisigem Grün war, wie das Wasser in den Bächen oberhalb der Baumgrenze, ein dunkles, undurchdringliches Grün, fünfhundert Faden tief. Je weiter sie sich landeinwärts schlängelten, desto schmaler wurden die Fjorde, und an Flußmündungen flachten sich die Klippen zu beiden Seiten ab.

Wir segelten in einige der Fjorde hinein, bis wir an ihrem Ende, an Flußebenen gelegen, auf Ansiedlungen stießen. Die Kais und Stellinge waren aus der Ferne nicht als solche auszumachen, man hielt sie vielmehr für Treibholz. Erst aus der Nähe erkannte man ihre von Menschenhand geschaffene Form und die der Hütten auf dem Hang dahinter. An solchen Orten wurden nur die Grabsteine auf den Friedhöfen gut gepflegt, Steine, die man wie vieles andere per Schiff aus St. John's oder einem anderen Teil der Welt hergebracht hatte und die die Menschen, deren letzte Ruhestätte sie zieren sollten, nie gesehen hatten. Dreihundert Jahre alte Friedhöfe. Wie eigenartig, wie unpassend in ihrer Pracht wirkten hier diese grüngeäderten Marmormonumente, die Tafeln, Säulen, Engel, die mächtigen Steinkreuze und Bronzekruzifixe zwischen den schäbigen Hütten und Schuppen. Um manche der Gräber hatte sich schon so lange niemand mehr gekümmert, daß nur noch die Spitzen der Grabsteine aus Schnee und Gestrüpp hervorragten.

Von einer Uferstelle aus überblickte man den ganzen Fjord bis zum

Meer hinaus. Ein gezackter Lichtstrahl verlief zwischen den Klippen, nicht breiter als ein Blitz, gleichsam ein auf einer Photographie festgehaltener Blitz. Mit jeder Kurve auf unserem Weg zurück zum offenen Meer wurde der Blitz ein bißchen breiter, bis er schließlich wie der Widerschein einer Explosion aufleuchtete und wir wieder in die Welt eintraten.

Kirchen sah man schon aus meilenweiter Entfernung, denn sie waren auf den höchsten Erhebungen errichtet. Mit ihren drei Türmen, jeweils zwei gleich große, die einen höheren flankierten, sahen sie aus wie Pfingsttauben. Riesigen, ehemals weißen, nun grauen Vögeln gleich, bildeten sie eine Orientierungshilfe für die Fischer draußen auf See.

Schließlich begann ich mit meiner »Gewerkschaftsarbeit« – ein großes Wort für meine Tätigkeit, wie sich herausstellte. Nicht einmal Andrews, der den größten Teil seines Lebens an der Südwestküste verbracht hatte, konnte glauben, daß ich all diese Orte wirklich aufsuchen wollte. Auf einer winzigen Insel lebte ein Dutzend Menschen in einem Haus, eine einzige Großfamilie, von der nur drei Angehörige Fischer waren. Ich konnte ihnen nicht begreiflich machen, was eine Gewerkschaft ist. Die Bevölkerung einer anderen Insel war auf eine Person geschrumpft, einen Mann, der alles zwischen fünfzig und achtzig sein konnte und der, wie man aus dem Zustand des Kais ersehen konnte, seit Jahren nicht mehr gefischt hatte.

Oft waren wir so weit von der Küste entfernt, daß man mehrere Buchten gleichzeitig einsehen konnte. Dann versuchte ich herauszufinden, welche wohl lohnender war. Die Ansiedlungen in den entlegensten Winkeln der Buchten wirkten, als würden sie sich voreinander verstekken. Die Häuser schmiegten sich in schwindelerregender Höhe an steil abfallende Klippen und waren in Ermangelung eines Fundaments häufig mit Pfählen abgestützt.

Eines Tages deutete ich auf eine Häuseransammlung auf der Hauptinsel und bat Andrews, diese anzusteuern. Kopfschüttelnd machte er sich ans Werk. Um dorthin zu gelangen, mußten wir einige Riffs umschiffen, deren höchste Punkte »Hit« oder »Miss Point« oder »Nervous Rocks« hießen. Als wir sie hinter uns gebracht hatten, beschloß ich, lieber den

Rest meines Lebens an diesem winzigen Ort zu bleiben, als mir so etwas noch einmal anzutun.
Beim Anblick eines Fremden in ihrem Hafen liefen sogleich die Leute zusammen. Wie sich herausstellte, legten sie deshalb solche Eile an den Tag, weil der erste, der meine Hand schüttelte, das Privileg hatte, uns eine Tasse Tee oder ein Nachtlager anzubieten. Ich wurde mit aufrichtiger Verwunderung begrüßt und in einem Haus aufgenommen, wo meine beharrlichen Versuche, über Gewerkschaften und Politik zu sprechen, als verzeihliche Schwäche betrachtet wurden, die man allerdings nicht noch weiter fördern sollte. Natürlich würden sie meiner Gewerkschaft beitreten, versicherten sie ein wenig beschämt, als wäre die Tatsache, daß ich sie um etwas bitten mußte, ein Zeichen ihrer schlechten Gastfreundschaft. Wie ich später jedoch feststellte, besaßen sie keinerlei Geld, weder für Mitgliedsbeiträge noch für sonst irgend etwas.
Als der Winter voranschritt, wurden die eisbedeckten Inseln immer zahlreicher, auf kaum einer war noch nackter Fels zu sehen. Jede Farbe außer Weiß wirkte unpassend inmitten der Eisschollen und Eisberge, als würde der Fels und nicht das Eis vorbeitreiben. Die meisten Küstenorte sahen aus wie Basislager für Expeditionen, die schon lange weitergezogen waren, schachtelartige Häuser, eine Ansammlung von Gebäuden, wie stehengelassene Proviantkisten auf einem eisumschlossenen Stück Land.
Nun wurden die Klippen, wie Andrews es bezeichnete, »rotzig«, über vielen Stellen lag eine dicke Schicht aus meergrünem Eis. Was das restliche Jahr über als Rinnsal die Klippenwand hinuntertröpfelte, war im Lauf des Winters zu einem gefrorenen Sturzbach geworden, zu einem lavaartigen Eisgebilde, über dessen Oberfläche glitzerndes Wasser rann. Als Andrews schließlich in der Ferne das Eisfeld ausmachte, lief er den nächsten Hafen an. »An Ihrer Stelle, Sir«, meinte er, »würde ich jetzt umkehren. An dieser Küste würde ich im Winter nicht einmal wandern, wenn mich der König persönlich darum bittet, und für eine Gewerkschaft schon gar nicht.« Er gab mir einen Beutel Hafermehl und Rosinen mit, über den ich, wie er mir versicherte, schon bald sehr froh sein würde.

Ich sagte ihm Lebewohl, und am nächsten Tag machte ich mich auf den Weg die Küste entlang zum Eisfeld. Solange ich mir nur merkte, in welcher Richtung das Land lag, würde ich nicht wie die Männer auf der *Newfoundland* enden, sagte ich mir. Auf der Karte, die ich bei mir hatte, hatte ich praktisch jede menschliche Ansiedlung mit einem X gekennzeichnet. Die meisten Ortsnamen waren französisch, auch wenn ihre Bewohner sie nicht mehr so aussprachen. Schon lange waren keine französischstämmigen Fischer mehr hierher gekommen. Gemäß den 1713 im Frieden von Utrecht ausgehandelten Bedingungen durften französische Schiffe nur noch an der Nordostküste fischen. Die Franzosen hatten hier nie gesiedelt, sie waren nur im Sommer zum Fischen hergekommen. Doch ihre Namen für die Buchten, Felsspalten und Inseln hatte man übernommen, obwohl die Menschen, die jetzt dort wohnten, ihre Bedeutung nicht mehr kannten. Rencontre. Isle aux Morts, Toteninsel. Man sprach es »Eilomart« aus. Grand Bruit. Cinq Cerf. Margaree. Rose Blanche. Harbour le Cou. Petites. Lapoile. Bay le Moine. Bay de Vieux.
Der Fußmarsch war gefährlich, besonders in Ufernähe, wo sich das Eis anstaute und die Schollen sich den Platz streitig machten. Unter dem gegenseitigen Druck türmten sie sich zuweilen zu hohen, zerfurchten Graten auf. Manchmal mußte ich meilenweit laufen, nur um einen Weg zwischen solchen Graten hindurch zu finden.
Weit draußen vor der Küste gab es immer offenes Wasser, und unter dem Eis setzten die heranflutenden Wellen ihren Weg fort. So kam es, daß sich die Eisoberfläche im Rhythmus der Wellen bewegte, sie schwankte, wogte, hob und senkte sich. Anders als bei einem Teich oder See bildete das Eis keine feste Decke von einem Ufer zum anderen, sondern bestand aus einzelnen übereinandergetürmten Eisschollen. Auf diesem Untergrund zu gehen war beinahe, wie auf Wasser zu wandeln. Man fühlte sich wie auf einem Schiff, das die Form der Wellen annahm. Durch das Eis sah ich das Strömen des Wassers wie Gliedmaßen, die sich unter einer Decke regten.
Ich spürte, wie sich das Eis unter meinen Füßen hob und ich nach oben getragen wurde, dann sank und wieder nach oben getragen wurde. Wie ich feststellte, konnte man durchaus davon seekrank werden. Einen

Moment lang ging man bergauf, im nächsten schon wieder bergab, denn das Wasser unter der Eisfläche floß zur Küste, das Eis jedoch nicht; ich wurde von einem Wellengipfel unter dem Eis nach oben getragen und sah, wie er sich zur Küste hin fortsetzte, während sich unter meinen Füßen die nächste Welle bildete. Es war, als würde man auf der Haut eines riesigen Tieres wandern.
Vom Eis herunter an Land zu springen war eine Kunst für sich. An vielen Stellen reichten die Schollen bis auf die Felsen, daher war es nicht schwer, vom Randeis aus an Land zu gehen. Doch erst einmal bis dorthin zu gelangen gestaltete sich bedeutend schwieriger. Häufig gab es zwischen dem Packeis und dem Randeis einen Spalt, in dem das Wasser hochstieg, wenn sich eine Welle an der Küste brach. Es galt, genau den richtigen Zeitpunkt für den Übergang über den Spalt abzupassen, denn dann brauchte man nur einen gezielten Schritt und keinen Sprung von dem zum Ufer drängenden Packeis auf das Randeis. Da ich diese Fertigkeit nie erlangte, wartete ich stets, bis mich jemand an Land entdeckte, wenn ich so verloren da draußen stand, als hätte mich jemand ausgesetzt.
Ich versuchte mit der mir eigenen Neigung zur Selbstaufgabe einen ungeschickten Sprung, in dem sicheren Wissen, gleich in den Spalt zu fallen und von den grünen, schäumenden, gefräßigen Wogen verschlungen, von den Männern an Land jedoch herausgezogen zu werden. Die Welle, auf deren Höhepunkt ich mich in Sicherheit bringen sollte, kam heran, doch ich verlor die Nerven und sprang zu spät, nämlich in dem Augenblick, als das Wasser bereits heraufspritzte, und ich lief auf der Stelle, weil ich auf dem nassen Eis rutschte, bis ich schließlich mit einem Ruck an Land gezogen wurde, während meine Zehen über das Eis schleiften. »Wir haben Sie, Sir, wir haben Sie«, riefen die Männer und versuchten höflich, sich ein Lachen zu verkneifen.
In von Öllampen erleuchteten Hütten, die mich an meine Zeit auf dem Brow erinnerten, nahm man mich freundlich auf und gab mir zu essen, Schinken oder nicht näher identifizierbares »Fleisch« aus der Dose, Leckerbissen, die man eigens für Besucher aufgehoben hatte. Denn einem Gast Klippfisch oder, noch schlimmer, frischen Fisch vorzusetzen, wäre die größte Unhöflichkeit gewesen, die man sich denken

konnte. Doch wie gern hätte ich mit meinen Gastgebern getauscht, hätte ich das gegessen, was sie mir ersparen wollten; wie gern hätte ich mich an herausgebackenen Teigbällchen oder an fetten Klößen in einem dampfend-heißen Dorscheintopf gütlich getan.

Nicht daß sie sich einen Festschmaus häufig leisteten, selbst an Fisch, sei es Klippfisch oder frischer Fisch, herrschte hier Mangel. Die Menschen, in deren Häusern ich wohnte und wo ich tagtäglich die Zahl der Mäuler, die gestopft werden mußten, um eines erhöhte, waren am Rand des Verhungerns. Weil die Kaufleute es sich nicht leisten konnten, ihnen für den gelieferten Fisch Kredit zu geben, fehlte es den meisten Fischern an der nötigsten Ausrüstung, um so viel zu fangen, daß sie sich selbst und ihre Familien versorgen konnten. Sie hatten keinen Diesel für die Motorboote, kein Werkzeug oder Holz, um ihre Treibnetze oder Boote zu reparieren, kein Segeltuch für die Segel, keine Schnur, um neue Netze zu knüpfen, wenn ihre alten so zerfranst waren, daß man die Fäden nur noch zum Stopfen von Socken oder Fausthandschuhen verwenden konnte.

Zum Frühstück bekamen alle das gleiche, Mehlpudding. Dafür gab man einen Teig aus Mehl und Wasser in einen Beutel und kochte ihn, anschließend ließ man die Masse hart werden wie einen Keks. Man konnte ihn nur hinunterschlucken, wenn man ihn in Melasse tauchte, wovon stets reichlich vorhanden zu sein schien. Als Wegzehrung gaben sie mir etwas mit, was sie Robbenfänger-Essen nannten, steinhartes Brot, von dem man nicht mehr abbeißen, sondern auf dem man nur noch herumkauen konnte, was einem die beruhigende Illusion gab, etwas zu essen. Dazu bekam ich Stücke von gebratenem Pökelfleisch, das in meinem Rucksack gefror und so spröde wurde, daß es abbrach wie Kandis. Das Pökelfleisch war so unglaublich salzig, daß ich mich oft hinknien mußte, um aus den Wasserpfützen auf dem Eis zu trinken.

Wenn Windstille herrschte und es keine Anzeichen für aufkommenden Wind gab, konnten jene, die seetüchtige Boote besaßen und deren Buchten nicht vereist waren, zu den Fischgründen rudern, und eines solchen Tages fuhr ich vor Sonnenaufgang mit einem Fischer aufs Meer hinaus, um mit der Handleine Dorsch zu angeln. Obwohl ich ihm im

Boot gegenübersaß, sah er mich nicht an, während er sich in die Riemen legte, sondern blickte auf das Wasser. So ruderte er stundenlang, stets im gleichen Tempo und mit dem gleichen Gesichtsausdruck. Später erzählte er mir, er habe eine Landmarke im Auge behalten wollen, aber ob das nun stimmte oder nicht, ich glaube, er hätte in jedem Fall in eine andere Richtung geschaut. Für lange Zeit würde niemand mehr meinen Blick erwidern, als träte man mir damit zu nahe.

Am Ziel angekommen, warf er den Anker aus und ließ sich erschöpft vornüber sinken. Weil er mit dem Kopf nach unten saß, konnte ich sein Gesicht nicht sehen. Allmählich ging die Sonne auf, im Osten sah man den ersten schwachen Lichtschein, und am Himmel flog ohne einen Laut eine Möwe im Steig- und Sturzflug.

Nachdem sich der Fischer eine Weile ausgeruht hatte, während ich gleichmütig wartete, setzte er sich kommentarlos auf und holte vom Bug eine auf eine Holzspule gewickelte Angelleine hervor. Sie war bestimmt um die hundert Fuß lang und auf der ganzen Länge mit Knoten versehen, aber nur an etwa jedem zehnten Knoten befand sich ein Haken. Die See war so ruhig wie selten, so daß unser Boot in der Strömung hundert Fuß weit abtrieb, ohne daß man einen Wellenkamm gesehen hätte. Das Wasser war von einem undurchdringlichen Schwarz, durchzogen von dunkelgrünem Seetang, und die Luft war, wie er es ausdrückte, »grün«, was frisch bedeuten sollte, obwohl ich sie als unangenehm salzig empfand.

Wir versenkten die Leine mit den Haken und rauchten schweigend, bis er es an der Zeit fand, sie wieder einzuholen. Er lehnte sich weit über die oberste Planke, ich kniete neben ihm. Die Angelleine, die so leicht ins Wasser geglitten war, hatte nun ein unglaubliches Gewicht. Nachdem wir zusammen mit äußerster Anstrengung nicht mehr als drei Fuß eingeholt hatten, mußte ich innehalten. Er nickte, während er sich bemühte, die Leine, die ich so plötzlich losgelassen hatte, nicht wieder ins Wasser rutschen zu lassen. »Ich find's besser, wenn wir nicht rasten«, meinte er, als wäre es ausschließlich eine Sache der persönlichen Vorliebe, ob man eine Pause einlegte oder nicht, und als müßte ich mich meiner Schwäche nicht schämen. »Sagen Sie mir nur, wann Sie aufhör'n, Sir, damit ich die Leine nicht loslasse.« Mit der Zigarette zwischen den Zähnen zerrte er weiter. Ich half alle paar Minuten mit, in der Zwischenzeit versuchte ich wieder zu Atem zu kommen. An sieben von den zehn Haken hing ein Dorsch, und er schätzte jeden von ihnen auf dreizehn bis achtzehn Pfund. Dieses Gewicht hatten wir, oder hauptsächlich er, von hundert Fuß Tiefe heraufgezogen. Als die ganze Leine im Boot war, lehnte er sich an den Bug, und sein Brustkorb hob und senkte sich heftig. Ich musterte ihn, wie er so mit geschlossenen Augen dalag. Seine blaue Strickmütze war zerschlissen, seine aus vielerlei Schichten bestehende Kleidung tropfnaß, die Handschuhe bestanden an den Innenflächen nur noch aus Fäden, seine Hände waren versengt und bluteten, und in seinem Mund steckte eine erloschene Zigarette. Und jetzt mußte er uns wieder zurückrudern. Ich hatte in etwa einer Stunde so viel Energie verbraucht wie sonst für einen eintägigen Fußmarsch; er in den vergangenen Stunden und in der Zeit, die noch vor ihm lag, ungefähr fünfmal soviel.

Je weiter ich mich vom eisfreien Teil der Küste entfernte, desto sonderlicher wurden die Menschen, auf die ich traf. An vielen Orten verstand ich kaum, was sie sagten, und auch ich konnte mich nur schwer verständlich machen. Das hing zum einen damit zusammen, daß die Bewohner die Grammatik nicht beherrschten, zum anderen bildeten sie oft gänzlich neue Wortschöpfungen.

Auf einer der Inseln erklärte man mir zum Beispiel so lange, bis ich es nicht mehr hören konnte, ich sähe aus, als wäre meine Nacht von Anfang bis Ende nur ein »dwall« gewesen. Neugierig, zu erfahren, was dieses Wort eigentlich bedeutete, fragte ich schließlich den Mann, in dessen Haus ich das Ende eines Sturmes abwartete: »Was ist ein ›dwall‹?«, woraufhin er mich lange ansah. Nach einer ausführlichen Erklärung, die wiederum eine Reihe von mir unbekannten Wörtern enthielt, reimte ich mir folgendes zusammen: Es hieß, daß man die Nacht weder schlafend noch wachend, sondern in einem Zwischenzustand verbrachte. Nun hatte ich wenigstens ein Wort dafür, wie es mir beinahe jede Nacht erging.

Meine Matratze bestand aus Kartoffelsäcken aus engmaschiger Jute, gefüllt mit Sägespänen oder Heu. Da die Heufüllung einen Geruch nach Pferdestall verbreitete, bevorzugte ich die Sägespäne.

Natürlich gab es in keinem der Häuser elektrischen Strom oder fließendes Wasser, beheizt wurden sie allein von einem Holzofen in der Küche. Die teilweise eingebauten offenen Kamine wurden aus Mangel an Kohle und Holz nicht benutzt. Viele der kleinen Inseln waren schon lange völlig entwaldet, daher mußten ihre Bewohner auf der Suche nach Holz mit Pferdeschlitten die gefrorenen Buchten überqueren. Oft ließ ich mich von ihnen mitnehmen, und während der Fahrt mußte ich mich vor den Eisstücken in acht nehmen, die die beschlagenen Pferdehufe hochschleuderten.
Schulen gab es nur wenige, eher noch eine Kirche hier und da, in der der angesehenste Bürger des Ortes jeden Sonntagmorgen eine Art Messe las. Ein- bis zweimal im Jahr kam auch ein Wanderprediger oder Arzt vorbei. Diese Menschen hatten noch nie ein Automobil, einen Zug oder sonst ein motorbetriebenes Gefährt außer einem Motorboot gesehen. Auf dem Seeweg hatten sie sich weiter von ihren Häusern entfernt als auf dem Landweg, und selbst dann waren sie nicht weiter gekommen als bis zu ihren Fischgründen. Die längste Strecke, die sie zu Land zurücklegten, beschränkte sich auf einen zweihundert Fuß langen Trampelpfad, der sich zwischen Häusern und Felsen entlangschlängelte.
Ich hatte mich darauf eingestellt, daß die Idee einer Gewerkschaft bei Menschen, die so einsam und abgelegen lebten, auf Ablehnung stoßen würde. Doch ich hatte nicht bedacht, wie abgeschnitten diese Leute von der Welt waren, sowohl räumlich als auch zeitlich. Viele von ihnen hatten keine Vorstellung davon, was eine Regierung war, manche kannten nicht einmal eine Bezeichnung dafür. Sie hatten noch nie von Sir Richard Squires gehört. Wußten nichts davon, daß sich unser nationaler Status geändert hatte. Hatten nur eine primitive Ahnung davon, was unter einer Nation zu verstehen war. Aber vor allem waren sie noch viel ärmer, als ich mir vorzustellen vermocht hatte, als ich mein Unternehmen begann. Diese Menschen wollte ich in einer Gewerkschaft organisieren? Ich konnte ihnen nicht mehr vermitteln, als daß ich gekommen war, um ihnen zu helfen. Aber da ich nicht die Form von Hilfe, wie sie sie kannten, dabeihatte, kein Boot mit Vorräten, keine Arznei, und da ich auch keinen Priesterkragen trug, betrachteten sie mich als

eine Art Spinner, der aus dem Nichts und mit leeren Händen bei ihnen auftauchte und davon überzeugt war, seine Anwesenheit allein könne ihr Schicksal irgendwie verbessern. Dennoch, hätte ich einem der Männer gesagt, ich würde von nun an bei ihm wohnen, ich wäre ihm willkommen gewesen.

Es würde mehr als nur Gewerkschaften brauchen und auch mehr, als die Regierungskommission gewillt war, zu tun, um diese Menschen zu retten. Ich fühlte mich lächerlich, nutzlos, war nicht mehr als ein wandernder Bettler, ein verblendeter Städter, der es sich in den Kopf gesetzt hatte, ihnen zu helfen, der ohne ihre Hilfe jedoch nicht eine Nacht überstanden hätte.

In bewölkten Nächten herrschte so tiefe Dunkelheit, daß ich manchmal Streichhölzer anzündete, um mich davon zu überzeugen, daß ich nicht blind war. Gefesselt an einen solchen Ort, war es schwer vorstellbar, daß es Städte gab wie St. John's oder gar New York.

An klaren Vollmondnächten funkelten Eis und Schnee so hell, daß man meilenweit die Küste entlang oder aufs Meer hinausblicken konnte, und alles sah aus, als wäre es in gefrorenem Regen versunken. Irgendwo dort draußen lag das Wasser; irgendwo jenseits des Horizonts, an der Küstenlinie, die das Eisfeld formte, begann das Meer. An dieser Linie trafen sich bei Mondschein Licht und Dunkelheit, aber das Licht hörte so plötzlich auf, daß man meinte, hinter dem Eis läge nicht Wasser, sondern nur leerer Raum oder das Ende der Welt, und wenn jemand dort hinunterstürzte, würde er endlos weiterfallen.

An klaren Neumondnächten erhellten die Sterne den Himmel. Ihr Licht schien auf uns hernieder wie durch einen fadenscheinigen Stoff.

Nachts, in der Dunkelheit, war das Rauschen der See noch deutlicher zu vernehmen, und an jedem Ort klang es anders; in den wenigen eisfreien Häfen polterten Steine und Eisbrocken am Strand, wenn sich das Wasser einer Welle zurückzog; an den Steilküsten donnerten die Brecher in einem unermüdlichen Rhythmus an die Felsen unter dem Haus.

In zugefrorenen Häfen bildeten sich in den allerkältesten Nächten Sprünge, wenn das Eis zwischen den oft meilenweit voneinander entfernt liegenden Inseln nicht genug Platz hatte, um sich auszudehnen.

Vom Bett aus hörte ich die Eisfelder knirschen und krachen, während sich innerhalb weniger Sekunden bis zu zwei Meilen lange Verwerfungslinien bildeten. Zuweilen vernahm man zunächst nur ein schwaches Dröhnen, doch je mehr sich der Sprung dem Haus näherte, desto lauter wurde es; zog er sich in die entgegengesetzte Richtung fort, verlor es sich in der Ferne. Wenn das Geräusch lauter wurde, wartete ich gespannt, bis es wie ein schneller Zug am Haus vorbeidonnerte und dann wieder leiser wurde. Denn manche der Sprünge steuerten mehr oder weniger direkt auf das Haus zu. Dann lag ich im Bett und stellte mir vor, wie ein horizontaler Blitz das Haus in Stücke riß. Wenn der Sprung auf das Randeis traf, das die ersten zwanzig Yards des Strandes bedeckte, gab es einen letzten ohrenbetäubenden Knall, und dann regneten Eisscherben und -stücke auf das Haus.

Auch der Gezeitenwechsel erzeugte merkwürdige Geräusche. Vom Wasser unter dem Eis ertönte ein Grollen wie aus dem Inneren der Erde, und es entstanden Erschütterungen, die die Fenster klirren ließen.

Eines Nachts hörte ich ein Donnern, das so laut war, daß ich dachte, es müsse eine Lawine niedergehen, denn das Geräusch kam vom Land her. In panischer Angst sprang ich auf, doch ein junger Mann, wie ich in langen Unterhosen, sah aus dem hinteren Fenster und beruhigte mich: »Das ist nur die Karibuherde aus Lapoile, Sir, nichts weiter. Kein Grund zur Sorge.« Seine Eltern teilten offenbar seine Einschätzung, denn sie waren noch nicht einmal aufgestanden.

Vielleicht machte er sich wirklich keine Sorgen, aber dennoch folgte sein Blick der Karibuherde, die sich an seinem Haus vorbei den Weg zum Eis bahnte und die, wie er erklärte, stets um diese Zeit des Jahres hier vorüberzog. Da ich ihn gut leiden konnte, gesellte ich mich zu ihm und preßte wie er Hände und Gesicht gegen die Scheibe. Zuerst nahm ich nur schwirrende Schatten wahr, aber schon bald konnte ich einige langsamere Exemplare ausmachen. Sie waren kleiner, als ich sie mir vorgestellt hatte, nur drei bis vier Fuß hoch, und ihre riesigen, verästelten Schaufeln schienen so schwer auf dem Kopf zu lasten, daß sie ihn kaum heben konnten, um den Weg zu finden.

»Wohin ziehen sie?« wollte ich wissen.

»Nach Nordosten«, erwiderte er. »Zurück zum Ödland für den Sommer. Sie suchen dort Nahrung.«
»Macht ihr Jagd auf sie?« fragte ich.
»Wir haben genug davon im Räucherhaus«, sagte er. »Nicht jeder hier hat ein Gewehr und Munition. Die Schwarzbären erwischen mehr als wir.«
Erst Dorsch, nun Karibu. Aber davon hatte ich ja nichts, denn ich bekam Frühstücksfleisch aus der Dose.
Die ganze Nacht lang zogen sie an den Häusern vorbei, eine ohrenbetäubende Jagd, bei der man nicht einmal ein wenig schlummern konnte. Als ich am Morgen aufstand, war ihr Zug noch immer nicht zu Ende. Zwischen dem Randeis und den Eisschollen bildeten sie eine Linie bis zum Horizont, eine endlose Masse aus Geweihen und Fellen, zottelige grau-weiße Rümpfe, die sich ihren Weg entlang der Landzunge bahnten auf der Suche nach dem ersten Fjord oder Fluß, dem sie nach Norden folgen konnten.
Wie ich erfuhr, bestand die Herde aus etwa zehntausend Tieren, und gleich mir nutzten sie das Eis als Abkürzung, um zu ihrem Ziel zu gelangen. An diesem Tag konnte ich nichts tun, als ihre Massenwanderung zu beobachten. Sie verströmten einen überwältigenden Geruch, moschusartig, beißend. Ihren Kot traten sie im Schnee fest, so daß die breite Spur noch Tage später zu sehen war.
Da ich es nicht gewohnt war, am Meer zu schlafen, bevorzugte ich jene Nächte, in denen ein Sturm auf dem Eis die vielfältigsten Geräusche erzeugte, die oft so laut wie Donner waren. Lieber blieb ich gleich ganz wach, als mich durch das ewig gleiche Rauschen des Meeres in einen Halbschlaf lullen zu lassen. Dann schweiften meine Gedanken nicht zur duldsamen Clara, die sich an meine Abwesenheit schon gewöhnt hatte, oder zu meinen Kindern, deren Heranwachsen zu verfolgen ich mir nur selten gestattete, sondern zu Fielding.
Ich konnte mir lediglich eine Vereinigung ohne jeden Bezug zur Wirklichkeit vorstellen, so daß sie auch in der Phantasie keine klaren Konturen bekam. Wenn ich mir in allen Einzelheiten auszumalen versuchte, wo und wie wir zusammensein könnten und wie es zwischen uns wäre, wurde mir nur bewußt, wie dumm es war, über etwas nachzugrü-

beln, das nicht nur nie geschehen würde, sondern das ich mir nicht einmal wünschte.

Wie sehr es mich quälte, daß es sie gab. Wenn ich sie nur aus meinen Gedanken verbannen könnte, wäre ich glücklicher, dessen war ich mir gewiß. Dann könnte ich leichten Herzens zu Clara halten und ihr nicht das bißchen an Zuwendung vorenthalten, das eine gute Ehefrau verdiente. Ich war unbedeutend und mittellos, wenn auch, wie ich hoffte, nicht mehr lange. Aber eine Ehe mit Fielding, das stand für mich fest, hätte bedeutet, es immer zu bleiben.

Und doch konnte ich nicht anders, als mich in der Dunkelheit wie ein Schuljunge mit ihrem Bild vor Augen heimlich und voller Scham selbst zu befriedigen. Ich fragte mich, ob mich der Beitritt zu einer Religionsgemeinschaft mit strengen Vorschriften vielleicht von dieser Gewohnheit abgebracht hätte, die ich gelegentlich sogar praktizierte, wenn Clara schlief und ich leise aufstand. Danach litt ich tagelang unter schweren Schuldgefühlen und Depressionen.

Manchmal willigte ich in eine »Runde«, wie Clara es scherzhaft nannte, ein, nur um den Abstand zwischen unseren Vereinigungen nicht peinlich lang werden zu lassen. Doch kaum hatten wir begonnen, verlor ich bereits das Interesse, und da ich entschlossen war, es bis zum Ende durchzustehen, stellte ich mir vor, daß Fielding sich in dem Fichtenwald auf dem Moos ausstreckte. Die arme Clara mußte denken, sie habe meine Erregung verursacht, und antwortete darauf mit einer solchen Leidenschaft, daß sie ihr Gesicht in die Kissen pressen mußte, um nicht laut herauszuschreien.

Wenn ich nachts in den Häusern an der Südwest- und Westküste lag, hörte ich manchmal Wühlen und Wälzen auf dem Bett im Nebenzimmer, und dann fühlte ich mich daran erinnert, wie ich einmal vor dem Schlafzimmer meiner Mutter gestanden hatte. Wie sie mit zusammengebissenen Zähnen Luft eingezogen hatte, ein Geräusch, das sich anhörte, als würde mein Vater sie mit Nadeln stechen. Hatte sie den Atem angehalten, um die Seufzer der Lust zu unterdrücken? Ich konnte es mir eigentlich nicht vorstellen. »Runter mit dir, Smallwood«, hatte sie danach barsch befohlen, nachdem das Quietschen der Bettfedern verstummt war.

Ich besuchte beinahe jede Ansiedlung an der Süd- und Südwestküste, so klein sie auch sein mochte. Manche der Bewohner hatten noch nie von einer Gewerkschaft gehört, sie hatten nicht die leiseste Ahnung, was das eigentlich war und wie sich ihr Leben durch ihren Beitritt verändern würde. Nur in Corner Brook und ein paar anderen größeren Städten fand ich interessierte Zuhörer. Der Frühling war angebrochen, und an jenen Orten, wo die Robbenjagd kaum Bedeutung hatte, begann wieder die Fischsaison. In der Bay of Islands, meinem alten Jagdrevier aus der Zeit, als ich Sir Richards Wahlkampf organisiert hatte, konnte ich Hunderte von Fischern für die Gewerkschaft gewinnen.
Unseligerweise hatten die meisten ein halbes Jahr danach allerdings noch keinen Cent Mitgliedsbeitrag bezahlt, was ich erst erfuhr, als es schon zu spät war. Wir hatten in der Bay of Islands weniger als sechs Prozent der Beiträge eingetrieben. Da ich fest damit gerechnet hatte, mit den sechs Prozent auskommen zu können, war ich ebenso überrascht wie die Fischer, als man mir mitteilte, daß durch die Unkosten bereits die gesamten Einnahmen verbraucht und wir somit bankrott seien. Den Fischern erklären zu müssen, es hätte sich an ihrer finanziellen Situation nichts geändert, hätten sie den Fisch gleich verschenkt oder erst gar keinen gefangen, gestaltete sich schon schwer, noch schwerer war es allerdings, unbeschadet aus der Bay of Islands zu entkommen, nachdem ich ihnen den Sachverhalt geschildert hatte.
Ich schaffte es unverletzt nach Corner Brook, der Stadt der Papiermühlen, suchte mir dort ein Zimmer in einer Pension und fiel in einen tiefen, traumlosen Schlaf. Als ich nach sechsunddreißig Stunden aufwachte, machte ich mich ohne Frühstück auf den Weg zum Bahnhof. Gedemütigt von meinem Scheitern, meiner Unzulänglichkeit, wagte ich kaum den Blick zu heben, um aus dem Fenster zu schauen, als der Zug in östlicher Richtung die Insel durchquerte. Kurz vor Einbruch der Dunkelheit kam es in den Topsails zu einem unplanmäßigen Aufenthalt. Der Schnee lag zu beiden Seiten der Gleise so hoch, daß es in den Abteilen finster wurde. Wir fuhren an, hielten, fuhren an, hielten; manchmal standen wir stundenlang in diesem unheimlichen Schneetunnel, bewegten uns nur im Schneckentempo vorwärts, während der Schienenräumer knirschend den Schnee auf dem Gleis zur Seite schob.

Da ich mein ganzes Geld für die Zugkarte ausgegeben hatte, konnte ich mir nichts zu essen kaufen. Dabei dauerte die Fahrt dreimal so lange wie die geplanten vierundzwanzig Stunden.
Am Freitagnachmittag trafen wir in St. John's ein. Vom Bahnhof machte ich mich, den Koffer in der Hand, zu Fuß auf den Heimweg, den ganzen Hügel hinauf in die Gower Street, nur um das Haus verlassen vorzufinden. Ich nahm an, daß Clara und die Kinder, die ich von meiner Rückkehr nicht benachrichtigt hatte, das Wochenende in Harbour Grace bei Claras Eltern verbrachten. Clara hatte das Haus nicht abgesperrt, wie immer, wenn ich auf Reisen war.
Auf dem Küchentisch lag Post für mich, darunter eine Einladung zu einem Presseempfang im Government House. Ich warf sie auf den Boden und setzte mich hin, während allmählich die Dämmerung hereinbrach. Ich war ein Möchtegernpolitiker in einem Land, in dem Politik überflüssig geworden war. Ein Möchtegerngewerkschaftler in einem Land, in dem die wenigen, die begriffen, was eine Gewerkschaft war, zu arm waren, um die Beiträge zu bezahlen. Ein Reporter in einem Land, in dem eine ausländische Kommission den Reportern diktierte, was sie zu schreiben hatten. Und ob sich daran jemals etwas ändern würde, wußte niemand.
Dann hob ich die Einladung jedoch wieder auf. In St. John's war man schon immer ein gesellschaftlicher Niemand gewesen, wenn man nicht auf der Einladungsliste des Gouverneurs stand, doch seit es die Regierungskommission gab und man das Government House als abgelegenen Flügel von Whitehall betrachtete, galt dies mehr denn je.
Die Kommissare wollten sich der Presse vorstellen. Es gab ein Abendessen, zu dem die Verleger und Herausgeber der alteingesessenen Zeitungen eingeladen waren, danach einen Empfang für uns Journalisten. Der gedruckten Einladung lag auch ein Schreiben mit dem Briefkopf der Regierungskommission und der Bitte um »angemessene Kleidung« bei.
»Obwohl wir uns im klaren darüber sind«, hieß es, »daß es unrealistisch wäre, von einigen der Eingeladenen zu erwarten, sich so zu kleiden, wie es sich auf solchen Empfängen eigentlich gehört, möchten wir Sie doch bitten, Ihr möglichstes für ein vorzeigbares Äußeres zu tun.« Es klang,

als erwartete man von mir so viel Anstand, die Einladung abzulehnen und mich mit der Ehre, überhaupt eingeladen worden zu sein, zu bescheiden. Tatsächlich erwog ich, sie auszuschlagen. Solch einen festlichen Empfang zu besuchen wäre Heuchelei, auch wenn ich mittlerweile kompromißbereit und mehr im Herzen als in der Tat Sozialist war. Andererseits hätten sie damit ihr Ziel errreicht. Ich beschloß also hinzugehen, und zwar ohne mich umzuziehen. Was hätte ich sonst auch anziehen sollen, ich besaß keine besseren Kleider als meinen Tweedanzug mit der Norfolk-Jacke.

Als ich zum Government House aufbrach, wehte vom Eis her, das schon seit Wochen die Zufahrt zu den Narrows blockierte, ein nordöstlicher Wind. Dazu hatte ein kalter Regen eingesetzt, der sicher bald in Schnee übergehen würde. Doch weil ich kein Geld für einen Wagen hatte, mußte ich wohl oder übel zu Fuß zur Military Road laufen.

Ich klopfte an die Tür des Government House, und bei meinem Anblick hätte man mir beinahe die Tür vor der Nase zugeschlagen. Nur die durchnäßte Einladung, die ich rechtzeitig aus der Tasche fischte, bewahrte mich davor, unverrichteterdinge nach Hause gehen zu müssen. Ein Bursche in Livree, der mich an Cantwell, den Butler der Squires' erinnerte, nahm sie entgegen. Er hielt sie zwischen Daumen und Zeigefinger und sah mich zweifelnd an, als hätte ich sie jemandem gestohlen oder auf der Straße gefunden.

»Sie sind Mr. Smallwood?« fragte er, als hätte er schon von mir gehört, was mir im Gegensatz zu seinem ungläubigen Ton schmeichelte. Er sprach mit starkem St.-John's-Akzent, was angesichts seines Aufzugs lächerlich auf mich wirkte.

»Treten Sie ein, Sir«, fuhr er freundlich, unterwürfig fort. »In Ihren Kleidern holen Sie sich noch den Tod. Vielleicht kann ich etwas Trokkenes für Sie auftreiben.«

Erst als es zu spät war, begriff ich, daß er sich wirklich gesorgt hatte. Ich dachte, dies sei seine Art, durchblicken zu lassen, daß Gouverneur Anderson für Kerle wie mich, die in unangemessener Kleidung ankamen, Vorsorge getroffen hatte, und sah mich schon in irgendeinem offensichtlich geliehenen, schlechtsitzenden Anzug.

»Ich gehe so, wie ich bin«, herrschte ich ihn an. »Und ich lasse mich

hier nicht inspizieren. Führen Sie mich endlich hinein, oder weisen Sie mich ab.«
»Natürlich, Mr. Smallwood, natürlich«, erwiderte der arme Kerl und nahm meinen Hut. »Bitte, hier entlang, Sir.«
Ich strich mir das Haar glatt, trocknete meine Brille am Revers, setzte sie wieder auf und begab mich rasch in die Eingangshalle, darauf hoffend, mich auf diese Weise unbemerkt hineinzuschmuggeln. Mein Plan wäre beinahe gelungen, hätte mich nicht der Chefredakteur der *Daily News*, der sicher schon an dem Essen vor dem Empfang teilgenommen hatte, entdeckt und mir zugewunken, weniger, um mich zu begrüßen, als um die Aufmerksamkeit auf mich zu lenken. Das dachte ich zumindest. Ich hatte das Gefühl, die Blicke aller Anwesenden auf mich zu ziehen, und war so mißtrauisch, daß ich jeden verdächtigte, mich noch mehr in den Mittelpunkt rücken zu wollen.
Ich erwiderte seinen Gruß und winkte zurück, steuerte jedoch, als hätte ich dort ein Ziel im Auge, in die entgegengesetzte Richtung. Dabei hatte ich im Sinn, nach Möglichkeit in Bewegung zu bleiben und ein wenig zu trocknen, damit ich keine Wasserpfütze absonderte, wenn ich stehenblieb. Ich war naß bis auf die Haut; meine Kleider paßten diesmal buchstäblich wie angegossen, die Hose klebte mir an den Beinen.
Ich glaube, ich wäre wieder gegangen, hätte ich nicht Prowse bei einer Gruppe von Männern entdeckt, die, wie ich wußte, für die Kommission arbeitete. Prowse trug wie sie einen gutsitzenden Smoking mit schwarzer Fliege. Ich fragte mich, was er eigentlich hier zu suchen hatte, auf einem Empfang für die Presse. Sie standen an einem Ende des Buffettisches; neben Prowse, der ein Sektglas hielt, sah ich eine Frau, wahrscheinlich seine Gattin. Mit dem blauen Abendkleid, dem schwarzen Hut mit einer großen weißen Feder und den langen weißen Abendhandschuhen war sie genauso untadelig gekleidet wie die Frau des Gouverneurs. Prowse bemerkte, daß ich in seine Richtung sah, und nickte mir zu; er hob sogar sein Glas, um mir zuzuprosten. Ich schlenderte mit schmatzenden Schritten zu ihm hinüber.
»Wie oft habe ich mich gefragt, was du wiegst, wenn du völlig durchnäßt bist, Smallwood«, begann Prowse. »Du erlaubst mir doch wohl, dich einmal hochzuheben?« Die anderen lachten.

»Was führt dich hierher, Prowse?« erkundigte ich mich.
»Berufliche Gründe. Ich bin ein Mitarbeiter von Sir John Hope Simpson. Aber was machst du eigentlich hier? Ich dachte, du hättest dich aus der Presselandschaft zurückgezogen?«
»Ich kann nicht glauben, daß du mit diesem Pack gemeinsame Sache machst«, sagte ich. »Vor einem Jahr hast du noch Squires und den Liberalen gedient.«
»Willst du damit andeuten, daß die Kommission politisch nicht neutral ist?« konterte Prowse. »Oder daß ich zum Wendehals geworden bin, weil ich für sie arbeite? Was ist dann ein Sozialist, der für Richard Squires arbeitet?« Wieder brach die Gruppe in Lachen aus.
»Also, was treibst du in letzter Zeit, Smallwood?« wollte Prowse wissen. »Wie ich höre, hatte dein letzter Versuch, die Fischer gewerkschaftlich zu organisieren, den üblichen Erfolg. Du verstehst dich eben auf viele Geschäfte.«
»Und du?« fragte ich zurück.
»Ich verstehe mich nur auf eines.«
»Du kannst den Hals von dir selbst nicht vollkriegen«, sagte ich. »Ein Wunder, daß du noch Platz für den Schnaps hast.«
»Wenn ein Mann eine Frau so ansehen würde wie du das Essen da, Smallwood«, erwiderte Prowse, »dann würde man ihn hinter Schloß und Riegel bringen. Warum gehst du um Himmels willen nicht einfach hinüber und nimmst dir etwas?«
Er hatte recht, ich hatte wirklich das Essen angestarrt. Obwohl dieser Empfang, wie ich vermutete, nach den Maßstäben des Government House nicht übermäßig feudal war, gab es auf den Tischen an der Rückwand mehr zu essen und trinken, als ich je gesehen hatte. Eine Weile lang konnte ich den Blick nicht davon abwenden. Es gab Platten voll mit geräuchertem Truthahn, geschnittenem Schinken, Lachs, Forelle und arktischem Saibling, garniert mit Zitronen- und Grapefruitstücken, stapelweise Gurkensandwichs, Schüsseln voller Pastete, Kuchen mit dicker rosaroter Zuckerglasur, Krüge mit eisgekühlter Limonade und Schüsseln mit Bowle. Am Kopf der Tische stand ein Küchenchef mit einer weißen Mütze neben Tellerstapeln und Tabletts voller Gläser und Besteck. Wenn er nicht gerade etwas herunterschnitt

oder einschenkte, womit er fast die ganze Zeit beschäftigt war, stand er mit den Händen auf dem Rücken und gespreizten Beinen da wie ein Wachmann.

Die Neufundländer taten so, als wüßten sie sehr wohl, daß so ein Festschmaus nicht zum Essen, sondern nur zum Bewundern da war, und ließen die Briten auch merken, daß sie das wußten. Andere waren nur zu stolz, um in aller Öffentlichkeit zuzugeben, daß sie Hunger hatten, obwohl ich bezweifelte, daß mehr als ein Zehntel von ihnen sich an diesem Tag schon einmal sattgegessen hatte. Ich zählte zur zweiten Gruppe, auch wenn in meinem Fall die Öffentlichkeit, vor der ich meinen Hunger in erster Linie verbergen wollte, jene waren, die mit dem Geld aus unserer Steuerkasse für dieses Essen gesorgt hatten, nämlich die Briten. Wenn ich auch nur einen kleinen Bissen zu mir nahm, würde ich von jeglichem Bemühen um Schein sofort ablassen und mich so richtig satt essen. Das wußte ich, weil ich andere sah, die so ausgehungert oder willensschwach waren, daß sie sich den Luxus der Selbstachtung nicht leisteten und eben jenes taten.

Andererseits war gegen ein Glas Champagner wohl nichts einzuwenden. Da der Kellner, der mit einem vollen Tablett auf mich zusteuerte, seinen Schritt nicht verlangsamte, als er in meine Nähe kam, bediente ich mich. Dann ließ ich die Gruppe um Prowse stehen.

Obwohl ich den Champagner scheußlich süß fand, trank ich mehrere Gläser davon; da ich sonst kaum Alkohol gewohnt war, zog ich ihn Rum oder Whisky vor. Bald fühlte ich mich besser, und in meinem angeheiterten Zustand machte es mir nichts aus, daß mein Spiegelbild wie ein in Stein gemeißeltes Abbild von mir wirkte, mit den Kleidern, die schwer wie Blei von mir herabhingen. Ich prostete meinem Abbild in dem ovalen Wandspiegel zu, um die Sinnestäuschung zu vertreiben, und freute mich, als es zurückprostete. Das Polizeiorchester schien all meine Lieblingsmelodien zu spielen. Ich hatte Lust zu tanzen. Da legte sich eine Hand auf meine Schulter, und ich sah in das Gesicht eines Mannes, den ich flüchtig kannte, ein Reporter, der hin und her schwankte.

»Sie setzen sich besser«, sagte er mitfühlend und führte mich zu einem Stuhl an der Wand. »An Ihnen ist ja kaum noch was dran. Wann haben Sie zuletzt gegessen?«

An diesem Tag hatte ich noch nichts gegessen, auch nicht am Tag zuvor; vielleicht vor zwei Tagen, ich war mir nicht sicher. Ich erinnerte mich daran, daß ich in der Bay of Islands mehr als fünf Meilen über hügeliges Gelände zu einem Ort namens Tickle Cove gelaufen war, wo mich ein Fischer, der allein in einer behelfsmäßigen Hütte wohnte, einlud, das Mahl mit ihm zu teilen. In seiner Hütte war alles behelfsmäßig. Sein Tisch bestand aus einer Tür, die auf zwei Sägeböcken lag, als Stühle dienten Hummerkisten, als Tassen Blechbüchsen. Den Tee kochte er in einer leeren Keksdose; auf der Luftklappe seines Holzofens ließ er eine dünne Scheibe fetten Schweinespeck aus, dann tunkte er eine dicke Scheibe Schwarzbrot in das geschmolzene Fett, legte es auf den Deckel der Keksdose und reichte es mir. Erst als ich fast aufgegessen hatte, fiel mir auf, daß das eigentlich sein Abendessen gewesen wäre und er selbst nichts hatte, obwohl es ihn offenbar zutiefst befriedigte, mir zuzusehen. Ich wußte nicht, wer mir mehr leid tat, der arme Kerl oder ich, aber plötzlich war ich den Tränen nahe.

»Was meinen Sie, Smallwood? Kommen Sie mit mir hinüber, um vorgestellt zu werden?« fragte mein Bekannter. Die Journalisten standen in einer Schlange vor Gouverneur Anderson, den Kommissaren Hope Simpson, Lodge und Trentham und ihren Frauen sowie den drei neufundländischen Kommissaren Alderdice, Howley und Puddister mit ihren Frauen, von denen je einer Anglikaner, einer Katholik und einer Nonkonformist war – als ob man darauf geachtet hätte, daß alle drei Bekenntnisse vertreten waren, obwohl unsere Kommissare ohnehin keine Macht besaßen. Ich betrachtete die Ehefrauen, die lustlos und nur der Form halber die Hände von Männern schüttelten, die sie nie wiederzusehen hofften.

»Wir leben in einem besetzten Land«, erwiderte ich, »und daß wir die Besatzer selbst gerufen haben, macht es nur noch schlimmer. All ihr Neufundländer hier versucht, die Briten mit eurem vornehmen Gehabe zu beeindrucken, doch sie lachen euch hinter eurem Rücken nur aus. Ihr tut so, als wäre es die Schuld eurer Landsleute, daß die Briten uns aus der Patsche helfen müßten, nicht eure, als würden die Briten euch nur dabei helfen, Faulheit und Dummheit zu vertreiben, und dann wieder abziehen.«

Die Kommission gab es nun schon über ein Jahr. Obwohl Gouverneur Anderson nominell den Vorsitz führte, so wie er auch Neufundland »regierte«, wußte jeder schon von der unterwürfigen Art her, die Anderson und die anderen ihm gegenüber an den Tag legten, daß Hope Simpson die Zügel in der Hand hatte.

Mit unsicherem Schritt durchquerte ich den Raum und reihte mich ein. Mittlerweile stand Prowse neben Hope Simpson und erledigte die Vorstellung, während die Mitglieder des Pressekorps einer nach dem anderen vortraten.

Hope Simpson, dessen Miene unbewegt, ernst und überwachsam wirkte, trug eine runde Brille, einen knielangen Rock mit umgeschlagenen Manschetten und einer Reihe großer silberner Knöpfe auf der rechten Seite, dazu eine Weste, die bis zum Hals zugeknöpft war. Außerdem eine Art Kniebundhose und Strümpfe sowie tief ausgeschnittene, mit eckigen Spangen versehene, glänzend schwarze Schuhe. An seiner linken Seite hing ein Ziersäbel, dessen Griff er mit dem Arm an sich drückte. In der linken Hand hielt er aus mir unerfindlichen Gründen ein kleines grünes Buch und ein paar weiße Handschuhe. Den größten Teil seines Lebens hatte er an weit entfernten exotischen Orten verbracht – Indien, China, Griechenland – und an der Spitze von Kommissionen gedient, die durch den allmählichen Zerfall des britischen Empires nötig wurden. Sie überwachten die Aufgabe von Kolonien, deren Besitz nicht mehr lohnte, oder den Rückzug aus jenen, die sich nicht mehr damit abfinden wollten, eine Kolonie zu sein.

Er war fünfundsechzig Jahre alt, und die Kniestrümpfe hoben die Form seiner Altmännerbeine hervor, eine Tatsache, die ich in meinem trunkenen Zustand als besonders beleidigend empfand. Seine Waden wirkten kräftig, die Knöchel schlank, was allerdings die öffentliche Zurschaustellung seiner Beine noch lächerlicher erscheinen ließ. Wie konnte ein alter Mann nur so eitel sein.

Während ich wartete, bis ich an die Reihe kam, trank ich noch ein Glas Champagner. Als ich Hope Simpson die Hand schütteln sollte, flüsterte Prowse ihm etwas zu.

»Lord Hope Simpson«, begann Prowse, »das ist Joe Smallwood.«

Hope Simpson streckte mir die Hand entgegen, und während ich

Prowse einen vernichtenden Blick zuwarf, dem er, ohne mit der Wimper zu zucken, standhielt, schüttelte ich sie und verbeugte mich in gespielter Bewunderung so tief, daß ich fast vornüber gefallen wäre.
»Es ist mir ein Vergnügen, dem Mann, den ich so lange aus der Ferne bewundert habe, endlich persönlich zu begegnen«, sagte ich.
»Ich danke Ihnen, Mr. Smallwood«, entgegnete Hope Simpson, »und ich würde dieses Kompliment bereitwilliger erwidern, wenn ich glauben könnte, daß es ernst gemeint ist. Sie sind dieser Bolschewist, der versucht hat, die Fischer gewerkschaftlich zu organisieren, nicht wahr?«
Wieder blickte ich Prowse an.
»Sind Sie sich dessen bewußt«, schrie ich mit meiner Wahlkampfstimme, »daß manche Leute denken, Sie hätten das Volk von Neufundland gedemütigt, als Sie das Abgeordnetenhaus abgesetzt und Kommissare an seine Stelle gesetzt haben? Aber sicher sind Sie das, denn sonst hätte man Sie nicht sagen hören: ›Wozu braucht ein Volk ohne eigene Regierung ein Abgeordnetenhaus?‹«
»Mr. Smallwood, da Sie der einzige Mensch in diesem Raum sind, dem noch nicht aufgefallen ist, daß Sie betrunken sind, bin ich bereit, diese Bemerkung zu überhören.«
»Sie haben das Museum Neufundland auseinandergenommen«, schrie ich weiter, »und die Ausstellungsstücke so weit verstreut, daß man sie nie mehr wiederfinden wird. ›Ja, das habe ich‹, erzählen Sie den Leuten, ›und wenn schon? In diesem Museum wurde nichts anderes ausgestellt als dreihundert Jahre Elend und Versagen.‹«
»Gute Nacht, Mr. Smallwood.«
»Man zitiert Sie mit dem Satz: ›St. John's ist eine schmutzige Stadt …‹«
»Mr. Smallwood, hinter Ihnen steht ein Mann, der gern meine Hand schütteln würde.«
»Sir John, vor Ihnen steht ein Mann, der Ihnen gerne den Hals umdrehen würde.«
Daraufhin traten Prowse und ein anderer Mann vor, packten mich an den Armen und schleiften mich hinaus in die Eingangshalle.
»Lassen Sie ihn gehen«, befahl Hope Simpson. Lodge trat zu ihm hin und flüsterte ihm etwas ins Ohr, wobei sein Kopf erregt hin und her wackelte.

»Lassen Sie ihn gehen«, wiederholte Hope Simpson. Indem er mit den Handschuhen wedelte, war ich entlassen, und er wandte sich ab. Prowse und der andere Mann gaben mich frei, beobachteten mich allerdings weiter aufmerksam. Meine Brille war heruntergefallen, und als ich mich niederbeugte, um sie aufzuheben, taumelte ich.
Eine Gruppe von Männern, darunter Prowse, scharte sich um mich und brachte mich zur Tür.
Draußen schneite es. Wir standen unter dem Schutz des Vordachs auf dem Treppenabsatz. Niemand sagte ein Wort. Prowse starrte mich an, aber ich tat so, als würde ich es nicht bemerken. Die Flocken, die der Nordostwind gebracht hatte, wurden dichter und blieben liegen. Trotz der späten Stunde war es heller als vorher, als ich gekommen war, da sich das spärliche Licht auf dem Schnee spiegelte. Daß die Szenerie unter anderen Bedingungen fröhlich gewesen wäre, machte es noch trauriger.
»Hier«, sagte Prowse und schleuderte mir ein paar Scheine hin. »Nimm einen Wagen nach Hause.« Wieder ignorierte ich ihn. »Du bist in dieser Stadt ruiniert, Smallwood«, sagte Prowse. »Ruiniert im ganzen Land.«
Ich sah zu den Kutschen und Automobilen, die an der Auffahrt warteten: Die Pferde stampften und schnaubten. Die Fahrer hatten das plötzliche Auftauchen eines Dutzends Männer auf der Treppe als allgemeinen Aufbruch gewertet und sahen uns erwartungsvoll entgegen.
Der Mann, der mich eingelassen hatte, lief mir mit meinem Mantel hinterher. Ich klemmte ihn mir unter den Arm und trat hinaus in den Schnee.
»Wie der Vater, so der Sohn«, schrie Prowse, als ich schon halb beim Tor war. Ich hielt nicht an.

Am nächsten Tag hatte ich das Bedürfnis, mit Fielding zu sprechen, obwohl ich nicht wußte, was ich zu ihr sagen wollte und warum mich das, was sie mir sagen würde, aufheitern sollte. Ich ging zu der Pension in der Cochrane Street, wo sie wohnte, und klopfte an ihre Tür, aber niemand antwortete. Als ich schon gehen wollte, öffnete sich eine Tür auf der anderen Seite des Ganges einen Spalt weit. Ich konnte einen stoppelbärtigen alten Mann in einem schmutzigen Unterhemd erkennen.

»Sie suchen wohl die, die für die Zeitung schreibt, was?« sagte er. Ich nickte. »Die ist im Harbour Light«, erklärte er. »Ist gestern hingegangen. Sie will mit'm Saufen aufhören. Als ich Sie gehört hab', dacht' ich, es wäre sie. ›Hab' ja gewußt, daß Sie's da nicht lang aushalten‹, wollte ich zu ihr sagen.« Kichernd schloß er die Tür, als hätte mein Kommen seine Vorhersage irgendwie bestätigt.

Das Harbour Light wurde von der Heilsarmee betrieben. Es lag am Harbour Drive und war wie ein Leuchtturm bemalt, ein Leuchtturm, an dem eine Hinweistafel verkündete: »Selig die Armen im Geiste.« Ein paar Marmorstufen führten zu einer Eingangshalle, wo hinter einem Tisch eine Frau mittleren Alters saß, die die schwarze Uniform der Heilsarmee trug. Als ich mich nach Miss Fielding erkundigte, leuchtete ihr Gesicht auf. »Sie sind ihr erster Besucher«, sagte sie. »Das wird ihre Stimmung beträchtlich heben, wenn sie weiß, daß jemand sich um sie kümmert. Gut, daß Sie gekommen sind. Sie wird nämlich nicht mehr lange Besucher empfangen können.«
Daraufhin brachte sie mich zu einem kleinen Raum, der bis auf einen Tisch und zwei Stühle völlig leer war und ganz anders aussah, als ich mir den Besucherraum vorgestellt hatte. Ich setzte mich, und nach ein paar Minuten kam Fielding herein. Sie trug kein Krankenhaushemd, sondern ihre eigene Kleidung, und hatte sogar ihren Stock dabei.
»Sieh mal einer an«, begann ich.
Anstatt einer Erwiderung rümpfte sie nur die Nase und zog die Augenbrauen hoch. Dann setzte sie sich seitlich an den Tisch, streckte ihre langen, ungleichen Beine aus und überkreuzte die Füße mit den Knöpfstiefeln, wobei der Schuh mit der dicken Sohle oben lag, und klopfte immer wieder mit ihrem Stock auf den Boden.
»Die Schwester sagt, du bekommst nicht viel Besuch«, fuhr ich fort.
»Stimmt nicht. Da ist ein unaufhörlicher Strom von Tanten, Onkeln, Basen«, erwiderte sie. »Die Fieldings waren schon immer berühmt dafür, daß sie zusammenhalten, wenn einer von ihnen dem Schnaps verfällt. Meine Tanten backen mir ständig Kuchen ...« Offenbar war sie ihrer eigenen Ironie müde, denn sie seufzte auf.
»Bist du sicher, daß du das wirklich willst?« fragte ich. »Du trinkst seit

fünfzehn Jahren eine Flasche täglich, und da willst du es ohne auch nur einen Schluck aushalten?«

»Den letzten Schluck habe ich bereits getrunken«, entgegnete sie. »Vor zwei Tagen, am 16. April 1936.«

Mittlerweile zitterte sie am ganzen Leib.

»Was hat dich zu diesem Entschluß bewogen?« wollte ich wissen. »Und warum gerade jetzt?«

»Es scheint, als würden viele Menschen in Neufundland neuerdings seltsame Dinge tun.« Sie lächelte. Also hatte sie von meinem Zusammenstoß mit Hope Simpson gehört. Warum auch nicht, es sprach schließlich die ganze Stadt davon.

»Wußtest du«, fuhr sie fort, »daß unser erstes Parlament in einem Gasthaus zusammentrat, einer Schenke, aus der es hinausgeworfen wurde, weil es die Miete nicht bezahlen konnte? Die Wirtin verkaufte danach Amtsstab und Amtsstuhl des Parlamentspräsidenten. Hat in der Zeitung eine Anzeige dafür aufgegeben. Zu verkaufen: Ein Amtsstab und der Stuhl eines Parlamentspräsidenten. Dazu noch verschiedene andere Insignien, auch der Ziersäbel des Ordnungsbeamten. Ist alles in England gelandet. Wir mußten es auf einer Auktion zurückkaufen. ›Wie hoch ist das Gebot für diese Gegenstände des neufundländischen Parlaments?‹ Wie es scheint, gab es viele Gebote.«

»Ich komme jeden Tag, wenn du möchtest«, erbot ich mich.

»Wirklich, Smallwood«, erwiderte Fielding. »Tu's lieber nicht …«

»Du brauchst jemanden, der dir die Zeit vertreibt«, entgegnete ich. »Ich weiß, wie es Trinkern ergeht, wenn sie nicht trinken.«

Als ich sie zwei Tage später wieder besuchte, hatte sich ihr Zustand verschlechtert. Ihr Kopf zitterte unkontrolliert, als befände sie sich im fortgeschrittenen Stadium einer Schüttellähmung. Immer wieder durchzuckte ein wildes Zittern ihren Körper, als würde sie plötzlich aus dem Schlaf hochschrecken.

»Als du noch getrunken hast, ging es dir besser«, bemerkte ich.

»Ich versuche aber, das Trinken aufzugeben, Smallwood«, erwiderte Fielding. »Und du hast etwas an dir, was diesem Entschluß entgegenwirkt.«

»Alles wirkt diesem Entschluß entgegen«, wandte ich ein.
»Warum ... bist du eigentlich gekommen, Smallwood?« fragte Fielding, während sie sich bemühte, ein Zittern zu unterdrücken, das sie mitten im Satz erfaßte. »Du mußt dir etwas davon versprechen, ist es nicht so? Ich habe von deinem Zusammenstoß mit Hope Simpson gehört. Vielleicht möchtest du, daß ich einen Artikel darüber schreibe, mir ein paar geistreiche Sätze ausdenke, die du im nachhinein gern gesagt hättest, und sie als deine ausgebe?«
»Du bist die zynischste Frau, die ich je kennengelernt habe, Fielding«, erwiderte ich und stand auf. »Du ... du hast mitgeholfen, Sir Richards Leben zu retten. Dafür bin ich dir einen Gefallen schuldig, das ist alles.«
Ich brachte es immer noch nicht über mich, mit ihr darüber zu sprechen, daß sie mir das Leben gerettet hatte, oder ihr dafür zu danken.

Obwohl ich mir schwor, nicht wieder hinzugehen, änderte ich meinen Entschluß einen Tag später wieder. Die Frau am Empfang gab Bescheid, Fielding gehe es sehr schlecht. »Es ist wirklich so«, versicherte sie. »Manchmal denken die Besucher, die Patienten wollten sie nur nicht sehen. Aber gestern nacht war der Doktor da. Man mußte sie in eine Zwangsjacke stecken. Der Doktor hat ihr ein Beruhigungsmittel gegeben, trotzdem müssen wir sie möglicherweise ins Krankenhaus einliefern.«
Erst zehn Tage später konnte ich wieder zu ihr. Wir trafen uns im gleichen Raum wie die beiden ersten Male, aber ich bezweifelte, daß es für sie der gleiche Raum war. Immer noch zitternd, humpelte sie, auf ihren Stock gestützt, herein, doch ihr Blick war nicht mehr so wild.
»Zwei Wochen«, sagte sie. »Der Doktor hat gemeint, das Schlimmste hätte ich hinter mir, den Entzug. Ich bete zu Gott, daß er recht hat. Dies ist der einzige Ort, an dem ich mich nach dem Sanatorium sehne. Obwohl mich dein Besuch auch nicht gerade sonderlich erfreut.«
Bevor ich etwas entgegnen konnte, hob Fielding abwehrend die Hand. »Setz dich, Smallwood, setz dich«, forderte sie mich auf. »Das letzte nehme ich zurück. Das kommt wohl davon, daß ich nüchtern bin.«
Ich setzte mich.
»Weißt du, wovor ich mich am meisten fürchte?« fragte sie. »Daß ich

jetzt, wo ich mit dem Trinken aufgehört habe, nicht mehr schreiben kann. Oder daß ich zwar weiter schreibe, aber nichts Brauchbares mehr herauskommt. Und daß ich das womöglich nicht merke.«
»Vielleicht schreibst du aber auch besser denn je«, entgegnete ich. »Und schaffst mehr als zuvor.«
Fielding schwieg eine Weile. Dann erzählte sie mir, wie sehr sie sich davor fürchte, von hier entlassen zu werden, weil sie bezweifle, »da draußen« der Versuchung widerstehen zu können. Ich versicherte ihr, es werde ihr bestimmt gelingen, aber sie schüttelte den Kopf.
»Du wirst es vielleicht nicht glauben«, sagte sie, »aber ich habe mich wirklich sehr darüber gefreut, daß du mich besucht hast. Und ich habe etwas für dich. Einen Beweis meiner Wertschätzung.« Sie nahm einen Umschlag aus der Jackentasche und reichte ihn mir. Darin befanden sich zwei Schreiben, und das erste lautete folgendermaßen:

Miss Fielding,
Gott sei Dank verlasse ich Neufundland nun für immer. Als ich kürzlich meine Unterlagen durchsah, fand ich dies. Ich glaube, ich tue Ihnen damit einen Gefallen.

Rektor Reeves

Das »damit« bezog sich auf den Brief an die *Morning Post.* Ich hatte bisher nur einmal einen Blick darauf erhascht, als Reeves ihn vorlas, während er mir den Rücken zuwandte. Obwohl der Kleister, mit dem man die Wörter aufgeklebt hatte, längst eingetrocknet war, leuchteten sie mir verschrumpelt und geschrumpft vom Blatt entgegen.
»Warum hat er dir das geschickt?« wollte ich wissen.
Fielding zuckte die Schultern. »Vielleicht dachte er, ich hätte den Brief gern in meinem Besitz. Zur Erinnerung gewissermaßen.«
»Ich glaube, er hatte recht«, erwiderte ich. »Immerhin hast du ihn zehn Jahre lang aufbewahrt. Er muß dir also viel bedeuten.«
»Nun, jetzt will ich ihn nicht mehr. Du kannst ihn haben, wenn du möchtest«, sagte Fielding. Bevor ich etwas einwenden konnte, hob sie die Hand. »Ich möchte ihn einfach los sein, das ist alles. Ich hatte ihn lange genug. Wenn du ihn nicht willst, werfe ich ihn weg oder verbren-

ne ihn. Ich wollte ihn dir geben, weil ich dachte, er würde dir etwas bedeuten. Mir bedeutet er nichts mehr.« An der Art, wie sie den letzten Satz betonte, erkannte ich, daß sie nun, da sie die Trinkerei aufgegeben hatte, ganz neu anfangen wollte.

Aber warum wollte sie ausgerechnet mir den Brief geben? Ihre Erklärung erschien mir nicht sehr überzeugend. An ihrer Stelle hätte ich ihn sofort vernichtet, sobald er sich in meinem Besitz befunden hätte. Ganz bestimmt hätte ich ihn nicht weitergegeben, und schon gar nicht an den Menschen, dem er solchen Schaden zugefügt hatte. Es mußte ihr etwas daran liegen, daß ausgerechnet ich ihn bekam.

Ich zog noch immer die Möglichkeit in Betracht, daß jemand anderer als Fielding ihn geschrieben hatte. Seit jener Nacht, als ich Prowse bei Sir Richard traf und ihn zum ersten Mal verdächtigte, hatte ich viel darüber nachgedacht. Und obwohl ich, was Prowse betraf, noch zu keinem endgültigen Schluß gekommen war, erschien es mir immer unwahrscheinlicher, daß Fielding die Verfasserin war. Denn es stellte sich die Frage, warum sie so lange auf ihre Rache gewartet hatte. Fast drei Jahre. Außerdem, warum sollte sie plötzlich, nachdem sie den Streich so weit getrieben hatte, Reue empfinden und alles beichten, um mich reinzuwaschen? Schließlich stand ich lediglich unter dem Verdacht, den Brief geschrieben zu haben, und man hätte es mir nie nachweisen können. Daher stand der Ärger, den sie mir ersparte, in keinem Verhältnis zu den Schwierigkeiten, die sie sich selbst damit einhandelte. Aber das alles erklärte noch nicht, warum sie mir den Brief jetzt gab. Wenn sie wollte, daß ich die Wahrheit erfuhr, warum sagte sie sie mir nicht ins Gesicht?

Nun, da ich ihn noch einmal gesehen hatte, konnte ich den Gedanken jedoch nicht ertragen, daß er vernichtet werden sollte. Vielleicht hoffte ich auch, den wahren Schuldigen noch zu finden, solange der Brief existierte.

»Gib ihn mir«, sagte ich daher. »Ich nehme ihn, und auch Reeves' Brief, außer du möchtest ihn behalten.« Sie schüttelte den Kopf. Ich zuckte die Schultern. »Dann nehme ich beides.« Ich steckte die Blätter in den Umschlag und ging.

FIELDINGS KURZER ABRISS DER GESCHICHTE NEUFUNDLANDS

22. Kapitel
Isaac Mercers vermummte Mörder

Unsere Geschichte wäre nicht vollständig, würden wir nicht die heidnischen Bräuche anprangern, denen die Menschen in diesem Land so lange angehangen haben und die manche als »Kultur«, »Folklore«, »Brauchtum« oder »Tradition« bewahren möchten. Aus solchen Dingen kann nichts Gutes erwachsen.

Der Mummenschanz dient in Neufundland seit jeher dazu, sich für erlittene Unbill zu rächen. Es gibt zahlreiche Aufzeichnungen über Menschen, die sich vermummten und dann ihre Feinde oder religiösen Widersacher überfielen und schwer verletzten. (Vermummte, zur Information all jener Glücklichen, die ihnen nie begegnen mußten, ziehen zur Weihnachtszeit verkleidet durch die Straßen, richten dort alles mögliche Unheil an, dringen unangekündigt in Häuser ein und gehen erst wieder, wenn man sie mit Nahrung, Schnaps und anstößigen Tänzen beschwichtigt hat.)

Nehmen wir den Fall eines gewissen Isaac Mercer, der am 28. Dezember 1860 in Bay Roberts von einer Gruppe von Vermummten angegriffen und ermordet wird, woraufhin man den Mummenschanz in St. John's verbietet. Allerdings führt das nur dazu, seine Popularität zu vergrößern.

Wie oft haben wir des armen Isaac Mercer gedacht, der den Überfall der Vermummten für Spaß hielt. In einer Zeitung beschrieb ihn ein Freund als »fröhlichen, optimistischen Burschen, dem das Glück stets hold war und der sich, wie es scheint, den Zorn einer Handvoll Kerle zuzog, ohne es auch nur zu ahnen. Er war die Art Mann, der nie jemanden verdächtigte, schlecht von ihm zu denken, und dem erst, als es schon viel zu spät war, klar wurde, daß man ihn umbringen wollte.«

Als ich klein war, wurden wir einmal von Vermummten heimgesucht. Es klopfte an der Tür, dann hörte man die Frage: »Ist das Christfest

hier?« Die Vermummten sprachen stets mit angehaltenem Atem, um ihre Stimme zu verstellen. Daher verstand mein Vater die Frage falsch und öffnete die Tür, um dem Fragenden zu versichern, zu seinem Haus hätten nur Christen Zutritt – und so kamen sie herein.
Sie trugen furchterregende Masken und Tierköpfe oder verhüllten ihre Gesichter mit Schleiern und Spitzengardinen. Einer hatte zwischen den Beinen eine ausgestopfte Socke, die so lang war, daß sie am Boden schleifte.
Ein anderer trug einen Stock in der Hand, an dessen Ende eine mit Erbsen gefüllte Blase hing. Damit schlug er alle, die seiner Meinung nach nicht die richtige Weihnachtslaune hatten. Aber aus irgendeinem Grund hatte er es auf mich ganz besonders abgesehen. Nie werde ich das laute Rasseln der Blase vergessen, als er mich durch das ganze Haus, von Zimmer zu Zimmer jagte.
Dies verleitete ein anderes Mitglied der Truppe dazu, mich ebenfalls zu verfolgen, einen Kerl, den sie Pferdefratze nannten und der auf einer Art Steckenpferd ritt. Es bestand aus einem Stock mit einem Pferdekopf an einem Ende, und dieser Kopf hatte bewegliche Kiefer, in die man für die Zähne Nägel geschlagen hatte und die nun bedrohlich nach mir schnappten. Das ganze Schauspiel schien auf eine bestimmte Musik abgestimmt, denn der Rest der Truppe verschanzte sich in der Küche, von wo das schreckliche Akkordeon, die klappernden Löffel und eine grausige Trommel erklangen.
Sogar als ich mich unter meinem Bett verkroch, außerhalb der Reichweite der Blase und der Pferdefratze, hörte ich sie mit erstickter Stimme das betörende »Lied der auf die Terra Nova Verbannten« singen: »Wie oft schon bekamen wir sie zu Gesicht / Die Vermummten, sie laufen herbei / Über die Felder im fahlen Mondlicht / Nahen sie mit wildem Geschrei / Lustig verkleidet und schaurig bemalt, wie's ihnen gefallt ...«
Gnädigerweise verließen die Vermummten unser Haus wenig später wieder und suchten das Nachbarhaus heim, dessen Bewohner von ihrem Anblick derart fasziniert waren, daß sie sie hereinließen. Sie wurden sie die ganze Nacht nicht wieder los, und in jener Nacht, versicherte mir mein Vater, hielten allein unsere Gebete sie am Leben.

DIE *MORNING POST*

Es verging kein Tag, an dem ich mich nach Arbeitsschluß nicht mit dem Brief an die *Morning Post* beschäftigte. Dem dicken Papier nach zu urteilen, waren alle Wörter und auch die einzelnen Buchstaben, aus denen der Schreiber manche Wörter gebildet hatte, nicht aus Zeitungen oder Zeitschriften ausgeschnitten, sondern aus Büchern. Bei den kleinen Buchstaben überwog eine Schriftart, die ich zwar in Büchern schon oft gesehen hatte, von der ich jedoch nicht wußte, wie sie hieß. Die vollständigen Wörter wiesen ausnahmslos diese Schrift auf, und da sie sich auch ansonsten glichen, nahm ich an, daß sie alle aus demselben Buch stammten. Die einzelnen Buchstaben, die Wörter bildeten, waren hingegen von unterschiedlicher Größe und von unterschiedlichem Schrifttyp, so daß jedes Wort ein uneinheitliches Schriftbild zeigte. Es handelte sich hierbei ausschließlich um Großbuchstaben, vielleicht weil es leichter gewesen war, sie auszuschneiden. Einige waren in, wie ich sah, Fraktur-, andere in Kursivschrift, die restlichen Schriften hatte ich schon gesehen, kannte aber ihre Namen nicht.

Aus irgendeinem Grund kamen mir gerade die Buchstaben E, G, K und A besonders vertraut vor. Sie hatten die gleiche Größe, und so schien es mir wahrscheinlich, daß sie aus demselben Buch stammten. Wenn ich sie mir nicht zufällig in dieser Reihenfolge notiert hätte – E, G, K, A –, dann wäre mir vermutlich nie eingefallen, woher ich sie kannte. Ich grübelte tagelang über sie nach und hatte meinen Versuch, ihre Quelle zu finden, bereits aufgegeben, als es mir auf dem Weg zur Redaktion, während ich mich in Gedanken mit etwas ganz anderem beschäftigte, plötzlich einfiel.

»... der Engländer, der Gemeinden, des Kolonial- und des Außenministeriums.«

Ich eilte nach Hause, zog meine lesbare Ausgabe der *Geschichte* zu Rate und fand meine Vermutung tatsächlich bestätigt. Diese vier Buchstaben und noch andere, aber auch die Wörter *drei* und *hefte* standen auf der ersten Textseite. Als ich das Buch durchblätterte, fand ich noch weitere ganze Wörter und einzelne Buchstaben, die sowohl in Größe als auch in Schriftart zu denen im Brief an die *Morning Post* paßten.
Nun war ich mir auch sicher, wer der Urheber des Briefes war. Offenbar hatte mein Vater – oder zumindest mußte es ihm in seiner Trunkenheit so erschienen sein – zwei Fliegen mit einer Klappe geschlagen. Er hatte die Buchstaben und Wörter aus einem Buch herausgeschnitten, dessen Autor ihn, wie er glaubte, herablassend behandelt hatte: »Freunde, wie Sie und ich es hätten sein können, wären wir zusammen zur Schule gegangen.« Und daraus hatte er einen Brief zusammengefügt und an eine Zeitung geschickt, in der Hoffnung, Rektor Reeves dadurch in Schwierigkeiten zu bringen. Jenen Reeves, der seinen Sohn und damit auch ihn beleidigt hatte.
Ich holte meines Vaters Ausgabe der *Geschichte* aus der Schublade meiner Kommode und faßte den Entschluß, die Seiten voneinander zu lösen, auch wenn es bedeutete, das Buch zu zerstören. Denn ich war überzeugt, daß die Buchstaben und Wörter für den Brief an die *Morning Post* aus diesem Exemplar stammten.
Am einfachsten würde es wohl sein, überlegte ich, die erste Textseite freizulegen, denn sie war schon die dritte Seite nach dem Einband. Es war jedoch auch die Seite, um die es mir am meisten leid tun würde, wenn ich sie zerstörte und es sich dann als ergebnislos erwies. Die Wörter, nach denen ich suchte, oder vielmehr die Lücken, wo einst die Buchstaben gestanden hatten, befanden sich im oberen Drittel der Seite.
Mit einem Rasiermesser begann ich, von der oberen rechten Ecke aus die Seiten voneinander zu lösen, wobei mir meine unversehrte Ausgabe der *Geschichte* als Orientierungshilfe diente. So behutsam wie möglich arbeitete ich mich zur Mitte vor. Dabei malte ich mir bereits aus, was ich unternehmen würde, sobald ich den Beweis vor Augen hätte – meinen Vater zur Rede stellen, mich bei Fielding entschuldigen, an Hines schreiben, um ihn zu fragen, warum er in der Predigt in seiner

Kirche von Brooklyn gesagt hatte: »Es gibt ein schreckliches Geheimnis um ein Buch und einen Mann, den du nie gekannt hast.« Wenn mein Vater tatsächlich der Verfasser des Briefes war, hatte Hines recht mit seiner Aussage. Dann hatte ich meinen Vater wirklich nie gekannt.
Als ich ein Dreieck von etwa einem Zoll freigelegt hatte, begann die erste Textseite einzureißen, so fest war sie mit der darüberliegenden Seite verklebt. Ich wollte schon an meiner Aufgabe verzweifeln, als sie sich zu lösen begann und das erste Wort erschien, die Silbe *lands*. Ich fuhr mit der Arbeit fort, bis ich *Neufundlands* freigelegt hatte und das letzte *e* des in Fraktur gesetzten *Berichte* auftauchte. Anschließend konnte ich die Kleinbuchstaben e-t-s-i-n-i-m sehen. Ich hielt inne, denn wenn sich mein Verdacht bestätigte, müßte nun ein kleines Fenster erscheinen, wo zuvor der Buchstabe *A* gestanden hatte.
Doch das große A in Frakturschrift war da. Desgleichen das E, das G und das K, ebenso wie *hefte* und *drei* weiter unten auf dem Blatt. Ich überprüfte anhand meiner eigenen Ausgabe der *Geschichte*, daß es keine andere Seite gab, von der die Buchstaben stammen konnten. Die Buchstaben und Wörter waren nicht aus der Ausgabe meines Vaters ausgeschnitten, sondern aus einer, die jemandem anderen gehörte – und vermutlich nicht von meinem Vater.

Fieldings Tagebuch, 19. April 1936

Lieber Smallwood,
es ist lange her, seit ich die Tage und erst recht die Nächte ertrug, ohne mich an einen Drink zu klammern.
Obwohl ich oft so müde bin, daß ich mich kaum noch auf den Beinen halten kann, finde ich keinen Schlaf, und ich frage mich, ob ich jemals wieder ein Auge zumachen werde.
Der Gedanke an berühmte Schläfer raubt mir die Ruhe. Sie scheinen mich zu verhöhnen. Die Apostel, die in der Nacht vor der Kreuzigung schliefen. Rip van Winkle. Ich sage mir, daß ich jederzeit hinausgehen und mir ein wenig Schlaf kaufen kann, wenn es nötig sein sollte. Den

Preis für eine Nacht Schlaf bewahre ich zu Hause auf, eine Flasche Scotch, die ich in eine Dose gefüllt und anschließend fest verschlossen habe. Ich habe nicht vor, sie zu öffnen, mir genügt das Wissen, daß ich es jederzeit tun könnte, wenn mir danach ist.

Und selbst um drei Uhr nachts gibt es Orte, wo ich hingehen kann, was ich früher auch oft getan habe. Tap, tap, tap klopfe ich mit meinem Stock ans Fenster. »Sind Sie das, Miss Fielding?« Ein Mann, der auf solche Störungen eingestellt ist, steigt aus dem Bett und läßt mich ein. »Bis spät in der Nacht am Schreiben?« fragt er, während die Münzen den Besitzer wechseln.

Es fehlt mir, mitten in der Nacht, wenn alle Häuser dunkel sind, mit einem Ziel durch die Straßen zu gehen. Und mir fehlt das Hochgefühl des langen Heimwegs.

Als alles in gewohnten Bahnen verlief, schlief ich tagsüber, stand in der Abenddämmerung auf, schrieb im Sommer bis Mitternacht und im Winter bis drei und blieb dann bis zum Sonnenaufgang wach.

Es kam mir so vor, als wäre immer Nacht. Ich sah hinunter auf die Häuserzeilen, auf die Theater, die Geschäfte in der Water Street, die Autos in den Auffahrten – alles Teil eines Lebens, das seit Jahren stillstand, das sich seit Jahren bei Einbruch der Nacht nicht veränderte.

Ich gehe noch immer nachts durch die Straßen, sogar häufiger als früher, inzwischen aber aus anderen Gründen. Ich kann nicht mehr dasitzen und nichts tun so wie früher, als ich noch getrunken habe. Ich marschiere im Zimmer auf und ab, lese, rauche, solange ich es ertrage, dann gehe ich hinaus.

Ich streife durch das Stadtviertel, in dem ich aufgewachsen bin, laufe an dem Haus vorbei, das früher meinem Vater gehörte, am Bishop Spencer, wo ich zur Schule gegangen bin, und am Hotel Neufundland, wo die Hope Simpsons drei Suiten bewohnen und es immer noch »eng« finden.

Vorbei an der bedrückenden Einsamkeit von Cochranes Haus und dem einhundert Jahre alten Regierungsgebäude, das von außen noch genauso aussieht wie in der Zeit, bevor die Kommissare kamen. Am alten Colonial Building. Um wieviel älter wirkt es jetzt als noch vor zwei Jahren.

Ich steige die Stufen hinauf und setze mich zwischen die Säulen, in der

Stadt, in dem Land, die ich zu dieser nächtlichen Stunde noch als mein empfinde. Ich bin an der Ostküste, auf einer Halbinsel, mit dem Rest unserer Insel durch einen Streifen Land verbunden, der so schmal ist, daß eine einzige Flutwelle ihn verschlingen könnte.
Ich bin noch nie quer über die Insel gereist. Als ich St. John's verließ, nahm ich das Schiff.
Wenn ich auf jenen Stufen sitze, denke ich oft an das Herzstück unseres Landes, Regionen, wo niemand lebt, durch die keine Straße, kein Schienenstrang führt, wo es mehrere Meilen breite Seen gibt, über die noch nie ein Kanu glitt, die noch nie ein Auge sah, das Landesinnere, das William Cormack und ein Micmac namens Sylvester im Jahr 1822 durchquerten, nur um zu beweisen, daß es möglich ist.
Irgendwann kehre ich dann nach Hause zurück. Von meiner Feuertreppe aus blickt man zwischen zwei Bäumen hindurch auf die Positionslichter der Boote, die von den Narrows aufs Meer hinaussteuern, und man hört das Dröhnen ihrer Motoren, solange kein Wind weht.
In den Häusern an der Battery gehen die Lichter an, wenn ich meines lösche. Menschen, die wachen, wenn ich schlafe, und schlafen, wenn ich wache, die den Tag beginnen, wenn die Sonne aufgeht – eigentlich sogar noch früher –, und deren Tag endet, wenn sie sich zur Ruhe begibt.
Sie sind jetzt draußen auf dem Wasser, die Haken mit Ködern bestückt. Hundert Haken an einer Leine von tausend Fuß, von Hand ausgelegt und eingeholt, um den Dorsch zu fangen, der am Meeresgrund seine Nahrung sucht. Obwohl es sich kaum einer leisten kann, ihren Fisch zu kaufen, fischen sie. Schließlich essen sie ihn dann selbst.
Wenn sie den Tag beginnen, schließe ich meine Läden, lege mich auf mein Bett und bete um Schlaf. Die Dose, die weitaus mehr enthält als den Preis für eine Nacht Schlaf, bleibt meinen Blicken verborgen an ihrem Platz, ganz hinten im Wandschrank.
Doch was ist, wenn meine Wache niemals endet?

FIELDINGS KURZER ABRISS DER GESCHICHTE NEUFUNDLANDS

23. Kapitel Whiteway

Neufundland ist dafür bekannt, daß es noch aus den einseitigsten Abkommen Kapital schlägt, und trotzdem zieht auch Neufundland gelegentlich den kürzeren.

Kein Name in der Geschichte Neufundlands hat eine ähnlich symbolische Bedeutung wie der von William Whiteway, der im Jahr 1878, als die Briten auf seinen Antrag auf den Bau einer Eisenbahnlinie über die Insel mit dem Angebot antworteten, ihn statt dessen zum Ritter des St. Michaels- und Georgsordens zu schlagen, an seiner Forderung nach einer Bahnlinie festhielt. Von diesem Tag an heißt es in Neufundland, wenn jemand hereingelegt wird, er sei »gewhitewayt«.

DER MANN IM MAST

Fielding hatte recht. Es gab wirklich eine Zeit in Neufundland, als die Leute die seltsamsten Dinge taten. Mir ging es ähnlich wie vielen Neufundländern; offenbar war es mein Schicksal, Unternehmungen zu beginnen, von denen alle außer mir wußten, daß sie keinen Erfolg haben würden. Eine Art verzweifelte Hoffnung nährte in mir einen trügerischen Optimismus, den Glauben, daß zumindest für mich, wenn auch für niemanden sonst in unserem Land, der Wohlstand zum Greifen nahe war. Mein Zustand ähnelte der Euphorie, die mich in New York überkam, nachdem ich tagelang nichts gegessen hatte, oder der warmen Benommenheit, die mich befiel, als ich damals im Schneesturm an der Nebenstrecke von Bonavista beinahe erfroren wäre.

Es gab eine Unmenge von notleidenden Erfindern bei uns, Unternehmern auf der Suche nach »Mitteln« für dieses oder jenes Geschäft, und diese Leute untergruben meine Glaubwürdigkeit, davon war ich überzeugt. Wie sollte ich die Mittel für meine todsicheren Projekte auftreiben, wenn die Investoren mich für einen der vielen Spinner hielten, die so zahlreich waren wie der Stint am Strand? Zu meinen todsicheren Projekten gehörte eine Enzyklopädie mit dem Titel *Das Buch Neufundlands*, die ich herausgegeben hatte und von der sich Tausende Exemplare in einem Lagerhaus am Hafen stapelten wie Lagen von Klippfisch, weil es sich niemand leisten konnte, sie zu kaufen.

Ich wandte mich an den Geschäftsführer eines Rundfunksenders namens VONF, die *Voice of Newfoundland*, und überzeugte ihn von dem Konzept einer Sendung, die den Titel »Der Mann im Mast« – benannt nach dem Matrosen im Ausguck eines Schiffes – bekommen sollte. In dieser Sendung wollte ich die Vergangenheit unseres Landes und heimatliche Geschichten vorstellen, denn meine unverkäufliche, ungele-

sene, unbekannte Enzyklopädie enthielt so viel Material, daß man ein solches Programm auf Jahre damit hätte füllen können.
Im Oktober 1937 ging ich als »Der Mann im Mast« auf Sendung. Ich sprach zu den Neufundländern montags bis freitags von 18 Uhr 45 bis 19 Uhr. Meine erklärte Absicht war, Neufundland den Neufundländern besser bekannt zu machen. Und niemand war überraschter als ich, als das Konzept Anklang fand.
»Der Mann im Mast« begann und endete mit sechs Schlägen einer Schiffsglocke. »BOING, BOING, BOING, BOING, BOING, BOING. F. M. O'Leary präsentiert Ihnen ›Der Mann im Mast‹, eine Sendung, die es sich zum Ziel gesetzt hat, Neufundland den Neufundländern besser bekannt zu machen.« Ein einzelner Schlag kündigte den Anfang und das Ende der Werbung an, Spots für Produkte, die von F. M. O'Leary hergestellt oder vertrieben wurden. Er finanzierte die Sendung und zahlte mir für meine Dienste als Moderator fünfzig Dollar die Woche. Endlich hatte ich ein anständiges Einkommen und konnte für Clara und die Kinder ein Haus kaufen.
Anfangs bezog ich meine Ideen hauptsächlich aus dem *Buch Neufundlands*. Ich berichtete von Neufundländern, die sich im Ausland einen Namen gemacht hatten – Sir Cyprian Bridge, der einzige Neufundländer, der in der Royal Navy bis zum Admiral aufgestiegen war, oder John Murray Anderson, der nach Flo Ziegfeld die Leitung der Ziegfeld Follies übernahm. Ich erzählte von Unglücken, Schiffbrüchen, Schlachten, Kriegshelden, neufundländischen Erfindern – wie jenem Mann, der ein Gerät erfand, mit dem man Torpedos ablenken konnte, oder jenem, der eine wesentliche Verbesserung an der Gasmaske entwickelte.
Dann erleichterte ich mir die Arbeit, indem ich einen Teil des Programms von meinen Hörern gestalten ließ: Nachdem ich in der Sendung eine Geschichte vorgelesen hatte, bat ich sie, mir nun ihrerseits Geschichten zu schicken, die zeigten, »wie tapfer, zäh, klug, stark, stolz, intelligent und erfolgreich wir Neufundländer sind«.
»Es gibt so manchen«, sagte ich, »auch mitten unter uns, der nicht viel von uns Neufundländern hält. Aber ich will zeigen, daß wir stets ans Ziel kommen, wenn man uns nur eine gerechte Chance gibt. Schicken Sie mir Ihre Geschichte. Schicken Sie mir Ihre Reime, Ihre Erfahrun-

gen mit Hausmitteln, Ihre Rezepte.« Ich versprach allen, deren Beiträge gesendet wurden, als Geschenk eine Stange Palmolive-Seife. Und um Zeit zu schinden, verkündete ich in jeder Sendung, wie viele Minuten ich mit »Der Mann im Mast« schon gefüllt hatte.

»Bis zum heutigen Tag habe ich Sie insgesamt siebentausenddreihundertdreiundvierzig Minuten durch unser Programm geführt«, sagte ich. »Und das entspricht siebenhunderttausendvierhundertsiebenundneunzig Worten.«

FIELDING VOR ORT, 3. DEZEMBER 1940

BOING, BOING, BOING, BOING, BOING.

F. M. O'Leary präsentiert Ihnen »Der Mann im Mast«, eine Sendung, die es sich zum Ziel gesetzt hat, Neufundland den Neufundländern besser bekannt zu machen. Und hier spricht Joe Smallwood, »Der Mann im Mast«.

Guten Abend, liebe Neufundländer. Heute habe ich interessante Nachrichten für Sie. Ich entnehme sie dem Brief von einer gewissen Miss Fielding, dessen genauen Wortlaut ich Ihnen nicht vorenthalten möchte: »Lieber Mann im Mast, es ist mir zu Ohren gekommen, daß es eine Anzahl von Büchern auf der Welt gibt – ich bin noch bemüht herauszufinden, wie viele es sind, und werde es Ihnen mitteilen, sobald ich meine Recherchen beendet habe –, in denen Neufundland nicht erwähnt wird.« BOING.

Geben Sie Ihrem Haustier Pet Milk. Pet Milk wird in Neufundland hergestellt und ist deshalb die weltweit beste Milch für Ihre Hunde und Katzen. BOING.

Miss Fielding fährt in ihrem Brief fort: »Ich selbst besitze mehrere der besagten Bücher, darunter einen Führer durch die Vogelwelt Chiles, in dem das Wort *Neufundland* unverständlicherweise nicht vorkommt. Ich habe dem Herausgeber bereits geschrieben und ihn um eine Erklärung gebeten.«

Und der Mann im Mast sagt: »Bravo, Miss Fielding.« Genau die Art von Nationalstolz, die ich mit meiner Sendung fördern will. Warum

sollen wir uns diese Behandlung gefallen lassen? Wir verdienen es, genauso oft in Büchern erwähnt zu werden, wie jeder andere auch. Stellen Sie sich ein Buch vor, in dem der Name Island nicht genannt wird!
Liebe Neufundländer, schicken Sie mir Ihre Rezepte, Ihre Sprichwörter, erzählen Sie mir von Ihren Gebräuchen. Überall in unserem Land sterben die alten Sitten aus. Doch ich möchte nichts mit einem Neufundland zu tun haben, das nicht mehr die Tradition pflegt, den Weihnachtspudding mit einem Gewehrschuß aus dem Topf zu lösen. BOING.
Kaufen Sie Palmolive-Seife. Sie wird zwar nicht in Neufundland hergestellt, aber bei uns duftet und schäumt und reinigt sie besser als anderswo. Das kann ich aus eigener Erfahrung bestätigen. BOING.
Ich habe das Vergnügen, Ihnen mitzuteilen, daß kein Geringerer als Gouverneur Walwyn zu dem Publikum gehört, das meine Sendung tagtäglich mit wachsender Begeisterung verfolgt. Er schreibt: ›Lieber Mann im Mast, meine Glückwunsche zu Ihrem ausgezeichneten Programm. Mrs. Walwyn und ich bitten Abend für Abend die Menschen von der Straße in unser Haus, um sich gemeinsam mit uns vor unserem kleinen Rundfunkgerät zu versammeln und Ihrer Sendung zu lauschen. Um halb sieben begibt sich Mrs. Walwyn zum Ende unserer Auffahrt und fordert die Vorbeikommenden mit ihren mittlerweile schon bekannten Worten auf: »So kommt doch, kommt! Der Mann im Mast beginnt in einer Viertelstunde.« Wenige Augenblicke bevor Sie ans Mikrophon treten, stürzt sie mit gerafften Röcken zurück ins Haus und bringt eine Horde aufgeregter Bürger mit. Wie prächtig wir uns amüsieren, Ihre Ladyschaft und ich, wenn wir uns Ihre Sendung anhören, während sich unsere Gäste, um Höflichkeit bemüht, jeden Tropfen Tee und jeden Krümel Keks einverleiben, den wir ihnen anbieten. Sie scheinen so darauf bedacht, die Regeln des Anstands zu wahren, daß sie gelegentlich in ihrer Selbstlosigkeit sogar vergessen, Ihnen zuzuhören. Hin und wieder geschieht es auch, daß selbst wir Sie nicht mehr verstehen können, so laut ist das Kauen und Schlürfen im Raum. Keine noch so dringenden Bitten können sie dazu bewegen, die Sorge um uns außer acht zu lassen und sich lieber an Ihrem Programm zu ergötzen. Es bricht uns das Herz, sind wir uns doch bewußt, wie ausgehungert nach Wissen sie sind.‹ BOING, BOING, BOING, BOING, BOING.

Nun, meine Damen und Herren, ist es wieder Zeit zum Abschiednehmen. Im Namen von F. M. O'Leary sagt Ihnen der Mann im Mast auf Wiedersehen und hofft, daß Sie morgen wieder sein Gast sind.

Wenn ich in meinem Rundfunkstudio in St. John's vor dem Mikrophon saß, dachte ich manchmal an meine Fahrt mit Andrews auf der *Margaret P.* und meinen anschließenden Marsch auf dem Eis entlang der Südküste. Und an die Menschen, die ich dort getroffen hatte. Hätte man ihnen das Radio fortgenommen, lebten sie nicht anders als die Siedler in dieser Region vor ein- oder sogar zweihundert Jahren. Schiffbrüchige, die dort gestrandet waren und sich mit dem behelfen mußten, was sie aus ihrem Wrack hatten retten können.
Den größten Teil Neufundlands kannte ich bisher noch nicht, weder die Great Northern Peninsula noch die Nordküste oder die Ostküste südlich von Bonavista und die Küste und das Landesinnere von Labrador. Es waren die Gegenden, aus denen die »verlorenen« Neufundländer stammten, deren Photos im *Backhomer* erschienen waren und die sie, nach einem sauberen Trennungsschnitt, für immer verlassen hatten. Es war ein eigenartiges Gefühl, am Mikrophon zu sitzen und zu wissen, daß man mir an Orten zuhörte, die ich zwar noch nie gesehen hatte und nie sehen würde, deren Namen mir jedoch geläufig waren. Die Menschen, die dort wohnten, kannten meine Stimme, nicht aber mein Gesicht, und nicht Joe Smallwood, sondern den Mann im Mast, eine mythische Figur wie der Weihnachtsmann.
Als ich mit meiner Sendung begann, mußte ich mich beherrschen, um nicht zu schreien, damit man mich auch bestimmt hörte, als hätte ich nur eine Flüstertüte in der Hand. Die ersten Male hatte man wahrscheinlich den Eindruck, ich wollte die Bürger zur Flucht ins Landesinnere aufrufen, weil in Kürze eine Flutwelle die Küste verschlingen würde.
Nichts schneidet so sehr von der Außenwelt ab wie das Meer. Menschen, die in der Wildnis wohnen, können sich zumindest vorstellen, daß der Urwald eines Tages gerodet und das Land besiedelt wird. Ich

wollte meinen Zuhörern wenigstens an fünf Tagen in der Woche eine Viertelstunde lang den Glauben geben, daß es eine Welt jenseits unserer Insel gab. Die Versorgungsschiffe, die von einem geheimnisvollen Anderswo kamen und einmal im Monat im Hafen anlegten, konnten das nicht. Auch nicht die großen Dampfer, die phantomgleich am Horizont entlangglitten, oder die Flugzeuge, die wie Möwen über den Himmel zogen, ohne ein Geräusch zu verursachen.

Von meinem Vater hatte ich die Angst vor der häuslichen Enge geerbt. Meine Reisen waren eine Flucht, nicht nur vor der Vorhersagbarkeit und Monotonie des Lebens zu Hause, sondern vor allem vor dem Identitätsverlust, der zumindest für mich mit dieser Lebensform verbunden war, dem Gefühl, von dieser kollektiven Einheit, die man Familie nennt, verschluckt und aufgesogen zu werden.

Und so ging ich weitaus öfter auf Recherchereisen für »Der Mann im Mast«, als nötig gewesen wäre. Es war mein neuester Vorwand, um von daheim wegzukommen, von Clara und den Kindern, denen ich wirklich als der Mann im Mast erschienen sein mußte: weit oben, fern, unerreichbar. Ich fuhr zu so vielen entlegenen Orten wie möglich in meinem gebraucht gekauften Dodge, der, da ich meist allein unterwegs war, mit der Zeit mehr mein Zuhause wurde als mein neues Haus. Ich aß und schlief darin, nachdem ich ihn mitten im Nirgendwo einfach am Straßenrand geparkt hatte.

Ich entwickelte Interesse an feinem Porzellan und klapperte die Orte an der Bucht ab, um die Inhalte von Geschirrschränken zu durchstöbern – und nur selten fragte ich mich, was in Gottes Namen ich da tat oder welch seltsamer Vogel ich geworden war. Alles, um bei Anbruch der Dunkelheit nicht zu Hause zu sein oder dort bleiben zu müssen. Der einst heimwehkranke Auswanderer war zu einem wanderlustigen Patrioten geworden.

Oft hielt ich Hunderte von Meilen entfernt von zu Hause in der Abenddämmerung auf einer Landzunge mit Blick auf die See, rauchte eine Zigarette nach der anderen und sah mir den Sonnenuntergang an. Das Meer erweckt in einem entweder eine Ergebenheit in sein Schicksal oder einen noch größeren Ehrgeiz, eine Unruhe, die Entschlossenheit, etwas zu erreichen, was selbst den ewigen Strom der Gezeiten überdauert. Und ständig hatte ich den Eindruck, daß sich etwas, obwohl quälend nahe, meinem Zugriff entzog, nur daß ich mittlerweile fürchtete, es nie greifen zu können.

Selbst wenn ich nicht auf Reisen war, nahm ich abends oft das Auto und fuhr stundenlang durch die Stadt oder auf einen Hügel, der einen Ausblick auf sie bot. Besser denn je verstand ich, warum sich mein Vater so gern auf seiner Terrasse aufhielt.

In solchen Nächten erschien mir unsere ganze Insel wie ein einziger Außenposten, so klein, daß selbst der Besitz eines Autos sinnlos, absurd war und nur demonstrierte, wie eingeschlossen man war. Zum ersten Mal in meinem Leben konnte ich nachempfinden, weshalb es die Männer aufs Meer hinauszog, weshalb sie es dem Land, insbesondere einer Insel vorzogen. Das Land war zweitrangig, eine vorübergehende Erhebung des Meeresbodens, über der sich die Wassermassen eines Tages wieder schließen würden.

Die alten Männer, die ich auf meinen Fahrten entlang der Bucht sah, saßen am Fenster und blickten aufs Wasser, von dem sie oft nicht mehr als ein schmaler Strand trennte, der je nach Stand der Gezeiten da war oder auch nicht – und ich bildete mir ein, sie jetzt zu verstehen. Jedes Mal, wenn sie in See stachen, traten sie eine Reise an, die zwar ohne Ziel, jedoch nicht ohne Sinn war, und wenn der Sinn auch nur darin bestand, in Bewegung zu bleiben und weiterzumachen. Dort saßen sie nun, diese Männer, und blickten auf das Meer, zu alt, um noch fischen zu gehen oder auch nur ein Boot hinauszusteuern. Und trotzdem waren sie vom Meer gefesselt, in seinen Bann gezogen.

Auch in solchen Nächten dachte ich an Fielding, deren Leben viel mehr dem eines Mannes im Mast glich als meines, Fielding in ihrer Pension, allein, unbeschränkt, frei. Ich beneidete und ich vermißte sie und fragte mich, wie sie jetzt, da sie das Trinken aufgegeben hatte, zurechtkam. Und ob sie nun, ohne den Alkohol, wußte, warum sie mich geliebt hatte und ob ihr Gefühl wirklich Liebe gewesen war.

Ich erinnerte mich an die gespannte Stimmung bei uns zu Hause, wenn mein Vater nicht trank, dachte an seine Übererregtheit, seine Unruhe, sein Verlangen, die so greifbar gewesen waren, daß unsere Körper aus Mitgefühl mit ihm ebenfalls zitterten. Und wenn er dann endlich wie-

der getrunken hatte, kam es uns vor, als hätten wir alle getrunken. Diesen Zustand kann niemand über Jahre hinweg ertragen.
Manchmal fuhr ich nachts durch die Cochrane Street, vorbei an Fieldings Pension, wo ihr Fenster oft als einziges noch hell erleuchtet war. Ich stellte mir vor, wie sie ihrer einsamen Beschäftigung nachging, während die Stadt schlief, wie sie die Nacht hindurch schrieb, wie sie, ohne daß jemand es wußte, Wache hielt, bis sich zwischen den Felsen bei den Narrows das erste blasse Morgenlicht zeigte. Und wie sie dann schlafen ging.
Der Mann im Mast. Er steht in seinem Korb in der Mastspitze, hält Wache, sieht, was die Zukunft bringt. Es sei denn, der Nebel ist so dicht, daß er nichts sieht, jahrelang nichts sieht. Die Flaute ist da und kein Ende in Sicht.

FIELDINGS KURZER ABRISS DER GESCHICHTE NEUFUNDLANDS

24. Kapitel
Eine Gesandschaft zu Kreuze kriechender Bettler

Im Jahr 1894 hat Neufundland offenbar seine Lektion gelernt.
Zwei Jahre sind vergangen, seit St. John's zum zweiten Mal durch eine Feuersbrunst zerstört wurde. In der Kolonie herrschen wirtschaftliche Depression und eine nie dagewesene Arbeitslosigkeit. Sie ist bankrott, alle Rücklagen in den Banken sind aufgebraucht. Mit anderen Worten, noch nie war die Ausgangsbasis günstiger, um mit Kanada in Verhandlungen über einen Zusammenschluß einzutreten.
Diese Aussage erscheint vielleicht nicht ganz so seltsam im Licht folgender Betrachtung, die der britische Diplomat Alleyne Fitzherbert anstellte: »Wenn man mit Kanadiern verhandelt, ist es von Vorteil, dies aus einer Position der Schwäche heraus zu tun, denn sie machen freudig Zugeständnisse und willigen in beinahe alles ein, wenn ihr Gegenüber einen bedürftigen Eindruck macht.«

Zugeständnisfreudig, mitleidig, bereit, sich zu Tränen rühren zu lassen, man nenne es, wie man wolle. Bei der Vorstellung, wie sich die Kanadier gefühlt haben müssen, als sie hörten, daß sich eine Delegation zu Kreuze kriechender Bettler auf dem Weg von Neufundland nach Ottawa befand, kann man sie nur bedauern.

Auf die Bitte der Neufundländer, er möge es ihnen nachsehen, daß sie 1869 eine Konföderation mit Kanada fast einstimmig ausgeschlagen hätten, murmelt Premierminister Mackenzie Bowell, wenn es etwas gäbe, das Kanada niemals hegen und pflegen würde, dann sei es ...? Bei der Frage, wie die nächsten Worte lauteten, sind sich die Historiker einig: Es muß sich entweder um »einen Groll« oder »dieses Faß ohne Boden namens Neufundland« gehandelt haben.

Nachdem die neufundländische Delegation den Kanadiern ihr Leid geklagt hat, schlagen diese exakt jene Bedingungen für einen Zusammenschluß vor, wie man sie von einem Volk, das unter einem Übermaß an Mitgefühl leidet, nur erwarten kann. Und wieder werden sie von den gewissenlosen Bittstellern aus Neufundland vor den Kopf gestoßen.

Seelisch derart aufgewühlt, daß sie schon bei dem Gedanken an weitere Verhandlungen in Tränen ausbrechen, erklären die Kanadier, dies sei ihr einziges und letztes Angebot. Glücklicherweise haben sie es mit Leuten zu tun, die charakterlich ähnlich labil sind wie sie. Die Neufundländer entschließen sich zu einem »Whiteway« und kehren in ihr Land zurück.

Der Leiter der neufundländischen Delegation, der neunmalkluge Kolonialminister Sir Robert Bond, kann es nicht zulassen, daß die Geschichte ihren Lauf nimmt. Er bürgt mit seinem persönlichen Besitz, nimmt von England ein Darlehen von drei Millionen Dollar auf und »rettet« das Land.

FORT PEPPERRELL, 1943

Wäre der Krieg nicht gewesen, hätte die Regierungskommission ihre Tätigkeit vielleicht schon früher eingestellt. Neufundland schien von drei Nationen besetzt zu sein: von britischen Staatsdienern sowie von britischen, kanadischen und amerikanischen Streitkräften. Dieses Besatzungskonglomerat verschaffte vielen Neufundländern zum ersten Mal einen Blick auf die Welt da draußen.

»Jemand sollte euch Leuten einmal sagen, in welchem Jahrhundert wir leben«, meinte ein amerikanischer Soldat, den ich im Herbst 1943 interviewte.

Obwohl ich gehört hatte, daß sich die Zustände in Amerika seit meinem Aufenthalt dort gebessert hatten, bedeutete »Amerika« für mich immer noch das New York der zwanziger Jahre.

Was uns an den Amerikanern am meisten beeindruckte, war ihr unglaublicher Reichtum, mit dem sie uns überaus großzügig und nonchalant bedachten. Kaum waren sie in den Krieg eingetreten, schossen in Neufundland Armeestützpunkte, Flughäfen, Straßen und Trockendocks wie Pilze aus dem Boden. In St. John's wimmelte es von freigiebigen Amerikanern, die nicht müde wurden zu berichten, um wieviel besser als wir Neufundländer es ihre Leute zu Hause hätten.

Die Vielzahl der Uniformen von Männern und Frauen in den Straßen von St. John's war verwirrend, hielt aber – zumindest mir – auch ständig vor Augen, daß wir uns zum einen im Krieg befanden und daß wir zum anderen keine eigene Identität besaßen, als Land nicht existierten, daß es bei uns seit nunmehr acht Jahren eine vorläufig eingesetzte Regierung gab. Es schien schwer vorstellbar, daß es für uns, angesichts so vieler unterschiedlicher Einflüsse, als Nation eine Zukunft gab.

Die Uniformen unterschieden sich farblich je nach Armee und innerhalb der einzelnen Streitkräfte je nach Waffengattung – es gab weiße, khakifarbene, grüne, schwarze und marineblaue und graue –, und jeder, der so eine Farbe trug, war sofort als Ausländer zu erkennen. In diesem Krieg gab es kein neufundländisches Regiment; wir konnten es uns schlicht nicht leisten. Unsere Freiwilligen traten in die britische Armee oder in die Handelsmarine ein, sie trugen britische Uniformen und kämpften mit britischen Waffen. In der Stadt konnte man sie aus der Ferne nicht von den Briten unterscheiden. Nur von ganz nahem sah man die kleinen Abzeichen mit dem Wappen, das sie als Neufundländer kennzeichnete.

Obwohl wir auf der Seite all dieser Ausländer kämpften, obwohl sich unsere Staatseinnahmen dank ihrer Anwesenheit verdoppelt und zwanzigtausend zuvor arbeitslose Neufundländer nun eine Stelle hatten, konnte ich sie einfach nicht leiden. Es gab Zeiten, da brachte ich es nicht fertig, auf die Straße zu gehen, denn jedem Menschen in Zivil, gleich welchen Alters, sah man an, daß er Teil einer anderen, abgelegenen, uninteressanten Welt war. Vielleicht bildete ich mir das auch nur ein. Ich sah, wie die Amis mich wegen meiner Statur belächelten, die der eines Kriegsgefangenen ähnelte, so mager war ich, denn ich hatte es siebenundzwanzig Friedensjahre lang nicht geschafft zuzunehmen. Ich wog beeindruckende hundertfünfzehn Pfund, trug eine Brille, und mir fielen allmählich die Haare aus.

Die Hände tief in die Taschen meines Mantels vergraben, eine Zigarette im Mundwinkel, schlich ich durch die Straßen von St. John's und sah all die kräftigen Soldaten mit einem Mädchen vom Ort im Arm. In mir stieg das absurde Bild einer ganzen Generation neufundländischer Männer auf, die zum Junggesellentum verdammt waren, weil die Amerikaner ihnen die Frauen weggeschnappt hatten.

Aber ich hatte noch einen anderen, sehr persönlichen Grund, warum mir die Anwesenheit insbesondere der Amerikaner zuwider war. In Fort Pepperrell hatte man mit dem Betrieb eines Rundfunksenders begonnen, der VOUS, der *Voice of the United States.* Dort liefen ohne Werbung die bekanntesten amerikanischen Radioprogramme, deren Empfang in Neufundland zuvor größtenteils nicht möglich gewesen war,

dazu Nachrichten der amerikanischen Streitkräfte mit endlosen brandaktuellen Kriegsberichten, da es die Amerikaner offenbar für selbstverständlich hielten, daß die Anstrengungen ihrer Truppe im öffentlichen Interesse an erster Stelle standen.
Der amerikanische Sender hatte mehr Zuhörer als alle einheimischen einschließlich meinem, und ich betrachtete seine Beliebtheit als Beleidigung für Neufundland und als Bedrohung für meine Lebensgrundlage. Ich verfocht die Sache Neufundlands mit größerem Eifer denn je. Selbstverständlich äußerte ich in der Sendung nie ein Wort gegen die Amerikaner, aber ich erwähnte sie auch nie freiwillig, außer es ließ sich gar nicht anders umgehen.

Eines Abends Mitte Oktober fuhr ich nach Fort Pepperrell, um mir im Pleasantville-Lichtspieltheater einen Film anzusehen. Es regnete, und während ich draußen wartete, fiel mir auf, daß die amerikanischen Soldaten vorgelassen wurden.
»Warum dürfen denn die Amis schon rein?« beschwerte ich mich. »Stimmt mit uns Neufundländern irgend etwas nicht? Das ist schließlich unser Land, oder?«
Ich wartete vor dem Kino mit einer Gruppe von Ortsansässigen, die mich als den Mann im Mast erkannten, hatte sogar einige Autogramme gegeben. Ein kräftiger Kerl in einer Holzfällerjacke vorn in der Schlange feuerte mich an: »Sag's ihnen nur, Joe.« Doch als der nächste Amerikaner, seinen Abzeichen nach ein Stabsunteroffizier, vor ihm eingelassen wurde, schwieg er.
»Warten Sie gefälligst, bis Sie dran sind«, herrschte ich den Amerikaner an, während ich aus der Reihe trat, damit er mich sah. Der Offizier, ein langer, schlaksiger, pickliger junger Bursche, hielt kurz vor der Tür verblüfft inne.
»Wir haben das alles hier gebaut«, erwiderte er schließlich, nachdem er sich von seiner Verblüffung erholt hatte, und er lächelte sogar gutmütig über meine Kühnheit. »Ohne uns gäbe es hier kein Kino.«
Wie aus dem Boden gewachsen, standen plötzlich zwei Militärpolizisten mit ihren weißen Helmen vor uns.
»Hier warten auch Frauen, die schon bis auf die Haut durchnäßt sind«,

sagte ich. »Und ältere Leute. Lassen Sie wenigstens die hinein.« Das »wenigstens« verriet mich.

»Die Plätze reichen für alle«, meinte einer der Polizisten.

»Warum dürfen wir dann nicht hinein?« fragte ich.

»Weil wir dann nicht die besten Plätze bekommen«, sagte der Offizier, grinste mich an und verschwand im Kino.

»Mach dir nichts draus, Joe«, tröstete mich der kräftige Kerl vorne. »Kümmere dich nicht um die, Joe.« »Vergiß sie einfach, Joe«, hörte ich die Männer in der Reihe murmeln. Einer lachte, aber die anderen brachten ihn sofort zum Schweigen.

Die nächsten Soldaten wurden eingelassen, begleitet von Zurufen der Wartenden. Doch da sie nichts bewirkten, blieben sie von da an still. Fügsam warteten wir im Regen. Die beiden Militärpolizisten unterhielten sich vor dem Eingang, während der Regen auf ihre weißen Helme niederprasselte. Ein kalter Ostwind von der See fegte aus der Bucht von Quidi Vidi Village über die Stadt.

Hätte ich nur etwas unternommen, einen der Amis, vielleicht einen Militärpolizisten provoziert, damit er auf mich losging und mich schlug! Es hätte die Städter aufgerüttelt, hätten sie mit ansehen müssen, wie einer von ihnen von einem der Amerikaner herumgeschubst wurde, wie der Mann im Mast von einem, der doppelt so groß und halb so alt war wie er, angegriffen wurde.

Vor mich hin brütend stand ich im Regen, und ein altes, allzu bekanntes Gefühl der Bedeutungslosigkeit beschlich mich. Die Amerikaner hatten das Land, auf dem Fort Pepperrell und die anderen Militärstützpunkte in Neufundland errichtet worden waren, für neunundneunzig Jahre gepachtet. Wahrscheinlich hatten die britischen Kommissionsmitglieder sie von hundert heruntergehandelt. Aber neunundneunzig erschien mir länger. Wie eine Ewigkeit. Neunundneunzig Jahre, das war die Strafe für Kriminelle, die man für immer wegschließen wollte. Nicht einmal in meiner Familie, die für ihre Langlebigkeit bekannt war, hatte jemand dieses Alter erreicht. Wenn ich den Abzug der Amerikaner noch miterleben wollte, mußte ich hunderteinundvierzig Jahre alt werden. Die Amerikaner würden ganze neunundneunzig Jahre hierbleiben. Für alle Fälle.

Wer wußte schon, was die kommenden Jahrzehnte brachten? Wie lange die Regierungskommission noch im Amt sein würde, konnte niemand sagen. Ich war zweiundvierzig Jahre alt, und wenn ich jetzt jemandem erzählt hätte, welch hochtrabenden Pläne ich mit zwanzig gehabt hatte, hätte er mich ausgelacht. Ich schwor mir, Neufundland zu verlassen, wenn es noch lange so weiterging. Aber wohin konnte ich schon gehen? Ich war froh, daß Clara mich heute abend nicht begleitet hatte. Die Vorstellung, hier neben ihr im Regen zu stehen, war mir ein Greuel. Vielleicht mit ansehen zu müssen, wie sie den anderen Frauen aus der Stadt, die am Arm ihrer amerikanischen Freunde direkt ins Kino spazierten, neidisch nachblickte.

Schließlich ließen die Militärpolizisten auch Neufundländer ein. Ich schob mich vorwärts, aber als ich kurz vor der Kasse stand, erwog ich einen Augenblick lang, aus der Reihe zu treten und mit einer trotzigen Geste abzuziehen. Der Mann im Mast schleicht sich wie ein geprügelter Hund mit eingezogenem Schwanz davon. Doch ich wurde mir schmerzlich bewußt, wie wenig meine lokale Berühmtheit für einen Amerikaner zählte, der nur zufällig von meiner Existenz erfuhr. Der Mann im Mast. Welch passender Name für mich, war ich doch ebenso dürr wie ein Mast.

Ich bezahlte meine fünfundzwanzig Cent an der Kasse. Eine Angehörige der weiblichen Truppe mit einer khakifarbenen Kappe nahm das Geld entgegen und gab mir meine Karte. Der Saal war noch hell erleuchtet, als ich eintrat. Die meisten der guten Plätze waren, wie der Offizier schon angedeutet hatte, von Amerikanern besetzt. Auf einigen freien Plätzen stand »Reserviert«. Die Neufundländer, die in den hinteren Reihen sowie am linken und rechten Rand saßen, bildeten ein tristes Hufeisen aus Zivilisten um die Amerikaner herum, die mit ihren einheitlichen Uniformen wirkten, als hätte man einen Scheinwerfer auf sie gerichtet.

Doch den Neufundländern schien die Platzverteilung nichts auszumachen. Das Lichtspieltheater in Fort Pepperrell war mit Abstand das beliebteste der Stadt. Denn dort wurden jeden Freitag und Samstag abend die neuesten Filme gezeigt, die sonst überhaupt nicht nach St. John's gekommen wären, oder falls doch, erst Jahre später. Heute stand ein Film mit Betty Grable und Clark Gable auf dem Programm, »Grable and Gable«, wie man in Leuchtschrift über dem Eingang angekündigt hatte. Ein aufgeregtes, erwartungsvolles Murmeln erfüllte den Saal. Fast schon erwartete ich, Grable und Gable zusammen den Gang entlangspazieren zu sehen.

Ich machte es mir in einem der feudalen roten Sitze auf der linken Seite bequem und sah mich um. Der Offizier hatte recht gehabt. Das war ihr Filmtheater, ein amerikanischer Pavillon, ein Hafen für die Heimwehkranken, die, obwohl an Neufundland gebunden, keinesfalls die Lebensweise der Neufundländer annehmen mußten. Ich sagte mir, es sei dumm, sie dafür zu verabscheuen. Jeder Neufundländer in ihrer Lage würde das gleiche tun, besäße er die Mittel dazu.

Gerade als sich meine Stimmung etwas aufheiterte und ich mich mit meiner Lage abfand, hörte ich auf der Treppe hinter mir vertraute Schritte. Erster Fuß, zweiter Fuß, Pause. Erster Fuß, zweiter Fuß, Pause. Kein Zweifel, das war Fielding, die ich seit Monaten nicht gesehen hatte. Mein Herz machte einen Freudensprung, und ich buchstäblich auch, denn ich wollte sie einladen, sich neben mich zu setzen. Gerade heute wäre sie die ideale Gesellschaft für mich, denn auf ihre beißend witzige Art würde sie sich über die Amerikaner ebenso lustig machen, wie sie es so lange mit den Briten getan hatte.

Ich drehte mich zu ihr um. Es war Fielding, aber sie war nicht allein. Einer von *denen* stützte sie auf dem Weg die Treppe hinunter, und ich sah zum ersten Mal, daß sie sich von jemandem helfen ließ. Der Mann umfaßte ihren linken Ellbogen und hielt ihre linke Hand, während Fielding mit der rechten ihren Stock umklammerte. Eine Zuschauerreihe nach der anderen verstummte, als sie vorbeigingen, alle starrten wie gebannt auf diese Demonstration der Ritterlichkeit und gafften Fielding an, die größer als ihr Begleiter war und wohl von einigen Neufundländern erkannt wurde, denn hinter ihrem Rücken steckten die Leute die Köpfe zusammen und tuschelten.

Fielding humpelte absichtlich stärker als sonst, da war ich mir sicher, aber weniger, um Mitleid zu erregen, als vielmehr, um den Glorienschein ihres Begleiters noch heller erstrahlen zu lassen. Sie klammerte sich an ihn, als würde sie ohne seine Unterstützung umfallen.

Dabei hatte Fielding es immer ganz gut allein geschafft, eine Treppe hinunterzusteigen, sogar wenn sie sternhagelvoll war. Heute hingegen war sie völlig nüchtern, so daß ich mich fragte, ob sich ihr Leiden wohl verschlimmert hatte.

Zunächst vermutete ich, der Mann habe ihr seine Hilfe angeboten, als er sah, wie sie sich mit den Stufen abmühte, und ich war nach wie vor entschlossen, ihr den Platz neben mir anzubieten. Er trug nicht die Mütze mit der Falte der Mannschaftssoldaten, die aussah wie eine umgedrehte Brieftasche, sondern die Schirmmütze der Offiziere. Seine Rangabzeichen, zwei waagrechte schwarze Streifen, wiesen ihn als Captain aus. Fielding trug eine Art Pelzstola, in der ich sie noch nie gesehen hatte, aber keinen Mantel. Da es in dem Kino keine Garderobe gab, mußte sie mit jemandem hier sein. Mit ihm. Er hatte ihr einen Wagen geschickt. Oder sie hatten bereits auf dem Stützpunkt zusammen zu Abend gegessen.

Ich hatte meine Hand schon halb ausgestreckt und mußte nun irgend etwas tun, um diese Bewegung zu vertuschen, also legte ich sie auf die Stuhllehne und tat so, als würde ich mit der anderen Hand etwas vom Kissen wischen. Dann drehte ich mich mit gesenktem Kopf abrupt um und setzte mich wieder, wobei ich eine gewisse Verärgerung zur Schau stellte. Ich betete, daß Fielding mich nicht gesehen hatte. Und ich dankte Gott dafür, daß sie und ihr Captain nicht hinter mir saßen.

Sie gingen an mir vorbei. Es bestand kein Zweifel daran, daß Fielding ihr Humpeln, so viel sie nur konnte, übertrieb. Als sie sich dem Teil des Saales näherten, in dem die Amerikaner saßen, sprangen die Mannschaftssoldaten auf – ganz offensichtlich hatten sie keinen Captain erwartet – und salutierten. Man hätte meinen können, sie salutierten Fielding. Ich konnte mir gut vorstellen, wie sehr sie diese Situation genoß. Der Captain, ein adretter, kräftiger Bursche Mitte Dreißig, grüßte förmlich zurück. Die Soldaten nahmen ihre Plätze wieder ein, doch einige von ihnen und ihre Freundinnen machten etwa ab der zwölften Reihe mehrere Mittelsitze frei. Dorthin setzten sich Fielding und ihr Captain, und niemand saß neben, vor oder hinter ihnen.

Ich war dunkelrot angelaufen. Meine Ohren glühten. Sicher war den Leuten hinter mir der Wechsel meiner Gesichtsfarbe nicht entgangen.

Dies hier, Fielding und der Captain, konnte keine normale Verabredung sein, sagte ich mir. Dieser Captain begleitete sie nur, damit sie nicht allein sitzen mußte. Er war, wie es sich für einen Soldaten geziemte, ritterlich zu einer Frau, die aufgrund ihrer Behinderung keine Aussicht auf eine Eheschließung hatte und gezwungen war, ihren Lebensunterhalt selbst zu verdienen.
Blieb die Frage, wie sie sich kennengelernt hatten. Ich beobachtete sie. Er neigte sich ganz dicht zu ihr, als würde er ihr etwas anvertrauen, und daraufhin lachte Fielding laut heraus. Es war das unbekümmerte Lachen eines Mädchens. Auch der Captain lachte. Wie mir auffiel, sah Fielding sehr viel besser aus, seit sie zu trinken aufgehört hatte. Ihr Gesicht war voll, die Augen klar und groß. Ich musterte sie eingehend. Es schien fast unmöglich, aber sie war tatsächlich geschminkt. Sie trug Lippenstift. Und sogar so etwas wie Rouge. Als der Captain einen Augenblick wegsah, richtete Fielding den Blick auf ihn, nur den Bruchteil einer Sekunde lang, fast scheu, als wäre ihr daran gelegen, bei ihm einen guten Eindruck zu hinterlassen. Noch nie hatte sie jemanden so angesehen, noch nie hatte jemand sie so zum Lachen gebracht, zumindest nicht, wenn ich dabeigewesen war.
Die Lichter gingen aus. Die amerikanische Nationalhymne erklang, und auf der Leinwand erschien flatternd die amerikanische Flagge. Vor mir sah ich die Silhouette des Captains, wie er Fielding dabei behilflich war, sich zu erheben. Als bräuchte sie dabei Hilfe. War sie denn damals während des Sturmes auf das Colonial Building nicht sogar allein auf den schmiedeeisernen Zaun geklettert? Fielding mußte das alles so arrangiert haben, vermutete ich. Wahrscheinlich plante sie, einen Artikel über die Amerikaner zu schreiben, und hatte sich deswegen mit jemandem aus Fort Pepperrell in Verbindung gesetzt. Dieser wußte nicht, welche Art Kolumne sie schrieb. Er fand es reizend, einen weiblichen Reporter kennenzulernen, und ihre Behinderung rührend, die Fielding in ihr Gespräch einzuflechten wußte, und so hatte man sie ins Pleasantville-Lichtspieltheater eingeladen, mit diesem Captain als Begleitung. Wie groß würde ihre Überraschung sein. Was würde der Captain sagen, wenn er las, wie Fielding ihn in ihrer Kolumne darstellte.
Die Hymne war zu Ende, und das Publikum setzte sich wieder. Nun

folgte die Wochenschau. Eine Stimme, die klang, als würde sie schon seit Anbeginn der Welt über wichtige Ereignisse berichten, erzählte von den amerikanischen Kriegserfolgen. Man sah einen amerikanischen Zerstörer, der aus allen Rohren feuerte, und Flugzeuge, vermutlich die des Feindes, die eine Rauchwolke hinter sich herzogen und ins Meer fielen. Es wurde über Pearl Harbour berichtet und Roosevelt zitiert, der erklärte, daß die Amerikaner mit der »Macht der Gerechten« Vergeltung üben würden. Die Soldaten riefen Bravo. Ich beobachtete Fielding und ihren Captain. Jedesmal, wenn er auf die Leinwand deutete, nickte sie lebhaft. Entweder interessierte es sie wirklich, was er sagte, oder sie wollte, daß er diesen Eindruck bekam.
Der Film war wohl in aller Eile abgedreht worden, um die amerikanische Moral zu heben, denn Grable und Gable waren ein Liebespaar, das der Krieg zusammengeführt hatte – sie eine Angehörige der weiblichen Truppe, er ein Pilot, an dessen möglichen Tod durch die Hand des Feindes wir glauben sollten. Ich glaubte eigentlich nicht daran, aber ich hoffte es, als wäre Fieldings Captain dort oben auf der Leinwand.
Als ich annahm, daß nur noch wenige Minuten bis zur Pause blieben, beschloß ich, hinaus ins Foyer zu gehen. Ich bezweifelte, daß Fielding sich noch einmal die Mühe machen und so tun würde, als sei sie auf die Hilfe des Captains angewiesen, um die Treppen zu ersteigen, aber vielleicht stand sie ja auf, um sich die Beine zu vertreten, und womöglich drehte sie sich dann um und sah mich.
Ich ging hinaus in die Eingangshalle, wo sich bereits eine Schlange vor dem Popcorn gebildet hatte. Dort stellte ich mich an die Glastür des Foyers, zündete mir eine Zigarette an und blickte hinaus. Der Wind blies jetzt noch heftiger. Der Quidi-Vidi-See war so aufgewühlt, daß ich seine weißen Schaumkronen sogar in der Dunkelheit ausmachen konnte. Was für eine Nacht. Ich überlegte zu gehen; es wäre das Vernünftigste, sagte ich mir. Aber ich blieb.
Ich dachte an das, was Fielding mir einmal gesagt hatte, als sie auf dem Bett in ihrer Pension saß. »Um die Ehe bittet man mich nie, doch Anträge bekomme ich genug.« Erneut fragte ich mich, ob das eine Einladung gewesen war. Warum konnte ich nie verstehen, was die Menschen meinten, was Frauen meinten, wenn sie solche Dinge sag-

ten? War es eine Einladung, einer von vielen zu werden, zum großen Kreis ihrer Liebhaber zu zählen? Oder hatte sie sich über mich lustig gemacht, um sich für jene Nacht in New York zu rächen? Was, wenn ich auf ihr Angebot eingegangen wäre, falls es eines war? Wie hätte sie dann reagiert? Nicht daß ich es wirklich vorgehabt hätte. Dieser amerikanische Captain, wußte er bereits von ihrem Ruf? Oder hatte sie gar keinen solchen Ruf?
Ich ging nicht oft aus, um mich zu vergnügen, auch nicht ins Kino. Eine melancholische Langeweile hatte mich heute aus dem Haus getrieben. Vielleicht sah man Fielding häufiger in Begleitung von Männern. Des öfteren hatte ich mir schon vorgenommen, Erkundigungen über sie einzuholen, doch ich wußte nicht, wie ich es anfangen sollte, ohne mich dabei lächerlich zu machen oder in meinem Gegenüber Zweifel an meinen Absichten zu wecken. Smallwood, ein verheirateter Mann und noch nie ein Freund der Fleischeslust, holte Auskünfte ein über das Privatleben einer unverheirateten Frau, über die schon seit Jahren gewisse dumme Sprüche im Umlauf waren.
»Entschuldigen Sie bitte«, sagte eine Stimme hinter mir, dem Akzent nach die eines Amerikaners aus den Südstaaten. Ich versperrte den Durchgang. Mit der gleichen Bewegung drehte ich mich um und trat zur Seite …, um Fielding und ihrem Captain den Weg frei zu machen, die gleichfalls zur Pause ins Foyer wollten.
»Oh –«, sagte Fielding. Sie klang ehrlich überrascht. O Captain! My Captain! Aus welchem Schulgedicht stammte das noch? Sie wirkte nervös. So wie ich vermutlich auch. Der Captain sah von einem zum anderen. Fielding streckte mir ihre schwarz behandschuhte Hand entgegen. Ich drückte sie leicht.
»Lange nicht gesehen«, sagte sie, als wäre es ungewöhnlich, daß sich unsere Wege seit geraumer Zeit schon nicht mehr gekreuzt hatten. Gegenüber diesem Captain gab sie vor, jemand zu sein, der sie nicht war, und mich forderte sie unausgesprochen auf, ja, bettelte mich an, auf ihr Spiel einzugehen. Ich studierte das Namensschild auf seiner Uniformjacke. Captain D. Hanrahan.
Der Teufel sollte mich holen, wenn ich Fielding diesen Gefallen tat und bei dem, was immer sie da trieb, mitspielte. Offenbar sah sie mir an,

was ich dachte. »Captain Hanrahan«, warf sie ein. »Das ist Joe Smallwood, ein Reporterkollege von mir.« Ich hatte sie noch nie zuvor meinen Vornamen aussprechen hören. Und ausgerechnet jetzt tat sie es, um mich einem amerikanischen Soldaten vorzustellen, dessen Absichten, der gezierten Art nach zu urteilen, wie sie sprach, nur allzu offensichtlich waren. Ich kochte vor Wut. Mir kam der vielsagende Blick des Offiziers, als ich draußen mit den anderen Neufundländern gewartet und klein beigegeben hatte, wieder in den Sinn.

»Und was treibst du in letzter Zeit, Fielding?« fragte ich. Mir war bewußt, daß sie genau das – nämlich daß ich sie beim Nachnamen nannte – hatte verhindern wollen. Aber sollte ich sie etwa zum ersten Mal in meinem Leben mit Sheilagh anreden, nur weil sie einen Captain im Arm hatte? Er trat einen Schritt vor.

»Ich glaube nicht, daß man eine Dame so anspricht«, sagte er mit seinem Südstaatenakzent. Mir fiel jetzt auf, daß er jünger war, als ich gedacht hatte, Mitte bis Ende Zwanzig vielleicht. Für einen Captain ziemlich jung. Sein Dienstgrad und sein Auftreten hatten mich getäuscht.

»Nein«, entgegnete ich, »es ist ...«

Fielding trat ebenfalls vor, schob ihren Stock zwischen uns und drückte ihn mit einer Geste, die Vertrautheit ausdrückte, an die Brust des Captains.

»Im Zeitungsgeschäft nennen mich alle Fielding«, erklärte sie. »Ich fasse es als Kompliment auf. Denn die Männer reden sich alle untereinander mit dem Nachnamen an. Smallwood, das ist Captain David Hanrahan.«

Erst als er mir die Hand reichte, senkte Fielding den Stock. Ich schüttelte seine Hand. Er hielt meine so fest, daß ich seinen Puls spürte. »Sie müssen entschuldigen, Smallwood«, sagte er. »Wir beim Militär reden nur unsere Untergebenen mit dem Nachnamen an.«

»War schön, dich zu sehen, Smallwood«, sagte Fielding lächelnd. Bis mir auffiel, daß mich dieser Captain beleidigt hatte, waren sie schon zur Tür hinaus.

Draußen, unter dem Vordach, blieben sie stehen, während der Captain einen Schirm aufspannte. Fielding ergriff den Arm, den er ihr hinhielt, und sie gingen davon, den Schirm gegen den Wind gestellt, in Richtung der Offiziersunterkünfte. Ich wandte mich ab und zündete mir neuerlich eine Zigarette an. Was ging es mich an, was Fielding machte und mit wem? Und warum sollte es mich etwas angehen?

FIELDINGS KURZER ABRISS DER GESCHICHTE NEUFUNDLANDS

25. Kapitel
Vater Gosse, Sohn Gosse und Prowse

Prowse' Geschichte erscheint im Jahr 1895.

Sie liegt vor uns auf dem Tisch, während wir schreiben, und fordert uns zu Ablehnung, Widerspruch, Verbesserung heraus. So zwingt sie uns zum Durchhalten.

»D. W. Prowse, Q. C.« Prowse, ein Kronanwalt. Der Name prätentiös eingerahmt von je zwei Buchstaben. Eine Vorbemerkung von Edmund Gosse.

Mein Name braucht keine Großbuchstaben und keinen Titel, meine *Geschichte* keinen Edmund Gosse mit seinen anrührenden Erinnerungen an ein Land, das er nie gesehen hat. Seine zweiseitige Einleitung widmet er ohnehin mehr dem Stint als Prowse.

Er macht »alte Familienbande mit Neufundland« geltend und betont insbesondere, daß sein Vater acht Jahre lang bei uns mit einem Köcher durch die Lande zog und Insekten sammelte. Er bezeichnet ein Verhalten als »entomologisch«, worin andere lediglich einen hinreichenden Beweis für Irrsinn sehen würden.

Wir sollten uns wohl geschmeichelt fühlen, daß im Hause Gosse in Devonshire eine Unzahl eingelegter und konservierter Insekten aus Neufundland ausgestellt sind.

Gosse hätte sie vielleicht weniger reizvoll gefunden, hätten sie ihn auf die gleiche Weise angegriffen wie mich, als ich mich vor sechs Monaten ein letztes Mal vor die Tür wagte.

Vielleicht entschied sich Sohn Gosse auch gegen einen Besuch Neufundlands, nachdem er folgende Passage aus Sir Richard Whitbournes *Discourse on the Island of Newfoundland* gelesen hatte: »Diese Fliegen haben scheinbar eine große Macht und Gewalt über die Menschen, die nach Neufundlanden kamen, denn es ist ihnen eigen, daß sie, wann immer sie einen faul oder schlafend im Walde finden, ihn mit größerer Beherztheit angreifen als ein Polizeimeister den Mann, den er seiner Schulden wegen festnehmen soll.«

Doch einerlei. Inzwischen ist der November angebrochen, und sogar die hartnäckigsten Mücken haben sich in jene teuflischen Gefilde zurückgezogen, wo Mücken zu überwintern pflegen.

Wir sollten wohl eine Art geistige Verwandschaft mit Gosse empfinden – oder seine mit Neufundland anerkennen –, weil in seiner Kindheit im Elternhaus in Devon Jahr für Jahr Köcher mit Stinten aus Carbonear eintrafen. Wie leicht ist es doch, tapfer vom Stint zu sprechen, sobald er tot ist und, einem aufs Hemd gesetzt, nicht mehr herumzappelt und uns zu einem Handeln zwingt, das unsere weniger belesenen Sprößlinge zu Begeisterungsstürmen hinreißt.

Wir sollten Gosse wohl unser Bedauern aussprechen, daß sein Vater nicht mehr miterleben konnte, wie Prowse die Früchte seiner Arbeit erntete. Ruhe in Frieden, Philip Henry Gosse! In welchen Qualen hättest du wohl deine letzten Tage verbracht, wäre dir nicht das Glück beschieden gewesen, von uns zu gehen, bevor du gezwungen warst – aufgrund der kriecherischen Freundschaft deines Sohnes mit dem Autor –, dieses verfluchte Buch zu lesen!

Jenes BUCH! Würden wir aus dieser Welt scheiden, ohne von seiner Existenz zu wissen, wie wären wir glücklich, wenn der letzte Vorhang fällt! Und da tröstet nur wenig, daß nun, da das Erscheinen *unserer* Geschichte bevorsteht, alle Erinnerung an sein Vermächtnis aus dem Bewußtsein der Leserschaft gelöscht sein wird. Aber nicht aus meinem. Nein, aus meinem nicht, es sei denn, der Himmel schenkt uns im Jenseits die Gabe der Amnesie!

INTIME AUGENBLICKE

In den nächsten Wochen studierte ich täglich Fieldings Kolumne, denn ich erwartete, darin einen ironischen Bericht über ihre »Verabredung« oder eine Parodie auf die Amerikaner zu finden, die das meiner Meinung nach mehr als verdient gehabt hätten. Doch nichts dergleichen geschah. Ich meinte sogar, eine neue Sanftheit aus ihren Texten herauszulesen, glaubte aber dann, das hätte ich mir nur eingebildet.
Ich ging jedoch nicht so weit, anzunehmen, Fielding sei »verliebt«, oder das Wort auch nur zu denken. Und wenn ich diese Möglichkeit doch in Betracht gezogen hätte, dann nur zu dem Zweck, um sie entschieden zurückzuweisen, etwa mit den Worten: Fielding ist ebensowenig in der Lage, sich zu verlieben, wie ich. Unsere Beziehung kam der Liebe so nahe, wie es zwischen uns möglich war. Es lag nicht in unserer Natur. Es gab zu viele andere wichtige Dinge, denen man sich widmen mußte, um noch Zeit für romantische Gefühle zu haben. Und weil wir uns in dieser Sache ausnahmsweise einig waren, konnten wir die Gesellschaft des anderen nicht ertragen. Ich führte eine Vernunftehe, und Fielding hatte vernünftigerweise nicht geheiratet. Dennoch bedeutete es mir viel, daß ich eine verwandte Seele vom anderen Geschlecht kannte und gelegentlich traf. Es bedeutete mir viel zu wissen, daß Fielding so blieb, wie sie war, und im Leben der wahren Fielding gab es keinen Platz für Captain Hanrahan.
Und so war das, was drei Monate später, Mitte Januar, geschah, wenigstens im ersten Augenblick fast schon eine Genugtuung für mich. Ich traf auf der Duckworth Street einen Bekannten vom *Evening Telegram*. Wir unterhielten uns eine Weile, dann gingen wir wieder unserer Wege.
»Ach, übrigens«, rief er mir nach. »Haben Sie schon von Fielding gehört?«

»Nein«, sagte ich, bemüht, nur beiläufig interessiert zu klingen. »Was ist mit ihr?« Er hob ein imaginäres Glas an den Mund und legte den Kopf zurück. Dann grinste er und ging kopfschüttelnd davon.

Fielding trank wieder, nach – wie viele mochten es sein? – nahezu sieben Jahren. Ich hatte sie seit jenem Abend in Fort Pepperrell nicht mehr gesehen. Damals hatte nichts darauf hingewiesen, daß sie rückfällig werden könnte.

Ich eilte geradewegs zu ihrer Pension, die ich zu Fuß schneller erreichte als mit dem Auto. Mir graute bei dem Gedanken, dieser Hanrahan könne ihr so viel bedeuten, daß sie seinetwegen wieder zu trinken angefangen hatte. Hatte er ihr den Laufpaß gegeben? War er gefallen? Diese letzte Möglichkeit war eine unerträgliche Vorstellung. Denn einen Geliebten, den sie nicht lange genug kannte, um seine Fehler zu entdecken, würde sie in alle Ewigkeit idealisieren.

Ich stieg die Treppe zu ihrem Stockwerk hinauf und durchquerte den schmuddeligen, nach Kohl riechenden Flur. Warum sie hier gewohnt hatte, solange sie trank und ihr ganzes Geld für Scotch ausgab, konnte ich verstehen, aber warum sie die sieben Jahre, in denen sie nüchtern war, hier ausgeharrt hatte, wollte mir nicht in den Sinn.

An ihrer Tür hing ein Zettel, der mit ihrer kaum entzifferbaren Handschrift beschrieben war: »Shorthall, bin im Presseclub. Nur im äußersten Notfall stören. Harrington soll sich aus dem Ordner bedienen. F.« Shorthall war der Druckereigehilfe, der täglich den Text ihrer Kolumne abholte, um ihr den Weg zum *Telegram* und zurück zu ersparen. Fielding besaß weder ein Auto noch einen Führerschein. Der »Ordner« enthielt eine Sammlung ihrer Kolumnen zu den verschiedensten Themen, die der *Telegram* aufbewahrte für den Fall, daß sie krank oder aus anderen Gründen nicht in der Lage war, zu schreiben.

Fast schon im Laufschritt stürmte ich den Hügel hinunter zu meinem Auto. Dann fuhr ich zum Presseclub, in dem sich die Reporter von St. John's nach Feierabend trafen, wo Fielding jedoch, soweit ich wußte, kein Stammgast war. Ich allerdings auch nicht. Es war drei Uhr nachmittags.

Der Presseclub befand sich im Untergeschoß eines Bürohauses, und man betrat ihn von einer schmalen Gasse aus, die die Duckworth mit der Water Street verband. Ich stieg die zwei engen Treppen bis zum Absatz hinunter und öffnete die Tür. Da das einzige Licht im Raum vom Kamin und von einem hoch angesetzten Fenster in der gegenüberliegenden Wand stammte, war es so dunkel, daß ich anfänglich nichts erkennen konnte und einfach stehenblieb, um abzuwarten, bis sich meine Augen an das Dämmerlicht gewöhnt hatten.

Ich hörte sie kaum, obwohl sie meinen Namen mit solchem Nachdruck aussprach, als hätte sie ihn schon mehrmals gerufen, jedoch keine Antwort bekommen. Ich blickte in die Richtung, aus der die Stimme gekommen war, und dort saß sie, in einer von der Wand zur Toilette und Garderobe gebildeten Nische. Sie hockte auf einer harten Holzbank seitlich am Tisch und hatte die Beine ausgestreckt. Ihre linke Hand steckte in einem dicken weißen Verband.

»Was ist passiert?« fragte ich.

»Bin gestürzt«, antwortete sie. Vor ihr standen zwei Gläser, randvoll mit Scotch.

»Die fülle ich mit meinen eigenen Vorräten auf«, sagte sie, während sie auf ihren Blazer klopfte. Ich hörte ein metallisches Scheppern, das von ihrer Flasche stammen mußte. »Sag ihm nichts.« Sie wies mit dem Kopf zur Bar. Der Kellner konnte sie nicht sehen, mich hingegen schon, und er begrüßte mich mit einem flüchtigen Nicken. Offenbar war er froh, Verstärkung zu bekommen.

»Was darf ich Ihnen bringen, Mr. Smallwood?« fragte er.

»Nur ein Glas Ingwerlimonade«, sagte ich und setzte mich zu Fielding an den Tisch. Wir waren die einzigen Gäste. Ich fand den Raum bedrückend. Wie Bars an einem trüben Winternachmittag wirken, wenn das Tageslicht zur Neige geht, kannte ich nur allzu gut aus meiner Kindheit, wenn meine Mutter mich samstags losschickte, um meinen Vater aus einer seiner »Spelunken« zu holen.

»Was führt dich denn hierher?« fragte Fielding.

»Du«, erwiderte ich.

Sie legte ihre Zigarette in den Aschenbecher, griff nach ihrem Glas, trank einen Schluck Scotch, stellte es ab und nahm die Zigarette wieder auf. »Besser geht es mit einer Hand nicht«, erklärte sie. »Wer hat dir gesagt, daß ich hier bin? Harrington?«

Ich schwieg.
»Das paßt,« sagte sie. »Dann bist du wohl heute der Ritter ohne Furcht und Tadel?«
»Du hattest es im Griff«, entgegnete ich. »Warum hast du wieder angefangen?«
»Das will plötzlich jeder von mir wissen.«
»Wie lange schon?« fragte ich.
»Ich glaube, zwei Wochen«, antwortete sie. »Seit zwei Wochen habe ich nämlich kein Wort mehr geschrieben. Reden ist doch viel lustiger, findest du nicht auch? Habe mit mir selbst geredet, als du kamst.«
Der Kellner brachte meine Limonade. Dann sah er Fielding an und warf mir einen vielsagenden Blick zu.
»Du machst ihm wohl das Leben schwer?« fragte ich, als er fortgegangen war.
»Er ist offenbar zum Ergebnis gekommen, daß es keine Möglichkeit gibt, eine verkrüppelte Frau mit einem gebrochenen Handgelenk aus seiner Bar zu werfen, ohne sich lächerlich zu machen.« Sie hob den Fuß in die Höhe und schwang ihren neuen orthopädischen Stiefel mit der dicken Sohle auf und ab. »Damit soll ich angeblich weniger hinken. Wahrscheinlich bin ich deshalb gestürzt.« Sie klopfte auf ihren Stock, der neben ihr auf der Bank lag, als wollte sie ihm versichern, daß er auch durch den neuen Schuh nicht überflüssig werden würde.
»Was ist passiert, Fielding?« fragte ich.
Sie zuckte die Schultern.
»Sieben Jahre«, sagte ich. »Irgendwas muß doch vorgefallen sein. Hat es mit Captain Hanrahan zu tun?« Ich betete um eine heftige Entgegnung.
»Seit dem Abend im Kino, als wir uns getroffen haben«, setzte sie an, »habe ich Captain Hanrahan nicht mehr gesehen. Und da kannte ich ihn noch nicht mal ganze drei Tage.«
»Es sah aber so aus, als würdest du ihn recht gut kennen«, wandte ich ein.
Sie schüttelte den Kopf. »Das stimmt nicht«, sagte sie. »Ich kannte ihn fast gar nicht.«
»Also gibt es keinen Anlaß, weshalb du wieder mit dem Trinken angefangen hast«, meinte ich.

»Ich habe ja auch ohne besonderen Anlaß damit aufgehört«, sagte sie. »Ich habe aufgehört und wieder angefangen. So einfach ist das. Es ist fast immer so einfach, Smallwood. Beinahe alles ist genau das, was es zu sein scheint. Keine Überraschungen, keine Enttäuschungen. Insofern ist das Leben meinen Erwartungen gerecht geworden.«
»Ich finde, du solltest jetzt nach Hause gehen, Fielding«, sagte ich. »Du hängst erst seit zwei Wochen wieder an der Flasche. Da dürfte es noch nicht so schwer sein, wieder aufzuhören. Jedenfalls nicht so schwer wie beim ersten Mal. Und nicht so schwer, wie es in einem Jahr sein wird.«
Sie nahm eines der Gläser auf und trank es leer. »Ich hätte zu Hause bleiben sollen«, sagte sie. »Aber im Augenblick kann ich das Alleinsein nicht ertragen.«
»Ich begleite dich«, meinte ich.
Sie runzelte die Stirn und legte die Hand auf die Brust.
»Ich meine, um dafür zu sorgen, daß du sicher heimkommst«, beruhigte ich sie. »Ich werde dir auch noch eine Weile zuhören.«
»Wahrscheinlich sollte ich wirklich von hier verschwinden, ehe die Jungs vom *Telegram* hereinschneien«, meinte sie. »Man weiß nie, wer die Situation ausnutzt, wenn er ein Mädchen mit einem Klumpfuß vor sich hat. Man hält mich nämlich für eine, die es nötig hat, weißt du?«
»Ja, ich weiß«, sagte ich mit angehaltenem Atem. »Man bittet dich nicht oft um die Ehe, aber Anträge bekommst du genug.«
»Und häufig bin ich nicht abgeneigt.«
»Du bist betrunken«, sagte ich.
»Vielleicht«, meinte sie. »Schließlich bin ich aus der Übung.« Sie kippte ihren verbliebenen Drink hinunter, holte ein paar Münzen aus ihrer Manteltasche und warf sie auf den Tisch. Dann nahm sie ihren Stock auf. Ich ließ gleichfalls etwas Geld da.
»Wo ist deine Handtasche?« fragte ich.
»Willst du damit sagen, daß du in all den Jahren noch nicht gemerkt hast, daß ich keine Handtasche habe, Smallwood?«
Lachend rutschte sie hinter dem Tisch hervor, dann stand sie auf. Sie schloß die Augen, schwankte. Ich hakte mich bei ihr unter.
»Dann mal los«, sagte ich. »Ob mit oder ohne Handtasche.«
»Du hast noch gar nichts getrunken«, wandte sie ein.

»Gehen wir«, sagte ich, während ich dem verlegen grinsenden Barkeeper zuwinkte.
Es gelang uns jedoch nur mühsam, draußen die Treppe hinaufzusteigen. Alle paar Schritte blieb Fielding stehen und lehnte sich gegen die Hauswand, preßte die verbundene Hand an die Brust und atmete stoßweise. Sie sah aus, als würde sie gleich zusammenbrechen.
»Komm schon«, sagte ich. »Mein Wagen steht oben vor der Treppe.«
Schließlich hatten wir das Auto erreicht, und sobald Fielding im Wagen saß, kehrten ihre Lebensgeister zurück. Sie kam zu Atem, lächelte und schloß erleichtert die Augen, als hätten wir während eines Wolkenbruchs Unterschlupf gefunden. Ich fuhr sie zu ihrer Pension und half ihr die Treppe hinauf bis zu ihrer Zimmertür, die sie beim Weggehen nicht verschlossen hatte.
»Warte hier«, sagte sie. »Es gibt ein paar Dinge, die ich erst wegräumen muß.« Sie ließ mich stehen. Ich hörte, wie sie drinnen langsam hin und her ging, wie ihr Stock auf die Holzdielen klopfte. Eine Tür, offenbar die des Wandschranks, wurde geöffnet und wieder geschlossen, desgleichen einige Schubladen. Dann durchquerte Fielding erneut das Zimmer.
Für einen Moment herrschte Stille, doch plötzlich hörte ich den Stock zu Boden fallen und dann ein Poltern, als wäre etwas umgekippt. Ich stieß die Tür auf und lief in den Raum. Fielding, noch immer den Stock umklammernd, lag neben einem umgefallenen Küchenstuhl auf dem Boden. Ihre Brust hob und senkte sich. »Nichts passiert«, sagte sie. »Nichts passiert. Es ist nur mein Bein. Und dieser dumme neue Schuh. Ich bin schon oft hingefallen. Bestimmt tausendmal.«
Ich half ihr beim Aufstehen und folgte ihr zu ihrem Bett in der Nische zwischen Bad und Wandschrank, auf dem eine Tagesdecke lag. Sie ließ sich daraufsinken und zog mit dem gesunden Bein das kranke hoch, indem sie den einen Stiefel unter den anderen klemmte. Dann sank sie in Schlaf. Der Stock stand neben ihrem Bett wie ein Gefährte.
So würde sie womöglich tagelang liegen bleiben, in ihrem Mantel, ohne unter die Decke zu kriechen.
»Fielding«, rief ich, während ich sie an der Schulter rüttelte. Sie regte sich unwillig und beschwerte sich murmelnd.

»*Fielding*«, sagte ich, »du mußt deinen Mantel und deine Schuhe ausziehen und dich zudecken.«
Verärgert wie jemand, der aus dem Tiefschlaf geweckt wird, um sich einer nutzlosen Aufgabe zu widmen, setzte sie sich auf und begann rasch, sich auszuziehen. Trotz der Umstände war sie recht behende – sie saß, ohne sich anzulehnen, aufrecht im Bett, obwohl sie einen Arm und ein Bein nicht belasten konnte und sturzbetrunken war. Mit einem kleinen Hopser hob sie den Po so weit von der Matratze, daß sie ihren Mantel darunter hervorziehen konnte. Sie trug eine weiße Bluse und einen knöchellangen schwarzen Faltenrock.
Als sie die Beine anwinkelte, um die Stiefel zu öffnen, rutschten Rock und Unterrock fast bis zu den Knien hoch. Ich erhaschte einen Blick auf den Strumpfgürtel und die Unterseite der Oberschenkel. Ihr krankes Bein, lag von mir aus gesehen, zur Wand hin, und obgleich der Oberschenkel im Schatten lag, konnte ich es vom Knie abwärts deutlich erkennen. Sie trug Nylonstrümpfe, und darunter zeichnete sich von der Ferse bis oberhalb des Knies eine lange Narbe ab, als ob man ihr vor Jahren Teile der Wade fortgeschnitten hätte. Die verbliebene Haut war rosa, rot und weiß gefleckt. Oberhalb des Knies setzte sich die Narbe fort, doch schien der Oberschenkel nicht ganz so schwer betroffen gewesen zu sein.
Fielding knöpfte geschickt ihre Stiefel auf, und als sie sie sich mit Hilfe der Zehen von den Füßen streifte, rutschten ihr Rock und Unterrock zum Schoß hoch, was mir einen genaueren Blick auf weibliche Unterwäsche gewährte, als ihn mir meine Frau je gestattet hatte. Nach einer Weile kam ich jedoch wieder zu Sinnen, wandte mich ab und wartete.
Als ich das Quietschen von Bettfedern hörte und annehmen konnte, daß sie unter die Decken geschlüpft war, drehte ich mich wieder zu ihr um. Unter den Kleidungsstücken, die auf dem Boden lagen, befanden sich auch ihre Bluse und ihr Rock. Sie hatte die Decke bis zum Kinn hochgezogen, die Arme obendrauf gelegt und hielt die Augen geschlossen. Offenbar war sie schon wieder eingeschlafen.
Ich dachte an ihre Beine. Das linke war nur etwa halb so dick wie das rechte. Es sah aus wie das einer anderen Person oder vielleicht das eines Kindes, als hätte dieses Bein irgendwann aufgehört zu wachsen. Von

oben betrachtet, wirkte es unversehrt und war fast so wohlgeformt wie das andere.
Fielding öffnete die Augen und blickte mich an, als hätte sie mich die ganze Zeit beobachtet.
»Ich gehe jetzt wohl besser«, sagte ich.
»Nimm dir einen Stuhl und bleib noch einen Augenblick«, bat sie. Ich hob den umgefallenen Stuhl auf und stellte ihn um einiges weiter vom Bett entfernt auf, als er gelegen hatte. Von dort, wo ich saß, konnte ich aus dem einzigen Fenster ihres Zimmers blicken. Es wurde langsam dunkel. Vom Brow her näherte sich gemächlich ein Schneetreiben, das eine immer größere Zahl der flachen, mit Dachpappe gedeckten Häuser der Stadt einhüllte und vor meinen Blicken verbarg.
»Es ist nicht besonders schwer wegzusehen«, sagte sie. »Bestimmt nicht. Männer schaffen das. Selbst in den intimsten Augenblicken.«
Das Herz schlug mir bis zum Hals. Ich wußte nicht, was ich sagen sollte.
»Wahrscheinlich ist es ungerecht, wenn ich so rede«, fuhr sie fort. »Denn ich bin betrunken. Und du nicht. Denn du bist verheiratet. Und ich nicht.«
Leise schlugen die Schneeflocken an die Fensterscheiben, und es wurde immer dunkler im Zimmer. Ich stellte mir vor, wie ihre Beine aussehen würden, wenn sie sie flach auf die Laken preßte, das kranke Bein leicht eingesunken, so daß man die Narben nicht sähe. Zwei makellose, jedoch nicht zueinanderpassende Beine, ein ungleiches, umgekehrtes, verzogenes V. Und ich dazwischen? Gab es Männer, die sie auf diese Weise gesehen hatten? Und wenn ja, wie viele? Womöglich hatte sie nur so dahergeredet. Fielding, die Gerüchte über sich selbst in die Welt setzte. Fielding, die erreichen wollte, daß man sich ihretwegen Gedanken machte, grübelte. Vielleicht war das alles, was sie hatte. Gerede. Hatte je ein Mann sie dort berührt, an der Unterseite ihres kranken Beines? Würde sie sich das wünschen? Würde er das wollen? Wollte ich es? Ich dachte an die Szenen in Filmen und Büchern, wo die Männer galant über eine Wunde oder einen körperlichen Mangel hinweggingen und damit ihre unauslöschliche Liebe bewiesen. Doch in Filmen handelte es sich immer nur um geringfügige Mißbildungen, wie zum Beispiel eine kleine, gezackte Narbe an der Oberlippe.

Ich konnte es nicht. Ich konnte es nicht tun. Ganz gleich, wie flach sie dalag. Ganz gleich, wie stark ich mit meinem Gewicht ihre Beine in die Matratze drückte. Ich konnte es nicht tun, weil ich verheiratet war, redete ich mir ein. Weil sie betrunken war und jetzt nach sieben Jahren wieder an der Flasche hing. Andererseits ...

»Hanrahan ist mein Halbbruder«, sagte sie. »Mit Vornamen heißt er David. Ich habe noch eine Halbschwester namens Sarah. Sie stammen aus der zweiten Ehe meiner Mutter mit einem gewissen Dr. Hanrahan, wohnhaft am Gramercy Park.«

»Ich kann mich nicht erinnern, daß du sie in New York besucht hast«, erwiderte ich.

»Das habe ich auch nicht«, sagte sie. »Denn dann hätte ich ja auch meiner Mutter gegenübertreten müssen. Und vielleicht auch meinem Stiefvater. Beides wollte ich vermeiden.«

»Aber Hanrahan klang nicht so, als würde er aus New York stammen«, wandte ich ein.

»Er ist mit siebzehn nach Virginia gegangen. Auf eine Militärakademie. Er war nur drei Tage in Fort Pepperrell, hat mich aber trotzdem besucht. Klopf, klopf, ich öffne die Tür, und er steht vor mir.«

»Und ist ihm etwas zugestoßen?« fragte ich.

Sie nickte. »Ich spreche von ihm in der Gegenwart. Aber die Vergangenheit wäre wohl angemessener.« Erst als ich eine Träne sah, die ihr über die Wange lief, merkte ich, daß sie weinte.

»Glaubst du, du kommst allein zurecht?« fragte ich lahm. Sie nickte. »Oder soll ich noch ein bißchen bei dir bleiben? Bis du eingeschlafen bist?«

Sie nickte erneut und wandte das Gesicht von mir ab.

Ich blieb sitzen, bis es im Zimmer ganz dunkel geworden war. Fielding, die mit geschlossenen Augen dalag und unzweifelhaft schlief, vergoß noch immer Tränen. Ihre Züge wirkten entspannt, ihr Atem ging tief und regelmäßig. Was sie wohl von mir dachte? fragte ich mich. Glaubte sie, ich hätte sie haben wollen, doch mir hätte der Mut gefehlt? Wie viele andere gab es, denen sie sich anbot? Ich betrachtete ihr graues, gelblich verfärbtes Haar, noch immer voll, noch immer jugendlich, trotz der Farbe. Ihre von Nikotinflecken verunzierten Finger auf der

Decke, die sanft an ihre Seite gebettete verbundene Hand. Es hatte offenbar niemanden gegeben, der sie auffing, als sie strauchelte.
»Fielding«, sagte ich, so als würde sich in diesem Namen ausdrücken, was sie war, wer sie war, diese Frau, die ich behütete und deren Bett ich mich nicht zu nähern wagte. Noch immer weinte sie. Ihr Herz floß über vor Tränen, als sie keine Kontrolle über sich hatte, ein überwältigender Kummer brach aus ihr hervor, während sie schlief. Ich blieb, bis die Tränenflut verebbte. Dann stand ich auf.
Ich hätte sie in diesem Augenblick küssen können, und sie hätte es nie erfahren. Aber sie hätte es gesehen, hätte es bei unserer nächsten Begegnung in meinen Augen gelesen, und ich wäre ihr gegenüber im Nachteil gewesen. Ich hatte abgelehnt. Ich hatte meine Gelegenheit gehabt und eine Entscheidung getroffen.
Als ich das Zimmer verließ, nahm ich die Notiz ab, in der sie dem Druckereigehilfen erklärte, wo sie sich aufhielt. Dann fuhr ich zum *Telegram* und überbrachte Harrington die Nachricht, sie fühle sich nicht wohl.
Kaum saß ich wieder in meinem Auto, da kam mir in den Sinn, daß es noch nicht zu spät sei, um zurückzukehren und mich zu ihr ins Bett zu legen. Es würde in der Dunkelheit geschehen, bräuchte keine Worte. Natürlich stand nicht zur Debatte, daß ich Clara verließ, noch hätte Fielding das von mir verlangt. Es war nur …
In letzter Zeit, in den Augenblicken, in denen ich das Gefühl hatte, die Welt sei um nichts ärmer, wenn ich nicht in ihr weilte, hatte ich mich immer wieder dabei ertappt, daß ich an Fielding dachte. Nicht daß sie mir Kraft gab oder meine Verzweiflung linderte. Dennoch, in solchen Augenblicken erschien vor meinem inneren Auge ungebeten ihr Bild. Ihr Bild, nicht das der Laternen, die die Straßenzüge nachgezeichnet hatten, wenn ich in meiner Kindheit nachts auf die hintere Terrasse ging und auf die Stadt hinunterblickte. Nicht die Gesichter meiner Kinder und das von Clara, wenn sie in der Tür standen und mir nachwinkten und ich ihnen vom Auto aus zurief, ich bliebe für einen Monat oder auch länger fort. Nichts von alledem, sondern Fielding.
Ich stellte mir vor, wie sie draußen an der Pforte des Bishop Feild auf mich wartete, wie sie die Gitterstäbe umklammerte und mir entgegen-

blickte, wenn ich über die Wiese hinweg auf sie zukam. Hinter ihr senkte sich der Hügel zur Stadt hinunter, deren Dächer, noch naß vom letzten Regenguß, schwarz schimmerten. Und jenseits der Stadt die Narrows, die sich aufs Meer hin öffneten, das, wie es mittlerweile schien, doch nicht mein Schicksal war und das ich nicht mehr fürchtete. Ich stellte mir vor, es sei Sommer, früher Abend und noch nicht dunkel. Wir folgten den gewundenen Straßen, den Schienen der Straßenbahn bis zu ihrem Depot, und dahinter wartete zu einer Zeit, wo fahrplanmäßig eigentlich keiner mehr fuhr, ein Zug, ein Zug für uns ganz allein. Wir stiegen ein und suchten uns einen Platz. In meiner Vorstellung bereitete unsere so geartete Abreise niemandem Kummer, niemand fühlte sich im Stich gelassen oder hintergangen. Zurückkehren würden wir nicht, allerdings hätte unsere Reise auch kein Ende. Konnte ich meine Frau und meine Kinder verlassen? So wie Fieldings Mutter, die ihren Mann und ihre Tochter verlassen hatte …

Welch einen Narren diese Frau doch aus mir machte! Selbst wenn sie eingewilligt hätte, meine Phantasien in die Tat umzusetzen, hätte es das Ende all meiner Träume bedeutet. Denn kein Mann, der Frau und Kinder verlassen hätte, würde je in ein Amt gewählt werden oder es auf andere Art zu etwas bringen. Würde mich ein Leben mit Fielding dafür entschädigen? Dumme, sinnlose, pubertäre Träume, Fluchtphantasien, Flucht nicht aus meinem Leben, sondern aus dem Leben an sich. Sie tat mir leid, weil sie ihren Halbbruder verloren hatte, mehr nicht.

Anstatt zu ihr zurückzukehren, fuhr ich zur Rundfunkstation. Ich hatte mich so gut wie gar nicht vorbereitet und kam gerade noch rechtzeitig dort an, um auf Sendung zu gehen. Der Sendeleiter war am Rand eines Nervenzusammenbruchs, denn ich sollte ihm eigentlich einige Zeit vorher Bescheid geben, ob ich erschien oder nicht. Irgendwie brachte ich die Viertelstunde hinter mich, läutete die Schiffsglocke, kam mir albern vor, wenn ich vor und nach jedem Werbetext einmal an der Schnur zog. Das war meine Arbeit, das war es, was ich war. Ein Mann, der seinen Zuhörern in abgeschiedenen, vom Meer umgebenen Siedlungen Zahnpasta- und Seifenreklame vorlas. Und nicht einer, der an diesem Winternachmittag eine Frau geliebt hatte.

Es war wahrscheinlich die einfallsloseste, nachlässigste Folge von »Der Mann im Mast«, die ich je abgeliefert hatte. Sobald es mir möglich war, verließ ich das Studio.

Mittlerweile war es draußen richtig finster geworden. Eine früh einsetzende Dunkelheit, wie sie für St. John's mitten im Winter so typisch ist. In meinem ersten Winter in New York hatte ich das Gefühl, es würde nie Nacht werden, und in meinem zweiten Winter dort änderte sich meine Vorstellung von der Dunkelheit. Als ich nach fünf Jahren New York nach Neufundland zurückkehrte, wollte ich nicht glauben, daß es eine solche Dunkelheit gab. Wieso war mir das noch nie bewußt geworden? Sie war wie der alles beherrschende Wind, senkte sich unaufgefordert vom Meer her über uns, als wäre es ihre Aufgabe, das Land einzuhüllen. Doch ihr Wirken galt nicht in erster Linie uns, wir kamen ihr nur zufällig in die Quere, ein Ort mitten im Ozean, den man auf der Reise zwischen der Alten und der Neuen Welt vorübergehend auslöschen konnte.

Fielding hatte mich so gefragt, daß es scheinen mußte, es geschähe wegen ihres Beines, wenn ich sie abwies. »Es ist nicht besonders schwer wegzusehen. Bestimmt nicht. Die meisten Männer schaffen das. Selbst in den intimsten Augenblicken.« Die meisten Männer. Demnach gab es also welche, die es versuchten, aber nicht dazu in der Lage waren. Sagte sie das um ihret- oder um meinetwillen? Nicht mich weist du damit ab, nur mein Bein. Und ich werde es dir nicht nachtragen. Als ob sie wüßte, daß ich sie haben wollte und nur ihr Bein mich davon abhielt. Aber vielleicht war sie sich auch gar nicht im klaren gewesen, was sie da sagte. Sie war betrunkener, als ich sie je gesehen hatte, und trauerte um Hanrahan.

Virginia. Die erste Kolonie unseres Kontinents. Jamestown. Die Wiege der Nation. Einhundertundzwanzig Jahre nachdem Cabot auf Neufundland gestoßen war, und uns jetzt doch so weit voraus, daß die Neufundländer dorthin ziehen, um noch einmal ganz von vorn zu beginnen. An jenem Abend im Pleasantville-Lichtspieltheater hatte ich ihn gesehen. Keine Ecken und Kanten. Galant und ritterlich bis an die Grenze zur Parodie. Die Stimme angenehm schleppend. Und Captain, noch bevor er dreißig wurde. Abschluß mit Auszeichnung an einer

Militärakademie, die zweifellos für ihre Ausbildung in der Reitkunst berühmt ist. Fieldings reicher Halbbruder.
Ich rief Clara an und sagte ihr, ich müsse bis spät in der Nacht arbeiten. Sie war an solche Anrufe gewöhnt. Ich konnte jetzt nicht nach Hause zurück und fuhr ziellos durch die Stadt. Ganz so ziellos war es dann wohl doch nicht, denn ich merkte, daß ich, ganz gleich aus welcher Richtung, immer wieder auf Fieldings Pension zusteuerte. Manchmal warf ich einen Blick nach oben, um zu sehen, ob bei ihr noch Licht brannte, manchmal verbot ich es mir, um mir zu beweisen, daß ich dazu in der Lage war. Doch immer war ihr Zimmer dunkel. Wahrscheinlich schlief sie noch. Schließlich war ich erst vor wenigen Stunden dort aufgebrochen. Sie war mit den Kräften so am Ende gewesen, daß sie trotz des Alkohols womöglich noch Tage hindurch schlafen würde.
Mehrmals stellte ich den Wagen auf einem leeren Parkplatz ab, blieb reglos im Auto sitzen und dachte nach. Würde sie sich noch daran erinnern, daß sie sich mir angeboten hatte, wenn wir uns wiedersahen? Oder würde sie so tun, als hätte sie es vergessen? Würden wir beide uns stillschweigend darauf einigen, es wäre nie geschehen?
Etwa gegen zehn Uhr faßte ich den Entschluß, endlich heimzufahren. Ich fuhr noch einmal an ihrer Pension vorbei, und dieses Mal sah ich Licht in ihrem Fenster. Sie würde nicht über Tage hinweg durchschlafen, im Gegenteil, sie war schon wieder wach. Vielleicht arbeitete sie, zum ersten Mal seit Wochen, belebt trotz der Zurückweisung, angeregt, abgelenkt von ihrem Kummer durch meine Hilfsbereitschaft. Ich stellte mir vor, wie sie an ihrem Tisch saß und mit der Hand schrieb, weil sie den verletzten Arm in den Schoß legen mußte und die Schreibmaschine nicht benutzen konnte. Besser, sie beschäftigte sich auf diese Weise, als wenn sie am gleichen Tisch saß und trank, eine Flasche Scotch zwischen die Knie geklemmt, während sie sich mit der gesunden Hand am Verschluß abmühte.
Ihr Licht ging aus. Vielleicht war sie nur im Badezimmer gewesen. Ich schob den Schlüssel ins Zündschloß, um nach Hause zu fahren ... und sah Prowse, der aus Fieldings Pension trat. Der reiche Prowse in einem langen Kamelhaar-Mantel, der seine Lederhandschuhe überstreifte,

munter die Stufen hinuntersprang und dabei die Arme mitschwingen ließ wie ein Sportler. Er ging die Cochrane Street hinunter, von mir fort, zu seinem Auto, wie ich jetzt sah. Hatte es schon die ganze Zeit hier gestanden, während ich vorbeifuhr? Das konnte nicht sein. Die Hälfte der Zeit, seit ich das Studio verlassen hatte? Oder doch die ganze? Das wäre mir aufgefallen. Bestimmt war er erst eingetroffen, nachdem ich das letzte Mal an der Pension vorbeigefahren war. Vor höchstens zwanzig Minuten.

Als Prowse sein Auto erreicht hatte, zündete er sich eine Zigarette an, dann wandte er sich um und betrachtete die Pension. Er blickte hinauf zu Fieldings Fenster, das ich jetzt deutlicher sehen konnte, weil ich mich hinter dem Steuerrad zusammengekauert hatte, um nicht entdeckt zu werden.

Fieldings Licht ging an und dann wieder aus. Prowse sah nach wie vor zu ihr hoch. An und wieder aus. Prowse warf seine Zigarette zu Boden, wandte sich um, stieg in sein Auto und fuhr los. Er beschleunigte ein wenig zu rasch, so daß sein Wagen auf dem frisch gefallenen Schnee kurz ins Schleudern kam, doch dann fing er ihn wieder ab. Als ob Fielding ihn mit ihrem Zeichen angewiesen hätte, genau dies zu tun. Prowse, der ihr gedroht hatte, sie mit dem Stock zu schlagen. Und der seine Drohung in die Tat umgesetzt hätte, wäre da nicht Anderson der Drescher gewesen. Der sie auf dem Sportplatz beschimpfte, als ihr Stern am Sinken war. Der gemeinsam mit mir diesen Brief schrieb, der in allen Zeitungen der Stadt veröffentlicht wurde. Der plötzlich auf seiten der Briten stand und mich packte, als ich Hope Simpson verkündete, ich würde ihm den Hals umdrehen.

Prowse in Fieldings Zimmer. Prowse in Fieldings Armen. In Fieldings Bett. Das Ausschalten des Lichts, ein verabredetes Zeichen. Wie vertraut mußten sie miteinander sein, um solche Zeichen zu haben? Zeichen wie bei einem Liebespaar. Die kleinen Spielchen der Verliebten. Prowse, der vor seinem Auto stehenblieb, nach oben sah und darauf wartete, daß Fielding ihm gute Nacht wünschte, ihr intimes und wahrscheinlich schon vor langem verabredetes Zeichen. Prowse hatte nicht geantwortet, nicht gewunken. Doch der einzige Lichtschalter in Fieldings Zimmer befand sich nicht in der Nähe des Fensters, sondern direkt neben der Tür. Er wußte, daß sie ihn nicht sehen konnte, wenn sie ihm ihr Zeichen gab. An, aus. An, aus. Mit vielleicht zwei Sekunden Abstand dazwischen. Der Abschiedskuß, für einen Augenblick in die Länge gezogen.

Und an diesem Nachmittag, nur wenige Stunden zuvor, hatte Fielding mich in ihr Bett eingeladen. »Selbst in den intimsten Augenblicken.« Zwar hatte ich angenommen, daß sie aus Erfahrung sprach, aber doch nicht aus Erfahrung mit Prowse! Prowse, der wie ich verheiratet war und Kinder hatte. Vielleicht hatte sie ihm von meinem Besuch erzählt, war davon ausgegangen, daß ich nein sagen würde, und hatte mich nur gefragt, um meine Reaktion zu beobachten, um zu sehen, welche Ausrede ich mir einfallen ließ.

In meinen Augen brannten Tränen der Wut. Hatte sie ihn oder er sie angerufen? So viele Male war ich bei ihr vorbeigefahren, und ihr Zimmer war dunkel gewesen! Stundenlang. Ich hatte mir vorgestellt, sie würde dort liegen, wie ich sie verlassen hatte, die verletzte Hand auf der Bettdecke und ihr verkrüppeltes kleines Mädchenbein darunter. Und dabei war sie mit ihm zusammengewesen!

War Prowse eine Art Lückenbüßer, den sie zu sich rief, weil ich sie verschmäht hatte? Das war eine Möglichkeit, mit der ich leben konnte. An, aus. An, aus. Gute Nacht, lieber Prowse.

Ich hatte sie in ihrem Schlaf bewacht, bis es im Zimmer dunkel wurde. Ich, und nicht Prowse. Was war ich doch für ein Narr, ein Narr zu glauben, daß ich in ihrem Leben eine ähnlich bedeutende Rolle spielte wie sie in meinem. Ich schwor mir, daß sie mir fortan gleichgültig sein würde, daß sich nach diesem Verrat ein Vorhang zwischen uns herabsenken würde, der mich vor der absurden, einseitigen Liebe, die mich seit Jahren quälte, abschirmte. Damit war jetzt Schluß. Ich würde Fielding, sobald meine Wunde geheilt war, an den äußeren Rand meines Lebens verbannen, in einen Bereich, der von Gestalten wie Prowse, Reeves und Hines bevölkert wurde.

Ich hoffte, daß es viele Männer gab, und nicht nur Prowse. Und daß ein jeder ein eigenes Zeichen hatte. Tränen liefen mir übers Gesicht. Ebensogut hätte es Prowse sein können, um den sie weinte, oder ein Streit mit Prowse, der sie wieder zum Trinken verleitete. Wie hatte ich

je daran zweifeln können, daß sie es war, die den Brief an die *Morning Post* geschrieben hatte? Erstaunlich war nicht, daß sie ihn geschrieben, sondern daß sie diese Tat gestanden hatte.
Sollte ich zu ihr hinaufgehen und eine Erklärung verlangen, sie beschimpfen, ihr sagen, daß ich jetzt endlich wüßte, was alle anderen schon seit Jahren wußten? Nein. Sie durfte nicht erfahren, daß ich Prowse gehen sah, dabei beobachtete, wie er zu ihrem Fenster hinaufblickte, während sie ihm Lichtzeichen gab. Es würde lange dauern, bis ich es wieder ertrug, einem von ihnen gegenüberzutreten, ehe ich sicher war, daß ich den Mund halten konnte und nicht mit meinem Wissen herausplatzte, wenn ich sie sah.
Und dabei tröstete mich auch nicht, daß meine Demütigung ein Geheimnis bleiben würde. Vielmehr mußte ich einen Weg finden, um sie vor mir selbst zu verbergen.

Fieldings Tagebuch, 22. April 1942

Lieber David,
in diesem Tagebuch schreibe ich an Menschen, als wollte ich von ihnen Abschied nehmen, als ob sie im Zimmer nebenan schliefen und morgens, wenn ich verschwunden sein würde, meine Zeilen vorfinden sollten. Dennoch schreibe ich ihnen immer und immer wieder. Und ich glaube, das ist dieses Tagebuch für mich: ein langer Abschied.
Bevor ich 1923 von New York aufbrach, um nach Neufundland zurückzukehren, wollte ich euch noch einmal sehen. Ich stand am schmiedeeisernen Zaun, während ihr auf dem Schulhof wart. Ihr beide inmitten einer Schar von Kindern. Du hieltst Sarah bei der Hand, als hätte meine Mutter dich angewiesen, sie nicht aus den Augen zu lassen. Wie sehr es dich verdroß, auf deine Schwester aufpassen zu müssen! Dennoch hieltst du ihre Hand, und sie ließ es zu. Sie wirkte verängstigt, eingeschüchtert, schien zu fürchten, ein gewisses unangenehmes Erlebnis könne sich wiederholen. Drei Nächte lang fand ich keinen Schlaf, weil ich ständig an ihr bekümmertes Gesicht denken mußte. Da war

sie, stand mitten im Leben, und hier stand ich und sah ihr zu. Ich spionierte euch nach, kundschaftete euch aus. Wie leicht hätte ich … in Erscheinung treten können. Wie leichtsinnig, wie dumm von mir, mich in eurer Nähe aufzuhalten.

Daß du hier warst, kommt mir vor wie gestern. Weißt du noch? Ich mußte dich unentwegt ansehen, so sehr erstaunte es mich, daß du ein Mann geworden warst. Ich suchte in deinem Gesicht nach Zügen, in denen wir uns ähnelten, in denen du mir ähnlich sahst. Einmal hast du mich dabei ertappt und verlegen zur Seite geblickt. Wahrscheinlich hieltst du mich für verschroben. Du hast gemeint, du könntest meine Mutter in meinem Gesicht wiederfinden. Gewiß. Und daß ich Sarah und dir ähnlich sähe, obwohl ich da anderer Meinung war.

Ich habe dich beobachtet, als wir beim Essen saßen und du etwas getrunken hast. Man erkennt einen Alkoholiker an der Art, wie er das Glas hält, an dem müden Blick, mit dem er es betrachtet. Und noch an einer Vielzahl anderer Zeichen. Wärst du Alkoholiker gewesen, hätte ich es dir beim ersten Schluck angesehen. Aber du warst es nicht. Wie erleichtert ich war, als ich feststellte, daß wir uns in vielem glichen, jedoch nicht darin!

Du wußtest über mich nicht Bescheid, denn sonst hättest du nichts getrunken. Noch hättest du mir zugeredet, meine Entscheidung zu ändern – was ich beinahe getan hätte –, als ich einen Drink ablehnte. Nie in all den sieben Jahren hatte so wenig daran gefehlt, daß ich rückfällig wurde. »Komm, Schwester, trink etwas mit mir, nur ein Glas!« hast du mich gebeten. Ich weiß, du wolltest damit sagen, daß ich vielleicht nie wieder Gelegenheit dazu haben würde, dir zuzuprosten, obwohl ich diesen Gedanken weit von mir wies. Was ich getan hätte, wärst du hartnäckig geblieben, weiß ich nicht, aber du warst es nicht.

Ich bin froh, daß du nicht Bescheid wußtest, daß meine Mutter dir offenbar nichts anderes über mich oder meinen Vater erzählt hatte, als daß es uns gab. Als du darauf bestandst, zum Grab meines Vaters zu gehen, brachte ich es nicht über mich, dich zu begleiten, ich sagte dir lediglich, wie du es finden könntest.

Ich bin froh, daß wir uns zu dieser Zeit trafen und nicht, als ich trank. Wie beispielsweise jetzt. Wieder. Nach all den Jahren. Dann hättest du

deine Halbschwester wahrscheinlich nicht halb so liebenswert gefunden, wärst nicht mit ihr ins Kino, zum Essen, spazierengegangen und hättest sie dabei untergehakt. Und ich hätte bei der Vorstellung, daß du in drei Tagen in den Krieg ziehen mußt, wahrscheinlich sogar noch mehr getrunken als sonst. Gott allein weiß, was ich gesagt oder getan hätte. Jedenfalls nicht die richtigen Worte oder Dinge, die ein junger Mann braucht, wenn er zum Kriegseinsatz nach Frankreich muß. Aber das war das, was ich in nüchternem Zustand sagte, auch nicht, oder?
Als du fort warst, wagte ich es nicht zu schlafen, denn es kam mir vor, als schwebtest du am meisten in Gefahr, wenn ich schliefe. Dennoch nickte ich ein. Aber jedes Mal, wenn ich aufwachte, schreckte ich hoch, wie ein Wächter, der eingedämmert ist und plötzlich ein Geräusch zu hören meint. Beim Schlafengehen und beim Aufstehen rechnete ich nach, wie spät es in Frankreich sein mußte, als könnte ich so über die Stunden, in denen ich dich nicht bewachte, Rechenschaft ablegen. Ich tue es noch immer. Noch immer weiß ich jederzeit, wie spät es in Frankreich gerade ist.
Nachdem du nach Europa abgefahren warst, hatte ich die seltsamsten Gedanken. Daß es meine Aufgabe wäre, dich sicher durch den Krieg zu bringen. Daß, wenn ich das Schlimmste fürchtete, das Schlimmste auch eintreten würde. Wie schicksalhaft es war, daß wir uns kennenlernten, bevor du in den Krieg ziehen mußtest. Es tut mir so leid, mein Schatz, daß ich nicht in der Lage war, dich durch den Krieg zu geleiten!
Ich habe dich umarmt, als du abfuhrst, und dich mindestens ein dutzendmal auf die Wange geküßt. Einmal, einmal konnte ich dich im Arm halten. Halbschwesterliche Küsse. Halbschwesterliche Tränen. Doch du hast gespürt, daß ich besorgter war, als es der Situation angemessen war, obwohl du nicht wußtest, warum. »Bis bald, Schwester«, hast du gesagt. »Es wird alles gut.« Und das bezog sich nicht auf dich, sondern auf mich. Mein Kummer, was immer ihn auch ausgelöst hätte, würde vorübergehen, wolltest du mir damit sagen.
Du hattest andere Dinge und andere Menschen, die dich beschäftigten. Meine Mutter. Deinen Vater. Sarah. Der Krieg. Und vielleicht eine Freundin. Ich kannte ihn kaum, den Mann, um den ich trauere. Und ich kenne niemanden, der dich kannte. Vielleicht erfahre ich eines

Tages von Sarah, wer du warst. Und wenn es darauf hinausläuft, daß ich dich nur noch mehr vermisse. Vielleichte irre ich mich, wenn ich glaube, daß es mir das Herz gebrochen hat. Vielleicht weiß ich jetzt noch gar nicht, wie man sich dann fühlt.

Ich konnte dir nicht sagen, daß ich dich liebte, jedenfalls nicht so, wie ich es gern getan hätte. Ich mußte mir meine Gefühle verbieten, denn sonst wäre alles aus mir herausgebrochen. Doch jetzt, wo es nicht mehr darauf ankommt, sage ich es dir: David, ich liebe dich!

Das schwarz umrandete Telegramm, das sie mir schickten, schloß mit einer Zeile aus Tennysons »Odysseus«, obwohl ich bezweifle, daß sie wissen, daß es ein Zitat von Tennyson ist: »So viel auch genommen wird, 's bleibt vieles bestehen.« Und was bleibt mir von dir? Ein paar flüchtige Erinnerungen.

Ich habe dich nicht lange gekannt, David. Für mich beginnt dein Leben auf einem Bürgersteig in New York und endet mit den Briefen, die du mir aus Frankreich geschickt hast. Dazwischen gibt es fast nichts. Und dennoch glaube ich, daß uns etwas Mächtigeres verbindet als nur Blut.

»Ich trinke den Quell des Lebens bis zur Neige.« Auch das ist aus dem »Odysseus«.

Wie die Zeilen: »'s ist nicht zu spät, die neue Welt zu suchen … Zu segeln bis zum Sonnenuntergang … Und zu all den Sternen des westlichen Firmaments.« Diese Gedanken mußten Cabot bewegt haben, als er über das Meer fuhr. Cabot, der von seiner zweiten Reise, zu der er aufbrach, nicht mehr wiederkehrte.

Ganz soweit bin ich noch nicht. Solange ich schreiben kann, werde ich es auch nicht sein. Und selbst wenn ich trinke, kann ich schreiben.

David, liest du, was ich hier schreibe? Hörst du mich die Worte sagen, während ich sie aufs Papier bringe? Ich wünschte, es wäre so. Niemals zuvor hätte ich so gern an ein Leben im Jenseits geglaubt wie heute.

FIELDINGS KURZER ABRISS DER GESCHICHTE NEUFUNDLANDS

26. Kapitel
Reids Winterung

Einer der umstrittensten Verträge in der Geschichte Neufundlands, das Eisenbahnabkommen des Jahres 1898, wird von Premierminister James S. Winter mit dem schottischen Bahnmagnaten Robert C. Reid ausgehandelt.

Nachdem man die Strecke quer über die Insel unter den Bedingungen des sogenannten »Liebesdienstvertrags« fertiggestellt hat, tritt Reid erneut an die Regierung heran, um für den Betrieb der Bahnlinie sowie den Bau einer Anzahl von Nebenstrecken ein günstigeres Abkommen auszuhandeln.

Doch erschöpft von den ersten Vertragsverhandlungen, bleibt Reid kaum eine andere Wahl, als den folgenden Bedingungen zuzustimmen: Pro Eisenbahnmeile erhält er fünftausend Acres Land von der Krone; wenn es sein Wunsch ist, das gesamte Schienennetz Neufundlands auch zukünftig in seinem Besitz zu halten, muß er die Hälfte dieser Ländereien und einen Teil des Geldes, den er für den Bau der Strecken erhalten hat, zurückerstatten; außerdem muß er sich verpflichten, das Telegraphennetz Neufundlands sowie die Trockendocks von St. John's, sieben Dampfschiffe, die Wasserwerke und Bahnhöfe anzunehmen, und schließlich muß er sich bereit erklären, die Water Street auf ihrer gesamten Länge mit Granitsteinen zu pflastern.

Fortan heißt es in Neufundland: »Wir haben ihn gewintert«, wenn jemand einen größtmöglichen Vorteil aus einem Abkommen zieht, und im Fall eines besonders einseitigen Handels sagt man: »Er bekam eine ordentliche Winterung verpaßt.« Die Neufundländer neigen eher zum »Wintern« als zum »Whitewayen«. Trotz ihrer vermeintlichen Gastfreundschaft gibt es etwas – nennen wir es ruhig Verschlagenheit – im Charakter der Neufundländer, das besonders im Umgang mit Fremden zutage tritt, so daß manch einer wünscht, er wäre nicht gekommen.

So unvorteilhaft das Abkommen mit Reid ist (ein Beobachter vergleicht es mit dem Erwerb Manhattans unter umgekehrten Vorzeichen), bleibt das Ausmaß, in dem Reid geprellt wurde, unbekannt, bis sich herausstellt, daß Finanzminister Alfred D. Morine bei den Verhandlungen als Reids Rechtsbeistand fungierte. Er soll ihn mit der Zusicherung: »Die Neufundländer sind ohnehin Einfaltspinsel« zu dem Vertrag überredet haben.

Außerdem kommt ans Licht der Öffentlichkeit, daß die Regierung Neufundlands Reid vier Millionen Acres Land angedreht hat, das, wie sie behauptete, »weder Steppe, Sumpf noch sonst irgendwie unbrauchbar« sei. Diese Behauptung ist falsch, denn in ganz Neufundland gibt es nicht einmal halb soviel Land, auf das diese Beschreibung zutrifft.

Als dieser Vertrag einen Sturm der Entrüstung auslöst, kann Winter keine bessere Entschuldigung anführen, als daß er eine Finanzkrise vermeiden und die Schulden der öffentlichen Hand habe vermindern wollen. Gouverneur Murray sammelt für eine Petition, die sich gegen das Abkommen wendet, dreiundzwanzigtausend Unterschriften und zwingt Morine zum Rücktritt von seinem Kabinettsposten.

Doch da ist das Kind bereits in den Brunnen gefallen, und obwohl Reid 1901, zur Amtszeit von Sir Robert Bond, eine Erleichterung der Vertragsbedingungen durchsetzen kann – 2,5 Millionen Dollar und die Erlaubnis, das Bahnnetz nach fünfzig Jahren zurückzugeben –, verfällt er einer Weltsicht, die zunehmend von Zynismus geprägt ist, und 1908 stirbt er in Montreal als gebrochener Mann, gequält von dem Gedanken, daß er seinem Sohn eine Gesellschaft hinterläßt, die mehr Angestellte beschäftigt als die Regierung Neufundlands Staatsbeamte.

Im Jahr 1907 wird er geadelt, zweifellos auf Antrag der Regierung Neufundlands, denn die Neufundländer glauben, mit dem Ritterschlag ließe sich alles richten. Ständig gibt es einen aufs gröbste gewinterten Finanzier, den sie dem Kolonialamt für den Adelstitel vorschlagen, um ihn zu beschwichtigen. Und das Kolonialamt, zu seiner Schande, kommt ihren Wünschen nur allzu gern nach.

Je schlimmer einer gewintert wurde, desto rascher folgt der alles ausgleichende Ritterschlag, und ebenso rasch taucht der neue Sir Sowieso unter und begibt sich still und leise aufs Festland.

Stellt man sich vor, sie alle bestiegen ein und dasselbe Schiff – drängten sich an Deck, bauten sich auf an der Reling, gebückte Gestalten in Mantel und Bowler, die Hand fest um die Schriftrolle gekrallt, die ihnen die Adelswürde bestätigt –, wird das ganze Ausmaß unseres Verbrechens deutlich. Dahin entschwinden sie. Sie segeln hinaus durch die Narrows auf einem Schiff namens *Winter*, geprellt, hintergangen, überlistet, ihrer Hoffnungen beraubt, in ihren Erwartungen enttäuscht. Was ihnen bleibt, ist ein letzter Blick auf Neufundland.

V

BEKENNTNISSE

Sowohl aus der Sicht des Empires wie auch der Kolonien ist der Zusammenschluß der britischen Kolonien in Nordamerika ein höchst erstrebenswertes Ziel.

D. W. Prowse, *Die Geschichte Neufundlands*

RÜCKZUG

FIELDING VOR ORT, 17. APRIL 1945

Joe Smallwood ist wieder in der Stadt. Aber wo, mag sich der Leser fragen, hat er die letzten Jahre gesteckt?
1943 hatte Smallwood es satt, den »Mann im Mast« zu spielen. Das Leben machte ihm keine Freude mehr. Nach wie vor war die Regierungskommission an der Macht. Es gab nichts, wofür oder wogegen es sich zu kämpfen lohnte. Einmal bemerkte ein Freund, er sei »in letzter Zeit nicht mehr wiederzuerkennen«. Um unseren geneigten Lesern begreiflich zu machen, wie sehr er sich verändert hatte, genügt wohl der Hinweis, daß er anfing, sich zu wiederholen. Der Mann, von dem es heißt, daß ihm sämtliche Synonyme der englischen Sprache nicht einmal für einen Tag reichten, begann sich zu wiederholen. Er schrieb seine alten Programme um, in der Hoffnung, daß es niemandem auffallen würde, und als es tatsächlich keiner merkte, fragte er sich, was das zu bedeuten habe. Er setzte sich mit Stift und Papier hin und rechnete aus, daß er in den Sendungen der letzten sechs Jahre zwei Millionen und fünfhunderttausend Wörter gesprochen hatte. Er hatte es satt. Es war Zeit für eine Veränderung.
Im Gegensatz zu vielen anderen Rundfunkleuten, die irgendwann genug von den Schweinereien haben, fing Smallwood erst im Alter von zweiundvierzig damit an. Er ging nach Gander und gründete am Stützpunkt der Königlich-Kanadischen Luftwaffe die sogenannte »Perpetuum-mobile-Schweinezucht«. Gemäß Smallwoods schlauem Konzept wurde der Abfall aus den Offizierskasinos an die Schweine verfüttert, um die Offizierskasinos mit Schweinefleisch zu versorgen, damit diese wiederum ihren Saufraß lieferten. Mit anderen Worten,

die Luftwaffensoldaten aßen immer und immer wieder dieselben Schweine.
In Gander nannte man ihn »Der Mann in der Schweinemast«. Ein Zeitungsjournalist behauptete, wenn Smallwood es je in die Politik schaffe, sei der Spitzname »doppelt passend«. Was er damit sagen wollte, ist uns aber auch nach stundenlangem Grübeln nicht klargeworden.

Als ich 1945 in Gander erfuhr, daß Whitehall beabsichtigte, den Neufundländern ihre Selbstverwaltung zurückzugeben, war ich zuerst deprimiert, denn ich argwöhnte eine Rückkehr zum alten System, in dem man als Politiker keine Chance hatte, wenn man nicht aus einer Kaufmannsfamilie stammte. Vor meinem geistigen Auge sah ich bereits Prowse als Premierminister, und bei diesem Gedanken wurde mir schlecht vor Neid und Wut.
Doch anstatt uns unverzüglich in die Unabhängigkeit zu entlassen, wie es vor kurzem mit Malta geschehen war, verfügte Whitehall, daß die Neufundländer zuerst eine fünfundvierzigköpfige Nationalversammlung wählen sollten. Diese habe nach eingehender Beratung Vorschläge für die künftige Form der Regierung auszuarbeiten, über die das Volk in einem landesweiten Referendum abstimmen solle. Mir leuchtete zunächst nicht ein, was mit diesem Umweg bezweckt werden sollte, da man uns 1934 garantiert hatte, uns die Unabhängigkeit zurückzugeben, sobald wir wieder auf eigenen Beinen stehen konnten.
Doch was die Nationalversammlung betraf, war ich zuversichtlich, denn von den »großen Tieren« würde bestimmt niemand für die Konföderation mit Kanada eintreten, und genau da begann mein Plan. Ich beschloß, mich zum Vorreiter dieser Sache zu machen, nicht zuletzt deshalb, weil es die einzige war, für die sich, mangels Aussicht auf Erfolg, kein anderer einsetzte.
Während meiner Abwesenheit von St. John's hatte ich viel über die Zeit nachgedacht, die ich an der Süd- und Südwestküste verbracht hatte. Dabei hatte mich immer öfter die Frage beschäftigt, ob die Unabhängigkeit Neufundlands vielleicht tatsächlich ein unerschwinglicher Lu-

xus war, ein eitles Trugbild, ein stolzer Traum, der für die Neufundländer, die außerhalb von St. John's lebten, niemals Wirklichkeit werden konnte.

Wie für jenen Fischer, der im Jahr 1936, als ich die Südwestküste gewerkschaftlich zu organisieren versuchte, zusammengesunken über seinem Ruder kauerte und dem es peinlich war, daß ich ihn so erschöpft sah. Oder für die Robbenfänger von der *Newfoundland*, die Überlebenden mit den Verbänden an den erfrorenen Händen und Füßen, die Männer, die zu zweit und zu dritt beisammenstanden und sich umarmten, nicht um der Wärme willen, sondern weil sie im Angesicht des Todes nicht allein sein wollten, und die dann, in dieser Haltung erstarrt, gefunden und nach Hause gebracht wurden. Die Familien, die in den kleinen Streckenwärterhütten entlang der Gleise hausten und sich von Forellen ernährten.

Ich glaubte an die Sache, für die zu kämpfen ich mich entschlossen hatte. Ich glaubte, daß jeder anständige Mensch, der dasselbe gesehen hatte wie ich, genauso handeln würde. Allerdings erinnerte ich mich auch an Sir Richards Urteil über den Sozialismus: die Politik der Armen, für Leute wie mich die einzige Möglichkeit, an die Macht zu kommen. Ich bildete mir ein, daß ich endlich die Variante des Sozialismus gefunden hätte, die bei den Neufundländern Anklang finden könnte – eine Konföderation mit einem Land, das manche für einen Wohlfahrtsstaat hielten. Was noch kein Politiker in Neufundland getan hatte, das würde ich nun tun. Meine Wählerschaft würden nicht die Kaufleute sein, auch nicht die Massen, die sich zu deren Stimmvieh machen ließen, sondern die armen Leute, die allen anderen Bevölkerungsgruppen zumindest zahlenmäßig überlegen waren.

Jetzt hatte ich ein Ziel vor Augen, das der Größe des Landes angemessen war, einer Größe, die mir oft so unermeßlich, jenseits des Begreifbaren erschien. Endlich hatte ich eine Lösung für dieses bedrückende Paradoxon gefunden.

All dies war im Jahr 1946 natürlich ein ebensolches Hirngespinst wie zehn Jahre zuvor der Plan, das *Buch Neufundlands* zu schreiben, das mich reich machen sollte. Doch schon kurz nachdem ich mich öffentlich für eine Konföderation mit Kanada ausgesprochen hatte, begann

das, was ich nur als »Eingriffe« bezeichnen kann. Ohne mein Zutun fielen allmählich all die Hürden, die meinem Wunsch, etwas Großes zu vollbringen, stets im Weg gestanden hatten.
So wurde beispielsweise angeordnet, daß Kandidaten für die Nationalversammlung nur in dem Wahlkreis antreten durften, in dem sie ihren ständigen Wohnsitz hatten. Das bedeutete, daß ich im Wahlkreis Bonavista kandidieren würde, zu dem der Luftwaffenstützpunkt von Gander gehörte; dort hatte ich – so unwahrscheinlich es mir inzwischen auch schon erschien – die letzten beiden Jahre als Schweinezüchter verbracht. Ich war nach Gander gezogen, um Prowse und Fielding nicht mehr sehen zu müssen. Wenn ich in St. John's geblieben wäre, hätte ich dort kandidieren müssen, wo ich als Befürworter der Konföderation auf verlorenem Posten gestanden hätte.
Wann Gouverneur MacDonald und die Regierungskommission auf mich aufmerksam wurden, ist schwer zu sagen. Später wurde mitunter behauptet, die neue Wohnsitzverordnung sei nur erlassen worden, damit ich in Bonavista kandidieren könne, und es sei das erste Anzeichen dafür gewesen, daß die Briten mich zu ihrem Fürsprecher der Konföderation erkoren hätten.
Ich bezweifle sehr, daß sie – oder auch sonst jemand – damals so weitblickend waren. Durchaus plausibel erscheint mir hingegen, daß die Kaufleute aus St. John's von einer Kandidatur in den ländlichen Regionen abgehalten werden sollten, denn den Kaufleuten ging es natürlich darum, ihr inländisches Monopol gegen die Kanadier zu verteidigen. So hatten dank der Wohnsitzverordnung die Auswärtigen, die wohlfahrtsstaatlichen Programmen und somit auch der Konföderation aufgeschlossener gegenüberstanden, größere Aussichten auf einen Sitz.
Ich kandidierte und wurde mit überwältigender Mehrheit für den Wahlkreis Bonavista in die Nationalversammlung gewählt, als einziger erklärter Konföderationist. Niemand dachte sich allerdings viel dabei. Denn wie sich herausstellte, lag die Wahlbeteiligung in der Provinz gerade bei einem Fünftel der Wahlberechtigten. Kaum jemand glaubte, daß die Nationalversammlung etwas anderes als die Rückkehr zur Selbstverwaltung beschließen würde. Daß ich einen Sitz gewonnen hatte, schrieb man nur meiner Beliebtheit als Rundfunkunterhalter zu. In

politischer Hinsicht, so mutmaßte man, würde es mir wenig bringen, ich würde nur ein Hinterbänkler sein, wenn ich durch einen glücklichen Zufall tatsächlich den Sprung ins Parlament schaffen sollte.
Die Nationalversammlung trat erstmals am 11. September 1946 im Colonial Building zusammen. Als ich eine Woche zuvor in unserem neuen Haus, das ich in St. John's gemietet hatte, gerade an einer Rede arbeitete, erhielt ich einen Anruf von Prowse. Er sagte, Gouverneur MacDonald würde mich gern kennenlernen. Anfangs wollte ich nichts davon wissen.
»Schmollst du etwa noch immer, weil ich dich damals aus dem Government House hinausgeworfen habe, Smallwood?« fragte Prowse. »Ich habe nur meine Pflicht getan.«
»Du hast es zu deinem Vergnügen getan, und das ärgert mich«, antwortete ich.
»Hör mal, du wirst doch nicht nachtragend sein, oder?«
Ich schwieg.
»Ich komme vorbei und hole dich mit meinem Wagen ab«, sagte Prowse. Ich fragte mich, ob ich es aushalten würde, in seiner Gegenwart nicht von Fielding zu sprechen. Als ich ihm versicherte, ich könne die halbe Meile bis zum Government House gut und gern zu Fuß gehen, bestand er weiterhin darauf, daß wir seinen Wagen nahmen.
»Ich warte draußen vor dem Haus auf dich«, meinte er. »Wir wollen doch nicht irgendwelchen haltlosen Gerüchten Vorschub leisten.«
Widerwillig erklärte ich mich einverstanden, und um acht Uhr an jenem Abend hielt vor meiner Tür ein Auto, von dem ich wußte, daß es nicht Prowse gehörte, auch wenn er am Steuer saß. Ich stieg ein und setzte mich auf den Beifahrersitz.
»Hallo, Smallwood«, sagte er und grinste mich auf seine verbindliche, verschmitzte Art an. Mechanisch schüttelte ich die Hand, die er mir entgegenstreckte.
Prowse arbeitete noch immer für die Regierungskommission. Obwohl alle paar Jahre neue Kommissionsmitglieder aus England ernannt wurden, hatte er jeden Wechsel unbeschadet überstanden und war inzwischen stellvertretender Minister für irgendein Ressort unter Kommissar Flinn. Er hatte in einem der Wahlkreise von St. John's erfolglos für die

Nationalversammlung kandidiert, und zwar weder als Verfechter der Unabhängigkeit noch als einer der Konföderation. Prowse hatte zu den wenigen Kandidaten gehört, die sich für die Beibehaltung des Status quo einsetzten, für das Fortbestehen der Kommission. Die Wahl in das Staatsamt hingegen hatte er in einem Bezirk gewonnen, in dem eine Minderheit auf die eine oder andere Weise für die Regierungskommission arbeitete. In seinem Wahlkampf trat er leidenschaftslos für deren Erhalt ein – er wünschte, er könne sagen, daß Neufundland schon wieder reif für die Unabhängigkeit sei, und er hoffe, daß es eines Tages geschehen würde, aber guten Gewissens könne er das derzeit nicht behaupten. Es hatte den Anschein gehabt, als führte er seinen Wahlkampf nur der Form halber, als rechnete er selbst mit einem Mißerfolg und kandidierte lediglich, um seine Loyalität gegenüber seinen Arbeitgebern unter Beweis zu stellen. Möglicherweise hatte er auch auf ihr Geheiß hin kandidiert, als Fürsprecher der Kommission und all der Errungenschaften, derer sie sich seit ihrer Einsetzung im Jahr 1934 rühmen konnte.
»Seit wann erledigst du Botengänge für den Gouverneur?« fragte ich.
Prowse lachte, obwohl er mir anscheinend gern mit einer Retourkutsche geantwortet hätte. »Wenn man für die Kommission arbeitet, bekommt man den Gouverneur oft zu Gesicht. Er weiß, daß er mir vertrauen kann.«
»Dann mußt du aber ein guter Schauspieler sein«, hätte ich am liebsten erwidert, hielt aber den Mund.
Prowse fuhr am Government House vor und parkte den Wagen im Schatten ausladender Tannen. Wir stiegen aus und gingen die Treppe zum Vordereingang hinauf. Kaum hatte Prowse geklingelt, wurde die Tür geöffnet. Ich war mir sicher, daß vor uns derselbe Livrierte stand, dessen ehrliche Besorgnis ich irrtümlicherweise für Überheblichkeit gehalten hatte, als ich vor Jahren zum Presseempfang ins Government House gegangen war.
»Guten Abend, Mr. Prowse, Mr. Smallwood«, sagte er. Mittlerweile hatte er sich einen leichten englischen Akzent zugelegt.
»Guten Abend, Rodney«, erwiderte Prowse.
»Wenn Sie mir bitte folgen wollen, meine Herren«, sagte Rodney. Ein klassischer Name für einen Butler oder einen Lakaien, was immer er

sein mochte. Er führte uns durch die stuckverzierte Eingangshalle, dann nach rechts an einer gewundenen Treppenflucht vorbei. Auf den Marmorstufen und dem Eichenparkett lag ein marineblauer Läufer, der sich von der Treppe aus in alle Richtungen verzweigte. Wir schritten durch ein Labyrinth von düsteren, holzgetäfelten und mit Porträts geschmückten Gängen, bis ich schließlich vor uns ein Zimmer sah, in dem Licht brannte und ein Kaminfeuer flackerte.

»Euer Exzellenz, Mr. Prowse und Mr. Smallwood sind eingetroffen«, tönte Rodney, als kündigte er hohen Staatsbesuch an.

Mit hochrotem Gesicht betrat ich den Raum, und noch ehe ich den Gouverneur erblickte, hörte ich, wie er aus seinem Sessel aufstand. Es war das Geräusch einer entschiedenen, aber gemächlichen Bewegung, zusammen mit einem leisen Ächzen vor Anstrengung, dem ein Aufatmen folgte. Mir schien, als verriete sich darin ein Anflug von Ungeduld oder Gereiztheit, so als müßte er einer der langweiligeren Pflichten nachkommen, die sein Amt von ihm verlangte.

Dann stand ich ihm von Angesicht zu Angesicht gegenüber. Prowse stellte uns vor, wir reichten uns die Hände. Der Gouverneur war in der Art eines Geschäftsmanns gekleidet, er trug einen dunkelblauen Nadelstreifenanzug, ein weißes Hemd und eine schlichte rote Krawatte. Da ich ihn noch nie aus solcher Nähe gesehen hatte, war mir bisher nicht aufgefallen, daß er ziemlich groß war. Er hatte eine hohe Stirn, und wie zum Ausgleich dafür hatte er die Haare im Nacken etwas länger wachsen lassen. Schwarze, buschige Brauen beschatteten seine Augen. Auf seiner Nasenspitze saß eine Brille mit dicken Gläsern, über deren schwarzen Rand hinweg er mich ansah, als er mir die Hand entgegenstreckte.

Er wies auf zwei Sessel gegenüber von seinem, dessen roter Plüsch noch ein wenig eingedrückt war von seinem Körpergewicht. Als er sich setzte, gab er das gleiche müde Ächzen von sich wie zuvor. Direkt über ihm hing ein Lüster, der einem Enterhaken ähnelte und in dem drei trübe Glühbirnen brannten. Ich schlug die Beine übereinander und legte meinen Hut auf die Knie. Daß ich ihn noch in der Hand hielt, schien ich mir wohl selbst zuzuschreiben zu haben, denn ich war mir sicher, daß Rodney ihn mir eigentlich hätte abnehmen sollen.

Ehe Gouverneur MacDonald zu sprechen anhob, musterte er mich von

Kopf bis Fuß. Ich trug meine besten Kleider – die besten Kleider eines Mannes, der die letzten zwei Jahre mit Schweinezucht zugebracht hatte, wie ich aus seiner Miene zu lesen glaubte, denn Prowse hatte ihn bestimmt in alle Einzelheiten meiner Person eingeweiht.

»Sie wollen gewiß nichts trinken, nicht wahr?« sagte er, als wäre diese Frage bereits entschieden. Ich überlegte, ob das eine verborgene Anspielung auf meine Begegnung mit Hope Simpson vor zehn Jahren sein sollte. Allerdings wußte ich, daß MacDonald Abstinenzler war. In letzter Zeit hatte man in St. John's so manchen murren hören, es gebe bei den Empfängen im Government House nie etwas Hochprozentiges, das die Langeweile erträglicher mache.

»Ich trinke … nie, Euer Exzellenz«, erwiderte ich und fragte mich dabei, ob es angebracht war, daß ich ihn ebenso anredete, wie Rodney es getan hatte. Tatsächlich hatte ich vor kurzem dem Alkohol völlig abgeschworen, auch wenn ich es nicht lange durchhalten würde. MacDonald zog seine buschigen Augenbrauen hoch, aber mir war nicht klar, ob er es tat, weil mein inbrünstig vorgetragenes Bekenntnis zur Abstinenz ihn überraschte oder weil ich soeben gegen die Etikette verstoßen hatte, worüber er gezwungenermaßen hinwegsehen mußte.

»Lobenswert«, meinte er. »Sehr lobenswert.« Wie ich gehört hatte, stammte er aus Wales, ebenso wie der Kommissar James, während die Kommissare Flinn und Neill Iren waren. Die britische Regierung hatte sie alle erst ernannt, nachdem 1945 die Konstituierung einer Nationalversammlung gefordert worden war. Daß keiner von den vieren Engländer war, hatte die Öffentlichkeit hinlänglich zur Kenntnis genommen, doch ob das etwas zu bedeuten hatte – und wenn ja, was –, das wußte niemand so genau. Die Iren und Waliser hegten Sympathien für die Leute in der Provinz und die Armen in den Städten, da viele von ihnen Nachfahren irischer und walisischer Siedler waren. Die »mächtigen« Familien in St. John's hingegen waren englischer Abstammung. Gouverneur MacDonald hatte einen ebenso englischen Akzent wie damals Hope Simpson, aber das war unwesentlich, denn bei denjenigen, die ihn reden hörten, brauchte er sich nicht einzuschmeicheln. Ich wußte, daß er früher Bergarbeiter gewesen war, dann Vorsitzender der Walisischen Genossenschaftsbewegung und der Walisischen Bergarbeitervereine, danach Labour-Abgeordneter und schließlich Minister des Labour-Kabinetts. Allerdings hatte ich das Gefühl, daß vom Bergarbeiter und dem Labour-Mitglied nicht mehr viel übriggeblieben war.

»Sie können rauchen, wenn Sie wollen«, sagte er. In der Annahme, daß seine Abstinenz auch Tabakgenuß einschloß, wollte ich schon ablehnen. Als er aber seine Pfeife herauszog, fischte ich meine Zigaretten aus der Tasche und ließ mir von ihm Feuer geben.

»Danke«, sagte ich. Er nickte und zuckte zusammen, als wäre es ihm unangenehm, wenn man sich bei ihm bedankte, oder als graute ihm davor, sich den ganzen Abend lang nicht anmerken lassen zu dürfen, wie sehr ihn mein plumpes gesellschaftliches Auftreten störte. Er strahlte eine müde Verdrossenheit aus, wie jemand, der mehr als alle anderen Menschen um die Unzulänglichkeiten dieser Welt weiß. Immer wieder seufzte er auf, rutschte auf seinem Sessel hin und her, fuhr sich mit der Hand über das Gesicht und stützte den Kopf auf die Hand, während er mich betrachtete. Es schien, als hätte er es schon vor langem aufgegeben, sich anderen Menschen verständlich machen zu wollen, und als wäre seiner Auffassung nach die Welt nur noch zu retten, wenn sich alle genau an seine Anordnungen hielten, auch wenn sie deren Sinn nicht begriffen. Seine soziale Herkunft war für ihn kein Grund, mir Sympathien entgegenzubringen, sondern hatte ihm offenbar ein äußerst feines Gespür dafür verliehen, welche Mühen ein Mensch meines Standes auf sich nahm, um vor ihm, dem Gouverneur, nicht linkisch zu erscheinen. Vielleicht erinnerte ich ihn auch in unangenehmer Weise daran, wie er selbst in jungen Jahren gewesen war.

»Ich darf Ihnen versichern«, begann er, »daß wir mit Ihrer Einladung heute abend keineswegs beabsichtigen, die Entscheidungen der Nationalversammlung oder das bevorstehende Referendum zu beeinflussen. Wir sind durch unser Amt zur Neutralität verpflichtet, was ich auch für richtig halte. Doch wie alle anderen haben auch wir unsere eigenen Ansichten darüber, was für Neufundland das Beste wäre. Und obwohl es unangemessen wäre, sie Ihnen darzulegen, sind wir natürlich neugierig, was Leute wie Sie denken. Mr. Prowse hat mir berichtet, Sie vertreten die Auffassung, daß es Ihrem Volk am meisten nützen würde, wenn Neufundland eine Konföderation mit Kanada einginge.«

»Ja«, antwortete ich, »ich ...«
»Ich denke, die Schwierigkeit daran ist«, sagte er im Tonfall eines Mannes, der höfliches Interesse an den Details irgendeines ausgefallenen Berufs zeigt, »wie bringen wir die Konföderationsfrage auf den Stimmzettel für das Referendum?«
Das kam dem, was er gerade eben eine »unangemessene« Darlegung seiner Ansichten genannt hatte, ziemlich nahe, und das ärgerte mich. Aber die Möglichkeit, daß er mir – ob direkt oder indirekt, ob angemessen oder nicht – seine Unterstützung zusagte, versetzte mich in Hochstimmung. Offenbar hatte er nur meinen Anflug von Verärgerung wahrgenommen, denn er stieß einen matten Seufzer aus, als wollte er sagen: »Ich habe ja Verständnis dafür, daß Sie noch eine Weile auf dem hohen Roß sitzen wollen.«
Mir kam der Gedanke, daß er mich vielleicht zu hintergehen versuchte, mich ausnutzen wollte wie Sir Richard, um mich später wieder fallenzulassen. Ich überlegte, ob ich mich jetzt lieber höflich von ihm verabschieden sollte. Aber mir war auch klar, daß er und diejenigen, die ihm Weisung erteilten, mich dann ohne weiteres durch einen anderen ersetzen könnten. (Nach der Wahl zur Nationalversammlung hatte sich auch eine Handvoll anderer Delegierter als Konföderationisten zu erkennen gegeben.) In diesem Augenblick wußte ich, daß das Referendum eine Abstimmung über die Konföderation sein würde, gleichgültig, was sich in der Nationalversammlung abspielen mochte. Wenn ich jetzt ging, würde ich mich nur um jedwede Pfründe eines möglichen Sieges für die Konföderation bringen. Mit seiner scheinbar unverfänglichen Frage hatte MacDonald mich vor die Wahl gestellt, mitzuspielen oder meine gerade wieder aufgenommene Karriere als Politiker an den Nagel zu hängen. Im Grunde hatte er mich gefragt: »Sind Sie unser Mann oder nicht?«
»Ja, das ist das Problem«, erwiderte ich. »Aber ich glaube, ich kann die Mehrheit der Delegierten davon überzeugen, die Frage auf den Stimmzettel zu bringen.«
MacDonald sah Prowse mit einem breiten Grinsen an, als wäre dieses Treffen seine Idee gewesen. Und Prowse erwiderte sein Lächeln. Zweifellos war ich auf Prowse' Drängen hin angeworben worden.

»Mr. Prowse hat mir erzählt«, sagte MacDonald, »daß Sie in Neufundland recht beliebt sind, besonders in den ländlichen Gebieten, weil Sie einmal eine Radiosendung namens ›Der Mann im Mast‹ moderiert haben.«
»Unter anderem auch deshalb, ja«, antwortete ich.
Er nickte heftig mit dem Kopf, als wäre er davon überzeugt, daß ich in der Tat über vielerlei Vorzüge verfügte. Jetzt, da er wußte, daß ich kein mit Skrupeln behafteter Bauer war, schien er Gefallen an mir zu finden. Ich fragte mich, wann er sich mir in deutlicheren Worten anvertrauen würde. Was er mir bisher gesagt hatte, konnte nur die Einleitung zu seinem Plan sein, den er mir als seinem künftigen Mitstreiter nun offenbaren würde. Doch er fuhr im selben Plauderton fort. Sicherlich, überlegte ich, hatte er meine flüchtige Verärgerung bemerkt, als er von »Konföderation« gesprochen hatte, und das hatte ihn abgeschreckt. Vielleicht hielt er mich für zu naiv oder zu schwatzhaft, um mich an »Unangemessenheiten« teilhaben zu lassen. Oder er wollte mich später, wenn er fort war, von Prowse einweihen lassen.
Nachdem er mir etwa eine halbe Stunde lang oberflächliche und belanglose Fragen gestellt hatte, meinte er, es habe ihn gefreut, meine Bekanntschaft zu machen, dann ließ er Prowse und mich von Rodney zur Tür bringen.
Als Prowse mich nach Hause fuhr, wartete ich darauf, daß er etwas sagte, doch er schmunzelte nur in sich hinein. Prowse, inzwischen sechsundvierzig Jahre alt, grinste wie damals, als er mir gestanden hatte, daß er seinem Vater das Buch meines Vaters gar nicht gezeigt hatte – jedenfalls dachte ich das zunächst. Doch dann kam mir sein Grinsen so vor, als hätte er *mich* bei irgend etwas ertappt, als wäre ich von meinem hohen Roß gestiegen und hätte mich in die schmutzigen Niederungen der gewöhnlichen Sterblichen begeben. Während der Begegnung mit MacDonald war nichts ausgesprochen und dennoch eine Abmachung getroffen worden. Ich war ihr Mann. Und ich fragte mich, was das auf lange Sicht bedeuten würde.
Waren in den darauffolgenden Monaten unsichtbare Kräfte am Werk? Mit ziemlicher Sicherheit. Doch auch mir blieben sie verborgen. Ich brauchte nicht zu wissen, wann mir bei meinen Bemühungen zugear-

beitet wurde. Es war besser so. Oft schien es mir, als beschritte ich einen Weg, den jemand kurz zuvor, aber stets außerhalb meiner Sichtweite geebnet hatte.
MacDonald hatte mich kennenlernen wollen, um sich ein Bild von mir zu machen. Und offenbar war er mit mir zufrieden. Ich nehme an, er wußte bereits auf den ersten Blick, daß ich nicht die Macht hatte, ihm zu schaden, und daß ich nur auf eine Gelegenheit wartete, die mir höchstwahrscheinlich ein letztes Mal Aussicht auf Erfolg bot. MacDonald war einundsechzig, dies war sein letzter Posten vor der Pensionierung. Nur Neufundland trennte ihn noch von der Peerswürde und einem Sitz im Oberhaus, nach dem er sich in einer für einen Labour-Mann untypischen Weise sehnte.
Irgendwo hatte ich gelesen, daß es im britischen Empire einst mehr als zweihundert Gebäude mit dem Namen »Government House« gegeben hatte. Da die Briten schon vor Jahren zum Rückzug geblasen hatten, waren es inzwischen weniger.
Ohne daß man es mir deutlich gesagt hätte, wußte ich, daß ich einen neuen Auftrag hatte: Entweder mußte ich auf parlamentarischem Weg dafür sorgen, daß mit dem Stimmzettel auch über die Konföderationsfrage entschieden wurde, oder ich mußte so viele Befürworter einer Abstimmung über die Konföderation zusammentrommeln, daß es gerechtfertigt erschien, wenn sich Großbritannien gegebenenfalls über die Nationalversammlung hinwegsetzte.
Mit meinem Gewissen konnte ich dies durchaus vereinbaren. Ich sagte mir, daß es nicht darauf ankomme, auf welche Weise wir durchsetzten, daß die Neufundländer über die Konföderation abstimmen konnten. Wenn sich nicht die Mehrheit dafür entschied, würde es auch keine Konföderation geben. Und was die Einmischung der Briten betraf – sobald sie uns los waren, würden auch wir sie los sein. Eine Erlösung für beide Seiten.
Ich war so aufgeregt, daß ich in dieser Nacht kaum ein Auge zutat. Vor allem beschäftigte mich die bohrende Frage, ob ich – falls wir das Referendum gewannen – als Lohn für die mühselige Kleinarbeit ebenso aufs Abstellgleis geschoben oder billig abgespeist werden würde wie im Jahr 1928, als ich Sir Richard zu seinem Wahlsieg verholfen hatte. Daß

Prowse die Finger im Spiel hatte, bereitete mir besonders Kopfzerbrechen. Inzwischen sah ich Prowse schon als Premierminister, ein peinigender Gedanke, Prowse als erster Premierminister der neu gegründeten zehnten Provinz von Kanada. Premier Prowse.
Wenig später schrieb Fielding in ihrer Kolumne: »Smallwood will die Konföderation im Grunde gar nicht. Er hat sich nur dafür ausgesprochen, weil er glaubt, sie so am ehesten verhindern zu können. Er ist von all unseren Patrioten der wahrhaftigste.«

FIELDINGS KURZER ABRISS DER GESCHICHTE NEUFUNDLANDS

27. Kapitel
Sir Cavendish

Der Gouverneur Sir Cavendish Boyle schreibt ein vierstrophiges Gedicht aus Vierzeilern, die »Ode an Neufundland«, die, musikalisch vertont, zur offiziellen Hymne Neufundlands wird.
Für die »Ode an Neufundland« werden sechs Tonfassungen komponiert, die erste stammt aus der Feder des deutschen Kapellmeisters E. R. Krippner. Boyle ist von Krippners Komposition so wenig angetan, daß er die Rechte daran erwirbt, um die Veröffentlichung zu verhindern.
Im Jahr 1906 schreibt der Neufundländer Charles Hutton zwei Vertonungen, eine weitere komponiert der Neufundländer Alfred Allen 1907.
Was Hutton und Allen geschaffen haben, bleibt im dunkeln, denn die Regierung Neufundlands hat schon am 20. Mai 1904 die Fassung des berühmten britischen Komponisten Hubert C. Barry, eines Freundes von Boyle, zur offiziellen Musik der Hymne erklärt.
Wie der Volksmund in Neufundland behauptet, stelle Allens Version alle anderen in den Schatten, auch die von Barry. Aber das ist typisch für ein Land, in dem man sich an dem Mythos ergötzt, daß der wahre König in der Verbannung lebt oder in Lumpen geht, während irgendein Prätendent auf dem Thron sitzt.

Alderdice und Squires waren tot, die bedeutenderen Mitglieder ihrer Kabinette ebenfalls verstorben oder im Ruhestand. Die wenigen verbliebenen prominenten Politiker aus der Zeit vor der Einsetzung der Regierungskommission hielten nichts von der Idee einer Nationalversammlung, und auch als sie sich damit anfreundeten, gingen sie noch davon aus, daß die Nationalversammlung nicht über die Frage der Unabhängigkeit entscheiden würde, sondern nur über ihre Form.
Sie beabsichtigten, die Versammlung dazu zu benutzen, um sich als Minister oder Premierminister zu empfehlen. Die Möglichkeit einer Konföderation taten sie als Hirngespinst ab, als einen weiteren meiner zahlreichen aussichtslosen Versuche, an die Macht zu kommen. Das störte mich keineswegs, denn ich baute darauf, daß sie mich erst dann als ernstzunehmenden Gegner betrachten würden, wenn es zu spät war.
Von Sir Richards alter Liberaler Partei war nur Gordon Bradley übriggeblieben, einer der beiden Liberalen, die sich bei den Wahlen 1934 gegen die siegreichen Konservativen hatten behaupten können. Bradley, einen trübselig dreinschauenden Mann mit Augenringen wie ein Waschbär, konnte ich als einzige »namhafte Persönlichkeit« für meine Sache gewinnen, um ihr damit einen seriösen Anstrich zu geben.
Er war in die Nationalversammlung gewählt worden, und ich überredete ihn, die »Führung« der Konföderationsbewegung zu übernehmen, was er jedoch, wie zu erwarten war, nur ungern tat.
»Sie brauchen nur das zu tun, was ich Ihnen sage«, versicherte ich ihm, obwohl ich bezweifelte, daß irgendeine Bewegung, die – wenn auch nur vermeintlich – von Bradley angeführt wurde, jemals erfolgreich sein konnte. Bradley beteuerte, er würde mir gern behilflich sein, wenn er

nur die Energie dafür aufbringen könne, wogegen jedoch alle Erfahrung sprach.

Sein chronisches Phlegma führte Bradley darauf zurück, daß er als Kind tagelang in Wickel gelegt worden sei, als er Scharlach hatte. »Sie hätten mir keine Wickel machen sollen«, erzählte mir Bradley immer wieder, als wäre er fest davon überzeugt, daß der Energiehaushalt seines Körpers durch diesen Wickelmarathon nachhaltig geschädigt worden sei. Ich mußte ihn buchstäblich von einem Ort zum anderen schleppen und schrieb ihm auch seine Reden. Allerdings leierte er sie dermaßen monoton herunter, daß sogar ich zuweilen einschlief.

Die Nationalversammlung trat zusammen. Die Regierungskommission ließ im Saal Mikrophone installieren, damit die Sitzungen im ganzen Land im Radio übertragen werden konnten. Daß diese Maßnahme nur die allseits bekannte Stimme des »Mannes im Mast« wieder auf Sendung bringen solle, wie die anderen Delegierten behaupteten, bestritt die Kommission mit heuchlerischer Entrüstung.

Es wurde der Antrag angenommen, eine Delegation nach London zu entsenden, die in Erfahrung bringen sollte, mit welcher Art von Unterstützung seitens der Briten ein unabhängiges Neufundland rechnen könne.

Gouverneur MacDonald reiste insgeheim schon vor der Delegation nach London und sprach mit dem Minister für das Dominion, Lord Addison, über die Angelegenheit – »nur um Seine Lordschaft von der Lage in Kenntnis zu setzen«, so verteidigte sich MacDonald später, als seine Machenschaften bekannt wurden.

Lord Addison teilte der Delegation mit, Großbritannien sei durch den Krieg ausgeblutet und könne nicht mehr für den Unterhalt Neufundlands aufkommen. Darauf erwiderte Peter Cashin, der Delegationsleiter und inoffizielle Anführer der Unabhängigkeitsbewegung, Neufundland sei überhaupt nur deshalb zahlungsunfähig geworden, weil es Großbritannien geholfen habe, den *Ersten* Weltkrieg zu gewinnen.

»Gott helfe Neufundland«, sagte Cashin zum Abschied.

»Hilf dir selbst, so hilft dir Gott«, bemerkte Lord Addison darauf.

Als nächstes wurde beschlossen, eine Delegation nach Ottawa zu schikken, die in »Sondierungsgesprächen« klären sollte, was eine Konfödera-

tion mit Kanada für Neufundland bedeuten würde. Bradley und ich leiteten die Delegation – ein paar nichtgewählte Funktionäre begleiteten uns –, aber auch diese stand zunächst unter einem schlechten Stern.
Es war Juni, und in Ottawa herrschte eine Hitzewelle, die Bradley so fatal an die Zeit seiner Wickel erinnerte, daß er immer nur auf seinem Bett im Château Laurier lag und sich nicht überreden lassen wollte, sein Zimmer zu verlassen. Ich war der Verzweiflung nahe, denn wenn wir in Ottawa überhaupt nichts erreichten, würden uns die Briten durch jemand anderen ersetzen, der zumindest den Hauch einer Chance hatte, die Konföderationsfrage auf den Stimmzettel zu bekommen.
Ich fragte Bradley, ob er nicht etwas anderes als seine langen Unterhosen und seinen Anzug aus Harris-Tweed tragen wolle, in denen er ja zwangsläufig einen Hitzschlag bekommen müsse. Das sah Bradley ein und ging mit mir zu Woolworth's in der Sparks Street, wo ich ihm sechs kurze Unterhosen kaufte. Als wir an der Kasse standen, jammerte mir Bradley vor, unsere Mission sei ohnehin vergeblich, beim bevorstehenden Referendum werde nie und nimmer über die Konföderation abgestimmt werden, und wenn doch, dann werde sie mit überwältigender Mehrheit abgelehnt werden, deshalb sollten wir lieber gleich den nächsten Zug nach Osten nehmen.
Unbeeindruckt von solchen Unkenrufen, kaufte ich Bradley einen Leinenanzug. Zum ersten Mal in seinem Leben trug er kurze Unterhosen und einen Anzug, der nicht aus Tweed gemacht war. Obwohl ihm diese Neuerungen eine gewisse Erleichterung verschafften, lümmelte er immer noch müßig herum und schwitzte die ganze Zeit übermäßig, aus unerfindlichen Gründen aber besonders in den klimatisierten Räumen, in denen wir uns letztlich doch noch mit der kanadischen Delegation trafen. Es war von Anfang an klar, daß die Kanadier uns jede erdenkliche Unterstützung zukommen lassen wollten, um den Neufundländern eine Konföderation schmackhaft zu machen.
Drei Monate lang saß Bradley Tag für Tag neben mir, wischte sich unentwegt den Schweiß von den Augenbrauen, den Wangen und dem Nacken, zupfte an seinem Kragen und trank krügeweise Wasser. An die Nationalversammlung zu Hause schrieb ich: »Bradley macht einen gu-

ten Eindruck auf die Kanadier, und ich bin zugegebenermaßen stolz darauf, ihn als unseren Vorsitzenden zu haben.«
Es kam auch zu einem kurzen Treffen mit dem Premierminister, dem Liberalen Mackenzie King. Er sagte mir, er wolle sich bald aus der Politik zurückziehen, doch als krönenden Abschluß seiner Karriere würde er gern die Konföderation mit Neufundland herstellen und als der Mann in die Geschichte eingehen, der das lange prophezeite Dominion vom Atlantik bis zum Pazifik zuwege gebracht habe. Kings designierter Nachfolger Louis St. Laurent sprach sich ebenso deutlich für mein Anliegen aus, versicherte mir allerdings nachdrücklich, daß die Konföderation nur zustande komme, wenn sie von der Bevölkerung Neufundlands gewünscht werde. »Sie sind ja ein Liberaler«, meinte St. Laurent. »Ich meine, das hat man mir zumindest gesagt.« Ich bestätigte ihm, daß ich ein Liberaler sei und es zeitlebens bleiben würde.
Offensichtlich fragten sich alle, inwiefern mein Erscheinungsbild und meine ungeschliffenen Manieren über Schläue und Talent hinwegtäuschten, denn hier wie auch zu Hause gab mein Äußeres stets Anlaß zur Verwunderung. Und so kam Bradley eine größere Bedeutung zu, als ich vor unserer Reise nach Ottawa gedacht hatte. Er war groß, gut gekleidet, gebildet und geschult in der feinen Lebensart. Vermutlich hätte eine Kreuzung aus Bradley und mir die Kanadier am ehesten davon überzeugt, daß ihre Sache bei uns in guten Händen war.

In der Nationalversammlung in Neufundland nahmen Spekulationen überhand, warum sich unser Aufenthalt in Ottawa so lange hinzog. Jeden Tag forderte man uns erneut auf, nach Hause zurückzukehren und die Delegierten über den Stand der Gespräche zu unterrichten. Tatsächlich hatten wir bereits einen detaillierten Vertragsentwurf über die Konföderationsbedingungen mit Kanada ausgehandelt, wozu wir jedoch seitens des neufundländischen Staates ebenso wenig ermächtigt waren, wie es irgendein x-beliebiger Bürger Portugals gewesen wäre.
Bei unserer Rückkehr beschimpfte uns Cashin als Verräter. Ich erwiderte, wir hätten in Ottawa zumindest mehr erreicht als er in London. Vor dem Sitzungssaal versuchte er mir einen Faustschlag zu versetzen, doch ich wich ihm aus, packte ihn bei den Handgelenken und fiel rücklings

zu Boden. Als Cashin mich angriff, zog ich gerade an meiner Zigarette, und sogar noch, als wir auf dem Boden lagen, blies ich ihm Rauch ins Gesicht, was ihn dermaßen erboste, daß mehrere Männer ihn gewaltsam von mir wegzerren mußten.

FIELDING VOR ORT, 19. OKTOBER 1947

Gestern in der Nationalversammlung zitierte Peter Cashin aus einem Dokument, das 1933 von Großbritannien und Neufundland unterzeichnet worden war, wie folgt: »Die Selbstverwaltung wird in vollem Umfang wiederhergestellt, sobald die Kolonie nicht mehr auf die Hilfe des Mutterlandes angewiesen ist.« Wozu, wollte Cashin wissen, bräuchten wir in Anbetracht dessen überhaupt eine Nationalversammlung? Warum habe man uns die Selbstverwaltung nicht bereits zurückgegeben, da Neufundland ja wieder auf eigenen Füßen stehe? Sei das nicht Vertragsbruch? Sei das nicht Verrat?

Als Antwort auf diese Frage bediente sich Smallwood einer Analogie. Er verglich Großbritanniens Versprechen gegenüber Neufundland mit einem Vater, der seinem Sohn das Haus A verspricht, sobald er einundzwanzig geworden ist. Als der Sohn dieses Alter erreicht, sagt der Vater: »Du kannst das Haus A haben. Wenn du willst, kannst du statt dessen aber auch das Haus B oder C bekommen. Die Entscheidung liegt bei dir.« Was, fragt Smallwood, solle daran Verrat sein?

Cashin konterte mit dem, was wir die Cashinsche Analogie nennen wollen, auch wenn es nur eine Abwandlung der Smallwoodschen war: Der Vater verspricht seinem Sohn, daß er, sobald er einundzwanzig ist, das Haus A bekommen soll, das gleich nebenan ist. Als der Sohn einundzwanzig wird, sagt der Vater zu ihm: »Du kannst das Haus A haben, statt dessen kannst du aber auch ein Zimmer in einem Haus haben, das fünfhundert Meilen entfernt ist und das du nie gesehen hast. Doch es ist ein sehr schönes Haus, und das sage ich nicht nur, um dich loszuwerden. Die Entscheidung liegt bei dir.«

So begann, was unter den Mitgliedern der Nationalversammlung bereits als »die Nacht der Analogien« bezeichnet wird.

Smallwood schoß mit einer verbesserten Version zurück: Eine Hütte oder ein prächtiges Zimmer in einem prächtigen Haus, dazwischen hat man zu wählen.
Cashin hielt dagegen: ein Haus, das man besitzt, oder ein Zimmer zur Miete.
Die beiden Kontrahenten warfen sich weitere Vergleiche an den Kopf. Schweigend und mit offenen Mündern verfolgten die anderen Delegierten den Kampf der Redegiganten.
Als sich die Haus-Metapher erschöpft hatte, verlegten sie sich auf Pferde.
Smallwood: Gaul oder Roß.
Cashin: Neufundlandpony oder Dressurpferd, das man bei jemand anderem einquartieren.
Die Stunden vergingen, Dunkelheit brach herein. Smallwood leckte an Zitronen, um einer Kehlkopfentzündung vorzubeugen. Noch immer war kein Ende in Sicht.
Smallwood (energisch): ein leckes Ruderboot oder eine Kabine auf einem Ozeankreuzer.
Cashin (erschöpft): ein eigenes Ruderboot oder eine Kabine auf der *Titanic.*
Gegen Mitternacht mag den noch wachgebliebenen Delegierten und Radiohörern aufgefallen sein, daß Smallwood immer prägnantere Vergleiche fand, während die von Cashin bemühter und langatmiger wurden.
Smallwood (forsch): Dreirad oder Zugwaggon.
Cashin (ziemlich angeschlagen): gebrauchtes, aber bezahltes und selbständig zu bedienendes Automobil, das zwar ein paar Reparaturen nötig hat, aber noch fährt, oder die hinterste Sitzreihe in einem Bus, dessen Stoßdämpfer bei der kleinsten Unebenheit den Geist aufgeben und somit völlig ungeeignet sind für die Schlaglöcher, wie man sie von März bis Mai auf Neufundlands Straßen vorfindet.
Smallwood, der abwechselnd rauchte und Zitronenscheiben lutschte, ließ nicht locker. Um halb vier Uhr morgens ging die Nacht der Analogien schließlich zu Ende.
Smallwood (entschieden): ein Motel oder die oberste Etage im Château Laurier.

Cashin setzte zu einem Vergleich an, in dem er das Hotel Neufundland bemühte, ehe er zusammenbrach. Smallwood teilte den zuhörenden Neufundländern mit, daß Mr. Cashin geschlagen darniederliege, dann führte er noch fünfzig weitere Vergleiche an, die unwidersprochen blieben, da Cashin hilflos auf dem Boden lag.
Wie wir bereits in einer früheren Kolumne festgestellt haben, befürwortet Smallwood die Konföderation nur deshalb, weil er glaubt, daß jegliche Unternehmung, die er unterstützt, unweigerlich zum Scheitern verurteilt ist. Deshalb wird er es vielleicht eines Tages bereuen, Cashin so vernichtend geschlagen zu haben, doch momentan glaubt er noch, daß er einen guten Strohmann abgibt.

———

Mit der Zeit gewann ich mehr Delegierte für die Idee, beim Referendum über die Konföderationsfrage abstimmen zu lassen. Nichtsdestoweniger waren die meisten von ihnen noch immer gegen die Konföderation und lediglich darauf bedacht, daß der Ablehnungsbeschluß auf demokratische Weise zustande kam.
Es blieben noch achtunddreißig Tage bis zur Auflösung der Nationalversammlung. Ich ließ Gerüchte in Umlauf bringen, wonach ich kurz vor einem Zusammenbruch stünde, und hoffte, damit um so heftigere Angriffe zu provozieren, die mir die Sympathien der Öffentlichkeit eintragen würden. Da die Verfechter der Unabhängigkeit befürchteten, daß man ihnen im Fall meines Zusammenbruchs die Schuld in die Schuhe schieben würde, ließen sie mich an vierunddreißig von den verbliebenen achtunddreißig Tagen ohne Unterbrechung sprechen. Ihre restlichen vier Tage verbrachten – oder vergeudeten – sie damit, die Leistungen der Regierungskommission schlechtzureden, die sie noch immer als den einzig wirklichen Rivalen betrachteten.
Ihre Taktik schien aufzugehen, denn der Antrag, die Frage der Konföderation auf den Stimmzettel zu setzen, wurde mit neunundzwanzig zu sechzehn Stimmen abgeschmettert. Ich beschimpfte die neunundzwanzig Delegierten als Diktatoren, worauf sie erwiderten, sie seien demokratisch gewählt worden und nur ihrem Gewissen verpflichtet. Schließ-

lich löste sich die Nationalversammlung auf. Viele glaubten, die Konföderation sei nun endgültig gestorben, aber ich zählte nicht zu ihnen.
Wie ich erwartet hatte, ordnete die britische Regierung an, beim Referendum über die Konföderation abstimmen zu lassen, und setzte sich damit über die Nationalversammlung hinweg, die sie selbst ins Leben gerufen hatte.

FIELDING VOR ORT, 25. APRIL 1948

Der 3. Juni, der Tag des Referendums, naht. Smallwood glaubt noch immer, daß er der größte Hoffnungsträger der gegnerischen Seite sei. Der Versuch, seine Anhängerschaft abspenstig zu machen, indem er zweireihige Anzüge und eine Fliege trägt, ist fehlgeschlagen. Statt dessen schreibt die Presse über ihn als den »piekfein gekleideten« Joe Smallwood.
Die Konföderationisten haben eine Zeitung namens *Konföderationist* gegründet, die Verfechter der Unabhängigkeit, die sich Autonomisten nennen, haben ein Blatt namens *Autonomist* aus der Taufe gehoben.
Smallwood versucht, das Diskussionsniveau des *Konföderationist* möglichst niedrig zu halten. In einer neulich im *Konföderationist* erschienenen Karikatur sieht man den Sensenmann ein Schild halten mit der Aufschrift: »Wählt die Selbstverwaltung!«, während auf seinem Mantel »Vetternwirtschaft, Hunger, Arbeitslosigkeit, Krankheit« steht. Zu Smallwoods Bestürzung antwortete der *Autonomist* darauf mit einer Karikatur, in der ein Esel, auf dessen Hinterteil »Neufundland« steht, einen mit Kisten schwer beladenen Karren zieht, und die Kisten tragen die Aufschrift »Steuern«.
Doch Smallwood hat sich genau ausgerechnet, wie er sich den Zorn der Neufundländer am besten zuziehen kann. Er warnt uns vor übertriebenem Stolz, redet davon, wie »rück- und randständig« Neufundland im Vergleich zum übrigen Nordamerika sei. Und anscheinend funktioniert es. Man hat die Botschaft mit ihrem Überbringer verwechselt.
Neulich bei einer Kundgebung hat sich eine größere Anzahl von Autonomisten als Anhänger der Konföderation ausgegeben, um in Small-

woods Nähe zu kommen und mit ihm abzurechnen. Beinahe hätten sie ihr Ziel erreicht, wenn nicht seine Gefolgschaft eingegriffen hätte, so daß Smallwood, rücklings auf einem Wagen liegend, die Flucht gelang.
»Was diese Bewegung braucht, ist ein Märtyrer«, schrie Smallwood, als der Wagen losfuhr. Zu spät kam ihm in den Sinn, daß die Leute denken könnten, er meine mit »dieser Bewegung« die Konföderation.
Erst neulich wieder hat Smallwood in einer Radiosendung ein äußerst unvorteilhaftes Bild von Neufundland gezeichnet. Er mußte eigens darauf hinweisen, daß die Sendung wirklich direkt übertragen werde, und fünfmal seinen Standort bekanntgeben, bis endlich ein Pöbel von Autonomisten das Funkhaus umzingelte und ihn aufforderte herauszukommen. Gerade als er dies tun wollte, traf die Polizei am Schauplatz ein und zerstreute die Menge.
Smallwood wird allmählich von Zweifeln befallen und fragt sich, ob sogar schon seine *heimliche* Unterstützung genügt, um eine Sache zum Scheitern zu verurteilen.

Wir saßen in der Grumman Widgin, und bei dem dröhnenden Lärm der Propellermotoren mußten wir schreien, um uns verständlich zu machen. Unter mir sah ich ganze Inseln, Buchten und Seen, so klar umrissen wie nie zuvor. Ich wünschte, wir könnten hoch genug fliegen, um die Insel in ihrer Gesamtheit zu sehen, in ihrer Gestalt wie auf den Landkarten, nicht nur in ihren vielen Bestandteilen, sondern als ein einheitliches Ganzes, als ein einzigartiges Gebilde unter den zahllosen anderen auf dieser Welt. Bei unserem Flug beschrieben wir die Konturen Neufundlands, zeichneten maßstabsgetreu seine Küstenlinie nach. Wir umrundeten die Insel entgegen dem Uhrzeigersinn, so daß das Land immer zu unserer Linken lag.
Ich erinnerte mich an meine anderen Neufundlandreisen. An den Robbenfang. Die endlosen Zugfahrten durch das Ödland. Die Segelfahrt mit Andrews an der Südküste, an düster aufragenden Landzungen entlang. Die Winternächte, die ich an der Südwestküste verbracht hatte, in Häusern hoch oben in den Felsen.

Wenn ich mit dem Flugzeug reiste, verfiel ich nicht wie sonst in jene stille, grüblerische Betrachtung der Landschaft. Solange wir in der Luft waren, konnte ich daran glauben, tatsächlich dieses »Etwas« gefunden zu haben, das zu tun in meiner Macht stand und das dem Land gerecht wurde. Bisher war es mir stets als eine unlösbare Aufgabe erschienen. Ich hoffte, mich endlich von Fielding zu befreien, der drückenden Last der Vergangenheit ledig zu werden, die Zeit, in der ich unerreichbaren Zielen nachgelaufen war, für immer hinter mir zu lassen.
Und jenen Augenblick in New York, als ich mich für die Liebe entschieden und dann die Nerven verloren hatte.
Doch während ich über die Insel flog, sagte ich mir, daß ich damals keineswegs die Nerven verloren hatte, sondern im Gegenteil zur Vernunft gekommen war.
Wo immer es möglich war, landeten wir in den Häfen der kleinen Inseln und Siedlungen. Die Nord- und Nordostküste war noch vereist, was die Landung einfacher machte. Ganze Einwohnerschaften marschierten uns auf dem Eis entgegen. In den eisfreien Häfen war es hingegen schwieriger, denn dort konnte man nur auf dem Wasser landen, und das Flugzeug schwankte unter dem Seegang, während ich auf dem Schwimmer stand, mich mit einer Hand an die Strebe klammerte und in der anderen einen Lautsprecher hielt. Die Leute standen an der Küste und hörten zu, während der Pilot immer wieder in den Rückwärtsgang schalten mußte, damit wir nicht an den Felsen zerschellten.
Für die Menschen in den abgelegenen Siedlungen mußte die Landung eines Flugzeugs ein sehr ungewöhnlicher Anblick gewesen sein. Aus der Ferne hörten sie das Motorengeräusch eines Flugzeugs, einer Grumman Widgin. Dann vernahmen sie aus zwei unterhalb der Tragflächen angebrachten Megaphonen die Stimme von Joe Smallwood, laut genug, um die Motoren zu übertönen: »Bürger von Lamaline, hier spricht der ›Mann im Mast‹, hier spricht Joey Smallwood. Ich bin gekommen, um euch etwas über die Konföderation zu sagen, ich wiederhole: über die Konföderation.«
Sobald die Grumman Widgin gelandet war, versammelten sich die Leute am Strand oder kamen in ihren Booten auf uns zu, als wollten sie uns versenken. Der Ausstieg des Flugzeugs öffnete sich, und da stand

ich, mit dem Megaphon in der Hand. Bei meiner Abreise ließ ich stets eine jubelnde Menge zurück, an jedem Hafen wieder.
Ich fragte mich, ob ich durch die Art und Weise, wie ich zu ihnen gelangte, so großen Anklang fand, ob sie glaubten, daß ich dieses Flugzeug, das erste und einzige auf der ganzen Welt, eigenhändig erschaffen hatte.
In meinen Ansprachen ließ ich Kanada unerwähnt. Was wußten diese Leute, die noch nicht einmal in St. John's gewesen waren, denn schon von Kanada? Für sie ging es nicht um eine Gewissensentscheidung. Es kostete sie keine großen Opfer, für die Konföderation zu stimmen.
Ihre Heimatorte waren Welten für sich. Die Fischer dachten in keinerlei Hinsicht nationalistisch, sie begriffen sich weder als Neufundländer noch als Kolonialsiedler, sondern bezogen ihre Ursprünge einzig auf jenen Ort, wo sie geboren wurden, und fühlten sich nur der kleinen Insel oder Bucht zugehörig, auf der oder in der sie aufgewachsen waren. Nach der Konföderation würden sie sich auch nicht als Kanadier betrachten. Alles, was sie von Kanada wußten und auch künftig wissen würden, war lediglich, daß es sich um irgendeinen nebulösen Ort handelte, von dem regelmäßig Geld eintraf, was sie irgendwie Joey Smallwood zu verdanken hatten. Sie würden für die Konföderation stimmen, um Mutterschaftsgeld zu bekommen, und nach der Vereinigung genauso leben wie zuvor, nur um etwa zwanzig Dollar pro Monat reicher.
Wenn ich mir ihre Lebensumstände ansah, fühlte ich mich darin bestärkt, daß das, was ich tat, zu ihrem Besten war. In der Zeit der Weltwirtschaftskrise, die mit Kriegsbeginn zu Ende gegangen war, hatten diese Menschen am Hungertuch genagt. Nun, drei Jahre nach dem Krieg, fürchteten sie, es könne ihnen wieder ein Jahrzehnt wie die dreißiger Jahre bevorstehen.
Ein Politiker sollte von dem Glauben beseelt sein, daß das Wohlergehen seines Volkes von seinem Erfolg abhängt. Was ich für mich tue, tue ich für sie. Und so mag der Tag kommen, an dem Eigennutz und Selbstlosigkeit nicht mehr zu unterscheiden sind.
Für mich kam dieser Tag. Vielleicht kam er schon vor der Konföderation, vielleicht erst Jahrzehnte danach. Ich weiß es nicht. Es ist, als

stellte man fest, daß sich die Farbe des Meeres geändert hat, und versuchte sich daran zu erinnern, wann es geschehen ist.
Mir schien, als hätte ich mein Leben vertan, wenn ich nicht etwas vollbrachte, was die Historiker erwähnenswert finden würden – als wären alle Geschichtswerke der Welt in einem einzigen Buch vereint, in dem mein Name stehen mußte, wenn mein Leben nicht sinnlos gewesen sein sollte. Der Gedanke erschreckte mich, daß ich im Buch des Richters, wenn es den Zeitraum von 1895 bis zur Gegenwart behandeln würde, nicht genannt wäre. Und ich war immerhin schon achtundvierzig.

In der Nacht des Referendums scharten wir uns in der Zentrale der Konföderationisten um ein Radio und lauschten den Hochrechnungen. Die Selbstverwaltung lag anfangs vorn, doch damit hatten wir gerechnet, weil die Wahlergebnisse aus St. John's als erste gemeldet wurden. Im Lauf der Nacht holten die Konföderationisten gegenüber den Autonomisten immer mehr auf, konnten aber nicht gleichziehen. Keine der Alternativen hatte die erforderliche Mehrheit bekommen, deshalb war ein weiteres Referendum erforderlich. Da nur eine verschwindende Minderheit für die Beibehaltung der Regierungskommission gestimmt hatte, wurde diese Option vom Stimmzettel gestrichen. Man setzte die Stichwahl auf den 22. Juli an. Sechs Wochen später.

FIELDINGS KURZER ABRISS DER GESCHICHTE NEUFUNDLANDS

28. Kapitel
Bond über Boyle

Sir Cavendish ist von 1901 bis 1904 Gouverneur von Neufundland, und in dieser Zeit und noch Jahre danach arbeitet er an der Vervollkommnung seiner Ode – unter Vernachlässigung seiner Amtspflichten, wie man sagen muß.

Bei offiziellen Anlässen ist er oft abwesend, weshalb seine Frau gezwungenermaßen behauptet, er sei krank. Allerdings glaubt man ihr nicht, denn wie jedermann weiß, sitzt er oben in seinem Arbeitszimmer, dessen Fenster auf das rückwärtige Gelände des Goverment House hinausgeht.

So mancher, der auf der Circular Road zu einem Empfang im Government House unterwegs ist, sieht ihn an diesem Fenster sitzen und gedankenverloren hinausschauen.

Auf den Brief eines Kollegen, der schreibt: »Ich fürchte, wir haben es mit einem zweiten Pickmore zu tun«, antwortet Premierminister Sir Robert Bond, er solle sich nicht täuschen lassen von Lady Boyle, die »einen offenbar unerschöpflichen Einfallsreichtum an den Tag legt, wenn es darum geht, irgendwelche Leiden für diesen pflichtvergessenen Reimeschmied Sir Cavendish zu ersinnen. Seien Sie beruhigt, mein Freund; der Mann ist nicht krank. Besser gesagt, er ist nicht kränker als irgendein anderer, der seine Tage und Nächte mit dem Schreiben von Gedichten zubringt. Wenn dies allerdings eine Krankheit ist, dann ist es bei ihm auch schon fürs Einbalsamieren zu spät.«

In solcher Weise wird über Dichter hinter ihrem Rücken gesprochen. Im Wissen, daß derlei Dinge über sie gesagt werden, müssen sie ausharren, so wie auch ich, mit einem Klingeln in den Ohren.

EIN MANN, DEN DU NIE GEKANNT HAST

Ich konnte nicht allein aus dem Haus gehen, meine beiden Leibwächter ließen es nicht zu. Trotz meiner Einwände waren ein ehemaliger Fallschirmspringer und ein ehemaliger Ringer zu meinem Schutz eingestellt worden. Außerdem führte ich ständig einen geladenen, nicht registrierten Revolver bei mir. Ich erhielt tagtäglich Morddrohungen, telephonisch, per Post, in der Redaktion des *Konföderationist* und in meinem Haus, dessen Fensterläden wir stets geschlossen hielten. Wenn ich morgens aus dem Haus ging, stellte ich nicht selten fest, daß es mit Plakaten vollgeklebt war, auf denen »Verräter« oder »Judas« stand. Schließlich überredeten mich meine Anhänger, jeden Abend mit Frau und Kindern an einen anderen geheimen Ort umzuziehen. Immer pünktlich um sechs Uhr abends tauchte der Lieferwagen eines konföderationistischen Wäschereibesitzers auf und verfrachtete uns wieder zu einer anderen Unterkunft.

Wenn ich in St. John's Wahlkampf führte, ging ich jeden Sonntagabend zum Essen zu meinen Eltern auf den Brow. Meine Leibwächter blieben draußen auf der Terrasse, die zur Straße hin lag, und hielten Ausschau nach irgendwelchen Konföderationsgegnern, die mein Auto hätten erkennen können. In meiner Abwesenheit drohte meinen Eltern nicht wirklich Gefahr, denn meine Mutter war als Pfingstlerin bekannt, und die Kirchen der Pfingstler und der Katholiken hatten sich gegen die Konföderation ausgesprochen, angeblich weil sie befürchteten, daß die Kanadier das Schulsystem verstaatlichen würden. Mein Vater galt ebenfalls als Gegner der Konföderation, obwohl niemand – weder er selbst noch ich – einen Grund dafür hätte nennen können, außer daß er inzwischen prinzipiell gegen alles war, wofür ich mich einsetzte. Ähnlich unklar war seine Beziehung zu den Konföderationisten, von denen meine Eltern aber ebenfalls nicht behelligt wurden.

Eines Sonntags, etwa drei Wochen vor dem zweiten Referendum, empfing mich meine Mutter aufgeregt an der Tür. Bei unserem Telephongespräch kurz zuvor hatte sie nichts von einem Tischgast gesagt, nur daß mein Vater nicht dasein würde. Doch draußen stand ein Auto, das ich nicht kannte.

»Hallo, Joe«, begrüßte sie mich mit unnatürlich lauter Stimme, als wollte sie mich auf die Anwesenheit von Fremden im Haus hinweisen oder auch die Gäste auf meine Ankunft vorbereiten. »Wir haben Besuch«, sagte sie und sah mich bedeutungsvoll an, »jemand, der dich sehr gern sehen würde.«

Sie führte mich ins Wohnzimmer, und in dem Sessel gegenüber der Tür saß ein Mann, die Beine übereinandergeschlagen, den Hut auf den Knien. Ich hätte ihn nicht sofort erkannt, wäre sein linkes Auge nicht immer noch blutunterlaufen gewesen. Diesmal war nur die untere Hälfte rot verfärbt, als schwömme seine Pupille in einem See von Blut. Die Gläser seiner Brille waren so dick, daß er fast blind sein mußte.

»Mr. Hines sagt, ihr kennt euch aus New York«, bemerkte meine Mutter nervös. Hines stand nicht auf, und ich trat auch nicht näher, um ihm die Hand zu schütteln.

»Es ist lange her, Mr. Hines«, sagte ich.

»In Gottes unendlichem Plan aber nur ein Nichts«, erwiderte Hines.

»Mr. Hines ist ...« Meine Mutter hielt inne. »Mr. Hines ist wegen des Referendums gekommen, Joe.«

»Ich bin Neufundländer«, sagte Hines und faßte mich ins Auge, »und nach Neufundland bin ich zurückgekehrt.« Ich setzte mich in den Sessel ihm gegenüber. Meine Mutter kauerte auf der Lehne des Sofas zwischen uns, eher zu Hines gewandt, aber mit Blick zu mir.

»Ich gieße dir eine Tasse Tee ein, Joe«, meinte sie. Auf dem Tisch stand ein Teeservice und ein Teller mit Gebäck.

»Geben Sie noch immer den *Backhomer* heraus?« fragte ich. Er lächelte mich an, als wollte er sagen, daß ich das ja wohl bereits wüßte, was auch stimmte.

»Ich bin gekommen, um herauszufinden, was es mit diesem Trubel um die Konföderation auf sich hat«, erklärte Hines. »Bis zum ersten Referendum war mir nicht klar, daß so viele unserer Schafe vom rechten Weg abgekommen sind. Ich muß zugeben, daß ich Ihnen keine sonderlichen Führungsqualitäten zugetraut hätte, als wir in New York miteinander zu tun hatten. Aber damals waren Sie jung. Heute sind Sie sicherlich ein anderer.«

Ich schätzte ihn auf Ende Sechzig. Seine ganze linke Gesichtshälfte war infolge des Schlaganfalls erschlafft, als würden sich dessen Auswirkungen im Alter noch verstärken, auch wenn sich der Zustand seines Auges zeitweilig besserte. Aber vielleicht hatte er auch einen weiteren Schlaganfall erlitten.

»Wir sind alle nicht mehr das, was wir früher waren«, entgegnete ich.

»Mein Name war nicht immer Hines«, sagte er. »Habe ich Ihnen das erzählt?«

Ich schüttelte den Kopf.

»Ich habe einen anderen Namen angenommen, als auch ich ein anderer wurde, obwohl ich nie versucht habe, meine Vergangenheit geheimzuhalten. In meinen Predigten stelle ich mich selbst als Anschauungsobjekt für meine Gemeinde dar. Ich war verloren und bin wiedergefunden worden. Auch Sie können wiedergefunden werden, Joe Smallwood.«

»Ich habe die Neufundländer vor übertriebenem Hochmut gewarnt«, warf ich ein.

Hines nickte. »Der Satan verwendet oft Gottes Wort gegen Ihn.«

»Ich bin mir sicher, daß Joe nur tut, was er für richtig hält«, meinte meine Mutter.

»Und Sie, gute Frau«, wandte sich Hines an sie, »sprechen nur das aus, was Sie für die Wahrheit halten. Ich wünschte, ich könnte über Ihren Sohn dasselbe sagen. Der Glaube muß vor allen anderen Dingen den Vorrang haben, Mrs. Smallwood. Notfalls auch vor der Familie.«

Meine Mutter senkte den Kopf.

»Ich würde diesem Mann nicht weiter trauen«, fuhr Hines fort, »als ich ihn werfen könnte. Andererseits glaube ich, daß ich ihn sogar in meinem Alter noch über eine beträchtliche Entfernung schmeißen könnte.«

Ehe meine Mutter etwas darauf erwidern konnte, erhob er sich müh-

sam aus dem Sessel. Auch meine Mutter stand auf, händeringend, mit hochrotem Gesicht, den Tränen nahe. Daß Miss Garrigus kürzlich verstorben war, hatte sie sehr mitgenommen.
»Nicht genug damit, daß Sie und Miss Garrigus das Vertrauen meiner Mutter mißbraucht haben«, fuhr ich Hines an, »jetzt stellen Sie sich auch noch hin, als wären Sie die Pfingstlerkirche in Person ...«
»Was meinst du damit, Joe, mit dem Mißbrauch meines Vertrauens?« fragte meine Mutter.
»Miss Garrigus hat ihm von dem Buch und Mr. Mercer erzählt« – Hines starrte mich verblüfft, ja fassungslos an, worin ich meine Annahme bestätigt sah –, »und als ich in seine Kirche in New York ging ...«
»Aber es weiß keiner etwas davon, Joe«, unterbrach mich meine Mutter. »Woher sollte Mr. Hines ... woher weißt du ... O mein Gott! Was ... wie kann das sein?« Sie musterte mich mit blankem Entsetzen, als vermutete sie ein Werk des Teufels. »Ich habe nie jemandem etwas von dem Buch und dem armen Mr. Mercer gesagt«, beteuerte sie mit schreckgeweiteten Augen. »Keiner Menschenseele.« Ich war im Begriff, sie der Lüge zu bezichtigen, doch an ihrer angstvollen Miene erkannte ich, daß sie die Wahrheit sagte.
Also wußte Hines nichts von dem Buch und Mr. Mercer. Sofern er es nicht irgendwie von einem anderen Familienangehörigen erfahren hatte. Ich fragte mich, ob er während seiner »lasterhaften Zeit« in St. John's meinen Vater kennengelernt hatte. Aber in jener Nacht, als meine Mutter das Buch fortgeworfen hatte, hatte mein Vater im Bett gelegen und geschlafen, stockbetrunken und jenseits von Gut und Böse. Und ich war der einzige, der aus dem Fenster auf die Terrasse hinausgeschaut hatte.
Ich faßte Hines ins Auge. Er wirkte verunsichert, schien es plötzlich sehr eilig zu haben, als bereute er, überhaupt hergekommen zu sein. Ich trat auf ihn zu.
»Sie ... Sie haben in Ihrer Predigt gesagt, ein Buch und ein Mann, den ich nie gekannt habe, hätten eine wichtige Rolle in meinem Leben gespielt. Welches Buch und welchen Mann haben Sie damit gemeint?«
»Ich meinte ... ich meinte diesen Mr. Mercer, von dem Sie gerade gesprochen haben«, antwortete Hines. »Wie ich Ihnen schon einmal

gesagt habe, läßt Gott mich an Wissen teilhaben, das anderen vorenthalten bleibt.«

»Dann verraten Sie uns, was mit Mr. Mercer geschehen ist. Nur zu«, forderte ich ihn auf, als er meinem Blick auswich. »Sagen Sie es uns. Sagen Sie uns, welches Buch ich meine.« Hines schwieg und schob sich näher zur Tür, doch ich versperrte ihm den Weg.

»Sie haben auch Ihr Geheimnis, nicht wahr?« bemerkte ich. Hines erbleichte. »Sie wissen von dem Brief an die *Morning Post* und dem Buch des Richters.«

Hines brachte ein schwaches Lächeln zustande. Dann drängte er sich an mir vorbei zur Tür, blieb dort stehen und wandte sich noch einmal zu mir um. »Sie haben vor Jahren Ihre Chance bekommen«, sagte er mit bebender Stimme. »Gott hat Ihnen, Joe Smallwood, seine Hand gereicht, doch Sie haben sie zurückgewiesen.« Er setzte seinen Hut auf, öffnete mit zitternder Hand die Tür und ging.

»Du hast die ganze Zeit von dem Buch und Mr. Mercer gewußt?« Meine Mutter hatte die Hände vor den Mund geschlagen, über ihre Wangen strömten Tränen.

»Ich habe dich gesehen«, antwortete ich, fest entschlossen, Haltung zu bewahren, obwohl mich ebenfalls heftige Gefühle bewegten. »In jener Nacht. Ich habe gehört, wie du die Treppe hinuntergingst, und als ich aus dem Fenster schaute, sah ich, wie du das Buch hinunterwarfst. Ich habe auch die Lawine gehört.« Daß ich danach das Buch geholt hatte, ließ ich unerwähnt.

»Das hast du all die Jahre für dich behalten? So wie ich?« Ich nickte. Da lief sie schluchzend zu mir und schloß mich in die Arme. »Ach, mein Junge, mein armer Junge«, rief sie, »es tut mir so leid. Was mußt du in dieser Zeit durchgemacht haben. Du warst ja erst ... wie alt? ... fünfzehn? Seitdem ist kein Tag vergangen, an dem ich nicht an Mr. Mercer gedacht habe. Seit seinem Tod gehe ich jeden Monat zu seinem Grab und lege still Blumen nieder. Welch ein Gedanke, daß es auch ein anderer Mensch weiß, es immer gewußt hat! Du kannst dir gar nicht vorstellen, wie mich das erleichtert. Ich bin froh, daß du derjenige bist, Joe. Es war Gottes Wille, daß du es sein solltest.«

Mit dieser Reaktion hatte ich nicht gerechnet. Ich drückte meine Mut-

ter fest an mich, doch dann machte ich mich los und sagte, ich könne jetzt doch nicht zum Essen bleiben, weil ich etwas Dringendes zu erledigen hätte.
»Ich bete für dich«, rief sie mir nach, als ich mit tränenverschleiertem Blick davonlief. »Ich bete für dich und dafür, daß ihr das Referendum gewinnt. Ich werde nicht für euch stimmen, Joe, aber ich bete für dich. Erzähl es keinem.«

Ich ließ mich von meinen Leibwächtern zu Fieldings Pension fahren. Inzwischen war ich mir sicher, daß Hines wußte, wer den Brief geschrieben hatte. Wahrscheinlich war er es selbst gewesen. Ich hatte keine Ahnung, warum er es getan hatte, aber er mußte es gewesen sein. Ich fühlte mich in Hochstimmung. Was immer Fielding sonst noch getan hatte, wie sehr sie Prowse mir gegenüber auch bevorzugt haben mochte – *das* ging zumindest nicht auf ihr Konto. Wenigstens in dieser Hinsicht hatte ich von Anfang an recht gehabt.
»Es gibt da ein schreckliches Geheimnis, das mit einem Buch und einem Mann, den du nie gekannt hast, zu tun hat.« Dieses »Buch«, das einzige, das eine wesentliche Rolle in meinem Leben gespielt hatte, konnte nur das Exemplar der *Geschichte Neufundlands* von Richter Prowse sein, aus dem die Wörter für den Brief an die *Morning Post* ausgeschnitten worden waren. Und der Mann, den ich nie gekannt hatte, war Hines.
Es lag auf der Hand, daß ich meine neu gewonnenen Erkenntnisse als Waffe gegen Hines einsetzen würde. Denn ich glaubte, er könnte unserer Sache beträchtlichen Schaden zufügen, zumal der *Backhomer* besonders in den kleineren Provinzorten gelesen wurde, wo unsere Anhängerschaft am größten war. Andererseits war da Fielding, die in ihren Kolumnen noch immer nicht Flagge zeigen wollte, sondern Autonomisten wie Konföderationisten gleichermaßen angriff. Ihre Leserschaft bestand fast ausschließlich aus Städtern, und gerade in St. John's hatten wir die wenigsten Anhänger. Wenn ich ihr erst einmal gesagt hatte, was ich wußte, würden ihre Kolumnen gänzlich anders ausfallen.

»Smallwood«, sagte Fielding, als sie mir die Tür öffnete. »Nachdem Cashin erst letzte Woche da war, habe ich mich gefragt, wie lang es dauern würde, bis du aufkreuzt.«
»Cashin war da?« erkundigte ich mich, obwohl es mir bereits bekannt war. Und Fielding wußte auch, daß ich es wußte.
»Er hat mich um meine Unterstützung gebeten«, erwiderte sie. »Was ich bedauernd abgelehnt habe. Aber komm doch rein. Nimm Platz, mach es dir bequem.«
Ich betrat das Zimmer, das noch genauso aussah wie bei meinem letzten Besuch an jenem Nachmittag, als ich an ihrem Bett gesessen hatte. Nun setzten wir uns an ihren Schreibtisch, auf dem nichts außer einer Flasche und einem Glas stand.
»Schwer beschäftigt, wie?« meinte ich.
»Es scheint dein Schicksal zu sein, daß du mich um Gefälligkeiten bitten mußt, Smallwood«, sagte sie. Ich beschloß, sie zunächst in dem Glauben zu lassen, daß es sich nur darum handelte.
»Weißt du«, fuhr sie fort, »eigentlich wollte ich mich für die Regierungskommission einsetzen und habe ihr vor dem ersten Referendum meine Unterstützung angeboten. Aber Kommissar Flinn meinte, angesichts dessen, was ich im Lauf der Jahre über die Kommission geschrieben hätte, könnten sie auf weitere Lobreden meinerseits verzichten.«
»Du hängst also immer noch an der Flasche«, stellte ich fest, meinte damit aber nicht Flinn, sondern den Whisky auf dem Tisch.
»Im Vergleich zu früher bin ich eine Abstinenzlerin«, erwiderte sie lächelnd.
»Du denkst, die Konföderation sei nur wieder eine von meinen hirnverbrannten Ideen, stimmt's?« sagte ich. »So wie die Schweinezucht. Und das *Buch Neufundlands.*«
»Offen gestanden«, entgegnete sie, »fallen mir dazu noch sehr viel mehr Beispiele ein.«
»Dieses Mal gewinnen wir.«
»Smallwood«, meinte Fielding, »so sehr ich mich auf deine Besuche alle fünf Jahre freue ...«
»Willst du in dieser Frage nicht endlich Stellung beziehen, Fielding? Ist es dir denn gleichgültig, wie das Referendum ausgeht?« Meine Überre-

dungsversuche waren nur aufgesetzt, denn ich wartete auf meine große Chance. »Was hatte Cashin dir zu sagen?«

»Ach, du kennst ja den Major«, antwortete Fielding. »›Wollen Sie in dieser Frage nicht endlich Stellung beziehen, Fielding? Ist es Ihnen denn gleichgültig, wie das Referendum ausgeht?‹ So etwas in dieser Art. Ich half ihm, die Flasche Scotch zu leeren, die er mitgebracht hatte, aber mehr, sagte ich, könne ich nicht für ihn tun.«

»Was hat Cashin über mich gesagt?« wollte ich wissen.

»Daß du schlimmer bist als Judas Ischariot, der wenigstens noch den Anstand besaß, sich aufzuhängen. Aber das war auch schon das Übelste an Beschimpfungen, wirklich.«

»Ich habe nichts gegen den Major«, erwiderte ich. »Er kämpft für das, was er für richtig hält. Er scheut sich nicht, Stellung zu beziehen ...«

»Komm mir nicht wieder mit der alten Leier.«

»Eine bestimmte Klasse von Neufundländern hat es schwer, es in diesem Land zu etwas zu bringen, Fielding. Unter der Regierungskommission oder unter einer autonomen Regierung wird sich daran nie etwas ändern. Die Konföderation hingegen ermöglicht uns einen neuen Anfang. Wir können ihnen heimzahlen, was sie uns angetan haben.«

»Wer ist *wir*? Wen meinst du mit *uns* und *ihnen*?«

»Himmel, Fielding, schau dich doch um. Du haust in einer Bruchbude. Du betrinkst dich jede Nacht bis zur Besinnungslosigkeit. Tag für Tag schreibst du eine neue Kolumne. Und da sagst du, daß ich mich wiederhole! Wohin soll das alles deiner Meinung nach führen? Die Zeitungsschreiberei ist eine Arbeit für Hungerleider. Du bist nicht mehr die Arzttochter von früher, mach dir doch nichts vor.«

»Ich weiß, wessen Tochter ich bin«, entgegnete sie.

»Sag mal, kennst du vielleicht den Mann, der heute nachmittag bei meiner Mutter war? Ich glaube nämlich, daß er dich kennt.«

»Wovon, in Gottes Namen, redest du eigentlich, Smallwood?« erwiderte sie, allerdings eine Spur zu laut, um überzeugend zu wirken.

»Er nennt sich inzwischen Tom Hines«, sagte ich. »Ich weiß nicht, wie er früher hieß. In New York habe ich für ihn gearbeitet, in der Redaktion einer Zeitung namens *Backhomer*, die er noch immer herausgibt. Damals wußte ich nicht, daß er sich einen anderen Namen zugelegt hat. Offenbar hat er Neufundland verlassen – vermutlich in der Zeit, als du im Sanatorium warst – und ist nach Boston gezogen, wo er sich in den darauffolgenden fünf Jahren fast zu Tode gesoffen hat. Dann bekam er einen Schlaganfall und hatte infolge dessen eine Art Vision, der er seine Bekehrung verdankte – jedenfalls behauptet er das. Er ließ sich von den Pfingstlern taufen, ging nach New York und wurde Priester. Die Zeitung war seine Mission, die Leserschaft seine Gemeinde. Seine Herde, wie er sie zu nennen pflegte. Vom *Backhomer* hast du doch sicher schon gehört.«

»Ja«, bestätigte Fielding. »Von Zeit zu Zeit werfe ich einen Blick hinein, wenn ich eine Inspiration brauche. Es ist immer ein Bild von diesem Hines darin abgedruckt, wie er vor dieser kleinen Kirche in Brooklyn steht.«

»Der ›Kirche der Pfingstbewegung Neufundlands in Brooklyn‹«, ergänzte ich. »Wie du weißt, sind die Pfingstler und die Katholiken gegen uns. Hines ist nur wegen des Referendums hergekommen. Er bleibt ein paar Wochen, um den Widerstand gegen die Konföderation zu unterstützen, dann reist er wieder ab. Ich denke, er könnte ziemlich ... einflußreich werden, wenn man ihn nicht bremst.«

»Aber was hat das alles mit mir zu tun?« fragte Fielding.

»Ich glaube, du weißt, wer Hines früher war.« Aus der Innentasche meiner Jacke zog ich eine Ausgabe des *Backhomer* aus den zwanziger Jahren, die ich mir als Andenken aufgehoben hatte. Ich schlug die Seite mit der Photographie von Hines auf und zeigte sie Fielding.

»Das Bild«, fuhr ich fort, »wurde etwa zehn Jahre später aufgenommen, als du ihn gekannt hattest. Zehn harte Jahre später. Ich nehme an, daß er sich sehr verändert hat, ganz abgesehen davon, daß sein Gesicht nach dem Schlaganfall halbseitig gelähmt war. Erkennst du ihn wieder?«

»Es ... es ist keine sonderlich gute Aufnahme«, meinte Fielding, während sie meinem Blick auswich. »Es ist so lange her.«

»Auf dem Bild sieht er noch am ehesten so aus, wie du ihn zuletzt gesehen haben müßtest. Du kennst ihn, stimmt's?«

Fielding nickte. »Damals hatte er keinen Bart. Und keine Brille. Er war auch anders gekleidet. Sein Gesicht ... es ist nicht ...«

»Er hat mir gesagt, daß du den Brief an die *Morning Post* nicht geschrieben und auch nicht abgeschickt hast.«

Fielding starrte mich an, dann senkte sie den Kopf. »Ich weiß nicht, wie du das aus ihm herausbekommen hast«, meinte sie. »Aber jetzt hast du ja genug gegen ihn in der Hand, um ihn zum Schweigen zu bringen. Wozu brauchst du also noch mich?«

Ich seufzte. Zumindest an dieser Sache war sie also unschuldig. Ich war nicht dazu verdammt, mein Leben lang eine Frau zu lieben, die mich einst so sehr gehaßt hatte, daß sie mir so etwas angetan hatte. Und ich liebte sie noch immer, auch wenn ich mir das Gegenteil geschworen hatte, als ich in jener Nacht einen gutgelaunten Prowse aus ihrer Pension hatte kommen sehen. Seit damals hatte ich oft an sie gedacht und war zu dem Schluß gekommen, daß nicht die Gesamtheit ihrer Worte und Taten, sondern der Kern ihres Wesens mich anzog, der sich in meinen Augen niemals veränderte und den ich für alle Zeiten ohne Unterlaß lieben würde.

Ich versuchte ein unbeteiligtes Gesicht aufzusetzen, doch als sie aufsah, erkannte sie, daß sie auf meine List hereingefallen war. Wehmütig lächelnd schüttelte sie den Kopf. »Na, du mußt ja einiges in Erfahrung gebracht haben«, sagte sie. »Was genau?«

»Als du im Harbour Light warst, hast du mir den Brief gegeben, den du von Reeves erhalten hast, erinnerst du dich? Den Brief an die *Morning Post.*«

Ich zog einen Umschlag aus der Tasche und nahm vorsichtig den Brief heraus, der inzwischen selbst als Umschlag diente, da sich die meisten Wörter vom Blatt abgelöst hatten. Ich streute die vergilbten, eingerollten Papierstreifen, die wie abgeschnittene Fingernägel aussahen, auf den Tisch.

»Die Wörter«, erklärte ich, »die auf dieses Papier geklebt waren, stammen aus dem Buch des Richters, aus der *Geschichte.* Nachdem ich ein oder zwei Wörter erkannt hatte, sah ich mein Exemplar der *Geschichte* durch und fand auch die übrigen. Den Wortlaut des Briefes habe ich aufgeschrieben.« Ich gab ihr ein gefaltetes Blatt. Sie las es mit zitternden Händen, und ich fragte mich, ob sie mittlerweile immer so zitterte. Dann schüttelte sie den Kopf.

»Das ist doch schon eine Ewigkeit her«, meinte sie.
»Warum hast du mir den Brief gegeben?«
»Ich weiß nicht. Um zu sehen, ob du herausfindest, aus welchem Buch die Wörter stammen. Nur zum Spaß. Ich hatte ja keine Ahnung, daß du … Hines über den Weg gelaufen warst. Ach, ich weiß es nicht. Ich konnte den Brief einfach nicht behalten, aber ich konnte ihn auch nicht vernichten. Und mir war klar, daß du ihn wie deinen Augapfel hüten würdest. Außerdem hat er ja mit dir zu tun. Er hat auch dein Leben verändert …«
»Nicht so sehr wie deines …«
Fielding zuckte die Schultern.
»Wie hieß Hines wirklich?« fragte ich.
»Du kannst es selbst herausfinden, wenn du es wissen willst«, antwortete sie.
»Was ist am Bishop Feild geschehen?« bohrte ich weiter. »Meinst du nicht, daß du dieses Geheimnis lange genug gewahrt hast?«
Als hätte man sie schon tausendmal mit dieser Frage bedrängt und als ließe sie sich nun endlich erweichen, stand sie auf und ging zu dem Schrank am Fußende ihres Bettes, öffnete die Tür und holte eine Schachtel von der Ablage herunter. Dann stellte sie sie auf den Tisch, kramte eine Weile darin herum und nahm schließlich eine verblichene Ausgabe der *Geschichte* heraus. Ich mußte mich beherrschen, sie ihr nicht aus den Händen zu reißen. Wieder einmal änderte ich meine Meinung: Fielding war doch schuld. Aber Hines war ebenfalls in die Sache verwickelt. Welche Genugtuung würde es mir bereiten, endlich die kleinen, ausgeschnittenen Löcher in den Seiten zu sehen, wo vormals die Wörter gewesen waren.
Fielding setzte sich und starrte den Einband an.
»Auf der ersten Textseite müßte ein Wort fehlen«, sagte ich. Doch sie beachtete mich nicht, hielt den Blick auf das Buch gerichtet.
»Herrgott, Fielding«, fuhr ich sie an. »Nun schlag schon die erste Textseite auf, verdammt noch mal.«
Fielding stand auf und schleuderte das schwere Buch quer durchs Zimmer, knapp am Fenster vorbei. Dabei geriet sie aus dem Gleichgewicht und plumpste auf ihren Stuhl. Sie lehnte sich zurück, schwer atmend

und mit geschlossenen Augen, und tastete nach ihrem Glas. Noch ehe ich ihr helfen konnte, hatte sie es schon in der Hand und trank einen großen Schluck von dem Scotch. Als sie das Glas absetzte, ging ihr Atem noch immer schwer.

»Warum schaust du dir das gottverdammte Buch nicht selbst an?« sagte sie, noch immer mit geschlossenen Augen, und deutete zum Fenster, wo das Buch aufgeschlagen, aber mit den Seiten nach unten auf dem Boden lag. »Du bist doch derjenige, der von der Vergangenheit so besessen ist, nicht ich. Da liegt sie, die buchstäbliche Vergangenheit, Smallwood; die Geschichte Neufundlands. Geh und guck sie dir an. Nur zu.«

Wenn sie glaubte, mich durch diese Aufforderung von meinem Vorhaben abbringen zu können, hatte sie sich geirrt. Ich ging hinüber, hob das Buch auf und schlug die Titelseite auf ... und sah, daß bei jenen Wörtern und Buchstaben Lücken klafften, wo ich es erwartet hatte.

Ich klappte das Buch zu und legte es vor Fielding auf den Tisch. Doch sie rührte es nicht an, würdigte weder mich noch das Buch eines Blikkes. Zusammengesunken saß sie auf ihrem Stuhl, hielt ihr Glas mit beiden Händen vor dem Bauch.

»Schlag die allererste Seite auf«, befahl Fielding, »und lies vor, was dort steht.«

Ich griff wieder nach dem Buch und tat, wie mir geheißen. Mit Tinte, die inzwischen etwas verlaufen war, hatte jemand in einer sorgfältigen, gewissenhaften Handschrift eine Widmung hineingeschrieben. Ich las vor: »›Für Edward anläßlich seines Abschlusses an der medizinischen Fakultät. Universität von Edinburgh, 9. Mai 1901. Deine Dich liebenden Eltern, May und Richard Fielding.‹ Es ist das Buch deines Vaters.«

»Lies weiter«, sagte Fielding. Auf die Widmung folgten mehrere Zeilen unleserlichen Gekritzels. Und darunter stand: »›Für Edward Fielding. Wie ich von meinem Enkel höre, sind er und Ihre Tochter gute Freunde, wie Sie und ich es hätten sein können, wären wir zusammen zur Schule gegangen.‹«

Zorn und Scham trieben mir die Röte ins Gesicht, aber ich versuchte, mir nichts anmerken zu lassen.

»Tatsächlich stammt das gar nicht vom Richter«, erklärte Fielding. »Das

hat sein Sohn geschrieben, Prowse' Vater. Prowse hat mich einmal zum Richter mitgenommen, um das Exemplar meines Vaters von ihm signieren zu lassen. Aber er kritzelte irgend etwas Unleserliches hinein. Deshalb brachte Prowse das Buch seinem Vater, der dann diese Widmung schrieb, angeblich die Dechiffrierung dieses Geschmiers. Aber ich bin mir nicht so sicher. Der Alte schien mir nicht mehr ganz richtig im Kopf. Prowse' Vater fügte sogar noch eine Erklärung an meinen Vater hinzu, wonach der Richter eine Lähmung oder so etwas habe und nur seine Angehörigen seine Schrift entziffern könnten.«
Ich litt um so mehr, als ich meine Gefühle verbergen mußte. Prowse hatte also bei Fielding dasselbe getan wie bei mir. Nur daß er ihr nicht eingestanden hatte, daß die »Übersetzung« von ihm stammte. Zwar hatte ich Prowse schon lange durchschaut, aber nun fühlte ich mich von ihm mehr betrogen denn je. Wie viele Ausgaben der *Geschichte* mochte es geben, die Prowse mit gefälschten Widmungen an die Väter seiner Freunde versehen hatte?
»Ich glaube, dein Vater hat ein ganz ähnliches Exemplar«, bemerkte Fielding.
Ich sah sie an, aber sie grinste nicht, sondern starrte nur nachdenklich auf ihr Glas Scotch. Prowse hatte es ihr also gesagt. Vermutlich hatte er sie vor mir zum Richter mitgenommen und ihr deshalb weismachen können, daß die Widmung für ihren Vater echt, die für meinen Vater hingegen nur ein Scherz sei. Wie viele Scherze hatten Fielding und Prowse im Lauf der Jahre auf meine Kosten gemacht?
»Und inwiefern hatte Hines die Hand im Spiel?« fragte ich.
»Hines hat den Brief geschrieben«, sagte Fielding.
»Seit wann weißt du das?«
»Das habe ich von Anfang an gewußt.«
»Aber warum hat er das getan?«
»Der frühere Hines«, erklärte sie, »hatte einfach seinen Spaß an solchem Schabernack. Trinker brauchen mehr als nur Alkohol, um sich bei Laune zu halten, was du ebenso gut weißt wie ich.«
»Warum hast du dann gestanden, den Brief geschrieben zu haben?«
»Weil ... weil ich es mit der Angst zu tun bekam. Weil Hines drohte, er würde Reeves erzählen, daß der Brief von Prowse sei.«

»Von Prowse?« wiederholte ich. Fielding nickte.
»Die Vergangenheit«, erwiderte Fielding, »die Hines hinter sich gelassen hat und von der er immer schreibt – Prowse und ich gehörten zu dieser Vergangenheit. Wir ließen uns von Hines den Schnaps kaufen. Außerhalb des Bishop Feild und des Bishop Spencer führten wir ein völlig anderes Leben, Smallwood. Hines erzählte uns, Prowse und mir, von dem Brief. Er hat sich das Buch von mir geliehen – ich hätte wissen müssen, daß er irgendwas im Schilde führte. Zunächst hielten wir es für witzig, für einen großartigen Streich. Bis er uns sagte, wen er dafür verantwortlich machen wollte.«
Fielding griff nach ihrem Glas, doch sie zitterte so sehr, daß sie es nicht halten konnte.
»Dann hätte doch Prowse' Wort gegen das seine gestanden«, meinte ich. »Reeves hätte eher Prowse geglaubt als irgendeinem Alkoholiker …«
»Hines wußte über uns Bescheid.«
»Was meinst du damit?«
»Genau das, was du denkst«, antwortete sie.
Meine Wangen glühten vor Haß auf Prowse. »*Uns*? Du und Prowse? Noch zu Schulzeiten?«
Fielding schwieg.
»Selbst wenn Hines von dir und Prowse wußte, welchen Beweis hatte er denn? Es hätte trotzdem nur sein Wort …«
»Er arbeitete als Photograph für die *Morning Post*«, sagte sie. »Wir ließen uns einmal von ihm photographieren. Es war ganz harmlos, wir lagen nur da. Das fanden wir damals ebenfalls recht witzig.«
Ich konnte ihr nicht in die Augen sehen.
»Woher wußtest du, daß Hines nicht auch Prowse zu dem Geständnis zwingen würde?«
»Ich ließ es darauf ankommen«, antwortete sie. »Ich dachte mir, im schlimmsten Fall bewahre ich Prowse davor, allein als Sündenbock dazustehen.«
»So sehr hast du zu ihm gehalten?«
»Und im besten Fall – na ja, es hätte nichts gebracht, wenn wir beide in Schwierigkeiten geraten wären.«
»Er hätte sich genauso dazu bekennen sollen«, meinte ich.

»Das ist mir heute auch klar. Aber Prowse ist eben Prowse.«
»Zeitweilig dachte ich, du hättest es mir zuliebe gestanden ...«
Sie sagte nichts, wandte den Blick ab.
»Und die ganze Zeit, als du und Prowse angeblich zerstritten wart, als er dich am Bishop Feild wie Dreck behandelt hat ...«
»Wie gesagt, Prowse ist eben Prowse. Irgendwann war dann Schluß. Ich kann mich nicht mehr erinnern, wann genau.«
»Nun, ich glaube, ich weiß genug, um Hines zum Schweigen zu bringen«, sagte ich.
»Aber was ist, wenn er sich nicht einschüchtern läßt? Wenn du ihm drohst, dein Wissen publik zu machen, und er sagt, das sei ihm egal? Ich kenne Leute seines Schlages. Sie erzählen mit Vorliebe davon, was für schlechte Menschen sie früher waren, und wenn sie noch so schlimme Sachen angestellt haben.«
»Wenn er sagt, es sei ihm egal«, entgegnete ich wütend, »dann ziehe ich es durch.«
»Was geschieht dann mit Prowse?« wandte sie ein. »Hast du auch daran gedacht? Es könnte ja durchaus sein, daß diese Photographie von uns noch existiert.« Am liebsten hätte ich erwidert, daß es uns doch ziemlich gleichgültig sein konnte, was aus Prowse wurde. Doch ich fürchtete ihre Reaktion. Und ich wußte, daß alles herauskommen würde, wenn ich erst einmal anfing, mich über Prowse auszulassen. Die Nacht, als ich ihn vor Fieldings Pension gesehen hatte. Das Licht in ihrem Zimmer. An, aus, an, aus. Unser gemeinsamer Nachmittag.
»So weit wird es nicht kommen«, versicherte ich ihr. »Hines wird einen Rückzieher machen.«
»Dieses Risiko willst du wirklich eingehen? Würdest du das auch, wenn *deine* Existenz und *dein* Ruf auf dem Spiel stünden?«
»In meiner Vergangenheit gibt es nichts ...« Ich wollte fortfahren: »wofür ich mich zu schämen bräuchte«, und Fieldings Blick gab mir zu verstehen, daß sie es erraten hatte. »In meiner Vergangenheit gibt es nichts, was man mir vorwerfen könnte und nicht auch schon vorgeworfen hat. Immer wieder hieß es, ich sei vom Bishop Feild geflogen, tausendmal habe ich mir anhören müssen, mein Vater sei ein Alkoholiker. Und vergiß nicht, daß Prowse ein prominenter Fürsprecher der

Konföderation ist. Würde er diskreditiert werden, könnte das unserer Sache schaden. Wenn ich den Eindruck hätte, daß es tatsächlich dazu kommen könnte …«

»Smallwood«, unterbrach mich Fielding. »Das ist das erste und einzige Mal, daß ich dich um etwas bitte: Du darfst Hines nicht damit konfrontieren.«

»Ich muß«, beharrte ich. »Vielleicht würde ich es sogar tun, wenn ich ein Risiko darin sehen würde, denn die Konföderation ist zu wichtig. Aber es besteht kein Risiko.«

Ihre Hand zitterte nicht mehr, als sie seufzend das Glas an die Lippen hob und es austrank. Von mir abgewandt, sagte sie: »Dann versprich mir wenigstens, Prowse nichts von all dem zu erzählen.«

»Das verspreche ich dir. Ich hätte ohnehin keine Veranlassung dazu.« Ich verstummte. Heiße Zornestränen traten mir in die Augen. »Du hast ihn immer geliebt. Daran hat sich nie etwas geändert, nie …«

Da packte sie die Flasche Scotch und schleuderte sie mit aller Kraft an die Wand. Sie zerbrach, winzige Scherben flogen mir um die Ohren, und auf der Tapete breitete sich ein Fleck wie eine Landkarte aus. Unter der Wucht des Wurfes verlor Fielding das Gleichgewicht, fiel auf die Hände und Knie. Ich bückte mich, um ihr hochzuhelfen.

»Raus!« schrie sie. »Hau ab!«

Am nächsten Tag erschien im *Telegram* ein Beitrag, den Fielding offenbar vor meinem Besuch geschrieben hatte. Aber am Tag darauf befand sich auf der ersten Spalte der Seite drei nicht mehr ihre Kolumne, sondern etwas anderes.

Bald sprach sich herum, daß Fielding »verschwunden« war, ohne jemanden über ihren Verbleib zu unterrichten. Ich redete mit ihrem Vermieter, der mir sagte, er wisse nicht, wo sie sei, aber er rechne damit, daß sie zurückkommen werde, weil sie weiterhin die Miete für das Zimmer bezahle, in dem noch all ihre Sachen seien. Zu diesem Zeitpunkt dachte ich nur daran, daß ich jetzt eine Sorge weniger hatte, nämlich daß Fielding sich irgendwann als Autonomistin zu erkennen geben würde, indem sie in ihren Kolumnen einzig und allein die Konföderation geißelte.

Früh am nächsten Morgen ging ich zu der Pension, in der Hines wohnte, wie meine Mutter mir gesagt hatte. Dort erfuhr ich allerdings, daß Hines bereits abgereist war. Ich überlegte, daß er sich vielleicht – oder sogar höchstwahrscheinlich – vor mir versteckte, bis das nächste Schiff zum Festland abfuhr. Denn wie sich herausstellte, hatte nicht Fielding recht, sondern ich, obwohl sie bestimmt Hines' plötzliche Abreise darauf zurückführte, daß ich ihn mit meinem Wissen konfrontiert hatte.

Hines sprach sich in Neufundland mit keinem Wort gegen die Konföderation aus, und in den folgenden Ausgaben des *Backhomer* ergriff er auch niemals Partei für die eine oder die andere Seite. An jenem Nachmittag im Haus meiner Mutter hatte er erkannt, daß ich hinter sein Geheimnis gekommen war. Anscheinend konnte nicht einmal Hines es sich leisten, daß gewisse Dinge aus seiner Vergangenheit ans Licht kamen, Dinge, die ihm seine Gemeinde womöglich nicht verzeihen würde.

FIELDINGS KURZER ABRISS DER GESCHICHTE NEUFUNDLANDS

29. Kapitel
Die nicht verwendete Ode

Boyle entwickelt eine Haßliebe zu Neufundland, und da seine Gefühle stets zwiespältig bleiben, schreibt er zwei Oden, die wir hier, jeweils Strophe für Strophe, einander gegenüberstellen wollen.

Auf Waldeshöh'n liegt Sonnenschein
der Sommer zu dir fand
silbern plätschern Bächelein
wir lieben dich, du lächelnd' Land.

(Wenn die Männer sind ersoffen
wenn man am Strand die Leichen fand
hör'n die Frauen auf zu hoffen
und verfluchen dieses Land.)

Du breitest aus dein schimmernd' Weiß
gehorchst des Winters strenger Hand
läßt Stern'licht glitzern auf dem Eis
wir lieben dich, du kaltes Land.

(Du hüllst dich in ein tödlich' Weiß
daß ich dich nicht mehr kenn'
finstre Nächte, nichts als Eis
kaltes Land, wo bist du denn?)

Des Windes ungestümes Walten
jagt Wogen hoch an deinen Strand
tost pfeifend um die Felsenspalten
wir lieben dich, du stürmisch' Land.

(Wenn Groppenfisch und fauler Stint
liegt gammelnd auf dem Strand
dann beten wir für andren Wind
weil es so stinkt in diesem Land.)

Wie unsre Väter beten wir
den Blick dem Himmel zugewandt:
Herr, segne deine Treuen hier
und schütze unser Neufundland.

(Was hat den Vätern es genützt
andren zu trauen mehr als sich?
Kein Gott, kein Fürst dich mehr beschützt
Neufundland, *wir* beschützen dich.)

WIE UNSRE VÄTER

Als Erzbischof Roche im *Monitor*, dem offiziellen katholischen Mitteilungsblatt, die Konföderation mit harschen Worten verurteilte, mußte ich schwer an mich halten, um nicht in die Basilika zu laufen und ihm die Füße zu küssen. Immer wieder erklärte er in seinen Leitartikeln, daß die Konföderation einem Verrat gleichkäme, Verrat an den Männern, die unser Land aufgebaut hätten, und daß Neufundland von den royalistischen, sozialistischen und staatliche Unterstützung empfangenden Kanadiern »besudelt« werden würde. Dagegen könnten wir uns nur schützen, wenn wir unsere Unabhängigkeit bewahrten. Und das Mutterschaftsgeld brandmarkte er als einen »Anreiz zur Unzucht«.

Ich wußte, daß diese Artikel der Konföderation großen Zulauf von noch unentschlossenen Protestanten bringen würde, und derer gab es doppelt so viele wie unentschlossene Katholiken. Der Oranierorden schickte seinen Mitgliedern einen Brief, in dem die katholische Kirche verurteilt wurde, weil sie die Konföderation verurteilte. Ich persönlich bezeichnete die katholische Kirche als den Schwanz, der mit dem Hund wedelt.

Was vorher nur ein weiterer Urnengang zu sein schien, nahm nun fast bürgerkriegsähnliche Züge an. Es war, als hätten die Menschen erst jetzt, seit die Kirchen sich an der Kampagne beteiligten, wirklich begriffen, was auf dem Spiel stand, als wäre ihnen erst jetzt klar – oder weisgemacht worden –, daß es um *alles* ging. Die katholische Kirche appellierte an den Patriotismus, die protestantische Kirche ihrerseits rief dazu auf, den katholischen Vorstoß zur »Beherrschung Neufundlands« unbedingt zu »vereiteln«. Das hatte nicht nur einen gewissen Konfessionalismus zur Folge, sondern zwang uns auch zur Auseinandersetzung mit einem lange begrabenen Dämon, nämlich unserer Identität.

Wir Konföderationisten ließen an den Autonomisten die Scham- und Schuldgefühle aus, die wir nicht einmal uns selbst eingestehen konnten, und die Autonomisten traten um so fanatischer für die Unabhängigkeit ein, je mehr sie in Zweifel gerieten und sich zu unserer Seite hingezogen fühlten.

Einige Tage vor dem zweiten Referendum wehten überall in St. John's Fahnen, als wäre Staatsbeflaggung angeordnet worden. Hingen auf der einen Straßenseite rot-weiß-grüne Fahnen, wurde auf der anderen Seite demonstrativ der Union Jack gehißt, obwohl zu dieser Zeit schon niemand mehr wußte, welche Fahne für welche Gruppe stand. Es opponierte nicht mehr Viertel gegen Viertel oder Straße gegen Straße, ja nicht einmal Haus gegen Haus. Die Bevölkerung war so zersplittert, daß es gar nicht schlimmer sein konnte. Daß in einem Fenster ein Plakat hing, das die Leute aufforderte, für die Konföderation zu stimmen, und in einem anderen Fenster desselben Hauses für die Unabhängigkeit geworben wurde, war nichts Ungewöhnliches. Überall in der Stadt ging es bei den Mahlzeiten zu wie in der Szene von Joyces Roman, wo Stephens Tante und sein Vater erbittert über Parnell streiten.

Da Kinder sich im Gegensatz zu Erwachsenen ungestört auf der Straße bewegen konnten, stifteten ihre Eltern sie zu Aufmärschen an, bei denen sie trommelnd und trompetend durch die Stadt zogen und den Verkehr aufhielten.

Einmal führte ein solcher Marsch für die Unabhängigkeit direkt vor unserem Büro vorbei. Jeweils ein Kind auf den Gehsteigen und eines in der Mitte trug ein Spruchband, das über die ganze Straßenbreite ging und mir die Sicht auf die parolenbrüllende Horde dahinter versperrte. Beiderseits der Straße lehnten Erwachsene an den Fenstern der oberen Stockwerke und schauten hinunter, als wäre ein Staatsstreich von Kindern im Gange, den sie nicht aufhalten könnten. Die Kinder sangen eine Strophe aus einem Lied, das die »Antis« 1869 verfaßt hatten:

Wollt ihr verspielen, was eure Väter errangen an Rechten?
Nein! Macht eure Söhne nicht zu Knechten.
Unser Geburtsrecht ist uns so viel wert,
Daß sich keiner um Dollars aus Kanada schert.

Und nach der Melodie von »A Mother's Love's a Blessing« sangen sie ein Lied mit dem Titel »Der Held von 1948«:

Unsere Papiermühlen surren, unsere Sonne strahlt heller herab,
In Labrador gibt's Eisenerz, es wird uns niemals knapp.
Amerika will unsern Fisch, gold'ne Zeiten steh'n bevor,
Halte stand, Neufundland, gib nicht auf, Labrador.

Eine landesweite Schlammschlacht hatte begonnen, bei der alte Rechnungen, alte Streitigkeiten aufs Tapet kamen, die mit Politik nicht das geringste zu tun hatten.
Angeblich ging es um die Zukunft des Landes, tatsächlich aber nur darum, wer ein für allemal den »Sieg« für sich beanspruchen konnte. Was mit diesem Sieg gewonnen war, schien gar nicht wichtig zu sein, solange man sich nur als Sieger fühlen konnte. Es war ein Kampf, bei dem die Niederlage ewige Schmach bedeutete, der Sieg jedoch unsterblichen Ruhm verhieß.
Ehepaare, Brüder, Schwestern, Eltern, Kinder, Kirchen und Gewerkschaften zerstritten sich, aber nicht wegen Glaubensfragen und ebenso wenig – auch wenn sie das Gegenteil behauptet hätten – wegen ihrer politischen Differenzen.
Während des zweiten Wahlkampfs herrschte eine Art anarchische, atavistische Karnevalsstimmung wie beim Mardi Gras, nur ohne Masken. Es galt Narrenfreiheit, und alles war erlaubt. Niemand verschwendete einen Gedanken daran, was nachher sein würde, wenn dieser Ausnahmezustand aufgehoben und die Entscheidung gefallen war, denn es schien zu der Zeit, als würde der zum Selbstzweck gewordene Kampf ewig weitergehen.
Dem Leser von heute, der die weitere Entwicklung kennt, läßt sich schwer vermitteln, was damals los war, als niemand wußte, wie die eine Seite auf den Sieg der anderen reagieren oder welchen Stimmenvorsprung sie akzeptieren würde.
An jenen letzten Sommerabenden vor dem Referendum ging ich stets in Begleitung meiner Leibwächter und mit meinem Revolver in der Tasche aus, mit tief in die Stirn gezogenem Hut, den Mantelkragen

hochgeschlagen, mit Kleidung getarnt, wie ich sie sonst nie trug. Aus allen Türen, die man wegen der Hitze offenließ, drang der gleiche Lärm streitender Stimmen auf die Straße. In jeder Trinkstube, an der wir vorbeikamen, gab es Tumult. Als die Gasthäuser schlossen und auch die Männer, die noch eine Weile vor der Tür herumgestanden hatten, nach Hause gegangen waren, schienen nur noch wir drei in der plötzlich gespenstisch stillen Stadt unterwegs zu sein.

Da ich der Wortführer der Konföderationisten war und meine Eltern Autonomisten, mußte es im Hause Smallwood zwangsläufig ebensolchen Krach geben wie in allen Familien des Landes.

Dazu kam es schließlich an einem Sonntagabend, nur wenige Tage vor dem zweiten Referendum. Mein Vater war in letzter Zeit wohlweislich fortgegangen, wenn ich mich angekündigt hatte, diesmal jedoch zu Hause geblieben, was nichts Gutes ahnen ließ.

Ich sah seinen Meßstab im Flur in der Ecke stehen und wappnete mich für das, was unweigerlich kommen mußte, weshalb ich Clara und die Kinder auch nicht mitgenommen hatte. Sonst war nur noch mein Bruder David anwesend.

Das Abendessen brachten wir hinter uns, ohne viel zu reden, aber dann ging mein Vater auf die Terrasse hinaus, die zur Stadt lag. Wir konnten ihn vom Wohnzimmer aus sehen. Es war ein sehr warmer Tag. Beide Terrassentüren standen offen, damit ein wenig kühle Luft durchzog. Meine Leibwächter hatten sich auf die andere Terrasse zurückgezogen und rauchten. Ich fing den flehenden Blick meiner Mutter auf, die mich stumm bat, um des lieben Friedens willen nachsichtig zu sein.

Mein Vater hob die Arme, als wollte er zu einer Menschenmenge sprechen. Es war schon Jahre her, daß ich ihn auf der Terrasse hatte Reden halten hören. Seit ich nicht mehr zu Hause wohnte, hatte ich meine Besuche schon viele Male vorzeitig beendet, sobald er auf die Terrasse ging, denn ich hatte es satt, ihm zuhören zu müssen.

»Altes verlorenes Land«, rief er mit einer Stimme, die Hines' Organ noch aus hundert Yard Entfernung übertönt hätte. Meine Mutter schloß die Augen, bekreuzigte sich und preßte die Hände so fest zusammen, daß die Fingerspitzen weiß wurden.

»Du könntest ein großes Land sein, wirst es aber vielleicht niemals sein,

und schuld daran ist einer meiner Sprößlinge. Einer meiner Söhne«, schrie er und schlug mit beiden Händen erbost auf das Geländer. »Charlie Smallwoods Fleisch und Blut. Es verdrießt mich, Minnie May, es verdrießt mich, daß ich in den Geschichtsbüchern als sein Vater stehen werde, daß man auf mich verweisen wird, wenn man nach Erklärungen sucht, als hätte ich ihn zu dem gemacht, was er geworden ist. Die Sünden des Sohnes werden auf den Vater herabkommen.«
Ich stand auf und schob mich an David vorbei, der sich mir in den Weg stellen wollte.
»Was immer ich bin, das bin ich, *obwohl* ich dich zum Vater habe«, entgegnete ich, im Türstock stehend. Doch er wandte mir den Rücken zu und drehte sich nicht um. Sein Blick war auf die untergehende Sonne und die an die Hänge gebauten Häuserzeilen auf der anderen Seite des Hafens gerichtet. Man konnte den Eindruck haben, die ganze Stadt sei lediglich dazu da, die hoch aufragende Basilika St. Johannes Baptist, die sich wie eine Taube mit ausgebreiteten Flügeln in die Lüfte zu erheben schien, möglichst gut zur Geltung zu bringen.
»Besser ein ehrenhafter Versager«, fuhr er, an sein imaginäres Publikum gerichtet, fort, »als ein verräterischer Sieger. Besser, man nimmt das Schicksal an, in das man hineingeboren wurde, als daß man seine Seele um des Erfolgs willen verkauft.«
»Wenn du dein Schicksal angenommen hättest«, entgegnete ich, »hättest du vielleicht etwas aus dir machen können.«
»Großes hätte ich vollbringen können«, sprach er weiter, »wenn ich skrupellos gewesen wäre. Nichts anderes als mein Gewissen hat mich daran gehindert und davor bewahrt, mich so weit zu erniedrigen. Auf viele gute Gelegenheiten habe ich verzichtet, weil ich mich selbst oder jemand anderen nicht verraten wollte.«
Ich setzte gerade zu einer Erwiderung an, als er sich umdrehte, an mir vorbeiging und die Treppe hinaufstieg, wobei er zwei Stufen auf einmal nahm, als wollte er schnell etwas holen. Meine Mutter saß noch genauso da wie vorher, Hände ringend und mit geschlossenen Augen.
»Joe«, sagte David bittend, aber ehe er weitersprechen konnte, kam mein Vater schon mit den zwei Bänden meiner unverkäuflichen Enzyklopädie *Das Buch Neufundlands* unter dem Arm die Treppe herunter-

gelaufen. Bis zu dieser Stunde hatte er mit mir noch kein Wort darüber gesprochen. Er legte einen der beiden Bände auf den Beistelltisch.

»Was haben wir denn da?« begann er und hielt den anderen Band mit ausgestrecktem Arm vor sich, als könnte er ihn so besser sehen. »*Das Buch Neufundlands*«, antwortete er sich selbst. Er schlug die Titelseite auf. »Herausgegeben von Joseph R. Smallwood.« Er las die Widmung vor: »Für meine Eltern, Charles und Minnie May Smallwood«, legte dann den Kopf schief, als wollte er sagen: »Na, das ist doch was, oder?« Er blätterte in dem Buch herum und las voller Verachtung die Namen berühmter Neufundländer vor, die er darin fand, als hätte ich mich von ihnen hereinlegen lassen, als hätten sie mich auf die dumme Idee gebracht, jemand wolle etwas über sie lesen.

»Warum hast du nicht ein Exemplar von einem deiner berühmten Freunde für mich signieren lassen? Sir Richard zum Beispiel. ›Für Charlie. Ihr Sohn und ich sind Freunde. Freunde, wie Sie und ich es hätten sein können, wären Sie mir in den Arsch gekrochen.‹«

Da rannte meine Mutter in ihr Zimmer hinauf. Mein Vater schwieg, während wir über uns ihre Schritte hörten. Bestimmt dachte sie, das alles sei ihre Schuld, das komme eben davon, wenn man so vermessen war und solche Bücher schrieb.

»Ich komme nicht drin vor«, fuhr mein Vater fort. »Der Alte und Freddie und du, mein Erstgeborener, und Gott weiß wie viele andere Smallwoods stehen drin, aber ich nicht. Außer in der Widmung. ›Für meine Eltern, Charles und Minnie May Smallwood.‹ Ich habe viel darüber nachgedacht. O ja. Nachts, draußen auf der Terrasse, ganz allein, habe ich darüber nachgedacht. Eine Widmung ist für mich die einzige Chance, jemals meinen Namen in einem solchen Buch zu sehen. Mein Sohn befindet mich nicht für wert, in seinem Buch zu stehen, deshalb will er mich besänftigen, indem er mich in der Widmung erwähnt. Ich fühle mich geehrt, zutiefst geehrt, und bin überhaupt nicht gekränkt, wie vielleicht manch anderer es wäre.«

Was er sagte, war nicht ganz falsch, aber es machte die Sache nicht einfacher.

»Unter welchem Stichwort hätte ich dich erwähnen sollen?« rief ich. »Die bekanntesten Trunkenbolde Neufundlands? Die berühmtesten

Taugenichtse? Die größten Versager? Ich sollte auf der Stelle gehen und nie mehr ein Wort mit dir reden. Und ich täte es auch, wenn es meiner Mutter nicht das Herz brechen würde.«

David wollte etwas sagen, um den Streit zu schlichten, aber mein Vater brachte ihn mit einer Handbewegung zum Schweigen. »Charlie Smallwood«, schrie er. »Zu nichts gut, nicht einmal für einen Satz in deinem dummen Buch. Aber mit dem Richter kannst du es nicht aufnehmen, obwohl das doch deine Absicht war, da bin ich mir ganz sicher. Was würde der Richter zu deinem Buch sagen, frage ich mich. Was würde der alte Prowse denken, wenn er es im Regal neben seinem sehen würde? Welches Urteil würde der Richter über dich fällen? Ich glaube, er würde sagen, daß sein Buch immer noch gelesen werden wird, wenn deines schon längst vergessen ist.«

»Er ... er ist betrunken«, sagte David beschwichtigend. Meine Mutter ging nicht mehr hin und her. Bestimmt horchte sie. Mit dem Ohr an der Tür oder vielleicht sogar am Fußboden.

»Er ist immer betrunken«, gab ich mit Blick auf meinen Vater, aber mit gedämpfter Stimme an David gerichtet, zurück, als könnte mein Vater mich nicht hören. »Wenn das eine Entschuldigung ist, dann ist er für nichts verantwortlich, was er jemals getan hat. Er ist betrunken, seit ich denken kann.«

»Ich werde kein Wort mehr mit dir reden«, fuhr ich, an ihn gewandt, fort. »Du bist nicht mehr mein Vater. Ich bin nicht mehr dein Sohn.«

Mein Vater ging zum Sofa und rollte sich, das Buch noch in der Hand, dort zusammen, das Gesicht abgewandt wie jemand, der eine Tracht Prügel erwartet, die er zu verdienen glaubt oder herausgefordert hat, damit der andere sich hinterher schämt.

Eine geschlagene Minute stand ich neben dem Sofa und sah auf meinen Vater hinunter, aber er schaute nicht auf. Seine Augen schlossen und öffneten sich, als würde er gleich einschlafen oder in Ohnmacht fallen. Auf einmal wirkte er ganz nüchtern und erschöpft. Er hatte es so gewollt. Diese Auseinandersetzung hatte er schon lange führen wollen.

Mit einem Mal empfand ich eine absurde Zuneigung für ihn, diesen lächerlichen, ängstlichen, hilflosen alten Mann. Mir wurde bewußt, wie alt er war, welche Anstrengung ihn sein kurzer »Auftritt« auf der

Terrasse gekostet hatte – ihn, der früher die ganze Nacht Reden geschwungen hatte.
Das einzige, was er noch mehr fürchtete als das Leben, war der Tod. Wie er zitterte, wie verängstigt er plötzlich wirkte bei meiner Drohung, mich von ihm loszusagen, als wäre es die erste Trennung von vielen, deren letzte auch sein Ende bedeuten würde.
»Tut mir leid, Joe«, wimmerte er und begann zu weinen. »Kümmere dich nicht um mich, Junge. Du kennst mich, Junge. Du weißt doch, wie ich manchmal bin, wenn ich trinke.«
Ich sah David an und dann nach oben, wo ich die Bodendielen knarren hörte.
»Ist schon gut«, erwiderte ich und streckte ihm die Hand hin, die er mit einem dankbaren Lächeln ergriff. Obwohl er sich anscheinend um einen kräftigen Händedruck bemühte und sein ganzer Arm zitterte, lag keine Kraft mehr darin. Er war ein alter Mann. Ein alter Mann, der sein Leben lang kein Glück gehabt hatte.
»Mach dir keine Sorgen«, sagte ich. »Ist schon vergessen.«
Aber es war natürlich nicht vergessen, das sind solche Sachen nie. Im Herzen hatte ich mich von ihm losgesagt und nur aus Mitleid, anstandshalber, meiner Mutter zuliebe eingelenkt. Nicht aus echter Zuneigung, das wußten wir beide. Und dieser Vorfall stand seitdem immer zwischen uns.

Die Nacht nach dem zweiten Referendum, 22. Juli 1948

Ich hatte den Sieg gebührend gefeiert und fühlte mich nicht mehr in der Lage, den Wagen zu steuern. Alle, die ich kannte und die ein Auto besaßen, waren sturzbetrunken, sogar meine Leibwächter.
Ein Taxi wollte ich nicht rufen. Der Fahrer konnte mich genausogut umbringen wie umarmen. Hier in St. John's wohl eher ersteres. In dieser Nacht wollte vielleicht nicht einmal ein Taxifahrer, der zu den Konföderationisten gehörte, das Risiko eingehen, Joe Smallwood in seinem Wagen zu haben.
Das machte aber nichts, denn mir war ohnehin nach einem Spazier-

gang zumute. Es war zwischen drei und vier Uhr morgens, als ich ging, allein, wie meine Leibwächter mich glauben ließen oder zumindest glauben machen wollten, denn ich spürte, daß sie irgendwo hinter mir waren, und hörte sie lachen. Wahrscheinlich waren sie viel zu betrunken, um mir von Nutzen zu sein, und lenkten sogar eher noch Aufmerksamkeit auf mich. Deshalb wollte ich sie nach Möglichkeit abschütteln.

Ein paar besonders Standhafte zogen mit Flaschen in den Händen Arm in Arm durch die Straßen, Konföderationisten, die mich nicht weiter beachteten, als sie an mir vorbeigingen. Sonst war auf den mit Konfetti übersäten Straßen niemand mehr unterwegs.

Irgendwo im Osten der Stadt hörte ich einen einzelnen durchdringenden Gewehrschuß, dessen Echo sich zwischen den Hügeln in der Hafengegend fortpflanzte. Zuvor hatte man stundenlang fast ständig Schüsse gehört, weniger als Ausdruck der Freude, wie es schien, sondern eher zur symbolischen Exekution der Verlierer.

Ich spürte das Gewicht meines Revolvers in der Jackentasche und den kleinen Eisenbarren, den ich seit drei Monaten als Gegengewicht in der anderen Tasche trug, damit die Jacke nicht auf einer Seite herunterhing. Unter der Last dieser beiden Gegenstände hatte ich mir eine etwas gebeugte Haltung angewöhnt. Ich fragte mich, ob ich jemals wieder aufrecht würde gehen können. Und wie lange ich wohl noch meinen Revolver brauchen würde.

Überall schien die rot-weiß-grüne Fahne auf Halbmast zu wehen. Holt die alte Fahne ein. Die Gegner der Konföderation mußten sich am nächsten Tag, wenn sie aus dem Fenster sahen, über ihre Niederlage sehr gewundert haben, denn sie waren bei weitem in der Überzahl gewesen.

Aber nur in der Stadt. Nicht in den anderen Orten der Insel, die die »Antis« nie besucht hatten. Sie waren in London gewesen und in New York, aber kein einziges Mal in Bonavista oder La Poile, und deshalb hatten sie verloren. Hier und da hatte man den Union Jack gehißt.

Ich wußte, daß mein Vater noch wach war, obwohl auf den Hügeln im Süden kein einziges Licht brannte. Nun brauchte ich nicht mehr über andere zu schreiben. Von jetzt an würden andere über mich schreiben.

Ich würde Geschichte machen, hatte bereits Geschichte gemacht. Und Geschichte geschrieben. Ja, zweifellos stand mein Vater draußen auf der Terrasse und wußte, daß sein Sohn irgendwo unten in der Stadt war.

Ich versuchte mir vorzustellen, welchen Anblick die Stadt vom Brow aus gerade bot. Ein paar Stunden zuvor hatte sie sicherlich wie eine Reliefkarte ausgesehen: die Häuser der Konföderationisten, die etwa ein Drittel ausmachten, hell erleuchtet, der Rest in Dunkelheit gehüllt. Jetzt waren nur noch einige wenige Lichter zu sehen. Gegner der Konföderation, argwöhnte ich, obwohl ich nicht hätte sagen können, warum. Vermutlich saßen sie noch enttäuscht zusammen. Ich wußte, daß meine Mutter für die unterlegene Seite gestimmt hatte und mein Vater, sofern er überhaupt zur Urne gegangen war, sicher ebenfalls, wenn auch aus einem anderen Grund.

Ich spazierte die Bonaventure Avenue hinunter, vorbei an Fort Townshend, dann bog ich an der Ecke Harvey und Military Road links ab. Ich ließ das Colonial Building und das Government House hinter mir, und als ich zum Cavendish Square vor dem Hotel Neufundland kam, beschleunigte ich meine Schritte, denn davor stand eine Gruppe rauchender Männer, die offensichtlich Gegner der Konföderation waren, weil sie so bedrückt wirkten. Auf den Gedanken, daß *ich* es sein könnte, der da vorbeiging, kamen sie gar nicht, und sie beachteten mich auch nicht weiter, obwohl ich mich nicht getarnt hatte.

Als ich die Battery Road erreichte, war ich sicher, daß ich meine Leibwächter abgeschüttelt hatte. Hier, zwischen den Häusern der armen Leute, der Fischer, von denen ich wußte, daß sie für die Konföderation gestimmt hatten, fühlte ich mich sicherer.

Ich ging bis zum Ende der Straße, und obwohl es so dunkel war, daß man kaum etwas sah, folgte ich dem Fußpfad, der zu den Narrows hinunterführte, tastete mich mit der linken Hand an der Klippe entlang, dankbar, daß ich den Abgrund zu meiner Rechten nicht sehen konnte.

Das Boot war schon da, als ich ankam, es ankerte wenige Fuß vom Stiefel entfernt. Anstatt ihn herunterzureißen, hatten meine Gegner darauf geschossen, als wäre er ein Bild von mir. Man konnte gerade noch die Stiefelform erkennen, trotz des zersplitterten Randes, und mit Mühe und Not den durchlöcherten Namen Smallwood entziffern.

Der Mann an Bord warf mir die Leine zu, und ich zog das Boot näher ans Ufer und zum Stiefel, bis der Mann die Hand hob. Dann führte ich das Tau durch ein Loch, das in den Felsen gebohrt war, und verknotete es.

Der Mann brauchte mit seiner Stahlsäge zehn Minuten, um die Eisenstange in der Klippe durchzusägen, zehn Minuten, um den Stiefel herunterzuholen, der mit einem dumpfen Geräusch auf dem Bug seines Bootes aufschlug. Auf sein Zeichen hin machte ich das Tau wieder los und warf es ihm zu. Dann wandte ich mich zum Gehen, und während ich den Fußpfad wieder hinaufstieg, die Klippe nun zu meiner Rechten, hörte ich das Boot langsam Richtung Meer tuckern.

VI

ZWEI HEMISPHÄREN

Am Morgen des 24. Juni 1897 werden vierhundert Jahre vergangen sein, seit John Cabot das grüne Kap von Bonavista erblickte; vierhundert Jahre, seit sich der Vordersteven der *Mathew's* knirschend in das steinige Ufer grub ... Dürfen wir nicht voller Zuversicht hoffen, daß am Johannistag 1897, wenn am Horizont die Sonne aufgeht, die schlechten Zeiten vorbei sind und unser Eiland, vereint mit seinen reichen jüngeren Schwestern, wieder ein glückliches und zufriedenes Neu Gefundenes Land sein wird?

D. W. Prowse, *Die Geschichte Neufundlands*

FIELDINGS KURZER ABRISS DER GESCHICHTE NEUFUNDLANDS

30. Kapitel
Bond: Lump und Landplage

Ein Name, den die Neufundländer niemals in den Mund nehmen, außer in Verbindung mit einem Fluch, ist der von Sir Robert Bond. Als Kolonialminister unter Whiteway brachte Bond im Jahr 1889 beinahe ein gegenseitiges Abkommen zwischen Neufundland und den Vereinigten Staaten zustande, ohne mit Kanada Rücksprache zu halten. Dies war ein eindeutiger Verstoß gegen Klausel 6 (b) des Gesetzes über Britisch-Nordamerika, in der es heißt, daß »die Interessen eines Teils von Britisch-Nordamerika nicht denen eines anderen geopfert werden dürfen, außer wenn der Ausdruck ›ein Teil von Britisch-Nordamerika‹ als ›Neufundland‹ definiert wird«. Zum Glück bekamen die Kanadier Wind davon und konnten sich rechtzeitig bei den Briten beschweren, die ihr Veto gegen diese Vereinbarung einlegten, wozu sie nach der obenerwähnten Klausel gezwungen waren.

In der Kolonie gelang es Bond, die Neufundländer zu überzeugen, daß England ihre Interessen zum x-ten Mal denen der Kanadier geopfert hätte. Weil Bond zu ihren Mitgliedern zählte, fühlte sich die Delegation von 1894 »gewhitewayt« und lehnte die großzügigen Bedingungen ab, die Kanada Neufundland für den Fall einer Konföderation anbot – und der Mißerfolg jener Delegation hatte zur Folge, daß für die nächsten fünfzig Jahre »Konföderation« in der Kolonie als ebenso schmutziges Wort galt wie heute »Bond«.

Es vergehen fast zwanzig Jahre, bis die Neufundländer begreifen, welch ein Schurke Bond gewesen ist, bis sie begreifen, daß er praktisch ganz allein für die erneut verschärften Bedingungen der ohnehin schon hieb-

und stichfesten Vereinbarung mit der Eisenbahngesellschaft der Familie Reid verantwortlich war.
Bond weiß seine Landsleute so geschickt hinters Licht zu führen, daß sie ihn im Jahr 1900 mit der größten Mehrheit in der Geschichte Neufundlands zum Premierminister wählen, und im Jahr 1904 sogar noch ein weiteres Mal.

WIR HOLEN DIE ALTE FAHNE EIN

Fieldings Tagebuch, 31. März 1949
Haus an Meile zwölf

Lieber Smallwood,
es gibt nicht mehr so viele Streckenwärter auf der Linie Bonavista wie 1925. Man wird die Nebenstrecken bald stillegen. Seit sieben Jahren hat niemand mehr im Haus an Meile zwölf gelebt, hat man mir gesagt. Ich kann hier wohnen, so lange ich will. Wie lange das sein wird, weiß ich noch nicht.
Bestimmt feierst du gerade. Irgendwo in St. John's, ganz zurückgezogen, während deine Leibwächter vor dem Haus Wache halten. Im *Telegram* stand, daß du vorhast, um Mitternacht ein Glas edlen Champagner zu trinken. Was könnte ich heute abend anderes tun, als dir zu schreiben und alle paar Zeilen auf die Uhr zu sehen? Ich messe die Zeit in Sätzen, zähle Stunden und Minuten in Seiten. Bestimmt sieht das ganze Land gebannt auf die Uhr. Leute, die um diese Zeit sonst schon schlafen, sind wach und warten auf den großen Moment.
Der große Moment. »Unmittelbar vor Ablauf des 31. März 1949.« Diese Formulierung wurde in letzter Minute in den Konföderationsvertrag eingefügt, weil jemand bemerkte, daß unsere »Umwandlung« sonst ausgerechnet am 1. April stattfinden würde. Aber wie unmittelbar davor? Um welchen Bruchteil einer Sekunde? Was wir sind, ist Vergangenheit. Obgleich der Moment unserer Umwandlung nie kommt, vollzieht sie sich dennoch.
Draußen spielt irgend jemand auf dem Dudelsack die »Ode an Neufundland«. Aus Protest oder aus Freude? Ich kann die Musik kaum hören. Es klingt, als käme sie nicht von irgendwo entlang der Strecke,

sondern aus der weiten Ferne des Ödlands. Vielleicht glaubt er sich außer Hörweite und spielt nur für sich allein. Trotzdem bleibt es rätselhaft. Nimmt hier jemand, der gegen die Konföderation gestimmt hat, Abschied von Neufundland? Oder will ein Konföderationist unsere Insel musikalisch in das Gelobte Land begleiten? Niemand kann es sagen, die Ode ist eben die Ode, nicht mehr und nicht weniger.
Der Dudelsack. Ein einziges Instrument, das wie fünfzig klingt. Ich wußte gar nicht, daß jemand an der Strecke einen Dudelsack hat. Morgen frage ich die Streckenwärter, ob sie wissen, wer es gewesen ist. Heute hat es geregnet, aber inzwischen hat es aufgehört. Noch immer liegt Schnee, Schnee mit der Konsistenz von gemahlenem Glas, der das Gewicht eines Mannes nicht tragen würde. Was für ein beschwerlicher Marsch durchs Ödland muß das gewesen sein! Der Mann muß eine Lampe bei sich haben, damit er den Weg sieht, und seine Uhr, aber ich kann kein Licht entdecken, und in einer Nacht wie dieser müßte es meilenweit zu sehen sein.
»Wie unsre Väter ....« Aber nicht du, Smallwood. Du hast alles anders gemacht als dein Vater. Und wann immer es möglich war, auch ich.
Hier an der Linie Bonavista, Smallwood, hat alles begonnen. Es ist dein Wahlkreis, und du warst der erste Konföderationist. Die Leute erinnern sich heute noch daran, daß du 1925 für sie oder ihre Väter die Insel durchquert hast. Und Cabot hat zwanzig Meilen von hier entfernt erstmals Land gesichtet.
Mir gefällt die Vorstellung, daß Cabot zu der Stunde hier an Land ging, wenn für mich Schlafenszeit ist, kurz nach Sonnenaufgang. Am 24. Juni. Drei Tage nach der Sommersonnenwende. Die *Mathew* war vor Anker gegangen, und er ruderte in einem kleinen Boot, das er dann auf den Strand hinaufzog, zum heutigen Keel's Cove, denn er hatte sich das Recht ausbedungen, als erster den Fuß auf alles Land zu setzen, das er »entdeckte«. 1949. Dein Name wird mit diesem Jahr ebenso verbunden bleiben wie Cabots Name mit 1497. Dein Jahr. Du hast Richter Prowse' »höchst erstrebenswertes Ziel« erreicht.
Der Dudelsackpfeifer ist jetzt bei der letzten Strophe, falls er nicht die ganze Nacht spielen will. »Patriotismus stand gegen Pragmatismus«, sagte Cashin, »Gott stehe uns bei, aber der Pragmatismus hat gesiegt.«

Ich weiß es nicht. Ich weiß es immer noch nicht. Ich habe mich nicht überwinden können, zur Abstimmung zu gehen. Genau wie mehr als zwanzigtausend andere Neufundländer. Und es waren nur siebentausend Stimmen Differenz. Seit jenem Tag, als du in mein Zimmer gekommen bist, um mit mir über Hines zu sprechen, seit jenem Tag, als ich dich glauben ließ, daß du nun endlich wüßtest, wer jenen dummen Brief geschrieben hat, bin ich unentschlossener denn je. In jeder Hinsicht.

Die vergangenen neun Monate befanden wir uns in einem seltsamen Zwischenstadium, waren weder Staat noch Provinz. Nur wenige werden begreifen, daß sich darin nur der uralte Schwebezustand ausdrückt, in dem wir immer gewesen sind und vielleicht immer sein werden.

Ich wünschte mir in der Nacht des Referendums, es möge am nächsten Morgen alles vorbei sein. Ich wünschte mir, daß deine Anhänger keine Zeit hätten, sich in ihrem Sieg zu sonnen, und die andere Seite keine Zeit, über ihre Niederlage zu brüten. Es waren diese neun Monate, die heute vorbei sind, diese schier endlos währenden neun Monate zwischen dem Referendum und der eigentlichen Konföderation, vor denen ich mich am meisten fürchtete, nicht weil ich dachte, es könnte etwas Schlimmes geschehen, sondern weil ich wußte, daß nichts geschehen würde. Gar nichts. Ein Schritt ist getan worden, der niemals rückgängig zu machen ist.

Selbst die Sieger, so dachte ich, werden monatelang über die Vergangenheit nachdenken, weil sie wissen, daß nun nichts mehr passieren kann. Und obwohl sie es nicht zugeben werden, nicht einmal sich selbst gegenüber, und auch nicht verstehen, werden sie trotzdem ein schlechtes Gewissen haben, genau wie ich.

Nationalität, für Neufundländer bestenfalls ein nebulöses Abstraktum, wird ein veralteter Begriff sein, das Wort »Vaterland« noch bedeutungsloser als zuvor. Die Frage, die sich von Anfang an stellte – unausgesprochen, uneingestanden –, ist immer noch unbeantwortet.

Wir haben etwas verloren, was wir ohnehin verloren hätten, egal, welche Seite gewonnen hätte.

Der Dudelsack ist verstummt. Die Ode ist zu Ende. Der Uhrzeiger hat Mitternacht überschritten, während ich aus dem Fenster sah.

Die Musik kam aus östlicher Richtung. Irgendwo dort draußen, vielleicht fünfhundert Meilen entfernt, ist schon die Sonne aufgegangen. Ein Lichtstrahl tastet sich langsam über das Wasser heran. Das Tageslicht hat seine lange Reise über den Ozean, von der Alten Welt in die Neue, schon fast bewältigt, während hinter mir, im Westen, die Insel, die Meerenge und das Festland, das stets in gleich weiter Ferne bleiben wird, im Dunkeln liegen.

Mein Blick fiel immer wieder auf den alten Polizisten, der am hinteren Ende des Salons im Government House stand. Tränen liefen ihm über die Wangen. Wir schrieben den 1. April 1949. Der alte Mann, der seit Jahrzehnten im Government House seinen Dienst versah, hatte die Fäuste geballt und eine steife Habachtstellung eingenommen. In dem großen marmornen Kamin knisterte ein Feuer aus Birkenscheiten. Unter dem Kronleuchter, auf dem mit einer blau-goldenen Decke geschmückten Tisch, lagen mit roten Bändern zusammengehaltene Dokumente, die nun entrollt und unterzeichnet wurden. Ich wurde als Interimspremier vereidigt, und dieses Amt würde ich bis zur ersten Wahl ausüben. Neufundland hatte aufgehört, als eigenständiges Land zu existieren.

Das Ganze hatte etwas von tragischer Größe, ebenso wie das Schild am Sockel eines Fahnenmasts, das mir wenig später auffiel: »Wir holen die alte Fahne ein« stand darauf, was jedoch nichts mit Parteilichkeit oder Verbitterung zu tun hatte. Anders verhielt es sich offensichtlich mit einem Mann, der am selben Tag sein Haus mit schwarzem Tuch verhängte, eine so übertriebene Geste des Protests, daß sie unecht wirkte.

Das Wetter an jenem 1. April 1949 war genau so, wie es nach meinem Gefühl sein sollte. Kalt. Neblig. Regnerisch. Ein Wetter, das einen vergessen läßt, daß St. John's jemals anders sein kann, und einen zu sinnlosen Grübeleien verführt.

Daß endlich auch die Leute auf der Straße begriffen, worum es ging, konnte ich ihren Gesichtern ansehen. Ich traf viele Menschen an jenem Tag, manche zum ersten Mal, und bemühte mich, Begeisterung und

Optimismus zu verbreiten, um ihretwillen und um den Schein zu wahren. »Das ist ein großer Tag für Neufundland«, erklärte ich und meinte es auch so. Aber irgendwann war ich es leid, diesen Satz ständig zu wiederholen.

Neun harte Monate waren es gewesen, in denen sich die eine Hälfte der Bevölkerung benahm, als hätte man sie zum Tod verurteilt, und die andere Hälfte trotz ihrer zur Schau getragenen Siegessicherheit auch nicht viel besser. Aber ich versuchte, nicht allzu viel darüber nachzudenken, welche Rolle ich in dieser ganzen Angelegenheit gespielt hatte. Ich war mir nicht sicher, ob ich überhaupt eine maßgebliche Funktion gehabt hatte. Großbritannien hatte durch den alten Mackenzie King eine Möglichkeit gefunden, sich ohne Gesichtsverlust von uns zu trennen. Er hatte seine Karriere mit dem Abschluß der Konföderation gekrönt und damit das langersehnte Dominion Kanada geschaffen, das wirklich von einer Küste bis zur anderen reichte. Vielleicht wäre es ohnehin einmal so gekommen, früher oder später, mit oder ohne meine Beteiligung.

Mittags aß ich in einem Restaurant, von dem aus ich die Stadt und gegenüber mein Elternhaus auf dem Brow sehen konnte. Jedes Detail schien unerträglich scharf hervorzutreten. Noch heute erinnere ich mich an die Reihenhäuser, die Maserung der gestrichenen, vom Regen aufgequollenen Holzschindeln an dem Haus auf der anderen Straßenseite und an die Straßenschilder mit den Namen von Gouverneuren, die alle woanders geboren und begraben waren.

Es gab keine Demonstrationen, keine Protestmärsche, obwohl viele geplant gewesen waren. Am späten Nachmittag waren die Straßen fast menschenleer.

Über allem lag jene schuldbewußte Bedrückung, die stets mit folgenschweren, aber notwendigen Entscheidungen einhergeht.

Wir zogen ins Canada House um, die frühere, als Amtssitz nun nicht mehr benötigte Residenz des kanadischen Hochkommissars. Auch Sir Michael Cashin, Peter Cashins Vater, der für kurze Zeit Premierminister von Neufundland gewesen war, hatte einmal in diesem Gebäude in der Circular Road gewohnt. Nur zwei Häuser entfernt war Fielding aufgewachsen. Man hatte einen Blick auf das Government House, das Colonial Building und den Bannerman Park, wo ich jahrelang Reden gehalten hatte, meistens auf einem Küchenstuhl stehend, einmal auch auf den Schultern zweier Fischer.

Das Canada House war ein imposantes, weiß getünchtes Holzgebäude mit drei Flügeln und sechs Schornsteinen mit jeweils zwei Abzügen, so daß zwölf Rauchsäulen aufstiegen, wenn alle Kamine brannten. Das Grundstück war von einer Steinmauer mit einem großen schmiedeeisernen Tor umgeben, dessen zwei Hälften sich wie bei Sir Richards Anwesen nach innen öffneten. Auf dem einen Flügel stand »Canada«, auf dem anderen »House«.

Zum Glück war das Haus bei unserem Einzug vollständig, ja beinahe übertrieben großzügig eingerichtet, denn wir hätten mit all unseren Besitztümern nicht einmal einen einzigen Raum möblieren können. Es gab drei Hausangestellte, die Sofas absaugten, auf denen nie jemand saß, Räume lüfteten, in denen sich nie jemand aufhielt, Teppiche ausklopften, die ich, wären sie uns gestohlen und wiederbeschafft worden, nicht einmal als die unseren hätte identifizieren können. Es gab Schreib- und Eßtische aus Mahagoni, glitzernde Lüster, Portieren wie Theatervorhänge mit Kordeln so dick wie Glockenstränge. Unser Bett stand so hoch über dem Fußboden, daß ich das Gefühl hatte, in der Luft zu schweben, wenn ich darin lag.

Eine Zeitlang sonnte ich mich in dem Triumph, etwas erreicht zu haben, was Reeves, unser Rektor am Bishop Feild, immer als unmöglich hingestellt hatte. Ich war nicht nur auf meiner kleinen Leiter bis an die Spitze gelangt, ich hatte sogar den Sprung auf die größere daneben geschafft und auch hier die oberste Sprosse erklommen.

Zumindest hoffte ich, daß es Außenstehenden so erschien, denn ich konnte zwar durchaus einen Sinn darin sehen, Macht zu haben und auszuüben, aber Reichtum an sich bedeutete mir nichts. Mein neues Haus hatte zweiunddreißig Zimmer, fünfundzwanzig mehr als jedes andere Haus, in dem ich jemals gewohnt hatte, und ich wußte gar nicht, was ich mit ihnen anfangen sollte.

Nicht lange nach der ersten Provinzwahl, wenige Monate nach meiner Ernennung zum Premierminister, tauchte Fielding wieder auf. Eines Morgens schlug ich in meinem Amtszimmer im Colonial Building den *Telegram* auf, und da sprang mir auf Seite drei ihre Kolumne »Fielding vor Ort« ins Auge, allerdings ohne die geringste Erklärung für ihre achtzehnmonatige Abwesenheit. Auch in ihrer Kolumne fand sich kein Hinweis darauf.

Entweder hatte sie Neufundland gar nicht verlassen, oder sie hatte sich Zeitungen nachschicken lassen, denn sie zeigte sich in ihrer ersten Kolumne nicht nur vollkommen auf dem laufenden, sondern kannte offenbar auch genau die Stimmung im »neuen Neufundland«, wie ich es nannte.

Ich hatte die Wahl mit überwältigender Mehrheit gewonnen und regierte die Provinz mit eiserner Faust, so daß die meisten Menschen es nicht wagten, mich zu kritisieren. Vor allem die Zeitungen bekamen meine Macht zu spüren. Ich setzte alle, die an meiner Regierung herummäkelten, auf eine schwarze Liste: Sie bekamen keine Anzeigenaufträge mehr und Firmen, die in diesen Zeitungen inserierten, keine Aufträge für öffentliche Vorhaben. Squires, Alderdice und die Regierungskommission hatten es ebenso gemacht, ich konnte mich also auf eine Art Gewohnheitsrecht berufen.

Fielding jedoch schwor, ein »Stachel in meinem Fleisch« zu sein, und ich wußte, daß sie es ernst meinte. Ich konnte mir gut vorstellen, wie sie achtzehn Monate lang in der Ferne über alle realen und eingebildeten Kränkungen nachgrübelte, die ich ihr im Lauf der Jahre zugefügt hatte. Zeit hatte sie reichlich dazu gehabt. Daß sie nach eineinhalb langen Jahren zurückgekommen war, zeigte deutlich ihre Entschlossenheit.

Es gab niemanden, der Fielding nahestand und auf den ich hätte Druck ausüben können. Sie stellte sich mit ihrer Kolumne selbst auf derart negative Weise dar, daß ich auch mit noch so üblen Verleumdungen ihren Ruf nicht mehr hätte ruinieren können. Es hätte ihr kaum geschadet, wenn ich sie öffentlich als charakterlos und lasterhaft gebrandmarkt hätte, weil sie das ohnehin nicht bestritt.

Mir war klar, daß ich sie zum Schweigen bringen konnte, wenn ich den

Telegram in die Knie zwang, die einzige Zeitung, die mir noch Widerstand leistete, alle anderen gingen inzwischen mit der Regierung konform. Aber es gab noch genügend Geschäfte mit katholischen Inhabern und katholischen Kunden und auch genug Stadtbewohner, die wegen ihrer Niederlage beim Referendum immer noch zutiefst verbittert waren und mich haßten, so daß sich der *Telegram* mit Anzeigen über Wasser halten konnte.

Die *Daily News*, die größte Konkurrentin des *Telegram*, zitierte mich stets so ausführlich, daß ich praktisch eine eigene Kolumne hatte, in der ich Fielding Paroli bieten konnte.

Als ihre Leser sie am meisten bräuchten, habe Fielding sie im Stich gelassen, erklärte ich, erstens weil sie nicht den Mut gehabt hätte, zur Konföderation Stellung zu beziehen, und zweitens, indem sie sich buchstäblich aus dem Staub gemacht habe. Ich forderte sie heraus, eine Erklärung für ihr plötzliches Verschwinden abzugeben. Sie habe sich die ganze Zeit »in irgendeinen Schmollwinkel zurückgezogen«, behauptete ich. Nachdem sie nun festgestellt habe, daß sie damit nichts erreiche und die Sache für immer verloren sei, habe sie sich offenbar entschlossen, sich auf die Seite der Autonomisten zu schlagen und eine Art persönlichen Rachefeldzug gegen mich zu führen.

Daraufhin schrieb Fielding in ihrer nächsten Kolumne: »Die Zahl der Feinde Josef Stalins, die noch am Leben sind, ist ungefähr so groß wie die der Feinde Joey Smallwoods, die noch Gehaltsschecks empfangen.«

Es war nur allzu verständlich, daß ich wütend war, aber dumm von mir, es zu zeigen. Ich rief den Herausgeber des *Telegram* an und drohte ihm mit einer Anklage wegen Verleumdung, wenn er jemals wieder ein Wort von dieser »Giftspritze Fielding« veröffentlichen sollte.

Fieldings nächste Kolumne bestand aus einer fiktiven »Gegendarstellung«.

»Miss Fielding«, schrieb Fielding, »zog keinen direkten Vergleich zwischen Mr. Smallwood und Josef Stalin, der zwanzig Millionen Landsleute ermorden ließ, um sich an der Macht zu halten, ein Unterfangen, zu dem Mr. Smallwood offenkundig nicht in der Lage ist, da die Zahl seiner Landsleute sich nur auf sechzehn Millionen beziffert. Es ist vielmehr eine Art Gleichnis, in dem mit geistreicher Ironie – Sie stimmen uns hoffentlich zu – ein Sachverhalt deutlich gemacht wird. Das erscheint uns sehr geschickt, wenn wir anstelle derjenigen sprechen dürfen, die aus Bescheidenheit lieber schweigen.«

»Soll das nun ewig so weitergehen?« konterte ich. »Ich für meinen Teil gedenke meine Zeit nicht damit zu vergeuden, Miss Fieldings Kolumnen zu entschlüsseln. Wenn sie etwas zu sagen hat, dann soll sie es frei heraus sagen. Soll sie ruhig versuchen, hinter ihrer Gerissenheit alles mögliche zu verstecken, aber wir durchschauen das Spiel. Wir Neufundländer, die wir offen sagen, was wir meinen, und meinen, was wir sagen. Wir durchschauen das Spiel.«

Meine Mitarbeiter versicherten mir, daß Fielding harmlos sei und ich sie einfach ignorieren solle, was ich auch versuchte, aber Prowse' ständige Präsenz machte es mir unmöglich. Eine Zeitlang hatte ich überlegt, ob ich Prowse nicht ganz aus meiner Regierung entfernen sollte, aber er hatte als prominenter Konföderationist wichtige Verbündete, ohne die ich vielleicht nicht hätte regieren können. Und so ernannte ich ihn zum stellvertretenden Finanzminister.

Prowse war nun mein Untergebener, er arbeitete für mich und nahm Anweisungen von mir entgegen, was keiner von uns vor zehn Jahren für möglich gehalten hätte, und das ließ ich ihn auch bei jeder Gelegenheit spüren. Aber es lag etwas in seinem Blick, in seinem Verhalten, das meine Autorität untergrub, als wüßten wir beide, daß ich nicht der Erste im Staat, sondern nur der Premierminister war, als wüßten wir beide, wie ich zu diesem Amt gekommen war und wie lange ich es vermutlich innehaben würde. Mir wäre es lieber gewesen, wenn Prowse an jenem Tag, als ich mich im Government House mit MacDonald traf, nicht dabeigewesen wäre. Aber MacDonald hatte einen Zeugen gebraucht, falls ich mehr Skrupel haben sollte, als jemand, der meine Geschichte kannte, vernünftigerweise erwarten konnte.

Und ich war mir nicht sicher, wie Fielding reagieren würde, wenn ich Prowse nicht anständig behandelte. Möglicherweise hätte ich sie damit unter Druck setzen können, aber ich wußte nicht genau, wie nah sie sich standen oder jemals gestanden hatten, auch wenn ich ihr bei unserer letzten Begegnung auf den Kopf zugesagt hatte, daß sie ihn immer schon geliebt habe. Es hatte sie sichtlich beunruhigt, daß ich etwas tun könnte, das seinem Ruf schadete. Trotzdem zweifelte ich an ihrer Zuneigung zu Prowse. Denn je länger ich über den angeblichen Grund nachdachte, warum sie mir gestanden hatte, den Brief an die *Morning Post* geschrieben zu haben, desto mehr hatte ich das Gefühl, daß irgend etwas nicht stimmte. Ich hatte nur ihr Wort darauf, daß sie die Wahrheit gesagt hatte. Das Buch, das vermeintlich Hines belastete, bewies gar nichts. Daß Hines in die Sache verwickelt gewesen war, stand für mich fest, aber in welcher Weise, das erhellte auch seine überstürzte Abreise aus Neufundland nicht.

Es beunruhigte mich, daß sie offenbar einen Weg gefunden hatte, außerhalb meiner Welt zu leben, gleichermaßen außerhalb meines Einflusses und jenseits meines Horizonts. Ich hatte keine Ahnung, ob überhaupt etwas stimmte von dem, was sie sagte. Und sie schien nicht einmal irgendwelche Wünsche oder Ziele zu haben. Sie hatte keinen Ehrgeiz, sie hatte nichts, dessen Verlust ihr das Herz brechen würde – Prowse eingeschlossen, nahm ich an, und versuchte mir einzureden, das sei nicht bloßes Wunschdenken. Es war nicht nur ihre Kritik, die an mir nagte, es war die schlichte, unerklärliche Tatsache, daß sie stets unbeirrbar und gnadenlos präsent war und mich ohne erkennbares Motiv verfolgte. Wahrscheinlich wußte sie selbst nicht, was sie damit eigentlich beabsichtigte.

Ich tat, als wäre ich nicht in der Lage, ihre Kolumnen zu begreifen, denn ich wußte, daß es den meisten Leuten so ging. Ich könne nicht verstehen, erklärte ich, wie jemand, der so sehr zum »Phantasieren« neige, derart beliebt werden könne. »Es ist ja sehr geistreich, nehme ich an«, bemerkte ich. »Zumindest habe ich das von ein paar Leuten gehört, aber Tatsache ist doch, daß nichts davon wahr ist. Und wenn es nicht wahr ist, wozu soll es dann gut sein?«

Einmal rief ich sie an und beschimpfte sie. Ihre Schreiberei sei »betrunkenes Gewäsch«, sie selbst ständig »angesäuselt«, »benebelt« und von all dem Alkohol »nicht mehr richtig im Kopf«.

»Es fehlt die Analyse, Fielding«, fuhr ich fort, »die konstruktive Kritik. Ich denke, du müßtest erst mal nüchtern sein, um analysieren und Kritik üben zu können.«

Sie ließ mich ausreden, weil sie sich ihre Entgegnung für ihre Kolumne

sparen wollte, wie ich vermutete. Zwar sagte sie nicht viel mehr als »Hallo« und »Wiederhören«, aber so ungern ich es auch zugebe: Es tat mir gut, ihre Stimme zu hören.
Unsere Beziehung ist jetzt eine andere, schien ihr Schweigen zu sagen, nicht nur wegen der hohen Stellung, die du inzwischen bekleidest, sondern auch aus anderen Gründen. Dennoch fand ich, daß ihre bösen Angriffe gegen mich in keinem Verhältnis zu dem standen, was ich ihr angetan hatte – oder was sie dachte, daß ich getan hatte, nämlich Prowse' guten Ruf zu riskieren, indem ich Hines unter Druck setzte.

FIELDING VOR ORT, 19. SEPTEMBER 1950

»Gestern rief Er höchstpersönlich an. Ich machte einen Vorschlag. Er machte einen Gegenvorschlag und bot mir sogar seine Hilfe an, damit ich ihn in die Tat umsetzen könne. Erklärte mir offiziell, ich sei völlig übergeschnappt, inoffiziell noch einiges andere. Mehrmals fielen die Worte *Scotch* und *Hexe*.«
(Anm. d. R.: Miss Fielding und Mr. Smallwood haben sich zwar nie persönlich kennengelernt, plaudern aber häufig am Telephon miteinander und amüsieren sich über das seltsame Gerücht, zwischen ihnen herrsche eine gewisse Feindseligkeit. Mr. Smallwood hatte Miss Fielding angerufen, um ihr die freudige Nachricht zu überbringen, daß seine Scotch-Terrier-Hündin namens Hexe gerade Mutter geworden sei und er nun einen ganzen Wurf niedlicher Welpen, darunter drei weibliche, beherberge. Damit ist erklärt, warum bei ihrem letzten Gespräch des öfteren die Worte *Scotch* und *Hexe* fielen. Miss Fielding war entzückt über diese Nachricht, denn Mr. Smallwood hatte ihr versprochen, sie dürfe sich als erste ein Hündchen aus dem Wurf aussuchen, und sie hatte Hexes zweimonatige Tragezeit sehr interessiert und besorgt verfolgt. Was die gegenseitigen Vorschläge betrifft, so zeigen sie doch deutlich, welch enge Freundschaft diese beiden Menschen verbindet, die keine noch so große Rivalität auf beruflichem Gebiet entzweien kann.)

Mittlerweile belegte sie mich in ihrer Kolumne mit verschiedenen Spitznamen: »Er höchstpersönlich« oder »Junior«, wegen meiner Initialen, J.R., aber auch weil ich mit meinen fünfzig Jahren und hundertundachzehn Pfund Körpergewicht immer noch so schmächtig war. Sogar den Spitznamen, den sie mir damals am Bishop Feild gegeben hatte, nämlich »Spleiß«, grub sie wieder aus.

Ich arbeitete zu lange, zuviel und zu verbissen, als daß ich an Gewicht hätte zulegen können, achtzehn Stunden täglich, auch an Wochenenden und Feiertagen. Als wäre ich ein Einmannunternehmen und Neufundland meine Firma.

Zum Teil lag es daran, daß ich niemandem vertraute und überzeugt war, daß die »feine Gesellschaft« bei der erstbesten Gelegenheit versuchen würde, mich auszubooten und durch jemanden aus ihren Reihen zu ersetzen, wenn nicht durch Prowse, dann durch jemanden von seinem Schlag. Verantwortung zu delegieren hätte bedeutet, auch ein Stück Macht abzugeben, und deshalb war ich nicht bereit, wichtige Aufgaben jemandem anderen zu übertragen. Damit war ich inoffiziell Minister für alle Geschäftsbereiche.

Wie hätte ich da keine Fehler machen sollen? Einmal klopften im schlimmsten Schneesturm vier Männer an meine Tür, stellten sich als »isländische Heringsfischer« vor und erklärten kryptisch, sie seien gekommen, weil »Island untergeht und Neufundland hochkommt«. Neufundland könne »ganz groß« werden, sagten sie, wenn ich ihnen Schiffe für den Heringsfang abkaufte. Ich glaube, ich ließ mich auf den Handel ein, weil ich die Macht dazu hatte und weil es etwas völlig Neues für mich war, ein solch lächerliches Vorhaben in die Tat umsetzen zu können. Ich mußte nur ja sagen, und schon wurden die Schiffe gekauft. Übrigens widmete Fielding dieser Episode eine ganze Kolumne.

Wochen später reisten die Isländer mit einem Vertrag in der Tasche ab. Im folgenden Frühjahr kamen sie mit vier schrottreifen Schiffen wieder, die nicht einen Bruchteil der vierhunderttausend Dollar wert waren, die ich für sie bezahlt hatte, gingen damit neun Monate auf Fischfang (die Ausbeute waren sechs Faß Hering), verschwanden und wurden nie wieder gesehen. Als ich eine Bilanz des Unternehmens zog, stellte ich fest, daß ein einziger Hering Neufundland siebenhundert Dollar gekostet hatte, etwa das Tausendvierhundertfache des tatsächlichen Marktwerts.

Einem anderen findigen Burschen gelang es, mich davon zu überzeugen, daß es für die Herstellung von Handschuhen aus Gazellenleder auf der ganzen Welt keinen besseren Ort gebe als Neufundland. Das Unternehmen verschlang eine halbe Million Dollar, und hergestellt wurde nicht ein einziges Paar Handschuhe.

Eine »International Basic Economy Corporation« stellte meiner Regierung für ein Rentabilitätsgutachten über eine dritte Papiermühle in Neufundland zweihundertvierzigtausend Dollar in Rechnung, kam fast unmittelbar nach Zahlung der Summe zu dem Schluß, eine solche Papiermühle könne gar nicht rentabel sein, und war am nächsten Tag von der Bildfläche verschwunden.

Über all diese Mißgriffe, für die mich sonst niemand zur Verantwortung zog, berichtete Fielding in ihrer Kolumne.

Ich antwortete mit einer Pressemitteilung.

»Wie sollen wir Großunternehmer und Industrielle aus aller Welt nach Neufundland holen, wenn Menschen wie Miss Fielding alles, was wir sagen und tun, in Zweifel ziehen? Vielleicht ist Miss Fielding gar nicht klar, welche Wirkung ihre Kolumnen auf potentielle Investoren haben, die in unser Land kommen. Wieviel Kapital, frage ich mich, hat Miss Fielding schon aus Neufundland vertrieben? Vielleicht sollten auch ihre Leser einmal darüber nachdenken.«

Fielding entgegnete, es sei keineswegs so, daß ihre Kolumnen »Investoren« vertrieben, vielmehr machten sie deutlich, welch ein Einfaltspinsel ich sei, und ebendies locke diese »Unternehmer« erst nach Neufundland.

Ich kam zu dem Schluß, daß ich, daß Neufundland einen Fachmann für wirtschaftliche Entwicklung brauchte, einen genialen und vielseitigen Experten, der nicht nur Berater, sondern auch Staatsdiener sein sollte, ein Mitglied meines Mitarbeiterstabs.

Nachdem ich mit einigen Dutzend Personen in Ottawa telephoniert hatte, um mir in dieser Sache Rat zu holen, wurde mir ein Mann empfohlen, der genau der Richtige zu sein schien, ein Professor und Berater des Bundesministeriums für Immigration und wirtschaftliche Entwicklung. Dr. Alfred Valdmanis war sein Name. Bei einer Pressekonferenz stellte ich ihn vor als einen Mann, dem wir eines Tages ein Denkmal errichten würden.

FIELDINGS KURZER ABRISS DER GESCHICHTE NEUFUNDLANDS

31. Kapitel
Die Volkspartei

Im Jahr 1907 wechselt Sir Edward Morris, Bonds rechte Hand, im Abgeordnetenhaus die Seiten und schließt sich den Konservativen an. 1908 trägt man Morris die Führung der Konservativen im Wahlkampf gegen Bond an, aber trotz der moralischen Unterstützung der Reids (mehr hatten sie ohnehin nicht mehr zu bieten, nachdem Bond sie gnadenlos »gewintert« hat), lehnt Morris ab.

Statt dessen macht er die Konservative Partei zur Volkspartei, der »People's Party«, kurz P. P. Bond versteigt sich zu der absurden Äußerung, das – von ihm so betitelte – Pipi-Manifest beweise eindeutig, daß der einzige Unterschied zwischen der Volkspartei und der Liberalen Partei darin bestehe, daß sie von Morris angeführt werde anstatt von ihm selbst. Mit anderen Worten, erklärt Bond, die Wahl sei ein Kampf zwischen Liberalen und Liberalen, und es würde ihn gar nicht überraschen, wenn sie auf eine Pattsituation hinauslaufe und beide Parteien achtzehn Sitze gewännen.

Gouverneur William MacGregor bittet Morris, die Regierungsbildung zu übernehmen. Morris willigt ein. MacGregor löst das Abgeordnetenhaus auf. Ein neue Wahl wird angesetzt. Diesesmal geht Morris nicht als Führer der Opposition, sondern der Regierungspartei in den Wahlkampf. Dieser feine Unterschied fördert lediglich sein Selbstvertrauen und nicht, wie Bond behauptet, seine Neigung, nach Belieben Ämter zu verteilen.

Selbstvertrauen und Morris setzen sich durch. Kurz darauf wird das Gesetz zur Erweiterung des Schienennetzes verabschiedet. Die Reids sollen als eine Art symbolische Entschädigung sechs neue Nebenstrekken bauen, im Volksmund später die »Olivenzweiglinien« genannt.
Als Bond 1913 erneut eine Niederlage erleidet, legt er sein Amt nieder und verbringt seine Tage in Verbitterung und Einsamkeit. 1918 will man ihm erneut die Führung der Liberalen antragen, aber Bond erklärt: »Ich habe genug von neufundländischer Politik und wende mich voller Verachtung und Abscheu von diesem schmutzigen Geschäft ab.«
Trotz der zahlreichen Verbesserungen, die Morris einführt – und die alle aufzuzählen diesen Rahmen leider sprengen würden –, gelangt Neufundland erst 1919, als Sir Richard Squires Premierminister wird, zu Wohlstand und Selbstachtung.

Ehe wir unsere Geschichte Neufundlands mit einer Auswahl aus den *Quodlibets* beschließen, möchten wir an dieser Stelle Sir Richard Squires für sein Lobeswort danken, das dieses Buch einleitet. Es gibt niemanden, dessen Liebenswürdigkeit uns mehr schmeicheln würde, niemanden, der geeigneter wäre als Sir Richard, dem Volk ein Buch nahezubringen, zu dem uns doch erst sein Wirken als Premierminister inspiriert hat und dessen Vorzüge, sofern es solche besitzt, seinem Vorbild folgen.
Wir sagten eingangs, wir wollten »unsere Geschichte Neufundlands beschließen«, aber eigentlich ist dies erst der Anfang, der Beginn von Neufundlands Jungfernfahrt. Daß es sich immer noch stolz über dem Meer erheben wird, wenn seine Rivalen schon längst, von Muscheln überkrustet, am Meeresboden liegen, daran haben wir nicht den geringsten Zweifel. Ebensowenig bezweifeln wir, daß es jeden Hafen anlaufen wird, ehe seine Zeit vorüber ist.
Da, die Champagnerflasche zerschellt an seinem Rumpf, die Stopper werden gelöst, es gleitet die Helling hinunter – es ist vollbracht!

Ich erklärte den Neufundländern, Valdmanis sei so hoch qualifiziert, daß ich ihm mehr als dreimal soviel bezahlen würde, wie ich selbst bekäme. Mein Einkommen belief sich auf rund siebentausend Dollar jährlich, und Valdmanis würde ich fünfundzwanzigtausend bezahlen.

Valdmanis war ein lettischer Wirtschaftswissenschaftler mit undurchsichtiger Vergangenheit, der jedem eine andere Version seiner Lebensgeschichte auftischte. Mir erzählte er, er sei in jungen Jahren auf eine Art Eliteschule gegangen, in der die zukünftigen Führungskräfte Lettlands ausgebildet werden sollten; während des Krieges sei er einer der Führer der Widerstandsbewegung in seinem Land gewesen; nachdem er Lettland verlassen habe, und bevor er nach Kanada gegangen sei, habe er den Stella Polaris, die höchste Auszeichnung der schwedischen Regierung, verliehen bekommen.

Es kursierten zwar Gerüchte, er habe sich den Doktortitel selbst verliehen; er habe nicht den Stella Polaris bekommen, sondern irgendeine Belobigung, die man praktisch nachgeworfen bekam; er habe während des Krieges keineswegs den Widerstand in seinem Land angeführt, sondern sei vielmehr ein Nazi-Kollaborateur und Verräter gewesen ... aber ich erklärte, ich hätte nicht den geringsten Zweifel, daß Valdmanis ein »Ehrenmann« sei und für unser Land genau der Richtige.

Valdmanis schmückte sich mit dem Titel eines Generaldirektors für wirtschaftliche Entwicklung und meinte, das würde »die Europäer beeindrucken«.

Ich holte Valdmanis persönlich vom Flughafen ab, mit dem Chrysler Imperial, den mir mein Kabinett aufgenötigt hatte, weil er meiner Stellung angemessener sei als mein ramponierter Dodge, auch wenn ich mich nur höchst ungern von ihm getrennt hatte.

Er war ungefähr fünf Fuß sieben Zoll groß, etwas untersetzt, hatte dichtes schwarzes Kraushaar, eine sehr hohe Stirn und durchdringende grüne Augen. Auf sein hervorstechendstes körperliches Merkmal – er nannte es »schwimmende Iris« – machte er mich wenige Stunden nach unserer ersten Begegnung selbst aufmerksam und erklärte mir, was es damit auf sich hatte.

»Bei den meisten Menschen«, erklärte er und schob sein Gesicht auf etwa sechs Zoll an meines heran, damit ich ihn genau in Augenschein nehmen konnte, »geht die Iris« – er wies mit dem Zeigefinger darauf und berührte fast sein Auge –, »der pigmentierte Teil des Auges, vom Oberlid bis zum Unterlid. Menschen mit schwimmender Iris haben in der Regel überdurchschnittlich große Augäpfel, so daß die Iris nicht bis zu den Lidern reicht, sondern oben und unten ein Teil des Augapfels sichtbar ist, die Iris also zu ›schwimmen‹ scheint. Nur etwa zwei Prozent aller Menschen haben eine schwimmende Iris.«

Diese Laune der Natur hatte die Wirkung – der er sich zweifellos bewußt war –, daß man seinen Blick als sehr eindringlich empfand, daß man das Gefühl hatte, er sähe einen durch Gucklöcher an.

»Wo sind Ihre Frau und Ihre Kinder?« fragte ich.

»Sie bleiben vorerst in Montreal«, antwortete er. »Die Kinder haben schon so oft umziehen müssen. Und meine Frau glaubt nicht, daß ich es länger als ein paar Monate in Neufundland aushalte, weil sie gehört hat, daß das Wetter hier so schlecht sein soll. Sobald für sie feststeht, daß ich wirklich hierbleibe, kommt sie mit den Kindern nach.« Daß eine Frau und Mutter eine derart wichtige Entscheidung von Gerüchten über das Wetter abhängig machte, kam mir seltsam vor, aber ich sagte nichts.

Er bildete sich sehr schnell ein Urteil über mich, denke ich, und auch über Neufundland – sprich: über seine historische Bedeutung. Ich spürte es, und es machte mir nichts aus. Vielleicht verfügte er über eine besondere Ausstrahlung, ein Charisma, das er nach Belieben einsetzen konnte, denn im Gegensatz zu mir waren meine Minister gar nicht von ihm eingenommen, wie sich bald herausstellte. Ihnen gegenüber legte er eine Unterwürfigkeit und übertriebene Höflichkeit an den Tag, die in ihrer Unaufrichtigkeit bewußt durchsichtig war und verletzend wirken sollte. Er sprach jeden von ihnen mit »Eure Exzellenz« an und machte einen Kratzfuß, wann immer er ihnen begegnete, was mir jedoch nur als unbekümmerte Nachahmung höfischer Tradition aus der Alten Welt erschien.

Andere werden die Schmeicheleien, mit denen er mich bedachte, seine Ergebenheit mir gegenüber, als ebenso unehrlich empfunden haben. Ich jedoch hatte den Eindruck, er halte es schlicht für eine glückliche Fügung, daß der einzig wirklich fähige Mann in Neufundland zufällig der Mann an der Spitze war, der vom Volk gewählte Führer. Ich redete mir ein, er schätze mich wegen meiner Fähigkeiten und nicht wegen meines Amtes oder meiner Macht.

Daß er andere Leute ständig herabsetzte, verstand ich als indirektes Kompliment. Die Geringschätzung, die er vielen Menschen gegenüber an den Tag legte, betrachtete ich nicht als ein Zeichen von Arroganz, sondern von hohem Anspruch und Urteilsfähigkeit. Deshalb fühlte ich mich geschmeichelt, daß er von mir offenbar so beeindruckt war.

Ich sah in Valdmanis einen Gleichgesinnten, mit dem zusammen ich mehr erreichen konnte als mit all meinen Kabinettsmitgliedern. Außerdem hielt ich ihn für harmlos. Er war ein Außenseiter und würde deshalb niemals ein politischer Rivale sein.

Wir kannten uns noch keine fünf Minuten, da sagte er, er glaube in Neufundland seine »geistige Heimat« gefunden zu haben. Ich hatte nicht das Gefühl, daß er unaufrichtig war, weil ich mir nicht vorstellen konnte, daß jemand sich auf so naive Art einschmeicheln wollte.

Was mir an ihm am meisten gefiel, war vielleicht, daß er nicht nur so einsam wirkte, sondern auch isoliert, entwurzelt, als hätte die Welt, in der er sich hätte beweisen können, aufgehört zu existieren oder überhaupt noch nie existiert. Ein Mensch wie eine einsame Insel.

Wir waren nach unserem Anschluß an Kanada nicht weniger isoliert als vorher, vielleicht sogar noch mehr. Vielleicht hatte ich deshalb das Gefühl, daß Neufundland, diese Welt für sich, genau der richtige Ort für Valdmanis war und daß er zu Neufundland paßte. Ein Mensch für die Insel, ein Neufundländer aus Neigung, wenn auch nicht qua Geburt.

In den ersten Monaten glänzte er mit so vielfältigen Talenten, daß uns fast nichts mehr überraschte. Bei einer Weihnachtsfeier zum Beispiel sang er Weihnachtslieder und ließ dabei erkennen, daß er offensichtlich eine Stimmbildung genossen hatte. Einen Monat später, bei einem Ball im Government House, führte er Frauen, die genauso wenig Walzer tanzen konnten wie ich, derart meisterhaft über das Parkett, daß sie zu schweben schienen. Er sprach mehrere Sprachen und gewann die Sympathie ausländischer Gäste, indem er in ihrer Muttersprache mit ihnen plauderte, während wir anderen stumm vor Staunen mit offenem Mund daneben standen. Außerdem spielte er virtuos ein halbes Dutzend Instrumente, darunter Klavier, Geige und Flöte. Doch immer stellte man sich die etwas seltsame Frage: Wozu eigentlich? Anscheinend hatte er keine Freude an seinen Talenten, sondern empfand sie vielmehr als eine Last.

Es war Valdmanis' Vorschlag, daß ich meine Strategie gegenüber Fielding ändern sollte. Im Gegensatz zu den Ministern meines Kabinetts versuchte er mich nicht davon zu überzeugen, sie sei ohne jede Bedeutung und ich solle sie am besten ignorieren. Vielmehr bestärkte er mich in meiner Meinung, daß ihre ständige Kritik an mir irgendwie »neutralisiert« werden mußte.

Ich solle sie doch einladen, auf Kosten der Regierung mit uns zu reisen, riet er mir. Sie würde, falls sie zustimmte, mit Valdmanis und mir und unserer Entourage mehrere europäische Länder besuchen. Ich hatte nämlich, wie ich der Presse erklärte, eine Art Handelsmission geplant mit dem Ziel, »Investoren von Weltklasseformat« für Neufundland zu gewinnen.

»Was wollen Sie damit erreichen?« fragte ich Valdmanis. »Wenn Sie glauben, daß Fielding uns künftig weniger kritisiert, nur weil wir ihr eine Reise ins Ausland spendieren ...«

»Ich möchte Miss Fielding kennenlernen«, erwiderte er. »Und das beste Mittel zu diesem Zweck scheint mir zu sein, sie auf eine solche Reise mitzunehmen.«

»Sie wird über all unsere Unternehmungen schreiben«, entgegnete ich.

Valdmanis zuckte die Schultern. »Das wird sie ohnehin, ob sie mitkommt oder nicht.«

Schließlich willigte ich ein, obwohl ich damit rechnete, daß es ein

Fiasko werden würde. Valdmanis sagte mir, wie ich die Einladung formulieren sollte, und ich rief Fielding an.

»Wir möchten, daß du mit uns kommst, Fielding«, begann ich. »Wir wollen, daß du dir ein Bild davon machst, wie hart wir arbeiten. Wenn du erst einmal Dr. Valdmanis kennenlernst und selbst siehst, was er alles für Neufundland tut, wenn du miterlebst, mit welchen Schwierigkeiten wir zu kämpfen haben, wenn du einen unmittelbaren Eindruck davon bekommst, wie es ist, ein Führer, ein Premier, ein Politiker zu sein, dann wirst du uns in einem ganz anderen Licht sehen.«

»Sag mal, Smallwood«, erwiderte sie, »beunruhigt es dich überhaupt nicht, daß all diese Leute von ihm unbedingt in Neufundland ›investieren‹ wollen?« (Die *Daily News* hatte über potentielle Investoren berichtet, mit denen Valdmanis Gespräche arrangiert hatte.)

»Nicht im geringsten«, entgegnete ich. »Schließlich schlägt man dem Weihnachtsmann nicht die Tür vor der Nase zu.«

»Und ich soll mitkommen, damit aus mir eine – ja, was? – verantwortungsbewußtere Reporterin wird, wenn ich endlich einmal gesehen habe, wie schwer es ist, eine Provinz zu regieren? Komm schon, Smallwood, worum geht es wirklich? Willst du mich auf dieser Reise etwa auf mysteriöse Weise verschwinden lassen?«

Ich lachte. Schließlich nahm sie die Einladung an, vermutlich weil sie der Versuchung nicht widerstehen konnte herauszufinden, welche Absicht unsererseits dahintersteckte.

Auf dem Presseempfang verkündete ich diese Nachricht wie einen gelungenen Coup. »Würde ich denn Miss Fielding zu dieser Reise einladen«, bemerkte ich, »ausgerechnet Miss Fielding, wenn ich, wie der Oppositionssprecher behauptet, etwas zu verbergen hätte?«

»Wir dürfen gespannt sein«, hieß es in einem Leserbrief an den *Telegram* einige Tage darauf, »ob unsere Miss Fielding noch dieselbe sein wird, nachdem man sie einen Monat lang in den Hauptstädten Europas mit den köstlichsten Dingen und wer weiß was noch allem verwöhnt hat.«

Wir flogen nach London und erholten uns dort noch ein wenig, ehe wir unsere Rundreise durch Europa begannen, bei der wir jede Woche zwei bis drei größere Städte besuchen wollten. Unsere Tage verbrachten wir in Büros und Fabriken, unsere Abende in der Oper, im Ballett und im Theater, und anschließend wurden wir von Leuten zum Essen ausgeführt, die in Valdmanis' obskurem früheren Leben seine »Geschäftspartner« gewesen waren, wie er es ausdrückte. Wo immer er mit uns hinging, schien er nicht nur jedermann zu kennen, sondern auch überall hohes Ansehen zu genießen. »Was hast du denn erwartet?« meinte Fielding. »Wenn du mit Gästen durch Neufundland reisen würdest, mit wie vielen Katholiken würdest du sie bekannt machen?«

Während dieser sogenannten »Dienstreise« erschienen den ganzen Monat über tagtäglich Fieldings Kolumnen im *Telegram* – einmal berichtete sie aus London, dann aus Paris, dann aus Hamburg. Drei Tage später wurde ich bereits über den Inhalt ihrer Kolumnen unterrichtet. Das wußte sie, trotzdem tat ich so, als glaubte ich, wir würden sie schon noch für uns gewinnen können.

Wir nahmen sie fast überallhin mit, und Valdmanis gab sich den Anschein, als wäre er davon überzeugt, sie würde sich durch Pracht und Luxus »bekehren« lassen.

»Sie soll glauben, daß das unsere Strategie ist«, sagte er. Im übrigen hätte ich ebenso wie Fielding gern gewußt, welche Absicht eigentlich dahintersteckte, aber wenn ich Valdmanis darauf ansprach, antwortete er immer nur, daß er Fielding lediglich »kennenlernen« wolle, und das brauche eben seine Zeit.

Mit Hilfe seiner alten diplomatischen Kontakte gelang es Valdmanis sogar, eine kurze Audienz bei Papst Pius XII. in Castel Gandolfo zu arrangieren, seinem »Sommerhäuschen außerhalb von Rom«, wie Fielding in ihrer Kolumne schrieb. Ich behielt Fielding dabei unauffällig im Auge, um zu sehen, ob sie auch gehörig beeindruckt war. Allmählich glaubte ich selbst daran, daß wir sie tatsächlich nur mitgenommen hatten, um sie auf unsere Seite zu ziehen.

Ich stellte sie vor. »Eure Heiligkeit«, sagte ich, »das ist Miss Fielding, eine bekannte Journalistin in Neufundland. Sie schreibt für den *Evening Telegram*, eine der großen kleinen Zeitungen der Welt.« Fielding sah mich an und machte eine Gesicht, als wollte sie sagen: Mein Gott, warum läßt du mich nicht einfach umlegen, wenn du mich schon unbedingt zum Schweigen bringen willst? Ich war selbst überrascht, wie leicht mir diese Worte über die Lippen gingen.

Ich hatte einen ganzen Koffer voller Rosenkränze und Medaillons dabei, die Valdmanis in den Andenkenläden beim Vatikan gekauft hatte, und der Papst war auch bereit, sie zu weihen, nachdem ich ihm erklärt hatte, ich wolle sie zu Hause an die katholischen Mitbürger verteilen.
»Er möchte sie bei der nächsten Wahl mit Bildchen von sich in katholischen Gemeinden verteilen«, bemerkte Fielding. Der Papst lächelte und dachte vermutlich, sie mache einen Scherz, aber sie hatte den Nagel auf den Kopf getroffen. Ich spürte, wie ich dunkelrot anlief, und bemühte mich ebenfalls um ein Lächeln, als hielte auch ich es für einen Scherz. Valdmanis' Gesicht blieb vollkommen ausdruckslos, als verböte das vatikanische Protokoll jeglichen Unernst in Gegenwart des Papstes, was meines Wissens auch zutraf.
Besonders gute Beziehungen hatte Valdmanis in Deutschland, wo wir uns zwei volle Wochen aufhielten, was ich jedoch ganz normal fand, denn er hatte schließlich selbst erzählt, daß er einige Jahre während des Krieges dort verbracht hatte. Man hatte ihn hingeschickt, um »gegen die Nazis zu arbeiten«, wie er sagte, als die Deutschen Lettland besetzt hielten.
Wie ich wußte, entsprach das allerdings nicht ganz der Wahrheit, denn im besetzten Lettland war er Oberstaatsanwalt gewesen. Er beteuerte jedoch, zu seinem Aufgabenbereich habe nichts gehört, was man mit einem solchen Amt zu verbinden geneigt sei.
Auf Valdmanis' Anweisung hin betonte ich im Gespräch mit Deutschen immer wieder, daß ihr Land viel mit Neufundland gemeinsam habe, da es sich ebenfalls in einer Phase des Übergangs und Wiederaufbaus befinde. Und ich fügte hinzu, daß sie es möglichst schnell wiederaufbauen sollten, ehe die Kommunisten über sie herfielen.
Wir verhandelten mit Alfred Krupp, dem Stahlmagnaten, wegen der Errichtung eines Hüttenwerks in Neufundland. Die Gespräche gestalteten sich schwierig, da Krupp 1948 von den Alliierten als Kriegsverbrecher verurteilt und eingesperrt worden war, und wären, wie Fielding in ihrer Kolumne schrieb, »ohne den unschätzbaren A.V., der einen ganzen Tag als Mittelsmann zwischen Krupp und Smallwood fungierte und Botschaften von unserem Hotel zu Herrn Krupps Gefängnis und zurück beförderte, vielleicht überhaupt nicht möglich gewesen«.

Manchmal nahm unsere »Dienstreise« geradezu groteske Züge an. In Bayern wurden wir von einem verarmten Adligen zu einer Freiluft-Galavorstellung einer Ballettkompanie eingeladen. Danach brannte man ein Feuerwerk ab, und irgendwo hinter den Kulissen begann ein Chor mit starkem Akzent und halb gesprochen, halb gesungen, die »Ode an Neufundland« vorzutragen. Da ich unserem Gastgeber zugesagt hatte, ihm als Dank für diese wundervolle Vorführung ein großzügiges »Darlehen« zum Aufbau irgendeines Unternehmens in Neufundland zu verschaffen, erklärte ich später vor dem Parlament, er sei »ein bedeutender Industrieller«, der zwar »kein Barvermögen« besitze, aber in seinem Haus »berühmte Gemälde im Wert von zwei Viertelmillionen Dollar« hängen habe.

Dieser Satz sagt eigentlich alles. Nicht Gemälde im Wert von einer halben Million Dollar, sondern zwei Viertelmillionen, als wäre zwei von irgend etwas immer mehr als eines von irgend etwas anderem. Und »berühmte« Gemälde war auch wichtig, sozusagen meine Trumpfkarte. Denn die Tatsache, daß dieser Mann etwas besaß, dessen Qualität und Wert außerhalb von Neufundland anerkannt war, verlieh ihm Bonität.

»Neufundland«, hatte ich erklärt, ehe ich Konföderationist wurde, »wird eine der großen kleinen Nationen der Welt werden.« Heute scheint mir dieses Oxymoron »groß klein« eine recht gute Zusammenfassung meiner Sicht von Neufundland. Fielding widmete meiner Vorliebe für die Konstruktion »eine/r/s der großen kleinen ... der Welt« einmal eine ganze Kolumne. Sie zitierte mich mit den Worten, der *Telegram* sei eine der großen kleinen Zeitungen der Welt. Sie berichtete, diesesmal zutreffend, ich hätte versprochen, die neu errichtete Memorial University zu einer der großen kleinen Universitäten der Welt zu machen. Sie behauptete, ich hätte gesagt, die Long Range Mountains zählten zu den großen kleinen Bergen der Welt, die Churchill Falls zu den großen kleinen Wundern der Welt und der Humber River zu den großen kleinen Flüssen der Welt.

Sie schrieb:

»In einer der großen kleinen Stunden des Morgens kam mir in den Sinn, daß unsere Wälder zu den großen kleinen Wäldern der Welt zählen, wie auch unser Premier einer der großen, um nicht zu sagen, großen kleinen Smallwoods in der Welt ist, wofür wir ihm zum Dank einen der großen kleinen Hunde der Welt zum Präsent machen sollten, einen Pekinesen vielleicht.«

Oft rühmte ich mich, daß ich mit Truman gesprochen, Churchills Hand geschüttelt und mich mit Gandhi hatte photographieren lassen. »Das sind große Männer«, erklärte ich meinen Zuhörern in einem fast ehrfürchtigen Ton, als wäre die »Größe« dieser Männer für sie und mich unerreichbar, einfach weil wir Neufundländer waren. Ich stellte es so hin, als gäbe es für uns kein größeres Verdienst, als von irgendeinem großen Mann als Segen für das neufundländische Volk angesehen zu werden.

Ich sprach Valdmanis stets mit »Doktor« an und Valdmanis mich immer mit »mein Premier«. Diese förmliche Anrede behielten wir stets bei. Sogar unter vier Augen hieß es »Doktor« und »mein Premier«.

Ich war hingerissen, nicht so sehr von Valdmanis selbst als von dem Mann, den er verkörperte, der all jene Qualitäten besaß, die mir fehlten – Weltläufigkeit, Kultiviertheit, Geschäftssinn, Bildung, Kultur, Geschmack, Vornehmheit.

In Zürich mußte ich wegen eines Fehlers bei der Reservierung mit Valdmanis ein Zimmer teilen.

FIELDING VOR ORT, 6. MAI 1951

Anstatt dem neufundländischen Steuerzahler die Kosten für zwei Fahrzeuge aufzubürden, fahren wir alle in demselben Mercedes. Wir übernachten nur in den besten Hotels, aber es ist nun einmal so, daß es Betten, die groß genug sind, um zu dritt darin schlafen zu können, auch nur in den besten Hotels gibt.

Mr. Smallwood und Mr. Valdmanis sind von hinreichend bescheidener Statur, so daß zwischen ihren Füßen und dem unteren Ende des Bettes noch reichlich Platz für mich bleibt und ich quer liegend schlafen kann, ohne daß meine journalistische Objektivität angetastet wird.

Was nun Ihren Premierminister und Ihren Generaldirektor für wirtschaftliche Entwicklung angeht, liebe Leser, so liegen sie oft Seite an Seite in ihren Pyjamas bis spät in die Nacht wach, die Hände hinter dem Kopf verschränkt, und beraten, entwerfen Strategien, schmieden Pläne. Welch ein Gedanke, daß ihre bisher genialsten Vorhaben möglicherweise bei solchem Bettgeflüster entstanden sind!
»Wir werden die Conception Bay mit Fabriken zubauen«, äußerte Ihr Premierminister eines Nachts. Ich lag da, hörte zu und fragte mich, ob ich mich in ihnen vielleicht doch getäuscht hatte.
Die beiden sind muntere Menschen mit einem Sinn für fröhliche Zerstreuung und vergnügen sich bisweilen stundenlang mit »Fahrrad fahren«, einem lettischen Kinderspiel, bei dem sich zwei im Bett gegenüberliegen – flach auf dem Rücken, die Hände unter dem Kopf, die nackten Fußsohlen aneinandergepreßt – und zusammen »Fahrrad fahren«, mit dem Ziel, den anderen aus dem Bett hinauszubefördern. Allerdings sind mein Premierminister und der Lette sich so vollkommen ebenbürtig, daß es keinem gelingt, den anderen von der Stelle zu bewegen, vielmehr »radeln« sie so lange, bis sie beide völlig erschöpft einschlafen.

Als ich diese Kolumne gelesen hatte, konnte ich endgültig nicht mehr so tun, als hoffte ich darauf, daß Fielding endlich zur Vernunft kommen würde.
»Ich kenne die meisten großen Zeitungen der Welt«, fuhr ich Fielding an, als ich eine Kopie ihrer Kolumne in Händen hielt, »und ich garantiere dir, daß keine von ihnen einen solchen Blödsinn veröffentlichen würde. Zwei Männer und eine Frau in einem Bett, und die beiden Männer spielen ›Fahrrad fahren‹ ... Was, zum Teufel, soll das? Das ist doch der größte Mist ...«
Es gelang Valdmanis, mich einigermaßen zu beruhigen.
»Mein Premier ist müde, Miss Fielding«, schaltete er sich begütigend ein. »Es war eine lange Reise und für uns alle sehr anstrengend.«
Noch anstrengender wurde es allerdings, als weitere Kolumnen von Fielding eintrafen. Zum ersten Mal, seit ich Valdmanis engagiert hatte,

machte ich ihm Vorhaltungen und beschuldigte ihn, einen »monumentalen Bock« geschossen zu haben.
»Mein Premier«, entgegnete er, »Sie müssen mir vertrauen. Ich kann es Ihnen jetzt nicht erklären, aber Sie werden bald verstehen, warum es notwendig war, Miss Fielding auf diese Reise mitzunehmen. Ich kann es Ihnen jetzt nicht sagen. Das meiste werde ich Ihnen nie sagen können, denn es wird das beste sein, wenn Sie nichts davon wissen.«
»Heißt das, Sie tun Dinge ohne meine Genehmigung?« fragte ich.
»Sie müssen mir vertrauen, mein Premier«, antwortete er. »Es gibt Dinge, die getan werden müssen, aber in Ihrem eigenen Interesse sollten Sie lieber keine Kenntnis davon haben.«
»Dann sollte aber mehr dabei herauskommen«, brummte ich. »Etwas, wofür es sich lohnt, solche Risiken einzugehen.«
»Für Sie gibt es überhaupt kein Risiko«, entgegnete er. Ich zuckte resigniert die Schultern, und wir ließen das Thema fallen.

FIELDING VOR ORT, 21. MAI 1951
Hotel Hamburg, Zimmer 346, Fußende eines Bettes

Ich habe begonnen, meine Kolumnen nachts zu schreiben, während ich im Bett liege. Im Moment schlafen mein Premierminister und der Lette tief und fest, wie immer völlig erschöpft vom »Fahrrad fahren«. Auch bei der heutigen Spielrunde gab es keinen Sieger, allerdings kam es gegen Ende zu Animositäten, weil der Lette Mr. Smallwood des Betrugs bezichtigte und behauptete, er habe seine Hände nicht immer hinter dem Kopf verschränkt gehabt, was Mr. Smallwood zwar zugab, jedoch mit dem Hinweis begründete, er habe nur seine Brille zurechtrücken wollen, die herunterzurutschen drohte.
»Das spielt keine Rolle«, entgegnete der Lette. »Sie haben Ihre Hände benutzt.« Mr. Smallwoods Einwand, daß Fahrrad fahren ein lettisches Spiel sei, dessen Regeln er noch nicht ganz beherrsche und natürlich nicht so gut kennen könne wie jemand, der schon von Kindheit an damit vertraut sei, stieß jedoch auf taube Ohren, und der Lette erklärte ihm, daß er das nächste Mal disqualifiziert werden würde. Schmollend

schliefen sie beide ein, und man kann um Neufundlands willen nur hoffen, daß sie sich am Morgen wieder versöhnen.

Valdmanis konnte mit dem Tempo, das ich vorlegte, nicht mithalten. Der blanke Zorn trieb mich an. Ich konnte Fielding nicht mehr sehen, obwohl ich wußte, daß wir sie zu diesem Zeitpunkt unmöglich nach Hause schicken konnten, wenn wir uns nicht vollkommen lächerlich machen wollten. Auch Fielding hätte bei diesem Tempo nicht mithalten können, aber sie konnte sich jederzeit von uns trennen und sich allein in ihr Hotelzimmer zurückziehen, sich von einem Kater erholen oder die Grundlage für den nächsten legen oder ihre Kolumnen schreiben, während Valdmanis und ich unsere endlosen Besprechungen und Empfänge absolvierten. Oft verließen wir schon morgens um acht das Hotel und kamen nicht vor Mitternacht zurück.

Als wir während unserer zweiten Deutschlandreise einmal zu dritt auf der Rückbank eines glänzenden burgunderfarbenen Mercedes saßen – der, wie ich Fielding versicherte, nicht von den Neufundländern bezahlt wurde – und uns von einem Chauffeur durch Hamburg fahren ließen, war Valdmanis offenbar dem Zusammenbruch nahe. Er wischte sich mit einem Taschentuch den Schweiß von der Stirn.

»Mein Premier, ich kann nicht mehr«, stöhnte er. »Werden Sie nie müde? Müssen Sie sich nie ausruhen?«

»Kaum«, erwiderte ich. »Das macht das gesunde Leben, Dr. Valdmanis. Ich rauche nicht, ich trinke nicht ...«, ich warf Fielding einen bedeutsamen Blick zu, doch sie sah weg, »... und ich bin nicht hinter Frauen her.«

Valdmanis empfahl mir, meine vermeintliche »Trumpfkarte« ein paar Tage vor unserer Heimreise auszuspielen. Während der ganzen Reise hatte ich Fielding auf Valdmanis' Anraten hin einen »Knüller« versprochen, und schließlich eröffnete ich ihr, worum es sich handelte.

FIELDING VOR ORT, 25. MAI 1951,
Hotel Hamburg, Zimmer 346, Fußende eines Bettes

Nie traten die beiden heftiger in die Pedale als gestern nacht. Ich mußte meine ganze Kraft aufbieten, um nicht aus dem Bett gestoßen zu werden. An einen Bettpfosten geklammert, beobachtete ich erstaunt, wie die vier Beine sich immer schneller bewegten, so daß ich sie kaum mehr voneinander unterscheiden konnte.
»Mein Premier, ich kann nicht mehr«, protestierte A.V. schließlich. »Ich kann nicht mehr, ich bin völlig außer Atem, ich muß mich ausruhen.«
»Ich habe ihn bei seinem eigenen Spiel geschlagen«, stellte der Premierminister schadenfroh fest und atmete nicht einmal schwer, während sich der Lette erschöpft ins Kissen sinken ließ. »Ich habe einen Letten beim Fahrrad fahren besiegt. Es gibt nicht viele, die das von sich behaupten können. Das kommt vom gesunden Leben. Ich rauche nicht. Ich trinke nicht. Ich bin nicht hinter Frauen her. Ich hänge mit Leichtigkeit alle ab, die hinter mir her sind.«
Die Hände immer noch hinter dem Kopf verschränkt, streckte er sich behaglich aus, so daß seine schlanke, fünf Fuß und sechs Zoll messende Gestalt im Nadelstreifenpyjama voll zur Geltung kam. Er warf mir einen listigen Blick zu, und das Licht des Kronleuchters spiegelte sich in den Gläsern seiner Brille, die ihm mit ihrer dicken schwarzen Fassung besser zu Gesicht stand denn je.
»Sie werden jetzt etwas erfahren, über das zu schreiben sich lohnt, Miss Fielding«, meinte er und lachte leise, als ich mich schockiert zeigte. »Etwas, das Ihnen den Mund wässrig machen wird.«
»Was?« fragte ich.
»Eine Elektion«, erwiderte er.
»Eine was?« fragte ich zurück.
»Eine Elektion«, antwortete er, »eine Elektion. Sie wissen doch, was eine Elektion ist, oder etwa nicht?«
»Ja, ja, natürlich«, entgegnete ich. »Ich dachte, Sie hätten gesagt ... aber egal.«
»Ich werde eine Elektion ansetzen, sobald wir zurück in Neufundland sind«, fuhr er fort. »Ich habe es gerade eben beschlossen, hier im Bett.

Das genaue Datum kann ich Ihnen noch nicht sagen, aber Sie können in Ihrer Kolumne schreiben, daß ich eine Elektion ansetzen werde, sobald wir wieder zu Hause sind. Ist das nicht ein Knüller?«
A.V. war hoch erfreut. »Sie werden einen überwältigenden Sieg erringen, mein Premier«, erklärte er. »Sie können nicht verlieren. Sie werden niemals verlieren. Sie werden diese Elektion gewinnen, und die nächste, und die übernächste. Wir werden auf immer Partner sein. Gemeinsam werden wir Neufundland groß machen. Ja, das werden wir, ja, ja, ja!« Er erhob sich und begann im Bett auf und ab zu hüpfen, wobei er in der Luft eine Pirouette drehte. Mr. Smallwood lag lächelnd da, betrachtete nachdenklich seine Füße der Größe 6 und wackelte mit den Zehen.

Wir flogen nach Neufundland zurück.

FIELDINGS KURZER ABRISS DER GESCHICHTE NEUFUNDLANDS

32. Kapitel
Der Einsiedler

Wir präsentieren hier nun das letzte und anspruchsvollste Poem aus der Feder Robert Haymans, betitelt »Der Einsiedler«. Ein Fischer aus Bristol's Hope, durch den Piraten Peter Easton um all seinen Besitz gebracht, wendet sich an diese inzwischen abwesende Person, sinniert nach seinem Schicksalsschlag über Neufundland, verflucht die Insel und ihre Bewohner für alle Zeit – und verschwindet auf Nimmerwiedersehen.

Easton, du Piratenschwein,
verbranntest mir das Boot, das Heim,

dann zogst du fort, sagtest zum Schluß:
»Ich spar' dir weiteren Verdruß.
Künftig laß' ich dich in Ruh
und wend' mich deinem Weibe zu.
Ich nehm' sie mit; das stört sie nicht,
denn nach allem, was man spricht,
war sie das Liebchen von gar vielen,
auch deine Freunde ihr gefielen.«
Meine Freunde schwor'n aufs Herze,
daß sie diese Lüge schmerze.
Mein Weib vermißten sie auch sehr:
»Genau wie du, vielleicht noch mehr.«
So manchen Spott ich hören mußt',
wenn ich beklagte den Verlust,
bis ich, in meines Grams Verlies,
einen bösen Fluch ausstieß:
»Keiner von euch Ruhe finde!
Pocken, Skorbut, beißend' Winde,
Rothäute, Piraten, Not –
das sei euer früher Tod!
Bitt're Reu' soll alle plagen,
die sich in dieses Lande wagen.
So seid verflucht auf immerdar,
ihr und euer Kinder Schar!«
Sprach's und zog zum Walde hin,
nach andrem Leben stand mein Sinn.
Fern von Hope, in Einsamkeit
verbrachte ich nun meine Zeit.
Zur Jagd ging ich mit einem Speer,
den ich tauscht' ein für mein Gewehr.
Ich wollte leben wie die Roten,
wie's die Natur ihnen geboten,
doch hielt ich mich allzeit verborgen.
Ich stand auf am frühen Morgen,
und nachts, allein in meinem Zelt,

sann Finst'res ich ob dieser Welt:
»Fürwahr, ich wünschte, unbekannt
wär' geblieben dieses Land.
Die Küsten und die Waldeshöh'n
hätt' besser nie ein Mensch geseh'n,
nicht mal das Volk von roter Haut,
das das Land zuerst geschaut
und einstmals zählte große Scharen,
eh' Cabot und John Guy hier waren.«
Im Schlaf, da träumt' ich, daß den Roten
Untergang und Elend drohten,
während Bristol's Hope gedieh,
mit so viel'n Siedlern wie noch nie,
trotz Engelands und Frankreichs Kron'
und gleichsam meinem Fluch zum Hohn.
Ich wachte auf, erkannt' mit Bangen,
welchen Fehler ich begangen.
Als ich verfluchte jene Leute
aus Hope, war's auch mein Grabgeläute.
Bald würd' der Roten Los ich teilen
und nicht mehr lang auf Erden weilen.
Ach, ich wünschte, ich allein
könnt' in diesem Lande sein.
Hätt' nur ich es je gesehen
und müßt' ich dann zugrunde gehen,
wüßt' kein Mensch mehr letztenends
von Neufundlands Existenz.
Es wär' ein zeitentrücktes Land,
wie damals, eh' der Mensch es fand,
und nicht verlassen, einsam, leer –
es wäre schlicht nicht mehr.

Hotel Neufundland, New York, 1920
Sanatorium, St. John's, 1922
Haus an Meile zwölf, Juni 1923

ENTHÜLLUNGEN

Wie Abenteurer aus dem Norden nach dem amerikanischen Bürgerkrieg in die Südstaaten gingen, um am Wiederaufbau kräftig mitzuverdienen, so strömte nach der Konföderation eine ähnliche Sorte Leute nach Neufundland.

Im Jahr nach unserer Europareise kamen sie aus England, Frankreich, Liechtenstein und Luxemburg, aus der Schweiz und aus Schweden, Holland, Belgien, Italien und Spanien, vor allem aber aus Deutschland. Sie kamen, um sich Rechte für ein Stück Neufundland zu sichern – um Kredite, Konzessionen, Subventionen, Abbaurechte und Lieferverträge, Nutzungsrechte an Bodenschätzen, Wasser und Land zu ergattern.

Meistens waren es Deutsche, die bei den Geschäften zum Zuge kamen. Valdmanis und ich gaben ständig neue Vereinbarungen zwischen der neufundländischen Regierung und einem Herrn Soundso bekannt: mit Herrn Grube aus Hamburg, mit Herrn Moser aus Hamburg, mit Herrn Hohlbrock aus Hameln, mit Herrn Braun-Wogan aus Berlin. Fielding nannte sie in ihrer Kolumne einfach alle »Herr Humbug aus Hamburg«.

Betrüger, zwielichtige Geschäftsleute, angebliche Künstler, Gauner, Hochstapler, Opportunisten, Exzentriker und Scharlatane – sie alle beantragten und erhielten Regierungskredite für die unsinnigsten, abwegigsten und absurdesten Projekte, die die wirtschaftliche Entwicklung Neufundlands vorantreiben sollten. Fast all diese Projekte wurden ein Reinfall oder scheiterten bereits in der Anfangsphase.

Mir genügte es, daß unsere Geschäftspartner von weither kamen; ihre fremdländisch klingenden Namen waren für mich wie eine Bürgschaft. Wann immer jemand wissen wollte, wer diese Leute waren und woher

sie kamen, reagierte ich empört und beschimpfte den Betreffenden als engstirnig, ignorant, borniert und kleinkariert.
Ein gewisser Dr. Luther Sennewalde zum Beispiel erhielt von uns hunderttausend Dollar, und als Begründung dafür gab ich an, daß er »fast« den Nobelpreis für Physik bekommen hätte. Und was hatte Sennewalde vor? Er wollte in Neufundland eine Fabrik aufbauen, in der mit Hilfe eines »geheimen optischen Verfahrens«, wie er sagte, mehrere hunderttausend Brillengläser pro Jahr hergestellt werden sollten.
»Das ist ein bombensicheres Geschäft«, erklärte ich ganz im Stil von Valdmanis, »jeder fünfte Kanadier trägt eine Brille.« Doch anstatt den Markt für Brillengläser zu erobern, setzte sich Sennewalde, der tatsächlich Fracht nach Neufundland hatte verschiffen lassen, jedoch keine geheime optische Ausrüstung, sondern wertloses Altmetall und Steine, mit seinen hunderttausend Dollar nach Montreal ab, wo er, mit einem Flugticket nach Südamerika in der Tasche, festgenommen wurde.
Die Firma A. Adler & Söhne aus London, England, bekam von mir ein »Darlehen« über eine halbe Million Dollar zur Herstellung von Schokolade, einer Schokolade, von der ich bei einer Pressekonferenz in den höchsten Tönen schwärmte: »Sie ist das Feinste vom Feinen, echte englische Schokolade. Selbst der voreingenommenste Mensch auf Erden wird zugeben müssen, daß Adler-Schokolade ein Hochgenuß ist, wenn er sie erst einmal probiert hat.« Trotz meiner verkaufstaktischen Bemühungen waren die Neufundländer fast ausnahmslos gegensätzlicher Meinung. Zwei Jahre später schloß Adler seine Pforten.
Herr Grube aus Hamburg überredete mich, in eine Fabrik zu investieren, die Naturkautschuk aus Asien importieren und Gummistiefel und Seemannskleidung daraus herstellen sollte. Ich beschrieb ihn dem Parlament als einen Mann voller »Dynamik, Tatkraft, Durchsetzungsvermögen und Talent«. Daß er auch ein Mann war, der kein Wort Englisch sprach, erfuhr ich allerdings erst bei seiner Ankunft in Neufundland.
Nach einem Jahr, das sich durch eine Reihe grotesker Mißverständnisse auszeichnete, war Herr Grube wieder verschwunden, aber inzwischen setzte ich bereits all meine Hoffnungen auf einen Herrn Braun-Wogan, was ebenso gerechtfertigt war wie bei Herrn Grube.
Von Valdmanis initiierte, von Neufundland finanzierte und in deutscher

Hand befindliche Firmen wurden am laufenden Band gegründet und wieder geschlossen, ihre deutschen Besitzer verschwanden über Nacht, und wir mußten uns um ihre Hinterlassenschaften kümmern.
Eines Tages erhob ich mich im Parlament und verkündete, wir hätten ein aufgelassenes Zementwerk für fast viereinhalb Millionen Dollar verkauft. Eine Firma erwarb es mit, wie der Präsident der Oberrechnungskammer in seinem Jahresbericht festhielt, »von der Regierung Neufundlands vorgestreckten Geldern«. Mit anderen Worten, wir gaben ihnen das Geld, damit sie es uns zurückgeben und unser Zementwerk »kaufen« konnten.
Valdmanis schienen diese Fehlschläge nicht sonderlich zu beunruhigen, noch schien er sich dafür verantwortlich zu fühlen oder zu befürchten, ich könne ihm die Schuld daran geben.
»Deutschland ist nach wie vor die erste Wahl für uns«, versicherte er mir immer wieder. »So ist das nun mal mit der wirtschaftlichen Entwicklung«, als spürte er schon, daß ich zu zweifeln begann, nicht an seinen Fähigkeiten, sondern an meinen eigenen, und als liefe alles genau so, wie es in dieser Phase seines sogenannten Programms vorgesehen war, auch wenn es einem in wirtschaftlichen Dingen unerfahrenen Neuling wie mir ganz anders erschien.
Im Dezember 1953 – die fünfundvierzig Millionen Dollar Überschuß, die wir in die Konföderation mitgebracht hatten, waren größtenteils aufgebraucht und peinliche Fehlschläge an der Tagesordnung – kam Valdmanis zu mir und sagte, seine Frau bestehe darauf, daß er nach Montreal zurückkehre.
»Sie will nicht, daß ich die ganze Zeit hier bin«, eröffnete er mir. »Sie läßt sich nicht davon abbringen. Das Wetter in Neufundland, meint sie, sei noch schlechter als in Lettland. Ich kann nicht vernünftig mit ihr reden. Aber es gibt keinen Grund, warum ich meine Arbeit nicht für eine Weile von dort aus machen sollte, eigentlich ist es sogar besser, weil ich dort für Investoren und Unternehmer leichter erreichbar bin.«
Ich dachte, er sei einfach vorübergehend ein wenig erschöpft, und es erschien mir in meinem damaligen überreizten Zustand ganz plausibel, daß er seine Aufgaben wahrscheinlich besser wahrnehmen konnte, wenn er nicht ständig unter so strenger Beobachtung stand, wie

das in Neufundland der Fall war. Und so reiste Valdmanis nach Montreal ab.

Mir wurde ziemlich bald klar, daß er nicht die Absicht hatte, jemals wieder zurückzukommen, aber weiterhin sein astronomisches Gehalt ohne nennenswerte Gegenleistung einstreichen würde, sofern ich nichts dagegen unternahm. Deshalb beschloß ich, ihn zu feuern, und zwar mit der Begründung, ich hätte »entdeckt«, daß er seine Spesenabrechnungen geschönt habe, was tatsächlich stimmte, andererseits aber jeder meiner Mitarbeiter machte. Trotzdem wollte ich ihn loswerden, und ich hoffte, die Oppositionspartei dadurch zu überzeugen, daß ich endlich zur Vernunft gekommen sei.

Bei einem seiner seltenen Besuche in Neufundland teilte ich ihm dann unter vier Augen mit, daß er entlassen sei. Ich zitierte ihn in mein Büro, und er kam wie immer mit einem breiten Grinsen herein und streckte mir die Hand entgegen.

»Sie quittieren den Dienst«, sagte ich. »Und zwar sofort, aus familiären Gründen. Ansonsten werden Sie keine weiteren Erklärungen abgeben.«

Nur wenige Tage später suchte mich ein lettischer Ingenieur auf, der in Neufundland lebte. Er berichtete mir, unter der Bedingung, daß sein Name nicht genannt werde, Valdmanis habe von den Deutschen bei jedem ausgehandelten Vertrag die »üblichen zehn Prozent Provision« verlangt und behauptet, das Geld würde an die Liberale Partei Neufundlands gehen, mein Name dürfe aber nicht erwähnt werden. Solche Absprachen und Forderungen waren für die Deutschen offenbar nichts Neues, denn sie ließen sich anstandslos darauf ein.

Schon bevor ich den Sachverhalt von der Polizei untersuchen ließ, hatte ich nicht den geringsten Zweifel, daß diese Behauptungen der Wahrheit entsprachen. Von den Teilnehmern an den Delegationen nach Europa war Valdmanis der einzige, der Deutsch sprach und die technischen Einzelheiten der vorgestellten Entwicklungsprojekte verstand. Deshalb hatte auch stets er die Verhandlungen geführt, und daß Leute wie ich, die kein Wort begriffen von dem, was gesprochen wurde, mit am Tisch saßen, war eigentlich völlig überflüssig.

Ich versicherte den Ermittlungsbeamten, daß jegliche Betrügereien ohne mein Wissen geschehen seien, und bat sie dringend um Nachforschung über den Verbleib des fehlendes Geldes. Denn wenn ich nicht über jeden Cent Rechenschaft ablegen konnte, würde man annehmen, es sei nicht nur in Valdmanis' Tasche, sondern auch in meine oder in den Säckel der Liberalen Partei geflossen, und das würde in jedem Fall meinen Ruin bedeuten.

Das Geld, vierhundertsiebzigtausend Dollar, konnte zwar nicht wiederbeschafft werden, aber es gelang schließlich, seine Spur bis zu Bankkonten in New York zu verfolgen, die auf den Namen von Valdmanis' Schwägerin liefen. Den größten Teil des Geldes hatte Valdmanis an ein in New York lebendes Flüchtlingspaar, einen Letten und eine Rumänin, transferiert. Diese hatten ihm im Gegenzug eine Fischfabrik in New Brunswick überschrieben, die vollkommen wertlos war, was er auch gewußt haben mußte. Man vermutete, daß es sich dabei lediglich um ein Scheingeschäft handelte und Valdmanis das Geld in Wirklichkeit an sich selbst bezahlt hatte. Später behauptete Valdmanis, er habe das Geld Erpressern gegeben, verweigerte aber nähere Angaben.

Er wurde festgenommen und nach Neufundland gebracht, wo ihm der Prozeß gemacht werden sollte. Zwei Tage nach seiner Ankunft in St. John's, wo er auf die Voruntersuchung wartete, ließ mir einer seiner Anwälte durch Boten einen Brief überbringen, in dem stand:

»Ich muß dringend mit Ihnen sprechen. Ich habe Informationen über Fielding, die Sie bestimmt sehr interessant finden werden – viel interessanter, als Sie sich vorstellen können!«

Ein Besuch im Gefängnis kam nicht in Frage, denn es würde sich zweifellos herumsprechen, auch wenn ich noch so vorsichtig war. Es kursierten ohnehin schon genug Gerüchte, daß ich mit Valdmanis gemeinsame Sache gemacht hätte. Ein Telephongespräch schien mir jedoch unbedenklich, und so ließ ich ihm über Prowse ausrichten, er solle mich abends um acht Uhr zu Hause anrufen.

Ich saß allein in meinem Arbeitszimmer, als das Telephon läutete. Ich nahm ab, sagte aber nichts. »Guten Abend, mein Premier«, ließ sich Valdmanis in einem gezwungen munteren Ton vernehmen, was mir um seinetwillen geradezu peinlich war, aber ich schwieg. Seine Stimme schien zu zittern, als er weitersprach. Zu gern hätte ich sein Gesicht

gesehen und gewußt, ob er schauspielerte. Aber vielleicht hätte ich es selbst dann nicht erkannt.
»Ich habe Informationen«, fuhr er fort. »Während wir in Europa waren, ließ ich einen meiner Partner einige Dinge aus Miss Fieldings Zimmer beschaffen. Nur weil ich dachte, Ihnen damit vielleicht helfen zu können ...«
»Was für Informationen?« fragte ich zurück.
»Ich weiß, wer jenen Brief geschrieben hat«, erwiderte Valdmanis nun mit festerer Stimme, als hätte er durch meine betont kühle Reaktion Sicherheit gewonnen. »Ich weiß auch einiges andere über Fielding. Alles, was Sie wollen. Und noch mehr.« Ich hatte bis zu diesem Moment gar nicht gewußt, daß er von dem Brief gehört hatte, bemühte mich jedoch, mir meine Überraschung nicht anmerken zu lassen.
»Und Sie, was wollen Sie?« fragte ich.
»Völlige Straffreiheit«, erwiderte Valdmanis, aber es klang eher wie eine Bitte, fast wie eine Frage.
Ich legte auf und blieb am Schreibtisch sitzen, dachte nach und wartete darauf, daß das Telephon erneut klingelte, was es auch bald tat. Ich ließ es klingeln, bis es aufhörte. Wieder wartete ich, wieder klingelte das Telephon, wieder ließ ich es klingeln. So ging es etwa eine Stunde lang, dann nahm ich nochmals ab.
»Mein Premier«, stammelte Valdmanis nun mit tränenerstickter Stimme. »Sie *müssen* mir entgegenkommen.«
»Wenn Sie sich schuldig bekennen«, erwiderte ich, »und mir die Peinlichkeit ersparen, bei einer öffentlichen Verhandlung gegen Sie aussagen zu müssen, werde ich mein Bestes tun, damit Sie mit einer milderen Strafe davonkommen.«
Es folgte eine lange Pause, und ich hörte überhaupt nichts, so als würde Valdmanis die Sprechmuschel mit der Hand zuhalten und sich mit jemandem beraten. Schließlich meldete er sich wieder.
»Mein Premier«, sagte er, »ich bin in zwei Fällen wegen Betrugs angeklagt. Wenn ich mich in dem einen Fall schuldig bekenne, können Sie dann dafür sorgen, daß die zweite Anklage fallengelassen wird?«
»Ich verspreche überhaupt nichts«, entgegnete ich, »ehe ich nicht gehört habe, was Sie über Fielding zu sagen haben.«

»Ich habe nichts zu sagen«, erwiderte Valdmanis. »Heute, kurz nach Mitternacht, wird ein Paket bei Ihnen abgeliefert. Sind wir uns einig?«
»Das«, entgegnete ich, »hängt davon ab, wie zufrieden ich mit dem Inhalt des Pakets bin.«
»Sie werden zufrieden sein«, sagte Valdmanis.
»Wenn ich zufrieden bin, hören Sie nie wieder etwas von mir«, schloß ich. »Wenn nicht, melde ich mich wieder.« Ich legte auf.
Kurz nach Mitternacht läutete es an der Haustür, was aber nicht so ungewöhnlich war, daß meine Frau oder die Kinder aufgewacht und heruntergekommen wären. Ich ging zur Tür und öffnete. Auf der Treppe lag ein großes, in braunes Papier gehülltes Paket. Niemand war zu sehen oder zu hören, auch kein wegfahrendes Auto. Ich hob das Paket auf und ging hinein.

Im August 1954 sagte ich unter Ausschluß der Öffentlichkeit in der Voruntersuchung als Zeuge aus, ebenso wie ein halbes Dutzend deutscher Geschäftsleute.
Valdmanis wurde von zwei Polizisten in den Gerichtssaal geführt, die auch während seiner Aussage nicht von seiner Seite wichen. Er hatte dunkle Augenringe, als hätte er seit seiner Festnahme nicht mehr geschlafen, war aber immerhin gut gekleidet und würde deshalb den Eindruck erwecken, so hoffte ich zumindest, daß er die von mir arrangierte Strafmilderung wirklich verdiente – oder vielmehr, daß es nicht allzu augenfällig war, daß er sie *nicht* verdiente, denn dann könnten wir nicht mehr den Schein aufrechterhalten, daß es zwischen uns keine Abmachung gegeben habe.
Valdmanis bekannte sich in einem Fall von Betrug schuldig, die zweite Anklage wurde fallengelassen. Er wurde zu vier Jahren Haft in Her Majesty's Penitentiary, dem Gefängnis Ihrer Majestät, verurteilt, dem einzigen nach ihr benannten öffentlichen Gebäude in Neufundland. Nach sechzehn Monaten wurde er vorzeitig entlassen. Wer er wirklich war, was er erlebt und anderen Menschen angetan hatte, als seine Heimat von den Nazis besetzt war, sollte niemand von uns je erfahren.
Ich war von ihm hereingelegt worden, wie ich auch von einer ganzen Reihe anderer Männer hereingelegt werden sollte, die ihm und seinem

Beispiel folgten, Männern, denen es am Ende ähnlich erging wie ihm und die das Land, zu dessen Rettung ich sie geholt hatte, fast in den Ruin trieben.

Nachdem ich meinen Wagen um die Ecke von Fieldings Pension geparkt hatte, stieg ich mit meinem Matchbeutel in der Hand aus, lief die Treppen in den zweiten Stock hinauf und dann den Flur entlang bis zu ihrem Zimmer. Wie immer stapelten sich vor ihrer Tür die Tageszeitungen, zuoberst die jüngste Ausgabe des *Telegram.* Ich klopfte. Drinnen setzte die übliche hastige Geschäftigkeit ein, aber inzwischen war mir klar, daß sie nicht vorgetäuscht war, denn ich wußte, was sie versteckte.

Und als wäre es nicht ungewöhnlich, daß jemand nach Mitternacht an ihrer Tür klopfte, fragte sie schließlich unbekümmert: »Wer ist da?«

Um diese Stunde konnte ich unmöglich auf dem Flur einer Pension laut meinen Namen rufen.

»Ich bin's«, sagte ich mit gedämpfter Stimme. Die Tür öffnete sich, und sie stand barfüßig vor mir, bekleidet mit einer schwarzen Hose und einer weißen, am Kragen offenen Bluse.

»Sieh an«, nuschelte sie mit der Zigarette im Mundwinkel. »Der Premierminister macht einen Mitternachtsbesuch.« Ich wollte etwas sagen, aber sie kam mir zuvor. »Was ist das?« fragte sie. »Ein Sack voller Geld? Den kannst du gleich zu den anderen legen. Erste Tür links, von hier aus gesehen.«

»Kann ich hereinkommen?« entgegnete ich. Sie machte eine Geste wie ein Kellner, der einem einen Tisch zuweist.

»Du hast gearbeitet?« bemerkte ich.

»Ganz recht«, antwortete sie mit einem übertriebenen Seufzer, »so viele Skandale, so wenig Platz in der Kolumne. Eine Frau hat heutzutage ja schrecklich viel zu tun. Wir beginnen an diesem Wochenende mit etwas Neuem, einer Beilage über Valdmanis …«

»Deswegen bin ich nicht hier«, fiel ich ihr ins Wort. Sie blickte wieder auf den Matchbeutel.

»Setz dich«, sagte sie, »nimm Platz.«

Wir setzten uns an den einzigen Tisch im Zimmer, an dem sie arbeitete, aß, las, trank und nachts mit dem Kopf auf der Tischplatte einschlief, wie ich vermutete. Da ich inzwischen in einem ziemlich komfortablen Haus wohnte, kam mir ihr Zimmer jetzt unglaublich schäbig vor. Die Scotch-Flasche stand an ihrem üblichen Platz, in der rechten hinteren Ecke des Tisches. Ich war so daran gewöhnt, sie dort stehen zu sehen, daß sie mir wie ein Ziergegenstand vorkam. Bei Fielding hatte sich seit der Konföderation nicht viel geändert.

Wir saßen im rechten Winkel zueinander, ich an der Schmalseite des Tisches. Den Matchbeutel stellte ich zwischen meinen Füßen auf den Boden. Sie goß sich ein Glas Scotch ein und bot auch mir zu trinken an, aber ich lehnte dankend ab.

»Also gut«, sagte sie schließlich, »ich spiele mit. Was hast du in dem Beutel? Den Kopf von jemandem, dem du nicht mehr ganz so gewogen bist wie früher? Die ...«

»Kopien von deinen Tagebüchern«, erwiderte ich. »Von allen oder zumindest den meisten, seit du im Sanatorium warst. Valdmanis hat sie machen lassen, als wir drei in Europa unterwegs waren. Du solltest lange genug weg sein, damit er dein Zimmer gründlich durchsuchen lassen konnte, deshalb hat er vorgeschlagen, daß ich dich zu dieser Reise einlade.«

Fielding sank in ihren Sessel zurück, starrte auf ihr Glas, mit dem sie nervös herumspielte, und seufzte.

»Ich verstehe das nicht«, meinte sie, »ich bin doch gar keine so große Gefahr für dich, oder?«

»Nein. Aber ich habe ihm weisgemacht, daß du es bist«, entgegnete ich. »Nachdem ich es mir selbst eingeredet hatte. Weniger eine Gefahr als eine ... Störung. Eine lebenslange Störung. Aber davon« – ich deutete auf den Beutel – »wußte ich nichts. Ich wußte nicht, daß er ... Leute hierher geschickt hatte, während wir auf dieser sogenannten Dienstreise waren. Er wollte etwas gegen dich in der Hand haben, verstehst du, nicht um es gegen dich zu verwenden, sondern um mich zu einer Gefälligkeit zwingen zu können, wenn es einmal nötig sein sollte. Und daß das bald der Fall sein könnte, wußte er selbst am besten.«

Fielding sah mich nicht an. Zweifellos wartete sie darauf, daß ich damit herausrückte, wieviel ich wußte, welche Schlüsse ich aus den Tagebüchern gezogen hatte, denn manche Dinge aus der Zeit vor der Konföderation hatte sie seltsam verschlüsselt dargestellt und ständig nur von »es« oder »etwas« geschrieben, das passiert sei. Dabei hatte sie doch sicher nicht die Absicht gehabt, ihre Tagebücher jemals einem Menschen zu zeigen. Zuerst hatte ich gedacht, Valdmanis habe mich hereinlegen wollen. Ich mußte sehr viel lesen, ehe ich auf das stieß, was ich suchte. Es gab sogar immer noch einige Dinge, die ich nicht wußte, und andere, die ich zwar zu durchschauen glaubte, aber nicht beweisen konnte. Ich meinte zu wissen, wer der Briefschreiber war, aber über sein Motiv war ich mir nicht im klaren. Also konnte ich auch gleich mit diesem Punkt anfangen.

»Dein Vater hat jenen Brief geschrieben ...«

»Mach dich nicht lächerlich ...«

»Du hast dich seinetwillen dazu bekannt, um ihn zu schützen.«

»Traust du ihm so etwas wirklich zu?« fragte sie. Aber dann stand sie auf, griff nach ihrem Stock, der an der Wand lehnte, humpelte zum Fenster und blieb mit dem Rücken zu mir dort stehen. Eine ganze Weile sagte keiner von uns beiden ein Wort. Schließlich wandte sie sich um und setzte sich wieder an den Tisch, den Stuhl mir gegenüber gerückt, und stützte das Kinn in die Hände. Sie schloß die Augen.

»Ja«, sagte sie schließlich und nickte. »Es ist nicht immer alles so, wie es zu sein scheint. Mein Vater wußte, daß du der einzige Städter im Internat warst und daß Reeves annehmen oder zumindest den Verdacht haben würde, du hättest den Brief geschrieben, weil er an Weihnachten in St. John's aufgegeben wurde, als alle Auswärtigen fort waren.«

»Und wer war der Vater?« wechselte ich das Thema.

Erschrocken blickte sie auf und sah wieder zum Matchbeutel.

»Meinem Vater habe ich gesagt, daß du es warst«, antwortete sie.

»Warum?«

»Weil du zu jung warst, um mich zu heiraten. Und ... ihn ... wollte ich nicht heiraten.«

»Hines?« bohrte ich weiter.

Sie rümpfte die Nase. »Hines hat mich immer nur photographiert.«

Ich zuckte zusammen, runzelte verwirrt die Stirn. Sie versuchte, sich gelassen zu geben. »Wer war dann der Vater? Es steht nicht in deinen Tagebüchern. Du schreibst immer nur von ›ihm‹.«

»Du weißt es im Grunde schon.«

»Prowse.«

»Wir sind immer ins Haus des Richters gegangen. Es war ein großes Haus, der Richter lebte allein dort und saß den ganzen Tag in seinem Studierzimmer. Er merkte gar nicht, was um ihn herum vorging. Wir taten, wozu wir Lust hatten, wo und wann es uns gefiel.«

»Und Hines?« fragte ich. »Was hatte er damit zu tun?«

»Eines hat gestimmt von dem, was ich dir über ihn erzählt habe. Er hat für die *Morning Post* gearbeitet, wie du dich erinnern wirst. Er war der ›Freund der Schule‹, von dem Reeves sprach, als er euch Jungs ins Gebet nahm. Mein Vater gab Hines Geld dafür, daß er den Brief abfing, nachdem er bei der *Post* eingegangen war. Hines mußte auch dafür sorgen, daß Reeves ihn in die Hände bekam, damit er den Stempel auf der Briefmarke sah.«

Mir fiel wieder ein, daß Hines in seiner Predigt so erstaunlich viel über meine Schulzeit am Bishop Feild gewußt hatte. *Wie herablassend wurdest du von deinen Lehrern behandelt und wegen deines Ehrgeizes verspottet. Du wirst ihnen nie vergessen, wie niedrig sie deinen Charakter bewertet haben.* Das mußte er von Fieldings Vater erfahren haben, der es vielleicht von Fielding hatte. Ich wollte es nicht wissen.

»Warum ist Hines Hals über Kopf aus Neufundland abgereist, nachdem ich ihn zur Rede gestellt hatte? Du hattest doch gar keine Beweise, daß er in die Sache verwickelt war.«

»Doch«, erwiderte sie. »Eines Tages entdeckte ich die *Geschichte* ganz hinten im Kleiderschrank meines Vaters. Ich schnüffelte ständig herum. Prowse sagte einmal, da mein Vater nicht mehr verheiratet sei, habe er bestimmt irgendwo schmutzige Bilder. Nun, wenn er welche hatte, habe ich sie jedenfalls nicht gefunden. Aber ich stieß bei meiner Suche auf das Buch. Damals wußte ich schon von dem Brief, Prowse hatte mir davon erzählt. Ich hatte das Buch des Richters hundertmal gelesen, ich wußte, welche Wörter fehlten. Und als ich sie mit denen in dem Brief verglich, begriff ich, daß mein Vater ihn abgeschickt hatte. Außerdem fand ich in der *Geschichte* einen Brief von Hines, in dem er von meinem

Vater Schweigegeld verlangte. Ich weiß nicht, ob mein Vater ihm jemals etwas bezahlt hat. Wie dem auch sei, nachdem du zu mir gekommen warst und von Hines erzählt hattest, habe ich ihn aufgesucht und ihm erklärt, daß ich noch immer seinen Erpresserbrief besäße. Er stritt alles ab, aber am nächsten Tag war er verschwunden.«

»Und Prowse hat nie etwas gewußt?« Fielding schüttelte den Kopf. »Wann hast du deinem Vater gesagt, daß du schwanger bist?«

»Ich habe es ihm nicht gesagt. Er hat es selbst herausbekommen. Er hat mich jedes halbe Jahr gründlich untersucht. Als die nächste Untersuchung anstand, habe ich gesagt, es sei mir peinlich, daß er mich untersucht, wo ich doch fast ... erwachsen war. Das brauche mir nicht peinlich zu sein, meinte er. Womit er auch recht hatte. Damals hatte ich mich schon lange nicht mehr ausgezogen, wenn er mich untersuchte. Und als er mein Herz abhörte, nahm er den Herzschlag des Kindes wahr. Durch mein Kleid hindurch. Er bestand darauf zu erfahren, wer der Vater war.«

»Und da hast du mich genannt. Aber ich war *fast* alt genug, um dich zu heiraten. Kein Mensch hätte etwas gemerkt.«

»In einer solchen Situation zählt jeder Monat.«

»Aber darum geht es doch nicht, Fielding«, beharrte ich. »Warum sagst du nicht endlich die Wahrheit? Vierzig Jahre sind vergangen, und du rückst immer noch nicht mit der Wahrheit heraus.«

»Und welche Wahrheit wäre das?« entgegnete sie und spielte nervös mit ihrem Glas.

»Das weißt du«, erwiderte ich. »Genauso wie ich wußte, wer der Vater war.«

»Mein Vater hätte nicht zugelassen, daß ich dich heirate«, sagte sie. »Unter keinen Umständen.«

»Jemanden wie mich, meinst du.«

»Ich wußte, daß es Probleme geben würde, wenn ich ihm sagte, daß Prowse der Vater ist. Er hätte mit Prowse' Vater gesprochen und verlangt, daß sein Sohn mich heiratet. Er hatte eine sehr hohe Meinung von den Prowses. Natürlich hätten Prowse und ich früher geheiratet, als es in unseren Kreisen üblich war, aber nur um ein paar Jahre früher. Ich war im vierten Monat. Mein Vater hätte es als eine gute Partie angesehen. Er und Prowse' Familie hätten dafür gesorgt, daß es dem Baby und mir an nichts fehlte, bis Prowse mit seiner Ausbildung fertig war. Sicher hätten die Leute geahnt, was los war, aber da ja alle Beteiligten dazu gestanden hätten, wäre es nur einer dieser kleinen, kurzlebigen Skandale gewesen, bei denen man eben eine Zeitlang schief angesehen wird. Zwei Familien, die sich einig sind, hätten damit leicht fertig werden können. Und nach einer Weile wäre Gras über die Sache gewachsen. Oder zumindest nicht mehr davon gesprochen worden. Wie von der Scheidung meines Vaters. Ich weiß, daß zwei andere Familien aus unserem Bekanntenkreis ein ähnliches Arrangement getroffen haben. Aber vielleicht habe ich mich auch geirrt, vielleicht hatte ich einfach Angst, vielleicht hätte er, selbst wenn ich ihm gesagt hätte, daß Prowse der Vater ist ... nun, wer weiß? Wie auch immer, ich habe gesagt, du seist der Vater. Ich hatte keinen Grund anzunehmen, daß du es jemals erfahren oder dadurch Schaden erleiden würdest. Vielleicht wollte ich mich nicht nur vor der Ehe mit Prowse, sondern vor der Ehe überhaupt drücken. Ich habe dich genannt, weil mein Vater so viel Wert auf die gesellschaftliche Stellung, auf Geld und all das legte. Nicht, weil es *mir* so wichtig wäre. Ich hoffe, du kannst das auseinanderhalten.«

»Das legst du dir aber schön zurecht«, gab ich zurück. »Du hast mehr von einem Snob in dir, als du jemals zugeben oder begreifen wirst, Fielding. Du warst sicher, daß es keine Probleme geben würde, sagst du, aber trotzdem gab es welche, nicht wahr? Du hast mich ohne Skrupel vorgeschoben, obwohl du nicht einmal genau wußtest, wie dein Vater reagieren würde.«

»Es tut mir leid«, murmelte sie.

»Sag mir eines«, fuhr ich fort. »Warum hast du mir diesen Brief gegeben, als du im Harbour Light warst?«

Fielding zuckte die Schultern. »Du denkst bestimmt, ich hätte es getan, weil ich wollte, daß du dahinterkommst. Vielleicht hast du recht.«

»Und dein Geständnis, daß du den Brief an die *Morning Post* geschrieben hast?« fragte ich weiter.

»Du wirst es vielleicht nicht glauben, aber ich habe es unter anderem auch deshalb gestanden, weil ich nicht wollte, daß du für etwas bestraft wirst, was du nicht getan hast.«

»Aber vor allem, um deinen Vater zu schützen.«
»Ja. Er wußte nicht, daß ich dahintergekommen war. Zumindest habe ich ihm nie etwas gesagt. Ich hatte Angst, daß er zu Reeves gehen und ihm erzählen würde, was er getan hatte, und das hätte seinen Ruin bedeutet. Sogar als ich von der Schule flog, sagte ich nichts. Ich dachte, er würde sich mir vielleicht anvertrauen. Nur mir, meine ich. Ich dachte, das könne unser Geheimnis sein. Aber er hat nie ein Wort darüber verloren.«
»Nachdem du von der Schule geflogen warst, wollte da dein Vater nicht wissen, warum du es gestanden hast?«
Sie nickte. »Doch. Ich behauptete, ich hätte es getan, weil sie dich als den Briefschreiber in Verdacht hatten und ich nicht wollte, daß du Schwierigkeiten bekommst. Dann sprachen wir kein Wort mehr darüber.«
»Warum wolltest du jemanden schützen, der nicht den Mut hatte, dich zu schützen?«
»Ich war schwanger, ich mußte die Schule ohnehin verlassen.«
»Aber nicht auf diese Weise, nicht so. Von der Schule verwiesen wegen etwas, das er getan hat ...«
»Schließlich habe ich ihn dazu provoziert ...«
»Warum hat er es nicht doch zugegeben?«
»Wozu hätte er seinen Ruf ruinieren sollen ...«
»Da hat er lieber meinen und deinen ruiniert ...«
»Ich hatte keinen Ruf, den er hätte ruinieren können. Und ich hatte nicht vor, mir einen zu erwerben. Es machte mir nicht aus, von der Schule zu fliegen. Ich wußte, was ich mit meinem Leben anfangen wollte, ich wußte, daß ich irgendwie schreiben wollte ...«
»Es hat dir schon etwas ausgemacht«, sagte ich.
»Na gut, Smallwood, es *hat* mir etwas ausgemacht. Meine Mutter hatte mich verlassen. Ich trug mich mit dem Gedanken, mein Kind wegzugeben. Und ich wußte, daß Prowse ... eben Prowse war. Ich hatte nur noch meinen Vater. Nachdem ich vom Bishop Spencer geflogen war, schickte er mich in die Staaten, nach New York, wo meine Mutter mich in ihrem Haus versteckte, bis die Zwillinge geboren waren. Sie tat so, als wären es ihre Kinder, und täuschte eine Schwangerschaft vor, indem

sie ihr Kleid alle paar Wochen ein bißchen mehr auspolsterte. So ungewöhnlich, wie es sich anhören mag, ist das gar nicht. Das haben Mütter schon zu allen Zeiten gemacht. Sie hatte wieder einen Arzt geheiratet, einen ehemaligen Kommilitonen meines Vaters. Er half uns, die Sache zu vertuschen, und ich brachte die Kinder in seinem Haus zur Welt. Meine Mutter und ihr Mann haben sie aufgezogen, meinen Sohn David und meine Tochter Sarah. Die inzwischen fast vierzig ist. Sie hielten es für das beste, wenn ich sie gar nicht erst zu sehen bekam, und brachten sie fort, bis ich nach Hause zurückgefahren war. Allein. Einsamer als je zuvor.

Als du 1920 nach New York gegangen bist, schrieb ich meiner Mutter, gab aber einen anderen Namen als Absender an, und fragte sie, ob ich die Kinder sehen könne. Deshalb konnte ich dich nicht begleiten, erinnerst du dich? Als du mir erzählt hast, wo du hingehst?«

»Und ich Dummkopf habe gedacht«, sagte ich, »daß du traurig bist, weil ich fortgehe.«

Sie lächelte. »Das wäre ich gewesen«, erwiderte sie, »wenn ich nicht von Anfang an gewußt hätte, daß ich auch nach New York fahren würde.«

Ich wandte den Blick ab.

»Ich spürte, daß ich sie sehen mußte, wenn ich noch einmal hinfuhr. Also schrieb ich meiner Mutter, und sie antwortete: ›David und Sarah glauben, daß ich ihre Mutter bin. In ihrem Alter kann man ihnen unmöglich die Wahrheit sagen.‹ Ich schrieb zurück, sie könne mich den Kindern doch als eine Bekannte aus ihrer Zeit in Neufundland vorstellen, nicht als ihre Mutter oder Halbschwester. Damals waren sie noch keine fünf Jahre alt und hätten nie etwas gemerkt. Aber meine Mutter blieb unerbittlich. Sie nahm mir nicht ab, daß ich nichts sagen würde, daß ich nicht weinen und keine Szene machen würde. Übrigens hätte ich mir das selbst nicht zugetraut, aber das konnte sie ja nicht wissen.

Ich fuhr also nach New York und ging in die Straße, wo sie wohnten. Einen ganzen Samstag beobachtete ich ihr Haus, halb versteckt, spazierte die Straße hinauf und wieder hinunter, erst auf der einen Seite, dann auf der anderen. Ich trug einen Hut, den ich tief in die Stirn gezogen hatte, und einen Schal. Aber wahrscheinlich hätte mich meine Mutter ohnehin nicht erkannt, denn ich hatte mich in den vergangenen fünf Jahren sehr verändert. Dann endlich, gegen drei Uhr nachmittags, es war Oktober, verließ sie mit Sarah und David das Haus, und die drei kamen Hand in Hand, Sarah auf der einen, David auf der anderen Seite, auf mich zu. Ich wechselte auf die andere Straßenseite, kehrte um und ging hinter ihnen her, ließ aber so viel Abstand, daß sie mich nicht bemerkten. Meine Mutter und meine Kinder, die ihre Hand hielten. Meine Mutter mit meinen Kindern, die so tat, als wären es die ihren.

Wieder wechselte ich die Straßenseite und folgte ihnen, bis sie an einer Kreuzung stehenblieben, ich direkt hinter ihnen. So nah, daß ich Sarahs Gesicht sehen konnte. Blond und blauäugig, ähnelte sie mehr Prowse als mir. Beide trugen kleine Blazer. Wie gern hätte ich sie angefaßt, in die Arme genommen. Du kannst dir nicht vorstellen, was es danach für mich bedeutete, in New York zu leben, Smallwood. In dem ständigen Wissen, daß sie in derselben Stadt leben. Tausendmal, immer wenn ich eine Frau mit zwei Kindern sah, dachte ich, sie seien es. Einige Male habe ich sie von der Straße aus auf dem Hof ihrer Schule gesehen, wie du weißt.«

»Und Prowse?« fragte ich.

»Er weiß es«, antwortete sie.

»Aber du hast doch gesagt ...«

»Er hat es nicht von Anfang an gewußt.«

Sie stützte die Ellbogen auf den Tisch und verbarg ihr Gesicht in den Händen.

»Kurz nachdem David gestorben war, habe ich es ihm erzählt«, sagte sie mit erstickter Stimme, dann ließ sie die Hände sinken. Sie sah aus, als hätte sie stundenlang geweint. »David hat mich als eine der Personen benannt, die zu benachrichtigen waren, falls ihm etwas zustoßen sollte. Allerdings hat er nie erfahren, daß ich seine Mutter bin, sondern mich immer für seine Halbschwester gehalten. ›Mein Sohn. Du bist mein Sohn.‹ Diese Worte lagen mir die ganze Zeit, als er hier war, auf der Zunge. An jenem Abend im Kino. Neben dir sitzt die Frau, in deren Körper du entstanden bist. Ich fragte mich, ob er es irgendwie spürte.«

Sie weinte, die Stirn auf die Handballen gestützt, und die Tränen tropften auf den Tisch.

»Laß es gut sein«, murmelte ich. Aber sie schüttelte den Kopf.
»Eines Tages standen zwei Offiziere aus Fort Pepperrell vor der Tür und überreichten mir ein Telegramm. ›Wir bedauern, Ihnen mitteilen zu müssen …‹ An dem Tag griff ich wieder zur Flasche. Wahrscheinlich hätte ich ohnehin wieder zu trinken begonnen, ich war so in Sorge um ihn. Ich konnte nicht mehr schlafen. Er schrieb mir ein paarmal aus Frankreich. Ich schrieb zurück. ›PS: Ich bin deine Mutter‹, hätte ich am liebsten hinzugesetzt. Drei Monate nach unserer ersten Begegnung ist er gefallen.«
»Das tut mir leid«, sagte ich.
Sie nickte, biß sich auf die Lippen, blinzelte, weil ihr plötzlich Tränen in die Augen schossen. »Ach, mein armer Junge. Mein armer, kleiner, lieber Junge.« Sie sank vornüber auf den Tisch und barg den Kopf zwischen den Armen. Ihre Schultern bebten. Ich streckte die Hand aus und strich ihr die Haare aus der Stirn.
»Ungefähr zwei Wochen später erzählte ich es Prowse«, fuhr sie fort. »Vielleicht hätte ich das nicht tun sollen. Zu erfahren, daß man einen Sohn gehabt hat, nachdem er gestorben war, von dem man nie etwas gewußt, den man nie gesehen hat.«
Sie richtete sich auf und versuchte nun nicht mehr, ihr Gesicht zu verbergen. »Anfangs glaubte er mir nicht. Zumindest sagte er das. Ich versicherte ihm, daß niemand anderer als er der Vater sein konnte. Ich fragte ihn, aus welchem Grund ich lügen sollte. Er bat mich, niemandem jemals zu erzählen, daß er der Vater der Kinder ist. Daß ich es geheimhielt, war ihm wichtiger als alles andere. Aber vielleicht bin ich ungerecht. Wer weiß, was er später durchmachen mußte, als er allein war, was er seither durchgemacht hat? Er brauche sich keine Sorgen zu machen, sagte ich ihm. Von mir würde niemand etwas erfahren.«
Eine Frage brannte mir auf der Zunge. »Hast du Prowse an jenem Tag von David erzählt, als … ich dich im Presseclub traf und …?«
»Als ich versuchte, dich zu verführen«, sagte sie halb lachend, halb weinend. »Ja«, gestand sie. »Ich rief ihn zu Hause an, als ich aufwachte. Es war gar nicht leicht, ihn zum Herkommen zu überreden. Aber ich muß geklungen haben, als wäre ich nicht in der Lage, ihn irgendwo anders zu treffen. Woher weißt du das eigentlich?«

»Ich bin in jener Nacht stundenlang herumgefahren«, bekannte ich. »Hundertmal bin ich hier vorbeigefahren und habe überlegt, ob ich … nachsehen sollte, wie es dir geht.« Fielding legte die Hand auf den Mund, um ein Lächeln zu verbergen, ein großmütiges, mildes Lächeln. »Ich sah, wie Prowse ging. Er blieb vor seinem Wagen stehen und sah zu deinem Fenster hinauf. Du hast das Licht an- und ausgeschaltet. Wieder an, wieder aus. Ich hielt es für so etwas wie ein verabredetes Zeichen.«
»Und hast bestimmte Schlüsse daraus gezogen.«
»Ja«, erwiderte ich. »Ich denke, ja.«
»Prowse und ich haben uns seit der Schulzeit kaum gesehen«, sagte Fielding. »Nicht einmal, als ich ihm von David erzählte, konnte er sich überwinden, mich auch nur anzufassen. Vielleicht auch gerade da nicht.«
»Aber warum? Warum hast du das mit dem Licht gemacht?«
»Als wir … miteinander gingen«, begann sie zu erklären, »waren wir ja oft im Haus des Richters, und ich habe es immer als erste verlassen, durch die Hintertür, die man von der Straße aus nicht sehen konnte. Ich blieb im Hof stehen und wartete, bis Prowse im oberen Stock das Licht anknipste, was bedeutete, daß die Luft rein war, daß niemand auf der Straße war und ich gehen konnte. Es war alles so aufregend. Unser geheimes Zeichen. Unsere Art, Lebewohl zu sagen. In der Nacht, als ich ihm von David erzählte, sagte ich zum Schluß, daß ich ihm das Lichtzeichen geben würde. Ich habe bis jetzt nicht gewußt, daß er darauf gewartet hat. Aber es freut mich.«
Ich erinnerte mich, wie munter Prowse die Treppe von Fieldings Pension heruntergesprungen kam. Nachdem er gerade erfahren hatte, daß sein Sohn tot war. Vielleicht war es nur ein Versuch der Selbsttäuschung. Ich habe alles im Griff, nichts ist passiert. In meinem Leben hat sich nichts geändert. Ein Sohn, den ich nicht gekannt habe, ist gestorben. Noch bis gestern hat er für mich nicht existiert, er existiert heute nicht. Eine Tochter, die ich nie kennenlernen werde, lebt tausend Meilen entfernt. Nichts hat sich geändert. Einen Moment lang dachte ich dort oben, es hätte sich geändert, aber ich habe mich getäuscht. Niemand außer Fielding wird es je wissen. Fieldings Leben und das

meine haben nichts miteinander zu tun, und so wird es immer bleiben. Es ist nichts geschehen, was es wahrscheinlicher macht, daß ich jemals wie Fielding werde leben müssen. Ich werde nie wie Fielding leben. Ich muß vor nichts Neuem Angst haben.

Trotzdem wartete er auf das Lichtzeichen, und als er es sah, warf er seine Zigarette fort, als würde er sich mit dieser Geste auch der Vergangenheit entledigen, des Gefühls, daß irgend etwas, das damals geschehen war, heute noch Bedeutung für ihn haben könnte. Doch selbst für Prowse würden vielleicht noch andere Zeiten kommen, wie Fielding sagte. In manchen einsamen Stunden, wenn er allein ist, wird ihm der Name in den Sinn kommen, den ein Fremder seinem Sohn gab. David. Der Sohn, dessen Bild und dessen Grab er nie gesehen hat. Die Tochter, die er nie kennengelernt hat und nie kennenlernen wird.

»An jenem Abend im Kino …«, setzte ich an.

»Meine Mutter erzählte David, daß er eine Halbschwester in St. John's habe, als sie meinte, er sei alt genug, um diese Dinge zu begreifen. Eine Halbschwester aus ihrer ersten Ehe. Und dann kam er einfach bei mir vorbei. Ich weiß nicht, warum ich so nervös war, als wir dich trafen. Vielleicht dachte ich, du würdest sofort wissen, wer sein Vater ist, würdest Prowse in Davids Gesicht erkennen. Vielleicht hatte ich Schuldgefühle. Ich brachte es nicht über mich, ihn dir als den vorzustellen, der er zu sein glaubte, als meinen Halbbruder. Außerdem spürte ich, daß du eifersüchtig warst, und da wollte ich dich ein bißchen schmoren lassen.

Ach, Smallwood. Wir hatten drei Tage, nur drei Tage. Jede freie Minute verbrachten wir zusammen. Die ganze Zeit überlegte ich, ob ich ihm sagen sollte, wer ich wirklich war, wer er wirklich war. Er nannte mich Schwesterherz. Er zieht in den Krieg, sagte ich mir. Vielleicht ist das deine einzige Chance. Vielleicht kommt er nicht zurück. Aber dann dachte ich, er zieht in den Krieg, er muß seine fünf Sinne beisammen haben, das ist nicht der richtige Zeitpunkt, seine ganze Welt auf den Kopf zu stellen. Also sagte ich nichts. Drei Tage war ich mit ihm zusammen und tat, als wäre ich seine Halbschwester, biß mir jedesmal auf die Zunge, wenn er mich seinen Freunden vorstellte. Obwohl er niemals ›Halbschwester‹ sagte, immer nur ›Schwester‹. ›Das ist meine Schwester, Sheilagh Fielding.‹

Er erzählte mir von Sarah, gab mir sogar ein Bild von ihr. ›Das ist sie‹, sagte er, ›deine Schwester.‹ Auf die Rückseite hatte er sie schreiben lassen: ›Für Sheilagh, von Sarah.‹

Manchmal denke ich, er wäre nicht gestorben, wenn ich ihm gesagt hätte, wer ich bin. Dann hätte ihn das Schicksal vielleicht sanft gestupst, einen anderen Weg einzuschlagen, einen, der ihn sicher nach Hause zurückbrachte. Ich weiß, es ist albern …«

Ich schob meinen Stuhl an ihren heran. Sie hob den Kopf und sah mich an. Da küßte ich sie auf die Lippen, und sie erwiderte meinen Kuß. Und dann zog sie mich fast vom Stuhl und preßte mich an sich. Während ich die Arme um ihren Nacken schlang, hielt sie mich umarmt und drückte mich doppelt so fest an sich wie ich sie, obwohl ich es mit aller Kraft tat.

Mir ging durch den Kopf, was sie über David gesagt hatte, wie sehr sie der Gedanke quälte, er wäre vielleicht gesund wieder nach Hause gekommen, wenn sie ihm gesagt hätte, wer sie ist. Ein kleiner Stups des Schicksals hier, ein kleiner Wink da. Wäre nur eins von tausend Dingen anders gekommen, wir beide … Aber kaum hatte ich das gedacht, da wußte ich auch schon, daß es nicht stimmte, daß ich mich aus freien Stücken gegen ein gemeinsames Leben mit Fielding entschieden hatte. Und obwohl die Vergangenheit für uns nicht verloren war, obwohl sie in jenem Zimmer, als wir uns in den Armen hielten, gegenwärtig war, wußte ich, daß ich nichts anders machen würde, wenn ich noch einmal von vorn anfangen könnte.

Vierzig Jahre Liebe fanden ihre Erfüllung in dieser einen Umarmung. Mein Gesicht gegen ihren Nacken gepreßt, roch ich ihre Haut, und dieser fremdartige Geruch machte mir bewußt, daß ich niemals zuvor jemanden so innig, so leidenschaftlich umarmt hatte. Nicht einmal meine Frau. Ich spürte oder hörte, ich weiß nicht recht, was von beidem, ihren Herzschlag, spürte ihre nasse, warme Wange, die sich an die meine schmiegte, und ihre Tränen auf meinem Gesicht, als ob wir beide weinten.

Lange hätten wir nicht in dieser Umarmung verweilen können. Hätte sie mich noch ein bißchen fester an sich gedrückt, wären meine Knochen gebrochen. Und auch sie, mit ihren fünfundfünfzig Jahren noch immer gezeichnet von ihrer alten Krankheit, rang bald nach Luft. Wir lösten uns voneinander.

Fielding. Hätte ich jemals ihren Vater kennengelernt, hätte ich sie Sheilagh nennen müssen. Und sie, hätte sie jemals meine Familie kennengelernt, hätte Joe zu mir sagen müssen. Unser großer Moment, unser innigster Augenblick war schon wieder Vergangenheit. Jahrelang waren wir uns immer näher gekommen, von nun an würden wir uns wieder voneinander entfernen. Ich spürte noch ihren Körper, wie er sich an meinen drückte, aber die Empfindung wurde schon schwächer, wie Wasser, das auf der Haut verdunstet.

»Wo lebt Sarah?« fragte ich.

»Immer noch in New York«, antwortete Fielding. »Sie ist verheiratet und hat eine kleine Tochter namens Karen. Ich habe ihre Zeitung für ehemalige Studenten abonniert und halte mich so auf dem laufenden. Wahrscheinlich bin ich der einzige Mensch in dieser Pension, der Post von der Columbia University bekommt.«

»Du hättest heiraten sollen, Fielding. Als ich dir den Antrag gemacht habe, meine ich. Danach, meine ich. Du solltest aufhören zu trinken, eine Wohnung haben, die ... Du solltest deine Tochter und deine Enkelin sehen. Du solltest Sarah besuchen, wirklich.«

»Und was soll ich ihr sagen? Die Frau, die du für deine Mutter hältst, der Mann, den du für deinen Vater hältst, auf deren Grabstein du als ihre Tochter stehst – diese beiden waren gar nicht deine Eltern. Ich bin deine eigentliche Mutter, und der Mann, den du für deinen Vater hältst, war überhaupt nicht mit dir verwandt. Was sollte ihr das jetzt noch nutzen?«

»Du bist so allein, Fielding«, sagte ich. »Macht dir das denn überhaupt nichts aus?«

»Ich habe Angst, Sarah zu schreiben«, erwiderte Fielding. »Ich habe Angst, daß sie nicht antwortet oder daß sie schreibt, sie möchte nichts mit mir zu tun haben.«

Ich mußte an die Seite mit den »Vermißten Neufundländern« im *Backhomer* denken.

»Eines Tages wirst du Sarah vielleicht aus den Augen verlieren«, fuhr ich fort. »Und nicht mehr wissen, wo sie lebt, ob sie überhaupt noch

lebt. Was dann? Stell dir vor, sie und Karen erfahren nie, daß es dich einmal gegeben hat.«
Fielding begann wieder zu schluchzen.
»Du mußt ihr schreiben«, beharrte ich. »Du mußt.«

St. John's, 17. Juni 1955

Liebe Sarah,
vielleicht hat David Dir geschrieben, daß wir uns in St. John's getroffen haben, als er 1943 auf dem Weg nach Frankreich in den Krieg war. Er gab mir ein Bild von Dir, das ich mir seit seinem Tod schon oft angesehen habe. David ist gestorben, ohne zu wissen, wer ich bin. Und vielleicht hat mich deshalb sein Tod noch tiefer getroffen, als wenn er es gewußt hätte. Ich weiß nicht, wie ich es sagen soll, aber ich schreibe es jetzt einfach so hin. Ich bin Deine Mutter – das heißt, ich habe Dich und David zur Welt gebracht. Du hast das Recht zu wissen, wer Dein Vater ist, und ich werde es Dir sagen, wenn Du mich danach fragst.
Erst vor kurzem habe ich mir eingestehen können, daß mich mein Vater nicht so sehr geliebt hat, wie ich es mir mein ganzes Leben lang eingeredet habe. Er liebte mich, soweit es seinen Gefühlen entsprach und die Umstände es zuließen, da bin ich mir sicher. Das sage ich nicht, um Dein Mitleid zu erregen, sondern damit Du besser verstehst, warum ich Dich so gern sehen würde.
Du bist mir nichts schuldig, Sarah. Ich habe bislang nichts getan, wodurch ich Deine Zuneigung oder Achtung verdienen würde. Jedes dumme, leichtsinnige Mädchen kann ein Kind bekommen, sogar zwei auf einmal. Damals, mit sechzehn, war ich froh, daß man mich nach New York schickte, bevor meine Schwangerschaft sichtbar wurde, und daß meine Mutter so tat, als wäre sie schwanger, während ich mich fünf Monate in ihrem Haus versteckte. Ich war froh, daß sie das tat, daß sie meinen und den Ruf meines Vaters rettete und daß die Kinder, die ich zur Welt gebracht hatte, ihre waren. Aber seitdem bin ich nicht mehr oft froh gewesen.

Meine Mutter war eine sehr mutige Frau. Ich bin sicher, sie hätte mich mitgenommen, als sie meinen Vater verließ, wenn sie gekonnt hätte. Und da ich meinen Vater kenne, trage ich ihr auch nichts nach. Es war nun einmal so. Ich hätte sie gern zur Mutter gehabt. Aber sie war und wird immer Deine Mutter sein. Ich erwarte nicht, daß Du mich jemals Mutter nennst oder mich als Deine Mutter ansiehst. Ich erwarte nicht, daß Du mich irgend jemandem als Deine Mutter vorstellst. Es bleibt unser Geheimnis, wenn Du willst. Du kannst Fielding zu mir sagen. Alle nennen mich so.

Es muß sehr seltsam für Dich sein, solch einen Brief zu bekommen – bestimmt noch seltsamer, als es für mich ist, ihn in so späten Jahren zu schreiben. Vielleicht denkst Du, daß es Dir nichts bringt, mich kennenzulernen, oder daß ich gar nicht beweisen kann, daß ich die Wahrheit sage. Was letzteres betrifft, so habe ich seit meinem zwölften Lebensjahr Tagebuch geführt – es sind inzwischen viele Bücher –, in denen alles, was ich Dir hier schreibe, viel ausführlicher geschildert ist. Was ersteres angeht, so kann ich Dir nur sagen, daß ihr, Du und David, mir mein ganzes Leben lang sehr gefehlt habt. Vor vielen Jahren mußte ich einmal längere Zeit im Sanatorium verbringen, und wegen dieser Krankheit konnte ich keine Kinder mehr bekommen. Ich habe im Sanatorium oft an euch gedacht.

Wenn ich David nicht kennengelernt hätte, würde ich Dir heute vielleicht nicht schreiben. Ich weiß, es klingt dumm, aber manchmal denke ich, David wäre vielleicht aus dem Krieg wiedergekommen, wenn ich ihm gesagt hätte, daß ich seine Mutter bin.

Als David mich aufsuchte, wollte er mir, glaube ich, nur einen kurzen Pflichtbesuch abstatten. Ich weiß noch gut, wie er vor der Tür stand, als ich öffnete, in Uniform, die Mütze unter dem Arm, als wäre er mit schlechten Nachrichten zur falschen Adresse gekommen. Er hatte sicher nicht erwartet, von einer Halbschwester, die ihn nie zuvor besucht hatte, so überschwenglich begrüßt zu werden, aber ich konnte nicht anders. Als ich den Namen an seiner Jacke sah, schlang ich meine Arme um ihn und drückte ihn so lange, bis er die Umarmung erwiderte. Drei Tage später, als wir uns verabschiedeten, weinte ich und machte so ein Theater, daß es ihm peinlich war. Ich sagte ihm, daß ich ihn sehr lieb-

hätte, und er sagte, vielleicht weil er spürte, daß ich es gern hören wollte, daß er mich auch liebhätte.
Drei Monate darauf teilte man mir mit, daß er tot sei, und es kam mir seltsam vor, daß ich es nicht gespürt hatte, als er Wochen zuvor gestorben war. Sein Tod war für mich nur ein schrecklicher Gedanke, bis die beiden Offiziere vor meiner Tür standen. Vielleicht haben andere, die etwas Mächtigeres als Blut mit ihm verband, es gespürt, als er starb. Vielleicht meine Mutter, vielleicht Du. Ich weiß es nicht. Ich weiß nicht, ob man es spüren kann. Ich wußte nicht, daß mein Vater tot ist, bis man es mir sagte, und daß meine Mutter tot war, erfuhr ich erst aus einem Brief ihres Bruders.
Aber Blutsbande bedeuten doch etwas, Sarah. Ich habe es gespürt, als ich David sah und ihn in die Arme nahm. Ich schaue jeden Tag Dein Bild an, frage mich, wie Du jetzt wohl aussiehst, und stelle mir vor, wie es wäre, Dich kennenzulernen. Ich frage mich, wie Deine Tochter aussieht, und stelle mir vor, ich würde sie kennenlernen.
Unsere Blutsbande könnten ein Anfang sein, denke ich, für Dich und für mich und für Karen, falls Du ihr sagen möchtest, wer ich bin. In meinem Leben verband mich mit anderen nur selten etwas Mächtigeres als Blut. Ich hoffe, daß Du mir antwortest und wir uns bald kennenlernen.

Sheilagh Fielding

New York, 9. Oktober 1955

Liebe Miss Fielding,
Ihr Brief schien mir von Herzen zu kommen, was es mir noch schwerer macht, Ihnen mitzuteilen, daß Sie sich irren müssen. Ich habe die Unterlagen des Krankenhauses hier in New York eingesehen und mit jedem gesprochen, der meine Mutter kannte, auch mit zweien ihrer Brüder. Sie haben mir bestätigt, was ich schon immer wußte – daß ich in St. John's eine Halbschwester habe –, fanden Ihren Brief aber ebenso rätselhaft wie ich. Auch wenn es Ihrem Anliegen nicht dienlich ist,

würde ich Sie trotzdem gern einmal treffen – schließlich sind wir Halbschwestern. Wenn es Ihnen möglich ist, nach New York zu kommen, können wir uns an der unten angegebenen Adresse treffen. Wie Sie sehen, ist es nicht meine. Sie werden sicherlich verstehen, warum es mir unter diesen Umständen lieber wäre, wenn unser erstes Treffen nicht bei mir zu Hause stattfindet.

Mit freundlichen Grüßen
Sarah Taylor

———

»Hast du ihr alles gesagt?« fragte ich.

»Alles«, antwortete Fielding. »Ich habe ihr sogar von meinen Tagebüchern geschrieben …«

»Du hättest sie ihr schicken sollen«, meinte ich. »Sie erwähnt nichts davon in ihrem Brief.«

»Nein«, erwiderte Fielding. »Mit keinem Wort.«

»Immerhin möchte sie, daß du nach New York kommst, das ist doch schon ein erster Schritt. Sie muß wissen oder zumindest ahnen, daß es stimmt, was du schreibst.«

Eine ganze Weile herrschte Schweigen.

»Mag sein«, sagte Fielding schließlich. »Vielleicht denkt sie aber, daß sie einem Treffen mit mir zustimmen muß, weil ich sonst eines Tages einfach vor ihrer Tür stehen und Karen einen fürchterlichen Schrecken einjagen könnte. Ich hätte ihr nicht schreiben sollen. Sie will die Wahrheit nicht wissen, und ich kann ihr keinen Vorwurf daraus machen. Ich habe mein ganzes Leben von ihr gewußt, sie oder Karen aber nichts von mir. Und sie wird wissen wollen, wer ihr Vater ist. Was sage ich dann?«

»Sag ihr die Wahrheit. Sollte sie Prowse jemals begegnen, dann weiß sie, daß du die Wahrheit gesagt hast, selbst wenn er es leugnet. Fahr nach New York und nimm die Tagebücher mit«, sagte ich. »Und ich begleite dich. Das heißt nicht, daß ich bei eurem Treffen dabeisein werde. Ich sorge nur dafür, daß du hinkommst.«

ETWAS MÄCHTIGERES ALS BLUT

Fieldings Tagebuch, 23. Februar 1957

Lieber David,
ich habe mich entschlossen, nach New York zu fahren und mich mit Sarah zu treffen. Doch ehe ich das tue, muß ich etwas aufgeben, was ich wieder begonnen habe, als man mir sagte, du seist gefallen. Ich habe schon einmal aufgehört, als ich Mitte Dreißig war, aber jetzt, mit Ende Fünfzig, habe ich nicht mehr so viel Kraft, und ich fürchte mich. Morgen nehme ich es in Angriff. Ich werde die ganze Nacht hindurch schreiben und mich schlafen legen, wenn die Sonne aufgeht, aber sicher kein Auge zutun, wieviel Scotch ich auch trinke. Und um drei Uhr nachmittags packe ich meine Tasche und gehe mit meinem Stock den Hügel hinunter zu einem Haus, das man Harbour Light nennt. Es wird ein langer Weg werden. Und es wird viel Zeit vergehen, ehe ich dir wieder schreiben kann.

Zwei Jahre später – so lange brauchte sie, um ihren Entschluß in die Tat umzusetzen und das Trinken aufzugeben – fuhr mich mein Sekretär um sechs Uhr morgens zu ihrer Pension. Fielding kam die Treppe herunter. Sie legte auf jeder Stufe eine kurze Pause ein, setzte zuerst den rechten Fuß auf und zog dann den linken nach. In beiden Händen hielt sie eine Tasche. Eine davon gab sie meinem Sekretär, die andere, die ihre Tagebücher enthielt, trug sie selbst zum Auto.
Als ihr Gepäck im Kofferraum untergebracht war, blieb sie stehen. Sie hielt die Arme eng am Körper, die runden Schultern leicht nach vorn

gebeugt und den Stock in der Mitte umfaßt, anstatt ihn wie sonst vor sich aufzupflanzen. Sie schien voller Hoffnung, wirkte zugleich aber auch sehr verletztlich.
»Ich finde nach wie vor, wir hätten fliegen sollen«, meinte ich. Sie schüttelte den Kopf.
»Ich bin mir meiner Sache immer noch nicht ganz sicher«, sagte sie. »Und ich habe das Recht, meine Meinung zu ändern.«
Mein Sekretär brachte uns zur Riverhead Station, wo wir den Zug bestiegen. Ich hatte außer zwei Schlafplätzen noch ein Abteil reservieren lassen, und darin saßen wir uns dann gegenüber, nachdem wir das Gepäck verstaut hatten.
Fielding schwieg, als der Zug losfuhr, bis wir das Moor von Avalon erreichten.
»Ich habe noch nie die ganze Insel gesehen«, sagte sie. »Beide Male bin ich von St. John's mit dem Schiff abgefahren. Den Westen Neufundlands kenne ich nicht weiter als bis zur Nebenstrecke von Bonavista.«
Ich dachte an meine erste Reise über die Insel im Jahr 1920 und konnte beinahe wieder die Gefühle wachrufen, die mich damals bewegt hatten. Doch ich zwang mich, ihr nicht zu erzählen, welche Ausblicke uns erwarteten. Sie saß näher am Fenster als ich, lehnte die Stirn an die Scheibe und schloß einen Moment lang die Augen. Der Tag würde sonnig werden, sobald sich der Morgennebel aufgelöst hatte.
In der Ferne sah man die Landzunge von Conception Bay, und hin wieder erhaschten wir einen Blick auf die Bucht selbst, die, je nach Farbe des Himmels, in den unterschiedlichsten Blautönen schimmerte.
»David hat von Neufundland nichts anderes kennengelernt als St. John's. Vielleicht ...« Sie wischte sich die Augen. »Wir werden sehen«, sagte sie. »Wir werden sehen.«
Ich versuchte mich mit meiner Arbeit zu beschäftigen, konnte mich jedoch nicht konzentrieren. »Fielding«, fragte ich, »wie kommt es, daß du in deinen Tagebüchern erst nach der Konföderation die Dinge offen aussprichst? In der Zeit davor schreibst du, als würde dir jemand über die Schulter schauen.«
»Das hängt mit meinem Entschluß zusammen, nach St. John's zurückzukehren, ein kleiner Stachel in deinem Fleisch zu sein. Für uns Neu-

fundländer war es nach 1949 so, als hätten wir in der Vergangenheit zu einem anderen Land gehört. Ich habe schließlich eingesehen, daß ich von der Zukunft mehr zu fürchten habe als von der Vergangenheit.«

»Und sag mir, warum dein Vater ausgerechnet Prowse' *Geschichte* genommen hat, um daraus den Brief zusammenzusetzen?« fuhr ich fort. »Meinst du, er hat einfach nach dem erstbesten Buch gegriffen?«

Fielding schüttelte den Kopf. »Ich habe meinem Vater erzählt, daß Prowse ebenso wie mich auch dich dem Richter vorgestellt hat, um das Buch deines Vaters signieren zu lassen. Und daß die Widmung die gleiche war. Ohne die Einzelheiten zu kennen, hat er gespürt, daß mich das verletzte. Deshalb war es für meinen Vater nur folgerichtig, genau dieses Buch zu nehmen.

Mein Vater hat dich nämlich für alles mögliche verantwortlich gemacht, nicht nur für meine Schwangerschaft. Für alles, was nach der Geburt von David und Sarah geschehen ist, auch für Dinge, die ich ohnehin getan hätte. Er wollte, daß ich irgendwo die Schule beende und dann studiere, aber ich habe mich geweigert. Ich war so lange ausgeschlossen gewesen, daß ich am liebsten immer so weitergelebt hätte. Doch dann überwand ich mich und überredete den Herausgeber des *Telegram*, mir eine Stelle als Reporterin zu geben, die unter den Männern nicht sonderlich begehrt war. Mein Vater hielt es natürlich nicht für richtig, daß ich als Reporterin arbeitete und die ganze Zeit bei Gericht war, und als er dann herausfand, daß du dort auch tätig warst … Schon früher hatte ich ihm schwören müssen, daß du nichts von dem Baby wußtest und daß ich dir nichts davon erzählen würde, und diesen Schwur mußte ich ihm ständig erneuern. Natürlich habe ich ihm nicht gesagt, daß du mich zum Sozialismus bekehrt hast – was übrigens auch nicht stimmt, denn ich habe nur so getan, als wäre er mir wichtig, um bei dir sein zu können. Du meine Güte, Smallwood, in wie vielen unterschiedlichen Schattierungen kannst du eigentlich rot werden? Diese Farbe habe ich noch nie an dir gesehen!«

Sie hatte die Worte so beiläufig hingeworfen, daß ich mich überrumpelt fühlte und keine Antwort wußte.

»Ich bin sicher, daß er dich dafür verantwortlich machte, als ich TB bekam. Ein Jahr später war ich im Sanatorium. Und ein Jahr darauf sagten ihm die Ärzte, was er als Arzt wohl schon gewußt hatte: daß ich den nächsten Monat nicht überleben würde. Er gab dir die Schuld an meinem Tod, obwohl ich nicht gestorben bin. Sich selbst machte er allerdings auch Vorwürfe. Sogar als ich wieder gesund war.«

Sie verstummte, doch ich fand keine Ruhe. Es war nicht die Landschaft Neufundlands, die mich aufwühlte, sondern die Tatsache, daß Fielding sie mit ihren sechzig Jahren zum ersten Mal sah.

»Als ich dich gefragt habe, ob du mich heiraten willst ...«, setzte ich an.

Sie wandte den Blick nicht vom Fenster.

»Ich wollte dir an dem Abend alles sagen«, erwiderte sie schließlich, »und sehen, ob du mich dann immer noch willst.«

»Heißt das ...«, stotterte ich. »Heißt das, du hättest ja gesagt?«

»Hättest du mich denn noch gewollt, wenn du damals gewußt hättest, was du heute weißt?«

Ihr war klar, daß die Antwort nein lautete, denn sonst hätte sie mich nicht gefragt. Das war ihr auch schon an jenem Abend in New York vor dreißig Jahren klar gewesen. Schließlich hatte sie gesehen, wie ich mich verhielt, als sie schwieg, um nachzudenken, und als sie meinen Namen statt ja sagte. Meinen Nachnamen. Schließlich hatte ich ihren Gesichtsausdruck und ihre Absichten falsch gedeutet und, um mir die Peinlichkeit zu ersparen, meinen Antrag zurückgenommen und so getan, als meinte ich ihn nicht ernst. Jeder Mann hätte seinen Antrag zurückgezogen, hätte er damals das gleiche Wissen gehabt wie ich heute. Ich wäre fortgelaufen, hätte getan, was ich dann letztlich tat, hätte mir einzureden versucht, daß ich sie nie wirklich geliebt hatte und daß es mir deshalb nichts ausmachte, wenn sie nicht die war, für die ich sie gehalten hatte. Damals liebte sie mich, so lächerlich, eitel, aufgeblasen, großspurig und ehrgeizig ich war, und vielleicht liebte sie mich noch immer.

Jetzt begriff ich es. Und ich hatte sie geliebt. Wenigstens einmal in meinem Leben war ich dazu fähig gewesen, fähig, mich selbst so weit hintanzustellen, um zu lieben. Plötzlich stieg in mir der über Jahre hinweg aufgestaute, nie eingestandene Kummer auf, die Versäumnisse meines Lebens, und mir wurde übel. Ich schnappte nach Luft, hielt mir die Hand vor den Mund, und als die Tränen über meine Finger rannen,

zog ich die Hand fort und betrachtete sie, als hätte ich gerade erst gemerkt, daß ich blutete.
Fielding wandte mir das Gesicht zu.
»Danke«, sagte ich. Sie nickte, lächelte und sah dann wieder nach draußen.

Kurz vor Port aux Basques klopfte sie an mein Abteil, um mich zu wecken. Ohne aufzustehen, öffnete ich die Tür. Sie war bereits angezogen.
»Würde es dir etwas ausmachen, wenn ich meine Reise nun allein fortsetze?« fragte sie. »Es ist nicht deinetwegen. Ich habe nachgedacht und halte es für besser, wenn ich von Port aux Basques aus allein nach New York fahre.«
Ich brachte sie zum Schiff. Am Kai erregte ich ziemliches Aufsehen, denn als die Leute mich erkannten, riefen sie mir aufmunternde Worte zu und klopften mir auf den Rücken, als wäre ich das Maskottchen der Nation. Und einige machten ihre Angehörigen, die bereits auf dem Deck des Schiffes standen und ihnen zuwinkten, auf mich aufmerksam.
»Das ist Joey!« riefen sie begeistert. »Das ist Joey!« Als würde ich des öfteren auf diese Weise in Erscheinung treten, um Fremde, die Neufundland besuchten, willkommen zu heißen, oder um Neufundländern, die die Heimat verließen, zum Abschied nachzuwinken. Sie machten mir den Weg frei, so daß ich bis zum Ende des Kais gehen konnte. Fielding stand an der Reling, als das Schiff langsam Fahrt aufnahm. Niemand wußte, wen ich hierher begleitet hatte, doch sie waren neugierig.
Fielding blickte auf die Zurückbleibenden am Kai, als könnte sie mich in der Menge nicht finden oder als würde sie es erst gar nicht versuchen, in Gedanken war sie wohl bereits bei dem, was vor ihr lag.
Sie hob ihren Stock in die Höhe, und fast sah es so aus, als würde sie uns segnen. Oder als wollte sie sagen, sie verzichte auf eine Entschuldigung, sei aber auch nicht bereit, Abbitte zu leisten.
Natürlich würde sie irgendwann zurückkommen. Aber nicht zurück zu mir. Ich dachte an meine Frau, meine beiden Söhne und meine Tochter

und daß ich bisher weder ein guter Gatte noch ein guter Vater gewesen war. Wenn Fielding noch einmal von vorn anfangen konnte, dann war es vielleicht auch für mich noch nicht zu spät. Ich beschloß, zum nächsten Flughafen zu fahren und mit dem Flugzeug nach St. John's zurückzukehren.

Dies war wirklich das letzte Mal, daß ich die Insel mit dem Zug durchquerte. Bald würde es in Neufundland keine Eisenbahn mehr geben und keine andere Möglichkeit, das Landesinnere zu durchqueren, als mit dem Bus oder mit dem Auto. Und bevor es soweit war, würde ich zum letzten Mal die Wahlen gewinnen.

Es war mir nicht gelungen, der Herausforderung, die Neufundland für mich darstellte, gerecht zu werden oder mir auch nur zu erklären, warum dieses Land mit seiner besonderen Schönheit solch starke Wirkung auf mich ausübte. Wie alles Großartige erweckte es in mir die Sehnsucht, etwas zu schaffen, etwas zu erreichen, was seiner Größe entsprach. Ich hatte gemeint, dies mit der Konföderation zu erreichen, doch ich hatte mich geirrt.

Vielleicht ist nur ein Künstler in der Lage, es mit solch einem Land aufzunehmen, oder umgekehrt, zu erkennen, daß es nicht möglich ist. Leere, Entbehrung, Trostlosigkeit, selbst Verzweiflung inspirieren Künstler vielleicht eher zu großen Werken als das Gegenteil, sonst sind sie der Entwicklung großer Dinge nicht förderlich. Vielleicht kann es auch der selbstlose, aufopferungsvolle Mensch, den es nach Ansicht von Sir Richard eigentlich gar nicht gibt.

Oder Fielding, die beides verkörpert. Fielding, der keine Denkmäler errichtet, nach der keine Straßen oder Gebäude benannt werden. Im Gegensatz zu mir, über den man Bücher schreibt, den man auf Gedenktafeln würdigt und dem man Standbilder erbaut.

Sie liebt mich, aber nicht mich allein. Doch ich liebe nur sie.

In den fünfzehn Jahren im Staatsdienst, die mir nach unserer gemeinsamen Reise nach Port aux Basques blieben, versuchte ich, den Schmerz in meinem gebrochenen Herzen mit bedeutenden Leistungen zu betäuben.

Daß dieser Versuch zum Scheitern verurteilt war, konnte ich mir nicht eingestehen. Nachdem ich erst in so späten Jahren an die Macht gekommen war und nichts sah, was mich für den Verlust der Macht hätte entschädigen können, fühlte ich mich nicht in der Lage, mich von ihr loszusagen. Ich verfügte nicht mehr über den Luxus der Geduld, konnte meine Sterblichkeit nicht mehr leugnen. Wenn ich es noch erleben wollte, daß Neufundland sich veränderte, wenn ich den Ruhm dafür ernten wollte, diese Veränderung zuwege gebracht zu haben, dann mußte diese Entwicklung rasch beginnen und ein überwältigendes, bisher noch nie gesehenes Projekt beinhalten.

Ich fuhr nach Labrador, zum Churchill River, dorthin, wo die Erde vor zehntausend Jahren ihr Innerstes hervorkehrte. Urplötzlich und wie zu der Zeit, als die Erde unter dem Wasser brach, zeichneten sich unter unserem Flugzeug die Wasserfälle ab. Millionen von Tröpfchen, die von ihnen aufstiegen, hüllten die Maschine ein, obwohl dahinter immer noch die senkrecht herabstürzenden weißen Wassermassen hervorschimmerten. Unter uns, sagte der Mann, der davon träumte, sie zu zähmen, tobe die Kraft, die Turbinen von der Höhe eines zehnstöckigen Hauses sich drehen lasse wie ein Windrad.

Diese Kraft würden wir aus der Wildnis Labradors in die Städte im Süden leiten und so die Kluft, die Neufundland von der Neuen Welt trennte, endlich überbrücken.

Fieldings Tagebuch, 17. März 1989

Lieber Smallwood,

ich war dort an jenem Abend im Jahr 1972, als du deine Abschiedsrede hieltest, auf dem überdachten Exerzierplatz in Pleasantville, jener riesigen Halle mit dem Kuppeldach, die mich, weil sie früher den Amerikanern gehört hatte, an David erinnerte. Wie kalt es an dem Abend war! Wir hätten gefroren, wären da nicht die vielen Menschen gewesen, die deine letzte Rede hören wollten, zweitausend in einer Halle, die für sechshundert gedacht war. Ich stand wie gewöhnlich an der Wand, um mich anzulehnen, obwohl der Stahlträger so kalt war, daß ich ihn durch meinen Mantel hindurch spürte. Ein Teil der Hallendecke schepperte, wenn der Wind besonders heftig über das Dach fuhr, und ich weiß noch, wie ich immer wieder nach oben blickte, weil ich fürchtete, es könnte herunterstürzen.

Siebzehn Jahre ist es her. In Ansprachen würdigte man dich, Telegramme wurden verlesen. Eines – es kam von Louis St. Laurent, mit dem du die Bedingungen des Konföderationsvertrags ausgehandelt hattest – rührte dich zu Tränen. Dann hast du gesprochen. Eine ganze Stunde lang. Du hobst deine Leistungen hervor, gingst großzügig über deine Versäumnisse hinweg oder ließest sie gleich ganz unter den Tisch fallen. Aber es war das, was man von dir erwartete. Als du geendet hattest, erhoben sich die Zuhörer, sie applaudierten, weinten, drängten sich zu dir, um einen Blick auf dich zu werfen oder dich anzufassen, als du von der Bühne kamst, erleichtert, daß du deinen Posten endlich aufgeben konntest, nachdem du dich so lange an ihn geklammert hattest.

Zwei Männer trugen dich auf den Schultern aus der Halle. Da du über der Menge warst, traf dich der Wind mit voller Wucht, als du nach draußen kamst. Du hast das Gesicht abgewandt und deinen Hut davorgehalten, um dich zu schützen.

Sie brachten dich zu dem neuen Auto, das man dir zum Abschied geschenkt hatte, und setzten dich dort ab. Du hast noch einmal gewunken, als du drinnen saßest, dann fuhr der Wagen los, rollte langsam durch die Menge zu den Toren von Pleasantville. Schließlich fuhr er auf der Straße am See davon.

Als der Wagen unseren Blicken entschwunden war, verstummten die Rufe. Schweigen breitete sich aus, ein Zögern ergriff die Menschen, eine feierliche Stille, die erst ein Ende fand, als ein Windstoß sie – lachend und scherzend, wie die Leute eben sind, wenn sie unter den Unbilden des Wetters zu leiden haben – wieder zurück in die Halle trieb.

Ich bekam Hilfe von einem Mann, der sich nicht vorstellte, mich Missus nannte und sich offenbar fragte, was ich an einem solchen Abend allein dort draußen tat. »Hier, Missus, nehmen Sie meinen Arm«, sagte er, als er sah, wie ich mir unsicher meinen Weg über das Eis bahnte. Er führte mich zu meinem Auto.

Man hat mir berichtet, daß du dich am Abend deiner letzten Wahlen von deinem Chauffeur durch die Stadt hast fahren lassen und dabei Radio hörtest, als führtest du noch immer Wahlkampf, als meintest du, deine Aussichten stünden besser, wenn du in Bewegung bliebst. Deine Niederlage war knapp, doch es war eine Niederlage. Erst am nächsten Tag stand fest, daß du verloren hattest, du aber brauchtest Wochen, um es dir einzugestehen.

Du tatest alles, um das Wahlergebnis zu korrigieren. Du befahlst Nachzählungen, wo keine nötig waren. Und daß du jedem Oppositionsmitglied, das bereit war, die Seiten zu wechseln, einen Ministerposten in deinem Kabinett anbotest, war in St. John's ein offenes Geheimnis.

Im Salon des Government House, in dem du deinen ersten Amtseid als Premier abgelegt hast, tratest du dann zurück. Noch am gleichen Abend stellten sich die Konservativen und die Unabhängigen, die dich zweifellos noch genauso haßten wie 1949, auf die Hintertreppe ihrer Häuser und feuerten Gewehrsalven in die Luft – ein Hohn auf euren Freudenausbruch am Abend des Referendums. Und an Fahnenmasten, die dreiundzwanzig Jahre lang keine Fahne geschmückt hatte, hingen plötzlich wieder rot-weiß-grüne Flaggen.

Ich mußte immer an dich denken, wenn ich an der Bucht von Avalon entlangfuhr. Von der Autobahn sieht man zu beiden Seiten auf den Ozean. Und davor ragt die Ruine der Raffinerie von Come by Chance auf, die Schornsteine wie die Skyline einer Geisterstadt. Nutzlos und eingemottet bis auf ein sichtbares Banner, die Flamme, die, wie man sagt, noch immer über einem der Schornsteine brennt. Und es war diese kleine Flamme, die mich an dich erinnerte, ein Symbol der Freude und des unbegründeten Optimismus.

Unser Land ist übersät mit Monolithen wie Come by Chance, dem Meisterwerk eines Bildhauers, der in großen Kategorien denkt und mit Rost arbeitet. Halden, Minen, Schmelz- und Walzwerke, Fabriken, Flughäfen, Schiffswerften, Raffinerien, Manufakturen und all die gepflasterten Straßen, die zu ihnen hinführen und die niemand mehr befährt.

Und beinahe hättest du Churchill Falls fortgegeben, das deine Laufbahn hatte krönen sollen, so wie die Konföderation die von Mackenzie King gekrönt hat.

Du kannst nicht mehr lesen, schreiben oder sprechen, heißt es, verstehst nur noch das gesprochene Wort. Du, dessen Leben eine einzige Ansprache war, hast keine andere Möglichkeit mehr, als zu schweigen. Zum Zuhören verdammt. Vom Schlag getroffen. Geschlagen. »Er hatte einen Schlaganfall nach dem anderen«, sagte Prowse und meinte den Richter und nicht dich. Du nickst oder schüttelst den Kopf und zeigst auf das, was du haben möchtest. Und deine Enkelkinder müssen dir Bücher und Briefe vorlesen.

Sie haben eine Tonbandfassung von Richter Prowse' *Geschichte* angefertigt, indem sie die Passagen abwechselnd aufs Band sprachen. Der alte Prowse redet zu dir mit einem Dutzend verschiedener Stimmen. Wie gern würde ich das hören. Vielleicht denkst du: Wenn die Stimmen dort draußen nichts Sinnvolles mehr von sich geben, wird es die Stimme hier drinnen auch nicht. Und womöglich bist du nach dem nächsten Schlaganfall wie der Mann, den mein Vater mir einmal beschrieben hat, der zwar noch den Namen der Dinge kannte, aber keine Sätze mehr zu bilden vermochte. Dein Geist ein Wörterbuch der Welt. Wie deine *Enzyklopädie von Neufundland und Labrador*, die du, wie ich hörte, beinahe fertiggestellt hast.

Ich habe dir ein Tonband besprochen, das du mittlerweile sicher schon kennst:

Lieber Smallwood,

da wir beide nicht mehr reisen können, ist dies, wie man mir sagte, die einzige Möglichkeit, mit dir in Verbindung zu treten. Ich muß gestehen, ich habe den Text niedergeschrieben und lese ihn dir nun vor. Wie schade, daß wir uns nicht noch ein letztes Mal sehen können! Es ist so unbefriedigend, wenn ich zu dir spreche und du mir nicht antworten kannst, wenn ich nicht bei dir bin, um meine Sätze zu hören und zu sehen, wie du mir zuhörst. Es gab Zeiten, da hätte ich alles dafür gegeben, dich um Worte ringen zu sehen. Und das würde ich immer noch gern, um ehrlich zu sein.

Ich denke oft an das, was mein Vater sagte, wenn man ihn fragte, ob er an das Jenseits glaube: »Der Mensch dereinst im Grabe ruht, und nichts außer verwesen tut.« Heute erscheint es mir längst nicht mehr so komisch wie damals. Es ist leider nur zu wahr, daß wir die Erde nicht

anhalten können. Und leider sind wir inzwischen auch nicht mehr in der Lage, sie in Schwung zu bringen.
Ich betrachte mich als von dir umarmt und geküßt, Smallwood, und ich stelle mir vor, daß du mir gute Nacht wünschst. Und nimm, wenn du möchtest, von mir das gleiche an.

FIELDING VOR ORT, 6. JUNI 1959

Heute vor 130 Jahren starb in St. John's eine Frau, die bei unseren Mitbürgern als Nancy April bekannt war und die sich selbst Shawnawdithit nannte. Sie war die letzte Indianerin vom Stamm der Beothuk.
Als ich Anfang Zwanzig war, erkrankte ich an Tuberkulose und mußte mich zwei Jahre lang in der Abgeschiedenheit eines Sanatoriums aufhalten. Dort gab es kaum eine andere Beschäftigung als Lesen, und eines der Bücher, die ich in jener Zeit verschlang, war Howleys Bericht über die Beothuk.
Nancy bekam den Namen »April« nach dem Monat, in dem man sie gefangen hatte, so wie man ihre Schwester »Easter Eve« nannte, nach dem Karsamstag, an dem man sie fing, und ihre Mutter »Betty Decker«, nach dem Boot, auf dem man sie im Anschluß an ihre Gefangennahme nach St. John's brachte.
1823 sah man die drei oft gemeinsam auf den Straßen von St. John's. Über den Kleidern, die ihnen die Weißen geschenkt hatten, bei denen sie wohnten, trugen sie hirschlederne Decken.
Wenn sich neugierige Kinder um die Frauen sammelten, tat Nancy oft so, als wollte sie sie fangen, woraufhin sie in alle Himmelsrichtungen auseinanderstoben, ein Anblick, bei dem sie laut lachte. Von den dreien schien einzig Nancy ohne Angst zu sein. Manchmal scheute sie sich nicht einmal, die erstaunten Mienen der Passanten nachzuahmen. Vielleicht war sie zu jung, um zu verstehen, was mit ihnen geschah, vielleicht gab sie sich aber auch nur unbekümmert, um ihre Mutter und ihre Schwester zu beruhigen, die beide krank waren.
Es wurde berichtet, daß sie Haushaltswaren sammelten, um sie zu ih-

rem Stamm mitzunehmen, und oft hingen sie ihnen in so großer Zahl am Leib, daß sie sich kaum noch bewegen konnten. Seit ich Howleys Buch gelesen habe, mußte ich immer wieder an diese drei Frauen denken, die, zwei Monate zuvor aus ihrer Welt gerissen, nun mit all diesen Dingen herumliefen, für die sie keinen Namen hatten, beladen mit Eisenwaren, die sie irgendwo aufgelesen hatten, die jedoch in ihrer Welt – wenn sie den Weg dorthin zurück fanden – äußerst kostbar und von großem Nutzen sein würden.

Nach einem mißlungenen Versuch, sie wieder mit ihrem Stamm zu vereinigen, der in jenen Tagen nur noch etwa zwei Dutzend Angehörige zählte, brachte man sie im Haus des Magistrats John Peyton unter. Er wohnte in der Stadt Exploits an dem gleichnamigen Fluß, der seit grauen Vorzeiten den Beothuk die Lebensgrundlage bot. Dort starben Nancys Mutter und Schwester im Herbst 1823.

Nancy blieb mehrere Jahre als Dienstmagd bei den Peytons. Die wenigen Brocken Englisch, die sie dort lernte, genügten ihr, um sich darüber lustig zu machen, wie Mrs. Peyton ihre Dienstboten herumscheuchte.

Im Jahr 1828 gründete William Cormack eine Gesellschaft, die es sich zum Ziel gesetzt hatte, das Aussterben der Beothuk zu verhindern. Er holte Nancy nach St. John's, wo sie fortan in seinem Hause lebte. Cormack erbot sich, ihr Englischunterricht zu geben, dafür sollte sie ihn in ihrer Sprache und der Lebensweise ihres Volkes unterweisen. Zwar konnte sie nicht lesen, aber ganz passabel zeichnen und die von ihr gezeichneten oder die ihr gezeigten Dinge benennen. Cormack stellte sie den Leuten als »mein Studienobjekt und Schützling« vor.

Sie fertigte für Cormack unzählige Skizzen an, in denen sie die Wohnstätten, Kleidung, Waffen und Bestattungsriten der Beothuk beschrieb. Außerdem zeichnete sie Bilderfolgen, die zeigten, wo einzelne Mitglieder des Stammes gefangen oder getötet wurden und welchen Weg sie nahmen, als sie die Reise antraten, die man gemeinhin die letzte nennt. Als Cormack Neufundland verließ, fand Nancy eine neue Bleibe bei dem Ersten Kronanwalt James Simms.

Ich denke auch oft an Cormack, der im Frühjahr 1829 aus Neufundland abreiste, zu einer Zeit, als man wußte, daß Nancy bald sterben würde. Er war nicht bereit, die wenigen Wochen zu warten. Es ist nicht

überliefert, aus welchem Grund er abreiste, doch als alleinstehendem und vermögendem Mann müßte es ihm eigentlich möglich gewesen sein, noch eine Weile zu bleiben, wenn er es gewollt hätte.
Sie wußte, daß sie die letzte vom Stamm der Beothuk war. Wenn sie bei diesem Gedanken ein anderes Gefühl bewegte als Trauer, dann war sie nicht in der Lage, es mitzuteilen. Ich kann ihre Gefühle nicht ermessen, ebensowenig wie ihre Welt, die mir so fremd erscheint, wie ihr wohl die unsere erschienen sein mußte. »Was Betten betraf«, berichtete Cormack, »so verstand sie deren Sinn und Zweck nicht« und legte sich nicht hinein, sondern auf den Boden davor.
Doch ebenso wenig verstehe ich die Haltung jener Männer, durch deren Hand so viele ihrer Stammesangehörigen starben. Ich rede mir ein, daß ich an ihrer Stelle anders gehandelt hätte. Doch ob es stimmt, werde ich nie erfahren.
In meiner Zeit im Sanatorium übte Howleys Buch eine fast morbide Faszination auf mich aus. Ich las es immer wieder und war jung genug, zu glauben, daß Nancy und ich vieles gemeinsam hätten. Man sagte ihr nach, sie habe »nicht in den Spiegel sehen können, ohne bei ihrem Anblick Grimassen zu schneiden«. Der Satz könnte auch in einem Nachruf auf mich stehen. Man beschrieb sie als »kräftig gebaut, jedoch wohlgestaltet, bevor sie erkrankte«. Das gleiche sagen manche Leute von mir. Wir bekamen etwa im gleichen Alter Tuberkulose. Ich wurde wieder gesund, aber wahrscheinlich, weil ich wußte, wozu ein Bett gut war.
Mein Vater konnte mich nicht sterben sehen. Als man ihm sagte, meine Tage seien gezählt, stellte er seine Besuche im Sanatorium ein. Ich bekam ohnehin nur selten Besuch. Es lag wohl zum Teil an dem Gefühl, von meinem Vater im Stich gelassen worden zu sein, daß ich mich mit Nancy identifizierte. Ich stellte mir vor, daß Cormack sie geliebt hatte und abreiste, weil er sie nicht sterben sehen konnte. Und in manchen Augenblicken glaube ich es noch heute.
Die Menschen waren von ihr tief beeindruckt, lange bevor sie wußten, daß sie die letzte vom Stamm der Beothuk sein würde. Doch es fällt schwer, sich ihrer anders zu erinnern als der »letzten Beothuk«, und vielleicht wäre es vermessen, angesichts der Leere, der Nichtexistenz andere Worte finden zu wollen.

Man begrub sie im Süden von St. John's, unterhalb des Brow, nicht bei denen, deren Gräber sie zeichnete oder deren Perlenstickerei sie trug, sondern bei den Armen, bei den Toten der Church of England. Ihr Grab blieb namenlos. Ihre Überreste liegen nahe der Kirche St. Mary the Virgin, wo genau, kann niemand sagen.

Jemand, der sie kannte, als sie im Haus der Peytons lebte, berichtete, daß sie dort zwei Kinder zurückließ, von denen niemand wußte und um die sie sich »beständig Sorgen machte«. Da diese Kinder jedoch nirgendwo sonst in dem Buch erwähnt werden, möchte ich fast glauben, daß es sie nicht gab.

Als ich im Sanatorium war, dachte ich jedoch anders, vielleicht weil ich selbst zwei Kinder verloren hatte.

Ich hatte einen Sohn und eine Tochter, gezeugt in St. John's, geboren in New York. Vor zwei Jahren lernte ich meine Tochter und meine Enkeltochter kennen.

Mit meinem Sohn traf ich mich zum ersten und zum letzten Mal 1943, drei Monate bevor er im Zweiten Weltkrieg in Frankreich fiel. Zuvor hatte ich ihn einmal gesehen, als Fünjährigen. Damals stand ich auf einem Bürgersteig in New York hinter ihm, ohne daß er, ohne daß meine Mutter von mir wußte. Hin und wieder blickte mein Sohn zu meiner Mutter auf, als wollte er sich vergewissern, daß sie noch da war, obwohl sie ihn bei der Hand hielt. Es war das letzte Mal, daß ich meine Mutter sah.

Wie bei meiner ersten Reise nach New York im Jahr 1917 und dann wieder 1920 verließ ich Neufundland mit dem Zug und mit dem Schiff. Die Insel bietet heute noch den gleichen Anblick wie damals.

Die Berge läßt es ungerührt, daß wir uns der Konföderation angeschlossen haben, desgleichen die Sümpfe, die karge Landschaft, die Flüsse und die Felsen. Ebenso den Brow, den Mundy Pond und das Land, auf dem St. John's und all die anderen Städte und Siedlungen Neufundlands errichtet wurden. Und genauso wenig hätte es sie gekümmert, hätten wir den Anschluß abgelehnt.

Ich habe meiner Enkeltochter eine Ausgabe von Richter Prowse' *Die Geschichte Neufundlands* geschenkt, ein Buch, das heutzutage nicht mehr so leicht aufzutreiben ist wie einst. So sehr Prowse die Werbetrommel für Neufundland rührte, war er auch ein Befürworter der Konföderation.

Er schwingt in seinem Buch Richterhammer und Bibel und nennt die Konföderation mit Kanada »ein höchst erstrebenswertes Ziel«. Das Ziel wurde erreicht, um den Preis, daß es eine Hemisphäre erschütterte.
Wir haben uns einer Nation angeschlossen, die wir nicht kennen. Und genauso wenig kennt sie uns.
Aber der Fluß der ungenutzten Möglichkeiten fließt dahin, und sein Rauschen wird immer in unseren Ohren klingen.
Vierzig Jahre lang wurde mein Leben von diesen beiden Flüssen bestimmt: dem Fluß der ungenutzten Möglichkeiten und dem Fluß des tatsächlichen Geschehens.
An dem Tag, an dem sich unser Land der Konföderation anschloß, floh ich vor der Geschichte, vor meiner, vor eurer, vor unserer. Ich suchte Zuflucht in der Bahnwärterhütte an der Nebenstrecke von Bonavista, in die ich mich vor vielen Jahren zurückgezogen hatte, um ein Buch zu schreiben, das eines Tages hoffentlich veröffentlicht werden wird. Monate verbrachte ich dort, haderte, wartete – über was, auf was, hätte ich nicht sagen können.
In Gedanken beschäftigte ich mich mit meinen Eltern. Mit meiner amerikanischen Mutter, die nach Neufundland kam, dann aber ohne mich und meinen Vater wieder in ihre Heimat zurückkehrte, als ich fünf war. Mit meinem Vater, der nicht wußte, daß ich von seinem Verrat erfahren hatte, und der dachte, ich würde ihn nicht mehr lieben, wenn ich es herausfände. Wie in so vielen anderen Dingen hatte er sich auch darin geirrt.
In der Nacht des zweiten Referendums saß ich in meiner Streckenwärterhütte und hörte mir die Ergebnisse der einzelnen Regionen an. Der Empfang war schlecht, die Zahlen über das statische Rauschen hinweg kaum zu verstehen, als würden sie aus einem fernen Land zu mir kommen, einem Land, von dem ich zwar gehört, das ich aber nie gesehen hatte.
Als ich erkannte, daß die Entscheidung gefallen war, schaltete ich das Radio aus und ging nach draußen. An der Seitenwand meiner Hütte lehnte eine Leiter, die aufs Dach führte. Dort oben stand ein Schaukelstuhl, in dem ich oft in einer klaren Nacht wie jener saß, um die Sterne zu betrachten und die Züge vorbeifahren zu sehen.

Es war windstill an jenem Abend. Der fast volle Mond spiegelte sich in den Seen und Tümpeln ringsum. Ich entdeckte seinen Widerschein sogar auf Seen, die, wie ich vermutete, etwa zehn Meilen entfernt lagen.
In der Kühle dieser Julinacht konnte ich meinen Atem sehen, und auf allen Dingen lag glänzender Tau. Ich setzte mich in den Stuhl, schaukelte und stellte mir vor, ich sei der einzige Mensch auf Erden – ein Gedanke, der sich in einer solchen Nacht und an einem solchen Ort wohl beinahe jedem aufgedrängt hätte.
Und dann hörte ich den Zug, lange bevor ich ihn sonst hörte, wenn er an meiner Hütte vorbeifuhr, denn der Lokomotivführer, offenbar ein Anhänger der Konföderation, ließ unentwegt die Pfeife ertönen. In weiter Ferne sah ich das Licht der Lok. Eine Zeitlang schien es, als näherte sich lediglich ein Lichtpunkt, doch dann erkannte ich auch die dunklen Umrisse der Güterwagen.
Einen Augenblick lang bestand die Welt nur aus Klang: dem unablässigen Schrillen der Pfeife, dem Rattern der Räder. Der Lokomotivführer sah mich und schwenkte im Vorbeifahren seine Mütze. Dabei grinste er höhnisch, als würde er in mir eine Autonomistin vermuten. Um ihn zu ärgern, winkte ich zurück. Seine Lippen formten die Worte: Wir haben gewonnen!
Was, meinte er, hatten wir gewonnen? Und, hätten wir »verloren«, was hätte er verloren geglaubt?
Ich sah dem Zug nach, bis er meinen Blicken entschwand und das Schrillen der Pfeife verklang. Etwas Bleibendes, etwas Mächtiges kehrte zurück.
Ich dachte oft an jenen Zug, der wie im Triumph durch Bonavista eilte. Durch die Nordnacht, durch die Sümpfe, durch die Einöde, vorbei an den Felsen, Seen und Bergen Neufundlands. Vorbei an der Meerenge von Belle Isle, von deren Küste aus ich Labrador gesehen habe.
Das, und nur das, ist es, was Neufundland letztlich ausmacht.
Ein Geist, dem man die Bilder versagt, wird die seiner Heimat als letzte aufgeben.
Wir sind ein Volk, dem sich diese Bilder eingebrannt haben. In unseren Adern rauscht das Blut der alten Ströme, die den Weg zum Meer suchen.